1781

Silvia Roth

Querschläger

Roman

| Hoffmann und Campe |

Dies ist ein Roman. Die Handlung und die darin vorkommenden Personen sowie bestimmte örtliche Gegebenheiten sind frei erfunden. Jede Ähnlichkeit mit realen Geschehnissen oder Personen ist reiner Zufall.

1. Auflage 2008

www.hoca.de
Satz: TypoForum GmbH, Seelbach
Druck und Bindung: GGP Media GmbH, Pößneck
Printed in Germany
ISBN 978-3-455-40128-8

HOFFMANN
UND CAMPE

Ein Unternehmen der
GANSKE VERLAGSGRUPPE

Querschläger

1

Nach den ersten Schüssen legte sich eine gespenstische Stille über das Clemens-Brentano-Gymnasium. Eine tiefe, unnatürliche Lautlosigkeit, etwas, das einem buchstäblich den Atem raubte. Eine Art akustisches Vakuum. Es dauerte nur wenige Sekunden, aber später würden sich viele daran wie an eine Ewigkeit erinnern. Ein bizarr in die Breite gezogener Augenblick, der von einem allgemeinen Aufhorchen und dem Gefühl ungläubiger Ratlosigkeit geprägt war. Und über allem die vage Ahnung einer sich unaufhaltsam nähernden Gefahr.
In der Realität dauerte dieser Augenblick exakt elf Sekunden. Nach Ablauf dieser Frist, nur ein paar Wimpernschläge später, riss die Stille erneut.
Sie wurde von der nächsten Salve zerfetzt wie das Gefieder eines Rotkehlchens, das von dem Adler geschlagen wird, den es bis zu diesem Moment – wenn überhaupt – nur als ungewissen Schatten über der eigenen Flugbahn wahrgenommen hat.
Die Wirkung war nachhaltig und reichte von leisem Zusammenzucken bis zum panischen Aufschrei.
Dann brach das Chaos los.

Montag, 17. September 2007

1

Winnie Heller nippte an ihrer Diätcola und spähte durch die spärlichen Ponyfransen, die sie sich eigens für diesen Einsatz zurechtgeschnitten hatte, um ihrem Aussehen mehr Kontur zu verleihen, zum Eingang des Klubs *Rhythm's Cube* hinüber. Die klobige Armbanduhr an ihrem Handgelenk, die als einziges Accessoire des heutigen Abends aus ihrem Privatbesitz stammte, zeigte wenige Minuten nach elf, und auf den beiden von flackernden Lichtsäulen begrenzten Tanzflächen herrschte Hochbetrieb. Amüsierwütige Frauen und Männer im Alter zwischen achtzehn und etwa Mitte vierzig wimmelten in ekstatischen Zuckungen zwischen den chromblitzenden Sitzbereichen umher. Hin und wieder erhaschte Winnie Heller einen flüchtigen Blick auf die Tür, durch die ihr Kontaktmann jede Sekunde erscheinen musste, doch meistens war ihr durch die Tanzenden die Sicht versperrt.

Du hättest dir einen Platz weiter vorn suchen sollen, schalt sie sich im Stillen. Vollkommen bescheuert, so weit hier hinten Position zu beziehen, wo du rein gar nichts mitbekommst und überdies wie eine von ihrem Liebhaber versetzte Hausfrau wirkst! Ärgerlich schob sie ihr Colaglas von sich und beobachtete eine spärlich bekleidete Kellnerin, die ein Tablett voller Cocktails und Champagnergläser in Richtung VIP-Lounge balancierte. Seit Wochen ermittelten Verhoeven und sie im Fall eines Kleinkriminellen, der sich mit Gelegenheitseinbrüchen über Wasser gehalten hatte und eines schönen Tages scheinbar grundlos aus dem Fenster seiner Hochhauswohnung gestürzt war. Sie hatten kein Motiv gefunden, keinen Hinweis auf Drogenprobleme oder gar Selbstmordabsichten, und der Fall war vollkommen auf der Stelle getreten, bis ein Informant sie auf eine mögliche Verstrickung des Opfers in den organisierten Handel mit gestohlenen Kunstschätzen hingewiesen hatte. Im Zuge der weiteren Ermittlungen waren sie auf interessante Querverbindungen gestoßen, sowohl zu Milan Baranovic, dem Besitzer dreier exklusiver Nachtklubs in Wiesbaden, Frankfurt und Mainz, als auch zu zwei lokalen Antiquitätenhändlern, denen ihr toter Kleinkrimineller angeblich gleich mehrfach gestohlene Kunstgegenstände angeboten hatte, die aus unautorisierten archäologischen Grabungen in Bulgarien stammten. Zwar hatten sie bislang nicht mit letzter Sicherheit ermitteln können, wo ihr Opfer die besagten Gegenstände herhatte, aber es schien durchaus nicht unwahrscheinlich, dass sie als Zufallsbeute aus einem Einbruch in seinen Besitz gelangt waren.

Diese Erkenntnisse wiederum hatten den Beginn einer intensiven Zusammenarbeit mit der Abteilung für organisierte Kriminalität markiert, im Zuge derer Heinz Auerbach, der Leiter der Ermittlungsgruppe »Spartakus«, nicht nur einen vielversprechenden Kontakt zu einem Mann aus der Szene aufgebaut hatte, sondern auch zu dem Entschluss gekommen war, dass es nötig sei, eine Beamtin als Lockvogel für ein fingiertes Geschäft mit antikem Goldschmuck einzusetzen. Winnie Heller hatte sich sofort freiwillig für diesen Einsatz gemeldet, allerdings hatte sie mit ihrem Vorschlag zunächst nichts als Hohn und Spott geerntet. Aber da sie das einzige weibliche Mitglied des Ermittlerteams im passenden Alter war und überdies in ihrer Zeit bei der Drogenfahndung bereits Erfahrungen mit Undercovereinsätzen gesammelt hatte, war die Wahl schließlich und endlich doch auf sie gefallen, obwohl außer ihr noch eine andere, wenn auch nicht direkt an den Ermittlungen beteiligte Kollegin aus Auerbachs Abteilung für den Job vorgeschlagen worden war. *Aber die ist viel zu hübsch,* hatte Mettlach, einer der Kollegen von der Ermittlungsgruppe »Spartakus«, getönt. *Da denkt der Kerl ja an alles Mögliche, nur nicht an einen Deal, wenn er ihr gegenübersitzt …*

Winnie Heller hatte gemeinsam mit den anderen gelacht, ziemlich laut gelacht sogar, aber tief in ihrem Inneren hatte sie sich in ihrer Weiblichkeit verletzt gefühlt. Natürlich wusste sie, dass sie nicht gerade das verkörperte, was man gemeinhin eine

Sexbombe nennt, aber das indirekte Urteil des Kollegen hatte ihr trotzdem wehgetan. Eine blöde, hässliche Kuh, das war sie, noch dazu eine, die den falschen Sitzplatz wählte und die ganze Sache am Ende schon einzig und allein durch ihre Dämlichkeit vermasseln würde!

Frustriert lehnte sie sich zurück und zog das Handy aus der Tasche, das Auerbachs Leute ihr mitgegeben hatten. Tat so, als tippe sie Kurznachrichten. Schauspielerte. Und beobachtete die Feiernden, deren Gesichter im flackernden Licht vor ihr aufblitzten wie Fratzen in einer Geisterbahn, um gleich darauf wieder zu verlöschen, spurlos, als habe es sie nie gegeben. Wenigstens bin ich gut vorbereitet, dachte Winnie Heller. Und das stimmte. Sie hatte sich nach Dienstschluss stundenlang in Bibliotheken herumgetrieben, Lexika gewälzt und Bücher über antike Kunst gelesen, insbesondere über die Kultur der Thraker, aus deren Grabanlagen ein Großteil der geraubten Kunstgegenstände stammte. Sie hatte erfahren, dass das antike Volk bereits in der »Ilias« von Homer erwähnt wurde und dass erst vor wenigen Wochen eine Goldmaske aus dem vierten vorchristlichen Jahrhundert in der Nähe der bulgarischen Stadt Sliwan gefunden worden war. Und das alles, obwohl die Frau, für die sie sich ausgab, nach Auerbachs Vorstellung nichts als eine bauernschlaue Banausin war, die sich des Wertes der Gegenstände, die angeblich allein durch einen glücklichen Zufall in ihren Besitz gelangt waren, wenn überhaupt nur schemenhaft bewusst war. Aber Winnie Heller hatte es nun einmal für unabdingbar gehalten, zu wissen, worum es in diesem Fall eigentlich ging. Vorausgesetzt natürlich, dass es überhaupt um etwas gehen würde …

Ihre Augen suchten das Ziffernblatt ihrer Uhr. Wo blieb ihr Kontaktmann?

Sie warf in vorgetäuschter Langeweile den Kopf zurück und spähte wieder Richtung Eingang. Der Mann, mit dem sie verabredet war, nannte sich Heino. Ob er tatsachlich so hieß oder einfach Sinn für Humor hatte, wusste sie nicht. Vorhin am Telefon hatte er nachdrücklich auf diesem Klub als Treffpunkt bestanden, obwohl Winnie Heller eine Zusammenkunft in einem weniger hektischen und somit besser zu überwachenden Umfeld tausendmal lieber gewesen wäre. Aber nachdem der Mann, der sich Heino nannte, auf entsprechende Vorschläge ihrerseits mit keiner Silbe eingegangen war, hatte sie nicht gewagt, länger auf einem anderen Ort für ihr Treffen zu beharren. Sie wusste, sie durfte ihn auf keinen Fall misstrauisch machen.

Wenn alles nach Plan lief, würde er jeden Augenblick auftauchen, ein paar freundliche Worte mit ihr wechseln und sie anschließend irgendwohin führen, wo er sich in aller Ruhe das Schmuckstück ansehen konnte, das sie, stilvoll eingewickelt in ein ungebügeltes Herrentaschentuch, in der puppigen Kroko-Imitat-Handtasche herumtrug, die ebenfalls zu ihrer Verkleidung gehörte. Von Zeit zu Zeit tastete sie nach den kunstledernen Bügeln auf dem Stuhl neben sich, weil sie der festen Überzeugung war, dass das naive Blondchen, das sie verkörperte, sich unter Garantie hin und wieder vergewissern würde, ob der Schatz, der ihrem zu häuslichen Handgreiflichkeiten neigenden Macker eine hübsche Stange Geld einbringen sollte, noch immer an seinem Platz war.

Winnie Heller griff wieder nach ihrer Cola.

Was ihr Sorgen bereitete, war vor allem die Möglichkeit, dass jemand sie erkannte. Immerhin hatte sie während ihrer Zeit bei der Drogenfahndung ein paarmal im *Rhythm's Cube* zu tun gehabt, auch wenn sie damals nicht viel mehr als Paul Cartiers Mädchen für alles gewesen war. Das unsichere junge Ding im Schatten eines dominanten Ober-Machos, das vermutlich niemand auch nur zur Kenntnis genommen hatte. Aber man konnte schließlich nie wissen, wer einem an so einem Abend alles über den Weg lief!

Nichtsdestotrotz hatte Winnie Heller ihre diesbezügliche Vorbelastung bei der Planung des Einsatzes geflissentlich für sich behalten, weil sie nicht hatte riskieren wollen, dass ihr der Auftrag, auf den sie von Beginn an so scharf gewesen war, wieder entzogen wurde. Das Ergebnis war, dass sie litt. Und mit jeder Minute, die verstrich, litt sie mehr. In ihrem rechten Bein liefen ganze Armeen von Ameisen auf und ab, und es kostete sie erhebliche Mühe, es still zu halten. Gelassen zu bleiben. Zumindest äußerlich. Aber sie durfte um Himmels willen nicht zu nervös wirken!

Die Frau, die du verkörperst, ist nichts weiter als das willige Werkzeug eines brutalen Kleinkriminellen, rief sie sich zum wiederholten Mal an diesem Abend ins Gedächtnis. Ein halbseidenes Flittchen, dessen letztes bisschen Temperament in einer katastrophalen Ehe mit einem eifersüchtigen Bulgaren untergegangen ist und das nun alles daransetzt, seinem Göttergatten und dessen Landsleuten einen neuen Markt zu erschließen, um vielleicht einmal wieder eine Woche in Urlaub fahren zu können. Einen Pelzmantel für den Winter abzustauben. Oder doch wenigstens eine neue Spülmaschine ...

Die Beats der Musik brandeten mit unverminderter Wucht gegen ihren Tisch, und Winnie Heller malte ein Wellenmuster auf die Außenseite ihres Colaglases, das in der Hitze des Klubs beschlagen war. Dabei fiel ihr Blick auf den Ehering, den Auerbachs Leute ihr angesteckt hatten. Sie hatte sich für diesen Einsatz nicht nur filmstarmäßig angemalt, sondern sich obendrein auch noch die Fingernägel lackiert, und nun musste sie mit Entsetzen feststellen, dass der Lack an zwei Fingern der rechten Hand bereits wieder abblätterte. Etwas, das ihrem Flittchen selbstredend nie passieren würde, weil es Woche für Woche mehrere Stunden in einem billigen Nagelstudio verbrachte, um sich von einer plastikhaften Russin mit botoxunterspritzten Lippen die Krallen fönen zu lassen, während es billigen Prosecco schlürfte und von künftigen Urlauben und Pelzmänteln und Spülmaschinen träumte.

»Scheiß drauf«, murmelte Winnie Heller. Dann vergewisserte sie sich ein weiteres Mal, dass Heino Wer-auch-immer ihr zwischenzeitlich nicht vielleicht eine SMS geschickt hatte, um sie zu einem anderen, noch unangenehmeren Treffpunkt zu dirigieren, und steckte das Handy wieder ein.

Ein junger Kerl um die zwanzig taumelte rückwärts auf sie zu. Erst als er gegen ihren Tisch prallte, drehte er sich um. Winnie Heller sah in seine Pupillen, die so weit waren, dass die Augen pechschwarz wirkten, und wartete auf eine Entschuldigung. Doch der Junge schien den Zusammenstoß nicht einmal bemerkt zu haben und torkelte bereits wieder in die entgegengesetzte Richtung davon. Sie blickte ihm nach, bis er wieder in der Masse der Tanzenden verschwunden war, und fragte sich, wann die Leute von der Security einschreiten und den Mann hinauskomplimentieren würden.

Als sie gerade wieder nach ihrem Colaglas greifen wollte, hörte sie das Knacken des kabellosen Empfängers in ihrem Ohr.

Winnie Heller fühlte, wie eine Welle von Adrenalin durch ihren Körper brandete, wie der Hormonschub sie von einer Sekunde auf die andere vollkommen wach machte und ihre Sinne schärfte. Die Musik um sie herum schien noch lauter zu werden. So laut, dass sie Mühe hatte, die Stimme in ihrem Ohr zu verstehen.

»Zielperson biegt auf den Parkplatz ein«, meldete Mettlach. Der Kollege aus Auerbachs Team sollte gemeinsam mit einem weiteren Beamten die Vorderseite des Klubs im Auge behalten, während sein Vorgesetzter gemeinsam mit Verhoeven in einem zur mobilen Einsatzzentrale umgebauten Van wartete, der in einer nahe gelegenen Seitenstraße geparkt war. »Es ist ein dunkler BMW.«

Gespannt lauschte Winnie Heller in die Stille, die dieser Meldung folgte.

»Er steigt jetzt aus«, setzte Mettlach seinen Bericht fort, nachdem er Typ und Kennzeichen des BMW an die Zentrale weitergegeben hatte. »Aber … Augenblick! Er scheint nicht allein zu sein …«

Das ist gegen die Abmachung, dachte Winnie Heller, indem sie ihre schweißnassen Hände an den Oberschenkeln ihrer Glitterjeans abwischte. Irgendetwas läuft hier schief! Die Erkenntnis verstärkte das Unbehagen, das bereits seit geraumer Zeit durch ihr Unterbewusstsein geisterte, und sie fühlte, wie ihr das Blut in den Kopf schoss.

»Sie gehen auf den Eingang zu«, knarrte Mettlachs Stimme aus dem kaum erbsengroßen Knopf in ihrem Ohr, der obendrein mit einer Schicht hautfarbenen Latex überzogen war, damit er nicht auffiel. »Es sind vier Männer. Einer von ihnen ist ... Ja, verdammt, einer ist Baranovic.«

So ein verdammter Mist, fluchte Winnie Heller im Stillen, auch das noch! Milan, der Schreckliche. Das wird zu heiß. Die ganze Sache ist eine Nummer zu groß für uns, zumindest in dieser mickrigen Besetzung.

Sie beugte sich noch ein wenig tiefer über ihr Glas, damit ihre Umgebung nicht mitbekam, dass sie in ihr Mikro sprach. »Was soll ich jetzt machen? Erbitte Instruktionen.«

Es klang hölzern, was sie da sagte. Wie in einem schlechten Film.

Der Knopf in ihrem Ohr knackte erneut. Und am liebsten hätte Winnie Heller einen Finger dagegengelegt, um ihre Kollegen besser verstehen zu können. Aber sie unterließ es. Der Mann, mit dem sie verabredet war, musste jeden Augenblick durch die Tür kommen. Er und seine Begleiter. Und gerade jetzt, wo die Sache aus dem Ruder zu laufen drohte, durfte sie nichts tun, was irgendwie Verdacht erregte.

»Abbruch!« Undeutlich, wie aus weiter Ferne, drang Verhoevens Stimme an ihr Ohr, was sie wunderte, denn eigentlich unterstanden sie in diesem Fall beide der Befehlsgewalt von Auerbach. »Kommen Sie raus da, wir blasen die Sache ab.«

Winnie Heller blieb sitzen und wartete darauf, dass Auerbach Verhoevens Order wiederholte. Ihre Verbeamtung auf Lebenszeit war noch immer nicht durch, da konnte sie es sich weiß Gott nicht leisten, negativ aufzufallen. Außerdem schleppte sie gewisse Altlasten mit sich herum, die – sollten sie jemals ans Licht kommen – ihre Karriere schneller ruinieren würden, als sie gucken konnte. Immerhin gehörte der *Zustand nach nervenärztlicher/psychotherapeutischer Behandlung*, wie es im Merkblatt zur Polizeidiensttauglichkeit hieß, zu den sogenannten »eventuellen Ausschlussgründen«, weshalb Winnie Heller die vierzehnmonatige Therapie, der sie sich nach dem Unfall ihrer Schwester hatte unterziehen müssen, bei ihrer Meldung zum Auswahlverfahren für den gehobenen Kriminaldienst des Bundes denn auch gewissenhaft verschwiegen hatte. Schon während der Gruppendiskussion und der anschließenden Einzelvorstellung vor der Auswahlkommission hatte sie Blut und Wasser geschwitzt vor lauter Angst, dass sie auffliegen oder sich irgendwie verraten würde, aber sie hatte durchgehalten und ihre Zulassung bekommen. Nichtsdestotrotz schwebte diese Lüge über ihrer Karriere wie das sprichwörtliche Damoklesschwert. Und schon allein aus diesem Grund konnte sie es sich auf keinen Fall erlauben, irgendwelche Vorschriften zu verletzen. Oder den Anweisungen der falschen Person Folge zu leisten. Und im Rahmen dieses Einsatzes hatte Verhoeven nicht viel mehr zu sagen als sie selbst.

Na los doch, sag was, flehte sie im Stillen, während Heinz Auerbachs asketisches Gesicht vor ihr aufblitzte. *Rede mit mir! Was soll ich machen, verdammt noch mal?*

Winnie Heller starrte wie gebannt zum Eingang des Klubs hinüber, der freilich nur hin und wieder spotlightartig in ihr Blickfeld geriet, und legte sich nun doch einen Finger ans Ohr. Was sie hörte, schienen mehrere Stimmen zu sein. Stimmen, die ganz offenbar unterschiedlicher Meinung waren. Für Sekundenbruchteile materialisierte sich Verhoevens klangvoller Bariton aus dem Gesamteindruck, dann war auch er wieder in einem indifferenten Lautgemisch verschwunden.

»Hey, da draußen«, flüsterte Winnie Heller in ihr Mikro. »Es ist zwar urgemütlich hier, aber mir wäre bedeutend wohler, wenn ich …«

Sie hielt abrupt inne, als sie Heino entdeckte, der soeben in Begleitung von Milan Baranovic und zwei weiteren Männern, die sie nicht kannte, den Klub betreten hatte. Er sah sich suchend um, und irgendetwas an seinem Blick gab ihr zu denken. Das ist eine Falle, dachte sie. Dieser Heino hat dich durchschaut. Irgendetwas an dem, was du gesagt oder getan hast, hat dich verraten.

Sie blickte flüchtig an sich herunter und kam sich auf einmal vollkommen idiotisch vor mit ihren Glitterjeans und den zwei Pfund Make-up auf ihrem Gesicht. Deine Tarnung ist ein Witz,

Winnie Heller, dachte sie bitter. Ein geschäftstüchtiges Flittchen mit Silberblick und falschen Fingernägeln? Ausgerechnet eine Frau wie du? Niemand würde auf so was reinfallen! Niemand …

»Heller?« Das war Auerbach. Endlich. Offenbar hatten Verhoeven und er zu einem wie auch immer gearteten Konsens gefunden. »Da ist was faul. Wir brechen die Aktion ab. Haben Sie verstanden?«

»Machen Sie, dass Sie da rauskommen«, ergänzte Verhoeven mit einer Stimme, die in Winnie Hellers sensibilisierten Ohren geradezu alarmierend besorgt klang. »Sofort!«

Raus, dachte sie. Okay. Nichts lieber als das!

Sie griff nach ihrem Krokotäschchen und erwog in aller Eile die Alternativen. Noch konnte sie so tun, als habe sie ihren Kontaktmann nicht bemerkt. Sie konnte sich unauffällig unter die Tanzenden mischen, und wenn sie Glück hatte, würde sich dabei irgendwann eine Gelegenheit zur Flucht ergeben. Sie stand auf und bemühte sich, noch kleiner zu wirken, als sie mit ihren knapp eins vierundsechzig ohnehin schon war. *Bloß nicht zu schnell*, mahnte eine Stimme in ihrem Kopf. *Geh langsam. Falls sie dich sehen, müssen sie denken, dass du einfach nur die Schnauze voll hast und nach Hause willst. Heim zu deinem Mann und dem Rest von deinen bulgarischen Grabbeigaben.*

Als sie wieder einmal für einen kurzen Moment den Ausgang sehen konnte, bemerkte sie, dass einer der Begleiter ihres Kontaktmannes neben der Tür Position bezogen hatte. Sie sah ihn nur flüchtig, bevor sich das Menschengewimmel, das sie trennte, wieder schloss wie ein Vorhang, den jemand für kurze Zeit beiseitegeschoben hatte. Doch nichtsdestotrotz hatte sie den Eindruck, dass der Kerl mit Absicht dort stand. Vielleicht hatte er Order, sie aufzuhalten. Vielleicht würde er …

In wachsender Panik blickte sie sich nach Heino um, doch sie konnte ihn nirgends entdecken. Und auch Baranovic war irgendwo im Gewimmel der Menge verschwunden. Ich muss die verdammte Wanze loswerden, fuhr es ihr durch den Sinn. So schnell wie möglich! Wenn sie herausfinden, dass ich verkabelt bin, ist alles aus.

Aber wie?

Wie, verdammt noch mal?

Die Toiletten, dachte sie. Schnell!

Sie machte auf dem Absatz kehrt und schlängelte sich an einem eng umschlungenen Pärchen vorbei. *Nicht rennen,* mahnte die Stimme in ihrem Kopf. *Du darfst um Himmels willen nicht zu schnell sein. Sonst schöpfen sie Verdacht. Also geh langsam, verdammt noch mal. Geh einfach ganz normal!*

»Heller, wo bleiben Sie?« Auch Auerbachs Stimme verströmte nun nicht mehr die gewohnte Ruhe. »Brauchen Sie Hilfe?«

Sie schob sich weiter. Nicht umdrehen. Nicht rennen. Einfach weiter ...

»Verdammt noch mal, Heller!« Er schrie jetzt beinahe, und seine Stimme schnitt ihr ins Ohr, dass es wehtat. »Reden Sie mit mir, oder wir kommen auf der Stelle rein.«

Nein, dachte sie, nicht reinkommen! Auf keinen Fall! Dann war die Sache ein für alle Mal vergeigt, und wer würde wohl am Ende als derjenige dastehen, der das Ding vermasselt hatte? Oh nein! Winnie Heller versuchte zu schlucken, doch ihre Kehle war wie ausgedörrt. Sie wusste viel zu genau, wie das lief!

»Negativ«, wisperte sie in ihren Ausschnitt. »Ich habe die Sache im Griff, okay?« Sie war sich keineswegs sicher, was das betraf, aber sie wollte auch nicht riskieren, dass das mühsam gesponnene Netz riss, nur weil sie überängstlich reagierte. »Bleiben Sie, wo Sie sind«, wiederholte sie vorsichtshalber. »Ich melde mich wieder.«

2

Morgen ist der Tag der Tage!

Die Waffen stecken schon in meinem Rucksack neben der Tür. Ein Jagdgewehr und eine Glock 17. Dieselbe Waffe, wie Robert Steinhäuser sie damals in Erfurt benutzt hat. Das finde ich irgendwie fast stilvoll. Nicht, dass ich eine große Auswahl gehabt hätte, ich musste nehmen, was im Angebot war. Aber stilvoll ist es trotzdem.

Genau wie der Rest meiner Ausstattung. So nenne ich es immer, wenn ich mit Devil darüber philosophiere, wie ich in die Geschichte eingehen werde: eine Ausstattung. Ich finde, das klingt so richtig schön altmodisch, AUSSTATTUNG, ein Wort aus einer Zeit, in der Frauen schon an ihrem zwölften Geburtstag damit begonnen haben, sich Haushaltsgegenstände und Bettlaken und all so 'n Zeug zu wünschen, in das sie dann in den nächsten sechs, acht Jahren Abend für Abend irgendwelche bescheuerten Monogramme oder Blütenranken oder so was alles sticken konnten. Und das nur, damit sie sich auch mit vierzig noch daran erinnern, wem die Bettwäsche gehört, in der sie einmal in der Woche die Beine breit machen müssen.

Oder verwechsle ich da was?

AUSSTATTUNG ...

Nein, ich glaube, das Wort, das ich meinte, ist AUSSTEUER. Aber scheiß drauf! Meine Deutschlehrerin ist sowieso der Meinung, dass ich das nie auf die Reihe kriege mit meiner Muttersprache. Aber da wirst du schön blöd aus der Wäsche gucken, Ringstorff, wenn ich morgen von oben bis unten in Schwarz gekleidet durch die Tür zum Lehrerzimmer stürme und dir dann ganz deutsch und genüsslich das Hirn wegpuste! Und eigentlich ist es direkt schade, dass du keine Ahnung hast, wer dich da ins Nirwana schickt ...

Aber wer weiß, vielleicht verrate ich's der alten Schlampe, bevor ich abdrücke. Denn dann kann sie ihr Wissen ja sowieso nicht mehr weitergeben, und sie steht doch so sehr auf den Blick hinter den Spiegel!

»Transzendenz« ist eins von ihren Lieblingswörtern. Die Grenzen der menschlichen Erkenntnis überschreiten und so weiter und so fort. Echt, diesen Müll will sie in jeder verdammten Klausur lesen, sonst gibt's schon von vorneherein bloß 'ne Drei oder Vier, von wegen Thema verfehlt, ganz egal, wie gut die Ideen sind, die man stattdessen gehabt hat. Und mit einer Vier sind Sie noch mehr als gut bedient, Herr Hrubesch, *sagt sie dann immer, und dabei grinst sie dieses superabfällige Grinsen, das so arrogant ist, dass dir echt das Kotzen kommt. Und erst diese Scheißanrede mit »Sie« und »Herr« und diesem ganzen Mist, der vortäuschen soll,*

dass sie dich für voll nimmt, obwohl sie in Wahrheit keinen Funken Respekt vor dir hat.

Herr Hrubesch ...

Aus dem Mund von dieser Schlampe klingt das, als ob sie sagen würde: »Mit einer Vier bist du noch verdammt gut bedient, du gottverdammter Wichser.«

Aber morgen wird sie ja nun also endlich selbst herausfinden, was dahintersteckt, hinter ihrer verfickten Transzendenz, und das ist definitiv viel früher, als ihr lieb ist!

Dabei müsste sie mir im Grunde noch dankbar sein, dass ich ihr helfe, mal über ihren beschissenen Tellerrand hinauszugucken. Ich meine, was haben diese Scheißlehrer denn sonst für Möglichkeiten, um was vom wahren Leben mitzukriegen?! Die gehen von der Schule auf die Uni und von dort gleich wieder auf die Schule, und dann folgt ein total durchgeplantes Leben von acht bis eins, bis sie endlich so alt sind, wie sie sich schon immer gefühlt haben, und in Pension gehen können. Wie soll man sich da groß entwickeln?

Und weil ihnen ihre private Krankenversicherung und die Aussicht auf eine üppige Pension leider nicht den Spaß am Leben ersetzt, mobben sie eben rum, sobald einer eine Idee hat, die aus dem hübschen, einzementierten Rahmen fällt, in dem sie sich ihr ganzes verficktes Leben lang bewegen. Aber keine Sorge, Ringstorff, wenn du Glück hast, wird's vielleicht eine wirkliche und wahrhaftige Gotteserfahrung, die ich dir da morgen beschere, und wenn das keine Transzendenz ist, weiß ich's auch nicht mehr!

3

Winnie Heller warf einen flüchtigen Blick über ihre Schulter, während sie sich durch das zuckende Gewimmel der Tanzenden kämpfte. Von Heino und Baranovic war nichts zu sehen, aber ein paar Meter hinter sich entdeckte sie den vierten Mann, der mit ihnen gekommen war. Ein dunkler, drahtiger Kerl mit einem akkurat gestutzten Bart wie bei Kevin Kurányi.

Er will nur zufällig in dieselbe Richtung, versuchte sie, sich selbst zu beruhigen, aber es wollte ihr nicht gelingen. Ihr Instinkt sagte ihr, dass der Mann hinter ihr her war. Dass Heino sie gesehen und diesen Kerl beauftragt hatte, ihr zu folgen. Sie zur Rede zu stellen. Oder Schlimmeres …

Sie ging schneller. Alle Vorsicht vergessend, schob und schubste sie sich zwischen den Feiernden hindurch.

Der bogenartige Durchgang, über dem ein Neonschild mit den charakteristischen Symbolen für »Damen« und »Herren« prangte, mündete in einen nackten Flur. Im flackernden Licht, das von den Tanzflächen herüberschwappte, konnte Winnie Heller einen wuchtigen Zigarettenautomaten ausmachen und daneben einen, der offenbar Kondome enthielt. Dahinter dann die nächsten Schilder. Wieder grünes Neon. »Damen« und »Herren«.

Ohne nach rechts und links zu blicken, stolperte sie weiter, der rettenden Toilettentür entgegen. Noch fünf Meter. Vier. Drei. Sie streckte die Hände aus und stieß die Tür auf, wobei sie nur mit Mühe der Versuchung widerstand, sich noch einmal nach dem Bartmann umzudrehen. Dann schlug ihr der Geruch von Parfüm, Schweiß und Desinfektionsmitteln entgegen. Unmittelbar vor ihr lag eine Wand voller schmieriger Spiegel, und die Spots an der niedrigen Decke tauchten den Raum in bläuliches, aggressives Neonlicht.

Winnie Heller zuckte leise zusammen, als hinter ihr die Tür ins Schloss schnappte und den Lärm aussperrte. Zumindest einen Teil davon. Das junge Mädchen, das bei ihrem Eintreten an einem der Waschbecken gestanden hatte, warf ihr einen vernichtenden Blick zu und verschwand nach draußen, Richtung Tanzfläche. Offenbar fühlte sie sich durch die Anwesenheit einer zweiten Person gestört.

Bleib hier, hätte Winnie Heller ihr am liebsten nachgerufen. *Lass mich um Himmels willen nicht allein!*

Sie riss die Knöpfe ihrer Bluse auf und sah sich um. Jenseits eines türlosen Durchgangs befanden sich die Toiletten, zweimal acht Kabinen, einander gegenüber. Was für eine Verriegelung? Ihre Augen glitten über das fleckige Plastik. Ein Schloss? Ein richtiges, solides Schloss? … Nein, nein, nein, verdammt, nur einer von diesen Schiebern, der obendrein nicht besonders stabil aussah. Warum in aller Welt sparten diese sündhaft teuren Klubs eigentlich ausgerechnet bei den Klotüren?

Beruhige dich, hierher kann er dir nicht folgen, hämmerte es hinter ihrer Stirn. *Das kann er nicht riskieren.* Oder doch? Winnie Heller presste sich dicht an die Wand, schlug die Tür der Kabine zu und schob den Riegel vor. Natürlich konnte er ihr folgen! Wer kümmerte sich heutzutage noch darum, wenn ein Mann in einer Damentoilette verschwand? Noch dazu an einem Ort wie diesem? Niemand, dachte sie und riss sich das Mikro vom Körper. Aber wohin damit? Wohin, verdammt noch mal?

Ihre Blicke flogen durch die enge Kabine. Kein Fenster. Kein Spülkasten. Nicht einmal ein Mülleimer. Nur einer von diesen überdimensionalen Abrollern für Toilettenpapier, bei denen sie noch nie kapiert hatte, wie sie funktionierten. Ihre zitternde Hand tastete den Schlitz ab, durch den das Papier nach draußen lief. Wie zum Henker wechselte man diese verdammten Rollen? Irgendwo musste so ein Ding doch schließlich aufgehen. Irgendwo … Sie erstarrte mitten in der Bewegung, als sie die Tür hörte. Die Tür zur Tanzfläche. Ein paar flüchtige Augenblicke lang war das Wummern der Bässe angeschwollen. Dann Schritte. Gummisohlen auf Linoleum. Er bemühte sich, so leise wie möglich zu sein, aber ihre Instinkte waren noch immer bis aufs Äußerste geschärft. Sie hörte ihn trotzdem. Es war ein Mann, eindeutig. Und sie hatte keinerlei Zweifel an seiner Identität.

Sie wich einen Schritt von der Tür zurück und blickte an sich herunter, wobei ihr die Rötung auffiel, die der Klebestreifen auf ihrer Haut hinterlassen hatte. Jener Klebestreifen, den sie eigenmächtig und zusätzlich zu der üblichen Befestigung benutzt hatte, damit das Mikro auch ja an seinem Platz blieb. Warum, um alles in der Welt, musste sie auch immer alles zweihundertprozentig absichern? Das darf der Typ auf keinen Fall zu sehen kriegen, fluchte sie im Stillen und warf das Mikro samt Ohrknopf kurzerhand in die Kloschüssel. Dann knöpfte sie in aller Eile ihre Bluse wieder zu, so weit, bis ihr Dekolleté einschließlich der verdächtigen Rötung züchtig bedeckt war, und riss ein paar Blatt Toilettenpapier von der Rolle an der Wand. Zugleich lauschte sie nach den Schritten, die sie gehört hatte.

Wo war dieser Scheißkerl hin? War er …?

Sie hörte nichts mehr. Kein Laut, kein Atemzug verriet die Anwesenheit einer zweiten Person. Aber er war da. Sie wusste, dass er da war. Sie konnte ihn fühlen, seine Präsenz. Seine Nähe …

Warum ist der Kerl nicht längst hier drin?, zuckte es durch ihre Gedanken. Warum hat er die Tür noch nicht aufgebrochen, eingetreten, was auch immer? Schließlich sind wir ganz allein. Und er muss auf den ersten Blick gesehen haben, in welcher der Kabinen ich mich befinde. Warum zum Henker ist er noch nicht da?

Worauf wartet er?

Dass ich von selbst herauskomme?

Und warum ist es eigentlich so gottverdammt einsam hier? Muss denn keine einzige von all diesen durchgestylten Tussen da draußen pinkeln? Und warum kommt nicht wenigstens mal eine von ihnen hier rein, um ihr Make-up aufzufrischen? Oder ein paar Lines zu ziehen? Oder sich mit ihrem Freund zu vergnügen? Aus den Augenwinkeln schielte sie an der dünnen Trennwand hinauf. Wenn er in die Nachbarkabine gegangen war und … Vor ihrem inneren Auge dämmerten Bilder herauf. Sigourney Weaver als traumatisierte Psychologin in *Copykill*. Sie trägt ein knallrotes, überaus elegantes Kostüm, weil sie gerade einen Vortrag gehalten hat, und will vor ihrer Abfahrt nur noch mal schnell die Toilette benutzen. Und dann ist da dieser Wahnsinnige, dessen Hand urplötzlich über der Trennwand zur Nachbarkabine auftaucht und der ihr einen Strick um den Hals legt. Oder war es ein Drahtseil? Winnie Heller schüttelte ratlos den Kopf. Sie erinnerte sich nicht mehr. Nur daran, dass Sigourney Weaver ein paar Sekunden später unter der niedrigen Decke baumelt und röchelnd nach Luft ringt. Blut und Gehirnmasse irgendeines Polizisten oder Wachmannes waren gegen die Kacheln über den Waschbecken gespritzt, aber das war ein Trick gewesen, nur ein Trick, oder nicht? Sie runzelte die Stirn. Wieso fiel ihr nicht mehr ein, wie die Szene weiterging? Immerhin war es doch eine Art Schlüsselszene und …

Du kannst dich nicht ewig hier drinnen verkriechen. Damit machst du dich nur unnötig verdächtig. Also tu gefälligst irgendwas! Handle!

Winnie Heller betätigte die Spülung, fiel auf die Knie und steckte sich kurzerhand einen Finger in den Hals. Das Kotzen fiel ihr bei weitem nicht so leicht, wie sie gehofft hatte, aber es ging irgendwie. Allerdings musste sie recht grob mit sich werden. Die zarten Schleimhäute in ihrem Rachen zogen sich schmerzvoll zusammen, als sie sich den Zeigefinger bis zum Anschlag in den Hals rammte. Sie verspürte einen leichten Brechreiz. Aber es reichte nicht. Noch nicht. Sie war kein Mensch, der sich leicht übergab, eher im Gegenteil: Diese Form der Erleichterung war ihr von jeher ausgesprochen schwergefallen. Etwas in ihr schien sich mit aller Vehemenz dagegen zu wehren, vielleicht, weil sie es insgeheim als entwürdigend empfand, vor einer stinkenden Kloschüssel zu knien und etwas, das bereits in ihr gewesen war, auf diese Art und Weise wieder herauszugeben.

Mach schon, verdammt noch mal, übergib dich endlich!

Sie holte Luft und senkte den Kopf noch tiefer, wobei sie sich mit beiden Händen an der Klobrille festhielt. Der Gestank, der ihr aus der fleckigen Schüssel entgegenschlug, war trotz des dezent unterhalb des Rands angebrachten Duftsteins bestialisch. Und vermutlich wurden diese Toiletten auch nur einmal am Tag gereinigt, wahrscheinlich morgens. Winnie Heller erschauderte bei dem Gedanken an die unzähligen Keime, die seither in diese Schüssel gelangt sein mussten. Keime oder Schlimmeres …

Sie schloss die Augen und versuchte, sich ein wenig zu entspannen, während ihr Zeigefinger die Rückwand ihrer Kehle kitzelte. Sie merkte, wie sich ihr Mund mit Speichel füllte, ihr Herz begann zu flattern wie ein kleiner, eingesperrter Vogel, und endlich konnte sie nun auch kotzen. Erleichtert, aber auch voller Erschütterung lauschte sie dem Lärm, den sie dabei machte. Ihrem eigenen, angestrengten Atem. Ihrem heiseren Keuchen, das durch die Nacktheit des Ortes noch um ein Vielfaches verstärkt wurde. Sie fühlte Schweiß, der kalt und klebrig ihren Nacken hinabrann und anschließend im Kragen ihrer Bluse versickerte. Dann hob sich ihr Magen erneut.

Sie hatte sich eben ein paar Lagen Klopapier auf die Lippen gedrückt, als sie einen Schatten auf den Kacheln hinter sich bemerkte. Den Schatten von Schuhen. Seine Füße, ganz sicher.

Dann wurde an die Tür geklopft. Nein, nicht geklopft, gehämmert.

»Hey, alles in Ordnung da drinnen?«

Noch immer auf Knien, vollführte Winnie Heller eine Vierteldrehung und lehnte ihren schweißnassen Rücken gegen die kühle Trennwand. »Wer sind Sie?«, keuchte sie. Eine durchaus berechtigte Frage, wie ihr schien. Schließlich befanden sie sich hier auf einer Damentoilette. »Was wollen Sie?«

Der Mann antwortete mit einer Gegenfrage. »Ist Ihnen übel?«

Saublöde Frage, dachte Winnie Heller. »Ja, verdammt.«

Sie fühlte einen leisen Luftzug. Er war einen Schritt zurückgetreten. »Machen Sie die Tür auf.«

»Ich …« Sie stutzte, als unvermittelt ein erneuter Brechreiz in ihr aufstieg. So lange ihr Körper gebraucht hatte, um zur Sache zu kommen, so hartnäckig blieb er jetzt bei der Stange. Schnell beugte sie sich wieder über die Schüssel.

Während sie kotzte, hörte sie, wie der Kerl vor ihrer Kabine an der Tür rüttelte. Aber noch hielt der billige Schieber seinen Versuchen stand. »Öffnen Sie, verdammt noch mal. Sofort.«

Winnie Heller strich sich ein paar schweißnasse Haarsträhnen aus der Stirn und drehte sich um, ohne abermals die Spülung betätigt zu haben. Dies war definitiv nicht der Augenblick, in dem man sich Eitelkeiten leisten konnte. Oder falschen Stolz. Hier ging es einzig und allein um Glaubhaftigkeit.

Sie seufzte und zog den Schieber zurück.

Der Kerl mit dem Kevin-Kurányi-Bart stand breitbeinig in der Tür und blickte auf sie herunter, während sie noch immer auf den Knien lag. Taxierte die Situation. Winnie Heller konnte sehen, wie seine Augen an der bespritzten Kloschüssel hängen blieben. Von dort wieder zurück wanderten. Zu ihrem schweißnassen Gesicht. Hinunter zu den Ärmeln ihrer Bluse, die ebenfalls ein paar Spritzer abbekommen hatten. Zu ihren zitternden Händen. An seiner Miene konnte sie ablesen, wie er auswertete, was er sah. Und auf einmal empfand sie doch etwas wie Scham. Eine vollkommen derangierte Frau in einer schäbigen Toilette, auf den Knien vor einem Mann, der bei ihrem Anblick nichts als Abscheu und Ekel empfand. Sie schluckte und hätte sich am liebsten die Hände vors Gesicht gehalten wie ein kleines Kind. Sich verstecken. Fortwünschen. Die Welt ausblenden.

»Was Falsches gegessen?« Jetzt grinste er plötzlich. Und selbst das empfand sie als persönliche Beleidigung, auch wenn ihr klar war, dass sie sich darüber freuen musste, weil es bedeutete, dass er ihr glaubte.

»Ich …« Sie schluckte erneut. Ihre Kehle brannte wie Feuer. »Tja, ich fürchte, ich vertrage einfach nicht mehr so viel wie früher.«

Dämliche Antwort!, schoss es ihr durch den Kopf. Verdammt dämliche Antwort! Was, wenn sie gesehen haben, dass du nur eine Cola getrunken hast?

Doch der Kerl grinste nur noch breiter. »Kommen Sie, ich helfe Ihnen!« Er beugte sich vor und griff ihr unter die Arme, während sie überlegte, ob sie ihn nicht eigentlich fragen müsste, was er auf der Damentoilette verloren habe. Seine Hände waren schlank, aber kräftig und schlüpften mit geübten Bewegungen unter ihre Achseln und von dort an ihren Brüsten entlang bis zur Taille, als er ihr auf die Beine half. Kein Zweifel, er war noch immer vorsichtig. Aber er schien auch nichts zu finden, das sein Misstrauen erregte. Seine Berührungen waren ebenso zweckmäßig wie gleichgültig. Als sie stand, trat er einen Schritt zurück und musterte sie noch einmal von oben bis unten. »Besser?«

Winnie Heller nickte und bückte sich nach ihrer Handtasche neben der Kloschüssel. Irgendwie erwartete sie, dass er sie ihr wegnehmen würde, um sie zu inspizieren, doch er würdigte die Tasche keines Blickes.

»Kann ich sonst noch was für Sie tun?« Er sprach trotz seines fremdländischen Aussehens akzentfreies Deutsch. »Ein Taxi rufen vielleicht?«

»Danke«, entgegnete sie mit einem leisen Kopfschütteln. »Ich schätze, ich brauche einfach ein paar Stunden Schlaf.«

»Sind Sie allein hier?«

»Mein …« Sie hustete und schenkte ihm ein reichlich schiefes Lächeln. »Mein Mann hatte was Besseres vor.«

Ja, selbstverständlich hatte er das, schien sein Blick zu sagen, *bei so einer hässlichen Kuh von Ehefrau.* »Und Sie sind sicher, dass Sie es ohne Hilfe bis nach Hause schaffen?«

Sie nickte wieder. »Klar, kein Problem.«

»Passen Sie auf, dass Ihnen nicht wieder schlecht wird«, sagte er, dann drehte er sich auf dem Absatz um und verschwand durch den Vorraum nach draußen.

Winnie Heller starrte ihm nach. Ihre Knie fühlten sich an, als bestünden sie aus Gallert, und sie merkte, wie sich das Zittern allmählich über ihren ganzen Körper ausbreitete. Mühsam tastete sie sich durch den Raum, zu den Waschbecken hinüber.

Ein flüchtiger Blick in den Spiegel verriet ihr, was sie bereits geahnt hatte. Sie sah einfach fürchterlich aus! Ihr Gesicht war aschgrau mit ein paar überaus hässlichen roten Flecken rund um Mund und Nase. Dazu waren Unterlippe und Kinn verschmiert von Lippenstift, und auf ihrer Stirn glitzerte ein zäher, ungesund wirkender Schweißfilm. Winnie Heller stöhnte und zwang sich, ihrem eigenen Anblick eine Weile standzuhalten. Und sie hatte sich tatsächlich Gedanken über die blöde Rötung in ihrem Dekolleté gemacht! Sie schüttelte abschätzig den Kopf, drehte den Hahn auf und hielt ihr Gesicht unter den eiskalten Strahl. Während das Wasser ihr über Stirn und Wangen lief, bemühte sich ihr Verstand vergeblich, zu analysieren, was gerade geschehen war. War sie davongekommen? In Sicherheit? War die Gefahr, enttarnt zu werden, tatsächlich gebannt? Oder hatte der Kerl sie getäuscht und wartete jetzt, in diesem Augenblick, irgendwo da draußen darauf, dass sie die Toilette verließ, um sie sich zu schnappen?

In ihrem Ohr rauschte das Wasser, und Winnie Heller fühlte, wie ihre Wange allmählich taub wurde vor Kälte, aber sie konnte sich nicht überwinden, den Hahn abzudrehen. Sie wollte, sie brauchte diesen kleinen Aufschub, um wieder zu Kräften zu kommen. Erst als ihr einfiel, dass ihre Kollegen vor dem Klub den Kontakt zu ihr bereits vor Minuten verloren hatten und womöglich gerade lebhaft darüber diskutierten, ob sie ihr zu Hilfe eilen oder doch lieber noch warten sollten, drehte sie das Wasser ab.

Mit neu erwachender Energie stemmte sie die Hände gegen den Rand des Waschbeckens und blinzelte sich ein paar feine Wassertröpfchen aus den Wimpern. Dann sah sie wieder in den Spiegel. Ihr Gesicht wirkte noch immer reichlich mitgenommen, aber die hektischen Flecken waren nun einer ebenmäßigen Rötung gewichen, die entschieden vorteilhafter war als der grau gesprenkelte Teint von eben.

Winnie Heller riss ein paar Einweghandtücher aus dem Spender neben dem Becken und trocknete Wangen und Stirn ab. Dann ließ sie sich ein wenig Wasser in die Hand laufen und spülte ihren Mund aus, um anschließend in ihrer Kroko-Puppenhandtasche eine Weile nach Kajalstift und Maskara zu kramen. Du musst dich zusammenreißen, dachte sie. Die Kollegen werden Fragen stellen. Sie werden wissen wollen, wie die Sache gelaufen ist. Und sie werden dein Verhalten analysieren.

Im grellen Neonlicht des Spiegels zog sie einen halbwegs geraden Lidstrich um ihre etwas zu kleinen und annähernd runden Augen, tuschte die Wimpern zweimal kräftig schwarz und erneuerte auch den Lippenstift in kussechtem Icepink, einer Nuance, die zwar – zumindest für ihren Geschmack – viel zu auffällig war, um sie an einem normalen Arbeitstag im KK 11 zu tragen, die jedoch trotzdem ausgesprochen gut mit ihrem Teint harmonierte. Kalter Farbtyp, dachte sie zufrieden, während sie den Lippenstift wieder in die Hülse zurückdrehte. Das war eins von den ersten Dingen, die sie bei der Mordkommission gelernt hatte: dass sie dem kalten Farbtyp angehörte. Nachdem sie bezüglich ihrer Haar- und sonstigen Farben jahrelang im Dunkeln getappt war, hatte Hermann-Joseph Lübke, ein rothaariger Mittfünfziger, der der erkennungsdienstlichen Abteilung des Präsidiums vorstand, ihr gleich an ihrem zweiten Tag bei der Mordkommission quasi im Vorbeigehen eröffnet, dass sie trotz ihrer grünen Augen und des goldenen Schimmers, den ihr Haar bei bestimmten Lichtverhältnissen aufwies, keinesfalls den warmen Farbtypen »Frühling« oder »Herbst« zuzurechnen sei, sondern vielmehr den Prototyp einer Sommerfrau verkörpere. Einer Frau, der kühle, verwaschene Farben und Silberschmuck standen.

Winnie Heller trat einen Schritt zurück und begutachtete das Ergebnis ihrer Restaurationsbemühungen im Spiegel. Oh ja, Lübke wusste eine Menge nützliche Dinge! Dazu spielte er Poker wie der Teufel höchstpersönlich und erkannte jede Erdart, die es in diesem Land gab, am Geschmack. Zumindest behauptete er das …

Als die Tür in ihrem Rücken aufflog, griff sie instinktiv nach ihrer Tasche, aber dieses Mal waren es nur zwei grell geschminkte Mädchen, vielleicht achtzehn oder neunzehn Jahre alt. Sie betrachteten Winnie Heller mit einer Mischung aus Abscheu und Unverständnis und verschwanden dann Hand in Hand in einer der Kabinen. Die Tür zum Klub fiel zu, und die wummernde Musik, die mit den Mädchen hereingeflutet war, verkam wieder zu einem gedämpften Pochen. Winnie Heller warf einen letzten prüfenden Blick in den Spiegel, dann stopfte sie ihre Schminksachen wieder in ihr Puppenhandtäschchen zurück und verließ die Toilette, wobei sie sich alle Mühe gab, wie eine unglücklich verheiratete Frau auszusehen, die ihren ehelichen Dauerfrust in zu viel Wodka ertränkt, dieses Vergehen anschließend bitterlich über einer verdreckten Kloschüssel gebüßt und sich nun vorgenommen hat, halbwegs geradlinig und einigermaßen würdevoll bis zu ihrem Auto zu kommen.

Im Gehen warf sie einen flüchtigen Blick zur VIP-Lounge hinüber, wo Milan Baranovic auf einer schwarzen Ledercouch lümmelte und sich mit einem Pärchen um die dreißig unterhielt. Von Heino hingegen war nichts zu sehen. Ebenso wenig wie von Kevin Kurányi. Aber was hieß das schon? Winnie Heller biss sich auf die Lippen und hielt sich dicht an der Wand, bis sie die Tür sehen konnte. Doch auch der Kerl, der vor ihrem unfreiwilligen Abstecher auf die Toilette dort Position bezogen hatte, war verschwunden.

Kurz vor dem Ausgang wurde sie von einem Mann angerempelt, der nach ihrer Schulter griff und ihr irgendetwas, das sie nicht verstand, ins Gesicht brüllte, aber sie kümmerte sich nicht weiter darum. Erst auf dem Parkplatz vor dem Klub blickte sie wieder einmal kurz hinter sich. Folgte ihr jemand? Nein. Wohl nicht. Alles, was sie sah, war eine Gruppe aufgepulverter Jungunternehmer, die sich soeben anschickte, den Klub zu betreten. Ihre Finger, die völlig verkrampft um die Griffe ihres Puppenhandtäschchens gelegen hatten, lockerten sich ein wenig, als sie quer über den Parkplatz zu dem alten Honda ging, der ebenfalls zu ihrer Flittchenausstattung gehörte. Bevor sie den Schlüssel ins Schloss schob, tippte sie sich flüchtig ans Ohr, um Mettlach und seinem Kollegen zu signalisieren, dass sie nicht mehr verkabelt war, auch wenn es ihr denkbar unwahrscheinlich schien, dass die Kollegen diesen Umstand nicht längst bemerkt hatten. Dann stieg sie in den Wagen und fuhr zu der Seitenstraße, in der Auerbachs Van stand.

Noch bevor sie Gelegenheit zum Aussteigen hatte, wurde die Schiebetür aufgerissen, und Verhoeven sprang heraus. »Was zur Hölle war los da drin?«, herrschte er sie an, doch er klang alles in allem eher besorgt als wütend. »Warum hat das so lange gedauert?«

Hinter ihnen stoppte Mettlachs Passat mit quietschenden Reifen.

Ohne auf die Fragen ihres Vorgesetzten auch nur mit einer einzigen Silbe einzugehen, wandte Winnie Heller sich Auerbach zu, der in diesem Moment hinter Verhoeven aus dem Van kletterte. »Tut mir leid, aber ich musste meine Verkabelung in die Toilette werfen«, bekannte sie, wobei sie es sorgsam vermied, dem bohrenden Blick ihres Vorgesetzten zu begegnen. »Ich hatte auf einmal das dringende Gefühl, dass sie auf die Idee kommen könnten, mich zu filzen.«

»Irgendwie müssen die den Braten gerochen haben«, nickte Auerbach, und doch hatte Winnie Heller den Eindruck, dass der Einsatzleiter sie persönlich für das Scheitern der Aktion verantwortlich machte. Sie überlegte, ob sie protestieren sollte, entschied sich jedoch dagegen, weil es ihr irgendwie unklug erschien, sich gegen einen Vorwurf zu verwehren, der nicht einmal offen ausgesprochen worden war. Trotzdem blieb das Empfinden, dass der Schwarze Peter in dieser Angelegenheit bei ihr lag. Dass sie schlecht aussah. Sie zog das geliehene Handy aus der Tasche und streckte es dem Leiter der Ermittlungsgruppe »Spartakus« zusammen mit den Honda-Schlüsseln entgegen.

»Hatten Sie Schwierigkeiten, da unbehelligt herauszukommen?«, fragte Auerbach, indem er das Mobiltelefon einsteckte und Mettlachs Kollegen die Autoschlüssel zuwarf.

Winnie Heller dachte an den Mann mit dem Kevin-Kurányi-Bart und an den Ausdruck in seinen Augen, als sie vor ihm auf den nackten Fliesen gekniet hatte. »Niemand hat versucht, mich aufzuhalten, wenn es das ist, was Sie wissen wollen«, antwortete sie ausweichend.

»Aber Sie hatten Kontakt zu den Männern?«, hakte Verhoeven nach, der seine Kollegin gut genug kannte, um zu wissen, wann sie nicht die ganze Wahrheit sagte.

»Einer von ihnen ist mir bis auf die Damentoilette gefolgt«, gab Winnie Heller zu, indem sie Auerbach auch noch das puppige Handtäschchen samt Herrentaschentuch und antikem Inhalt aushändigte. »Er hat mich abgetastet und ... Na ja, ich hatte das Gefühl, dass er nach einer Waffe sucht. Oder nach einer Wanze. Als er nichts gefunden hat, ist er abgehauen.« Sie überlegte einen Augenblick, ob sie erwähnen sollte, welches Schmierentheater sie hatte aufführen müssen, um das Misstrauen des Mannes zu zerstreuen. Doch sie konnte sich lebhaft vorstellen, wie die Kollegen von der Abteilung für organisierte Kriminalität reagieren würden, wenn sie erzählte, dass sie sich einen Finger in den Hals geschoben hatte, um sich in eine komplett verdreckte Toilette übergeben zu können. Ihr Blick suchte Verhoeven, der mit nachdenklicher Miene auf den Asphalt hinuntersah. »Es war ein bisschen unbequem, aber nachdem der Kerl gecheckt hatte, dass ich sauber bin, konnte ich ohne Probleme gehen«, wiederholte sie hastig.

Seine Augen blieben einen Moment lang prüfend an ihrem Gesicht kleben. Dann nickte er. Ob er wirklich überzeugt war, hätte sie beim besten Willen nicht sagen können.

»Es muss etwas durchgesickert sein«, sagte Mettlach in die frustrierte Stille, die sich zwischen ihnen breitgemacht hatte.

Verhoeven tauschte einen Blick mit Auerbach, der trotz der lauen Temperaturen aussah, als würde er frieren. »Vielleicht spielt dein sogenannter Informant ein doppeltes Spiel.«

»Durchaus möglich«, entgegnete der Einsatzleiter ausdruckslos. »Wer will das wissen bei diesen Kerlen? Fest steht jedenfalls, dass wir nach einem anderen Weg suchen müssen, die Bande dranzukriegen. Aber so ist das nun mal.« Er zuckte die Achseln. »Man kann nicht immer alles sofort haben. Manche Dinge brauchen einfach Zeit.«

Winnie Heller starrte an ihm vorbei in die geöffnete Hecktür des Vans. Sie wusste, sie hatte die Erwartungen ihrer Kollegen enttäuscht, auch wenn niemand das offen auszusprechen wagte. Diese Männer hatten auf sie gesetzt, und sie hatte die Sache vergeigt. Punktum. Sie fühlte, wie Wut in ihr aufstieg. Eine dumpfe, elementare Wut auf sich selbst. Und auf einmal wollte sie nur noch weg. Den neugierigen Blicken entfliehen. Sich die Schminke vom Gesicht waschen. Ihre Ruhe haben. Den morgigen Tag hatten Verhoeven und sie aufgrund dieses Einsatzes dienstfrei, und wenn sie erst einmal über die Sache geschlafen hatte, würde alles schon wieder ganz anders aussehen. Besser …

»Tja, dann werd' ich mal«, verkündete sie leichthin, wobei sie es sorgfältig vermied, Verhoeven anzusehen. Trotzdem entging ihr nicht, dass seine Augen einen besorgten Ausdruck angenommen hatten. Es beunruhigte sie, dass er sie so oft durchschaute, denn im Grunde war sie der Meinung, dass sie einander kaum kannten. Außerhalb der Dienstzeiten hatten sie keinerlei Kontakt, sie erzählten sich nichts, das man auch nur im Mindesten als privat einstufen konnte, und sie hatten auch noch kein einziges Mal nach der Arbeit auf einen Drink zusammengesessen. Sie waren einfach zwei Menschen, die zufällig denselben Job erledigten und die sich dabei zwangsläufig über den Weg liefen. »Sie haben meinen Bericht am Mittwochmorgen vorliegen, wenn Ihnen das reicht«, wandte sie sich wieder an Auerbach, als sie bemerkte, dass Verhoeven überhaupt nicht daran dachte, wegzusehen.

»Mittwoch ist okay«, entgegnete Auerbach. »Und nehmen Sie's nicht zu schwer, Mädchen. War nicht Ihr Fehler.«

Sie versuchte ein Lächeln, aber Heinz Auerbach hatte sich bereits wieder umgedreht und suchte seine Sachen zusammen.

»Ich begleite Sie noch zu Ihrem Wagen«, verkündete Verhoeven hinter ihr.

Na, das fehlte ja gerade noch! Winnie Heller fühlte, wie ihr die Zornesröte in die Wangen kroch. Zuerst dieser mehr als herablassende Trost ihres Einsatzleiters, und nun auch noch ein Vorgesetzter, der meinte, den Kavalier spielen zu müssen, um auf dem Weg zu ihrem Auto ein paar aufmunternde Worte loszulassen. »Nicht nötig«, sagte sie, wobei sie sich alle Mühe gab, endgültig zu klingen. Klarzumachen, dass sie keinen Geleitschutz brauchte und dass sie sich, was das betraf, auch auf keine weitere Diskussion einlassen würde. »Es ist gleich um die Ecke.«

Verhoeven warf einen Blick auf seine Armbanduhr, als ob sie ein Teenager sei, der um diese Uhrzeit längst ins Bett gehörte. »Sind Sie sicher?«

Sie nickte. Oh ja, sie war ganz sicher! Aber damit er nicht auf dumme Gedanken kam, sagte sie noch einmal: »Es sind wirklich nur ein paar Schritte.«

Er zögerte einen Augenblick, bevor er in seine Brusttasche griff und ihr Portemonnaie sowie die Schlüssel zu ihrem Polo aushändigte, die er für sie verwahrt hatte. »Gut, dann sehen wir uns also übermorgen im Büro.«

»Übermorgen«, nickte sie und hob grüßend die Hand, bevor sie auf ihren schwindelerregend hohen Plastikpumps durch die Nacht davonstakste.

4 *Morgen …*

Irgendwie warte ich die ganze Zeit auf den Moment, in dem ich so was wie Aufregung fühle oder Nervosität, aber im Augenblick bin ich noch total cool. Es ist, als ob mich einer in einen Behälter mit Eiswasser getaucht hätte, und das finde ich irgendwie fast enttäuschend, aber der Kick wird schon noch kommen, wenn es Zeit ist. Da bin ich ganz sicher. Schade nur, dass ich kein Diktiergerät oder so was mitnehmen kann, um meine Kommentare und ihre Schreie und all das aufzunehmen. Aber das wäre wohl doch zu riskant. Wer weiß, ob die Bullen einen nicht durchsuchen, hinterher …

Na ja, dann muss ich mich eben auf mein Gedächtnis verlassen. Und alles so schnell wie möglich aufschreiben, solange die Eindrücke noch frisch sind. Immerhin soll da ja mal ein Buch draus werden, das mich von einem Tag auf den anderen an die Spitze der Bestsellerliste katapultiert. »Bericht aus der Hölle« oder so was in der Richtung. Erinnerungen eines Amokläufers …

Ich glaube, Devil denkt noch immer, dass ich nicht genug Mumm habe und im letzten Augenblick kneifen werde. Zumindest lässt er andauernd irgendwelche nervigen Sticheleien ab von wegen, ich könnte die Sache ja immer noch abblasen, wenn's mir zu heiß würde und so. Aber was das betrifft, täuschst du dich gewaltig, Mann. Ich habe den nötigen Mumm! Und was noch viel besser ist: Ich habe auch den nötigen Grips!

Tja, Frau Ringstorff, tja, Herr Dammrich und wie ihr sonst noch alle heißt, ihr werdet schon noch mitkriegen, wie viel Grips ich habe! Und vielleicht werdet ihr euch schon morgen wünschen, dass ihr ein bisschen netter zu mir gewesen wärt, alle miteinander. Netter – und vor allem respektvoller!

Aber das scheint irgendwie mein Schicksal zu sein, dass mich alle unterschätzen. Und ich fürchte, das wird sich auch nach morgen Vormittag nicht ändern. Aber das macht nichts, weil ich *anders sein werde. Ich ganz persönlich. Und darauf allein kommt es an!*

Ich werde anders sein, weil ich weiß, dass ich etwas absolut Einmaliges getan habe. Etwas, das keinem von diesen anderen Idioten, die ihre Spuren in der Geschichte des Massenmords hinterlassen haben, je eingefallen wäre. Nur leider, leider, leider werde ich mein Wissen um meine Großtat eine ganze Weile für mich behalten müssen, eine ziemlich lange Weile sogar. Nichtsdestotrotz wird der Tag kommen, an dem ich aus der Versenkung auftauche wie Phönix aus der Asche und der Welt eröffne, wie ich wirklich bin und was ich getan habe. Und dann, zu irgendeinem Zeitpunkt, den ich selbst bestimme, in einem Moment, wo mir meine Freiheit, zumindest die körperliche, nicht mehr so wichtig ist, werde ich den Beweis dafür liefern, dass dieser armselige kleine Loser, den sie für das Massaker am Clemens-Brentano-Gymnasium verantwortlich gemacht haben, nichts weiter als das Opfer eines Größeren war.

Mein Opfer.

Nein! Eins *von meinen Opfern, um genau zu sein.*

Einzig und allein Devil werde ich natürlich einweihen, hinterher. Schon allein, um ihm sein großkotziges Getue auszutreiben. Es ist dir am Ende vielleicht doch nicht wirklich ernst, *mailte er mir neulich.* Dein Hass und deine Verachtung für diese Subjekte sind nicht so stark, wie du glaubst. Und wenn du feststellst, dass du es doch nicht draufhast, wenn dir die Sache am Ende vielleicht doch zu heiß wird, dann kannst du immer noch umkehren. Selbst jetzt noch. Denk daran ... *Dummes, gestelztes Gelaber! Manchmal habe ich echt das Gefühl, dieser Wichser denkt, das Ganze ist nur ein harmloser Spaß. Eine Art Gedankenspiel, das ich abziehe, um Frust abzulassen. So wie sich manche Typen in irgendwelchen Foren als Schlachtopfer anbieten und dann kalte Füße kriegen, wenn sie an einen geraten, der die passenden Geräte schon im Keller stehen hat und der wirklich Ernst macht mit dem Schlachten ...*

Aber von meiner Seite ist es nie ein Spiel gewesen, von Anfang an nicht. Ich bin keiner, der in einer beschissenen Phantasiewelt lebt, und auch keiner von diesen Typen, die beim Chatten behaupten, sie wären eins neunzig groß und Profibasketballer, wo sie in Wirklichkeit bloß irgendwelche pickligen Krüppel sind. Nein, Devil, ich gehöre definitiv zu den Leuten, die todernst meinen, was sie sagen!

Natürlich musste ich den Plan, der schon lange in mir war, hier drinnen, in meinem Kopf, noch ein wenig ausfeilen, ihn perfektio-

nieren und auf mögliche Schwachstellen abklopfen, und dafür war es ganz hilfreich, jemanden zu haben, mit dem ich mich austauschen konnte. Der ähnlich denkt und fühlt, auch wenn er selbst natürlich nie den Mumm hätte, so weit zu gehen, wie ich morgen gehen werde. ICH werde die Grenze überschreiten, und ich freue mich jetzt schon darauf, was Devil sagen wird, wenn er mitkriegt, dass ich die Sache wirklich und wahrhaftig durchgezogen habe!

Immerhin haben wir das alles hundertmal durchgekaut, Devil und ich. Wir haben Diskussionen darüber geführt, welche Reihenfolge die beste ist, wo man anfangen müsste, um möglichst viele Opfer zu machen – so nennen wir das, wenn wir Klartext reden: »Opfer machen« –, und was man tun würde, wenn dieses oder jenes passiert und so weiter. Oh Mann, ich glaube, wenn Devil wüsste, dass ich mich morgen nicht in allen Punkten an unsere Strategie halten werde, würde er die Krise kriegen! Perfektion, *sagt er immer.* Was wir brauchen, ist Perfektion. Den ultimativen Plan. Einen, der alle Eventualitäten einschließt. Denn nur, wenn du tatsächlich an alles gedacht hast, wirst du Erfolg haben. *Bla, bla, bla …*

Tja, mein Freund, ich werde trotzdem Erfolg haben. Sogar mehr, als du glaubst. Und ich habe ganz bestimmt nicht vor, mir von irgend so einem beschissenen Scharfschützen eine Kugel in den Kopf jagen zu lassen! Auf diese Art von Ruhm kann ich echt verzichten!

Und mal ehrlich: Richtig geil wird's doch sowieso erst im Nachhinein, wenn du sozusagen in aller Munde bist und deine Heldentat dir von jeder Titelseite entgegengrinst. Das ist doch im Grunde der Punkt, an dem die Sache erst anfängt, Spaß zu machen, und ich würde es voll schade finden, wenn ich um die Früchte meiner Arbeit gebracht werde, bloß weil ich zum Zeitpunkt meines Comingouts bereits in der Hölle schmore!

Als ich das erste Mal ernsthaft darüber nachgedacht habe, davonzukommen, hatte ich ja die Idee, Lukas Wertheim, diesen verfickten Casanova, den Part des Sündenbocks übernehmen zu lassen. Oder Steven, seinen Zusammen-legen-wir-die-ganze-Schule-flach-Kumpel. Oder am besten gleich beide. Das wäre eine besonders coole Form von Rache gewesen. Dass diese beiden Dreamboys der Nation zum Entsetzen von Mum und Dad als schießwütige Irre in die Geschichte eingehen, noch dazu für etwas, das sie gar nicht getan haben. Vom Profil her hätte es jedenfalls voll gut gepasst, immerhin könnte eine halbes Dutzend Leute den Bullen was über diese Gotcha-Ballereien erzählen, die die beiden im Wald rund um die Jagdhütte von Lukas' Altem veranstalten. Und von einem E-Pneumaten zu einer Glock ist es ja eigentlich auch nur ein kleiner Schritt, noch dazu für einen, der bekannt dafür ist, anderen einen beschissenen Paintball-Markierer an die Schläfe zu halten und dabei was von Exekution zu labern … Da hätte ich ihnen eigentlich nur noch irgendeine nette kleine Todesliste unterschieben müssen, und schon wären sie als Duo infernale in die Geschichte eingegangen wie Harris und Klebold für Arme!

Aber Lukas und Steven wären unter Garantie misstrauisch geworden, wenn ich, ausgerechnet ich, *sie aufgefordert hätte, zu einer ganz bestimmten Uhrzeit in einem Putzraum zu erscheinen …*

Nein, nein, für diesen Teil des Plans kam nur jemand in Frage, der dumm genug ist, keine Fragen zu stellen.

Tja, Svennie, Pech gehabt, wie man so schön sagt. Aber keine Sorge, es ist ganz und gar nichts Persönliches. Ich habe nämlich eigentlich gar nichts gegen dich, außer, dass du eine komplette Null bist. Einer, auf den es nicht ankommt und dessen Verschwinden von diesem Planeten niemandem wehtun wird. Ein belangloses Nichts ohne Rückgrat und eigene Meinung. Der perfekte Sündenbock eben. Auch was den familiären Hintergrund betrifft. Ich meine, Svennie-Boy ist zwar nicht gerade blöd, also nicht blöd im herkömmlichen Sinn, aber er hat zwei ältere Brüder, das sind echte Superhirne, und neben denen geht er immer irgendwie unter, ganz egal, wie sehr er auch mit seinen Beinchen strampelt. Einer von diesen Superbrüdern studiert Mathe an der Sorbonne. Und der andere ist mit knapp dreißig schon Professor für Informatik oder so was in der Richtung. Die stolze Mama spielt Tennis und vögelt den Trainer. Und Daddy übernachtet in seinem Büro und kommt nur an Heiligabend auf ein Stück Braten nach Hause.

Und Svennie?

Tja, Svennie lernt und lernt und lernt und arbeitet sich Woche für Woche durch einen Haufen superkluger Bücher, um vor seinen überfliegerischen Brüdern nicht komplett bescheuert dazustehen, aber er kriegt, wenn überhaupt, nur mittelmäßige Noten. Aber das liegt daran, dass er selbst ganz und gar Mittelmaß ist. Nur Klavier spielt er angeblich richtig gut, der liebe Svennie, bloß zählt das natürlich nicht viel, mit so 'nem Scheißmathematiker und einem Informatikprofessor als Bruder. Kurz gesagt, Svennie-Boy ist ein Komplett-Loser. Oder »musisch«, wie die Ringstorff das nennen würde.

Die Ringstorff steht total auf musische Typen. Und auch auf musische Mädchen. Auf die sogar ganz besonders, wenn ich so darüber nachdenke. Ja, Mann, vielleicht ist sie ja 'ne Lesbe, die Ringstorff, wer weiß das so genau? Verheiratet ist sie jedenfalls nicht, und richtige Kerle haben bei der ohnehin nichts zu melden. Vielleicht würde Ihnen zur Abwechslung auch mal ein bisschen Lektüre guttun, *hat sie immer rumgetönt, und dabei hat sie ihren verächtlichen Blick dann ganz langsam über meine Oberarmmuskeln wandern lassen. So ein echter Männerhasser-Blick war das, einer von diesen Blicken, die dich direkt impotent machen können, wenn du ein bisschen zart besaitet bist. Aber, hey, mir fällt grad auf, dass ich von dieser Scheißlesbe in der Vergangenheit denke ...*

Tja, Ringstorff, ich schätze, in meinem Kopf bist du schon Geschichte!

Und du kannst dir gar nicht vorstellen, wie sehr ich mich darauf freue, mich an deiner Angst aufzugeilen. Denn genau das werde ich tun. Ich werde mich an euer aller Angst aufgeilen. Und an eurem Sterben.

Und diejenigen, die überleben, werden mich für den Rest ihres unbedeutenden Lebens mit sich herumtragen. Als einen unauslöschlichen Schatten auf ihrer Seele.

5: Winnie Heller fluchte, als sie mit ihren Plastikpumps in einem der zahlreichen Schlaglöcher umknickte, die den schlecht beleuchteten Parkplatz, auf dem ihr Polo stand, zu einer zumindest für Bänder und Fußgelenke überaus gefährlichen Zone machten. Diese elenden Dinger raubten ihr noch den letzten Nerv! Allein der Lärm, den man damit veranstaltete! Winnie Heller biss die Zähne zusammen und blickte über ihre Schulter zurück zu der kleinen Grünanlage, die sie soeben durchquert hatte, um den Weg zu ihrem Auto abzukürzen. Ebenso gut könnte ich mit einem Megaphon durch die Straßen rennen, dachte sie, und rufen: Hey Leute, aufgepasst, hier kommt ein dummes Blondchen, das mutterseelenallein unterwegs ist und sich obendrein kaum bewegen kann, weil die Modeindustrie ganz offenbar der Meinung ist, dass Frauen von Natur aus über den Gleichgewichtssinn eines Hochseilartisten verfügen!

Winnie Heller schnaubte verächtlich und kniff dann die Augen zusammen, um in der Dunkelheit zwischen den parkenden Autos wenigstens eine Ahnung von Asphalt erkennen zu können. Die Tage waren noch immer recht mild, und selbst zu dieser späten Stunde war die Luft angenehm lau. Allerdings roch sie schon ein wenig nach faulendem Laub und Pilzsporen, obwohl der Herbst kalendarisch erst in einer knappen Woche begann. Aber was richtete sich heutzutage noch nach dem Kalender? Haselpollen im Dezember, Forsythien im Februar, da war es schwer, überhaupt so etwas wie Jahreszeiten auszumachen.

Sie atmete tief durch und wischte sich flüchtig über die Wangen, als etwas, das sich wie der Faden eines Spinnennetzes anfühlte, ihr Gesicht streifte. Marienseide, hatte ihre Mutter diese typische Altweibersommererscheinung immer genannt und steif und fest behauptet, dass die Berührung eines solchen Fadens Glück verheiße und Augenleiden heilen könne. Winnie Heller kickte einen tischtennisballgroßen Stein beiseite, eine Aktion, die sie angesichts ihrer hohen Absätze beinahe aus dem Gleichgewicht brachte, und überlegte, wie es ihren Eltern gehen mochte. Seit jenem verhängnisvollen Autounfall vor mehr als acht Jahren, bei dem ihre Schwester derart schwere Gehirnverletzungen davongetragen hatte, dass sie zunächst ins Wachkoma gefallen und schließlich, nach sieben langen Jahren in der Matratzengruft, gestorben war, hatten sie einander nur sporadisch gesehen. Winnie Heller hatte nie verstanden, warum ihre Eltern nicht mehr Zeit am Krankenbett ihrer Schwester verbracht hatten. Warum sie taten, als habe es jenen folgenschweren Freitagabend im Mai, an dem Winnie Heller ihr bestandenes Abitur gefeiert und ihr Vater sich betrunken hinter das Steuer seines Mercedes gesetzt hatte, nie gegeben. Wie sie es fertigbrachten, ihr gewohntes Leben weiterzuleben, anstatt wie sie selbst jede freie Minute an Ellis Bett zu verbringen. Stunde um Stunde hatte sie dort gesessen und mit ihrer Schwester gesprochen. Sie hatte ihr Musik vorgespielt, von der Arbeit erzählt, sie hatte versucht, Elli auf dem Laufenden zu halten, um ihr am Ende vielleicht doch irgendeinen Anreiz zu bieten, aus dem Dämmerzustand, in den der Unfall sie von jetzt auf gleich katapultiert hatte, in die Welt der Lebenden zurückzukehren. Doch Elli war nicht zurückgekehrt, und die Nachricht von ihrem Tod hatte Gisela und Franz Heller im vergangenen November schließlich ein letztes Mal an die Existenz ihrer jüngeren Tochter erinnert. Und an die Schuld, die sie auf sich geladen hatten.

Winnie Hellers Finger krampften sich fester um das Portemonnaie in ihrer Hand. Am Tag nach Ellis Begräbnis hatte sie endgültig jeden Kontakt zu ihren Eltern abgebrochen. Sie hatte ihre E-Mail-Adresse geändert, sich ein anderes Handy und sogar eine neue Festnetznummer besorgt und die drei Briefe, die ihre Mutter ihr in der Zwischenzeit geschickt hatte, ungeöffnet in den Müll geworfen. Doch zu ihrem Unglück konnte sie nicht verhindern, hin und wieder an ihre Eltern zu denken. Oft waren es Kleinigkeiten, die die schmerzlichen Erinnerungen zurückbrachten. Der Duft von frisch gebackenem Zitronenkuchen. Die Melodie irgendeines stumpfsinnigen Schlagers, die zufällig aus einem fremden Radio schepperte. Ein ganz bestimmtes Licht, das an sommerliche Grillabende gemahnte, an Gelächter und Pappteller und das sanfte Rauschen der Bäume hoch über ihren Köpfen. Es waren Banalitäten wie diese, die dafür sorgten, dass man die Erinnerung an eine längst vergangene Zeit, an den Zauber einer alles in allem überaus glücklichen Kindheit trotz aller Bemühungen um gnädiges Vergessen für den Rest seines Lebens mit sich herumschleppte. Ob man nun wollte oder nicht …

Winnie Heller stieß einen tiefen Seufzer aus und stellte sich auf die Zehenspitzen, um unter den zahllosen parkenden Autos ihren Polo auszumachen. Er musste ganz in der Nähe sein, aber der Parkplatz war groß, und es gab wenig, woran sie sich orientieren konnte. Die Plakatwand dort hinten, an der war sie definitiv vorbeigefahren. Und dann? Sie war links neben einem Transporter eingeschert, aber der hatte den Parkplatz vermutlich längst wieder verlassen, und dann hatte sie ihren Wagen in die reichlich enge Lücke zwischen einem rostigen Mini und einem gleichfalls schon recht betagten Benz manövriert. Winnie Heller reckte den Hals, und endlich entdeckte sie nun auch ihren Polo. Dahinter hatten sich in den vergangenen Stunden zwei weitere Reihen parkender Autos angeschlossen, sodass der Wagen nun nicht mehr wie bei ihrer Ankunft in zweiter, sondern in vierter Reihe stand. Etwas, das einen im Dunkeln durchaus irritieren konnte.

Sie zwängte sich zwischen zwei annähernd gleichfarbigen Audis hindurch und wollte eben ihre Autoschlüssel aus der Tasche ihrer Glitterjeans zerren, als sie hinter sich ein Geräusch hörte. Sie hatte keine Ahnung, was es war, aber nichtsdestotrotz versetzte es sie augenblicklich wieder in einen Zustand erhöhter Alarmbereitschaft. Von einem Moment auf den anderen schlug ihr Herz wie wild, sogar noch schneller als vorhin im Klub, und sie dachte daran, dass das Handy, das man ihr für ihren Einsatz als Flittchen geliehen hatte, irgendwo in Auerbachs Aktentasche stecken musste. Ihr eigenes lag zu Hause in ihrem dreiunddreißig Quadratmeter kleinen Apartment, zusammen mit ihrer Dienstwaffe, was bedeutete, dass alles, was sie im Augenblick hatte, ein Autoschlüssel und die Brieftasche mit ihren Papieren war. Nicht allzu viel, um sich gegen einen möglichen Angreifer einigermaßen effektiv zur Wehr zu setzen. Oder besser: erbärmlich wenig. Winnie Heller merkte, wie sie trotz der lauen Temperaturen zu frösteln begann. Das Nächste, was sie dachte, war, dass jemand, dem sie zufällig begegnete, ihren Aufzug missverstehen könnte. Dass sie mit den Glitterjeans und dem kräftigen Icepink auf ihren Lippen wie eine billige kleine Nutte wirken musste.

Sie dachte auch daran, stehen zu bleiben, sich umzusehen und das Terrain zu sondieren, der Gefahr, so es sie denn gab, ins Auge zu sehen, um gegebenenfalls Gegenmaßnahmen ergreifen zu können. Aber es waren nur noch wenige Meter bis zu ihrem Wagen. Den Schlüssel ins Schloss, einsteigen, die Tür hinter sich zuknallen und auf den Knopf für die Zentralverriegelung drücken. Alles in allem eine Sache von Sekunden.

Ein paar trockene Blätter huschten raschelnd über den brüchigen Asphalt zu ihren Füßen, und von irgendwo her drangen Stimmen an ihr Ohr. Jugendliche auf dem Weg in eine Disco oder Bar. Im Weitergehen registrierte Winnie Heller, dass sich die Stimmen von ihr entfernten. Woher sie gekommen waren, vermochte sie nicht zu sagen. Eines der Mädchen kreischte. Vielleicht, weil ihm jemand zu nahe gekommen war. Vielleicht auch einfach, weil es Spaß hatte. Wer konnte das so genau sagen in Zeiten wie diesen?

Der Stoß kam angesichts des unguten Gefühls, das noch immer in ihr wühlte, eigentlich nicht unerwartet. Trotzdem nahm seine Wucht ihr für ein paar endlose Sekunden buchstäblich den Atem. Etwas brannte in ihrer Speiseröhre, und ihre Lungen fühlten sich an, als seien sie von jetzt auf gleich bis zum Rand mit hochprozentigem Alkohol gefüllt.

Winnie Heller taumelte vorwärts gegen die Motorhaube des nächsten parkenden Autos, sie spürte Blech, das unter ihrem Gewicht nachgab, und eine Hand, die sich von hinten auf ihren Mund legte.

Ich hätte schreien können, schoss es ihr durch den Kopf, als sich die fremden Finger tief in die Haut ihrer Wange gruben. Für einen kurzen Augenblick hatte ich die Gelegenheit, zu schreien. Jemanden auf mich aufmerksam zu machen. Auf das, was mir …

Sie stöhnte laut auf, als ein dumpfer Schlag sie gegen den Hinterkopf traf.

Das Bild von rotem Lack, das noch immer vor ihren Augen schwebte, zerstob in tausend Stücke, und sie sah Funken. Lichtblitze. Bunte eigenartigerweise, nicht nur rote.

Dann verlor sie das Bewusstsein.

6

Silvie Verhoeven saß im Wohnzimmer des hübschen Einfamilienhauses, das sie sich vor ein paar Jahren gekauft hatten, und begrüßte ihren Mann mit einem angedeuteten Kuss, wobei sie angesichts des Telefonhörers in ihrer Hand entschuldigend mit den Schultern zuckte. Sie trug ein brombeerfarbenes Negligé über einem gleichfarbigen Nachthemd mit Spitzenbesatz und sah trotz der vorgerückten Stunde so frisch aus, als sei sie eben erst gut erholt dem Bett entstiegen.

»Ja, das ist wirklich ganz phantastisch«, sagte sie und verdrehte die Augen in Richtung ihres Mannes, offenbar um anzudeuten, dass ihr die späte Störung ebenso unlieb war wie ihm. »Dann hättet ihr auch wieder mal ein bisschen ...« Ihre warme Stimme erstarb mitten im Satz, und sie hörte eine Weile schweigend zu, während ihre hübsch geschwungenen Lippen den Namen ihrer Schwester formten.

Verhoeven ließ sich in einen der Sessel fallen und starrte auf das düstere Ölgemälde an der gegenüberliegenden Wand. Das Bild war ein Geschenk seiner Schwiegereltern und zeigte eine Menge toten Fisch vor einem Strauß üppig blühender Pfingstrosen. Verhoeven hasste das Bild, und er hatte den dringenden Verdacht, dass es seiner Frau nicht viel anders ging. Nichtsdestotrotz hing es seit letztem Sommer dort an der Wand, wo sie es jeden Tag sehen mussten, und verdarb ihnen die Laune.

»Du ... Hendrik ist gerade nach Hause gekommen«, nutzte seine Frau unterdessen eine Pause im Redeschwall ihrer Schwester aus, um wieder einmal selbst zu Wort zu kommen. »Ich könnte dich ...« Sie biss sich auf die Lippen und ließ geduldig eine weitere Tirade der vortrefflichen Madeleine Leonidis über sich ergehen, wobei sie mit der freien Hand auf den Couchtisch zeigte. Dort stand ein Teller mit liebevoll garnierten Schnittchen. Schinkenspeck, der gute aus Norditalien, dazu Käse, Gurken und Tomatenviertel.

Verhoeven nickte nur. Seit seine Frau gegen seinen ausdrücklichen Willen ihr kurz vor dem ersten Staatsexamen abgebrochenes Jurastudium wiederaufgenommen hatte, tat sie alles, um ihm zu beweisen, dass sie trotz der Doppelbelastung von Uni und Haushalt sehr gut in der Lage war, ihren Mann und ihre Tochter mit allem zu versorgen, was sie sich wünschten. Sie zauberte opulente Frühstücke, kleine Imbisse für zwischendurch, und sie vergaß auch nie, seine Hemden pünktlich aus der Reinigung zu holen. Dennoch hatte Verhoeven nun, da das erste Semester vorüber war, den Eindruck, dass nicht alles so glatt lief, wie Silvie es sich vorgestellt hatte. Nicht, dass seine Frau mit ihren knapp neunundzwanzig Jahren grundsätzlich zu alt zum Studieren gewesen wäre. Aber sie schien erkennen zu müssen, dass fünf Jahre Pause einem durchaus das Gefühl vermitteln konnten, den Anschluss verpasst zu haben.

»Ja sicher, das werde ich«, sagte sie jetzt. »Mach dir keine Sorgen, okay?« Sie schwieg einen Moment, doch ihrer Schwester schienen keine weiteren Einwände gegen eine – zumindest vorübergehende – Beendigung ihres Gesprächs mehr einzufallen; also fügte sie hinzu: »Gut, dann wünsche ich euch jetzt erst mal eine gute Nacht, und bis morgen, ja? ... Ja, sicher. Bis dann.« Sie knallte das Telefon auf den Couchtisch und stieß einen tiefen Seufzer aus. »Gütiger Gott, diese Frau macht mich rasend!«

»Was wollte sie denn?«, fragte Verhoeven mehr aus Höflichkeit als aus echtem Interesse. Er hatte sich längst damit abgefunden, dass Madeleine Leonidis von Zeit zu Zeit vollkommen unvermittelt und ohne erkennbares Motiv über ihre Schwester und damit in gewisser Weise auch über ihn selbst hereinzubrechen pflegte wie ein Platzregen, gegen dessen Wucht kein noch so gut gebauter Schirm etwas auszurichten vermochte. Nass wurde man trotzdem. »Noch dazu um diese Uhrzeit?«

»Ach«, entgegnete seine Frau in einem Tonfall, der ihn stutzig machte. »Darüber sprechen wir morgen, ja?«

»Wieso?«, erkundigte er sich misstrauisch. »Ist was passiert?«

Silvie machte eine wegwerfende Geste und wechselte dann geschickt das Thema. »Wie ist euer Einsatz gelaufen?«

»Überhaupt nicht«, antwortete Verhoeven, wobei er zum ersten Mal an diesem Abend etwas wie Enttäuschung in sich aufsteigen fühlte. Enttäuschung und Wut, dass die wochenlange Vorbereitung umsonst gewesen war. Dass die Arbeit, die sie geleistet hatten, keine Früchte getragen hatte. Dass sie von vorn beginnen mussten, übermorgen. »Unser Kontaktmann ist erst ziemlich spät und obendrein auch noch mit reichlich zwielichtiger Verstärkung am verabredeten Treffpunkt aufgetaucht, sodass wir es für besser hielten, die Aktion zunächst abzubrechen.«

»Tut mir leid«, sagte Silvie.

»Ja«, sagte er. »Mir auch.«

»Und wie hat sich Frau Heller geschlagen?«

»Es hat nicht an ihr gelegen«, antwortete er mechanisch.

»Das hatte ich auch gar nicht angenommen«, versetzte seine Frau, und Verhoeven merkte, wie ihm die Schamesröte über seine unbedachte Bemerkung ins Gesicht kroch.

Er arbeitete nun schon beinahe ein Jahr mit Winnie Heller zusammen, seit sein langjähriger Partner und Förderer Karl Grovius kurz vor der Pensionierung an einem Schlaganfall gestorben war, aber er hätte nicht behaupten können, dass sie in dieser Zeit nennenswert zusammengewachsen waren. Es hatte Momente gegeben, in denen er durchaus das Gefühl gehabt hatte, dass sie einander allmählich besser verstanden, aber dann kam wieder eine von diesen Gelegenheiten, bei denen Winnie Heller ihn mit einem Blick bedachte, der vor lauter Geringschätzigkeit und Ablehnung nur so triefte, und er fand einfach nicht heraus, womit er sie derart gegen sich aufbrachte. Ob es überhaupt etwas mit ihm persönlich zu tun hatte oder vielleicht doch an ihr lag. Irgendwie erinnerte sie ihn an ein wildes Tier, das nur zögerlich Kontakt aufnahm. Manchmal näherte sie sich ein paar Schritte, um im nächsten Augenblick erschreckt zurückzuspringen und die Krallen auszufahren. Er sah wieder das Ölgemälde seiner Schwiegereltern an und fragte sich, wie lange es noch dauern würde, bis er wusste, ob ihre Partnerschaft gelang. Bis er aufhören konnte, darauf zu achten, was er sagte und tat. *Ob* er jemals damit aufhören konnte …

»Hendrik?«

Er sah überrascht auf. »Ja?«

»Du hast meine Frage noch nicht beantwortet.«

»Sie war hervorragend vorbereitet«, sagte er. »Außerdem ist sie eine erstaunlich gute Schauspielerin.«

Seine Frau nickte, als ob sie genau das schon immer gesagt habe, und schob dann den Schnittchenteller ein Stück näher an ihn heran. »Und wie hat sie die Sache mit ihrer Schwester inzwischen verarbeitet? Ist sie endlich darüber hinweg?«

»Ich habe nicht die geringste Ahnung«, gab Verhoeven unumwunden zu. »Wir sprechen nicht viel Privates.«

Silvie schüttelte mitfühlend den Kopf. »Das arme Ding sah einfach furchtbar aus, als wir uns das letzte Mal begegnet sind.«

Verhoevens Blicke wanderten über ihr makelloses Gesicht mit den großen, tiefdunkelblauen Augen, und er fragte sich plötzlich, wie so viel Schönheit auf eine Frau wie seine Kollegin wirken musste. Winnie Heller war keine besonders anziehende Frau mit ihren knapp eins vierundsechzig Körpergröße, dem hellbraunen Haar, das an den Spitzen Reste einer verunglückten kupferroten Tönung aufwies, und den etwas zu kleinen, kugelrunden Augen, doch insgeheim führte Verhoeven die mangelnde Attraktivität seiner Partnerin eher darauf zurück, dass sie sich nicht genug Mühe mit ihrem Aussehen gab. Mehr noch: Manchmal beschlich ihn sogar das Gefühl, dass Winnie Heller sich – bewusst oder unbewusst – für irgendetwas bestrafte und dass die Buße, die sie sich auferlegt hatte, in einer Art gepflegter Selbstvernachlässigung bestand. »In letzter Zeit scheint es ihr ein bisschen besser zu gehen«, sagte er, als er merkte, dass seine Frau auf einen Kommentar von ihm wartete.

»Woran machst du das fest?«

»Ich weiß nicht«, entgegnete er, und seine Stimme klang gereizter als beabsichtigt. »Es ist eigentlich nur so ein Eindruck.«

Silvie runzelte die Stirn, als überlege sie, ob sie das Thema trotz seiner offenkundigen Einsilbigkeit weiterverfolgen, ob sie ihn festnageln, seine diesbezüglichen Gefühle weiter ausloten sollte. Was das betraf, konnte sie ausgesprochen hartnäckig sein, aber sie schien auch zu spüren, dass der Zeitpunkt für ein Gespräch dieser Art nicht besonders günstig war, und gab sich widerwillig zufrieden. »Nina hat übrigens …«, setzte sie zu einem erneuten Themenwechsel an, als das Telefon abermals zu läuten begann. »Oh nein«, stöhnte sie mit einem entnervten Blick auf das Display. »Bitte nicht schon wieder!«

Verhoevens Blick suchte die Uhr an der Wand. »Es ist beinahe Mitternacht. Also lass es einfach klingeln, okay?«

»Ich mach's ganz kurz«, entgegnete seine Frau mit einem entwaffnenden Augenaufschlag und griff wieder nach dem Hörer. »Versprochen.«

Resigniert griff sich Verhoeven ein Schnittchen mit Schinken und Käse und stieg die Treppe in den ersten Stock hinauf, wo Nina, seine fünfjährige Tochter, bereits seit ein paar Stunden in einem sanften und offenbar auch reichlich erschöpften Schlummer lag. Ihre dichten braunen Locken waren zerdrückt und standen in alle Richtungen von ihrem Kopf ab, während selbst noch in dem spärlichen Licht, das von der Tür hereinfiel, die gesunde Farbe ihrer Wangen zu erkennen war, die davon herrührte, dass ihr fünfjähriger Forschergeist sie bei jedem erdenklichen Wetter an die frische Luft trieb, wo sie Vögel beobachtete, Höhlen baute, Schmetterlinge zeichnete, Blätter sammelte und – wie er von einer der Kindergärtnerinnen erfahren hatte – auch mit großer Freude jede Menge Dreck machte.

Verhoeven schlang den Rest seines Schnittchens hinunter, setzte sich auf die Bettkante und beobachtete ihren Schlaf.

In den vergangenen Tagen hatte er seine Tochter eigentlich nur beim Frühstück für ein paar flüchtige Minuten gesehen, und er verspürte mit einem Mal ein überwältigendes Bedürfnis, sie in den Arm zu nehmen. Aber er hielt sich zurück. Seit ein paar

Monaten tat Nina sich zunehmend schwer mit dem Einschlafen, und er wollte sie auf keinen Fall wecken. Also saß er einfach da und sah zu, wie sich die leichte Baumwolldecke unter ihren regelmäßigen Atemzügen senkte und hob, und je länger er seine schlafende Tochter betrachtete, desto mehr hatte er das Gefühl, dass sie zu kurz kam. Dass er sich nicht genug um sie kümmerte. Dass vieles von dem, was sie bewegte, was sie dachte und fühlte und was ihr Leben prägte, an ihm vorüberging. Manchmal, wenn sie einen Fall hatten, kam er nur zum Schlafen nach Hause. So wie heute. Und wofür? Verhoeven schüttelte den Kopf, als sich unvermittelt die alte Frustration wieder Bahn brach. Die Enttäuschung über die fehlgeschlagene Ermittlung, über den Rückschlag, den sie erlitten hatten. Den Misserfolg. Er wusste, dass solche Phasen zu seiner Arbeit gehörten, einer Arbeit, die er trotz allem aufrichtig liebte, aber er ertappte sich auch immer häufiger dabei, wie er nach Abschluss eines Falls versuchte, die verlorene Zeit wieder einzuholen, indem er sich ganz auf die Familie konzentrierte. Ihm war durchaus bewusst, dass manche Kollegen ihn deswegen für spießig hielten, und es war ihm auch nicht entgangen, dass sich hinter seinem Rücken gewisse Verbindungen ergeben hatten, an denen er – anders als früher – nicht mehr teilhatte. Verbindungen, die einem in einer verzwickten Lage nützlich sein konnten und die auf gemeinsamen Kneipenbesuchen, auf zwanglosen Tennismatches oder Kneipenbummeln oder Pokerabenden basierten, zu denen ihn schon lange niemand mehr einlud.

Vielleicht haben sie recht, dachte er, vielleicht bin ich das wirklich, ein Spießer.

Aber seine eigene Kindheit war nun einmal derart turbulent verlaufen, so gänzlich ohne Halt und Mittelpunkt, dass er sich bereits am Tag ihrer Geburt vorgenommen hatte, seiner Tochter ein stabiles Umfeld zu schaffen. Eines, das Rückhalt und Sicherheit vermittelte. Meine Kinder sollen unbesorgt aufwachsen können, dachte er, wobei er verwundert feststellte, dass er unbewusst den Plural verwendet hatte.

Meine Kinder …

Er sah wieder Ninas zartrosa Lippen an, die sich leise bewegten, als gäbe es selbst noch im Schlaf tausend Dinge, die sie der Welt unbedingt mitteilen musste. Silvie und er hatten nie explizit über weiteren Nachwuchs gesprochen, aber als seiner Frau vor ein paar Jahren eine kleine Erbschaft zugefallen war, hatten sie ein Haus gekauft, in dem es drei Kinderzimmer gab. Derzeit nutzte Silvie einen der beiden freien Räume als Arbeitszimmer, der andere stand leer. Falls wir mal Gäste haben, sagte sie immer, wenn wieder einmal die Rede darauf kam, aber in der Praxis hatten sie nur äußerst selten Logierbesuch. Sein Beruf ließ ihm viel zu wenig Freiraum, als dass er irgendwelche Kontakte hätte pflegen können, und die Kollegen, mit denen er sich gut verstand, wohnten alle in erreichbarer Nähe. Silvies Eltern hingegen besaßen eine Villa im vornehmen Langen, nur rund eine halbe Stunde Fahrtzeit entfernt, und ihre Schwester Madeleine bewohnte zusammen mit ihrem Mann Costas und ihren vier wohlgeratenen Kindern ein komfortables Einfamilienhaus in Frankfurt. Wann immer man einander besuchte, fuhr man anschließend wieder nach Hause.

Verhoeven hob Hobbson, Ninas innig geliebte Plüschschnecke, die irgendwann an diesem Abend aus dem Bett gefallen sein musste, vom Boden auf und setzte sie neben das frisch bezogene Kopfkissen. Dann stand er auf, ließ die Tür einen Spalt offen, damit seine Tochter sich nicht allzu sehr fürchtete, wenn sie aus irgendeinem Grund plötzlich erwachte, und ging wieder ins Erdgeschoss hinunter.

7

Winnie Hellers Blick krallte sich in die Zweige des Baumes hoch über ihrem Kopf. Ein paar von ihnen hoben sich nur schemenhaft vom samtschwarzen Nachthimmel ab wie ein Geflecht düsterer Adern, auf andere fiel von irgendwo her das Licht einer Straßenlaterne. Winnie Heller sah Blätter, die sich im Wind bewegten, sah sie gestochen scharf und detailreich, als habe sie eine unsichtbare Lupe vor Augen. Die leise Brise, die an diesem Abend über den Rheingau strich, spielte mit ihnen, und das künstliche Licht der Laterne ließ ihre Oberfläche unnatürlich glänzen. Es sah aus, als seien sie lackiert.

Lackiert wie die Fingernägel ihres Flittchens.

Abgeblättert, dachte sie. Eingerissen. Enttarnt …

Sie blinzelte, als das Bild von den Blättern leise zu wabern begann, und registrierte mit Erleichterung, dass es nach einem kurzen Augenblick des Flackerns wieder an Schärfe gewann. Der Schlag, der sie getroffen hatte, konnte sie kaum länger als ein paar Sekunden außer Gefecht gesetzt haben, trotzdem hatte sie das unbequeme Gefühl, dass ihr jegliches Zeitempfinden abhandengekommen war.

Einen kurzen, rettenden Moment lang konzentrierte sie sich ganz auf das, was sie sah. Blätter im Wind. Zweige und Nacht. Dann fiel ihr ein, dass sie sich wehren musste. Dass sie nicht so einfach hinnehmen durfte, was da gerade mit ihr geschah, und sie begann, sich unter dem Gewicht seines Körpers zu winden.

Er reagierte, indem er ihren Kopf noch fester auf den bröckeligen Asphalt drückte. Ein spitzer Gegenstand bohrte sich in Winnie Hellers Nacken, aber selbst der Schmerz erreichte ihr Bewusstsein erst mit einer gewissen Verzögerung. Unterdessen fühlte sie seinen Atem auf ihrem Gesicht, und das Erste, was ihr ins Bewusstsein drang, nachdem sie seine Gegenwart als gegeben hingenommen hatte, war der Umstand, dass er nicht nach Alkohol roch. Das fand sie bemerkenswert und irgendwie auch beunruhigend, wahrscheinlich, weil es bedeutete, dass er sein Handeln unter Kontrolle hatte. Dass er mit voller Absicht tat, was immer er vorhatte. Und gerade jetzt, in diesem Augenblick, zerrte er mit der freien Hand an seinem Gürtel …

Sie hörte das Klirren der Schnalle, während der Druck seiner anderen, der rechten Hand ihr fast den Kiefer brach. Über ihnen flackerten die Blätter im Wind, die lackierten genauso wie die schwarzen, aber die Betrachtung dieses banalen Schauspiels bot keinen Schutz mehr. Die Realität ließ sich nicht länger ausblenden. Winnie Heller registrierte den Geschmack von Blut auf ihrer Zunge und hoffte inständig, dass es ihr eigenes wäre. Unter Aufbietung sämtlicher Kräfte warf sie den Kopf herum, schüttelte die Hand, seine Hand, ab, wenigstens für einen winzigen Augenblick, und schnappte nach Luft.

Hier unten am Boden war es kühl, viel kühler, als sie erwartet hätte. Das ist kein Moment, um zu frieren, dachte sie mit einer Mischung aus Verwunderung und Fassungslosigkeit über das, was sie fühlte. In einem Augenblick wie diesem müssten ganz andere Empfindungen vorherrschen. Schmerz. Panik. Wut. Etwas, das genug Energie freisetzt, um zum Angriff übergehen zu können. Aber alles, was sie fühlte, war Kälte.

Eine eisige, allumfassende Kälte.

In wachsender Verzweiflung versuchte sie, sich selbst zu erspüren, ihre Konturen, die Stelle, an der sie aufhörte und er anfing, aber zumindest ihre Arme schienen ganz und gar abgetrennt vom Rest ihres Körpers, ertaubt unter dem Gewicht, das auf ihnen lastete. Oder? War da nicht doch ein leises Kribbeln? Winnie Heller schloss die Augen und bemühte sich, ihre Finger zur Faust zu ballen, und sie hatte den vagen Eindruck, dass es ihr gelang. Aber reichte das? Hatte sie überhaupt eine Chance? In dieser Situation? Buchstäblich am Boden? Ohne Waffe? Ohne alles?

Während ihre Gedanken hin und her sprangen und eine tiefe Mutlosigkeit von ihr Besitz ergriff, registrierte sie, wie er an den Knöpfen ihrer Bluse riss, dann etwas Raues auf ihrer Haut, kein Stoff mehr zwischen ihr und ihm, Nacktheit, Schutzlosigkeit.

Mama!, schrie etwas tief in ihr. Lass es vorbei sein. Bitte, bitte, bitte, mach, dass es aufhört!

Im selben Moment bemerkte sie ganz in ihrer Nähe eine Veränderung. Nahm etwas wahr, das sie zunächst nicht einordnen konnte. Stimmen vielleicht. Stimmen und Licht. Gleißende Helligkeit. Sie zuckte so heftig zurück, dass ihre Halswirbel krachten. Fühlte den Druck seiner Hände, der sich ein wenig zu lockern schien. Dann wieder Licht, plötzlich und grell, das wie ein weiß glühender Nagel in ihre Pupillen fuhr und anschließend irgendwo in ihrem Kopf explodierte.

Das Nächste, was sie wahrnahm, war, dass er fort war. Weg. Verschwunden. Und auch von dem Licht, das ihn vertrieben hatte, vertrieben haben musste, war nur noch ein ferner Abglanz zu sehen, der schwächer und schwächer wurde und schließlich ganz verschwand. Autoscheinwerfer, dachte sie. Jemand ist gekommen. Hierher. Zu einem der Wagen. Auf dem Weg nach Hause. Oder sonst wohin. Ein paar fremde Leute, die längst wieder fort sind und deren Identität ich niemals erfahren werde, haben mir gerade das Leben gerettet.

Sie blieb liegen.

Reglos.

Lauschte.

Durchforstete die Dunkelheit, die sie umgab, nach Informationen. Hinweisen darauf, dass der Mann, der sie überfallen hatte, tatsächlich fort war. Dass die Sicherheit, in der sie sich befand, Bestand hatte. Winnie Heller hielt den Atem an. Stille. Herzschlag. Blätterrauschen. Und auf einmal auch wieder Stimmen. Frauenstimmen, dieses Mal.

Mit einiger Mühe zog sie die Beine an und richtete ihren Oberkörper auf. Er hatte ihre Bluse zerrissen, außerdem fehlten drei Knöpfe. Ihr BH war nach oben gerutscht, schien aber intakt zu sein. Heil geblieben. Ganz. Sie nickte. Immerhin. Dafür war ihre linke Schulter frei. Sie spürte den Wind auf der nackten Haut und tastete nach ihrem Nacken, an dem etwas klebte, das sich wie grobe Sandkörner anfühlte. Schotter vermutlich. Winnie Heller blickte sich um, und als das zu keinem Ergebnis führte, fuhr sie mit den Fingern über den Boden neben sich. Dreck. Schotter. Laub. Was auch immer ...

Die Frauenstimmen hatten indessen die Richtung gewechselt.

Du musst sie warnen, flüsterte eine Stimme in ihrem Kopf. *Wer weiß, ob er nicht vielleicht doch noch in der Nähe ist.*

Der Gedanke machte sie augenblicklich wieder frösteln. Frösteln und ganz und gar stumm. Sie konnte diese Frauen nicht warnen. Sie hätte noch nicht einmal um Hilfe rufen können, wenn er jetzt zurückkam. Ihre Stimme war tot, weg, abgestorben. Genau wie die Empfindungen. Der Schmerz. Selbst die

Angst, die sie noch vor wenigen Minuten empfunden hatte, war einem Gefühl stumpfer Taubheit gewichen.

Ächzend hielt Winnie Heller sich mit beiden Händen am Kotflügel des roten Toyota fest, neben dem sie gestürzt war, und kam dann langsam, fast wie in Zeitlupe, auf die Beine. Während sie versuchte, sich ans Stehen zu gewöhnen, das sie in den vergangenen Minuten verlernt zu haben schien, suchte ihr Blick den Reißverschluss ihrer Glitterjeans. *Dazu ist er nicht mehr gekommen,* meldete ihr Verstand, aber sie traute ihm nicht. Erst als sie sah, dass der Knopf ihrer Hose zwar geöffnet, der Reißverschluss jedoch noch halb geschlossen war, wusste sie, dass die Fremden, denen sie ihr Leben verdankte, rechtzeitig gekommen waren.

Gerade noch rechtzeitig …

Sie blickte sich nach den Frauen um, die sie gehört hatte, aber sie konnte nichts entdecken. Immerhin waren es mindestens zwei gewesen. Freundinnen wahrscheinlich, die geredet und gelacht hatten. Und vermutlich saßen sie längst in ihrem Auto, auf dem Weg nach Hause oder zu Freunden, mit denen sie den Rest der Nacht verbringen wollten.

Winnie Heller fühlte, wie sich ein Gefühl vorsichtiger Beruhigung über ihren Körper breitete. Und seltsamerweise fiel ihr mit einem Mal wieder die Kollegin aus Auerbachs Team ein. *Aber die ist viel zu hübsch,* höhnte Mettlachs Stimme in ihrem Kopf. *Da denkt der Kerl ja an alles Mögliche, nur nicht an einen Deal.*

Nicht hässlich genug, dachte Winnie Heller und begann zu lachen. Ein hohles, hysterisches Lachen, das nach und nach in eine Art tonloses Weinen überging und endlich ganz erstarb. Du bist hässlich, aber anscheinend bist du noch nicht hässlich genug. Irgendein Scheißkerl hat dich gesehen und fand dich attraktiv genug, um dich vergewaltigen zu wollen … Oder? Der Gedanke wich einem anderen, noch unangenehmeren. Was war mit diesen Typen aus dem Klub? Konnte einer von denen ihr gefolgt sein? Hatte Auerbachs Informant tatsächlich ein falsches Spiel getrieben und sie, den Lockvogel, ans Messer geliefert?

Unsinn, schalt sie sich, indem sie sich einmal mehr den abfälligen Blick ins Gedächtnis rief, mit dem Kevin Kurányi sie gemustert hatte. Dieser Kerl würde mich noch nicht einmal mit einer Kneifzange anfassen, und seine Kumpels vermutlich auch nicht! Die Absichten des Unbekannten, der sie niedergeschlagen hatte, waren hingegen mehr als eindeutig gewesen. Und das bedeutete, dass das, was ihr soeben geschehen war, auf einem Zufall basierte. Wie so viele Taten dieser Art. Etwas, das man schon auf der Polizeischule lernte.

Winnie Heller schloss die Augen und versuchte, sich an das Gesicht ihres Angreifers zu erinnern, aber die Bilder, die ihr Gedächtnis ihr anbot, waren schemenhaft und verwackelt. Er hatte eine dunkle Mütze getragen. Dazu eine dunkle Jacke. Stoff, nicht Leder. Winnie Heller merkte, wie sie wieder zu lachen begann. Eine wirklich tolle Zeugin war sie! Absolut professionell! Genau der Typ Opfer, über den sich die Kollegen hinter vorgehaltener Hand die Mäuler zerrissen. *Da ist diese dämliche Ziege ganze fünf Minuten in der Gewalt dieses Wahnsinnigen, und alles, was sie sich merkt, ist, dass er ein dunkelblaues Basecap aufhatte!*

»Ich muss das alles so schnell wie möglich vergessen«, flüsterte sie beschwörend vor sich hin, während sie langsam, Schritt für Schritt, auf ihren Polo zusteuerte. Wenn ich diese Sache nicht aus dem Kopf kriege, wird alles nur noch schwieriger.

Und was war denn schließlich auch schon groß passiert?

Sie öffnete die Fahrertür und ließ ihren geschundenen Körper in die weichen Polster fallen. Eine abgeschürfte Schulter. Eine kaputte Bluse. Und wenn schon! Ihre Hand berührte ihren Hinterkopf, dann den Nacken. Als sie die Finger zurückzog, waren sie blutig. Aber nicht sehr. Es schien tatsächlich nicht allzu schlimm zu sein. Vorausgesetzt, der Kerl, der über sie hergefallen war, hatte kein Aids oder so was. Winnie Heller starrte aus dem Seitenfenster in die Dunkelheit hinaus, bis ihr einfiel, dass die Türen zur Außenwelt noch immer offen waren. Hastig drückte sie auf den Knopf für die Zentralverriegelung, und ringsum schnappten die Schlösser zu. Jetzt war sie in Sicherheit. Endgültig in Sicherheit. Davongekommen, wie es so schön hieß. Irgendwie zumindest …

Sie kramte eine Packung Taschentücher aus dem Handschuhfach und tastete nach der alten Strickjacke, die sie auf dem

Rücksitz liegen hatte, für Notfälle, falls es im Präsidium wieder einmal später wurde oder eine Erkältung sich durch vermehrtes Frieren ankündigte. Dann zupfte sie ihre Bluse zurecht, so gut es eben ging, zog die Jacke über und säuberte mit Hilfe der Taschentücher Nacken und Hände, während ihr Verstand überlegte, was sie jetzt tun sollte. Wohin sie fahren konnte, um nicht allein zu sein mit sich und ihrem Erlebnis.

Sie dachte auch darüber nach, wie es weitergehen würde, morgen, übermorgen, nächste Woche. Wann die Schmerzen nachlassen würden. Und die Angst.

Erst als ihr klar wurde, dass sie sich noch immer nicht viel weiter als ein paar lächerliche Meter von dem Ort, an dem sie überfallen worden war, entfernt hatte, steckte sie den Zündschlüssel ins Schloss und startete den Wagen.

8

Als Verhoeven ins Wohnzimmer zurückkehrte, telefonierte Silvie noch immer. Allerdings bedeutete sie ihm mit hektischen und durchaus auch etwas schuldbewussten Gesten, dass ihre vortreffliche Schwester jeden Augenblick zu einem wie auch immer gearteten Ende kommen musste.

Während er den quälend langen Redepausen und den kurzen, spotlightartigen Einwürfen seiner Frau lauschte, dachte Verhoeven über die Frage nach, aus welchem Grund ein so begabter Mensch wie Silvie sich seiner älteren Schwester derart unterlegen fühlen konnte und wie viel von dem, was sie tat, einzig und allein zu dem Zweck geschah, Madeleine auszustechen. Zugegeben, Madeleine Leonidis war schön, klug und erfolgreich. Aber seine Frau verfügte nicht nur gleichfalls über all diese Vorzüge, sondern besaß darüber hinaus etwas, das viel wertvoller war als alles, was Madeleine zu bieten hatte: Charisma. Er sagte es ihr häufig, aber für gewöhnlich lächelte Silvie in solchen Augenblicken nur und fühlte sich weiterhin minderwertig. Er sah zu ihr hinüber, aber sie blickte nicht auf, sondern zeichnete mit dem Zeigefinger der freien Hand ein imaginäres Muster auf die Sofakante. Manchmal fragte er sich, ob zwischen Silvie und Madeleine irgendwann einmal etwas Konkretes vorgefallen sein mochte, etwas, das den unsichtbaren Bruch verursacht, das Vertrauen zerstört und aus zwei liebenden Schwestern erbitterte Rivalinnen gemacht hatte. Zwar hatte er bislang nichts dergleichen in Erfahrung bringen können, aber sie hatten auch noch nie explizit darüber gesprochen. Wir wissen im Grunde viel zu wenig über die Menschen, mit denen wir unser Leben teilen, dachte er, und auf einmal hoffte er inständig, dass sie noch genügend Zeit haben würden, das zu ändern …

»Ja, ganz bestimmt. Das werde ich«, versicherte seine Frau ihrer Schwester indessen zum x-ten Mal. »Also entspann dich jetzt und schlaf … Was? … Aber sicher, richte ich aus.« Sie kniff die Lippen zusammen. »Ja, wie gesagt. … Euch auch. … Gute Nacht.«

»Was ist eigentlich los?«, fragte Verhoeven, nachdem Silvie das Gespräch mit ihrer Schwester zum zweiten und hoffentlich auch endgültig letzten Mal an diesem Abend beendet hatte. »Hat Miss America ein Einschlafproblem, oder wollte sie dir einfach nur von den neuesten Großtaten ihrer hochbegabten Brut berichten? … Oh nein, warte, lass mich raten: Stockholm hat angerufen und wollte wissen, ob der gottgleiche Costas seinen vollendeten Körper für Nacktaufnahmen zur Verfügung stellt, bevor er den Nobelpreis entgegennimmt.«

»Fast«, kicherte seine Frau. »Er ist eingeladen, als Gastredner auf einem medizinischen Kongress in seiner Heimatstadt zu sprechen.«

»Na, phantastisch. Und was hat das mit uns zu tun?«

»Madeleine möchte ihn begleiten.«

Das würde ich an ihrer Stelle auch tun, so unverschämt gut, wie der Kerl aussieht, dachte Verhoeven mit einem Anflug von Neid. Laut sagte er: »Wie schön für sie.«

Seine Frau reckte einen ihrer elfenhaft zarten Arme über den Tisch und angelte sich ein Käseschnittchen von seinem Teller. »Sie will, dass wir unterdessen die Kinder nehmen.«

»Alle vier?«, fragte Verhoeven mit entgeisterter Miene, wobei er grimmig feststellte, wie genau die Formulierung seiner Frau den Charakter seiner Schwägerin getroffen hatte. Madeleine *will*, nicht Madeleine *möchte*.

Silvies Antwort bestand zu seiner Beunruhigung lediglich aus einem resignierten Schulterzucken.

»Was ist mit deinen Eltern?«

»Sind auf Teneriffa.«

»Und sonst?«

»Herrgott noch mal, Hendrik, ich weiß es nicht.«

Verhoeven registrierte die Aggression in ihrer Stimme. »Und wie bist du einstweilen mit deiner Schwester verblieben?«

Die tiefdunkelblauen Augen wichen ihm nicht aus, diese Art von Flucht hätte Silvies Stolz niemals zugelassen, doch Verhoeven hatte nichtsdestotrotz den Eindruck, als zöge sie sich ein Stück weit in sich selbst zurück. Die Veränderung war nur minimal, aber er bemerkte sie trotzdem, nicht zuletzt, weil er es oft ähnlich machte. »Ich habe ihr gesagt, nur unter Vorbehalt.«

»Was soll das heißen?«

»Das heißt, dass ich zuerst mit dir darüber spreche.«

»Und dann?«

»Dann sehen wir weiter.«

»Na toll!« Verhoeven schob den Teller mit dem letzten verbliebenen Schnittchen von sich und stand auf. Als ihm klar wurde, dass er im Begriff war, davonzulaufen, ließ er sich wieder in den Sessel fallen. »Und hast du auch mal in Erwägung gezogen, dass ich nicht gern der Vorbehalt bin?«

»So, wie du das jetzt darstellst, war es doch gar nicht gemeint«, widersprach seine Frau trotzig.

»Ach nein?«, gab er zurück. »Und wie war es stattdessen gemeint?«

Sie sah ihn an und unterdrückte mit Mühe ein Gähnen. »Tu mir den Gefallen und lass uns morgen früh darüber streiten, okay?«

»Warum?«

»Weil es spät ist.« Ihr Ton wurde noch eine Spur schärfer.

»Weil es spät ist, weil ich schon in weniger als sechs Stunden wieder aufstehen muss und weil ich keine Ahnung habe, wie ich aus dieser Scheißsituation herauskommen soll, ohne einem Menschen, der mir nahesteht, auf die Füße zu treten.« Sie funkelte ihn über den Tisch hinweg an und reckte angriffslustig das Kinn vor. »Such dir was aus.«

»Papa?«

Sie wandten beide gleichzeitig die Köpfe zur Tür, wo Nina mit zerzausten braunen Locken und ihrem geliebten Hobbson im Arm einen erstaunlich munteren Eindruck machte.

»Streitet ihr?«

»Nein, mein Schatz«, antwortete Verhoeven, heilfroh, dass seine Tochter wach war und er sie nun doch noch in die Arme schließen konnte. »Mama und ich diskutieren nur über eine ungelöste Frage.«

»Was für eine?«, wollte Nina wissen, indem sie auf seinen Schoß kletterte und ihm einen ihrer eiligen Küsse auf die Wange drückte. Verhoeven hatte sich längst daran gewöhnt, dass seine Tochter kein Kind war, das sich mit Zärtlichkeiten aufhielt, solange es ungelöste Fragen zu klären oder interessante Dinge zu beobachten gab, und im Laufe der letzten fünf Jahre hatte er gelernt, sich mit dem zufriedenzugeben, was er bekam. »Über was für eine ungelöste Frage redet ihr?«, insistierte Nina mit der ihr eigenen Beharrlichkeit.

»Das besprechen wir alles morgen früh«, antworteten Verhoeven und seine Frau unisono, bevor sie nach einem kurzen Moment der Verblüffung in erlösendes Gelächter ausbrachen, dem ihre Tochter kopfschüttelnd und mit einem Ausdruck verwunderter Befremdung in den braunen Augen lauschte.

»Mir persönlich wäre es allerdings am liebsten, wenn wir überhaupt nicht mehr darüber reden würden«, bemerkte Verhoeven, als sie sich wieder beruhigt hatten.

»Aber du erinnerst dich schon noch daran, was der Priester gesagt hat?«, erkundigte sich Silvie mit einem leisen Lächeln.

»Was meinst du?«, fragte er, obwohl er genau wusste, worauf seine Frau hinauswollte. Die Sache mit den guten und den schlechten Zeiten brachte sie immer dann aufs Tapet, wenn es um die gemeinsame Erledigung unliebsamer Aufgaben ging oder wenn sie in einer heiklen Angelegenheit seine Zustimmung suchte. »Welcher Priester?«

»Der mit den hübschen blauen Strapsen unter seinem Talar, mit dem du dich gleich nach der Trauung so heil- und sinnlos betrunken hast«, versetzte Silvie ironisch, doch als sie das entsetzte Stirnrunzeln ihrer Tochter bemerkte, fügte sie eilig hinzu: »Mama macht nur Spaß, Schatz. Priester tragen keine Strapse. Jedenfalls nicht bei Trauungen. Und über alles andere reden wir morgen früh.« Sie stand auf und warf ihrem Mann einen flehentlichen Blick zu. »Okay?«

»Also schön«, stöhnte Verhoeven. »In Gottes Namen.«

9

Devil meint, ich soll vor allem auf die Köpfe zielen. Das wäre das Abgefahrenste, sagt er, aber ich glaube, er meint: das Sicherste.

Aus irgendeinem Grund will er nämlich, dass es möglichst viele Tote gibt. Dass keiner von denen auch nur den Hauch einer Chance hat. Und wenn ich so darüber nachdenke, glaube ich, dass er im Grunde noch viel krasser drauf ist als ich, selbst wenn die ganze Sache für ihn nur ein verficktes Gedankenspiel ist.

Keine Ahnung, woran das liegt …

Hass, schätze ich.

Ja, wahrscheinlich Hass!

Irgendein Hass steckt in jedem. Das ist eins von den Dingen, von denen ich echt überzeugt bin. Denn was ist das anderes als Hass, wenn mein Alter abends am Esszimmertisch nach dem Salzstreuer greift und anschließend auch noch nach der Ketchupflasche, obwohl er genau weiß, dass meine Mum drei Stunden in der Küche gestanden hat, um das verdammte Fleisch genau so hinzubekommen, wie es da jetzt auf seinem Teller liegt, mit einem frischen Majoranzweig und genau dreieinhalb Wacholderbeeren und dieser ganzen Scheiße. Das ist auch Hass, bloß eben Hass in einer total anderen Form. Der Hass der Impotenten sozusagen.

Ja, Mann, das klingt geil! Fast wie ein Filmtitel: DER HASS DER IMPOTENTEN.

Ob ich mich allerdings tatsächlich an Devils Rat halte und vor allem auf die Köpfe schieße, weiß ich noch nicht. Ich sehe das Ganze nämlich ein bisschen anders als er, und wenn ich ehrlich sein soll, hat mich die Vorstellung von Schicksal oder Vorsehung, oder wie auch immer man das nennen will, schon immer fasziniert.

Diese Attentate auf Hitler zum Beispiel, die wir bei dem alten Schmidtke durchgekaut haben – das war eins der wenigen Themen, die mich in Geschi mal wirklich interessiert haben. Ich meine, da haben sich ein paar kluge Leute echt Gedanken gemacht und alles genauestens geplant, bombensicher sozusagen, und dann hat der Führer einfach keine Lust, sich so eine bekackte Ausstellung sowjetischer Beutewaffen anzusehen, und macht schon nach zwei Minuten die Biege, obwohl es komplett anders im Protokoll steht und die Säure im Zeitzünder der Bombe ja auch bloß noch acht Minuten länger gebraucht hätte, um diesen dämlichen Draht durchzufressen und das ganze Ding samt Führer in die Luft zu jagen. Oder diese Sache im Bürgerbräukeller: wieder einer, der alles voll gut durchgeplant hat. Er verbringt dreißig oder mehr Nächte damit, kiloweise Sprengstoff in einen Pfeiler einzubauen, und denkt sogar daran, das Ganze zu dämmen, damit Adolf und seine Kohorten auch ja nichts vom Ticken des Zeitzünders mitbekommen, er kehrt nach getaner Arbeit sogar noch einmal zurück, um alles ein weiteres Mal durchzuchecken, und dann ist Nebel an dem Abend, und der Pilot des Führers empfiehlt, lieber den Zug zu nehmen, weshalb der Führer sieben Minuten vor dem großen Knall Richtung Bahnhof verschwindet …

Tja, das ist Schicksal, wenn man so will.

Oder ein »Eingreifen von oben«, was auch immer das heißt.

In diesem Fall wäre es allerdings interessant zu wissen, wer genau Adolf damals was von Abhauen eingeflüstert hat, denn irgendwie geht man ja immer davon aus, dass nur die sogenannten Guten ins Leben der Menschen eingreifen. Engel und so. Oder Heilige.

Meine Oma zum Beispiel, die ist bei jeder Kleinigkeit in die Kirche gerannt und hat eine Kerze aufgestellt, um die Muttergottes oder den heiligen Antonius oder sonst wen zur Mitarbeit bei irgendeinem Problem zu überreden. Dass sie was Verlorenes wiederfindet oder dass die Medikamente bei meinem Opa gut anschlagen und so was alles. Tja, und anstatt hinterher einen Dankesbrief an die Pharmaindustrie zu schreiben, dafür, dass die sich mit ihren Scheißtierversuchen eine so wirksame Arznei zusammengeforscht haben, ist sie losgerannt und hat schon wieder ein Licht aufgestellt, gleich nachdem sie ihren Zehneuroschein durch den Münzschlitz neben den Kerzen gezwängt hatte, obwohl da ausdrücklich draufsteht, dass die Dinger bloß fünfzig Cent kosten. Aber mit »denen da oben«, wie sie die ganze Bande immer genannt hat, ist man eben großzügig!

Früher, als ich noch Ministrant war (oh ja, Mann, solche Zeiten hat's auch gegeben!), habe ich beim Leeren des Klingelbeutels mal einen Knopf gefunden, so einen vernickelten, wie sie an Jeans sind. Das fand ich damals total abgefahren. Dass jemand sich traut, »die da oben« derart offensichtlich zu bescheißen. Ich meine, ein paar Escudo oder irgend so 'ne mickrige Münze aus Osteuropa hatten wir schon öfter mal dazwischen, aber das ist ja immerhin Geld, wenn auch kein besonders brauchbares. Aber ein Knopf? Das fand ich voll krass!

Aber noch mal zu Devils Rat mit den Kopfschüssen: Abgesehen vom Schicksalsfaktor fände ich es voll öde, immer auf dieselbe Stelle zu feuern. In meiner Counterstrike-Phase, okay, da habe ich meinen Gegnern auch schon ganz gerne mal das Hirn weggeballert, aber das morgen, das ist nun mal kein verdammtes Computerspiel! Oder eine von diesen Schießbuden auf der Kirmes, wo du ein Gewehr in die Hand gedrückt kriegst, und an der Rückwand läuft so ein Band mit bunten Bildchen im Kreis. Lauter Hasen oder Enten oder so was aus Pappe, die im ewig gleichen Tempo vor deinen Augen vorbeiziehen. Das fand ich schon immer total öde.

Wahrscheinlich bin ich deshalb gleich am ersten Tag raus in den Wald, als ich damals das Luftgewehr bekommen habe. Tiere, richtige meine ich, wilde, paradieren nicht in einer Reihe vor dir auf und ab, um darauf zu warten, dass du sie abknallst. Sie schlagen Haken und springen, und manchmal kommen sie dir sogar entgegen, und das sind dann die Situationen, in denen du dich echt beweisen musst. Die unerwarteten Konfrontationen, die die Sache überhaupt erst interessant machen. Erdlöcher, in denen so ein Vieh verschwindet, wenn du es beinahe hast, und du siehst es nie wieder … Ja, Mann, der Reiz liegt definitiv in dem, womit du nicht rechnest!

Und damit wären wir also schon wieder beim Schicksal …

Im Grunde fängt es schon bei der Frage an, wie lange die gesamte Operation wohl dauern wird. Bei der Probe habe ich neun Minuten gestoppt, aber das war mitten in der Nacht, also nicht gerade unter authentischen Bedingungen. Ja, Mann, darüber muss ich mir absolut im Klaren sein. Dass morgen neben vielem anderen noch ein neuer Faktor hinzukommt. Der Schicksalsfaktor eben. Oder was man so Zufall nennt.

Aber genau das macht es ja so geil. Dass man das Ende nicht voraussehen kann. Dass so was wie ein Restrisiko bleibt. Etwas, das sich deiner Kontrolle entzieht. Oder, wie meine Oma sagen würde, eine kleine Kraftprobe mit »denen da oben«. Und wahrscheinlich ist genau das auch der Grund, warum so viele, die ähnlich denken wie ich, nicht übers Theoretisieren hinauskommen. Sie haben ganz einfach Schiss!

Selbst so ein Totalperversling wie Devil hat Schiss!

Aber ICH nicht!!!!

Ich habe geplant, was planbar ist, und mit dem Rest werde ich auch fertig.

Ich weiß, wer wann wo sitzt. Wer immer zur selben Zeit wo pissen geht. Wer mit wem diskutiert, streitet, knutscht, was auch immer.

Ich weiß ALLES.

Und ich war definitiv lange genug der Arsch, auf dem sie alle rumgetrampelt sind.

Aber morgen ist der Tag der Abrechnung gekommen, Zahltag sozusagen.

Zuerst kommt der Scherer an die Reihe, dieser perverse alte

Bock. Um die Naumann tut's mir fast leid, die hat mir mal Geld für den Bus gegeben, als ich meine Monatskarte vergessen hatte, und dann wollte sie's noch nicht mal wiederhaben. Aber leider hat sie ihre Freistunde genau zur selben Zeit wie die Ringstorff, und wenn ich die Naumann am Leben lasse, wird die Sache wahrscheinlich nicht wasserdicht genug, selbst wenn man mich natürlich nicht erkennt in voller Montur. Aber es darf trotzdem nicht zu sehr nach Mache aussehen, immerhin handeln echte Amokläufer ja nur bis zu einem gewissen Grad planmäßig, Todeslisten hin oder her. Während der Tat ist nämlich die Impulskontrolle ausgeschaltet, und sie kriegen diesen Tunnelblick, der ihnen keinen Raum lässt für Mitleid oder Ausnahmen.

Und deshalb wird leider auch die gute Frau Naumann dran glauben müssen. Die fällt dann sozusagen in die Kategorie »Kollateralschäden«.

Also noch mal: Scherer, Naumann und dann die Ringstorff …

Ja, Mann, die Ringstorff hebe ich mir bis zum Schluss auf! Als Kaiserhappen, wie meine Mutter das früher immer genannt hat, wenn ich ein besonders knuspriges Stück Fleisch auf dem Teller liegen gelassen habe, bis ich alles andere aufgegessen hatte, um es mir anschließend mit umso größerem Genuss in den Mund zu schieben. Und morgen ist mein Kaiserhappen definitiv die Ringstorff. Tja, und nachdem mein Job im Lehrerzimmer erledigt ist, kommen Lukas und Steven an die Reihe, diese verfickten Gotcha-Junkies, mal sehen, wie die reagieren, wenn jemand mit was anderem als mit Farbpatronen auf sie anlegt! Und dann der Dammrich. Und anschließend all die anderen Wichser, die meinen, mich dumm anmachen zu müssen. Und dann … Tja, mal sehen! Ich schätze, der Rest wird tatsächlich so was wie Kismet. Zur falschen Zeit am falschen Ort? Tja, Leute, schade, schade, schade.

Morgen Vormittag bin ich derjenige, der über Leben und Tod entscheidet.

Euer Leben. Und euren Tod.

Ich bin sozusagen Gott.

Wow, ja Mann, ich bin GOTT!!!

10 *Jederzeit,* hatte Lübke einmal zu ihr gesagt. *Und wenn du mal in Schwierigkeiten steckst, ganz gleich, aus welchem Grund, ruf mich an, okay? Zu jeder Tages- und Nachtzeit.*

Winnie Heller hatte ihm ein nachsichtiges Lächeln geschenkt und irgendeinen lockeren Spruch gemurmelt. *Vergiss es, Lübke, so schlecht kann's mir gar nicht gehen, dass ich auf die Idee käme, dich anzurufen.* Etwas in dieser Art. Und jetzt, von einem Augenblick auf den anderen, hatte sich das Angebot, das sie nicht hatte haben wollen und das sie nicht einmal richtig ernst genommen hatte, in das Leuchtfeuer verwandelt, das sie durch die Nacht lotste. In einen Halt, den einzigen, den sie im Augenblick noch hatte.

Jederzeit ...

In diesem kleinen Wort steckte so viel Beruhigendes. Alles, was sie früher daran vielleicht aufdringlich oder gar verfänglich gefunden hatte, schien sich in Luft aufgelöst zu haben. Keine Bedenken mehr, keine Einwände, nicht einmal ein kurzer Gedanke an die Folgen. Sie wollte einfach nur zu ihm.

Sie fuhr ohne Vorsicht, und wenn sie den Blinker benutzte, dann nur, um nicht allzu dumm dazustehen, wenn sie durch Zufall den Kollegen von der Streife begegnete.

Lübke wohnte in einem kleinen, krummen Haus, das eigentlich eher eine ausgebaute Laube als ein richtiges Gebäude war. *Aber eine Mietwohnung kann ich meinen Maden nun mal nicht zumuten,* pflegte er in Anspielung auf die Gerüchte zu sagen, denen zufolge er – teils aus beruflichem Interesse, teils aus purer Perversion – die unterschiedlichsten Ekeltiere in riesigen Terrarien hielt, um sie beim Sex zu beobachten und nebenbei zu notieren, wie lange wie viele von ihnen brauchten, um ein Kotelett bis auf den Knochen abzunagen.

Winnie Heller drosselte das Tempo, während sie überlegte, ob sie an der nächsten roten Ampel halten oder einfach weiterfahren sollte, und nach kurzem Zögern entschied sie sich für die letztere Möglichkeit. Sie hatte nicht das Gefühl, dass sie es sich leisten konnte, noch mehr Zeit zu verlieren. In ein paar Stunden würde es bereits wieder zu dämmern beginnen, und aus irgendeinem unerfindlichen Grund fürchtete sie sich vor diesem Moment, in dem die Dunkelheit dem Licht weichen würde.

Sie kniff angestrengt die Augen zusammen und zwang sich, ihre wild durcheinander stolpernden Gedanken wieder auf den Mann zu konzentrieren, zu dem sie unterwegs war. Ob Lübke tatsächlich Insekten züchtete, wusste sie nicht. Ebenso wenig hätte sie sagen können, wie der Leiter der Spurensicherung an die Genehmigung gekommen war, dauerhaft in einem Haus wohnen zu dürfen, das eigentlich nicht viel mehr als eine primitive Gartenlaube war. Ob er überhaupt eine solche Genehmigung besaß. Sie selbst hatte Lübkes Domizil erst zweimal zu Gesicht bekommen, beide Male von außen. Bei der ersten Gelegenheit waren sie auf dem Weg zu einem ihrer kollegialen Pokerabende, zu denen Lübke sie hin und wieder abholte, damit sie sich beim Trinken nicht allzu sehr zurückzuhalten brauchte, umgekehrt, weil Lübke etwas vergessen hatte, und Winnie Heller hatte im Wagen gewartet, bis er ein paar Minuten später mit einer Plastiktüte, über deren Inhalt sie nie etwas erfahren hatte, zurückgekehrt war. Beim zweiten Mal war sie von sich aus an Lübkes Haus vorbeigefahren, an einem Montagmorgen, weil sie wusste, dass Lübkes Abteilung dann ihre obligatorische große Dienstbesprechung abhielt. Sie hatte es aus purer Neugier getan, einfach nur, um sich das merkwürdige Gebäude noch einmal bei Tageslicht anzusehen, und sie erinnerte sich gut daran, wie verwundert sie gewesen war, dass Lübkes Laube tatsächlich an einer richtigen Straße stand. Einer normalen Straße, an der wirklich und wahrhaftig Autos parkten. Dass Lübke Nachbarn hatte. Normale Leute, die in normalen Häusern wohnten, die einkauften, ihren Rasen mähten und jeden Sonntag die *Bild*-Zeitung lasen.

Sie schaltete einen Gang hinunter und bog in eine schlecht beleuchtete Seitenstraße ein, die von alten Platanen gesäumt war. Im Licht ihrer Scheinwerfer blitzte wirbelndes Laub auf, und Winnie Heller fühlte, wie das Bild unvermittelt die alte Angst zurückbrachte. Sie trat das Gaspedal bis zum Anschlag durch und schaute in regelmäßigen Abständen in den Rückspiegel, doch sie konnte keine Gefahr ausmachen. Da war kein anderes Fahrzeug, das ihr folgte. Kein Licht, das langsam, aber sicher näher kam. Nur Bäume und finstere Fassaden und düster gähnende Toreinfahrten.

»Alles klar«, flüsterte sie vor sich hin wie ein Kind, das eine dunkle Kellertreppe hinunter soll und sich vor lauter Angst selbst Mut zuspricht. »Da ist niemand. Du bist allein.«

Allerdings war sie auf einmal nicht mehr sicher, ob diese Tatsache sie beruhigte. Und das, obwohl sie eigentlich immer gern allein gewesen war. Na ja, vielleicht nicht unbedingt gern, zumindest nicht immer, aber sie war ein Mensch, der das aushielt, allein sein. Jemand, der sich mit seinen Traumata und den Gespenstern der Vergangenheit arrangiert hatte. Der sich nicht langweilte, wenn er niemanden zum Reden hatte, solange er lesen oder fernsehen oder Fische beobachten konnte. Winnie Heller nickte leise vor sich hin. Oh ja, sie war definitiv jemand, der sich selbst ertrug. Mehr oder weniger.

Aber jetzt?

Jetzt schien alles anders zu sein.

Sie spürte, durch den Überfall war etwas in ihr aus dem Gleichgewicht geraten. Etwas, das bis vor wenigen Stunden noch funktioniert hatte. Zumindest einigermaßen. Ihre Finger krampften sich um das Lenkrad. Der Gedanke, dass sie den Halt verloren, dass ihr Leben seine fragile Stabilität eingebüßt haben könnte und dass dieser Zustand sich vielleicht nicht so ohne weiteres würde rückgängig machen lassen, brachte sie beinahe um den Verstand. Um nicht in Panik zu geraten, dachte sie wieder an Lübke. Angeblich war er ein geschickter Heimwerker, der sogar mehrtürige Kleiderschränke bauen konnte. Diese Information hatte sie beeindruckt, auch wenn sie keine Ahnung hatte, ob sie überhaupt der Wahrheit entsprach. Aber Schränke bauen …

Das klang so …

Sie runzelte die Stirn, während sie nachdachte. Solide, schoss es ihr durch den Sinn. Früher hätte sie wahrscheinlich »spießig« gesagt. Vielleicht auch »langweilig«, aber in ihrer augenblicklichen Situation fiel jemand, der mehrtürige Kleiderschränke bauen konnte, eindeutig in die Kategorie »solide«. Brauchen wir denn wirklich das Extreme, dachte sie, bedürfen wir allen Ernstes erst der Begegnung mit dem Entsetzlichen, um schätzen zu lernen, wenn einer verlässlich ist? Brauchbar als Mensch wie als Handwerker?

Sie wusste es nicht.

Allmählich wusste sie gar nichts mehr.

Ihr Kopf war heiß und fühlte sich an, als sei er bis zum Rand mit Watte gefüllt.

Seufzend überquerte sie die letzte Kreuzung, die sie noch von der Straße trennte, in der Lübke wohnte, und zum ersten Mal kam ihr jetzt der Gedanke, dass sie ihn bei irgendetwas stören könnte. Ihre Augen glitten flüchtig zur Uhr neben dem Tacho. Zwanzig nach eins in der Frühe. Knapp anderthalb Stunden nach Mitternacht. Gut, wenn sie pokerten, wurde es manchmal noch später. Aber an einem ganz gewöhnlichen Wochentag würde selbst ein Mann wie Lübke um diese Uhrzeit vermutlich im Bett liegen, was bedeutete, dass sie ihn wecken musste.

Wenn du mal in Schwierigkeiten steckst, ruf mich an, okay?, hallte seine Stimme hinter ihrer Stirn, während sie sich tief über das Steuer beugte, um die Häuser, die alle ein wenig zurückgesetzt lagen, besser erkennen zu können. *Zu jeder Tages- und Nachtzeit.* Und was für Anrufe gilt, sollte eigentlich auch für Besuche gelten, dachte sie. Dennoch hatte sie ein mulmiges Gefühl. Immerhin kannten Lübke und sie einander nicht wirklich gut. Sie waren seit ein paar Monaten per Du, ohne sich durch diese intime Anrede wesentlich näher gekommen zu sein. Sie spielten zusammen Poker, und hin und wieder, wenn sie zu viel getrunken hatte, erzählte sie ihm ein bisschen was über sich. Aber jemanden, dem man gelegentlich halb ernst, halb im Scherz ein paar unerfreuliche Begebenheiten aus seiner Kindheit erzählte, mitten in der Nacht aus dem Bett zu klingeln, war etwas grundlegend anderes, oder nicht?

Ganz gleich, was es ist, wiederholte die vertraute Stimme in ihrem Kopf mit beschwörender Intensität, *ruf mich an, okay?*

Nein, dachte Winnie Heller, ich rufe dich nicht an. Ich bin hier.

Sie hielt im Licht der letzten Straßenlaterne, etwa fünfzig Meter vor Lübkes Haus, das ganz am Ende der Straße lag, und blieb unschlüssig hinter dem Lenkrad sitzen. Was zum Henker sollte sie überhaupt sagen? Wie beginnen? Waren sie denn nicht eigentlich Fremde, Lübke und sie, zwei Menschen, die einander nicht näher kannten und die nur rein zufällig dieselbe Art von Job erledigten?

Sie biss sich auf die Lippen und zuckte erschreckt zusammen, als sie wieder Blut auf ihrer Zunge schmeckte und der Schmerz, der körperliche, aufs Neue über sie hereinbrach. Mit einem schnellen Blick in den Rückspiegel vergewisserte sie sich, dass nach wie vor nicht viel zu sehen war. Eine aufgesprungene Lippe, eine leichte Rötung, dort, wo sich die Finger ihres Angreifers in ihre Haut gegraben hatten. Ein etwas tieferer Kratzer auf der Wange. Eine Schramme im Nacken und eine abgeschürfte Schulter. Gut, dazu kamen vermutlich noch ein paar Blutergüsse auf den Oberarmen und im Bereich der Rippen. Aber alles in allem nichts Dramatisches.

Winnie Heller konnte sich lebhaft vorstellen, wie eine Ärztin auf ihre Blessuren reagieren, was sie denken würde, auch wenn sie es vielleicht nicht auszusprechen wagte. *Warum haben Sie sich nicht gewehrt? Stärker gewehrt? Richtig gewehrt? Warum sind Sie so gottverdammt heil geblieben?*

Oh nein, dachte sie. Zu einem Arzt kriegen mich keine zehn Pferde! Denn wenn das erst mal durchsickert, kann ich vor den Kollegen einpacken. *Die Heller hat es wahrscheinlich ganz gern ein bisschen härter, sonst wäre ihr doch wohl eingefallen, wie man sich anständig zur Wehr setzt, nicht wahr? Immerhin hat sie's mal gelernt, und wenn es ihr keinen Spaß gemacht hätte, sähe der Kerl jetzt garantiert aus, als wenn er mit 'nem Lkw zusammengestoßen wäre, meint ihr nicht auch?*

Winnie Heller fühlte etwas Warmes auf ihrem Gesicht, und erst mit ein paar Sekunden Verzögerung erkannte sie, dass es Tränen waren. Ihre Tränen. Sie tropften von ihrem Kinn auf ihre Bluse hinunter und hinterließen wässrige Kränze aus zerronnener Wimperntusche auf dem lädierten Stoff. Ich bin tatsächlich noch immer geschminkt, dachte sie mit ungläubigem Staunen. Irgendwann, zu einem Zeitpunkt, der ihr unendlich weit entfernt vorkam, hatte sie sich aufgerüscht, weil das hier ihr Abend hatte werden sollen. Ihr großer Durchbruch als verdeckte Ermittlerin. Ihre Chance, eines Tages vielleicht doch Karriere zu machen, trotz aller Altlasten, die sie mit sich herumschleppte. Ich habe wirklich Glück mit besonderen Abenden, dachte sie mit einem sarkastischen Lächeln. Als ich mich das letzte Mal so aufgebrezelt habe, ist meine Schwester ins Koma gefallen …

Sie schluckte, wischte die Tränen weg und sah wieder in den Spiegel. Ihre Augen waren so verquollen, dass man kaum noch etwas Weißes darin erkennen konnte. Und auch Rouge und Lippenstift waren verschmiert, wieder verschmiert, noch schlimmer verschmiert als vorhin auf der Toilette, sodass sie alles in allem wie ein derangierter Clown aussah. Hastig fuhr sie sich mit dem Ärmel über Kinn und Wangen, auch wenn sie das dringende Gefühl hatte, damit alles nur noch schlimmer zu machen. Dann spähte sie wieder in die Richtung, in der Lübkes Laube stehen musste. Am Ende der Straße begann eine ausgedehnte Schrebergartensiedlung, an deren Tor, das wusste sie noch, ein Mast mit einer zerschlissenen Deutschlandflagge stand und … Ja, tatsächlich, da schien etwas wie eine Fahne zu sein!

Sie startete den Wagen und fuhr langsam auf den schemenhaften Mast zu, der in einiger Entfernung in den finsteren Nachthimmel ragte. Die Straße ringsum wurde mit jedem Meter schlechter, aber Winnie Heller wagte es nicht, den Polo stehen zu lassen und den Rest des Wegs zu Fuß zu gehen. Nicht nach allem, was ihr an diesem Abend geschehen war.

Stattdessen nutzte sie die Einfahrt der Schrebergartensiedlung zum Wenden und kam direkt vor Lübkes Gartentor zum Stehen.

Die Vorhänge zur Straße waren zugezogen, aber man konnte deutlich erkennen, dass auf der anderen Seite noch Licht brannte.

Er ist da!, dachte Winnie Heller, während eine Woge von Erleichterung über ihren Körper schwappte. Lübke ist wach und zu Hause!

Mit einem leisen Lächeln auf den lädierten Lippen stieg sie aus dem Wagen, stieß die blau lackierte Gartenpforte auf und stolperte über einen ausgetretenen Plattenweg direkt auf die Haustür zu. Lübke war zu Hause, und er würde wissen, was zu tun war. Er würde ihr sagen, wie sie mit dem, was ihr geschehen war, umzugehen hatte, und er würde nicht zulassen, dass irgendjemand eine dumme Bemerkung über sie machte. Er würde sie beschützen!

Sie blieb vor der Tür stehen und lauschte auf ein Geräusch aus dem Inneren des Hauses, auf irgendetwas, das ihr verriet, ob Lübke fernsah oder Schallplatten hörte, ob er Besuch hatte oder allein war, aber alles, was sie wahrnahm, war der leise Wind in den Sträuchern, die das gedrungene Häuschen wie eine dichte grüne Mauer umgaben.

Aus der Nähe wirkte die Laube noch kleiner, als Winnie Heller sie in Erinnerung hatte. Sogar jetzt, in der Dunkelheit, die alles vergrößerte, Gebäude und Bäume, Einsamkeit und Angst. Zwei Zimmer, dachte sie, allerhöchstens drei. Und vielleicht noch ein bisschen Stauraum unterm Dach. Mehr konnte es beim besten Willen nicht sein.

Sie schloss die Augen und stellte sich ausladende Terrarien vor, die an den Wänden aufgereiht waren und in denen Spinnen, Maden und irgendwelche seltenen Käferarten hausten. Sie sah Lübke, wie er kleine Stücke stinkenden Käses hineinwarf und sich anschließend die Nase an der Scheibe platt drückte, um zu verfolgen, wie seine Hausgenossen sich über das Festmahl hermachten, das er ihnen bereitet hatte. Seltsamerweise fiel ihr bei dieser Gelegenheit das groß dimensionierte Aquarium ein, das den unbestrittenen Mittelpunkt ihres Apartments bildete, und sie ertappte sich bei dem Gedanken, dass sie vielleicht doch das eine oder andere gemeinsam hatten, Lübke und sie. Über sein Privatleben wusste sie hingegen wenig, über seine Vergangenheit weniger als nichts. Es ging das Gerücht, dass er einmal verheiratet gewesen war und dass seine Frau ihn wegen eines anderen verlassen habe. Dass er daraufhin ein paar Jahre komplett ausgestiegen sei und auf einem Boot gelebt habe. Andere Quellen besagten,

Lübke habe mehrere Jahre im südamerikanischen Dschungel zugebracht und Insekten gesammelt. Und ein paar Witzbolde behaupteten gar, Lübke habe ein paar Jahre inmitten von Ex-Knackis und anderen Haudegen in der französischen Fremdenlegion zugebracht. Winnie Heller dachte einen Augenblick über diese Möglichkeit nach und kam zu dem Schluss, dass es keine Kuriosität gab, die sie dem Leiter der Spurensicherung nicht zugetraut hätte. Fremdenlegion, Schrumpfköpfe, ausgestopfte Vögel, überdimensionale Landschaftsaquarelle in kitschigen Goldrahmen – bei einem Mann wie Lübke war definitiv alles drin!

Sie hustete trocken und drückte auf die Klingel, ohne noch länger darüber nachzudenken, was sie sagen sollte, woraufhin ein paar seltsame Töne, fast eine Art Melodie, durch das krumme Häuschen hallten. Während sie wartete, streifte Winnie Hellers Blick eine Satellitenschüssel, die etwa auf Augenhöhe an der Hauswand klebte wie ein Parasit.

Dann ging die Tür auf.

Doch zu Winnie Hellers Überraschung war es nicht Lübke, dem sie sich gegenübersah. Es war eine Frau …

Die Unbekannte war recht klein, kaum größer als sie selbst, und dabei eher mollig als schlank. Sie trug ein champagnerfarbenes Negligé über nichts als einem knallroten Spitzen-BH und wuchtigen Männershorts mit Paisley-Muster, die einen höchst bemerkenswerten Kontrapunkt zum Rest ihres Outfits bildeten. Ihr Gesicht war nicht mehr jung, aber glatt und rosig, das platinblonde Haar trug die Frau nachlässig hochgesteckt.

Scheiße noch mal, dachte Winnie Heller, als ihr bewusst wurde, wie ihr eigenes Aussehen auf die andere wirken musste. Zum Teufel mit ihren verfluchten Ideen! Wie hatte sie nur so sicher sein können, dass Lübke Single war? Dass er den lieben langen Tag allein in seiner Laube hockte und auf ihren Anruf wartete? *Jederzeit*. Am liebsten hätte sie laut losgelacht, Idiotin, die sie war!

»Ich … Es tut mir leid«, stammelte sie, indem sie sich die Strickjacke noch ein wenig enger um den Körper zog, um wenigstens die Make-up-Flecken auf ihrer Bluse zu verdecken, die

die andere vermutlich längst entdeckt hatte. Was für eine Art von Frau war das eigentlich? Eine vom Gewerbe? »Ich fürchte … Ich habe mich geirrt«, stieß sie hervor, während sie den interessierten Blick der Fremden auf ihrem Gesicht spürte wie eine Berührung, der sie nicht zugestimmt hatte. »Eigentlich wollte ich nur …« Sie hörte ihr eigenes unechtes Lachen. Eine Farce, was sie hier trieb! »Aber … Es … Es hat jede Menge Zeit und … Ach was, sagen Sie ihm einfach, ich rufe ihn an, okay? Gute Nacht.«

»So warten Sie doch«, rief die Frau, aber Winnie Heller hatte sich bereits abgewandt.

»Verzeihen Sie, dass ich Sie gestört habe«, entschuldigte sie sich nochmals, ohne sich umzudrehen, und ihre Finger waren plötzlich so klamm, als sei es eisig kalt an diesem lauen Abend.

»Moment!«, rief die andere. »Bitte warten Sie!«

Winnie Heller hielt inne und starrte auf die krumm getretenen Platten vor sich. Die Frau war indessen einen Schritt näher getreten und legte ihr von hinten eine Hand auf die Schulter. Es war die verletzte, und eine neuerliche Woge von Schmerz ließ Winnie Heller leise zusammenzucken.

»Warum kommen Sie nicht erst mal rein, Kindchen?«

Winnie Heller rührte sich nicht von der Stelle.

»Wer ist das?«, hörte sie urplötzlich Lübkes sonoren Bass aus einem anderen Teil des Hauses, und erst jetzt wurde ihr endgültig klar, dass sie sich nicht in der Tür geirrt hatte. Dass Lübke tatsächlich nicht allein war. Dass er ein Leben jenseits seines Labors führte, ein Privatleben.

Jeder Mensch hat das, pochte es hinter ihren Schläfen. Jeder außer dir. Alles, was du hast, ist ein Haufen schmerzender Erinnerungen und ein paar Fische.

Winnie Heller fühlte, wie ihre Kehle eng wurde. Spürte auf einmal wieder Hände auf ihrem Körper. Die anderen Hände. Seine Hände. Drängend und rau. Seinen Atem, der ihr ins Gesicht schlug wie eine Ohrfeige. Seine Nägel, die sich in ihr Fleisch bohrten und die zarte Haut ihrer Wangen in Fetzen rissen.

Hilfe suchend griff sie sich an den Hals, aber es war bereits zu spät, und sie konnte nicht verhindern, dass sie sich zum zweiten Mal an diesem Abend übergeben musste. Sie blieb kurz stehen und erbrach sich in die säuberlich gestutzten Büsche neben Lübkes Gartentor.

Dann rannte sie weiter, stieg in ihren Wagen und fuhr davon.

II

Zuerst war da so ein Geräusch wie von einer Fehlzündung beim Auto. Ein bisschen lauter vielleicht. Aber wer denkt denn schon an so was? So was wie das passiert im Fernsehen. Irgendwo in Amerika. Oder in irgendwelchen total kranken Games, wo's nur darum geht, so viele wie möglich abzuknallen. Aber hier? Bei uns?

Yvonne S., 15, Schülerin der 9. Klasse

Als sich das Geräusch wiederholte, habe ich mich allerdings schon irgendwie gewundert.

Matthias G., 14, Schüler der 8. Klasse

Ich musste nur mal kurz aufs Klo, und eigentlich war alles genau wie immer, wenn ich während des Unterrichts mal eben wohin muss. Schüsse habe ich keine gehört, jedenfalls nicht bewusst, sonst wäre ich ja wohl kaum einfach so über die Flure spaziert, oder? Ich meine, da war vielleicht irgendein entfernter Lärm, mit dem ich nichts anfangen konnte, aber wenn ich es mir genau überlege, glaube ich eigentlich nicht, dass ich überhaupt was gehört habe. Allerdings hatte ich auch die Stöpsel von meinem iPod in den Ohren, weil ich nichts dabei finde, 'n bisschen Musik zu hören, wenn ich sowieso aufs Klo muss. … Im Vorraum von der Toilette roch es dann voll penetrant nach Äpfeln, komisch, aber das weiß ich noch und auch, dass ich dachte, das ist bestimmt wieder so eine kalorienbewusste Kuh gewesen, die hier ihre Vitamine gefressen und gleich hinterher alles wieder ausgekotzt hat. Na ja, wie auch immer. Ich habe meine Ziga… Na, egal. Jedenfalls bin ich dann wieder auf den Gang raus, und da lagen lauter so komische Schnipsel auf dem Boden. Wie Konfetti sah das aus. Ich dachte noch, dass die Putzfrauen voll wenig tun für ihr Geld, obwohl sie doch eigentlich froh sein müssten, dass sie überhaupt einen Job haben, wo die nicht mal richtig Deutsch können und so, und dann hab ich ihn plötzlich gesehen. Er war ganz in Schwarz gekleidet und hatte eine Waffe in der Hand, nein, eigentlich in beiden Händen. Er hielt sie vor seinen Körper, Sie wissen schon, wie es Soldaten machen. Er hatte ein ziemliches Tempo drauf und hat mich, glaube ich, nicht gesehen. Dann ist er um die Ecke und war weg.

Jenny H., 17, Schülerin der 11. Klasse

Damals, wie das in Erfurt passiert ist, gab's hier an unserer Schule einen Gottesdienst. Aus Solidarität oder so. Und es gab auch einen von diesen Aktionstagen, wo alle in kleinen Gruppen zusammensitzen und Plakate entwerfen und diskutieren, wie es zu so was kommen kann und wie man selbst reagieren soll, wenn ein Mitschüler von der Schule geflogen ist und man dann mitkriegt, dass er sich mehr und mehr zurückzieht und so. Aber da waren wir erst in der 7. oder 8. Klasse, damals. Ich meine, wer nimmt denn so was ernst in dem Alter? Erfurt – das war sozusagen am anderen Ende der Welt, wissen Sie?

Dragan Z., 18, Schüler der 12. Klasse

Ich weiß noch, dass wir irgendwann mal so ein Plakat erarbeitet haben. NIE WIEDER stand da quer obendrüber, und darunter waren lauter Dinge aufgezählt, die angeblich verhindern sollen, dass so was wieder passiert. Dass jemand durchdreht und alle umbringt, meine ich. Wir wollen achtsam miteinander umgehen, *stand da, fast wie bei der Super-Nanny, wenn sie ihre Familienregeln aufstellt. Kennen Sie das? Meine Mutter guckt das andauernd.* Wir wollen einander zuhören, *schreiben sie da immer auf solche bunten Karten. Und dann kleben sie die Karten alle zusammen auf ein Blatt und hängen es irgendwo hin. Genau wie wir damals mit unserem Plakat an diesem Aktionstag. Und was das bringt, das sieht man doch jetzt. Waren wir denn auf irgendwas vorbereitet? Hatten wir auch nur den Hauch einer Chance?*

Gina-Marie T., 17, Schülerin der 12. Klasse

Ich hatte eigentlich nicht das Gefühl, dass er mich töten wird. Keine Ahnung, warum. Vielleicht, weil er mir direkt in die Augen gesehen hat.

Justin G., 13, Schüler der 7. Klasse

Er trieb uns vor sich her, den Flur runter und durch den Durchgang zum Neubau. Ich habe gesehen, wie links und rechts neben mir welche zu Boden fielen. Leute, meine ich. Schüler. Echt, wenn ich jetzt drüber nachdenke, finde ich es total komisch, dass es nicht noch viel mehr Tote gegeben hat.

Elena E., 17, Schülerin der 11. Klasse

Ich habe nichts gesehen. Ich bin einfach nur gerannt.
Es war, als ob die Luft um mich herum explodiert.
Andauernd Schüsse. Und wenn du gedacht hast,
jetzt ist es endlich vorbei, ging es wieder von vorn los.

Marco C., 13, Schüler der 8. Klasse

Dienstag, 18. September 2007

1 »Einen See?«

»Um Himmels willen, nein«, widersprach Verhoeven seiner Frau, die ihn über den Frühstückstisch hinweg ansah, als habe er den Verstand verloren. Er war gegen sechs Uhr früh erwacht und barfuß in den Garten gegangen, um den Morgentau zwischen seinen Zehen zu spüren und den Duft der feuchten, offenen Erde zu genießen. Und dort im Garten, bei den Rosenbüschen, hatte eine Idee, mit der er sich seit ein paar Wochen trug, urplötzlich Gestalt angenommen. »Bloß ein Teich«, fügte er mit einem – wie er hoffte – entwaffnenden Lächeln hinzu. »Etwas, das hübsch aussieht und sich leicht pflegen lässt.«

»Aha.« Silvies Miene drückte noch immer erhebliche Skepsis aus. »Und wo genau hattest du dir diesen Teich vorgestellt?«

»Das kleine Rasenstück hinten bei den Rosen wäre ideal«, antwortete Verhoeven, wobei er sich bemühte, den Hauch von Sarkasmus zu überhören, der in ihren Worten mitschwang. »Es ist nicht zu sonnig und böte überdies ausreichend Raum für eine Sitzgruppe.«

Seine Frau nickte. Ernsthaft, wie es schien, doch er kannte sie lange genug, um zu wissen, dass sie sich prächtig amüsierte. »Und da könnten wir dann im Sommer sitzen und Kaffee trinken, während wir unsere Tochter dabei beobachten, wie sie ... Tja, und hier kommen wir an den interessanten Punkt, nicht wahr?« Sie sah ihn an. »Ich meine, soll Nina lediglich kleine Boote aus Holz oder Legosteinen fahren lassen, oder dachtest du zusätzlich an eine wie auch immer geartete Fauna?«

»Warum nicht?«

»Koi-Karpfen?«

»Gott bewahre«, lachte Verhoeven. »Schließlich hast du einen Beamten des gehobenen nicht technischen Dienstes geheiratet und nicht einen von diesen Zahnärzten, die armen, unwissenden Leuten den Mund voller Gold spritzen, um sich jedes Jahr den passenden Porsche zu ihren neuen Gärtnern leisten zu können, und …« Er hielt inne, als ihm auffiel, dass seine Frau die Anspielung auf den Beruf ihres Vaters und den Verschleiß an Hauspersonal ihrer Eltern nicht annähernd so witzig fand wie er selbst. »Na, wie auch immer, ich hatte eher an etwas Erschwinglicheres gedacht«, setzte er eilig hinzu. »Goldfische, zum Beispiel. Die sind schön robust und brauchen wenig Pflege.«

Seine Frau zog ihre makellos glatte Stirn in Falten. »Seit wann verstehst du was von Fischen?«

»Tue ich nicht.« Verhoeven zuckte die Achseln. »Aber ich habe mit Winnie gesprochen und …«

Silvie horchte auf. »Ach, seid ihr jetzt endlich per Du?«, unterbrach sie ihn, indem sie triumphierend gegen die Tischkante schlug. »Das wurde aber auch wirklich höchste Zeit. Ich meine …«

»Frau Heller und ich siezen uns nach wie vor«, beeilte sich Verhoeven klarzustellen. »Aber sie besitzt ein Aquarium, wie du weißt, und könnte uns bei der Auswahl geeigneter Bewohner für unseren Teich ganz sicher ein bisschen beraten.«

Die Lippen seiner Frau verzogen sich zu einem sehr anziehenden Schmunzeln. »Und dieser ganze Plan«, sagte sie mit einer umfassenden Geste, bevor sie sich mit hoch konzentrierter Miene eine zweite Tasse Kaffee einschenkte, »ich meine, dieser See und all das … Das hat nicht zufällig etwas mit der Tatsache zu tun, dass Rieß-Sempers Dominik ein Aquarium zum Geburtstag schenken wollen?«

Ertappt!, dachte Verhoeven unbehaglich, wobei er sich nach außen hin um einen gänzlich neutralen Gesichtsausdruck bemühte. Der dicke Kindergartenfreund seiner Tochter war ihm von jeher ein Dorn im Auge, vielleicht, weil Dominik ein Junge war, über den Nina sich – entgegen ihrer sonstigen Gewohnheit – ausnahmslos positiv äußerte. Hinzu kam, dass sie in den letzten Monaten zunehmend mehr Zeit im Haus der Sempers verbrachte, was Verhoeven, das musste er zugeben, mit einem Gefühl der Eifersucht erfüllte. Von dem besagten Aquarienplan hatten sie hingegen erst in der vergangenen Woche erfahren, als sie den Eltern von Ninas Kindergartenfreund auf einer Informationsveranstaltung des Kindergartens zum Thema »Englisch im Vorschulalter – Chance oder Bildungswahn?« begegnet waren. Und im Gegensatz zu Silvie, die Theophila und Adrian Rieß-Semper bereits bei verschiedenen anderen Gelegenheiten getroffen hatte, war es Verhoevens erste Begegnung mit Dominiks Eltern gewesen, im Zuge derer er zu dem Schluss gekommen war, dass er die Sempers nicht mochte. Seine Frau zog ihn deswegen auf und behauptete, er übertrage eine vollkommen irrationale, da gänzlich unbegründete und genau aus diesem Grund absolut kindische Antipathie gegen einen dicken, nunmehr knapp sechsjährigen Jungen auf dessen in ökologischen Fragen zugegebenermaßen etwas radikale, aber ansonsten absolut unbedenkliche Eltern – ein Argument, dem Verhoeven zu seinem größten Bedauern nur wenig entgegenzusetzen hatte, das ihm jedoch trotzdem nicht wirklich stichhaltig vorkam. Immerhin war er sechsunddreißig Jahre alt und Kriminalbeamter des gehobenen nicht technischen Dienstes, was nach seinem Verständnis der Welt im Grunde ausschloss, dass er sich zu überstürzten und noch dazu gänzlich unbegründeten Antipathien hinreißen ließ.

»Also, was ist nun?«, drängte Silvie auf der anderen Seite des Tisches. »Hat dieser See, den wir haben werden, etwas mit Dominiks künftigen Fischen zu tun oder nicht?«

»Nein«, erwiderte Verhoeven mit aller ihm zur Verfügung stehenden Würde. »Natürlich nicht. Warum sollte er?«

»Weil du den lieben kleinen Dominik ausstechen willst«, versetzte Silvie achselzuckend. »Weil du den Gedanken nicht erträgst, dass deine Tochter in Zukunft vielleicht noch öfter als bisher mit zu den Sempers möchte, weil es dort etwas Interessantes zu beobachten gibt. Weil du …«

»Unsinn«, unterbrach Verhoeven seine Frau halb im Scherz, halb ernst. »Ich fand es einfach reizvoll, einen Ort zu schaffen, der zu einer Oase der Ruhe werden könnte und der ganz nebenbei auch noch Libellen und Fröschen und anderen bedrohten Tierarten einen Lebensraum bietet.«

»Soso, Libellen, ja?« Silvie Verhoeven schenkte ihrem Mann ein überaus vielsagendes Nicken. »Na schön, dann schnapp dir in Gottes Namen einen Spaten und ein paar Meter Teichfolie und bau deine Oase. Und wenn es deine Dienstpläne gut mit dir meinen, wird sie ganz bestimmt in zwei oder drei Jahren fertig sein und ein paar erkundungsmutigen Libellenpaaren, falls es selbige dann noch geben sollte, einen wunderschönen Lebensraum bieten.«

»Was?«, wollte Nina wissen, die in diesem Augenblick in die Küche stürmte und sich umgehend auf ihren Platz an der Stirnseite des Tisches fallen ließ. Seit ein paar Tagen bestand sie mit Nachdruck darauf, sich selbstständig anzuziehen, was in der Sache zwar durchaus lobenswert, im Ergebnis jedoch nicht immer erfreulich war. An diesem Morgen hatte sie zum Entsetzen ihrer Eltern ein hellblaues T-Shirt ohne Arme zu ihren moosgrünen Jeans gewählt und sich überdies eine beige-rot gestreifte Baseballkappe falsch herum auf die braunen Locken gesetzt. »Was wird fertig sein?«

»Der Libellenteich hinter den Rosenbüschen«, antwortete ihre Mutter, bevor Verhoeven sie daran hindern konnte.

Nina blickte irritiert zwischen ihren Eltern hin und her. »Was denn für Libellen?«

»Die, die aussterben, falls dein Vater sie nicht rettet«, erwiderte Silvie fröhlich und stand auf, um einen Apfel für ihre Tochter aus der Obstschale neben dem Kühlschrank zu holen. »Und deshalb baut er einen See in unserem Garten.«

»Wirklich?«, rief Nina begeistert. »Einen richtigen See?«

Verhoeven biss sich auf die Lippen, weil ihm klar war, dass es von jetzt an schwierig, wenn nicht gar unmöglich werden würde, einen Rückzieher zu machen. Etwas, das ihn trotz seiner ungebrochenen Entschlossenheit zutiefst beunruhigte. »Genau genommen soll es eher eine Art Teich werden«, bemühte er sich, den Erwartungsdruck so gering wie möglich zu halten.

»Mit Fischen?«, erkundigte sich seine Tochter begierig.

Verhoeven nickte. »Wenn du willst.«

»Au jaaaaaa«, kreischte Nina und sprang auf den Stuhl neben

ihm. »Können wir gleich heute Nachmittag welche aussuchen? Ja, Papa?«

»Das wäre ein bisschen zu früh, Schatz«, entgegnete Verhoeven lächelnd. »Aber vielleicht fahre ich nachher schon mal zum Baumarkt und sehe mich um.«

»Es gibt Süßwasserfische und Salzwasserfische«, belehrte ihn seine Tochter mit jenem Eifer, den sie immer dann an den Tag legte, wenn es um naturwissenschaftliche Fragen ging. »Aber Süßwasserfische dürfen kein Wasser trinken, auch wenn es manchmal so aussieht, als ob sie es tun, weil sie sonst platzen. Nur Salzwasserfische tun das.«

»Wasser trinken?«

»Ja, genau. Salzwasserfische müssen trinken, weil das Meerwasser sonst die ganze Flüssigkeit aus ihnen rauszieht«, nickte seine Tochter. »Und wenn sie nicht trinken, würden sie vertrocknen. Mitten im Wasser!«

Sie ist fünf Jahre alt, dachte Verhoeven. Fünf Jahre und ein echtes Wunder! »Woher weißt du solche tollen Sachen?«, fragte er, und sehr zu seinem Leidwesen bekam er genau die Antwort, die er befürchtet hatte.

»Dominiks Vater sagt das.« Ihre zarten Fingerchen zeichneten ein paar eifrige Wellenlinien auf die Tischplatte. »Dominik bekommt nämlich ein Aquarium zum Geburtstag. Und sein Vater hat sich auch schon lauter Bücher darüber gekauft. Über Aquist... Über Fische und Pflanzen und so.«

»Ach wirklich?«, erkundigte sich Verhoeven mit wohl dosiertem Interessc.

Heuchler, sagte Silvies Blick.

»Man muss nämlich ganz genau Bescheid wissen, sonst macht man alles falsch, und dann sterben die Fische«, plauderte Nina, die nun voll und ganz in ihrem Element war, munter weiter. »Die Fische sterben, wenn es das falsche Wasser ist. Oder wenn es zu warm ist. Oder wenn das Wasser zu schmutzig ist.« Sie starrte einen Moment lang stirnrunzelnd vor sich hin, als überlege sie, ob sich das Risiko, alles falsch zu machen und am Ende vielleicht gar die Schuld an einem Berg toter Fische zu tragen, mit ihrem Wunsch nach einem See und den damit verbundenen schuppigen Hausgenossen in Einklang bringen ließ.

»Was soll ich übrigens Madeleine sagen, wenn sie anruft?«, fragte Silvie in die entstandene Stille, indem sie Ninas Apfel in einem Blatt Küchenrolle einwickelte und anschließend in der kleinen Umhängetasche verstaute, die ihre Tochter für gewöhnlich mit in den Kindergarten nahm.

Verhoeven zuckte unmotiviert mit den Schultern. »Warum sagst du ihr nicht einfach, dass sie eine von ihren hochvornehmen Reit-Golf-und-Tennis-Tussen bitten soll, auf ihre Brut aufzupassen, während sie sich mit Adonis am Strand räkelt?«

Neben ihm hob Nina interessiert den Blick. »Welche Brut?«, fragte sie.

»Tante Madeleine und Onkel Costas müssen verreisen und wollen, dass Pierre, Pascal, Phillip und Paola bei uns wohnen, während sie weg sind«, erklärte Silvie mechanisch, und Verhoeven registrierte mit Genugtuung, dass seine Tochter von dieser Idee ebenso wenig begeistert zu sein schien wie er selbst. »Madeleine möchte einfach jemanden, der sich mit Kindern auskennt«, startete seine Frau indessen einen neuen Überredungsversuch in seine Richtung. »Sie brauchen jemanden, bei dem sie sicher sein können, dass die Kinder in guten Händen sind.«

»Fein«, konterte Verhoeven. »Dann sollte sie sich eine Diplompädagogin mieten. Die stehen zu Hunderten auf der Straße und werden bestimmt sogar mit Madeleines gut erzogenen Blagen fertig.«

»Und warum nimmt Tante Madeleine ihre Blasen nicht einfach mit?«, schlug seine Tochter hilfsbereit vor.

»Verdammt gute Frage, mein Schatz«, lobte Verhoeven.

Und auch seine Frau konnte sich das Lachen nicht länger verkneifen. »Weil die Blasen in die Schule müssen.«

»Bei all der Begabung, die die Gene deiner Schwester zweifellos über sie ergossen haben, sollten sie es sich doch wohl leisten können, ein paar Tage zu fehlen«, widersprach Verhoeven.

»Madeleine ist in diesen Dingen sehr pflichtbewusst«, erwiderte Silvie mit einem leisen Stöhnen, an dem sich ablesen ließ, dass ihr die Sache selbst immer weniger gefiel. »Und außerdem hat Paola in dem bewussten Zeitraum ein Turnturnier in Walluf.«

»Ein was?«

»Ein Turnturnier.«

»Was für ein hübsches Wort.«

»Nicht wahr?« Sie kicherte vergnügt vor sich hin. »Da müsstest du sie dann natürlich hinfahren.«

Verhoeven nickte. »Klar doch.«

»Fein. Dann kann ich meiner Schwester also zusagen?«

»Nein.«

Silvie verdrehte die Augen. »Hendrik!«

»Was denn?«, gab er zurück.

»Immerhin ist sie deine Schwägerin, und es könnte durchaus möglich sein, dass wir uns irgendwann einmal in einer ähnlichen Lage befinden und Madeleines Hilfe benötigen. Und deshalb ...«

»Bevor ich unsere Tochter auch nur einen einzigen Tag in die Obhut deiner Schwester gebe, friert die Hölle ein«, unterbrach Verhoeven sie mit Nachdruck. »Eher adoptiere ich Dominik Fett-Semper.«

»Rieß-Semper«, protestierte seine Tochter empört, und auch Silvie, die sich gerade anschickte, das abgegessene Frühstücksgeschirr in die Spülmaschine zu räumen, bedachte ihn mit einem vernichtenden Blick. »Dominiks Nachname ist *Rieß*-Semper«, wiederholte Nina, »aber seine Mama heißt nur Rieß.«

»Warum?«, erkundigte sich Verhoeven aus reiner Verlegenheit über den Sturm der Entrüstung, den seine Bemerkung ausgelost hatte.

»Warum was?«, fragte Nina.

»Warum heißt Dominiks Mutter nur Rieß?«

»Lenk jetzt nicht ab, Hendrik«, rief Silvie von der Spülmaschine, doch glücklicherweise schien Nina ernsthaft über seine Frage nachzudenken.

»Dominiks Papa heißt auch Rieß-Semper«, murmelte sie nachdenklich vor sich hin. »Aber Frau Rieß heißt nur Rieß.«

»Dominiks Mutter ist eine von diesen ökologisch-dominanten Schnepfen, die darauf bestehen, dass ihre Ehemänner ihre

Nachnamen tragen und regelmäßig exakt die Hälfte des Mülls rausbringen«, erklärte Silvie, der die Sache entschieden zu lange dauerte. »Aber zurück zu Madeleine …«

»Was ist öh-kolo… Was ist das?«, krähte Nina dazwischen, und Verhoeven hätte seine Tochter am liebsten geküsst für ihre Beharrlichkeit.

»Umweltbewusst«, entgegnete seine Frau, ohne ihn aus den Augen zu lassen, doch so leicht ließ sich ein fünfjähriger Forschergeist nicht abspeisen.

»Nein, das andere.«

»Was meinst du?«

»Das andere Wort, das du gesagt hast.«

»Ich glaube, was sie meint, ist dominant«, merkte Verhoeven mit einem überaus unschuldigen Lächeln an.

Seine Tochter nickte. »Genau. Dominant.«

»Das wird dir dein Vater erklären, gleich nachdem er sich entschlossen hat, deine Cousins und deine Cousine bei uns aufzunehmen«, entgegnete Silvie zuckersüß.

Verhoeven seufzte. »Über welchen Zeitraum sprechen wir hier?«

»Sagte ich das nicht?«

»Nein.«

»Eine Woche.«

»Oh nein«, widersprach er mit Nachdruck, »so lange dauern solche Kongresse nicht!«

»Herrgott, sie möchten einfach noch ein paar Tage Badeurlaub dranhängen.« Silvies tiefdunkelblaue Augen nahmen einen geradezu beschwörenden Ausdruck an. »Und ich hatte wirklich den Eindruck, dass sie mal ein bisschen Zeit für sich brauchen.«

Verhoeven horchte interessiert auf. »Sag nur, die Ehe des Jahrtausends steckt in einer Krise?«, erkundigte er sich begierig, doch seine Frau dachte nicht im Traum daran, seine Frage zu beantworten.

»Ja oder nein?«, insistierte sie stattdessen.

»Nur, wenn du unserer Tochter die Bedeutung des Wortes dominant erklärst«, versuchte Verhoeven, sich das offenkundig

Unausweichliche wenigstens noch mit einem winzigen Teilerfolg zu versüßen.

»Das ist Erpressung«, protestierte seine Frau lachend.

»Tja«, sagte er. »Du hast die Wahl ...«

2 Der freie Tag lag vor Winnie Heller wie ein weitläufiger Platz voller Menschen, den sie überqueren sollte, aber nicht überqueren *konnte*, weil sie unter Agoraphobie litt, und sie hatte nicht die leiseste Vorstellung, wie sie ihm begegnen sollte.

Nachdem sie die Tür ihres Apartments hinter sich abgeschlossen, die Sicherheitskette vorgelegt und die Klinke zusätzlich mit einem verkanteten Stuhl gesichert hatte, war sie unter die Dusche gestiegen und hatte sich den Schotter und das Blut und das Make-up und den Schweiß seiner Hände und den Geruch seiner Nähe vom Körper gewaschen. Und die ganze Zeit über hatte sie an die Vergewaltigungsopfer gedacht, denen sie in den vergangenen Jahren begegnet war. An Frauen, die noch Jahrzehnte nach einem Missbrauch versuchten, auf ähnliche Weise die Spuren dessen, was ihnen angetan worden war, zu tilgen. Einfach in den Ausguss zu spülen, was geschehen war. Sich wieder rein zu waschen.

Nach zehn Minuten hatte sie sich gezwungen, das Wasser abzustellen, indem sie sich wieder und wieder vorgebetet hatte, dass alles halb so schlimm sei. Dass keine Vergewaltigung im eigentlichen Wortsinn stattgefunden hatte. Dass dieser Teil von ihr unangetastet geblieben war, unberührt von dem Mann, an dessen Gesicht sie sich beim besten Willen nicht mehr erinnern konnte.

Nur ein Überfall, hatte sie gebetsmühlenartig wiederholt.

Nichts als eine aufgeplatzte Lippe und ein paar Blutergüsse.

Banalitäten ...

Sie war aus der Dusche gestolpert, hatte sich ein Handtuch um ihren geschundenen Körper geschlungen und eine feuerfeste Lasagneschüssel aus dem Schrank genommen. Dann hatte sie die Tür zu ihrem winzigen Freisitz geöffnet, die Schüssel direkt vor den Türrahmen auf den staubigen Laminatboden gestellt und zugesehen, wie ihre Bluse darin verbrannt war. Der laue Westwind hatte den Rauch des schwelenden Stoffes in ihr Apartment getrieben, ihre Augen hatten geträntwie verrückt, aber sie hatte durchgehalten und immer wieder zerknülltes Schreibmaschinenpapier in die Flammen geworfen, bis von dem Kleidungsstück nur noch ein Häuflein Asche und ein paar angekokelte Knöpfe übrig gewesen waren. Die Knöpfe hatte sie in die Toilette geworfen und fortgespült, und anschließend hatte sie die Asche ihrer Bluse über die Brüstung gekippt und sich vorgestellt, wie die feinen Rußpartikel fünf Stockwerke tief auf den düsteren Bordstein rieselten und dort auf ewig zerstreut wurden. Auf dem Höhepunkt der Aktion hatte ihr Telefon geklingelt, und nach der Bandansage war Lübkes verschlackter Husten aus dem Lautsprecher gequollen.

Ich bin's, und ich quatsche dir jetzt schon seit einer geschlagenen halben Stunde alle fünf Minuten auf die Mailbox, hatte er gekeucht. *Also melde dich gefälligst, sobald du das hier abhörst, ja?*

Winnie Heller hatte sich die Ohren zugehalten und sich ganz auf ihren selbst fabrizierten Ascheregen konzentriert. Aber die Ruhe, die auf Lübkes Anruf gefolgt war, hatte nur eine knappe Viertelstunde Bestand gehabt. Dann hatte das Telefon erneut zu klingeln begonnen.

Was zum Teufel ist los mit dir? ... Ich habe ... Herrgott, noch mal, Mädchen, jetzt geh schon endlich ran. Ich weiß, dass du da bist. Und ich weiß auch, dass du das warst. Vorhin, meine ich. An meiner Tür. Also nimm gefälligst ab, okay?

Winnie Heller hatte dem Apparat den Mittelfinger gezeigt und den Stecker aus der Wand gerissen. Dann hatte sie einen frischen Schlafanzug aus dem Schrank genommen und war ins Bett gegangen.

Zu ihrer eigenen Verwunderung war sie schnell und unkompliziert eingeschlafen und erst gegen halb sieben, ihrer üblichen Zeit, wieder aufgewacht. Nach einem kärglichen Frühstück, zu dem sie sich mit aller Gewalt hatte zwingen müssen, hatte sie ihr Aquarium gereinigt, die Fische gefüttert, den Kühlschrank abgetaut, die Kacheln in der Dusche mit Scheuermilch und Essigreiniger bearbeitet und eine Einkaufsliste für ihren nächsten Abstecher zum Discounter um die Ecke gemacht. Und jetzt saß sie an dem runden Tisch, der ihr als Essplatz und Schreibtisch zugleich diente, und hatte keine Ahnung, was sie mit dem Rest des Tages anstellen sollte. Wie sie es schaffen konnte, in all diesen Stunden, die vor ihr lagen, nicht wieder und wieder über die Frage nachzugrübeln, warum sie sich wie ein paralysiertes Kaninchen benommen hatte, anstatt diesem Mistkerl, der glaubte, einfach so über sie herfallen zu können, in die Eier zu treten und ihm selbige anschließend mitten in sein dreckiges Maul zu stopfen. Immerhin war sie Polizistin, Herrgott noch mal! Jemand, der schon allein aufgrund seiner Ausbildung auf Situationen wie die von gestern Abend vorbereitet sein sollte. Der sich zu verteidigen wusste …

Sie beobachtete ihre Finger, die eifrig und konzentriert ein bisschen altes Kerzenwachs von der Tischplatte kratzten, und hatte das unangenehme Gefühl, dass sie drauf und dran war, den Verstand zu verlieren. Wie sollte sie sich selbst je wieder vertrauen können, wenn sie wusste, dass sie in einer Situation wie der gestrigen derart kläglich versagte? Wie sollte sie weitermachen mit dem, was ihr so viel bedeutete? Wie, um alles in der Welt, sollte sie ihren Job erledigen, wenn sie es nicht einmal schaffte, sich selbst zu beschützen? Sie stand auf, weil sie urplötzlich einen brennenden Durst verspürte, und nahm sich ein Glas Wasser aus der Leitung, das sie gleich an Ort und Stelle hinunterkippte und anschließend ein zweites Mal auffüllte. Als sie wieder am Tisch saß, fiel ihr Blick auf den Anschluss des Telefons, der noch immer neben der Steckdose auf dem Boden lag. Ob sich Lübke inzwischen beruhigt hatte? Konnte sie es wagen, wieder erreichbar zu sein?

Sie widmete sich erneut den Wachsresten auf der Tischplatte und überlegte, woher Lübke überhaupt gewusst hatte, dass sie es gewesen war, die da mitten in der Nacht an der Tür zu seiner komischen kleinen Laube geklingelt hatte. Hatte er sie am Ende doch gesehen, von irgendwo her? Hatte er das Erbrochene in seiner Hecke analysiert? Oder hatte sein in die Jahre gekommener Betthase etwa eine derart gute Beschreibung von ihr abgeliefert, dass Lübke sofort genickt und gebrummt hatte: *Ein Sommertyp und Lippen wie bei einem derangierten Clown, sagst du? Tja, das kann eigentlich nur die kleine Heller gewesen sein, einer von den Frischlingen bei der Mordkommission. Was die wohl wollte?*

Winnie Heller seufzte und starrte das Telefon an. Was, wenn es einen Notfall gab? Wenn sie ins Präsidium gerufen wurde, weil irgendwo im Stadtgebiet ein Spaziergänger über eine enthauptete Frauenleiche oder doch wenigstens über einen fragwürdigen Selbstmörder gestolpert war? Sie atmete ein paarmal tief durch und straffte die Schultern. Die Aussicht, vielleicht doch vorzeitig von der Last dieses freien Tages erlöst zu werden, erschien ihr mit einem Mal derart verlockend, dass sie aufstand und das Telefonkabel wieder in die dazugehörige Buchse stöpselte. Anschließend schaltete sie auch ihr Handy ein, das sieben neue Nachrichten anzeigte. Sie löschte alle sieben, ohne auch nur eine einzige von ihnen angehört zu haben. Dann ging sie wieder ins Bad hinüber und inspizierte die Schramme in ihrem Gesicht, neben der nun, im hellen Tageslicht, auch noch ein paar kleinere, halbkreisförmige Blessuren sichtbar waren, die offenkundig von den Nägeln seiner Finger stammten. Aber mit ein wenig Make-up und einer dicken Schicht Puder würde wahrscheinlich kaum etwas zu sehen sein!

Winnie Heller klatschte in die Hände und griff dann beherzt in die Schublade, in der sie ihre spärlichen Vorräte an dekorativer Kosmetik aufbewahrte. Du wirst auch einen Aidstest machen müssen, dachte sie, indem sie die alte und selten benutzte Make-up-Tube aufschraubte und mit einem schmerzvollen Zischen eine großzügig bemessene Portion Abdeckcreme auf ihren Schrammen verteilte. Auch wenn es zu keinem Vollzug gekommen ist …

Vollzug!, höhnte eine böse kleine Stimme tief in ihr. Du redest schon wie eine von diesen Anwältinnen, die die Missetaten ihrer Mandanten hinter einer Menge leerer Worthülsen zu verbergen suchen.

Sie fuhr erschrocken zusammen, als im selben Augenblick die Türklingel ertönte. Wer in aller Welt wagte es, bei ihr zu klingeln? Noch dazu an ihrem freien Tag?

Die Estrich, dachte sie und meinte ihre Nachbarin aus dem zweiten Stock, die ihrer Ansicht nach den Inbegriff dessen verkörperte, was man gemeinhin eine »Heimsuchung« nennt. Und das nicht nur, weil sie zu laut, zu neugierig und zu stark geschminkt war und sich die Haare obendrein auch noch an jedem zweiten Abend auf heiße Wickler drehte, bis sich die honigblond gefärbte Pracht unter dem aschgrauen Ansatz in eine klingonische Zottelmähne verwandelte, sondern auch und vor allem, weil Norma Estrich ungefähr die Hälfte ihrer mindestens fünfundachtzig Lenze in diesem Haus verbracht hatte und aus dieser Tatsache einen Haufen Privilegien und Rechte ableitete, mit denen sie die übrigen Mieter zu schikanieren pflegte.

Bestimmt werde ich wieder verdächtigt, meinen Müll *hinter* statt *in* die Tonne geworfen zu haben, dachte Winnie Heller müde, oder aber …

»Also schön, gebt es zu, Leute«, rief sie mit einem ironischen Lächeln in Richtung ihrer Fische. »Einer von euch Jungs hat schon wieder auf das verfilzte Rasenstück neben dem Fahrradschuppen uriniert, und jetzt will die Alte, dass ich …«

Sie unterbrach sich und dachte unbehaglich an ihre nächtliche Blusenverbrennung. Vielleicht war der verdammte Rauch nicht nur in ihr Apartment, sondern auch noch in ein paar von den anderen Wohnungen gezogen. Immerhin schliefen die meisten Leute um diese Jahreszeit noch immer bei offenem Fenster. Vielleicht hatte sich jemand beschwert, nachdem er festgestellt hatte, dass seine Fensterbank über Nacht mit einer dicken Schicht Asche überzogen worden war. Vielleicht …

Was soll ich bloß sagen, wenn die Estrich jetzt mit dem Hausverwalter hier aufkreuzt?, überlegte Winnie Heller fieberhaft. Wie soll ich einem Unbeteiligten erklären, dass ich hier, in dieser winzigen Mietwohnung, mitten in der Nacht ein offenes Feuer entfachen musste, um eine Bluse loszuwerden, die mich ansonsten auf immer und ewig an etwas erinnert hätte, das ich so schnell wie möglich vergessen will?

Sie müssen sich darüber im Klaren sein, dass Sie die Neigung besitzen, Ihr Verhalten zu ritualisieren, plapperte Dr. Zilcher, der Therapeut, der sie nach dem Unfall ihrer Schwester betreut hatte, hinter ihrer Stirn. Sie sah ihn schon seit Jahren nicht mehr, nicht, seit sie ihre stationäre Therapie abgebrochen hatte, um mit einem Jahr Verspätung doch noch die Ausbildung für den gehobenen Polizeidienst anzutreten, aber manchmal hörte sie ihn sprechen, fast so, als befände er sich im selben Raum mit ihr. *Aber Rituale,* sagte er jetzt, *so hilfreich sie auch sein mögen, können nur schwerlich das ersetzen, was echte Aufarbeitung, was die behutsame und unter kompetenter professioneller Anleitung stattfindende Konfrontation mit den eigenen Traumata zu erreichen vermag ...*

»Bei Gott, Zilcher, du erzählst wirklich immer denselben Müll!«, beschwerte sich Winnie Heller, als es abermals an der Tür läutete.

Sie hielt sich ganz still und wartete.

Und wieder die Klingel. Zweimal. Dreimal ...

Das ist auf keinen Fall die Estrich, dachte Winnie Heller, während sie sich mit wild klopfendem Herzen zur Wohnungstür hinüberschlich. Diese verdammte Alte war zwar hartnäckig, aber so penetrant war sie nun auch wieder nicht!

Sie warf einen flüchtigen Blick durch den Spion, doch der Treppenabsatz vor ihrer Wohnung war leer. Also nahm sie so leise wie möglich den Hörer der Gegensprechanlage aus der Halterung und lauschte in die knisternde Stille. Keine Atemzüge, keine Stimmen, niemand, der »Hallo, hallo« oder ihren Namen rief, kein unbekannter junger Mann, der behauptete, im Besitz eines Paketes zu sein, das er ihr unbedingt aushändigen müsse, oder ihre Haltung zu irgendeiner politischen oder gesellschaftlichen Frage erkunden wollte. Nur das entfernte Geräusch eines startenden Wagens und das Rauschen der Atmosphäre.

Wer immer das gewesen ist, hat aufgegeben, dachte Winnie Heller erleichtert. Gleichzeitig fühlte sie eine leise Beunruhigung darüber, dass sie nun möglicherweise nie erfahren würde, wer da versucht hatte, sie zu sprechen. Und auch ein wachsendes Unbehagen. Immerhin war ihr Handy bis vor wenigen Minuten ausgeschaltet gewesen. Und auch über den Festnetzanschluss hatte man sie nun schon seit Stunden nicht erreichen können. Sie dachte an Verhoeven, der sie im vergangenen Jahr schon einmal wegen eines Leichenfundes aus dem Urlaub geholt hatte. Oder aber Auerbach brauchte ihren Bericht nun doch schon früher!

Seufzend hängte sie den Hörer der Gegensprechanlage wieder ein und starrte auf den Türdrücker. Im Geiste hörte sie bereits die knarrende Stimme von Burkhard Hinnrichs, dem Leiter des KK 11: *Verdammt noch mal, Heller, eine Beamtin der Mordkommission hat immer erreichbar zu sein, haben Sie das verstanden? Vierundzwanzig Stunden am Tag. Und ich verlange von meinen Leuten grundsätzlich den maximalen Einsatz. Sonst wird das nichts mit der Karriere, das kann ich Ihnen versichern …*

Ein Geräusch vor der Wohnungstür ließ sie aufhorchen.

Schwere, suchende Schritte.

Dann ein erneutes Klingeln, gefolgt von einem energischen Pochen und reichlich mühevollen Atemzügen.

»Winnie?«

Scheiße noch mal, das war Lübke! Winnie Heller presste sich ganz an die Wand, obwohl ihr bewusst war, dass der Leiter der Spurensicherung durch den Spion nicht viel sehen konnte. Aber was fiel diesem Kerl eigentlich ein, hier aufzukreuzen und …

»Wir müssen reden, okay? Also mach gefälligst die Tür auf!«

Wie sich die Szenen doch gleichen, dachte Winnie Heller bitter. Erst gestern Abend hat Kevin Kurányi auf exakt dieselbe Weise an meiner Tür gerüttelt.

»Mensch, Mädchen, ich weiß, dass du zu Hause bist«, erklärte Lübke auf der anderen Seite des billigen Sperrholzes.

Nichts weißt du!, dachte Winnie Heller in plötzlicher Wut. Geh heim zu deinen Maden und deinem alten Flittchen und bau von mir aus ein paar Kleiderschränke, aber lass mich endlich in Ruhe!

»Ich mache mir Sorgen um dich«, bekannte Lübke, und etwas an seinem Tonfall gab Winnie Heller zu denken. »Also bitte, mach auf, ja?«

Sie schüttelte den Kopf und wich langsam von der Tür zurück, als ob es in ihrem dreiunddreißig Quadratmeter kleinen Reich tatsächlich einen Platz gäbe, an dem sie ihn nicht hören musste.

»Na schön, dann bleibe ich jetzt hier sitzen, bis du mir öffnest«, verkündete ihr ungebetener Gast unterdessen, und ein sonores Ächzen verriet, dass er es mit dieser Ankündigung ganz offenbar todernst meinte und sich irgendwo niedergelassen hatte, wahrscheinlich auf den Stufen der Treppe, die zu den beiden Mansardenwohnungen hinaufführte. »Es ist allerdings nicht besonders gemütlich hier draußen«, rief er, kaum dass er saß, »das möchte ich an dieser Stelle ausdrücklich anmerken.«

Winnie Heller konnte nicht umhin, seine Hartnäckigkeit zu belächeln.

»Wie wär's wenigstens mit einem Kaffee?«, hörte sie ihn laut vor sich hin brummen. »Ich nehme ihn schwarz. Mit drei Stück Zucker. Aber das weißt du ja.«

Gütiger Gott, was sollen bloß die Nachbarn denken?, dachte Winnie Heller, indem sie sich einmal mehr fragte, wie Lübke überhaupt bis zu ihrer Wohnungstür vorgedrungen war. Immerhin war das hier ein anständiges Haus mit einer ordnungsgemäß schließenden Haustür, durch die mitnichten jeder hergelaufene Trottel einfach so hereinspazieren konnte. Dafür sorgte schon die allgegenwärtige Norma Estrich.

Ob Lübke von einem ihrer Nachbarn eingelassen worden war? Von jemandem, der das Haus verlassen hatte, um zur Arbeit zu fahren? Winnie Heller sah auf ihre Armbanduhr, die wenige Minuten vor elf zeigte. Dann ließ sie sich, wo sie gerade stand, auf den Boden sinken und streckte die Beine von sich, um in dieser zumindest halbwegs bequemen Stellung darauf zu warten, dass Hermann-Joseph Lübke die Belagerung ihrer Wohnung aufgab.

3

Ich kann nicht anders.

Ich muss noch einen Augenblick hier stehen bleiben, auch wenn ich meine Freistunden normalerweise nicht damit verbringe, die Schule anzuglotzen. Aber ich wollte unbedingt noch ein letztes Mal in ihre Gesichter sehen, so lange die noch heil sind. Ich will sehen, wie sie ihre Pause verbringen und wie sie anschließend zurück in ihre Klassen stolpern, mit ihren fetten Ärschen und diesen widerlich leeren Gesichtern, die irgendwie schon total alt aussehen, obwohl das Leben doch eigentlich gerade erst losgehen sollte.

Tja, SOLLTE …

Dahinten kommen Angel und Mirja, die angeblich Modedesignerin werden will, obwohl sie immer aussieht, als ob sie gerade auf dem Weg zum Straßenstrich ist. Aber was das betrifft, täuscht der äußere Schein! In puncto Rumvögeln ist die süße kleine Angela eindeutig die Schlimmere von beiden. Keine Ahnung, mit wie vielen Typen die gefickt hat, aber nach allem, was man so hört, muss es ungefähr die halbe Schule gewesen sein. (Vermutlich die männliche Hälfte, haha!)

Jetzt lachen sie auch, fast so, als hätten sie mich gehört, und Mirja zerrt Angel bei jedem zweiten Wort am Ärmel. So von weitem sieht es fast aus, als würde sich eine Ertrinkende an einem Stück Holz festklammern, und das finde ich jetzt schon fast wieder prophetisch. Auch wenn die süße kleine Mirja natürlich keine Ahnung hat, wie nahe sie dem großen Meister Tod schon heute Morgen kommen wird … Boooom! Bang! Tja, Schätzchen, das Leben steckt voller Überraschungen!

Auf den ersten Blick ist das hier ein Morgen wie tausend andere.

Aber die Uhr tickt, und euer Tod ist längst beschlossen.

Und noch ehe der Zeiger auf die Zwölf springt, werdet ihr sterben.

Angel streckt derweil ihre Titten raus und benimmt sich, als ob sie keinen Funken Respekt vor sich selbst hätte … Mal sehen, vielleicht schieße ich ihr genau in eins von diesen Dingern! Ja, Mann, ich glaube, das werde ich schon deshalb tun, weil mich brennend interessiert, ob da tatsächlich Silikon rausquillt, wenn es platzt. Bei Angela Lukosch geht nämlich das Gerücht, dass sie das eine oder andere hat machen lassen, und wenn ich mir die Dinger so angucke, kann ich mir ehrlich gesagt auch nicht vorstellen, dass die

Natur so was zustande bringt. Voll unproportional, wenn man das Gestell sieht, an dem die Teile befestigt sind!

Angels Vater hat einen Riesenhaufen Kohle und soll ihr angeblich schon zum sechzehnten Geburtstag eine von diesen OPs in Ungarn bezahlt haben. Inklusive zwei Wochen Nachsorge am Plattensee. Ist das nicht total krass? Ich meine, da könnte sich der Typ locker einen von diesen Starnberger Silikon-und-Botox-Rittern für seine süße kleine Flittchen-Tochter leisten, und was macht er stattdessen? Schickt seine Prinzessin in die Dritte Welt zur OP … Ich meine, Plattensee! Das ist doch heute das, was vor ein paar Jahren noch Lloret de Mar gewesen ist, oder? Ein bisschen vögeln, ein bisschen saufen und quasi im Vorbeigehen noch ein paar neue Hupen – echt geile Zeiten, in denen wir leben!

Na los, Angelina-Baby, jetzt schieb deinen Fettarsch schon endlich rüber in die Raucherecke und gib dich der Illusion hin, dass das Nikotin in deiner Marlboro light dich schön schlank hält, während du dir einen von diesen bunten Haribo-Papageien nach dem anderen zwischen deine Lippen stopfst, die auch mit einer Tonne Super-Booster-Creme noch nicht so aussehen wie die von deiner berühmten Namensvetterin, auch wenn du das liebend gern so hättest. Aber wahrscheinlich hast du ohnehin vor, sie dir in den Herbstferien machen zu lassen. In Tschechien oder so. Oh ja, ich wette, das alles ist schon geplant und gebucht. Und der ganze Aufwand nur, um so beschissenen Typen wie Lukas Wertheim zu gefallen, die Schlampen wie dich auf eine von diesen beschissenen Listen setzen, die sie regelmäßig unter ihresgleichen herumzeigen! Listen mit Bewertungen von »megageil« bis »hammereklig«, wobei die schnuckelige kleine Angelina vermutlich in die Kategorie »Viel Lärm um nichts« fällt, so wenig Phantasie, wie die hat.

Oh ja, meine Süßen, lacht nur, denn wenn ihr wüsstet, dass ihr die letzte Stunde eures Lebens in Frau Malgorias' Mathematikunterricht verbringen werdet, würdet ihr wahrscheinlich kotzen!

Apropos kotzen … Eine ganze Tüte von diesen Weingummis vor dem Mittagessen, das finde ich echt voll pervers! Und woanders verhungern die Kinder!

Ja, Steven, du Arsch, es läutet tatsächlich schon zum zweiten

Mal, also verpiss dich jetzt endlich in deinen Kurs und starr Angelina-Baby nicht so unverblümt auf die falschen Titten. Da war nämlich schon dein Kumpel dran, falls du das noch nicht bemerkt haben solltest. Und nicht nur da … Aber dieser Klingelton hört sich irgendwie total fremd an heute! Viel schriller als sonst. So als ob das verdammte Ding jeden Augenblick den Geist aufgibt.

Aber vielleicht liegt das auch schon am Adrenalin.

Ich kann direkt fühlen, wie mein Körper mit jeder Minute, die verstreicht, mehr davon produziert. Wie die säulenartig angeordneten Zellen meines Nebennierenmarks (schönen Gruß an Herrn Dammrich, der die Ansicht vertritt, dass selbst noch der Bio-Grundkurs eine Nummer zu groß für mich wäre!) auf Hochtouren arbeiten und mich vollpumpen mit dem Stoff, der die Mega-Kraftreserven freisetzt. Ein total geiles Gefühl, von dem ich weiß, dass es sich noch steigern wird, wenn es endlich so weit ist.

Deadline ist um 11 Uhr 55, und »deadline« ist ein verdammt gutes Wort in diesem Zusammenhang! Aber auch die Ironie, die in der Formulierung »Fünf vor zwölf« steckt, finde ich scharf. Als ob um fünf vor zwölf noch irgendwas zu retten wäre!

Endlich, in Raum 304 gehen die Lampen an. Dieselben Lampen, die Frau Ringstorffs Leistungskurs vor ein paar Minuten ausgemacht hat. Mission Energie sparen. Das Klima retten. Die ultimative Katastrophe abwenden. Scheiße, wie wichtig muss man sich eigentlich nehmen, um sich einzubilden, man würde was richtig Gutes tun, wenn man seinen kaputten Fön zur Schadstoffsammelstelle trägt und im Winter die Heizung ein halbes Grad runterdreht? Ich meine, was steckt da für ein Selbstbild dahinter? Aber daran sieht man mal wieder, dass wir in dieser Scheißwelt alle immer nur um uns selber kreisen. Wir wollen Helden sein, alle, wie wir hier rumlaufen. Was Besonderes eben.

Die einen, indem sie ihren Müll trennen.

Die anderen, indem sie mit jedem vögeln, der sie länger als fünf Sekunden anguckt.

Tja, und wieder andere, indem sie etwas tun, das Schlagzeilen macht. Etwas, von dem schon in einer Stunde die ganze Welt sprechen wird …

4 Raum 304, 3. Stock, 11:44 Uhr

Jessica Mahler beißt auf das Ende ihres Bleistifts, bis es knirscht. Die Luft um sie herum ist so dick, dass man sie in Scheiben schneiden könnte. So ist es immer, wenn der Sommer endgültig vorbei ist, denkt sie, und mit einem Mal fühlt sie sich eingesperrt. Festgenagelt. Hineingezwungen in eine Situation, die sie nicht haben will. In ein und denselben Raum gepfercht mit Menschen, die ihr zutiefst zuwider sind. Zumindest einige von ihnen.

Hass, denkt sie, ist ein starkes Wort.

Aber sie findet auch kein anderes für das, was sie fühlt.

Nichts als Hass ...

Konzentrier dich, denkt sie und sieht zur Wand hinter dem Pult, an die der überalterte Overheadprojektor eine Grafik wirft. Eine Lostrommel mit neun schwarzen und vier roten Kugeln. Etwas, das einen Bezug zum wahren Leben hat. Frau Malgorias hält große Stücke auf Didaktik. Bei ihr muss alles sinnvoll sein. Praxisorientiert. Nachvollziehbar.

Unter der Lostrommel schweben ein Baumdiagramm und eine Reihe von Aufgaben. *Unter Annahme der Gleichverteilung sind die Wahrscheinlichkeiten folgender Ereignisse zu berechnen ...*

Das Baumdiagramm erzittert unter Jessica Mahlers Blick, und sie fragt sich, ob das an ihr selbst liegt, an ihren Nerven, oder ob jemand versehentlich an den Tisch gekommen ist, auf dem der Projektor steht. Als sie keine Antwort findet, schließt sie für einen kurzen Augenblick die Augen und horcht in sich hinein.

»... schon fertig?«

»Wie bitte?«

Sie blickt auf und sieht Frau Malgorias' Gesicht direkt vor sich. Es verdeckt einen Teil der Grafik an der Wand. »Wenn Sie fertig sind, können wir die Folie ...«

Jessica Mahler schüttelt hastig den Kopf. Und sie hat Glück. Auch unter ihren Klassenkameraden regt sich Widerstand.

Noch nicht.

Augenblick bitte.

Hey, ich bin noch nicht mal zur Hälfte fertig.

Frau Malgorias zieht den Kopf ein und hebt entschuldigend die Hände, während Jessica Mahler eilig den Arm über ihr noch immer leeres Blatt legt. Wenn Frau Malgorias das eben gesehen hätte. Wenn sie …

Bei viermaligem Ziehen ohne Zurücklegen seien alle gezogenen Kugeln rot … Jessica Mahler bekaut ihren Bleistift. Wie lautet für ein vierstufiges Zufallsexperiment noch gleich die Pfadmultiplikationsregel? Sie starrt an die Wand und überlegt, aber ihr will einfach nichts Passendes einfallen. Dabei scheinen ihr die roten Kugeln aus der Grafik förmlich ins Gesicht zu springen. Ahnung hat sie trotzdem keine. Dabei ist Mathe noch eins ihrer besseren Fächer. Normalerweise.

Während sie versucht, beschäftigt auszusehen, schielt sie zu Lukas Wertheim hinüber. Sie hat sich mal eingebildet, in ihn verliebt zu sein, irgendwann zu einer Zeit, die ihr heute wie aus einem anderen Leben vorkommt. Damals hat sie gefunden, er sähe gut aus, blendend sogar, dunkelhaarig, sportlich, was auch immer. Heute sieht sie das alles ein wenig anders. Differenzierter. Natürlich sieht Lukas Wertheim gut aus. Verdammt gut sogar. Aber gutes Aussehen ist schließlich nicht alles. Nichtsdestotrotz hat sie sich eine Zeit lang gefragt, warum ausgerechnet sie nicht zu dem Kreis von Mädchen gehört, die er beglückt. Immerhin ist er nicht gerade als wählerisch verschrien. Und vielleicht ist es das, was ihr am meisten wehgetan hat. So weh, dass sie sogar bereit war …

Dieser Scheißkerl scheint zu spüren, dass sie ihn ansieht, denn er hebt den Kopf und richtet seinen Betörerblick auf sie. Er schneidet durch die schwüle Luft wie ein Pfeil und brennt sich ungeniert in ihrem Gesicht fest. Und noch immer kann sie nicht richtig denken, wenn er sie so ansieht. Es ist fast, als sauge sein Blick das letzte bisschen Konzentration aus ihr heraus. Jessica Mahler stellt sich seinen Geruch vor, das ebenso dezente wie teure Aftershave, das er benutzt, und fühlt, wie ihr übel wird. Wie lächerlich, sich von einem Paar brauner Augen einwickeln zu lassen, denkt sie. Ich kann nicht ganz bei Trost gewesen sein, als ich mit ihm mitgegangen bin! *Er ist schon immer sehr char-*

mant gewesen, bemüht sich ihr Verstand um eine Entschuldigung für das Unentschuldbare. Ja, zur Hölle, denkt sie, die Sache mit dem Verführen hat dieser Scheißkerl wirklich drauf! Sie beißt sich auf die Lippen und bemüht sich verzweifelt, nicht rot zu werden. Vor Verlegenheit. Vor Scham, derart dumm gewesen zu sein. Ihm etwas in die Hand gegeben zu haben, mit dem er sie …

Er guckt noch immer, aber sie will auf keinen Fall diejenige sein, die zuerst den Blick abwendet. Das würde sie irgendwie als Niederlage empfinden. Und ihre Position ist auch so schon nicht die beste. Da kann sie sich weiß Gott keine Niederlage leisten. Nicht noch eine. Ich wünschte, er wäre tot, denkt sie, während sein Gesicht unter ihrem Blick immer unschärfer wird. Ich wünschte, ich müsste mich niemals wieder vor diesem elenden Mistkerl fürchten. Vor dem, was er sagt. *Wem* er es sagt. Vor den Beweisen, die er hat.

Jetzt guck schon endlich weg, du Wichser!

Aber Lukas Wertheim denkt gar nicht daran, wegzusehen. Er ist sich seiner Macht bewusst. Er glaubt, dass er sie in der Hand hat. Jetzt legt er den Kopf in den Nacken und leckt mit anzüglicher Miene an der Kappe seines Kugelschreibers.

Und Jessica Mahler fühlt, wie sie nun doch rot wird. Noch röter. Flammend rot. Oh ja, er hat ihr die Aufnahmen vorgespielt. Die, auf denen sie mit ihm … *Du darfst nicht daran denken. Du musst cool bleiben. Er wird diese Aufnahmen niemandem zeigen. Niemandem außer dir. Er scherzt nur. Verhöhnt dich. Das alles ist nichts als ein abartiger, makabrer Witz.* Doch wenn sie ehrlich ist, weiß sie genau, dass Lukas Wertheim nicht scherzt. Dass er Ernst machen und die Aufnahmen ihrer Mutter zeigen wird, wenn sie nicht spurt. Wenn sie ihm nicht besorgt, was er haben will. Dieser elende, dämliche Wichser!

Aber jetzt guckt er wenigstens nicht mehr, so viel immerhin hat sie erreicht. Dass Mr. Wunderbar zuerst den Blick abgewendet hat. Und sei es auch nur, um Angela Lukosch auf ihre falschen Titten zu glotzen.

Ich wünschte, Lukas Wertheim wäre tot, denkt sie wieder,

dann richtet sie den Blick auf die Wand, wo die Grafik mit der Lostrommel inzwischen einer anderen Platz gemacht hat.

Die Uhr über der Tür zeigt Viertel vor zwölf.

Vierzehn Minuten später hat sich ihr Wunsch erfüllt …

Toilette 099, Erdgeschoss, 11:46 Uhr

Nikolas Hrubesch steht in einer der Toiletten im Erdgeschoss des Altbaus an der Aarstraße. In einer Toilette, die wie alle anderen Sanitäreinrichtungen des Gebäudes über einen schmutzigen kleinen Vorraum verfügt. Und ein winziges, annähernd quadratisches Fenster in der bekritzelten Wand zwischen den beiden hinteren Kabinen.

Dass es eine Toilette für Mädchen ist, spielt keine Rolle. Zumindest keine große.

Es riecht nach gar nichts hier, denkt er, nicht mal nach erkaltetem Zigarettenrauch. Aber das liegt daran, dass diese Toilette die mit Abstand unbeliebteste auf dem gesamten Schulgelände ist. Das hat er selbstverständlich abgecheckt. Vorher. Wer in welche Toilette geht, um zu rauchen. Zu kotzen. Zu pinkeln. Sich die Lippen nachzuziehen. Eine von den Pillen einzuwerfen, die irgendein lieber Onkel Doktor als Konzentrationshilfe für anstehende Klassenarbeiten verschrieben hat. Was auch immer. Und die Toilette, in der er jetzt steht, wird konsequent gemieden. Vielleicht, weil das Büro vom Direktor und das Lehrerzimmer nur ein paar Meter weiter sind. Den Gang runter.

Nikolas Hrubesch kneift die Augen zusammen. Sein Gesicht sieht ungewöhnlich blass aus im Spiegel, obwohl er das Licht ausgeschaltet hat, als er hereingekommen ist. Trotzdem sieht er aus wie Scheiße. Vielleicht auch ein Grund dafür, dass die Mädchen des Clemens-Brentano-Gymnasiums dieser Toilette so konsequent aus dem Weg gehen.

Er packt seine Waffen aus, lehnt das Gewehr an die Wand, legt die Glock auf den Rand des Waschtischs und zieht eine

Rolle Frischhaltefolie aus seinem Rucksack. Dann beginnt er, sein Gesicht und seine Haare zu umwickeln. Mund und Augen lässt er frei. Die Folie reicht gerade so. Er hat genau abgemessen, wie viel er benötigt, um keinen Rest übrig zu behalten, der jemandem zu denken geben könnte. Die leere Papprolle, auf die das dünne Plastik gewickelt war, wirft er in den Mülleimer in einer der Kabinen. Niemand wird ihr irgendeine Bedeutung beimessen.

Nikolas Hrubesch zupft die Folie zurecht und überlegt, ob er am Ende vielleicht doch ein bisschen zu vorsichtig ist. Aber er hat zu viele Forensik-Serien gesehen, als dass er riskieren würde, dass sich ein Haufen fremder DNA auf der Kleidung des Attentäters findet. Nicht, dass die Bullen sehr gründlich sein werden. Wozu auch? Die Sache wird vollkommen eindeutig sein. Ein Schüler, der dem Druck ehrgeiziger Eltern und zweier hochbegabter Brüder nicht länger standgehalten hat. Der immer und überall der Depp gewesen ist. Ein Loser ohne jede Perspektive.

Trotzdem wird Nikolas Hrubesch das benutzte Plastik mitnehmen, wenn er das Gebäude in der Maske eines Opfers verlässt. Später. Hinterher. In seinem Rucksack befindet sich noch ein zweiter, ein kleinerer, einer, der nach Schüler aussieht. In den wird er die Folie legen, nachdem er Sven Strohte erschossen hat. Und falls die Bullen auf die Idee kommen sollten, in seine Tasche zu gucken, werden sie sogar ein paar Wurstbrotkrümel in seinem Rucksack finden. In diesem Punkt ist er absolut detailversessen.

Detailversessen und sooooo gut!

Raum 304, 3. Stock, 11:49 Uhr

Miranda Kerr entfaltet den Zettel, den Angela Lukosch aus ihrem Matheheft gerissen hat. Sie weiß, was sie erwartet, zumindest sinngemäß, weil es eigentlich immer dasselbe ist, was diese Schlampen ihr schreiben, aber sie weiß auch, dass sie keine

Wahl hat. Sie muss es sich trotzdem ansehen. Es über sich ergehen lassen. Es irgendwie aushalten.

Sich unbeeindruckt zeigen ist das Einzige, das ihr vielleicht helfen kann. Eines fernen Tages. Das behauptet zumindest Hannah, ihre Freundin, wenn sie einander abends ihre Sorgen erzählen, per Internet, weil Hannahs Vater bei Siemens ist und vor einem knappen Jahr nach Kolumbien abkommandiert wurde, um den Ingenieuren dort irgendein blödes Programm zur Optimierung von Arbeitsabläufen zu erklären.

Wenn du dich unbeeindruckt zeigst, verlieren sie die Lust, mailt Hannah.

Und sie selbst fragt dann: Wann?

Und Hannah mailt zurück, sie müsse Geduld haben.

Geduld! Miranda Kerr starrt auf den Zettel in ihren Händen. Das Euter der ungelenk gezeichneten Kuh mit den beiden Zitzen wie überdimensionale Brustwarzen verschwimmt vor ihren Augen. Aber sie tut so, als sähe sie hin. Genau hin. Den dicken schwarzen Pfeil auf die Zitzen hätten sie sich wirklich sparen können! Genauso wie das Wort »Hängetitte«, das in großen runden Buchstaben unter dem Euter schwebt. Alles klar. Botschaft angekommen. Miranda Kerr beißt sich von innen in die Wange, bis sie den Schmerz kaum noch aushalten kann. Ist ja nichts Neues, denkt sie, während sie sich fragt, wie es sein kann, dass diese Art von Beleidigung ihr noch immer so wehtut. Wie lange es dauert, bis man immun ist. Gegen Mädchen wie Angela Lukosch und ihre Freundin Mirja. Gegen all den Dreck, den diese bornierten Schnepfen über ihr auskübeln. Jeden Tag aufs neue.

Ihre Fingerspitzen beginnen zu zittern, und nur mit äußerster Mühe widersteht sie der Versuchung, ihr T-Shirt zurechtzuzupfen, das die zwanzig Pfund Übergewicht, die sie mit sich herumschleppt, trotz seiner Weite nicht kaschieren kann.

Du darfst sie nicht merken lassen, dass sie dich mit so was treffen können, mailt Hannah aus Kolumbien.

Ihre Mutter sieht das ein wenig anders. *Du musst dich zur Wehr setzen,* sagt sie, wenn sie ausnahmsweise mal Zeit hat, sich mit den Problemen ihrer Tochter zu befassen. *Zeig ihnen, dass sie das nicht mit dir machen können!*

Miranda Kerr legt die Kuhzeichnung vor sich auf das Matheheft, in dem sämtliche Lösungen schon seit fünf Minuten fertig sind, und überlegt, warum sie den beiden, die ihr das antun, so oft auf den Leim gegangen ist. Warum es ihr nicht einfach genügt hat, die Klügste zu sein. Chancen zu haben. Später. Eines fernen Tages. Wenn es irgendwann mal darauf ankommt, was man im Kopf hat.

Du bist ein phantastischer Mensch, mailt Hannah. *Und Modelfiguren sind doch eh nur was fürs Fernsehen …*

Zu ihrer Rechten schielt Sebastian Wernecke nach ihrem Zettel. Auch so einer, mit dem hier kaum jemand etwas anfangen kann. Deshalb, und nur deshalb sitzt er neben ihr. Aus der Not heraus, sozusagen. Die Bank der Verstoßenen. Miranda Kerr lächelt bitter. Dabei haben früher immer alle neben ihr sitzen wollen. Und sei es nur, um abzuschreiben.

Sie denkt an Hannahs Worte von wegen »nicht merken lassen« und hält Sebastian Wernecke die Zeichnung hin. Er betrachtet sie eine Weile und fängt dann verhalten an zu kichern. Vielleicht, weil er denkt, dass sie dergleichen von ihm erwartet. Vielleicht auch, weil er tatsächlich amüsiert ist.

Auf der anderen Seite des Raumes tauscht Angela Lukosch einen Blick mit ihrer nervigen Busenfreundin. Miranda Kerr sieht es, aber sie versucht so zu tun, als ginge sie das alles gar nichts an. Bis heute kann sie sich nicht erklären, was sie getan hat, um ein solches Maß an Ablehnung herauszufordern. Was genau sie sich zuschulden kommen lassen hat. Außer allein zu sein. Verlassen. Wehrlos. Eine leichte Beute.

Mirja flüstert Angel etwas ins Ohr. Dann sehen beide herüber. Zu ihr.

Miranda Kerr schließt die Augen und wünscht sich weit fort. Wünscht, dass es irgendeine Möglichkeit gäbe, sein Abitur unter Ausschluss der Öffentlichkeit zu machen. Im Internet, wo alle schlank sind. Oder morgens in die Schule zu kommen, seine Aufgaben abzuholen und anschließend wieder nach Hause zu gehen. Wenigstens das. Sie ist intelligent. Sie braucht keine Lehrer mehr. Alles, was sie jetzt noch zu lernen hat, kann sie sich selbst erarbeiten. Es würde funktionieren, denkt sie und krampft ihre Finger um den Radiergummi, den sie urplötzlich in der Hand hält, ohne sich erklären können, wie er dort hingekommen ist.

Sie hat ihre Mutter angefleht, die Schule wechseln zu dürfen, aber ihre Mutter hat »Nein« gesagt. Ein ungewohnt kategorisches Nein. *Du kannst auch später nicht immer davonlaufen*, sagt sie. Und: *Du musst dich zur Wehr setzen. Kämpfen.*

Ausgerechnet du musst das sagen, denkt Miranda Kerr, indem sie die Augen wieder aufschlägt, weil sie Angst hat, dass Frau Malgorias sie sonst für unaufmerksam hält. Du, die du dich jeden Tag von irgendwelchen gestressten Chirurgen runtermachen lässt. Du, die du Kette rauchst, um alle Dienste zu schaffen, die dir deine strunzdumme Vorgesetzte aufbrummt, obwohl die Zahl deiner Überstunden auch so schon ausreichen würde, um für mindestens zwei Jahre in Urlaub zu gehen. Du, die du alles getan hast, um meinen Vater zu halten, und ihn am Ende doch gehen lassen musstest, nachdem du sein Studium finanziert hattest. Was weißt denn ausgerechnet du davon, wie man mit Erniedrigungen umgeht?

Sie zuckt zusammen, als sie einen Ellbogen in ihrer Seite fühlt. Sebastian Wernecke mit einem neuen Zettel. Schon wieder ein Zettel!

Miranda Kerr wirft den Radiergummi auf ihr Heft mit den gelösten Aufgaben.

Irgendwann verlieren sie die Lust …

Ihr solltet eure Energie lieber für Mathe aufsparen, denkt sie. Dann starrt sie auf die Zeichnung hinunter. Wasser dieses Mal. Stilisierte Wellen. Dazu ein Michelinmännchen im Badeanzug.

Miranda Kerr hebt den Kopf und lächelt Angela Lukosch an, sie sieht ihr geradewegs in ihre kajalgeschwärzten Augen, auch wenn ihr ganz und gar nach Heulen ist. Immer noch nach Heulen. Immer wieder.

Das Michelinmännchen ist kurz nach Hannahs Abreise geboren worden. Da ist sie noch auf der Suche gewesen, nach neuen Kontakten, nach einem Menschen, der ihr die verlorene Gesellschaft ersetzen könnte. Verletzbar. Verführbar. Außerdem hatten Angela und sie einander doch schon aus der Mittelstufe gekannt. Damals hatten sie zwar nicht viel miteinander zu tun gehabt, aber Angel hatte auch nie etwas gegen sie unternommen. Oder gesagt. Deshalb hatte sie sich nichts dabei gedacht, als sie die Einladung zu einem Wochenende am Pool der Lukoschs bekam. Nur sie und Angel und ein paar andere Mädchen, die zu Angelas verschworenem Freundeskreis gehören. Eine gemütliche Weiberrunde. Miranda Kerr fühlt, wie ihre Kehle eng wird von Tränen, und ihr wird klar, dass es vor allem Tränen der Wut sind. Nicht Tränen des Schmerzes. Schmerz ist ein Gefühl, das nicht mit Tränen einhergeht. Zumindest bei ihr nicht. Schnell blickt sie wieder auf Mirjas Zeichnung hinunter. Auf die gerechte Strafe für ihre Dummheit. Den Preis dafür, dass sie dazugehören wollte. Ein verdammt hoher Preis, wenn man bedenkt, dass sie seither wie eine Aussätzige behandelt wird.

Während das Michelinmännchen vor ihren Augen flackert, hört sie das Gekicher, das ihr ständiger Begleiter geworden ist. Sie denkt an die verstummenden Gespräche, an die spöttischen Blicke, die sich auf sie richten, sobald sie einen Klassenraum betritt. Oh ja, Angela Lukosch hat Einfluss. Ihr Wort gilt. Den Mumm, sich gegen sie zu stellen, hat niemand. Nicht hier. Nicht im Biotop dieses Klassenzimmers, in dieser eigenen, abgeschlossenen Welt, deren Gesetze von denen bestimmt werden, die den Eindruck vermitteln, sie wüssten, was angesagt ist. Wenn Angela Lukosch grüne Leggins trägt, tragen morgen zehn andere Mädchen grüne Leggins. Und wenn Angela Lukosch sagt, jemand gehöre nicht mehr dazu, dann ist man draußen. So einfach war das.

Miranda Kerr sieht kurz zur Wand, wo noch immer die alten Aufgaben flimmern. Die, die sie schon vor einer halben Ewigkeit gelöst hat. Gut so. Okay. Nichts verpasst.

Manchmal stellt sie sich vor, dass etwas geschieht, das die bestehenden Regeln außer Kraft setzt. Irgendeinen zutiefst anarchistischen Zustand, in dem sich das Unterste zuoberst kehrt und die ganze Welt auf den Kopf gestellt ist. Der Gedanke hat etwas Tröstendes, aber aus irgendeinem unerfindlichen Grund liegt auch eine leise Bedrohung darin. Miranda Kerr beobachtet ihre Hände, die die Zeichnung mit dem Michelinmännchen langsam und gewissenhaft zu einem kleinen Boot falten, und denkt an Filme, die sie gesehen hat, alte Filme, die sich keiner ihrer Mitschüler je anschauen würde. Aber sie sieht diese Filme. Sieht sie, weil sie Zeit hat. Und Zeit hat sie, weil sie schnell ist. Schnell lernt. Schnell fertig wird mit allem, was sonst noch zu tun ist. Und obendrein niemanden hat, mit dem sie sich treffen könnte. Zumindest nicht, seit Hannah am anderen Ende der Welt wohnt. Also guckt sie sich alte Filme an. Und an genau diese Filme muss sie jetzt denken. Filme, in denen unscheinbare Menschen, die für alle anderen immer nur der Fußabtreter gewesen sind, urplötzlich mit Machtbefugnissen ausgestattet werden, die es ihnen ermöglichen, Rache zu nehmen. Ihre Peiniger und andere unliebsame Mitmenschen ins Gefängnis oder an die Front oder sogar ins KZ zu schicken, wie es ihnen gerade einfällt. Der bleiche Herr Dorf aus dem Mehrteiler *Holocaust* ist so ein Beispiel. Oder dieser irre Kassierer aus dem Film *Erdbeben*, der von jetzt auf gleich eine Einheit von Reservisten kommandiert und jeden Menschen in seiner Umgebung unter abstrusesten Anschuldigungen verhaften oder erschießen lassen kann.

Miranda Kerr hebt den Kopf und legt das Boot, zu dem sie das Michelinmännchen gefaltet hat, auf ihr Matheheft. Wenn die Geschundenen eines Tages an die Macht kommen, denkt sie, indem sie wieder zu Angela Lukosch und Mirja Libolski hinübersieht, dann gnade euch Gott!

Raum 046, Lehrerzimmer, Erdgeschoss, 11:52 Uhr

»Du liebe Güte, wie ist denn das passiert?« Karen Ringstorff blickt auf die Finger des Mädchens hinunter, deren Nägel abgekaut und blutverkrustet sind. Sie hat die Kleine nie im Unterricht gehabt und kann sich auch nicht erinnern, ihr schon einmal begegnet zu sein, aber sie kennt den Typ. Eine Dauerversehrte. Eine, die sich von jedem Jungen, mit dem sie geht, herumschubsen lässt. Ein Mädchen ohne Stolz und Talent. Eine von denen, die eifersüchtige Ohrfeigen für eine Form der Wertschätzung halten und blaue Flecken für Liebesbeweise. Aber die Wunde, die Karen Ringstorff jetzt vor sich sieht, wirkt zufällig. Oder?

»Ich hab mich in der Tür geklemmt«, murmelt das Mädchen, ohne sie anzusehen. Offenbar ist es ihr peinlich, dass man sie aus ihrem Unterricht fortgeschickt hat, um ihre Hand versorgen zu lassen. »Ist halb so wild.«

Das sehe ich anders, denkt Karen Ringstorff und betrachtet die tiefen Abschürfungen über den Fingerknöcheln, aus denen langsam und träge dickes, dunkelrotes Blut quillt.

»Ich sollte mich bei Frau Soltau melden«, nuschelt das Mädchen, indem es ungeschickt ein reichlich zerknülltes Papiertaschentuch auf das Blut presst, »aber die war nicht da, und da dachte ich ...«

Entweder ist sie an starke Schmerzen gewöhnt, oder sie steht unter Schock, urteilt Karen Ringstorff und nickt. »Schon gut. Aber das da«, sie zeigt auf die Hand unter dem Taschentuch, das sich bereits blutrot verfärbt, »sollten Sie besser einem Arzt zeigen.«

Das Mädchen schüttelt den Kopf. Die erste heftigere Reaktion, seit sie dort in der Tür zum Lehrerzimmer steht, an die sie geklopft hat, weil sie es nicht wagt, unverrichteter Dinge wieder in ihren Unterricht zurückzukehren. »Ich brauche keinen Arzt. Echt nicht.«

Ihre Augen nehmen einen flehenden Ausdruck an, und Karen Ringstorff weiß nicht, ob sie ungeduldig werden oder nachgeben soll.

»Wirklich, das ist schon okay«, versichert ihr das Mädchen im Türrahmen unterdessen mit einem Eifer, der Karen Ringstorff wütend macht. Genauso wütend wie das Mitleid, das sie auf einmal empfindet. »Wenn Sie nur vielleicht ein Pflaster hätten?« Die Kleine schluckt und wiederholt dann ein wenig hilflos: »Frau Soltau war ja leider nicht da.«

»Kann man vielleicht helfen?«, fragt Heribert Scherer hinter ihnen.

Karen Ringstorff braucht sich gar nicht erst zu dem Kollegen umzudrehen, um zu wissen, dass ihm der Geifer bereits auf den Hemdkragen tropft. Dass er diese kleine Versehrte liebend gern zum Erste-Hilfe-Kasten in den engen Raum hinter den Toiletten begleiten würde. Dass er …

»Nicht nötig«, sagt sie, genau im selben Moment wie die Versehrte.

Sie sehen einander an und wissen auf einmal, dass sie etwas gemeinsam haben, dass sie etwas teilen, zumindest eine Einschätzung, eine Abneigung.

»Kommen Sie«, sagt Karen Ringstorff und schenkt dem Mädchen zum ersten Mal im Verlauf ihrer Begegnung so etwas wie ein Lächeln. »Wir gehen und verbinden das …«

Toilette 099, Erdgeschoss, 11:53 Uhr

Nikolas Hrubesch betrachtet sein Gesicht, das verzerrt wirkt unter dem Plastik, und lächelt. Ein blasses, sparsames Lächeln. Ein Lächeln ohne Inhalt. Zugleich ist ihm, als sähe er sich in diesem Moment zum letzten Mal, was vermutlich daran liegt, dass im Anschluss an das, was er jetzt vorhat, alles anders sein wird.

Auch sein Spiegelbild.

Auch seine Selbstwahrnehmung.

Er richtet sich auf und sieht sich noch einmal in die Augen, um sich den Ausdruck zu merken, der darin liegt. Unter dem Plastik versucht er, genauso zu gucken wie Cho Seung-Hui, der Amokläufer der Virginia-Tech-University in Blacksburg in seiner selbst gedrehten Videobotschaft. Genauso wirr. Genauso leer. Genauso gnadenlos.

Dann streift er sich die Maske über und denkt an den Tunnelblick, den angeblich alle Attentäter kurz vor der Tat bekommen, und daran, dass sich der Begriff »Amoklaufen« von einer barbarischen Sitte malaiischer Stämme ableitet, bei der von

Opium berauschte Männer mit krummen Dolchen durch die Straßen laufen und alles niedermetzeln, was ihnen vor die Füße läuft. So lange, bis man sie tötet.

Aber ich, denkt Nikolas Hrubesch, ich werde nicht sterben.

Zumindest nicht heute.

In seinem Kopf blitzen ein paar Takte Madonna auf. Normalerweise ganz sicher nicht die Art von Musik, auf die er steht. Aber war das, was er jetzt hört, nicht auch irgendein Titelsong? Zu einem Bond-Film?

I guess I die another day ...

Er tritt noch einen Schritt näher an den Spiegel heran. Mein Name ist Hrubesch, Nikolas Hrubesch. Und das hier ist definitiv nicht der Tag, an dem ich sterben werde. Diesen Part werden andere für mich übernehmen!

Er steht vollkommen unbeweglich und lauscht in die Stille, die sich auf dem Flur vor der Toilette ausgebreitet hat. Die viel beschworene Ruhe vor dem Sturm. So kommt es ihm zumindest vor. Seine Augen suchen die Leuchtzahlen seiner Armbanduhr. Es ist eine neue. Eine fremde. Eine, die er wegwerfen wird, sobald der Job hier erledigt ist.

Er schiebt sich die Glock in den Bund seiner Hose und denkt an Robert Steinhäuser, der sich auch auf einer Toilette umgezogen haben soll. Allerdings auf einer Herrentoilette, wenn es stimmt, was in den Zeitungen gestanden hat. Und im Internet. Dann setzt er sich den Rucksack auf.

Schwarz steht ihm. Findet er.

Stilvoll irgendwie.

I guess I die another day ...

Er nickt. Hinter den Schlitzen des schwarzen Stoffes sieht er seine Augen glitzern. Und auf einmal kann er sie fühlen, diese unbändige Kraft, auf die er schon sein ganzes Leben lang wartet. Sie durchströmt ihn, machtvoll und warm, eine grotesk gesteigerte Wachheit. Grenzenlose Energie. Es ist, als ob die Verkleidung einen anderen Teil von ihm zum Leben erweckt. Einen dunkleren Teil. Einen, der bis zu diesem Augenblick verborgen gewesen ist. Verschüttet unter einem Haufen Konventionen.

Wie weit würden andere Leute gehen, wenn sie sicher sein könnten, dass man sie nicht erwischt?, denkt er. Wenn sie, durch eine Maske geschützt, ihren Trieben freien Lauf lassen könnten? Ohne Konsequenzen. Alles das tun, was sie sich sonst verkneifen müssen …

Ein interessanter Gedanke.

Er nimmt ihn mit, als er die Tür aufmacht.

Aber ein paar Meter weiter hat er ihn bereits wieder vergessen.

Raum 304, 3. Stock, 11:55 Uhr

Angela Lukosch ist gegangen.

Vor fünf Sekunden hat sie die Tür von Raum 304 hinter sich zugezogen. Und Miranda Kerr merkt, wie ihre Handflächen zu schwitzen beginnen. Das tun sie oft, wenn sie sich aufregt. Überhaupt schwitzt sie sehr viel in letzter Zeit. Abends. Nachts. Ständig. Und immer an ganz seltsamen Stellen.

Das ist der Stress, urteilt Hannah per Ferndiagnose aus Kolumbien. *Du musst das unbedingt lockerer sehen, sonst bekommst du am Ende noch irgendeine Hautgeschichte. Neurodermitis oder so. Und wenn du so was erst mal hast …*

Lockerer sehen! Ja, ja, klar doch!

Aber viel wichtiger als das Schwitzen und das Mobbing und alles andere ist im Moment die Frage, warum Angela Lukosch in letzter Zeit so oft zur Toilette rennt. Seltsam, denkt Miranda Kerr, dass mir das heute zum ersten Mal so richtig bewusst wird! Und sie gäbe irrsinnig viel darum, zu wissen, was Angel treibt. Jetzt, in diesem Augenblick. Vor allem, weil sie urplötzlich das Gefühl hat, dass ihr dieses Wissen irgendwie nützlich sein könnte. Dass es etwas zu entdecken gibt im Leben der gottgleichen Angela, der unangefochtenen Herrscherin über dieses beschissene System. Irgendeine Schwäche, die sich vielleicht gegen Angel verwenden lässt. Etwas, das ihr Leiden beendet …

Miranda Kerr reibt sich die Hände trocken und sieht Frau Malgorias an.

»Ja?«

»Entschuldigung, aber ich müsste mal kurz …«

Sie hört das Kichern ringsum. Irgendwer macht eine dumme Bemerkung von wegen, dass Frauen immer im Pulk pinkeln. Ausgerechnet ich und Angel!, denkt Miranda Kerr bei sich. Aber sie hat Glück. Frau Malgorias nickt. Sie genießt das Wohlwollen der Lehrerin, weil sie die Einzige ist, die sich für Kurvendiskussion und Wahrscheinlichkeiten erwärmen kann. Zumindest die Einzige in diesem Raum.

Wie hoch, denkt sie, als sie draußen auf dem Flur steht, ist wohl die Wahrscheinlichkeit, dass ich unsere kleine Miss Perfect beim Kiffen erwische? Oder beim Kotzen? Dem Gedanken wohnt etwas Verlockendes inne. Eine Art Verheißung. Sie, Miranda Kerr, hat die Chance, etwas herauszufinden. Etwas, das sie bislang noch nicht gewusst hat. Etwas, das vielleicht überhaupt noch niemand weiß.

Vielleicht gelingt es ihr, etwas zu enttarnen.

Etwas, mit dem sie sich wehren kann. Endlich wehren.

Etwas, mit dem sie sich Angela Lukosch und ihre Bande ein für alle Mal vom Hals schaffen kann.

Wäre das nicht …?

Sie bleibt stehen und sieht sich kurz um.

Dann geht sie, so leise sie kann, auf die Toilettentür am Ende des Ganges zu.

Flur vor dem Lehrerzimmer, Erdgeschoss, 11:57 Uhr

Sie … ist … nicht … da … gewesen …

Sie ist nicht hier, VERDAMMT. Wo steckt sie?!

Seine Blicke fliegen den Flur hinunter. Soll er sie suchen? Wo ZUR HÖLLE steckt diese musische Drecksau?

Er hat die Naumann gefragt. Vorher. Aber die Naumann hat nur rumgestottert.

I-i-i-ch … Was wi-wi-ll … woll-ll-llen … BITTE!

Er hat seine Frage noch einmal wiederholt. Ihr den Namen, der ihn interessiert, mitten in ihr krebsrotes Gesicht geschrien. Zweimal. Dreimal. Weil er nichts gegen sie hat, eigentlich. Sie hat ihm mal Geld für den Bus gegeben. Da hatte er seine Monatskarte vergessen. Aber dieses Mal hat sie nur mit dem Kopf geschüttelt. Geflattert. Herumgezickt. Die Augen wie zwei dunkle Teller.

N-N-NEI-EIIIIIIIIIN.

Hündisch. Unterwürfig. Widerlich.

Ich ... Bitte nicht. BITTE!

Worthülsen. Krach. Schrill.

Keine Geduld mehr ...

Der Raum, das Zimmer nebenan, ist leer gewesen. Er hat sich die Zeit genommen, das zu checken, obwohl er weiß, dass er sich beeilen muss. Müsste. MUSS ...

Wo, verflucht noch mal, steckt diese verfickte SCHLAMPE?

In seinem Rücken geht eine Tür auf.

Sekretärin, denkt er und drückt ab. Wieder ab. Noch einmal. Immer wieder. Der Schatten, der alles ist, was er wahrnimmt, sinkt in sich zusammen. Eine seltsam in die Länge gezogene Bewegung. Zäh. Wie in Zeitlupe.

Das dauert alles viel zu lange, denkt er und schießt noch einmal.

Danach ist es wieder still.

Raum 440, Biologiesaal, 4. Stock, 11:59 Uhr

Was ist das für ein Geräusch? Was sind das für Geräusche? Was ... sind ... das ... für ... Geräusche?

Sie sehen einander über ihre Tische hinweg an, suchen die Antwort auf diese Frage in den Gesichtern der anderen. Die Luft ist urplötzlich dünn wie im Hochgebirge. Oder noch dünner. Kühl und flüssig.

Von einer Sekunde zur nächsten wagt keiner mehr zu sprechen. Keiner stellt die Frage. Keiner gibt die Antwort. Es ist einfach still. Einen kurzen, magischen Moment lang hält irgendwer der Welt den Mund zu. Kein Verkehrslärm. Kein Gekicher. Kein

Geräusch. Dann reißt es. Fetzt. Und sie hören Schreie. Poltern. Lärm. Von wo? Von unten?

Was ist das?

Warum?

Was …?

Herr Schlicht hat ein weißes Dreieck um den Mund. Der Rest seines Gesichts läuft an, füllt sich mit Blut, rot zunächst, dann lila. Man kann förmlich zugucken. Vor ihm auf dem Tisch lodert blassblau die Flamme des Bunsenbrenners, der irgendetwas erhitzen soll. Was das gewesen ist, haben alle vergessen.

Jemand springt auf.

Eine Stimme, woher kommt die?, ruft, dass sie bleiben sollen, wo sie sind.

Nicht weglaufen, sagt nun auch Herr Schlicht, und seine Stimme ist nichts als ein heiseres Kieksen. *Bleiben Sie, wo Sie sind.*

Unter seinen Achseln haben sich zwei tellergroße Schweißflecken gebildet. Wann?

Hat er recht?

Müsste man nicht vielleicht doch …

»Bleiben Sie, wo Sie sind«, wiederholt Herr Schlicht. Seine Fingerspitzen sind genauso weiß wie die Haut um seinen Mund. Man kann es sehen, als er nach dem Schlüssel mit dem grünen Anhänger greift, der neben dem Bunsenbrenner auf dem Pult liegt.

Dann geht er zur Tür, steckt den Schlüssel ins Schloss und dreht ihn zweimal herum.

Flur vor Raum 304, 3. Stock, 12:01 Uhr

Frau Malgorias' Kopf ist geplatzt.

Lukas Wertheims Kopf ist geplatzt. Exekutiert wie ein gemeiner Verbrecher.

Und dann?

Was dann gewesen ist, kann er nicht sagen.

Er sieht Schatten. Wieder nur Schatten. Nichts als Schatten.

Genau wie eben auf dem Gang vor dem Lehrerzimmer, denkt er und wundert sich, weil seine Sinne eigentlich hellwach sind. Aber das Licht, das hinter ihren Köpfen durch die Fenster gefallen ist, war so hell, dass alles, was davor war, verschwommen ist. Konturen. Nichts weiter. Er hat trotzdem draufgehalten. Auf die Konturen geschossen. Auf die Tische. In die Schreie. Mitten in den Lärm, den sie machen. Plötzlich. Den Lärm der Angst, der ihn allmählich zu nerven beginnt.

Nebenan haben sie inzwischen auch mitgekriegt, dass etwas im Gange ist.

Er kann sie hören. Sie rennen, als sei der Teufel hinter ihnen her.

Nein, denkt er. Nicht Devil. Ich bin's nur. Ich, ich, ICH!

Er hört ihre polternden Schritte, als er um die Ecke biegt und dabei routiniert das Magazin seiner Glock austauscht. Zwei sind schon leer. Trefferquote unbekannt.

Im Gehen feuert er weiter. Mehr aus Spaß als gezielt.

Die Tür hinter ihm bleibt offen, weil keiner von diesen Armleuchtern den Mumm hat, sie zu schließen.

Ich könnte zurückgehen, denkt er. Jederzeit.

Ich könnte …

Toilette 399, 3. Stock, 12:06 Uhr

Miranda Kerr zittert. Fühlt die kühlen Kacheln unter ihren Handflächen, die immer noch schwitzen, auf allen vieren wie ein Baby. Lauscht. In ihren Ohren hallen die Schüsse wider, die verstummt sind seit …? Sie weiß es nicht. Sie hat nicht die geringste Ahnung, wie lange das, was sie gehört hat, her ist. Das Einzige, was sie weiß, ist, dass etwas Schlimmes geschehen sein muss. Man sollte sich nichts wünschen, denkt sie. Die Wünsche könnten in Erfüllung gehen.

Der Wasserhahn im Vorraum läuft noch immer. Jetzt, nachdem die Schüsse verstummt sind, kann sie ihn wieder hören.

Angel!, denkt sie. Angela …

Sie hat sie gehört. Kotzen, nicht kiffen. Daher also die Traumfigur. Warum sie nie vorher auf die Idee gekommen ist!

So leise wie möglich hat sie sich in die gegenüberliegende Kabine geschlichen, vorhin. Eben. Wann eigentlich? Jedenfalls hat sie sich in eine der freien Kabinen geschlichen, sich auf den geschlossenen Klodeckel gesetzt und Angela Lukosch beim Kotzen zugehört. Im schummrigen Dämmerlicht hat sie auf irgendwelche obszönen Schmierereien an der Tür gestarrt, ähnlich obszön wie die auf ihren Zetteln, und dabei hat sie nachgedacht. Über Angel und all die anderen Paris-Hilton-Verschnitte, deren größtes Unglück es ist, dass es an deutschen Schulen noch keine Cheerleader gibt. Oder Homecoming Queens. Oder irgendwelche anderen Positionen, für die man sich mit so fragwürdigen Talenten wie langen Haaren oder falschen Titten qualifiziert. Es ist dunkel gewesen, als sie auf dem Klodeckel gesessen und nachgedacht hat, das immerhin weiß sie noch. Außergewöhnlich dunkel sogar. Das einzige Fenster, das zur Straße hinausgeht, scheint einen Sprung zu haben. Der Hausmeister oder irgendwer sonst muss es abgedichtet haben. Aber das ist wahrscheinlich nicht wichtig. Oder doch? Jedenfalls hat sie auf dem Klodeckel gesessen und darüber nachgedacht, wie sich das, was sie da gerade hört, am besten verwenden ließe. Wann sie Angela Lukosch stecken soll, dass sie etwas über sie weiß, das vielleicht kein anderer erfahren soll. Nein, nicht *vielleicht*, bestimmt sogar. Niemand will das sein, essgestört. Wenn so etwas herauskäme …

Und dann?

Sie hat gehört, wie Angela die Spülung betätigt. Ja, genau. Die Spülung. Und als sie den Wasserhahn im Vorraum gehört hat, ist sie aufgestanden.

Und weiter?

Sie denkt nach.

Dann muss es losgegangen sein. Oder?

Gut, da waren diese Fehlzündungen gewesen. Vorhin. Davor. Vor der Sache mit dem Kotzen. Zumindest hat sie gedacht, dass es Fehlzündungen gewesen sind. Aber vielleicht haben die ja auch schon dazugehört. Zu ... dieser Sache. Zu ... dem anderen. Miranda Kerr schluckt und muss urplötzlich husten. *Nein, bloß nicht, auf keinen Fall!*

NICHT JETZT!

Jetzt muss sie still sein. Ganz still. Atmen. Ablenken. Konzentrieren.

Okay, also da waren diese Fehlzündungen gewesen, zunächst. Nichts Besonderes, so ein seltsames Knallgeräusch eben. Eins oder mehrere. Keine Ahnung. Jedenfalls weit weg von ihr. Dann eine kurze, unwirklich anmutende Stille, nur durchbrochen von Angela Lukoschs Kotzen. Danach die Klospülung. Und schließlich der Wasserhahn. Spotlights, an denen sich ihre Erinnerung entlanghangeln kann. Vom Ausbruch der Katastrophe rückwärts. Sie schließt die Augen und sieht Angelas Rücken im Schummerlicht des Vorraums, gebeugt über das Waschbecken, die Hände mit den french-manikürten Nägeln direkt unter dem Wasserhahn. Wasser auch im Mund. Und dann war es plötzlich losgegangen. Richtig los. Viele Schüsse, ganze Salven, draußen auf dem Flur. Dann Schreie. Das Geräusch rennender Füße. Schritte. Neue Schreie. Schüsse. Stimmengewirr. Zu diesem Zeitpunkt steht Angels Rücken noch immer vor ihr, erstarrt zur Salzsäule. Sie lauschen in dieselbe Richtung, alle beide. Und dann weiß sie nichts mehr, bis sie auf dem Boden neben der letzten Kabine liegt, der hintersten. Zitternd auf den kühlen Kacheln ...

Aber der Wasserhahn im Vorraum läuft noch immer. Jetzt, nachdem die Schüsse verstummt sind, kann sie ihn auf einmal wieder hören.

Angel!, denkt sie. Angela ...

Sie lauscht in die pochende Stille hinter dem Wasser. Ist sie noch da, Angela? Steht sie noch immer dort im Vorraum, gleich um die Ecke, vor Schreck wie erstarrt, halb ohnmächtig, unfähig, sich zu bewegen? Steht sie noch immer dort, nur ein paar Meter entfernt?

Die Schüsse sind verstummt. Seit wann? Lange genug?

Wo ist Angel?

Miranda Kerr überlegt, ob sie nach ihr rufen soll. Vielleicht könnten sie einander helfen, irgendwie. Vielleicht weiß Angel mehr als sie selbst. Weil sie etwas gesehen hat. Weil sie stehen geblieben ist, dort am Waschbecken. Weil sie nicht in Deckung gegangen ist. Oder aber sie finden gemeinsam einen Weg zurück, einen Weg aus diesem Albtraum. Miranda Kerr kommt auf die Knie und …

Halt! Moment! Jetzt hört sie wieder etwas!

Etwas anderes. Etwas, das nicht der Wasserhahn ist.

Es kommt auf sie zu.

Es ist ganz in ihrer Nähe.

Sehen tut sie nichts. Nur hören. Eine Bewegung. Und neue Schritte. Ein neuer Schuss. Er peitscht durch die Luft und reißt den Wasserhahn brutal in Stücke.

Miranda Kerr kracht zurück auf den Boden, fühlt die kühlen Kacheln unter ihrem Kinn und bemüht sich nach Kräften, kein Geräusch zu machen. Leise zu sein. Leise genug, damit es an ihr vorbeigeht. Was immer es ist …

Und noch ein Schuss.

Und noch einer.

Als sie es nicht mehr aushält, steckt sie sich die Zeigefinger in die Ohren.

Flur im zweiten Stock, 12:11 Uhr

Sie rennen.

Planlos wie die Lemminge rennen sie hintereinander her, direkt auf den Lauf seiner Waffe zu. Ihre Schreie hallen in seinen Ohren wider, und sie stolpern wild durcheinander, als sie die Maske sehen und sich gegenseitig fast tottrampeln, in dem verzweifelten Bemühen, umzukehren, einen Raum zu erreichen, in dem sie sich verschanzen können. Ihm zu entkommen.

Ein Junge, den er zumindest im Augenblick nicht näher zuordnen kann, fuchtelt beim Rennen mit den Armen wie ein Kind, das eine Windmühle darzustellen versucht. Es sieht grotesk aus. Findet er.

Nikolas Hrubesch schießt ein paarmal in die Luft, um ihre Angst noch zu steigern, nicht, um einen von ihnen zu erwischen. Sie sind nichts weiter als tumbe Schießbudenfiguren. Eine stupide Reihe von Pappenten, deren Angst er noch zehn Meilen gegen den Wind riechen könnte.

Ein paar von ihnen stürzen in den Raum, in dem die Wandkarten für den Geographieunterricht aufbewahrt werden, und knallen die Tür hinter sich zu. Sie hat einen Glaseinsatz, der unter der Wucht erzittert. So etwas nimmt er wahr. Das Klirren von Glas. Winzige Schnipsel eines karierten Schreibheftes auf dem Boden, die von der fliehenden Horde aufgewirbelt werden. Den süßlichen Geruch eines ausgespuckten Kaugummis, Kirschgeschmack, widerlich unecht. Kleinigkeiten, die beweisen, wie sehr ein Hormoncocktail wie der, der in diesen Minuten durch seine Adern rauscht, die Wahrnehmung verändern kann. Den Blick schärfen. Den Ton aufdrehen.

Er schießt auf die Tür zu den Wandkarten, wie er zuvor schon auf andere Türen geschossen hat. Einfach so. Quasi im Vorbeigehen. Kismet. Russisch Roulette. Was auch immer. Aber vielleicht sind sie ja auch schlau genug, sich von den Türen fernzuhalten. Zumindest ein paar von ihnen.

Die ersten der Flüchtenden haben inzwischen die Treppe erreicht.

Er folgt ihnen, nicht, weil er sie abknallen will, sondern weil er zufällig den gleichen Weg hat. Trotzdem schreien sie. Sie schreien und schreien, auch wenn ihnen klar sein müsste, dass er sie längst erledigt hätte, wenn er es darauf anlegte.

Aber sie scheinen ihr gottverdammtes Hirn ausgeschaltet zu haben, alle miteinander.

Kollektive Verblödung.

Auf die Idee, ihn anzugreifen, kommt niemand. Nicht heute. Nicht, solange er dieser andere ist, der mit der Knarre, der mit der Macht.

Ein Mädchen, von dem er nichts als einen vagen Schatten wahrnimmt, stolpert und fällt ihm genau vor die Füße. In helllichter Panik kriecht sie über das graue Linoleum, bis sie mit

Kopf und Rücken zugleich gegen die Wand knallt. Ein sattes, dumpfes Geräusch. Uuuffffff …

Ob er sie kennt, ob er sie je zuvor gesehen hat, kann er nicht sagen. Sie ist nichts als ein Schatten. Ein Ziel. Er hört ihr entsetztes Keuchen, ein hohler, erstickter Laut, als er an ihr vorbeistürmt, und aus den Augenwinkeln sieht er, dass sie sich mit beiden Händen die Ohren zuhält. Die Ohren! Fast hätte er Lust, sich zu ihr umzudrehen und ihr das Hirn wegzublasen für ihre Dummheit. Aber er darf keine Zeit verlieren. Er hat sich ohnehin schon viel zu lange aufgehalten. Um das zu wissen, braucht er nicht einmal auf die Uhr zu sehen. Er tut es trotzdem. Der Doppelpunkt zwischen den beiden Ziffern pulst im Sekundentakt. Zeit, die ihm am Ende fehlen könnte.

Die Polizei ist natürlich längst informiert. Irgendeiner von diesen flüchtenden Idioten wird schon daran gedacht haben, den Notruf zu wählen. Und wahrscheinlich ist bereits jetzt, in diesem Augenblick, ein Sondereinsatzkommando auf dem Weg hierher. Möglicherweise laufen bei n-tv und N24 und all den anderen Sendern, die sich auf Katastrophen wie diese spezialisiert haben, schon die ersten Meldungen über den Ticker. *AMOKLAUF IN WIESBADENER GYMNASIUM *** EIN BISLANG UNBEKANNTER TÄTER HAT AM SPÄTEN VORMITTAG IM CLEMENS-BRENTANO-GYMNASIUM IN WIESBADEN (HESSEN) EIN BLUTBAD ANGERICHTET *** LEICHEN ÜBERALL AUF DEN GÄNGEN DER SCHULE *** AUGENZEUGEN BERICHTEN VON MINDESTENS ZEHN TOTEN …*

Zehn?

Nur zehn?

Schon zehn?

Nikolas Hrubesch bleibt kurz stehen und lauscht nach Sirenen. Dem Knattern von Rotorblättern, ein eifriges Fernsehteam im Helikopter mit einer Live-Übertragung aus der Hölle. Lautsprechern. Aber er kann nichts hören. Nur das Ticken der Uhr über der Tür zum Treppenhaus. Das allerdings hört er seltsam verstärkt. Genau wie die Klingel vorhin. Zeit, die abläuft.

Keine Sirenen, denkt er. Noch nicht. Aber auch ohne akustische Hinweise auf eine wie auch immer geartete Polizeipräsenz weiß er, dass ihm nicht mehr viel Zeit bleibt.

Während er seinen Schritt beschleunigt, fragt er sich, hinter welcher der Türen ringsum noch Menschen sind. Und er bedauert zutiefst, dass er keine Zeit hat, sich alles ganz genau anzusehen. Sich alle Einzelheiten einzuprägen. Sämtliche Details. Dabei ist ihm klar, dass er mitnehmen muss, was er kriegen kann. Dass er so etwas wie das hier nie wieder erleben wird. Und dass das, was in diesen magischen Minuten geschieht, etwas in ihm verschieben wird. Weit mehr verschieben wird, als er im Vorfeld erwartet hat.

Das, was ihn früher angemacht hat, wird ihn langweilen. Vielleicht wird er für den Rest seines Lebens nach etwas suchen, mit dem sich die Lücke füllen lässt. Aber so was wie das hier wird schwerlich zu toppen sein. Auch das ist ihm klar.

Jetzt.

Erst jetzt.

Seit knapp zwanzig Minuten.

Er denkt an den flatternden Mädchenschatten hinter sich, der seinem Gedächtnis schon fast wieder abhandengekommen ist, und mit einem Mal kann er beinahe verstehen, warum sich die anderen am Ende eine Kugel in den Kopf jagen …

Raum 304, 3. Stock, 12:16 Uhr

Jessica Mahler hat Angst. Angst, den Kopf zu heben. Zu schauen, ob außer ihr noch jemand am Leben ist. Ich müsste es tun, denkt sie. Gucken. Nachschauen. Handeln. Vielleicht gar helfen oder weglaufen. Genau wie die anderen. Die anderen, die überlebt haben.

Sie hat ihre Schritte gehört, während sie sich hinter einem der umgestürzten Tische auf den Boden gedrückt hat. Flach auf den Boden. Irgendwo hat sie mal gelesen, dass jemand einen Amoklauf überlebt habe, weil er sich tot gestellt hat. Das hat sie damals irgendwie clever gefunden. Und logisch obendrein. Wer schießt schon auf Leichen?!

Nichtsdestotrotz ist ihr, als sei die Zeit des Abwartens nun vorbei.

Ich sollte nachsehen, pocht es hinter ihrer Stirn, aber sie ist unfähig, den Kopf zu heben. Also beschränkt sie sich notgedrungen darauf, zu analysieren, was sie gerade empfindet. Angst, ja sicher. Aber es ist eine kalte Angst, ein ganz und gar seltsames Gefühl. Vollkommen anders als alle Angst, die sie kennt. Beinahe erhaben, denkt sie. Rein und klar wie die Luft an einem sonnigen Wintermorgen. Ja, seltsam, sie hat bei allem, was hier geschehen ist, den Eindruck, klar denken zu können. Folgerichtig. Logisch. Nur ihr Körper ist wie taub. Abgestorben. Aber trotzdem irgendwie da.

Sie fühlt einen Luftzug über ihrem Kopf und denkt an die geborstenen Scheiben. An das prasselnde Geräusch, das die Scherben gemacht haben, als er auf die Fenster geschossen hat. Ihre Augen suchen den Boden ab. Winzige Kristalle allenthalben. Glasbruch. Blut.

Als er den Raum betreten hat, musste sie lachen. Und nicht nur sie. Ein dummer Scherz. Eine makabre Maskerade, um ihnen einen Schrecken einzujagen. Irgendwas in dieser Richtung. Aber es ist kein Scherz gewesen. Wann hat sie das eigentlich gemerkt? Gemerkt, dass der Typ Ernst macht?

Noch vor dem ersten Schuss, so viel steht fest.

Trotzdem ist da dieses Lachen, das wie festgefroren auf ihren Lippen liegt, obwohl um sie herum bereits geschrien wird. Und fast ist ihr, als lächele sie immer noch …

Ihre Gedanken halten inne, als sie irgendwo rechts von sich ein leises Wimmern wahrnimmt. Wenn er noch hier ist, müsste er jetzt schießen, denkt sie, während für Sekundenbruchteile wieder das Bild von Frau Malgorias' explodierendem Gesicht durch ihre Gedanken zuckt. Der Ruck, als das Projektil einschlägt. Das Blut, das vom Hinterkopf der Lehrerin an die Wand spritzt, an der noch immer die Grafik mit dem Glücksrad klebt, die der mit der Lostrommel gefolgt ist. Oder verwechselt sie da was? Ist es gar kein Blut gewesen, was sie gesehen hat? Sind es nur Kugeln, kleine rote Lostrommelkugeln, das dort, an der Wand?

Sie kann es nicht sagen. Aber hinsehen wird sie auch nicht mehr, das weiß sie genau. Selbst dann nicht, wenn sie davonkommt, wenn irgendwann irgendjemand durch diese Tür dort hinten tritt und sie aus der Hölle befreit.

Selbst dann wird sie nicht mehr hinsehen.

Nie mehr.

Das Wimmern hört nicht auf. Ein leiser, endloser Klageton, der aus der Ecke gegenüber der Tür zu kommen scheint. Und ganz allmählich sickert jetzt auch die Bedeutung dieses Wimmerns in Jessica Mahlers Bewusstsein. Sie ist nicht allein in diesem Raum. Nicht allein am Leben. Nicht allein unter lauter Toten. Verlassen, zurückgelassen von denen, die gerannt sind, geflüchtet, die sich rühren konnten, die funktioniert haben. Da ist noch jemand anders! Jemand außer ihr!

Ihre Gedanken jagen hin und her. Auf der einen Seite ist da das Bedürfnis nach Nähe. Nach einem Leidensgenossen oder – was angesichts der Stimmlage wahrscheinlicher ist – einer Leidensgenossin. Auf der anderen Seite ist sie sich bewusst, dass sie aufstehen muss, wenn sie etwas sehen will. Heraus aus der Deckung. Schutzlos werden. Ein Ziel …

Ihr Blick krallt sich in das Glas auf dem Boden. Dazwischen liegt – in geradezu groteskem Orange – eine Mandarinenschale, die sie an Weihnachten denken lässt. An Geschenke und Kerzen. Zimtduft. Nikolaus.

Lenk nicht ab! Wag es! Steh auf!

Er ist fort!

Wenn er hier wäre, hätte er längst geschossen!

Jessica Mahler tastet nach der Kante eines umgestürzten Tischs und zieht sich daran hoch, bis sie gerade so darüber hinwegsehen kann. Das Erste, was sie wahrnimmt, als sie ihren Kopf über die Kante schiebt, ist der Geruch von Blut. Sie hat noch nie in ihrem Leben Blut gerochen, nur geschmeckt, aber sie findet, dass zwischen Riechen und Schmecken nicht allzu viel Unterschied besteht. Zumindest nicht, was Blut betrifft. Das Zweite, was sich in ihr Bewusstsein drängt, ist das Bild von Lukas Wertheims Hinterkopf. Sie erkennt die dunkelbraunen Locken etwa drei Meter entfernt, mitten im Chaos der Tische, die ihre Mitschüler umgestoßen haben. Um sich zu verstecken. Um eine wie auch immer geartete Deckung zu schaffen, einen Schutz gegen die Kugeln, die überall im Zimmer umherpeitschen. *Wer bei drei nicht auf den Bäumen ist ...*

Der ganze Raum sieht aus, als ob eine Bombe explodiert wäre, und Jessica Mahler wundert sich, dass es bei all dem Chaos um sie herum ausgerechnet Lukas Wertheims Hinterkopf ist, den sie sehen kann. Braune Locken, ein wenig zu lang, in einem See aus Blut, das an den Rändern bereits gerinnt. Glas knirscht unter ihren Sohlen, als sie vorsichtig auf die Füße kommt und wie in Trance darauf zugeht. Auf den Blutsee, der unter Lukas Wertheims Gesicht hervorquillt.

Und wieder das Wimmern. Lauter dieses Mal, weil die Person, von der es ausgeht, sie gehört hat. Das Knirschen ihrer Schritte auf den Glaskristallen.

Aber sie kann sich noch nicht auf die Stimme konzentrieren. Sie muss erst sehen, ob ...

Sie will erst sichergehen, dass ...

Sie will ...

»Jessica?«

Ich hätte niemals den Mut dazu gehabt, denkt Jessica Mahler, als sie ein paar Sekunden später über Lukas Wertheims Leiche hinwegsteigt. Den Mut, ihn zu töten. Da musste erst ein anderer kommen. Einer, der richtig Courage hat. Ja, denkt sie, Hass allein ist vielleicht doch nicht genug.

Und weil sie plötzlich so rasend schnell vergisst, dreht sie sich noch einmal um. Noch ein Blick auf Lukas Wertheims Jeans. Auf die Fensterkristalle, die wie durchsichtige Stachel in seinen nackten Unterarmen stecken. Winzige Wunden allenthalben. Es müsste wehtun, denkt sie, wenn man lebt. Aber Lukas Wertheim fühlt nichts mehr. Er ist tot. Ein letzter Blick noch, eine Erinnerung, die sie nie wieder verlieren darf. Locken. Scherben. Blut. Lukas Wertheim ist tot. Immer noch ... Für immer!

Als sie wieder nach vorn sieht, entdeckt sie Mirja Libolski in der Ecke neben der Tafel. Wie sie dorthin gekommen ist und ob außer ihnen beiden noch andere Personen hier sind, hier in diesem Raum, lebende, verletzte Personen, Mitschüler, kann sie nicht beurteilen. Es ist, als blicke sie geradewegs durch eine enge Röhre. Ein geschrumpftes Blickfeld, in dem immer nur kleine Ausschnitte sichtbar werden. Glaskristalle zum Beispiel, und nur mit äußerster Mühe widersteht sie der Versuchung, sich ein weiteres Mal umzudrehen. Lukas Wertheims bemerkenswert unversehrt gebliebener Hinterkopf. Mirja Libolskis Schultern vor der fleckigen Wand, die diesen Raum vom nächsten Klassenzimmer trennt.

Jessica Mahler bleibt stehen und überlegt, ob es hinter der Wand wohl genauso aussieht. Genauso kaputt wie hier. Und genauso blutig.

»Jessie!« Mirja Libolskis Augen sind glasig und wirken wie tot. Aber als Jessica Mahler näher kommt, klärt sich ihr Blick, und Jessica kann förmlich zusehen, wie Mirjas Pupillen weit werden und das Blau ihrer Augen schwarz färben.

»Ja doch, ja, ich bin da«, flüstert sie, als ihr plötzlich einfällt, dass Mirja Libolski eine von denen ist, die mehr als nur einmal mit Lukas Wertheim gevögelt haben, was wahrscheinlich bedeutet, dass Lukas von Mirja keine Sexfilmchen gedreht hat. Warum auch? Die nuttige kleine Mirja hat ja nichts zu bieten, nichts anderes, nichts außer schnödem, billigem Sex. Jessica Mahler fühlt, wie sie wütend wird. Urplötzlich rasend wütend …

»Jessiiiie!«

Gott, diese dämliche Kuh wird sie noch beide verraten!

»Ja doch.«

»Ist er …«, stottert Mirja, aber Jessica Mahler legt ihr hastig einen Finger auf die Lippen.

»Sei still«, flüstert sie. »Er könnte zurückkommen.«

Mirja Libolski stößt einen erstickten Seufzer aus, und Jessica Mahler fühlt, wie eine jähe Panik in der anderen auflodert. Mirjas Arme fuchteln durch die Luft. Ziellos. Nutzlos. Dumm.

»Sei einfach still, okay?«, flüstert sie. »Und wenn du jemanden kommen hörst, stellst du dich tot, hast du verstanden?«

Mirja schnappt nach Luft, aber sie nickt. Folgsam wie ein Kind nickt sie vor sich hin, während sich ihre angstvollen Augen an Jessica Mahlers Gesicht festsaugen.

Jessica nickt auch und dreht sich dann langsam nach der Tür um.

Draußen auf dem Korridor scheint alles ruhig zu sein. Aber was heißt das schon? Ist es denn nicht beinahe genauso still gewesen, eben, beim ersten Mal?

Beim ersten Mal …

Sie erschaudert, als ihr klar wird, was sie da gerade denkt. Es wird kein zweites Mal geben, ruft sie sich selbst zur Ordnung. Er kommt nicht zurück. Sein Job hier ist erledigt. Lukas Wertheim ist tot.

So leise wie irgend möglich lässt sie sich neben Mirja Libolski auf den Boden gleiten und presst den Rücken gegen die Wand, als böte sie Schutz gegen das, was sich dort draußen auf dem Gang herumtreibt. Mirja rückt ein wenig näher an sie heran, was Jessica Mahler unter den gegebenen Umständen nicht einmal unlieb ist, auch wenn sie Mirja an und für sich nicht besonders leiden kann. Sie blickt an sich herunter, und erst jetzt fällt ihr auf, dass da Blut ist an ihr, an ihrem T-Shirt. Winzige dunkelrote Spritzer, die ein wirres Muster bilden. Wo diese Spritzer herkommen, kann sie sich nicht erklären. Ihre Augen suchen ihre nackten Unterarme. Keine Verletzungen. Nicht einmal ein Kratzer. Und trotzdem blutbefleckt.

»Was glaubst du, wann uns jemand hier rausholt?«, flüstert Mirja mit zittriger Stimme, als irgendwo in weiter Ferne das Geräusch von Rotorblättern zu hören ist.

Jessica Mahler zuckt mit den Schultern. Ihr ist nicht nach Reden. Nicht jetzt. Erst als sie merkt, wie Mirjas Körper sich wieder verspannt, sagt sie eilig: »Bald. Sie kommen bestimmt bald.« Sie sieht Mirja fest in die Augen und versucht, ihrem Flüstern mehr Autorität zu verleihen. »Aber du musst jetzt endlich still sein, okay?«

Mirja nickt wieder, doch Jessica ist sich nicht sicher, ob sie wirklich ruhig bleiben wird. Ob sie überhaupt versteht, was hier geschehen ist. Und wie das Gebot der Stunde lautet. Einen Augenblick lang denkt sie daran, wieder aufzustehen. Den Raum zu verlassen. Sich irgendwo anders zu verstecken, einzuschließen, sich zu verbarrikadieren, irgendwo, wo die dumme Mirja sie nicht verraten kann. Aber sie verwirft den Gedanken schnell wieder, weil sie weiß, dass Mirja ihr folgen wird, wohin auch immer sie geht. Dass sie Mirja nicht loswird. Dass sie jetzt so etwas wie der Rettungsanker ist, an den sich die andere klammert. Und auf einmal empfindet sie ein elementares Triumphgefühl.

Sie ist stark, Mirja Libolski ist schwach.

Sie weiß, was zu tun ist, während sich Mirja Libolski wie ein verängstigtes Tier benimmt.

Sie ist die Überlegene, die Siegerin.

Sie fühlt, wie die Erkenntnis ihr neue Kraft gibt. Sie wird überleben. Sie wird sich retten. Sich und Mirja. Und für den Rest ihres Lebens wird sie wissen, dass sie stark genug gewesen ist, dieser Hölle zu entkommen. Ganz im Gegensatz zu IHM. Ganz im Gegensatz zu Lukas Wertheim.

Jessica Mahler lächelt leise in sich hinein, während Mirja Libolski noch ein Stück näher an sie herankriecht.

So aneinandergekauert, die versteinerten Blicke auf die geöffnete Tür gerichtet, sitzen sie auf dem staubigen Linoleum und warten …

Treppenhaus C, 2. Stock, 12:17 Uhr

Nikolas Hrubesch stößt die Brandschutztür am Ende des Ganges auf und rennt die Stufen hinunter. Das Treppenhaus ist verwaist. Nicht der winzigste Hinweis darauf, dass in diesem Gebäude noch vor wenigen Minuten Unterricht gehalten wurde.

Eine halbe Treppe unter ihm taucht der Eingang zur Turnhalle auf. Ein weiß-rot gestreiftes Plastikband ringelt sich zwischen den Griffen der zweigeteilten Tür wie eine Schlange. Darüber ein schlichtes weißes Schild. *Vorsicht, Bauarbeiten.*

Im Vorbeigehen blitzt ein Bild in ihm auf, ein alter Schwarz-

Weiß-Film, den er irgendwann mal als Kind gesehen hat. Heinz Rühmann und ein falsches Baustellenschild, das einer Horde von grotesk kostümierten Pennälern zu einem freien Tag verhilft. Und ein paar Lehrer, die im Rahmen einer hastig anberaumten Krisensitzung beschließen, eine künstliche Baustelle zu errichten, um das Ausmaß ihrer Schmach zu vertuschen. Aber das Schild dort an der Tür ist echt, die Turnhalle des Clemens-Brentano-Gymnasiums erst in ein paar Wochen wieder benutzbar. Noch so ein glücklicher Umstand, denkt Nikolas Hrubesch. So haben wir wenigstens unsere Ruhe hier unten.

Von den letzten Stufen zum Untergeschoss nimmt er immer gleich drei auf einmal.

Er fliegt förmlich.

Ja, denkt er, Töten verleiht Flüüüügel!

Auf dem Gang brennt nur die Notbeleuchtung. Kleine runde Lampen, die kaum etwas erhellen. Der lange Flur vor ihm erinnert flüchtig an einen Schacht. Von links und rechts gähnen ihn sperrangelweit offene Türen an. Rostige Duschköpfe, die seit Jahrzehnten niemand mehr benutzt hat, ragen wie sehnsüchtig ausgestreckte Arme in die schummrige Düsternis. Blinde Wasserhähne allenthalben. Gesprungene Fliesen. Rostige Trennwände, rostige Türschlösser, rostige Versuche, eine nicht vorhandene Intimsphäre zu wahren. Duschen tut in diesen Räumen trotzdem niemand. »Versifft« ist das Wort, das beinahe jedem in den Sinn kommt, der durch die geöffneten Türen blickt.

Neben den Duschen befinden sich die Umkleideräume, in denen sich die Schüler für den Sportunterricht umziehen, nach Geschlechtern getrennt und so zahlreich, dass man den Eindruck gewinnen könnte, Leibesertüchtigung stehe ganz oben auf der Liste jener Dinge, auf die an dieser Schule Wert gelegt wird.

Nikolas Hrubesch stürmt weiter.

Vor ihm, am Ende des Ganges, erscheint der Werkraum, in den Herr Bergenhem und Herr Laurin von Zeit zu Zeit ihre Kunstkurse treiben, um zu töpfern oder irgendwelche bizarren Plastiken aus Alteisen und Müllresten zusammenzuschweißen. Tätigkeiten, die man sonst nirgendwo ausführen darf, weil sie mit Dreck oder Lärm oder offenem Feuer verbunden sind. Über das Töpfern und Schweißen hinaus wird der Raum gemieden wie eine Leichenhalle. Zu komfortabel die beiden atelierartigen Zeichensäle, die vor ein paar Jahren unter dem Dach des Altbaus eingerichtet worden sind, als dass man seine Zeit freiwillig in diesem Loch verbringen würde.

Nichtsdestotrotz riecht es nach feuchtem Ton. Aber das mag auch wieder so ein Über-Eindruck sein. Ja, denkt Nikolas Hrubesch. Wie bei einem Wolf oder einem anderen Wildtier, das so weit riechen kann wie andere gucken. Oder noch weiter. Fasziniert von seinen neuen Fähigkeiten reckt er seine Nase in die Luft und wittert. Alter Schweiß, Staub, Schimmel und entfernt auch Exkremente, obwohl er sich beim besten Willen niemanden vorstellen kann, der hier unten auf die Toilette ginge.

Vor der Tür zum Putzraum reißt er sich die Maske vom Kopf, stopft sie in den Bund seiner Hose. Seine Haut ist nass geschwitzt unter dem Plastik und wird heilfroh sein, wenn sie in ein paar Minuten wieder Luft kriegt. Atmen kann. Darauf freut er sich. Einerseits. Andererseits ist er fast traurig darüber, dass es nun beinahe zu Ende ist. Dass er sich anschickt, die letzte Etappe seiner ganz persönlichen Grenzerfahrung in Angriff zu nehmen. Das Finale gewissermaßen.

Ein letzter Blick auf die Uhr, ein letztes Vergewissern, dass es noch immer still ist, über ihm, um ihn, dass sie allein sein werden. Ungestört. Dann stößt er die Tür auf.

Sven Strohte steht an der Wand gegenüber und blickt ihm entgegen wie ein verschrecktes Rehkitz.

Das ist die letzte Unbekannte in meiner Gleichung gewesen, denkt Nikolas Hrubesch, und verwundert stellt er fest, dass er so etwas wie Erleichterung empfindet, darüber, dass der Klassenkamerad tatsächlich hier ist. Noch immer hier. Dass er sich an ihre Verabredung, an seinen Befehl gehalten hat. Dass er dort an der Wand steht wie ein Lamm, um sich ahnungs- und willenlos zur Schlachtbank führen zu lassen.

Er bleibt stehen und sieht ihn sich an. Ganz genau an. Erinnerungen werden lange Zeit das Einzige sein, was ihm bleiben wird von all dem, was er heute erlebt hat. Von dieser megageilen Erfahrung, die all seine Erwartungen übertroffen hat. Nikolas Hrubesch lächelt und denkt an Sexualstraftäter, die sich auch Jahrzehnte nach ihren Taten an irgendwelchen Erinnerungsstücken ihrer Opfer aufgeilten. Oder auch nur an den Bildern in ihrem Kopf. Bilder wie das von Sven Strohte, wie er da so verschreckt vor der Wand steht und beinahe das Atmen vergisst. Nikolas Hrubesch kann seine Angst hören. Und riechen. Und am liebsten würde er auf Sven Strohte zugehen, um dessen Angst auch noch zu schmecken.

Seine Augen irisieren.

Grün wie bei einer Katze.

Schon wieder so ein seltsam verstärkter Eindruck, denkt Nikolas Hrubesch, und zufrieden registriert er, wie Sven Strohte krampfhaft versucht, die mit aller Macht in ihm aufsteigende Panik im Zaum zu halten. Cool zu bleiben, während sich sein musischer Verstand verzweifelt darum bemüht, die Bedeutung seines Hierseins zu erfassen, sich über das Outfit seines Schulkameraden klar zu werden, über die Geräusche, die er gehört hat, während der langen Zeit des Wartens, und über die Plastikfolie, die noch immer um Nikolas' Gesicht gewickelt ist und die seine Züge verzerrt, verfremdet bis zur Unkenntlichkeit.

Nikolas Hrubesch grinst, als Sven Strohtes Augen schließlich an der Waffe hängen bleiben, die direkt auf sein Herz gerichtet ist. Er kennt diesen Ausdruck. Der Kaninchen-sieht-Kobra-Blick.

Es hat geklappt, frohlockt etwas tief in ihm. Mein Plan ist tatsächlich aufgegangen, und ich werde wirklich und wahrhaftig Geschichte schreiben! Dieser Idiot dort wird alles tun, was ich von ihm verlange, und wenn ich richtig Glück habe, wird er sich vorher nicht noch in die Hosen machen. Aber selbst das wäre letzten Endes nur ein ästhetisches Problem. Unter den gegebenen Umständen würde sich keine Sau darüber wundern, wenn ich mit bepissten Hosen hier rausrenne. Angst ist etwas, das alle verstehen. Und das Schlimmste, was mir blüht, sind ein paar mitleidige Blicke.

I guess I die another day!!!

Er nickt und sieht seinem Schulkameraden direkt in die noch immer merkwürdig grünlich schimmernden Augen. Dabei sind die doch eigentlich blau, oder nicht? Blaugrau, normalerweise. Aber was war schon normal, an einem Tag wie diesem?

»Raus hier!«

Sven Strohte stolpert voran, und im fahlen Licht der Notbeleuchtung kann Nikolas Hrubesch die Muskeln in seinem Nacken sehen. Zwei erstaunlich dicke, zum Zerreißen gespannte Stränge.

Dass man vom Klavierspielen solche Muskeln bekommt, denkt er verwundert.

»Da rein! Los! Mach endlich!«

Ein Umkleideraum, was sonst. Und schon wieder ist es einer für Mädchen. Fast wie ein Leitmotiv, denkt Nikolas Hrubesch, womit wir denn auch schon wieder bei der Musik wären. Wie passend! Wie komisch!

Aber der Ort, den er sich für den großen Showdown ausgesucht hat, ist tatsächlich verdammt gut gewählt. Es gibt zwei schmale Fenster hoch oben an der Wand, fast wie mittelalterliche Schießscharten. Die Fenster gehen direkt auf den Schulhof. Wenn einer von seiner Größe sich auf die Zehenspitzen stellt, kann er einen verbeulten Mülleimer und ein paar zerklüftete Baumstämme sehen. Dazu eine Fläche von der Größe eines Klassenzimmers. Hof. Laub. Asphalt. *Von dort muss der Attentäter die nahenden SEK-Beamten gesehen haben, nachdem er sich zuvor, urplötzlich ermüdet vom Töten, ins Untergeschoss geflüchtet hatte,* berichtet ein imaginärer Nachrichtensprecher in seinem Kopf. *Der Junge begreift, dass er keine Chance mehr hat, und macht der Sache selbst ein Ende. Booooom …*

»Zieh dich aus!«

Sven Strohte reagiert nicht.

Nikolas Hrubesch stutzt, als er ein fernes Geräusch wahrnimmt. Er kann es nicht zuordnen oder auch nur näher definieren, aber er weiß, dieses Geräusch bedeutet, dass seine Zeit abgelaufen ist. Ohne Sven Strohte aus den Augen zu lassen, geht er auf die wacklige Holzbank an der Wand zu und streift sich den Rucksack von den Schultern. Blind tastet er nach den Trägern, lockert die Kordel, sucht den anderen, den harmlosen, den Schülerrucksack, der ihn begleiten wird auf seinem Weg in die Unsterblichkeit. Den Rucksack mit den Brotkrümeln. Als er ihn gefunden hat, lächelt er und nimmt die Waffe noch ein Stück höher, sodass die Mündung jetzt genau zwischen Sven Strohtes Augen zielt.

»Hey, Mann, brauchst du 'ne gottverdammte Extraeinladung? Lass gefälligst endlich die Hose runter, du Arsch!«

Doch Sven Strohte macht keine Anstalten, seine Hosen fallen zu lassen.

Er lässt seine Hosen nicht fallen, und er stellt keine Fragen.

Er sinkt nicht auf die Knie, er winselt nicht um Gnade, und er fängt auch nicht an zu weinen.

Er starrt einfach nur die Mündung der Waffe an, während sich der Ausdruck seiner Augen verändert. Bemerkenswerterweise vollzieht sich die Veränderung auch farblich. Von leuchtend Katzengrün zu fiebrig glänzend Tiefschwarz.

Nikolas Hrubesch beobachtet das Wechselspiel mit einer Mischung aus Faszination und Verwunderung.

Auf Sven Strohtes hoher, schön geschwungener Stirn hat sich ein feiner Schweißfilm gebildet.

Sein Brustkorb senkt sich.

Dann holt er noch einmal, ein letztes Mal, Luft und stürzt sich mit einem Hechtsprung durch die Tür zu den angrenzenden Duschen.

Toilette 399, 3. Stock, 12:24 Uhr

Die Stille hat bereits seit einer halben Ewigkeit Bestand, als sie sich endlich aus ihrem Versteck wagt. Zunächst hat sie nur die Finger aus den Ohren genommen. Den Kopf gehoben. Gelauscht. Wieder gelauscht. Genau wie vorhin. Genau wie beim ersten Mal. Aber jetzt sind da entfernte Geräusche. Andere Geräusche.

Autos?

Ein Hubschrauber?

Miranda Kerr blickt auf die Uhr an ihrem Handgelenk, und als es ihr endlich gelingt, zu verstehen, was die Zahlen bedeuten, die vor ihren Augen flimmern, erkennt sie, dass sie schon seit beinahe einer halben Stunde auf diesen verdammten Kacheln liegt. Eine halbe Stunde! Ist das jetzt lange genug?

Zu lange?

Seit wann ist es schon still da draußen?

Sie nimmt all ihren Mut zusammen und beginnt zu kriechen. Bäuchlings, trotz ihrer Masse. Der Wasserhahn im Vorraum läuft noch immer, und Miranda Kerr fragt sich, wie viele Liter seither dort im Ausguss versickert sein mögen. Davongeflossen. Vergeudet. Passé.

Ihr ist kalt. Ziemlich kalt sogar. Die Kälte macht es noch schwerer, sich zu bewegen. Zu kriechen. Über die Kacheln, die mit einem Mal so unerträglich nach Desinfektionsmittel stinken, dass sie es kaum aushält. Aber sie beißt die Zähne zusammen und zieht sich am Rand des Waschbeckens hoch. Direkt neben dem gurgelnden Wasserhahn kommt sie auf die Beine, hölzern, wacklig. Ihr ist, als ob sie das Stehen erst wieder lernen müsste. Den aufrechten Gang. Verkürzte Evolution.

Sie überlegt, wann Angela Lukosch es gewagt haben mag, zu gehen. Und wohin. Wägt ab, was sie selbst nun tun soll. Welche Möglichkeiten sie hat in einer Situation wie dieser. Welche Optionen.

Es könnte gefährlich sein, diese Toilette zu verlassen …

Es könnte gefährlich sein, diese Toilette *nicht* zu verlassen …

Und Miranda Kerr entscheidet sich dafür, zu gehen. Zumindest bis zur Tür. Mit wild klopfendem Herzen schiebt sie den Kopf um die Ecke. Riskiert den Blick auf den Flur. Ins Ungewisse. Dort liegt etwas auf dem Boden. Gleich rechts. Neben dem Türrahmen.

Ist das etwa …?

Großer Gott!

Sie vergisst alle Vorsicht und fällt auf die Knie. Schon wieder die Knie. Müssten die ihr nicht eigentlich langsam mal wehtun? Ihre Fingerspitzen berühren Angela Lukoschs Hals. Er ist warm. Noch warm. Lebendig. Oder nicht? Miranda Kerr sucht nach dem Puls, aber sie findet keinen. Aus Angels Mundwinkel rinnt Blut. Ein dünnes, hellrotes Rinnsal, das mit jeder Sekunde, die vergeht, schwächer zu werden scheint. Oder rinnt dieses Blut schon längst nicht mehr? Warum, um alles in der Welt, kann sie nicht deuten, was sie sieht? Warum begreift ihr Verstand, der sonst so schnell ist, ausgerechnet in dieser Situation so gottverdammt langsam?

Die Fahrschule, denkt sie. Lebensrettende Sofortmaßnahmen. Wie ist das noch gleich gewesen? Sie hatten sich zu zweit zusammentun müssen, nachdem ein paar Auserwählte vor aller Augen an einem Dummy demonstriert hatten, worauf es ankam. Ihr Partner war ein blasser Junge gewesen, kaum einen Meter siebzig groß und im Gesicht ganz glatt, fast wie ein Fünfjähriger. Miranda Kerr nickt leise vor sich hin. Er hatte nach Kaugummi oder Zahncreme gerochen, dieser Junge, dessen Namen sie vergessen hat, und sie hatte sich gewundert, dass einer wie er überhaupt schon alt genug war, um seinen Führerschein zu machen.

Sie schluckt und reißt den Blick von Angela Lukoschs Hals los. Von der zarten Haut, die von keinem Pulsschlag bewegt wird.

Denk nach, denk nach, denk nach!

Der Punkt, an dem sich die Rippen teilen, und von dort drei Fingerbreit nach oben! Oder waren es fünf gewesen? Miranda Kerr fühlt, wie sie auf einmal wieder zu schwitzen beginnt. Dicke, kalte Tropfen quellen aus der Haut unter ihrem Haaransatz und laufen quer über ihr Gesicht bis zum Kinn. Sie schmeckt Salz, während sich ihre zitternden Hände an der Wölbung von Angelas Rippenbögen hinauftasten. Wie viele verdammte Fingerbreit bis zum Herzen?

Sie entscheidet sich für drei und fängt an zu pumpen. Fünfmal. Zehnmal. Dann zögert sie, aber nur ganz kurz, bevor sie Angela Lukosch die Nase zuhält und ihr einen Schwall Atemluft zwischen die ehemals sorgfältig geschminkten Lippen bläst. Angels Brustkorb hebt sich, und Miranda Kerr wiederholt die Prozedur, wobei sie sich zwingen muss, nicht an das Blut zu denken, das Angela Lukoschs Mund verschmiert. Und an das Kotzen, das dem Massaker vorausgegangen ist.

Sie ist ein dreckiges Flittchen, flüstert eine Stimme tief in ihr. Sie hält sich für die Schönste und treibt es mit jedem Kerl, den sie kriegen kann. Bist du denn wirklich so naiv, dir einzureden, dass sie vorsichtig ist? Dass sie ein Gummi benutzt? Jedes verdammte Mal? Was machst du, wenn diese blöde Kuh dir jetzt auch noch Aids anhängt? Sie hat dich gequält, jeden Tag aufs Neue. Zählt das etwa gar nichts? Ist denn das alles so schnell vergessen? Lass sie doch einfach hier liegen, die Schlampe! Mach endlich, dass du hier rauskommst, und lass sie verrecken!

LASS DIESE GOTTVERDAMMTE SCHLAMPE VERRECKEN!

Miranda Kerr richtet sich auf. Mit dem Ärmel ihres T-Shirts wischt sie sich den Schweiß von der Stirn, der mit unverminderter Intensität aus ihren Poren tropft. Sie sieht Angela Lukoschs Gesicht an, das schön und leblos wirkt wie das einer Puppe. Ihre Augen wandern über die kajalumrandeten Lider, die geschlossen sind, fast so, als habe sich Angela Lukosch an diesem seltsamen Ort zu einem Nickerchen entschlossen. Mitten im Chaos. Mitten im Inferno einer Katastrophe, über die Miranda Kerr noch immer nicht viel mehr sagen kann, als dass sie ein enormes Ausmaß haben muss. Angels halb geöffneter Mund klafft ihr entgegen, und für einen flüchtigen Moment berührt Miranda Kerr ihre eigenen Lippen, die blutig sind von Angels Blut. Sie denkt an die karierten Zettel in ihrem Mathematikheft. An die Kuhtitten. An all die Michelinmännchen, die in den vergangenen Monaten auf sie niedergeprasselt sind. Sie denkt an Gelächter, verstummende Gespräche, an gnadenlose, grausame, nicht enden wollende Schikanen. Und an den unscheinbaren Herrn Dorf aus dem Film *Holocaust* …

Dann pumpt sie weiter.

Sie hat panische Angst, Angela Lukosch die Rippen zu brechen, weil die sich so zart anfühlen, so seltsam verwundbar, und weil sie mal irgendwo gehört hat, dass so etwas ziemlich leicht passieren kann. Und dass dann die Gefahr besteht, dass sich Teile der abgebrochenen Knochen in die Lunge bohren. Aber sie hört nicht auf. Sie presst ihre Lippen auf Angels Lippen. Ignoriert die Schwärze hinter ihrer Stirn, die mit jedem Atemzug, den sie tut, tiefer wird. Und pumpt.

Sie pumpt, pumpt, pumpt, so lange, bis die Sanitäter sie mit Gewalt von Angela Lukoschs Leiche wegzerren.

5 Verhoeven wischte sich mit dem Ärmel seines Hemdes über die schweißnasse Stirn und rammte den Spaten in den lehmigen Boden vor sich. Wer konnte denn aber auch ahnen, dass die lockere Humusschicht, in die sich so wunderbar mühelos Löcher für Rosen graben ließen, gerade einmal zwanzig Zentimeter tief reichte?

Was darunterlag, schien aus einer überaus unfreundlichen Mischung aus Kies und Lehm zu bestehen und widersetzte sich jedem einzelnen seiner Spatenstiche auf das Heftigste, sodass er nur schleppend vorankam. Immerhin war es ihm in den vergangenen Stunden gelungen, die Flachwasserzone fertigzustellen und knapp ein Drittel jener Mulde auszuheben, die die tiefste Stelle bilden sollte. Den Plan, wonach diese im Durchschnitt rund einen Meter tiefer als die flacheren Bereiche des Teiches werden sollte, hatte er bereits aufgegeben, und inzwischen dachte er ernsthaft darüber nach, die Flachwasserzone über die gesamte Fläche des Sees auszudehnen, der dann freilich eher den Namen Lache verdient haben würde, wie ihm schmerzlich bewusst war. Und schmerzlich gleich im doppelten Sinn, denn sein Rücken fühlte sich an, als habe er gänzlich untrainiert an einem Ironman-Wettkampf teilgenommen.

Er seufzte und wollte gerade wieder nach dem Spaten greifen, als er seine Tochter hörte. Nach einem chaotischen und überdies viel zu kurzen Frühstück hatte er Silvie gebeten, Nina an diesem Tag ausnahmsweise vorzeitig zum gemeinsamen Mittagessen aus dem Kindergarten zu holen, damit sie einen Teil der verlorenen Zeit nachholen konnten, und obwohl seine Frau ansonsten nur sehr schwer für derartige Extrawürste zu begeistern war, hatte sie offenbar Wort gehalten. Verhoeven hörte Ninas lautes, erstaunlich sonores Lachen im Wohnzimmer hinter der geöffneten Terrassentür, und wenige Augenblicke später kam sie auch schon über den etwas zu lang gewachsenen Rasen gesprungen. Sie hielt eine Flasche mit Wasser in den Händen und sprühte förmlich vor Energie und Tatkraft. Doch zu Verhoevens größtem Bedauern war sie nicht allein …

»Guten Tag, Dominik«, sagte er, als die beiden Kinder das imaginäre Ufer seines Libellen-Befreiungs-Teichs erreicht hatten.

Der Angesprochene verzog sein Mondgesicht zu einem freundlichen Lächeln. »Hi, Mister Verhoeven.«

Die Anrede des Jungen legte nahe, dass seine Eltern die Frage, inwieweit Englischunterricht im Vorschulalter eine unwiederbringliche Chance auf spätere kosmopolitische Höhenflüge oder doch eher eine dem allgemeinen Bildungswahn geschuldete Schnapsidee darstellte, bereits zugunsten der ersteren Alternative beantwortet hatten, aber Verhoeven hatte noch gut die energischen Worte im Ohr, mit denen sich Theophila und Adrian Rieß-Semper gegen eine »nicht hinnehmbare Überforderung« ihres Sohnes ausgesprochen hatten, weshalb er Dominiks anglophile Begrüßung eher einer heimlich angeschauten amerikanischen Krimiserie zuschrieb als einem grundlegenden Sinneswandel der ökologisch-kritischen Sempers. Wenigstens nennt er mich nicht mehr »Mister Bulle«, befand er schicksalsergeben, indem er Mr. Rieß-Sempers helle, himmelblaue Augen fixierte.

»Und?«, fragte er. »Wie geht es dir so?«

»Gut«, entgegnete der Junge höflich. »Und Ihnen?«

Dieser Kerl ist aalglatt mit seinen fünf Lenzen, dachte Verhoeven. Ein echter Small-Talk-Künstler! Er überlegte, was er sagen konnte, um Ninas kleinen Kavalier zumindest rhetorisch in angemessene, fünfjährige Schranken zu verweisen, doch dann besann er sich auf die eindringliche Mahnung seiner Frau, er habe Ninas Wahl im Hinblick auf ihre Freunde zu akzeptieren, wie auch immer seine persönlichen Vorlieben aussehen mochten, und er antwortete ebenso höflich: »Danke, ausgezeichnet.«

»Mama sagt, dass wir dir das bringen sollen«, erklärte Nina, indem sie ihrem Vater die Wasserflasche entgegenstreckte. »Weil du sonst verdurstest.«

»Danke, Schatz.« Verhoeven nahm die Flasche und trank einen Schluck, während Dominik Rieß-Semper sein beträchtliches Gewicht von einem runden Beinchen auf das andere verlagerte. Er trug einen marineblauen Matrosenpullover zu seinen Jeans, in dem er wie eine als Seemann verkleidete Putte aussah.

»Ihre Hose ist dreckig.«

Verhoeven blickte an sich hinunter und stellte fest, dass die Bemerkung des Jungen maßlos untertrieben war und somit vermutlich einen primitiven Versuch männlicher Verbrüderungstaktik darstellen sollte. »Tja«, entgegnete er mit einem unmotivierten Augenzwinkern, »das macht wahrscheinlich der Matsch, in dem ich hier seit knapp vier Stunden stehe.«

»Er baut einen Teich«, verkündete Nina, und Dominiks Miene ließ keinerlei Zweifel daran, dass er mit dieser Tatsache bereits hinreichend vertraut war. »Da kommen dann ganz viele Fische rein und Libellen und Frösche und all so 'n Zeug. Und im Sommer können wir Tretboot fahren und …«

»So groß wird der Teich nicht, Schatz«, bemühte sich Verhoeven wie schon beim Frühstück, die Erwartungen seiner Tochter wieder ein paar Grade herunterzuschrauben.

Natürlich nicht, schien Dominiks spöttischer Blick zu sagen. *Woher denn auch?!*

Verhoeven kniff die Augen zusammen und ließ die Wasserflasche sinken. »Im Übrigen wäre Tretbootfahren in einem Privatgarten auch gar nicht erlaubt«, setzte er hinzu, getrieben von dem gänzlich irrationalen Wunsch, sich vor dem Freund seiner Tochter zu rechtfertigen. Einem Freund, wohlgemerkt, der fünf Jahre alt war. Der dick war. Und der es trotzdem immer wieder schaffte, dass er, sechsunddreißig Jahre reif und Kriminalbeamter des gehobenen nicht technischen Dienstes, sich komplett zum Idioten machte. »Es gibt Verordnungen gegen so etwas, wisst ihr?«

»Verordnungen gegen Tretbootfahren?«, hakte Nina ungläubig nach.

»In Privatgärten«, stammelte Verhoeven, wobei er inständig hoffte, dass seine Frau sie nicht hören konnte. »Das ist nämlich etwas anderes als offenes Wasser … Ihr wisst schon, Flüsse und so.«

»Schade«, maulte Nina, doch die professionell anmutende Nonsens-Erklärung ihres Vaters hatte ihr für den Augenblick allen Wind aus den Segeln genommen, und selbst Mister Besserwisser-Semper schien ernsthaft beeindruckt zu sein.

Beschämt griff Verhoeven wieder nach seinem Spaten.

»Dürfen wir dir helfen?«, wollte seine Tochter indessen mit wiedererwachendem Eifer wissen.

Verhoevens Blick suchte ihren kleinen Kavalier, den die Aussicht auf eine Runde schweißtreibenden Grabens im Garten seiner Freundin nicht gerade glücklich zu machen schien, und nickte. »Sicher. Warum nicht?«

»Au prima!« Nina klatschte begeistert in die Hände. »Wo ist meine Schaufel?«

»Welche?«

Sie verdrehte die großen Augen, die sie von ihrer Mutter geerbt hatte. Bloß dass ihre braun waren. Nicht blau. »Na, die vom Strand natürlich.«

»Im Schuppen, glaube ich.«

»Ich hole sie«, rief sie und stürmte davon.

»Und was ist mit dir?«, wandte sich Verhoeven an Mister Small-Talk-Semper, kaum dass seine Tochter außer Hörweite war. »Guckst du nur zu, oder nimmst du meinen Spaten?«

Dominik stand ganz still, während sein rundes Gesicht röter und röter wurde.

»War 'n Scherz«, grinste Verhoeven, indem er den Spaten provozierend kraftvoll aus dem zähen Boden riss und ihn elegant von einer Hand in die andere gleiten ließ. »Tja, ich schätze, in so ein Gerät musst du erst noch ein bisschen reinwachsen, was?«

»Ich hab neue Hosen an«, entgegnete Dominik, der sich inzwischen gefangen hatte, würdevoll. »Und wenn ich die dreckich mach, schimpft meine Mum.« Er stutzte und drehte sich zu Silvie Verhoeven um, die in diesem Augenblick, begleitet von ihrer Tochter, über den Rasen kam und seine letzten Worte aufgeschnappt hatte.

»Worüber schimpft deine Mutter?«, fragte sie, indem sie Dominik fürsorglich eine Hand auf die zartrunden Schultern legte.

»Na, dann vielleicht ein andermal«, sagte Verhoeven eilig, doch er hatte die Rechnung ohne Mister Naseweis-Sempers Spitzfindigkeit gemacht.

»Ich darf mich leider nich dreckich machen, weil ich eine ganz neue Hose anhabe«, wiederholte der Junge mit diesem unwiderstehlich unschuldigen Engelslächeln, das zu Verhoevens Leidwesen trotz seiner offenkundigen Albernheit seine Wirkung selbst auf die ansonsten eher nüchterne Silvie nicht zu verfehlen schien. »Sonst würd ich schon den See für Sie baun.«

Silvie Verhoeven starrte ihren Mann an. »Du hast doch das Kind nicht etwa um Hilfe gebeten?«, erkundigte sie sich entsetzt. »Ich meine, dieser verdammte Boden hier hinten ist steiniger als die Wüste Gobi und …«

»Aaaaach, das is schon okay«, versicherte Dominik Charme-Semper, bevor Verhoeven Gelegenheit zu einer wie auch immer gearteten Verteidigung hatte. »Ich würd Ihrem Mann echt gern helfen, bloß darf ich mich eben nich dreckich machen.«

»Das ist wirklich lieb von dir, Schatz«, entgegnete Silvie mechanisch, während sie dem Jungen flüchtig über das dichte Blondhaar strich und ihrem Mann einen unverhohlen tadelnden Blick zuwarf. »Aber glaub mir, Herr Verhoeven kommt wunderbar allein zurecht.«

Na sicher doch, das sieht man ja!, sagte Dominiks Blick, der noch dazu unverschämt lange an der mehr als erbärmlichen Flachwasserzone hängen blieb.

»Wie wäre es denn jetzt mit einem ganz und gar unvernünftigen Eis vor dem Essen, während ich koche und Papa seiner Vision von einer humiden Oase Gestalt verleiht?«, fragte Silvie, mehr an ihre Tochter als an Dominik gewandt, der bereits eifrig nickte.

Ninas Finger spielten unschlüssig am Griff ihrer Kinderschaufel.

»Na los, geh schon«, ermunterte Verhoeven sie mit einem Lächeln, das ihm selbst ein wenig gezwungen vorkam. »Du kannst mir genauso gut ein anderes Mal helfen.«

In ihrem Gesicht fochten das Verlangen nach einem Eis und das Gefühl, ihren Vater allein zu lassen, einen heftigen Kampf aus, doch nachdem Verhoeven seiner Prinzessin erneut versichert hatte, dass er wunderbar allein zurechtkomme, sprang sie glücklich davon.

»Was ist eine humiede Aase?«, hörte er sie fragen, kurz bevor Silvie mit den beiden Kindern im Haus verschwunden war, und er dachte, dass es genau diese Art von Frage war, die seine Frau zweifelsohne verdiente.

6

»Ich sitze übrigens noch immer hier draußen vor deiner Tür, falls es dich interessiert«, verkündete Hermann-Joseph Lübke bereits zum dritten Mal innerhalb der letzten Dreiviertelstunde. »Ich sitze hier draußen und friere und möchte reden.«

Aber ich nicht, dachte Winnie Heller, die ebenfalls reichlich unbequem auf dem Boden unter der Gegensprechanlage kauerte. Ich will nicht reden. Ich will nicht pokern. Ich will einfach nur meine Ruhe, warum kapierst du das nicht?

»'ne schöne Tasse Kaffee wär im Übrigen auch keine schlechte Idee«, fuhr Lübke vor ihrer Tür unbeirrt fort. »Aber ich glaube, das sagte ich bereits. Und auch die Sache mit dem Zucker, wenn ich nicht irre. Aber ich kann's auch gern noch mal wiederholen, falls es dir entfallen sein sollte.«

Winnie Heller schenkte dem Sperrholz der Tür ein sarkastisches Lächeln. Wie könnte ich das vergessen!, dachte sie. Schließlich hast du in den vergangenen fünfundvierzig Minuten kaum etwas anderes getan, als mich wieder und wieder auf deine ungesunden Vorlieben hinzuweisen!

»Angesichts der Uhrzeit hätte ich auch nichts dagegen, wenn du mir 'ne Kleinigkeit kochen würdest«, schlug Lübke unterdessen mit hoffnungsfroher Stimme vor. »Na, was meinst du? Es müsste auch gar nichts Weltbewegendes sein, ich bin ziemlich anspruchslos, was mein Mittagessen angeht, und du weißt ja selbst, welchen Fraß sie uns in der Kantine vorsetzen. Wenn du also 'n paar Würstchen dahättest, die du mir aufbraten könntest …«

Gütiger Himmel! Dieser Mann redete und redete …

»Vielleicht noch 'n bisschen Senf dazu, und ich bin der glücklichste Mann auf der Welt. Oder … Hey, wie wär's mit Spiegeleiern? Ich esse meine gerne gut durch, aber … Sag mal, kannst du überhaupt kochen?« Er machte eine Pause, offenbar, um ihr Gelegenheit zum Antworten zu geben. Als sie schwieg, fuhr er fort: »Na ja, macht ja nichts. Ich meine, es gibt heutzutage viele Frauen, die nicht viel mehr als die Mikrowelle bedienen können, und ich bin ja auch nicht komplett hilflos oder so. Ich meine, ich sehe schon, wo ich bleibe, und was Einfaches bekomme ich zur Not auch ganz ohne weibliche Hilfe hin. Dazu müsste ich allerdings an deinen Herd …« Pause. »Selbstverständlich könnte ich auch einfach drauflosquatschen. Ohne Essen und von hier aus, meine ich. Du weißt schon, meine Motive erläutern, 'n bisschen Small Talk machen, um die Atmosphäre aufzulockern. So richtig wie aus 'm Lehrbuch, verstehst du? Aber ich bin nun mal ein diskreter Mensch und versuche, Rücksicht zu nehmen auf deine Nachbarn, die sich vielleicht befremdet fühlen, wenn sich zwei Bullen so direkt vor ihrer Nase über Gott und die Welt austauschen und …« Er unterbrach sich und hustete eine Weile laut vor sich hin.

Winnie Heller schüttelte den Kopf. Es war ihr noch immer nicht gelungen, herauszufinden, ob dieser Husten, der Lübke so oft plagte, ein Indiz für Nervosität war oder vielleicht doch eine körperliche Ursache hatte, aber wenn sie ehrlich war, tippte sie auf die letztere Möglichkeit. Lübke lebte nicht gerade gesund, er trieb keinen Sport, rauchte beim Pokern irgendwelche stinkenden Zigarillos, die sie nicht ausstehen konnte, und war überdies auch einem guten Tropfen nicht grundsätzlich abgeneigt. Dazu hatte er etliche Kilos zu viel auf den Rippen und trank Unmengen an Bohnenkaffee, wenn er arbeitete. Jede einzelne Tasse mit drei Stück Würfelzucker darin ...

»Wie ich bereits sagte, nehme ich Rücksicht«, wiederholte er, als sein Hustenanfall verebbt war, und Winnie Heller versuchte vergeblich, sich ein Röntgenbild seiner Herzkranzgefäße vorzustellen. »Aber, verdammt noch mal, Mädchen, allmählich schlafen mir hier wirklich die Füße ein! Außerdem zieht es in diesem Treppenhaus wie Hechtsuppe, und wenn ich mich erkälte, hilft es uns auch nicht wei...« Er unterbrach sich erneut. »Scheiße noch mal, aber doch nicht ausgerechnet jetzt!«, hörte Winnie Heller ihn kurz darauf fluchen. Dann nahm sie ein Keuchen wahr, als Lübke mit der gewohnten Mühe auf die Beine kam. »Hör zu, Mädchen, wenn du da drin bist«, sagte er so dicht am Holz der Tür, dass sie erschreckt die Beine an den Körper zog. »Ich werd' gerade angepiepst. Scheint was Eiliges zu sein. Also ...« Sie lauschte in die Stille, während Lübke nach Worten suchte. »Na, wie auch immer, ich muss jetzt los«, brummte er, als er keine fand. Zumindest keine, die irgendwas erklärten. »Ich melde mich, okay?«

Dann hörte sie seine schweren Schritte die Treppe hinabpoltern.

7

»Hendrik!«

Verhoeven, den auch mehr als zwei Stunden nach dem Mittagessen noch immer die Frage umtrieb, wie um alles in der Welt seine Frau auf die Schnapsidee verfallen war, Dominik Rieß-Semper ausgerechnet an seinem ersten freien Tag seit Wochen auf eine Portion Cannelloni al Forno – zu allem Überfluss auch noch eins seiner ausgemachten Leibgerichte – einzuladen, hob den Kopf. Etwas an Silvies Tonfall war anders als sonst, ungewohnt. Und … Ja, irgendwie alarmierend. »Was ist passiert?«

»Komm rein und sieh dir das an!«, rief sie quer über den Rasen, und selbst auf die Entfernung glaubte er zu sehen, dass sie außergewöhnlich blass war. »Sofort!«

»Was denn?«

Sie antwortete nicht, sondern war bereits wieder im Haus verschwunden, aber Verhoeven kannte seine Frau gut genug, um keine Sekunde länger zu zögern. Er ließ den Spaten genau an der Stelle fallen, an der irgendwann einmal ein kleiner Steg als Beobachtungspunkt für Gold- und sonstige Fische ins Wasser ragen sollte, und rannte zur weit geöffneten Terrassentür hinüber.

»Ich bin hier«, rief Silvie, als sie ihn hörte.

Verhoeven streifte die schlammigen Schuhe von den Füßen und rannte weiter.

In der Küche lief der Fernseher, was nicht ungewöhnlich war. Silvie schaltete ihn oft ein, wenn sie das Essen vorbereitete oder den Abwasch erledigte. Jetzt allerdings tat sie nichts dergleichen, sondern starrte wie gebannt auf den Bildschirm.

»Sieh dir das an«, wiederholte sie, wobei sie in einer hilflosen Geste auf den Apparat deutete, der mittels einer Halterung an der Wand angebracht war.

Verhoeven folgte der Aufforderung seiner Frau, und das Erste, was er registrierte, war Blut. Menschen, die verletzt waren. Er trat einen Schritt zurück und lehnte sich gegen den Stuhl, auf dem erst vor rund zwei Stunden Dominik Rieß-Semper gesessen und mit großem Appetit eine mehr als üppige Portion Cannelloni verschlungen hatte. Silvie hatte einen Nachrichtensender eingeschaltet. Verwackelte Aufnahmen von flüchtenden Kindern wechselten sich mit dem Standbild eines Gebäudes ab, das Verhoeven auf den ersten Blick nicht näher zuordnen konnte. Dazwischen folgten immer wieder kurze Sequenzen, die ankommende Einsatzfahrzeuge und Rettungswagen zeigten. AMOKLAUF AN WIESBADENER GYMNASIUM, las er in den rot unterlegten Breaking News, die am unteren Bildrand entlangliefen. MASKIERTER ATTENTÄTER DRINGT SCHWER BEWAFFNET IN HESSISCHE SCHULE EIN *** WIDERSPRÜCHLICHE ANGABEN ZUR ANZAHL DER OPFER *** MINDESTENS ACHT TOTE BEFÜRCHTET *** OFFENBAR KEINE FORDERUNGEN DES ATTENTÄTERS *** AUGENZEUGEN SPRECHEN VON WILDER SCHIESSEREI *** SCHULGELÄNDE WEITRÄUMIG ABGESPERRT *** LAGE VOR ORT WEITER UNKLAR *** SCHWERVERLETZTE MIT RETTUNGSHUBSCHRAUBERN IN DIE UMLIEGENDEN KRANKENHÄUSER TRANSPORTIERT *** POLIZEI-HOTLINE FÜR ANGEHÖRIGE: 0611 …

»Mein Gott!«, stieß Verhoeven hervor, während sein Blick einmal mehr an der Fassade des Clemens-Brentano-Gymnasiums hängen blieb. Er erinnerte sich auf einmal, dass er das Gebäude vom Vorbeifahren kannte. Allerdings schien das, was er jetzt sah, die Rückfront zu sein. Seine Augen erfassten eine Turnhalle mit hohen Fenstern. Ein paar imposante alte Kastanienbäume auf einem leer gefegten Schulhof. Dazu eine Reihe von Scheiben, in denen sich gleißendes Sonnenlicht spiegelte. Dasselbe Sonnenlicht, das sich nur ein paar Meter entfernt mit milder Septemberwärme über die Terrasse ergoss. Dann zoomte die Kamera ein Stück näher an das Gebäude heran. Aus einem der oberen Stockwerke schneite Papier herab. Weiße Schnipsel rieselten langsam zu Boden wie unförmige Schneeflocken. Ihr Fallen hatte kein Geräusch und wirkte seltsam irreal, vielleicht, weil der gesamte Vorgang sein eigenes Tempo zu haben schien. LIVE, stand in der linken oberen Ecke, und vor Verhoevens innerem Auge blitzte ein Bild auf. Das Gutenberg-Gymnasium in Erfurt. Im Fenster ein Schild, ein Fetzen Papier, aus einem Schulheft gerissen, ein improvisierter, verzweifelter Hilferuf. Er schüttelte fassungslos den Kopf, während sich ein überforderter Moderator aus dem Off darum bemühte, zu kommentieren, was er sah. *Ich bin jetzt telefonisch verbunden mit meinem Kollegen …*

»Warum schon wieder?«, fragte Silvie mit belegter Stimme.

Verhoeven antwortete nicht. Er hatte nicht das Gefühl, dass

es so etwas wie eine Erklärung geben konnte für das, was da vor ihren Augen geschah.

»Erfurt, Littleton ...« Seine Frau schluckte. »Und Blacksburg ist doch noch nicht einmal ein halbes Jahr her. Ich meine, was treibt diese Kinder bloß dazu, loszuziehen und alles über den Haufen zu schießen, was bis dahin zu ihrem Leben gehört hat? Was muss passieren, damit ...« Sie unterbrach sich und blickte an ihm vorbei. Auf ihrem Gesicht lag eine tiefe Bestürzung.

Verhoeven drehte sich um und sah seine Tochter in der Tür stehen, die großen braunen Augen angstvoll geweitet. Neben ihr presste sich Dominik Rieß-Semper voller Entsetzen eine Hand auf den zu einem stummen Schrei geöffneten Mund. Die Blicke der beiden Kinder waren auf den Bildschirm gerichtet, über den soeben wieder Sequenzen von flüchtenden, kreischenden und blutenden Schülern flimmerten, die irgendein Techniker zusammen mit den Aufnahmen ankommender Polizei- und Einsatzfahrzeuge und ein paar ersten O-Tönen zu einer Endlosschleife zusammengeschnitten hatte, die nur sporadisch von Live-Bildern des weiträumig abgeriegelten Schulgeländes unterbrochen wurde. In einem kleinen Ausschnitt am Bildrand rangen unterdessen zwei eiligst herbeizitierte Experten für Jugendkriminalität unter der Anleitung eines betroffen dreinblickenden Moderators um eine wie auch immer geartete Analyse des Geschehens.

»Was passiert da, Papa?«, fragte Nina mit brüchiger Stimme, während ihre Mutter nun auch endlich die Fernbedienung zu fassen kriegte und den Fernseher ausschaltete. »Warum sind diese Kinder verletzt?«

Verhoeven tauschte einen Blick mit seiner Frau und empfand eine seltsame Mischung aus Schuld und Erleichterung, als just in diesem unbequemen Augenblick sein Handy zu klingeln begann.

8 Winnie Heller verspürte ein leichtes Schwindelgefühl, als sie sich langsam und mit gesenktem Kopf jener Stelle näherte, an der sie in der vergangenen Nacht so knapp einer Katastrophe entronnen war. Einer noch größeren Katastrophe, korrigierte sie sich in Gedanken und fasste nach ihrer Schulter. Diese Schürfwunden schmerzten wie die Hölle, aber vielleicht empfand sie den Schmerz auch nur deshalb so über Gebühr stark, weil sie einfach nicht akzeptieren konnte, was da gestern Abend mit ihr geschehen war. Eigentlich war es ja nicht einmal der Überfall selbst, der sie quälte, die Schrammen und Blutergüsse, die er ihr beigebracht hatte, sondern ihre eigene Unfähigkeit. Die Passivität, mit der sie die Gewalt dieses Fremden über sich ergehen lassen hatte. Die Enttäuschung darüber, dass sie sich nicht aus eigener Kraft hatte helfen können.

Ihre Augen glitten zwischen den parkenden Autos hin und her. Nach Lübkes Abgang hatte sie es zu Hause nicht länger ausgehalten und beschlossen, nach den restlichen drei Knöpfen ihrer Bluse zu suchen. Sie musste sie unbedingt finden, diese Knöpfe, vor allem, weil sie nicht wollte, dass etwas von ihr hier zurückblieb. Etwas, das eine Verbindung herstellte zwischen ihr und diesem entsetzlichen Ort. Während sie weiterging, dachte sie an einen Jungen, den sie gekannt hatte. Im Kindergarten war das gewesen. Dieser Junge, Stefan, hatte einen Vater gehabt, der gewalttätig gewesen war, aber das hatte sie erst viel später erfahren. Für sie war er einfach der Junge gewesen, der für die blauen Flecke an ihren Armen verantwortlich war. Und für die Bauchschmerzen, die sie gequält hatten, jeden Morgen aufs Neue. Ihre Mutter hingegen hatte ihr erklärt, dass Kindergarten etwas sei, das man über sich ergehen lassen müsse, von wegen der Sozialisation und so, und als das nichts geholfen hatte, war sie einmal mitgegangen und hatte mit einer der Kindergärtnerinnen gesprochen. Aber geändert hatte sich nichts. Es war erst in Ordnung gekommen, als Stefan eines Morgens von seinem Vater abgeholt worden und nie wieder zurückgekommen war. Winnie Heller pustete sich ein paar Ponyfransen aus dem Gesicht und überlegte, wie Stefan mit Nachnamen geheißen hatte, aber es wollte ihr nicht einfallen. Vier war ein Alter, in dem es noch keine Rolle spielte, wie einer weiter hieß. Oder was für eine Familie er hatte. Merkwürdig nur, dass sie sich ausgerechnet jetzt wieder an Stefan erinnerte, nachdem er jahrelang aus ihrem Bewusstsein verschwunden war. Vielleicht, weil sie gerade zum zweiten Mal erfahren hatte, wie es war, wenn man sich nicht wehren konnte.

Sie sah nach oben und suchte nach den Blättern, die über ihr gewesen waren, als sie auf dem kalten Boden gelegen und um Atem gerungen hatte. Die lackierten Blätter, in denen der laue Westwind gespielt hatte, und die anderen, die schwarzen. Aber jetzt, bei Tageslicht, wirkte alles so anders. So fremd. Winnie Heller seufzte. Wie am Abend zuvor versuchte sie, sich an der hölzernen Plakatwand zu orientieren, deren Vorderseite zur Straße zeigte. Nach rechts, dachte sie, ohne genau zu wissen, warum, die Stelle, die ich suche, liegt rechts von mir.

Sie richtete den Blick wieder auf den Boden und ging zögerlich weiter. Unter ihren Sohlen knirschte Schotter, irgendein dunkler Split, genau wie der, der nach dem Überfall an ihrer Haut geklebt hatte. Also war sie auf dem richtigen Weg, oder?

Sie sah sich um.

Weiter zur Straße hin schien die Asphaltdecke des Parkplatzes neuer zu sein. Intakter. Sie nickte und fühlte, dass sie beinahe am Ziel war. Desto größer war ihr Schreck, als sie unvermittelt den Vibrationsalarm ihres Handys an ihrem Körper fühlte. Mit einem mulmigen Gefühl in der Magengegend zog sie das Gerät aus der Tasche. Wahrscheinlich hatte Lübke die Sache, wegen der er von ihrer Wohnungstür abberufen worden war, inzwischen erledigt, und der Terror begann von neuem. Wie unerträglich hartnäckig dieser Mensch doch sein konnte! Sie wollte das Gespräch schon wegdrücken, als ihr Blick auf die Nummer fiel, die das Display anzeigte.

»Ja, Heller hier«, meldete sie sich, nachdem sie hastig auf die Taste mit dem grünen Hörer gedrückt hatte, bevor ihre Mailbox den Job übernehmen konnte. »Was gibt's?«

»Haben Sie heute Vormittag schon mal Nachrichten gehört?«, erkundigte sich Verhoeven anstelle einer Antwort.

»Nein«, entgegnete sie, und im Stillen fügte sie hinzu: Tut mir leid, Boss, aber ich hatte wahrlich andere Sorgen, als zu Hause vor dem Fernseher zu hängen und mir die neuesten weltpolitischen Irrungen und Wirrungen zu Gemüte zu führen, sorry!

»Okay«, sagte Verhoeven, und an den Geräuschen, die ihn umgaben, erkannte sie, dass er von unterwegs aus telefonierte. Nicht von seinem heiligen Zuhause, das ein Tempel der Ruhe und des Friedens zu sein schien und das er penibel sauber hielt.

Winnie Heller hatte in den Monaten ihrer Zusammenarbeit sehr wohl registriert, dass ihr Vorgesetzter niemals irgendetwas, das ihn an die Schattenseiten ihres Berufes erinnerte, mit nach Hause nahm. Keine Tatortfotos, keine Berichte von Misshandlungen, Verstümmelungen, Qualen. Nichts dergleichen. Dafür trug er ein Foto von Frau und Tochter im Sichtfenster seiner Brieftasche spazieren. Familiärer Hochglanz.

»Sind Sie zufällig in der Nähe eines Fernsehers?«, fragte er jetzt.

Winnie Heller schenkte den parkenden Autos ringsum ein sarkastisches Lächeln. »Nicht so direkt. Warum?«

»Das erkläre ich Ihnen, wenn Sie im Präsidium sind«, entgegnete ihr Vorgesetzter, und seine Stimme klang irgendwie atemlos. »Wie schnell können Sie dort sein?«

»Ich schätze, in einer Viertelstunde, wenn ich Glück habe«, antwortete sie mit wachsender Neugier. Worüber regte sich Mister Perfect so auf? Und wohin war Lübke so Knall auf Fall abberufen worden?

»Prima«, sagte Verhoeven am anderen Ende der Leitung. »Dann treffen wir uns in fünfzehn Minuten in Hinnrichs' Büro.«

Hinnrichs? Winnie Heller runzelte die Stirn. Wenn sich der Leiter des Kommissariats 11 der zentralen Kriminaldirektion Wiesbaden persönlich um eine Sache kümmerte, ging es zweifellos um etwas Wichtiges. »Ich bin schon unterwegs«, rief sie, indem sie sich zwischen ein paar reichlich dicht nebeneinander abgestellten Autos hindurchzwängte und im Laufschritt zu ihrem Polo zurückrannte. »Aber worum geht es denn eigentlich?«

»Schalten Sie das Radio ein, wenn Sie unterwegs sind«, sagte Verhoeven und unterbrach die Verbindung, bevor sie Gelegenheit hatte, weitere Fragen zu stellen.

III

»Das einzigste was ich intensiv in der Schule beigebracht bekommen habe war, das ich ein Verlierer bin ... Aber dann bin ich aufgewacht! ... Ich merkte mehr und mehr in was für einer Welt ich mich befand. Eine Welt in der Geld alles regiert, selbst in der Schule ging es nur darum. Mann musste das neuste Handy haben, die neusten Klamotten, und die richtigen »Freunde«. hat man eines davon nicht ist man es nicht wert beachtet zu werden.«

Bastian B., Amokschütze von Emsdetten
(ein Toter, fünf Verletzte)

»Ihr hattet hundert Milliarden Chancen, das hier zu vermeiden. Aber ihr habt entschieden, mein Blut zu vergießen. Ihr habt mich in eine Ecke getrieben und nur eine Option gelassen. Das war eure Entscheidung. Und jetzt habt ihr Blut an euren Händen, das sich nicht mehr abwaschen lässt.«

Cho Seung-Hui, Amokschütze von Blacksburg
(zweiunddreißig Tote)

»Ihr habt diese Schlacht begonnen, nicht ich. Meine Handlungen sind ein Resultat eurer Welt, eine Welt die mich nicht sein lassen will wie ich bin. Ihr habt euch über mich lustig gemacht, dasselbe habe ich nun mit euch getan, ich hatte nur einen ganz anderen Humor!«

»Ich ging nicht nur in eine klasse, nein, ich ging auf die ganze Schule. Die Menschen, die sich auf der

Schule befinden, sind in keinem Falle unschuldig! Niemand ist das!«

»Als letztes möchte ich den Menschen, die mir etwas bedeuten, oder die jemals gut zu mir waren, danken, und mich für all dies Entschuldigen! Ich bin weg ...«

Bastian B., Amokschütze von Emsdetten
(ein Toter, fünf Verletzte)

»Herr Heise, für heute reicht's.«

Robert Steinhäuser, Amokschütze von Erfurt
(siebzehn Tote)

1 »Aber was haben wir mit dieser ganzen Sache zu tun?«, fragte Verhoeven, nachdem Burkhard Hinnrichs mit seinem Bericht über den bisherigen Erkenntnisstand zu den – wie er es ausdrückte – »tragischen Vorfällen an der Aarstraße« zu Ende war. Nikolas Hrubesch, ein neunzehnjähriger Schüler der Schule, hatte mit einer halb automatischen Pistole und einem Kleinkaliber-Jagdgewehr unbekannter Herkunft ein Blutbad unter den anwesenden Schülern und Lehrern angerichtet. Auf den Gängen und in den Klassenzimmern des Clemens-Brentano-Gymnasiums hatte das Sondereinsatzkommando zwölf Leichen gefunden, die trotz ihrer zum Teil gravierenden Verletzungen bereits ausnahmslos identifiziert waren. Es handelte sich um den Attentäter selbst, vier Lehrer, sechs Schüler und die Schulsekretärin, dazu kamen vier Schwer- und knapp unter vierzig Leichtverletzte, die sich unmittelbar nach der Bluttat in ärztliche Behandlung begeben hatten. In Winnie Hellers Rücken flimmerte der Flachbildfernseher, den der Leiter des KK11 angeschafft hatte, dem Vernehmen nach, um die Bundesligabegegnungen seines Lieblingsvereins Bayern München verfolgen zu können, wenn er am Wochenende arbeiten musste. Jetzt allerdings lief dort N24 mit den noch immer gleichen Bildern. Flüchtende. Einsatzfahrzeuge. Stellungnahmen. Hinnrichs hatte den Ton abgeschaltet, schielte jedoch von Zeit zu Zeit nach den Meldungen, die über den Ticker am Bildrand liefen. »Ist das, was nach so einer Wahnsinnstat übrig bleibt, denn nicht eher eine Angelegenheit für die Ballistiker und die Spurensicherung?«, setzte Verhoeven hinzu, weil er sich plötzlich nicht mehr sicher war, ob der Leiter des KK11 seine vorausgegangene Frage überhaupt zur Kenntnis genommen hatte. »Ich meine, die Sache scheint doch – so furchtbar sie in ihren Ausmaßen zweifellos ist – sonnenklar zu sein.«

»Oh ja, das war sie auch«, entgegnete Hinnrichs bedeutungsvoll, indem er seine Aufmerksamkeit mit sichtlicher Mühe von den Tickermeldungen losriss. »Bis vor einer Stunde …«

Verhoeven tauschte einen Blick mit Winnie Heller, bevor sie beide wieder Hinnrichs' stahlblaue Augen fixierten, in denen sich das entfernte Flimmern der Fernsehbilder spiegelte. Doch der Leiter des KK 11 hatte sich in seinem trutzigen Ledersessel zurückgelehnt und schwieg, während im Aschenbecher neben dem Telefon eine seiner obligatorischen Mentholzigaretten vor sich hin qualmte. Erst als ihm die Stille zu lange dauerte, ließ er sich widerwillig dazu herab, ein weiteres Puzzleteilchen der Informationen, über die er ganz offenbar verfügte, preiszugeben.

»Wie Sie bereits richtig festgestellt haben, schien der Fall klar zu sein«, sagte er. »Ein frustrierter Schüler, der von einem Moment auf den anderen durchdreht und um sich schießt. Grauenvoll natürlich, aber alles schon da gewesen. Doch dann«, er beugte sich vor, »wurde da dieser Junge gefunden.«

Verhoeven, dem der bruchstückhafte Bericht seines Vorgesetzten allmählich auf die Nerven ging, zwang sich zur Ruhe. Vor seinem inneren Auge stand noch immer das Bild seiner entsetzten Tochter und ihres dicken Kavaliers. Er sah Dominik Rieß-Sempers angstvoll geweitete Pupillen und fragte sich, ob der Junge Albträume bekommen würde. Und auch, ob Dominiks Eltern wohl auf die Idee kommen würden, Silvie und ihn wegen einer nicht hinnehmbaren Traumatisierung ihres Sohnes durch belastende Medieneindrücke zur Rechenschaft zu ziehen.

Auf dem Stuhl neben ihm schlug Winnie Heller in unverhohlener Ungeduld die Beine übereinander. »Und was genau ist das für ein Junge, der gefunden wurde?«, fragte sie.

Hinnrichs' Reptilienaugen wandten sich ihr zu. »Derselbe Junge, der von unserem Amokläufer bereits gestern, also einen Tag vor der Tat, dazu aufgefordert wurde, heute um halb zwölf in einem Putzraum im Untergeschoss der Schule zu erscheinen«, antwortete er, indem er seine Brille, die er zwischenzeitlich neben seine Akte gelegt hatte, wieder aufsetzte und sich ein Glas Wasser aus der wertvoll anmutenden Kristallkaraffe eingoss, die auf einem schwarzen Marmoruntersetzer mitten auf dem Schreibtisch stand. Seit ein paar Wochen ersetzte die Karaffe die bis dato obligatorischen Plastikflaschen, und im Präsidium kursierten Gerüchte, Hinnrichs leide an einer Allergie gegen chemische Weichmacher oder gegen die Reinigungsmittel, die beim Recycling der Flaschen verwendet wurden. Hinnrichs trank einen Schluck und behielt das Glas in der Hand. »In dem besagten Putzraum hat Nikolas Hrubesch unseren Zeugen dann mit einer Pistole bedroht«, fuhr er fort, »und ihn aufgefordert, mit ihm die Kleider zu tauschen. Aber der Junge war klug genug, die Beine in die Hand zu nehmen und stiften zu gehen.«

Verhoeven begriff die Bedeutung der Information, die der Leiter des KK 11 ihnen soeben genussvoll serviert hatte, auf Anhieb, und auch in Winnie Hellers Augen blitzte Erkennen auf. »Sie denken, dass Nikolas Hrubesch vorhatte, seinen Amoklauf zu überleben?«, fragte sie ungläubig. »Dass er einen Unbeteiligten ausgewählt hat, den er in seine Kleider stecken und zum Sündenbock stempeln wollte, während er selbst sich im allgemeinen Chaos unter die Flüchtenden mischt und unbescholten nach Hause spaziert?«

Hinnrichs nickte, sichtlich zufrieden, dass seine Beamten den Kern der Sache auf den ersten Blick erfasst hatten. »Tja, genau so sieht's aus.«

»Aber wenn das stimmt ...« Verhoeven schüttelte verwirrt den Kopf. »Warum ist Nikolas Hrubesch dann tot?«

»Weil ihn jemand erschossen hat«, entgegnete sein Vorgesetzter lapidar.

»Was genau meinen Sie mit *jemand*?«, fragte Verhoeven. »Das SEK?«

»Oh nein.« Der Leiter des KK 11 starrte auf das Wasserglas in seiner Hand. Die Flüssigkeit funkelte im Licht der Halogenlampen, die zu jeder Tages- und Nachtzeit in seinem Büro brannten, und ein Abglanz dieses Funkelns spiegelte sich auch in Hinnrichs' randloser Brille wider. »Die Waffe wurde aufgesetzt.«

»Sie meinen ...?« Winnie Heller riss die Augen auf. »Wow!«

»Tja«, sagte Hinnrichs. »Bis vor einer Stunde war es ein Amoklauf. Aber ab sofort behandeln wir es als Mord.«

»Eine Selbsttötung des Täters ist demnach ausgeschlossen?«, hakte Verhoeven nach, dem es schwerfiel, alle Informationen, die in den vergangenen Stunden auf ihn eingeprasselt waren, von jetzt auf gleich als unrichtig zu verwerfen. Zwölf Tote, dachte er bei sich, zwölf Tote, vierzig Verletzte und ein Amokläufer, der seine wahnwitzige Tat überleben wollte … »Nikolas Hrubesch könnte sich die Pistole nicht selbst an den Kopf gehalten und abgedrückt haben?«

»Oh doch«, fuhr Hinnrichs ihn an. »Natürlich könnte er das. Aber unter den gegebenen Umständen scheint uns diese Möglichkeit nicht besonders wahrscheinlich zu sein.«

Umstände können sich ändern, dachte Verhoeven, während er sich im Stillen fragte, wen sein Vorgesetzter mit »uns« gemeint haben mochte. Laut sagte er: »Falls dieser Junge aus dem Putzraum die Wahrheit sagt, würde das aber doch zwangsläufig bedeuten, dass die Tat geplant war. Und ich meine *richtig* geplant, oder?«

Hinnrichs verzog seine schmalen Lippen zu einem überaus sparsamen Lächeln. »Nikolas Hrubesch ist nicht über irgendetwas in Wut geraten und anschließend in einem Anfall geistiger Umnachtung nach Hause gerannt, um mit zwei Waffen und einem Haufen Munition am Gürtel zurückzukehren und alles über den Haufen zu schießen, was ihm vor die Flinte läuft, falls Sie das meinen.«

»Und wann, sagten Sie, hat Hrubesch sich mit diesem Jungen, unserem Zeugen, verabredet?«, fragte Winnie Heller, die unterdessen einen zerknickten Notizblock samt Kugelschreiber aus ihrer Handtasche gekramt hatte. Sie wirkte bei allem offenkundigen Interesse ein wenig unkonzentriert, und Verhoeven überlegte, woran das liegen mochte. Und wobei er sie gestört hatte, vorhin.

»Gestern früh«, beantwortete Hinnrichs ihre Frage, wobei er flüchtig in die Akte sah, die vor ihm auf dem Schreibtisch lag. »Hrubesch hat Sven Strohte, so heißt unser Augenzeuge, in der großen Pause beiseitegenommen und ihn unter Androhung von Prügeln dazu aufgefordert, ihm heute Vormittag bei der Durchführung einer kleinen Strafaktion, wie er es ausgedrückt hat, behilflich zu sein.«

Verhoeven zog die Augenbrauen hoch. »Und der Junge hat sich an diese merkwürdige Verabredung gehalten?«

Hinnrichs' Augen ruhten einen Tick zu lange auf seinem Gesicht, und als der Leiter des KK 11 weitersprach, mischte sich ein neuer, deutlich schärferer Klang in seine Stimme. »Waren *Sie* niemals dem Diktat eines brutalen Klassenkameraden ausgeliefert?«

Sein Tonfall war provozierend, aber Verhoeven bemerkte auch noch etwas anderes in den Augen seines Vorgesetzten. Etwas, das für eigene schmerzliche Erfahrungen sprach. Verwundert über die Erkenntnis, dass auch der selbstbewusste Hinnrichs in seiner Jugend ganz offenbar Probleme gehabt hatte, nickte er. »Doch, natürlich.«

Ach ja?, spöttelte Hinnrichs' Blick. *Wohl kaum in der Art, von der ich spreche, sonst würden Sie hier nicht so dämliche Fragen stellen!*

»Also gut«, schaltete sich Winnie Heller indessen wieder in die Diskussion ein, vielleicht, um die entstandene Spannung zu lockern. Vielleicht auch, um die beiden Männer daran zu erinnern, dass sie Wichtigeres zu tun hatten, als die Narben zu vergleichen, die sie in ihrer Kindheit davongetragen hatten. Alle, wie sie hier saßen. »Dieser Sven Strohte erscheint also heute Vormittag verabredungsgemäß in dem bewussten Putzraum. Und dann?« Ihre Finger spielten am Clip ihres Kugelschreibers. »Was dann?«

Widerstrebend ließen Hinnrichs' Augen von Verhoeven ab, und er tauschte sein Wasserglas gegen die Zigarette aus dem Aschenbecher, von der freilich kaum mehr als ein halber Zentimeter übrig war. »Hrubesch kommt zur Tür rein und erzählt unserem Zeugen irgendwas von einem Kerl, der ihm noch was schuldig sei und den er erst noch holen müsse. Dann verschwindet er wieder, während Sven Strohte sich auf einen Schemel setzt und auf Hrubeschs Rückkehr wartet.«

»Aber hat der Junge denn gar nicht mitbekommen, was da

über ihm los ist?«, fragte Winnie Heller mit skeptischer Miene. »Ich meine, die Schüsse, die ausbrechende Panik, das Getrampel der Flüchtenden und all das … Das muss doch ein Höllenlärm gewesen sein, oder nicht?«

Hinnrichs schüttelte den Kopf. »Der Putzraum, um den es hier geht, liegt im Untergeschoss des sogenannten Neubaus, direkt unter der Turnhalle der Schule«, erklärte er, indem er seinen beiden Kommissaren Kopien eines Gebäudeplans über den Schreibtisch reichte. »Der größte Teil des Amoklaufes fand hingegen hier, im Altbau an der Aarstraße, statt.« Sein Finger kreiste über einem vierstöckigen Haus, das von einem zweiten, ebenfalls viergeschossigen Gebäude, dem bereits erwähnten Neubau, durch einen Treppenaufgang sowie ein schmales Zwischengebäude getrennt war. »Wie Sie sehen, liegt zwischen dem Altbau und der Turnhalle ein Treppenhaus und – daran anschließend – dieses Durchgangsgebäude, das Alt- und Neubau miteinander verbindet.« Er bezeichnete die Stellen auf dem Plan. »Angesichts der Entfernung ist es durchaus denkbar, dass im Souterrain des Neubaus tatsächlich nicht allzu viel zu hören war. Zumindest nicht von den Schüssen selbst.«

Verhoeven blickte auf. »Denkbar?«

»Ja, vorerst nur denkbar.« Hinnrichs' Hand wedelte unschlüssig über seinen Papieren hin und her. »Die Kollegen werden das selbstverständlich überprüfen, sobald die Spurensicherung mit dem Untergeschoss durch ist. Allerdings dürfte das noch eine ganze Weile dauern, wie Sie sich vorstellen können.«

»Aber wie konnte Hrubesch denn sicher sein, dass Sven Strohte in dem besagten Putzraum nichts von den Vorgängen im Nebengebäude mitbekommt?«, beharrte Winnie Heller, indem sie in einer flüchtigen Geste ihre Wange berührte. »Ich meine, wenn Sie recht haben mit Ihrer Theorie, dann musste er doch unbedingt sicherstellen, dass sein Sündenbock auch hübsch die Füße still hält, während er nebenan wütet. Sonst wäre sein ganzer schöner Plan mit dem Davonkommen den Bach runtergegangen. Oder glauben Sie, Hrubesch könnte die …«, sie biss sich auf die Lippen und suchte nach einem passenden Wort für das, was sie ausdrücken wollte, »... die Schallisoliertheit des betreffenden Raumes vor der eigentlichen Tat irgendwie ausgetestet haben?«

»Durchaus möglich.« Hinnrichs zuckte unwillig die Achseln. »Aber einstweilen sollten wir Sven Strohte doch wohl erst mal glauben, dass er nichts gehört hat, meinen Sie nicht?«, sagte er, bevor er nach einem Moment des Zögerns hinzusetzte: »Außerdem hat der Junge in der ersten Vernehmung angegeben, dass er vielleicht eingeschlossen gewesen ist.«

Verhoeven riss den Blick von dem Gebäudeplan auf seinen Knien los. »Was soll das heißen, er war *vielleicht* eingeschlossen?«

Sein Vorgesetzter blies einen Schwall Rauch durch seine dank zahlreicher kostspieliger Sonderbehandlungen bei seinem Zahnarzt blendend weißen Zähne und stampfte den Zigarettenstummel anschließend mit der ihm eigenen vitalen Energie in den Aschenbecher neben dem Telefon. »Sven Strohte glaubt gehört zu haben, wie Hrubesch den Schlüssel im Schloss herumgedreht hat.«

»Aber nachgesehen hat er nicht?«

»Offenbar nicht«, entgegnete Hinnrichs, ohne eine Miene zu verziehen.

»Vielleicht ist er schlicht und einfach nicht auf die Idee gekommen, zur Tür zu gehen und nachzusehen«, wandte Winnie Heller ein, und Verhoeven fiel auf, dass ein ungewohnt verständnisvoller Ausdruck in ihren Augen lag. »Ich meine, immerhin stand er angesichts der gesamten Situation unter massivem Stress. Und da er wusste, dass er sowieso warten muss, bis Hrubesch zurückkehrt, weil er sonst Prügel bezieht, war es ihm vermutlich ziemlich egal, ob die Tür verschlossen ist oder nicht.«

Hinnrichs nickte ihr ohne jeden Anflug von Freundlichkeit zu, während Verhoeven über die Frage nachdachte, wie er selbst reagieren würde, wenn ihn jemand in einen engen, düsteren Kellerraum sperrte. Nötigte. Einschloss. Was auch immer. Wahrscheinlich würde ich panische Angst haben, dass es zu brennen beginnt, dachte er. Und schon allein aus diesem Grund würde ich auf die Klinke drücken! Um zu wissen, ob ich fliehen könnte, wenn ich fliehen müsste ...

»Wie dem auch sei«, bellte Hinnrichs, dem die Skepsis im Blick seines Untergebenen nicht entgangen war, »Sven Strohte war jedenfalls an dem ihm zugedachten Platz, als Nikolas Hrubesch nach seiner Bluttat in den Putzraum zurückkehrte.« Seine Augen suchten wieder die Zigarettenschachtel neben dem Aschenbecher, aber er griff nicht zu. Stattdessen trank er einen Schluck Wasser. »Hrubesch nötigt den Jungen also in einen Umkleideraum zwei Türen weiter, wo er ihn mit vorgehaltener Waffe dazu auffordert, seine Kleider auszuziehen. Aber wie ich bereits sagte, ist es Sven Strohte gelungen, seinem Peiniger zu entkommen.«

Einem Jungen, wohlgemerkt, dem schon angesichts einer angedrohten Tracht Prügel der Arsch derart auf Grundeis geht, dass er es noch nicht einmal wagt, zu überprüfen, ob die Tür, die ihn von der erlösenden Freiheit trennt, auch tatsächlich verschlossen ist, ergänzte Verhoeven in Gedanken. Und der dann ausgerechnet im Angesicht einer geladenen Schusswaffe urplötzlich und wundersam über sich hinauswächst …

»Wir werden Sven Strohtes Geschichte selbstverständlich auf Herz und Nieren prüfen«, wiederholte Hinnrichs mit einem herausfordernden Blick in Verhoevens Richtung. »Aber nach dem augenblicklichen Stand der Dinge müssen wir davon ausgehen, dass Nikolas Hrubesch das Schulgelände in den Kleidern seines Schulkameraden verlassen wollte. Punkt. Aus.«

»Bleibt die Frage, warum er stattdessen gestorben ist«, merkte Verhoeven mit leisem Sarkasmus an.

Burkhard Hinnrichs reagierte nicht, sondern bedachte ihn lediglich mit einem seiner vernichtenden Blicke.

Winnie Heller hatte sich unterdessen noch einmal den Gebäudeplan vorgenommen und schob ihre Kopie jetzt in einer entschlossenen Geste über Hinnrichs' wuchtigen Eichenholzschreibtisch. »Wohin ist dieser Sven Strohte eigentlich genau getürmt?«, erkundigte sie sich interessiert.

»Er ist von dem Umkleideraum, in den Hrubesch ihn genötigt hatte, durch diesen angrenzenden Duschraum hier auf den Flur hinausgerannt«, erklärte der Leiter des KK 11, und in seiner Stimme schwang ein Hauch unterdrückten Ärgers. Offenbar hatte er von der Detailbesessenheit seiner Beamten allmählich die Nase voll. »Von dort ist er in diesen Raum auf der anderen Seite des Ganges gelaufen, wo er sich hinter einem Warmwasserboiler versteckt hat.« Er wandte sich von Winnie Hellers Raumplan ab und ließ sich so schwungvoll in seinen Ledersessel zurücksinken, dass dieser ein ächzendes Geräusch von sich gab. »In seinem Versteck hört unser Zeuge Schritte«, fuhr er fort, offenbar wild entschlossen, seine Zusammenfassung von Sven Strohtes Aussage voranzutreiben, bevor die beiden Kommissare auf der anderen Seite des Schreibtischs ihn mit weiteren unbequemen Rückfragen belästigen konnten. »Und natürlich nimmt er an, dass diese Schritte Hrubesch gehören, der auf der Suche nach ihm ist.« Seine Hand tastete blind nach dem Protokoll von Sven Strohtes Aussage, das zuoberst auf einem Stapel Dokumente lag. »Darüber hinaus hat der Junge übrigens angegeben, dass er außer den besagten Schritten auch Nikolas Hrubeschs Stimme gehört habe.«

Verhoeven horchte auf. »Folglich hat sich Hrubesch mit irgendwem unterhalten?«

»Vielleicht ja, vielleicht nein«, entgegnete Hinnrichs. »Vielleicht hat er auch einfach vor sich hin geredet. Oder telefoniert.«

»Wurde denn ein Mobiltelefon gefunden?«, insistierte Verhoeven. »Oder irgendetwas anderes in dieser Richtung?«

Sein Boss verneinte und schob den Aktendeckel mit dem Vernehmungsprotokoll von sich, als könne er alles, was damit zusammenhing, auf diese Weise abhaken. »Leider Gottes konnte unser Zeuge nicht verstehen, was Hrubesch da redete. Das Einzige, was er sicher zu wissen glaubt, ist, dass es die Stimme des Attentäters war, die er gehört hat. Und dann sei plötzlich ein Schuss gefallen.« Er blickte seine Beamten über seine randlose Brille hinweg an. »Sven Strohte bleibt natürlich brav hinter seinem Boiler hocken, um darauf zu warten, dass irgendwer auftaucht und ihn befreit, weil er sich inzwischen auch zusammenreimen kann, was Hrubesch in der Zeit seiner Abwesenheit getrieben hat. Aber es kommt niemand. Und nein«, kam er einer neuerlichen Zwischenfrage von Winnie Heller zuvor, »der Junge hat auch keine weiteren Schritte mehr gehört. Wie gesagt hielt er es für das Klügste, dort zu bleiben, wo er war, bis ihn die schwerbewaffneten Kollegen des SEK schließlich aus seinem Versteck gezerrt und zur Vernehmung in die Kommandozentrale gebracht haben.«

Verhoeven blickte an seinen ausgestreckten Beinen hinunter. Vor seinem Aufbruch ins Präsidium hatte er sich in aller Eile Gesicht und Hände gesäubert, seine schlammbefleckten Jeans gegen eine dunkle Businesshose getauscht und anschließend ein frisches Hemd und frische Socken angezogen. Trotzdem hatte er nach wie vor das Gefühl, schmutzig zu sein. *Ich darf mich leider nich dreckich machen, weil ich eine ganz neue Hose anhabe,* plapperte Dominik Rieß-Semper in seinem Kopf, *sonst würd ich schon den See für Sie baun ...*

»Neben den bereits erwähnten Fakten gibt es übrigens noch ein paar höchst bemerkenswerte Begleitumstände«, riss die Stimme seines Vorgesetzten ihn in die Gegenwart zurück. »So hat Sven Strohte zum Beispiel ausgesagt, Hrubesch habe eine Schicht aus Frischhaltefolie um den Kopf getragen, als er kurz nach seiner Bluttat wieder im Kellergeschoss aufgetaucht ist. Sie wissen schon, dieses Zeug, in das die Leute für gewöhnlich ihre Pausenbrote einwickeln.«

Verhoeven registrierte beiläufig, dass Hinnrichs in Bezug auf die Frischhaltefolie eine Formulierung gewählt hatte, die ihn selbst ausdrücklich aussparte, und unwillkürlich musste er wieder an die chemischen Weichmacher denken, gegen die der Leiter des KK 11 angeblich allergisch war. An chemische Weichmacher und an glutamathaltige Kartoffelchips, die Dominik Teichbaumeister-Semper an den Rand eines anaphylaktischen Schocks brachten, wenn es stimmte, was seine Tochter ihm regelmäßig mit einer Mischung aus wissenschaftlichem Interesse und kindlichem Mitleid berichtete. *Dominik darf überhaupt keine Chips essen, sonst bekommt er überall rote Flecken und stirbt.* Frischhaltefolie, wiederholte eine Stimme hinter Verhoevens Stirn. Frischhaltefolie und ein aufgesetzter Kopfschuss ...

Auf der anderen Seite des Schreibtischs blinzelte Hinnrichs in den Rauch einer neuen Zigarette, der im Licht der Halogenlampen bläulich wirkte. »Als man Hrubeschs Leiche fand, war diese Folie allerdings verschwunden«, erklärte er in sachlichem Ton. »Und das, obwohl Sven Strohte Stein und Bein schwört, dass Hrubesch das Zeug nicht in seinem Beisein abgewickelt hat.«

»Aber falls der Rest von Sven Strohtes Geschichte stimmt, dann hätte Nikolas Hrubesch nach der Flucht seines Sündenbocks doch eigentlich Besseres zu tun gehabt, als sich eine Folie vom Kopf zu wickeln, die ihn bis dato nicht nennenswert gestört zu haben scheint, oder?«, fragte Verhoeven.

Sein Vorgesetzter gab ein zustimmendes Knurren von sich.

»Wozu sollte diese Folie denn überhaupt gut sein?«, warf Winnie Heller ein.

»Berechtigte Frage«, murrte Hinnrichs. »Die Kollegen rätseln noch. Vielleicht hat Hrubesch befürchtet, dass wir Haare oder Hautzellen von ihm an der Maske finden könnten. Vergessen Sie nicht, dass er das Ding zusammen mit den Waffen und dem Rest seiner Kleidung bei Sven Strohte zurücklassen musste, wenn dieser als Amokläufer einigermaßen glaubhaft rüberkommen sollte.«

»Aber hätten wir das nicht trotzdem?«

Hinnrichs runzelte entnervt die Stirn. »Was denn?«

Winnie Heller sah den Leiter des KK 11 an, als sei sie nicht sicher, ob seine Rückfrage ernst gemeint war. Hinnrichs war keiner, der leicht den Faden verlor. »Hätten wir nicht ohnehin Hautzellen von Hrubesch an der Maske gefunden?«

»Sicher doch«, schnappte Hinnrichs zurück. »Aber vielleicht ist das unserem geschätzten Herrn Massenmörder nicht in dieser Konsequenz klar gewesen. Vielleicht hat er alle Bullen für Trottel gehalten. Oder er konnte sich schlechterdings nicht vorstellen, dass wir so genau hinsehen, wenn wir einen schwarz gekleideten Jungen mit einer Waffe in der Hand und einer Kugel im Kopf vorfinden.« Er ließ seinen Chefsessel einen halben Meter weit zurückrollen und schenkte seiner Beamtin ein giftiges Lächeln. »Suchen Sie sich was aus!«

»Apropos Waffe«, sagte Winnie Heller, ohne sich von seiner

Schnoddrigkeit auch nur im mindesten aus dem Konzept bringen zu lassen. »Ich nehme doch an, dass Nikolas Hrubesch mit seiner Pistole erschossen wurde, oder? Nicht mit dem Jagdgewehr …«

Hinnrichs nickte. »Einer ersten Auswertung von Augenzeugenberichten zufolge hat der Junge schon während seines Amoklaufs hauptsächlich die Pistole benutzt, eine halb automatische Glock 17C.« Sein Blick wieselte zwischen Verhoeven und seiner Partnerin hin und her. »Wie Sie wissen, hat diese Art von Waffe einen integrierten Kompensator, sodass der Junge selbst schnelle Schussfolgen noch einigermaßen gut kontrollieren konnte. Das Gewehr hat er ebenfalls benutzt, allerdings wissen wir noch nicht, wo und wie oft. Was die Kollegen jedoch schon definitiv sagen konnten, ist, dass Nikolas Hrubesch nicht durch eine Gewehrkugel starb.«

»Und wie sollte es seinem Mörder gelungen sein, ihm die Pistole abzunehmen, um ihn damit zu erschießen?«, fragte Winnie Heller mit einem ungläubigen Kopfschütteln. »Ich meine, ein Kerl, der gerade elf Menschen erschossen und weitere vierzig verletzt hat, lässt sich doch nicht so mir nichts, dir nichts die Waffe aus der Hand nehmen, noch dazu, wenn er darüber hinaus auch noch ein Gewehr bei sich trägt.«

»Da ist was dran«, stimmte Verhoeven seiner Partnerin zu. »Es müsste doch zumindest zu einem Kampf oder Handgemenge zwischen Hrubesch und einem potenziellen Angreifer gekommen sein, oder nicht?«

Sein Vorgesetzter konnte nicht umhin, die Frage zu bejahen.

»Und warum hat sich derjenige, der Hrubesch überwältigt hat – wer immer das gewesen sein mag –, nicht der Polizei gestellt?«, legte Winnie Heller ihren Finger zielstrebig auf die nächste Ungereimtheit. Ihr Gesicht war jetzt von einer leuchtenden Röte überzogen, wie so oft, wenn sie sich gefühlsmäßig engagierte. Und wie so oft dachte Verhoeven, dass ihr dieses Mehr an Farbe stand. Dass sie im Grunde hübsch sein könnte, wenn sie sich nur ein bisschen mehr Mühe geben würde. »Ich meine, immerhin war Nikolas Hrubesch doch gerade zum Massenmörder geworden«, führte sie den begonnenen Gedanken weiter aus. »Wäre man da nicht eigentlich der Held des Tages, wenn man so einen außer Gefecht setzt?«

»Was, wenn die Waffe, mit der Hrubesch getötet wurde, gar nicht Hrubeschs Waffe gewesen ist?«, gab Hinnrichs zurück

Verhoeven zog die Stirn in Falten. »Wollen Sie andeuten, dass heute Morgen noch ein anderer mit einer geladenen Pistole durch diese Schule gelaufen sein könnte?«

Der Leiter des KK 11 antwortete nicht. Stattdessen nahm er einen Schluck von seinem Wasser. Dem weichmacherfreien aus der Kristallkaraffe.

Verhoeven bemühte sich vergeblich, den Blick seines Vorgesetzten festzuhalten. »Sie denken an einen zweiten Schützen?«

»Warum nicht?«, entgegnete Hinnrichs, indem er nun doch wieder hochsah. »Oder fällt Ihnen eine bessere Erklärung ein?«

Winnie Heller lehnte sich ein Stück vor, und erst jetzt fiel Verhoeven auf, dass seine Kollegin an diesem Tag außergewöhnlich stark geschminkt war. Er überlegte, was der Grund dafür sein konnte, kam jedoch zu keinem befriedigenden Ergebnis. »Und wer sollte dieser ominöse zweite Pistolenmann gewesen sein?«, fragte sie. »Hrubeschs Komplize?«

»Nikolas Hrubesch ist tot«, wiederholte Hinnrichs, als beantworte dieser Umstand allein die Frage seiner jungen Beamtin zur Genüge. Dann straffte er plötzlich die Schultern, als habe er eine wichtige Entscheidung getroffen, die es umgehend umzusetzen gelte, und stemmte seine blassen Hände gegen die Tischplatte, die ihn von seinen Kommissaren trennte. »Ich muss ja wohl nicht extra betonen, dass die Dinge, die in diesem Büro besprochen werden, mit äußerster Diskretion zu behandeln sind«, sagte er, ohne Verhoeven und seine Kollegin anzublicken. Stattdessen sah er wieder nach dem Fernseher. »Können Sie sich ausmalen, wie die Leute reagieren, wenn herauskommt, dass wir es möglicherweise mit zwei Tätern zu tun haben und dass einer von beiden noch immer da draußen herumläuft?«

»Aber genau so ist es doch«, stellte Verhoeven sachlich fest, bevor er etwas vorsichtiger hinzufügte: »Zumindest scheint es nach dem jetzigen Stand der Dinge so zu sein. Denken Sie nicht, dass es da unsere Pflicht wäre, die …«

»Nein«, unterbrach ihn sein Vorgesetzter, indem er den Blick von den flimmernden Bildern in Winnie Hellers Rücken losriss. Und sein Tonfall ließ keinerlei Zweifel daran, dass alles, was das betraf, bereits von höchster Stelle abgesegnet war. »Unsere Pflicht ist es, die Umstände aufzuklären, die zu dieser unfassbaren Katastrophe da«, seine Hand fuchtelte in Richtung Fernseher, »geführt haben. Nicht mehr und nicht weniger.« Er schnappte nach Luft und blickte dann mit angriffslustig vorgerecktem Kinn zwischen seinen beiden Kommissaren hin und her, als könne er weiteren Widerspruch auf diese Weise bereits im Keim ersticken. »Nach außen hin bleibt es auch weiterhin ein ganz normaler Amoklauf«, setzte er dann in etwas gemäßigterem Ton hinzu, und der Ausdruck »normal« in diesem Zusammenhang ließ Verhoeven frösteln. »Offiziell zuständig sind, wie Sie wahrscheinlich bereits gehört haben, Lars Höppner und seine Leute. Sie beide«, Hinnrichs' Zeigefinger schnellte vor wie der Kopf einer Schlange, »kümmern sich ausschließlich um diesen mutmaßlichen zweiten Schützen. Und das Ganze so inoffiziell wie möglich, verstanden?« Er wartete nicht auf eine Antwort seiner Untergebenen, sondern hatte bereits den Telefonhörer in der Hand. »Die ermittelnden Kollegen werden in dieser Schule aufräumen und Sie mit allen Informationen versorgen, die Sie brauchen, um sich ein Bild von der Tat und ihren Begleitumständen zu machen«, rief er, indem er eine Reihe von Zahlen in den Ziffernblock seines Telefons hämmerte. »Wo immer Sie es für nötig halten, selbst Befragungen durchzuführen, haben Sie hiermit ausdrücklich die Genehmigung dazu.«

Verhoeven öffnete den Mund, um etwas zu sagen, doch der Leiter des KK11 brachte ihn mit einer energischen Handbewegung zum Schweigen. Dann klemmte er sich den Hörer zwischen Kopf und Schulter und nestelte eine neue Zigarette aus der Packung neben dem Telefon, während seine Untergebenen sich eher zögernd als bereitwillig von ihren Stühlen erhoben.

»Ich werde in der Gerichtsmedizin anrufen«, rief Hinnrichs

ihnen hinterher. »So, wie die Sache im Moment aussieht, brauchen wir so schnell wie möglich die Projektile aus den Körpern der Toten, damit wir sie den sichergestellten Waffen zuordnen können. Und Sie fahren als Erstes rüber in die Einsatzzentrale und lassen sich von den Kollegen über den letzten Stand informieren. Noch Fragen?«

Tausende, dachte Verhoeven, aber er schwieg.

2

»Unseren bisherigen Erkenntnissen nach begann Nikolas Hrubesch seinen Amoklauf im Erdgeschoss des Altbaus an der Aarstraße«, erklärte Lars Höppner, ein kantiger Mittfünfziger mit wachen Augen und ausgeprägter Stirnglatze, wenig später bei einer ersten internen Analyse der Bluttat.

Verhoeven kannte den erfahrenen Kollegen vom Sehen und wusste, dass er allenthalben einen exzellenten Ruf genoss. Er saß gemeinsam mit Winnie Heller und rund fünfundzwanzig anderen Kollegen in einem zur Kommandozentrale umfunktionierten Tagungsraum und blätterte in der hastig zusammengestellten Informationsmappe, die zwei Beamte aus Höppners Team zu Beginn der Besprechung unter den Anwesenden verteilt hatten. Die Mappen enthielten neben den Protokollen der ersten Befragungen auch Fotos der Leichen. Verhoeven schlug die nächste Seite auf und blickte in die geöffneten Augen eines hübschen, dunkelhaarigen Mädchens. Das Gesicht schien vollkommen unverletzt, aber ein Teil ihres Halses fehlte. Rechts des Kehlkopfes, wo normalerweise Sehnen und Adern verliefen, klaffte ein beinahe faustgroßes Loch. Verhoeven blätterte hastig weiter. Vor ihm an der Wand flimmerte derselbe Gebäudeplan, den Hinnrichs ihnen bereits in seinem Büro ausgehändigt hatte.

»Um genau zu sein, fielen die ersten Schüsse im Lehrerzimmer der Schule, das sich hier im Erdgeschoss des Altbaus befindet, schräg gegenüber vom Haupteingang.« Lars Höppner richtete seinen Laserpointer auf einen von zwei Räumen, die augenscheinlich ein wenig zurückgesetzt lagen. »Dort hat Hrubesch zwei Lehrer erschossen und eine weitere Frau schwer verletzt.«

Er legte den Laserpointer beiseite und kramte in seinen Aufzeichnungen. Irgendjemand hatte ein Pult besorgt, wie es Redner bei politischen Veranstaltungen benutzen. Es verfügte neben einer beleuchteten Ablagefläche auch über zwei Mikrophone, die jedoch ausgeschaltet waren. Lars Höppner brauchte keine akustische Verstärkung. Zumindest nicht an einem Tag, an dem die Anwesenden wie gelähmt waren von dem Ausmaß der Katastrophe, die sich nicht irgendwo in einer fremden Stadt oder gar jenseits des Atlantiks, sondern vor ihrer aller Haustür ereignet hatte.

»Heribert Scherer«, las Höppner aus einem improvisierten Dossier ab, das er einem der Aktendeckel auf dem Pult entnommen hatte. »Achtundvierzig Jahre, verheiratet, zwei Töchter. Der Mann unterrichtete Geschichte und Französisch und hielt sich zur Tatzeit im Lehrerzimmer auf, weil er eine Freistunde hatte. Ebenso wie Inge Naumann, das zweite Todesopfer.« Sein Finger fuhr suchend über die Zeilen, während sich die anwesenden Beamten eifrig Notizen machten. Bis auf ein gelegentliches Rascheln von Papier und das Summen der Neonröhren an der Decke war es totenstill im Raum. So still, dass man das Fallen eines Blütenblattes gehört hätte. »Frau Naumann war zweiundfünfzig Jahre alt. Geschieden, keine Kinder.« Höppner hob den Kopf von seiner Akte und blickte starr geradeaus. Seine Miene war unbeteiligt, fast so, als habe er ein unsichtbares Visier heruntergeklappt. Keiner der Kollegen sollte sehen, was er fühlte. Ob er überhaupt etwas fühlte. Nichtsdestotrotz wirkte er sichtlich angeschlagen an diesem Abend. »Weitere Personen befanden sich zum fraglichen Zeitpunkt nicht im Lehrerzimmer«, fuhr er fort, »allerdings will eine Zeugin von einem der Nebenräume aus gehört haben, wie der Attentäter nach einer ganz bestimmten Lehrerin gefragt hat. Und zwar …« Er blätterte wieder in seiner Akte, während die Blicke der Kollegen an seinem Gesicht klebten wie ein Schwarm hungriger Wespen an einem Puddingteilchen. »Der Name der betreffenden Lehrerin ist Karen Ringstorff. Sie unterrichtet Deutsch und Englisch und leitet außerdem auch die Theater-AG der Schule.«

In der Reihe vor Verhoeven begann einer der Polizisten eifrig zu nicken. Offenbar war er bei der entsprechenden Befragung dabei gewesen.

Höppner fing seinen Blick auf und nickte ebenfalls. »Frau Ringstorff hat den Kollegen gegenüber angegeben, wiederholt Schwierigkeiten mit Nikolas Hrubesch gehabt zu haben, sodass es durchaus denkbar wäre, dass der Junge ganz gezielt hinter ihr her gewesen ist. Allerdings befand sich Frau Ringstorff zur Tatzeit durch einen glücklichen Zufall nicht wie gewöhnlich im Lehrerzimmer, sondern in diesem Putzraum hier, der sich an die Herrentoilette und das Büro des Oberstufenleiters anschließt.«

Bein Stichwort »Putzraum« hob Verhoeven unwillkürlich den Kopf, und aus den Augenwinkeln bemerkte er, dass auch Winnie Heller neben ihm die Ohren spitzte. Oh ja, dachte er, wenn es um Putzräume geht, werden wir definitiv hellhörig!

Sein Blick folgte dem roten Punkt von Höppners Laserpointer quer durch das Erdgeschoss zu einem kleinen Raum am Ende des Korridors.

»In der besagten Räumlichkeit gibt es einen Erste-Hilfe-Kasten und eine Liege zur Erstversorgung medizinischer Notfälle«, erklärte der Einsatzleiter mit hörbar angerauter Stimme. »Eine Schülerin hatte sich kurz vor Beginn der fünften Stunde an der Hand verletzt und musste verbunden werden. Frau Ringstorff begleitete das Mädchen und hat es vermutlich einzig und allein diesem Umstand zu verdanken, dass sie noch am Leben ist.« Er ließ den Laserpointer sinken und wandte sich wieder seinen Aufzeichnungen zu. Offenbar wollte er keine Fehler machen. Und nichts durcheinanderbringen, was nicht leicht war bei der Fülle an Informationen, die in den letzten Stunden hereinschwappten. »Das dritte Opfer im Umfeld des Lehrerzimmers ist Jana Weinand, eine Vertreterin für Lernsoftware, die um zwölf Uhr einen Termin mit dem Direktor der Schule hatte und offenbar ein bisschen zu früh dran war. Sie hat mehrere schwere Schussverletzungen erlitten und schwebt nach wie vor in Lebensgefahr.«

Verhoeven machte sich eine entsprechende Notiz. Eine mögliche Augenzeugin, dachte er, gut und schön. Aber selbst wenn Jana Weinand überlebte, was würde sie erzählen können? Und was würden die anderen Augenzeugen berichten? All jene, die Nikolas Hrubesch auf dessen Höllenritt durch das Gebäude begegnet waren? Ihm oder seinem Partner, von dem sie bislang nicht einmal wussten, ob es ihn überhaupt gab. Verhoeven dachte an die Maske, die der Junge während seines Amoklaufs getragen hatte. Und an die Frischhaltefolie, die angeblich um sein Gesicht gewickelt gewesen und nun verschwunden war.

»Nach den Schüssen auf Frau Weinand ist Hrubesch über das östliche Treppenhaus in den dritten Stock rauf, wo er geradewegs das Klassenzimmer mit der Nummer 304 betreten hat«, setzte Lars Höppner unterdessen seine Erläuterung der zeitlichen Abläufe fort. »In diesem Raum haben wir drei Todesopfer einschließlich der Lehrerin, dazu zwei schwer- und mehrere leicht verletzte Schüler. Aus verschiedenen Gründen gehen wir davon aus, dass Hrubesch zumindest Helen Malgorias, die Lehrerin, und wahrscheinlich auch einen der Schüler ganz gezielt getötet hat.«

Eine Beamtin hinter Verhoeven hob die Hand. »Hat Hrubesch irgendwas gesagt, bevor oder während er abdrückte? Außer der Sache mit dieser Frau Ringstorff, meine ich.«

Höppner verneinte. »Nach bisherigem Ermittlungsstand nicht.«

Was auch nicht weiter verwunderlich ist, wenn er im Anschluss an das Massaker tatsächlich unerkannt davonkommen wollte, dachte Verhoeven bei sich. In diesem Fall hätte Nikolas Hrubesch auf keinen Fall riskieren dürfen, dass ihn später jemand anhand seiner Stimme identifizierte.

»Nach einer Reihe von mehr oder weniger wahllosen Schüssen verlässt unser Amokschütze schließlich den Raum mit der Nummer 304 und tötet draußen auf dem Flur einen weiteren Lehrer und eine Schülerin, bevor er sich über das entgegengesetzte westliche Treppenhaus wieder in den zweiten Stock hinunter begibt«, erklärte Höppner. »Dort schießt er nach Aussagen von Zeugen abermals wild um sich, tötet einen elfjährigen Jungen und fügt einer weiteren Schülerin lebensgefährliche Verletzungen im Bereich des Abdomens und des Brustkorbs zu. Dann verlässt er den Altbau durch das angrenzende Treppenhaus und diesen Durchgang hier in Richtung Neubau.« Lars Höppner griff wieder nach seinem Laserpointer und trat an die Wand, auf die sein Laptop noch immer den Raumplan des Clemens-Brentano-Gymnasiums projizierte. »Wie Sie sehen können, sind die beiden Hauptgebäude der Schule durch ein vor ein paar Jahren nachträglich eingezogenes Zwischengebäude miteinander verbunden«, erklärte er, indem er die entsprechenden Bereiche auf dem Plan markierte. »In diesem Zwischengebäude gibt es verschiedene Durchgangsmöglichkeiten, um insbesondere den Schülern der Oberstufe ein schnelleres Erreichen von Kursräumen im jeweils anderen Teil der Schule zu ermöglichen, und zwar im Erdgeschoss sowie im zweiten und im dritten Stock.« Der Strahl seines Laserpointers zuckte über die Wand. »Der Durchgang im Erdgeschoss führt normalerweise geradewegs in die Turnhalle der Schule, ist aber aufgrund von Bauarbeiten derzeit gesperrt, die beiden anderen Durchgänge sind wie gewohnt offen gewesen und werden – soweit man mir berichtet hat – viel und gerne genutzt.« Höppner räusperte sich einige Male kurz und entschlossen, bevor er fortfuhr: »Unser Amokschütze hat, wie bereits erwähnt, den Durchgang im zweiten Stock genommen, in dem auch die Bibliothek der Schule untergebracht ist. Dort haben wir zwei Tote, die Schulsekretärin und eine fünfzehnjährige Schülerin.«

Verhoeven blickte auf seine Notizen hinunter und stellte mit Entsetzen fest, dass die letzten Opfer, die er auf seinem Zettel vermerkt hatte, nur mehr Nummern trugen. Und obgleich er ganz sicher war, dass Lars Höppner keine Namen genannt hatte, fühlte er doch etwas wie Schuld darüber, dass er Menschen, die auf eine derart brutale Art und Weise ums Leben gekommen waren, so einfach zu Zahlen degradiert hatte. Opfer Nummer sieben. Opfer Nummer acht. Verhoeven schüttelte den Kopf. Das Ausmaß dieser Blutspur überfordert uns, dachte er. Und noch immer sind wir nicht zu Ende …

»Nach dem Verlassen der Bibliothek betritt Hrubesch schließlich den sogenannten Neubau«, fuhr Höppner hinter seinem Rednerpult in monoton-sachlichem Ton fort. »Er öffnet ein paar Türen, schießt in verschiedene Klassenzimmer und ballert wie ein Berserker hinter den Flüchtenden her. Dabei stirbt ein weiteres Mädchen.« Und als habe er Verhoevens vorangegangene Gedanken gelesen, warf er einen kurzen Blick in sein Dossier und fügte hinzu: »Lisa Juhl, sechzehn Jahre alt. Schülerin der elften Jahrgangsstufe.«

Verhoeven notierte Namen und Alter des Mädchens und versah seine Notiz zusätzlich mit einem dicken, trotzigen Kringel. *Lisa Juhl, sechzehn Jahre alt.* Dann überflog er zum wiederholten Mal seine Aufzeichnungen. Soweit er mitgezählt hatte, mussten das jetzt eigentlich alle Todesopfer gewesen sein. Alle außer Hrubesch, ergänzte er im Stillen. Hrubesch, der – so wie die Dinge lagen – selbst zum Opfer geworden war. Aber zu wessen? Und warum?

»Unser Amokschütze verlässt die zweite Etage schließlich über das Neubautreppenhaus, das ihn an der versperrten Turnhallentür vorbei geradewegs ins Untergeschoss führt, wo er, wie Sie alle wissen, durch einen aufgesetzten Kopfschuss stirbt«, beendete Höppner in diesem Augenblick seine Zusammenfassung der Geschehnisse, und Verhoeven dachte wieder an jenen zweiten Schützen, den sie suchten und von dessen Existenz offiziell noch niemand etwas wusste. Er ließ seine Blicke über die Köpfe der Kollegen gleiten und fragte sich, wie viele von ihnen eingeweiht waren oder doch zumindest einen entsprechenden Verdacht hegten. Und wie lange es wohl dauern würde, bis etwas von all dem, was sie hier hinter verschlossenen Türen besprachen, an die Presse durchsickerte.

»Nun denn, meine Damen und Herren …« Lars Höppner knipste seinen Laserpointer aus und sah sich in den Gesichtern der Anwesenden um, wobei sein Blick für den Bruchteil einer Sekunde an Verhoeven und seiner Kollegin hängen blieb. »Der Rest ist Ihnen bekannt.«

Schön wär's, dachte Verhoeven, aber genau wie alle anderen nickte er.

»Vielleicht noch ein paar Worte zu den verwendeten Waffen«, fuhr Höppner mit einem tiefen Seufzer fort, der deutlich machte, dass es ihm ganz und gar nicht gefiel, ein derartiges Unmaß an Fakten innerhalb einer so kurzen Zeit abarbeiten zu müssen. »Das Einzige, was wir augenblicklich mit einiger Sicherheit sagen können, ist, dass der Junge aus beiden Waffen gefeuert hat, wobei er – in diesem Punkt sind sich alle unsere Zeugen einig – eindeutig die Pistole favorisierte.«

Dasselbe hat Hinnrichs auch gesagt, dachte Verhoeven.

»Bei dem verwendeten Gewehr handelt es sich um eine Vorderschaft-Repetierbüchse der Marke Pedersoli, Kaliber 45, mit einer Magazinkapazität von zehn Patronen«, las Höppner aus seinem Dossier ab. »Von der reinen Effektivität her ist eine solche Waffe sicherlich nicht so gut geeignet wie eine Automatik oder Pumpgun, aber immerhin verfügt die genannte Büchse über eines der schnellsten nicht automatischen Repetiersysteme und ist von der Optik her durchaus eindrucksvoll.« Er hielt einen Augenblick inne und strich sich flüchtig über seine Stirnglatze. »Die verwendete Glock hatte einen getunten Abzug, das heißt, Abzugs- und Steuerfeder sowie der Schlitten der Waffe waren so manipuliert, dass das Abzugsgewicht deutlich geringer ausfällt als bei der Standardausführung. Augenblicklich versuchen die Kollegen im Labor herauszufinden, ob die genannten Veränderungen von einem Fachmann vorgenommen wurden oder ob der Junge selbst Hand angelegt hat.«

»Weiß man schon, wo Hrubesch die Waffen herhatte?«, meldete sich zu Verhoevens Überraschung Winnie Heller zu Wort.

Lars Höppner blickte auf. Allerdings nur ganz kurz. Dann sah er wieder weg. »Die Kollegen sind dran.«

Winnie Hellers Gesicht spiegelte deutlich ihre Unzufriedenheit mit dieser Antwort, doch sie sah von weiteren Rückfragen ab und wandte sich wieder ihren Notizen zu. Von dem einzigen nicht verdunkelten Fenster her fiel ein matter Abendsonnenschein auf ihr Gesicht, und wie bereits vorhin in Hinnrichs' Büro fragte sich Verhoeven, warum sie an diesem Tag entgegen ihrer sonstigen Gewohnheit derart viel Make-up verwendet haben mochte. Ob sie vielleicht einen Freund hatte, dem sie gefallen wollte. Oder ob doch noch etwas anderes dahintersteckte, etwas, das weniger erfreulich war …

»Was Nikolas Hrubeschs Motiv angeht, tappen wir leider ebenfalls noch vollkommen im Dunkeln.« Höppner betätigte die Fernbedienung in seiner Hand, und auf der Wand erschien eine Fotografie des Amokschützen, die einen erstaunlich reif wirkenden Jungen mit kurzem, aber keineswegs raspelkurzem Haar zeigte.

Kein Brutalo und offenbar auch kein rechter Chaot, urteilte Verhoeven, während seine Augen über das Bild an der Wand glitten, dessen Ränder leise zu flattern schienen. Auf Nikolas Hrubeschs Wangen lagen dunkle Schatten schlecht rasierter Bartstoppeln, die dem Gesicht des Jungen ein paar markante Konturen verliehen. Nichtsdestotrotz hatte Verhoeven, der bislang nur das körnige Passfoto aus den Nachrichten kannte, den Eindruck, dass Nikolas Hrubesch ein alles in allem eher unscheinbarer junger Mann gewesen war. Einer, den man kaum bemerken würde, wenn man ihm in der S-Bahn oder im Bus gegenübersaß.

Verhoeven betrachtete die dunklen und dabei erstaunlich verträumt wirkenden Augen des Jungen und musste unwillkürlich an die Bilder eines wild dreinblickenden Asiaten in martialischen Posen denken, die nach dem Massaker von Blacksburg durch die Medien gegeistert waren. Hinnrichs hat recht, dachte er, alles deutet darauf hin, dass wir es hier nicht mit einem gewöhnlichen Amoklauf zu tun haben. Irgendetwas an dieser Sache ist grundlegend anders als das, was wir bislang kannten. Nichtsdestotrotz haben wir zwölf Leichen.

»Als Schüler ist Hrubesch eigentlich ziemlich begabt gewesen«, riss Lars Höppners angeschlagene Stimme ihn aus seinen Gedanken. »Allerdings auch stinkfaul, mit dem Ergebnis, dass seine schulischen Leistungen weit hinter seinen Möglichkeiten zurückblieben.« Höppner leckte sich über die Lippen, die mittlerweile so trocken waren, dass Verhoeven selbst aus der Entfernung ein paar borkige Hautschuppen erkennen konnte.

Die Mischung aus Fassungslosigkeit und angespannter Aufmerksamkeit, die den Raum erfüllte, schien allem und jedem die Feuchtigkeit zu entziehen, und plötzlich empfand auch Verhoeven einen brennenden Durst. Er überlegte, wann er zuletzt etwas getrunken hatte, aber alles, was ihm einfallen wollte, war seine Tochter. Immer und immer wieder Nina. Ninas Entsetzen. Ihre angstvoll geweiteten Augen. Aber auch ihr Lachen. Ihre Vorfreude darauf, dass sie Fische haben würden. Er dachte an die Wasserflasche, die sie ihm an seine wenig eindrucksvolle Teichbaustelle gebracht hatte, und fühlte, wie die Erinnerung ein Lächeln über sein Gesicht goss. Erst als ihm klar wurde, dass die Kollegen seinen Gesichtsausdruck in einer Situation wie dieser als vollkommen deplatziert empfinden mussten, hörte er auf zu lächeln.

»Fest steht, dass Hrubesch sich gehörig auf den Hosenboden hätte setzen müssen, um sein Abitur zu schaffen«, bemerkte Höppner hinter seinem Pult, bevor er sich zum wiederholten Male räusperte. Einer der Beamten aus der ersten Reihe stand auf und stellte ihm ein Glas Wasser hin. Ob der Einsatzleiter diese fürsorgliche Geste allerdings überhaupt bemerkte, blieb offen, denn er fuhr umgehend fort: »Andererseits kann man in Hrubeschs Fall kaum von einer total verpfuschten Schullaufbahn sprechen, wie einige Medien vorschnell berichtet haben. Die familiäre Situation des Jungen ist hingegen noch weitgehend ungeklärt.« Höppner seufzte. »Sie alle kennen die Faktoren, die solche Bluttaten normalerweise auslösen, und es ist durchaus wahrscheinlich, dass es gewisse familiäre Probleme gegeben hat. Allerdings nichts, das allzu offen auf der Hand läge, sonst hätten sich unter Garantie schon ein paar wissende Nachbarn zu Wort gemeldet.« Er griff nach dem Wasserglas und trank ein paar Schlucke, bevor er mit hörbar erfrischter Stimme hinzusetzte: »Im Übrigen galt Nikolas Hrubesch allenthalben als verschlossen und soll überdies erst vor kurzem von ein paar Schülern seiner Jahrgangsstufe gemobbt oder doch zumindest erheblich geärgert worden sein. Ob diese Informationen tatsächlich zutreffen, werden die Ermittlungen der nächsten Stunden und Tage zeigen. Allerdings spielt Rache, wie Sie alle wissen, bei solchen Taten oft eine entscheidende Rolle.« Lars Höppner hielt abermals inne und reckte den Kopf, weil sich einer der Beamten aus der hintersten Reihe per Handzeichen zu Wort gemeldet hatte. »Ja?«

»Existiert so etwas wie ein Abschiedsbrief des Amokschützen?«, wollte der Kollege wissen, den Verhoeven noch nie zuvor gesehen hatte und daher auch keiner Abteilung zuordnen konnte. »Oder ein Videoband?«

Höppner schüttelte den Kopf. »Nein, die Kollegen haben bislang nichts dergleichen gefunden.«

Natürlich nicht, dachte Verhoeven. Denn wenn es stimmt, dass Nikolas Hrubesch seinen Amoklauf überleben wollte – warum hätte er der Welt dann ein Abschiedsvideo hinterlassen sollen?

3

Karen Ringstorff trank einen Schluck von ihrem Rotwein und starrte auf die Kante ihres Couchtischs hinunter. Sie trug noch immer dieselben Sachen, mit denen sie am Morgen das Haus verlassen hatte. Hose. Bluse. V-Pulli. Nicht einmal ihre Schuhe hatte sie ausgezogen, obwohl sie sie nun schon mehr als vierzehn Stunden an den Füßen hatte.

Sie war von einem SEK-Beamten in schwarzer Montur und kugelsicherer Weste zu einem Transporter geführt, registriert und auf die Liste der Überlebenden gesetzt worden, sie hatte Fragen beantwortet und Kollegen umarmt. Zuvor war sie ziel- und planlos durch die Zelte geirrt, die von den Einsatzkräften in aller Eile in einem nahe gelegenen Park errichtet worden waren, um eine rasche Erstversorgung der Verletzten sicherzustellen. Sie hatte Hände geschüttelt, die sich ihr entgegengestreckt hatten, sie hatte in fassungslose Gesichter geblickt und weinende Schülerinnen getröstet, die sie zum Teil nicht einmal gekannt hatte. Was sie in diesen seltsam intimen Momenten gesagt, ob sie Worte des Trostes gefunden hatte, konnte sie rückblickend nicht mehr sagen. Sie wusste nur, dass sie irgendwann viel später, lange nach Anbruch der Dunkelheit, nach Hause gefahren war. Per Taxi. Ihr Golf stand noch immer auf dem Parkplatz hinter der Schule, und sie fragte sich, wann sie die Energie aufbringen würde, sich wieder hinter das Steuer zu setzen. Wie lange es dauern würde, bis wieder so etwas wie Normalität einkehrte. Ob es überhaupt jemals wieder normal zugehen würde in ihrem Leben. Und in dem der anderen …

Sie starrte in ihr Glas hinunter, das bereits wieder zur Hälfte leer war.

Schon an der Wohnungstür hatte ihr der Widerschein ihres Anrufbeantworterlämpchens entgegengeflimmert, grün blinkende Signale eines wie auch immer gearteten Interesses an ihr und ihrem Wohlergehen. Aber sie hatte es nicht über sich gebracht, die Wiedergabetaste zu drücken. Das Einzige, was sie getan hatte, war, ihre gänzlich in Tränen aufgelöste Mutter in Köln anzurufen, und selbst das bereute sie inzwischen bitterlich. Normalerweise hatten sie nur wenig Kontakt, aber das Massaker lief auf allen Kanälen, und ihre Mutter war nun einmal ihre Mutter. Also hatte Karen Ringstorff es für angebracht gehalten, sie anzurufen. Zu sagen, dass es ihr gut gehe. Den Umständen entsprechend. Dass sie unverletzt geblieben war. Zumindest rein äußerlich. Doch ihre Mutter hatte nichts anderes getan, als herumzuschreien und sich anschließend mit kaum gebändigter Hysterie zu erkundigen, warum sie sich nicht längst gemeldet habe. So habe sie über die Angehörigen-Hotline der Wiesbadener Polizei erfahren müssen, dass ihre einzige Tochter nicht unter den Todesopfern des Amoklaufs gewesen sei. *Das ist kein guter Stil,* hatte sie geschluchzt. Und angesichts dieses Schluchzens hatte Karen Ringstorff darauf verzichtet, ihrer Mutter zu erklären, dass sie all diese Stunden, die seit der Tat vergangen waren, gebraucht hatte, um sich darüber klar zu werden, dass sie noch lebte.

So seltsam das klang, aber etwas in ihr registrierte erst jetzt, dass sie davongekommen war. Sie schenkte sich Rotwein nach und dachte an den BKA-Beamten, der sie befragt hatte. An den Ausdruck auf seinem Gesicht, als er sich erkundigt hatte, warum sie zum Zeitpunkt des Amoklaufs nicht im Lehrerzimmer gewesen sei. So wie sonst auch.

»Es war Ihre Freistunde?«, hatte er gefragt, und sie hatte genickt. »Haben Sie jeden Dienstag in der fünften Stunde frei?«

»Ja, seit Beginn dieses Schuljahres.«

»Und dann?«

»Wie meinen Sie das?«

»Was haben Sie anschließend? In der sechsten Stunde?«

Sie hatte wirklich und wahrhaftig überlegen müssen, aber das hatte er wahrscheinlich auf die Situation geschoben. Auf den Ausnahmezustand, in dem sie sich alle seit ein paar Stunden befanden. »Deutsch«, hatte sie geantwortet, als sie sich endlich sicher gewesen war. »Einen Grundkurs. Elfte Klasse.«

Der Polizist hatte sie angesehen und gelächelt, aber sie war sich nicht sicher gewesen, ob er es erst gemeint hatte. Ob er ihr tatsächlich freundlich gesonnen war. »Wäre praktischer, wenn das gleich die fünfte Stunde wäre, was?«

Sie hatte nur verständnislos den Kopf geschüttelt.

»Dann könnten Sie früher nach Hause gehen.«

»Ach so.« Sie hatte ebenfalls zu lächeln versucht und anschließend erklärt, dass sie ohnehin in der Schule bleiben müsste, weil sie am Nachmittag noch die Theater-AG leite, Grundkurs hin oder her.

»Theater, hm?« Der Beamte hatte interessiert den Kopf gehoben. »Unsere Tochter macht jetzt auch was in dieser Richtung. Ist ganz verrückt danach. Musical und so, Sie wissen schon. Sie will sogar Schauspielerin werden, wenn sie mit der Schule fertig ist. Oder Sängerin.«

»Aha.«

»Wir hoffen natürlich, dass das alles nur eine Phase ist.«

Karen Ringstorff hatte mit ihm gelacht und sich dabei im Stillen gefragt, warum er bei allem Ernst der Lage so vertraulich tat. Und warum er an einem Tag, der so viele Opfer gefordert hatte, ausgerechnet ihr so viel Zeit widmete. Was er von ihr wollte …

»Aber für gewöhnlich verbringen Sie Ihre Freistunde schon im Lehrerzimmer, oder?« Von einer Sekunde zur anderen war sein Tonfall wieder hart gewesen. So hart, dass Karen Ringstorff erschreckt zusammengezuckt war. Klartext. Ende der plumpen Vertraulichkeiten. Punktum.

Sie hatte genickt. »Ja.«

»Immer?«

»In der Regel ja.«

»Nikolas Hrubesch könnte das gewusst haben?«

Sie hatte ihn angesehen und entgegnet: »Jeder könnte das gewusst haben.«

»Warum waren Sie ausgerechnet an einem Tag wie dem heutigen nicht dort, wo Sie sonst immer sind?«

Und in diesem Augenblick hatte sie auch endlich verstanden, worauf der Beamte hinauswollte, und sie hatte von der verletzten Schülerin erzählt und vorsichtshalber auch gleich deren Namen genannt.

Mareike Gruner ...

Den Namen wusste sie, weil sie das Mädchen gefragt hatte, wie es heiße, als sie nach den ersten Schüssen auf den Gang hinausgespäht hatten. Da hatten sie den Körper der fremden Frau auf dem Flur liegen sehen, und sie hatte sich etwas einfallen lassen müssen, um die Kleine abzulenken. Immerhin war das Mädchen drauf und dran gewesen, in Panik zu geraten. Karen Ringstorff nickte leise vor sich hin. Und das war ja auch ganz natürlich. Beinahe jeder war in Panik geraten, heute früh.

Mareike Gruner hatte sich also die Hände vors Gesicht geschlagen und gekreischt, und sie hatte das Mädchen bei den Schultern gepackt und gefragt, wie es heiße. *Okay, Mareike,* hatte sie gesagt, *wir wissen beide nicht, was da draußen los ist. Und deshalb ist es das Sicherste, wenn wir erst mal hierbleiben und uns ruhig verhalten, verstehen Sie?* Die Kleine war unter ihren Augen um mindestens fünf Jahre jünger geworden und hatte dann eifrig und folgsam mit dem Kopf genickt wie ein eingeschüchtertes Kind. Karen Ringstorff hatte die Schülerin angewiesen, sich auf die Liege zu setzen und sich ganz auf ihren Atem zu konzentrieren, und dann war sie erneut zur Tür gegangen. Zu diesem Zeitpunkt war es ruhig gewesen, draußen auf dem Flur. Vollkommen ruhig. Also hatte sie es gewagt, noch einmal um die Ecke zu sehen. Wie zuvor waren ihre Augen an dem leblosen Körper vor dem Lehrerzimmer hängen geblieben. Und dann war irgendwo, weit entfernt, das Inferno von neuem losgebrochen. In ihrem Rücken hatte Mareike Gruner leise zu wimmern begonnen, und Karen Ringstorff hatte entschieden, dass es an der Zeit war, zu handeln.

Ganz cool.

Und auch vollkommen rationell, eigenartigerweise.

Etwas, das sie sich selbst niemals zugetraut hätte.

Hör zu, Mareike, hatte sie geflüstert, und das Mädchen hatte sich an sie geklammert, als wolle es nie wieder loslassen, *du kommst jetzt mit mir, okay? Und wenn wir draußen auf dem Flur sind, möchte ich, dass du dich beeilst und dabei so leise wie möglich bist, kannst du das?* Das Mädchen hatte genickt, wieder genickt, und sie waren Arm in Arm auf den Gang hinausgetreten. Ins Ungewisse. *Sieh nicht nach links, hast du mich verstanden? Geh einfach weiter! Gut so! Und jetzt zur Tür, schnell!* Befehlston wie beim Militär. Und aus der Ferne die Schüsse. Immer wieder Schüsse. Woher genau, hatte Karen Ringstorff nicht sagen können, aber nach allem, was sie inzwischen wusste, mussten es wohl die Schüsse im dritten Stock gewesen sein. Jene, die Helen Malgorias getötet hatten. Und Erwin Schmidtke. Kollegen, die sie ihr halbes Leben lang gekannt hatte.

Am Haupteingang hatte sie noch einmal kurz nach der Frau geschielt, die leblos am Boden lag. Karen Ringstorff hatte daran gedacht, stehen zu bleiben. Aber auch daran, dass ihr Handy in der Tasche ihres Blazers steckte und dass der Blazer im Spind hing, dort hinten, im Lehrerzimmer, vor dem eine Frau lag, die tot oder doch zumindest schwer verletzt war. *Lauf,* hatte sie geschrien und Mareike Gruner vor sich her durch die Eingangstür geschoben. *Lauf, so schnell du kannst, verstehst du mich?*

»Fragen Sie das Mädchen, wenn Sie mir nicht glauben«, hatte sie gesagt und den BKA-Beamten mit einer Mischung aus Wut und Trotz angesehen.

»Sie haben großes Glück gehabt, Frau Ringstorff«, hatte er entgegnet und dann nach kurzem Zögern hinzugefügt: »Er hat nach Ihnen gefragt, dort im Lehrerzimmer.«

Sie hatte den Mann angestarrt. »Nikolas?«

Und er hatte genickt. »Hatte der Junge einen besonderen Grund, Sie zu hassen? Hatten Sie vielleicht irgendwelche Schwierigkeiten mit ihm?«

Sie hatte mit den Schultern gezuckt und gemerkt, wie eine Welle von Wut über ihren zitternden Körper geschwappt war. Schwierigkeiten! Was wollte dieser Kerl von ihr hören? Alle Menschen hatten ständig und immer Schwierigkeiten miteinander. Bloß dass sie einander in der Regel nicht über den Haufen knallten. Sie hatte dem Beamten ein sarkastisches Lächeln geschenkt und dabei gedacht, dass er auch dieses Lächeln wieder falsch verstehen würde. »Nikolas ist mit meiner Benotung seiner Leistungen nicht immer einverstanden gewesen.«

»Hat er Ihnen das gesagt?«

»Nein, aber sein Unmut war kaum zu übersehen.«

»Hat er Sie jemals bedroht?«

»Nein, nie.«

»Auch nicht indirekt?«

»Auch nicht indirekt.«

»Er ist Ihnen niemals zu nahe getreten?«

»Wie ich bereits sagte: nein.«

Der Polizist hatte sich etwas notiert und sie anschließend gehen lassen. Und nun saß sie hier, zu Hause im Wohnzimmer, und starrte die Kante ihres Couchtischs an. *Sie haben großes Glück gehabt,* hallte die Stimme des BKA-Beamten in ihren Ohren wider. Oh ja, dachte sie, das hatte ich wohl. Ganz im Gegensatz zu anderen.

Sie dachte an Beate Soltau, die langjährige Schulsekretärin, die gestorben war, weil sie sich an einem Ort befunden hatte, an dem sie in der fünften Stunde, zum Zeitpunkt der Bluttat, gar nicht mehr hätte sein dürfen. In der Bibliothek, um genau zu sein, die dienstags nur während der großen Pause und in der anschließenden vierten Stunde geöffnet hatte. Nur heute, ausgerechnet an diesem besonderen, an diesem unsäglichen Dienstag … Karen Ringstorff kniff die Augen zusammen, als die Kante des Couchtischs unter ihrem Blick zu verschwimmen begann. Beate Soltau ist in der Bibliothek gewesen, weil das Schicksal es mit ihr ganz offensichtlich nicht so gut gemeint hat wie mit mir, dachte sie schaudernd, während für einen kurzen Moment das Gesicht der Schulsekretärin in ihr aufblitzte. Sie wusste nicht viel über die Frau mit den schulterlangen braunen Haaren, die immer so freundlich gegrüßt hatte, wenn sie einander auf dem Gang begegnet waren. Nur dass Beate Soltau klassische Musik gemocht und auch mal schnell und unbürokratisch Abhilfe geschaffen hatte, wenn zu viele Schüler aus Karen Ringstorffs Deutschkurs die Lektüre, die sie gerade durchnahmen, zu Hause vergessen hatten. *Einen Klassensatz* Faust 1 ? *Aber sicher doch, Frau Ringstorff, ich schließe hier nur schnell ab, dann gehe ich mit Ihnen nach oben. Und wenn Sie es nachher nicht mehr schaffen, macht es auch nichts. Es reicht vollkommen, wenn Sie mir die Bücher morgen in der großen Pause vorbeibringen.*

Warum, um alles in der Welt, bist du auch immer so freundlich gewesen?, dachte Karen Ringstorff, indem sie sich eine Begegnung mit Beate Soltau auf einem Frankfurter Trödelmarkt ins Gedächtnis rief. Ich liebe alte Sachen, hatte die Sekretärin mit verklärtem Blick geschwärmt und Karen Ringstorff dann voller Stolz ein entschieden scheußliches Kruzifix präsentiert, das sie günstig erstanden habe, weil dem Gekreuzigten im letzten Weltkrieg bedauerlicherweise beide Füße und obendrein ein Stück vom Kopf abhandengekommen seien. Aber das sei ja im Grunde halb so schlimm, nicht wahr, immerhin sei das Wesentliche an einem Kreuz doch wohl das Kreuz, oder etwa nicht?

Karen Ringstorff hatte die Sekretärin mit einem mitleidigen Lächeln bedacht und dann pflichtschuldig eine der seltenen Ausgaben hergezeigt, nach denen sie von Zeit zu Zeit die Flohmärkte und Antiquariate der Umgebung abklapperte. *Oh mein Gott, jetzt sehen Sie doch nur mal, wie hübsch das illustriert ist,* hatte Beate Soltau gerufen und dabei verzückt in Hans Christian Andersens Märchen geblättert, *das waren noch Zeiten, als sich die Verlage so richtig Mühe mit ihren Büchern gegeben haben, nicht wahr? Ganz anders als heute, wo alles immer bloß bunt und schrill und plakativ sein muss!*

Karen Ringstorff strich sich ein paar verirrte Haare aus dem Gesicht und verspürte mit einem Mal eine tiefe, bodenlose Traurigkeit. Wenn Beate Soltau an ihrem Platz im Sekretariat gewesen wäre anstatt in der Bibliothek, pochte es hinter ihrer Stirn. Wenn sie sich nicht aus irgendeinem unerfindlichen Grund verspätet hätte an diesem Vormittag ...

Ich sollte mich bei Frau Soltau melden, hörte sie unvermittelt wieder Mareike Gruners Stimme sagen, *aber die war nicht da, und da dachte ich ...*

Karen Ringstorff griff wieder nach ihrem Glas. Beate Soltau hätte mit diesem Mädchen gehen sollen, dachte sie. Dann hätte sie neben dem Erste-Hilfe-Kasten gestanden, als die ersten Schüsse fielen. Dann hätte sie überlebt. Dann hätte sie sich retten können, so wie ich mich retten konnte. Aber stattdessen ist sie in der Bibliothek gewesen, wo man sie erschossen hat. Ihre Hand, die das Rotweinglas hielt, begann zu zittern. Wie nannte man so etwas? Schicksal? Fügung? Oder ganz einfach Pech?

Sie wusste es nicht.

Sie hoffte nur, dass sie endlich betrunken genug wäre, um nicht länger darüber nachdenken zu müssen.

4

Die Schule war noch immer weiträumig abgeriegelt, als Verhoeven und seine Partnerin an der Aarstraße eintrafen, und die Kontrollen, denen sie sich unterziehen mussten, waren schärfer als bei einem Interkontinentalflug. Allein drei Mal mussten sie sich ausweisen, um bis an die letzte Absperrung zu gelangen.

Über dem gesamten Gelände lag eine tiefe, unnatürliche Stille, unterbrochen einzig vom Rauschen und Knacken des Polizeifunks, das aus dem Inneren der zahllosen Einsatzfahrzeuge drang. Mannigfaches Blaulicht flackerte über die Fassaden der umliegenden Häuser, und gegen ihren Willen musste Winnie Heller an eine groteske Lasershow denken, an die Lichtsäulen im *Rhythm's Cube.* An fremde Gesichter, die vor ihr aufblitzten, zuckend und bleich, um anschließend sofort wieder in ruheloser Düsternis zu verschwinden. Und an lackierte Blätter, die mit bizarrer Schärfe vor einem pechschwarzen Himmel standen, während ein Kerl, dessen Gesicht in ihrer Erinnerung nichts als ein konturloser Schatten war, am Reißverschluss seiner Hose zerrte …

Sie atmete tief durch und versuchte, die Bilder zu verdrängen, die seit gestern Nacht wieder und wieder durch ihren Kopf flimmerten, sich auf das Hier und Jetzt zu konzentrieren. Auf Verhoeven, der voranging, und die Arbeit, die sie zu erledigen hatten. Über ihren Köpfen knatterten die Rotorblätter eines Hubschraubers, der vermutlich ein Kamerateam an Bord hatte. Eines von denen, die noch immer nicht aufgegeben hatten. Die selbst jetzt, Stunden nach der Tragödie, noch immer auf neue, interessante Bilder hofften. Auf irgendetwas Spektakuläres, über das sich berichten ließ. Winnie Heller schob die Hände in die Taschen ihrer Jeans und merkte, dass ihr kalt war. Verdammt kalt sogar. Sie dachte an die Strickjacke, die sie normalerweise im Auto hatte und die nun zu Hause im Wäschekorb lag, weil sie mit etwas in Berührung gekommen war, das sie entweiht hatte, und fragte sich, ob sie es jemals wieder über sich bringen würde, diese Jacke zu tragen. Dabei fiel ihr auch ihr Handy ein, das sie vor der Besprechung in Hinnrichs' Büro aus- und seither wohlweislich nicht wieder eingeschaltet hatte, und schon jetzt graute ihr vor dem Moment, in dem sie nicht umhinkonnte, es wieder zu benutzen. Jenem Augenblick, in dem zwangsläufig all die Nachrichten über sie hereinbrechen würden, die Lübke in der Zwischenzeit hinterlassen hatte. Oder vielleicht doch nicht? Immerhin hatte er im Augenblick weiß Gott Besseres zu tun, als sich um einen von Hinnrichs' Frischlingen zu kümmern, der es einfach nicht auf die Reihe kriegte. Um eine Versagerin, die zu blöd war, sich das Gesicht eines Mannes einzuprägen, der mitten in der Nacht über sie herfiel in der festen Absicht, ihrem Körper und ihrer Seele Gewalt anzutun. Winnie Heller schluckte, als sie merkte, wie ihr Herz aufs Neue zu rasen begann. Oh nein, dachte sie, Lübke ist beschäftigt heute Abend. Wir alle sind beschäftigt. Es ist etwas geschehen in dieser Stadt, etwas, das so ungeheuerlich ist, dass es uns alle bis an die Grenzen unserer Belastbarkeit fordern wird.

Entschlossen riss sie die Hände aus den Taschen, obwohl sie nach wie vor fror, und beeilte sich, zu Verhoeven aufzuschließen, der bereits ein ganzes Stück voraus war. Er trug eine anthrazitfarbene Wildlederjacke über seinem hellblauen Businesshemd, und Winnie Heller überlegte, wie er es fertigbrachte, immer und überall passend gekleidet zu sein. Eine Jacke zur Hand zu haben, wenn er eine brauchte. Oder eine Krawatte. Wahrscheinlich legte ihm seine von Kopf bis Fuß durchgestylte Frau jeden Abend den halben Schrankinhalt auf die Bettkante, damit er immer und überall einen guten Eindruck hinterließ und eines schönen Tages vielleicht sogar eine Abteilung leitete. Oh ja, dachte Winnie Heller giftig, wenn er so weitermacht, immer schön unauffällig bleibt und den richtigen Leuten zur richtigen Zeit den Arsch küsst, läge das durchaus im Bereich des Möglichen! Sie bedachte die tadellos geputzten Schuhe ihres Vorgesetzten mit einem verächtlichen Blick, dann betraten sie Seite an Seite den Altbau des Clemens-Brentano-Gymnasiums.

An einer verwaisten Pförtnerloge vorbei gelangten sie in einen typischen, mit hellgrauem Linoleum ausgelegten Schulflur, von dem zu beiden Seiten eine Reihe von Türen abzweigten. Die Luft war schal und abgestanden, aber zu Winnie Hellers Erleichterung roch sie weder nach Blut noch nach Schießpulver. Allerdings hatte sie das Gefühl, einen deutlichen Nachhall des panischen Entsetzens zu spüren, das die Flure dieser Schule erst vor wenigen Stunden erfüllt hatte. Eine zurückhängende Angst, die schwer und drückend wie eine nasse Wolldecke über dem Gebäude lag.

»Das dort drüben müsste das Lehrerzimmer sein«, sagte Verhoeven und deutete auf eine von zwei Türen zur Rechten.

Die beiden Räume, die sich dahinter verbargen, lagen ein wenig zurückgesetzt, genau, wie es auf dem Raumplan bereits angedeutet gewesen war. Zwischen den Eingängen standen zwei augenscheinlich ziemlich betagte Kopierer mit Münzeinwurf, und ein paar Meter weiter verriet eine verschmierte brombeerfarbene Lache, dass dort erst vor Kurzem ein Mensch in seinem eigenen Blut gelegen hatte. Die Mutter zweier kleiner Kinder, wie Winnie Heller einem der eilig zusammengestellten Informationsblätter entnommen hatte. Jana Weinand, die den Außendienstjob bei einer Firma für Lernsoftware, der sie nun vielleicht das Leben kosten würde, erst seit ein paar Wochen innehatte und die ganz und gar zufällig vor den Lauf von Nikolas Hrubeschs Waffe geraten war, weil sie bis zu ihrem Gespräch mit dem Direktor der Schule noch eine Viertelstunde Zeit gehabt hatte und auf der Suche nach einem Platz gewesen war, an dem sie ungestört warten konnte.

Winnie Heller starrte auf den Blutfleck hinunter, der im Licht der zusätzlich aufgestellten Scheinwerfer beinahe schwarz wirkte. Ringsum markierten Streifen von Klebeband jene Stellen, an denen die Spurensicherung fündig geworden war. In einer Ecke lag ein vergessenes Plastikschild, das die Nummer Vier trug.

Winnie Heller verdrängte die neuerliche Erinnerung an Lübke und folgte stattdessen der Spur aus Klebestreifen, die an den Kopierern vorbei geradewegs ins Lehrerzimmer führte. Sie warf einen flüchtigen Blick hinein und dachte daran, dass sich Nikolas Hrubesch angeblich ganz gezielt nach einer bestimmten Lehrerin erkundigt hatte, bevor er den Raum in Richtung Treppenhaus verlassen hatte, um irgendwo im dritten Obergeschoss weiterzumorden. Nach einer gewissen Karen Ringstorff, die zur betreffenden Zeit eine Freistunde gehabt hatte, aber nicht im Lehrerzimmer gewesen war, weil ... Winnie Heller stutzte. Weil sich jemand verletzt hatte, dachte sie, aber angesichts der Flut von Informationen, die in den vergangenen Stunden über sie hereingebrochen waren, traute sie ihrer eigenen Erinnerung nicht so ohne weiteres über den Weg. Und allmählich dämmerte ihr auch, wie lange es dauern würde, bis sie sich ein halbwegs brauchbares Bild von den Ereignissen gemacht hatten, die sich an dieser Schule zugetragen hatten. Zeit, die sie vielleicht nicht hatten. Ihre Augen kehrten zu dem Blutfleck auf dem Boden zurück, und sie überlegte, ob einer der Kollegen daran gedacht haben mochte, Sven Strohte unter Polizeischutz zu stellen. Ob irgendjemand es für nötig befunden hatte, einen Jungen zu schützen, der möglicherweise als Einziger wusste, dass Nikolas Hrubesch bei seiner wahnwitzigen Tat nicht allein gewesen war.

Als ein dunkel gekleideter Beamter auf sie zutrat, hob sie den Kopf.

»Sind Sie die Kollegen, die den Umkleideraum sehen wollen?«

Verhoeven bejahte.

»Gut, dann kommen Sie.«

Gegenüber vom Haupteingang führte eine breite Glastür auf den Pausenhof hinaus. Der Beamte in Schwarz ging voran. Auch hier draußen erhellten Scheinwerfer die hereinbrechende Nacht. Gesichtslose Schatten in weißen Overalls liefen zwischen den Stämmen der alten Kastanien umher und suchten jeden Zentimeter Boden nach Hinweisen ab, die möglicherweise überhaupt nicht existierten. Aber alle Beteiligten wussten, dass man nichts außer Acht lassen durfte. Nicht bei einer Sache wie der, die sich heute an dieser Schule ereignet hatte.

In einiger Entfernung entdeckte Winnie Heller einen Kollegen, den sie vor ein paar Monaten im Rahmen einer Fortbildung kennengelernt hatte. Doch er blickte nicht auf, nicht einmal, als sie auf Armlänge entfernt an ihm vorbeigingen. Winnie Heller drehte sich nach dem hell erleuchteten Altbau um. Vor Ort wirkten die Entfernungen weitaus größer als im Fernsehen. Selbst das viel beschworene Durchgangsgebäude, das Alt- und Neubau miteinander verband, war deutlich breiter, als Winnie Heller nach dem Studium des Raumplans erwartet hatte. Auf der Altbauseite klebte der östliche Treppenaufgang wie eine überdimensionale Murmelbahn, und sie dachte daran, dass Nikolas Hrubesch diese Stufen hinaufgehastet war, nachdem er das Lehrerzimmer verlassen hatte. Ob er wütend gewesen war, darüber, dass er die verhasste Lehrerin nicht angetroffen hatte? Hatte er deswegen dort oben umso heftiger gewütet? Oder hatte er einen guten Grund gehabt für alles, was er an diesem Vormittag getan hatte, einen Plan, etwas, das durchaus rationell war? Winnie Heller zog fröstelnd die Ärmel ihres Sweatshirts über ihre Handgelenke und blickte an der Fassade der Turnhalle hinauf, die im Gegensatz zu den übrigen Gebäudeteilen im Dunkeln lag. Hohe, finstere Scheiben, die wie erloschene Augen wirkten, glotzten ihr entgegen, und sie überlegte, ob es irgendeine Rolle spielte, dass die Halle derzeit wegen Bauarbeiten geschlossen war. Ob Nikolas Hrubesch diese Tatsache vielleicht sogar einkalkuliert hatte, als er Sven Strohte anwies, eine knappe halbe Stunde vor dem Amoklauf ins Untergeschoss des Neubaus zu kommen ...

Von einem weiteren Treppenhaus am rückwärtigen Ende der Turnhalle kam ihnen eine Gruppe von Kriminaltechnikern entgegen. Drei Männer und eine Frau. Ihre Blicke trafen sich kurz, aber niemand grüßte. Es schien fast, als versuche jeder Einzelne von ihnen, auf eine stille, fast meditative Weise mit dem, was an diesem Ort geschehen war, fertig zu werden.

»Hier entlang.«

Der Beamte, der sie führte, hastete eine fünfstufige Treppe hinauf, an deren oberem Ende eine Glastür ins Treppenhaus des Neubaus führte. Rechter Hand hing ein schlichtes weißes Schild, das auf die Bauarbeiten in der dahinter liegenden Turnhalle hinwies. Unmittelbar darüber hingen Elektrokabel von der Decke herab wie lange, schwarze Schlangen. Dicke Rollen mit Isoliermaterial waren entlang der Wände aufgereiht, allenthalben roch es nach Mörtel und Kalk.

Winnie Heller stolperte hinter Verhoeven her, eine breite, mit rutschfesten Plastikkanten versehene Steintreppe hinunter. Aus dem Untergeschoss schlug ihnen ein typischer Souterrainmief entgegen. Feuchter Staub und alter Schweiß, dazu ein Hauch von Schimmel.

»Das dort drüben ist der Putzraum, in dem Sven Strohte auf Hrubesch warten sollte«, erklärte der Mann in Schwarz, ohne seinen Schritt nennenswert zu verlangsamen. »Dieser Raum hier rechts war für den Kleidertausch vorgesehen, und hier ...« Er stoppte ein paar Meter weiter vor einer geöffneten Tür und ließ den beiden Kommissaren den Vortritt. »Hier haben die Kollegen vom SEK Hrubeschs Leiche gefunden.«

Als sie eintraten, fürchtete Winnie Heller einen kurzen Moment lang, sie könnten Lübke begegnen, doch in dem Umkleideraum, in dem der junge Amokschütze sein Leben verloren hatte, befanden sich lediglich zwei von Lübkes Untergebenen. Sie hatten ihre silbernen Einsatzkoffer auf einer der wackligen Holzbänke abgestellt und nahmen am entgegengesetzten Ende des Raumes Fingerabdrücke von einer Reihe von Spinden. Ob sie sich von dieser Maßnahme tatsächlich etwas versprachen oder einfach nur ihre Pflicht taten, blieb ihr Geheimnis.

»Hrubesch hat dahinten gelegen.« Der Beamte, den ein über der Brust befestigtes Plastikschild als *Mario Welling* auswies, deutete auf eine mit Klebeband markierte Stelle zwischen zwei Spindreihen. »Oder vielmehr: Dort saß er, den Rücken gegen den Spind gelehnt.«

»Wo war die Pistole?«, erkundigte sich Verhoeven, obwohl sie die Antwort auf diese Frage bereits kannten.

»In seiner Hand«, antwortete Welling routiniert. »Das Magazin war noch fast voll. Aber natürlich hatte er zu diesem Zeitpunkt schon ein paar andere verschossen.«

»Und das Jagdgewehr?«

»Lehnte neben ihm an der Wand.«

»War es geladen?«

»Ja.«

Verhoeven tauschte einen Blick mit seiner Kollegin, und wie schon zuvor in Hinnrichs' Büro dachte Winnie Heller, dass jemand, der gerade elf Menschen erschossen und den Tod von unzähligen weiteren in Kauf genommen hatte, sich auf keinen Fall so ohne Weiteres einem möglichen Angreifer ergeben haben würde, selbst wenn es diesem irgendwie gelungen wäre, an die Pistole zu kommen. Nicht, solange sich noch ein geladenes Jagdgewehr in seinem Besitz befand.

Zu dritt zwängten sie sich zwischen den Spinden hindurch, die rostig und zum Teil auch reichlich verbeult waren.

So unübersichtlich, wie es hier ist, hätte sich ein möglicher zweiter Schütze durchaus unbemerkt an Nikolas Hrubesch heranschleichen können, resümierte Winnie Heller. Noch dazu, wenn Hrubesch im fraglichen Moment mit der Suche nach Sven Strohte, seinem auserwählten Sündenbock, beschäftigt gewesen war. Sie tastete nach dem Raumplan, den sie vor ihrem Aufbruch zusammengefaltet und in die Gesäßtasche ihrer Jeans gestopft hatte, und warf einen flüchtigen Blick auf die Zeichnung. Der Umkleideraum, in dem Nikolas Hrubesch seinen Mitschüler mit vorgehaltener Pistole zum Ausziehen seiner Kleider aufgefordert hatte, war von dem Zimmer, in dem sie jetzt standen, lediglich durch eine heruntergekommene Sanitäranlage getrennt. Jene Sanitäranlage, durch die Sven Strohte entkommen konnte, ergänzte Winnie Heller, indem sie den Plan wieder einsteckte. Sie sah sich nach Verhoeven um, der jedoch nach wie vor mit dem Spind beschäftigt schien, und schlenderte dann langsam auf die Tür zu, die zu den angrenzenden Duschen führte. Genau gegenüber befand sich eine weitere Tür, die – davon hatte sich Winnie Heller schnell überzeugt – tatsächlich in jenen Umkleideraum führte, den Nikolas Hrubesch für den Kleidertausch mit seinem Sündenbock vorgesehen hatte. Er muss angenommen haben, dass Sven Strohte durch die Duschen hindurch und dann hierher, in diesen zweiten Umkleideraum, geflüchtet ist und sich irgendwo zwischen den Spinden versteckt hat, dachte sie, wobei sie ihre Augen über den abgestoßenen Türrahmen wandern ließ. Doch Sven Strohte war nicht durch diese Tür gelaufen. Und er hatte sich auch nicht zwischen den Spinden versteckt. Stattdessen war er hinaus auf den Gang gerannt.

Winnie Heller machte kehrt und gesellte sich wieder zu Verhoeven, doch mit Rücksicht auf den Umstand, dass sie nicht allein waren, tauschten sie ihre Eindrücke zunächst nicht laut aus, sondern folgten dem Beamten namens Welling wortlos auf den Flur hinaus.

»Dort drüben ist der Raum, in dem sich Sven Strohte bis zum Eintreffen des SEK versteckt hat«, erklärte Welling, indem er sich nach rechts wandte. »Er wird von den Hausmeistern der Schule als Abstellkammer genutzt.«

Das bewusste Zimmer befand sich auf der gegenüberliegenden Seite des Ganges, die drittletzte Tür auf der linken Seite. Winnie Heller wartete, bis Verhoeven an ihr vorbei war, dann ging sie in die Knie und sah sich den Boden an, auf dem man – abhängig davon, wie das Licht fiel – vage Spuren der zahllosen Füße ausmachen konnte, die seit den frühen Mittagsstunden hier ein und aus gegangen waren. Darüber hinaus war der Raum in einem erstaunlich aufgeräumten Zustand. Ein paar zusammengeschobene Leitern lehnten an der Wand neben der Tür. Daneben hingen dicke Bündel zusammengerollter Schläuche in allen erdenklichen Stärken von speziellen Halterungen herab. Es gab ein Regal voller Kabel und Werkzeuge, einen mehr als altertümlich anmutenden Rasenmäher, drei oder vier Stapel ausrangierter Papierkörbe aus Metall und diverse andere Kleinigkeiten.

Winnie Heller betrachtete eine Kollektion angerosteter Schraubenschlüssel und stellte sich Lübke vor, wie er in seiner komischen kleinen Laube kniete und mehrtürige Kleiderschränke zusammenzimmerte. Zugleich ärgerte sie sich darüber, dass es ihr einfach nicht gelingen wollte, bei der Sache zu bleiben. Und das, obwohl diese Ermittlungen, obwohl ihr Job das Einzige war, das ihrem alles in allem mehr als komplizierten Leben eine gewisse Struktur gab. Also konzentrier dich gefälligst endlich auf deine Arbeit, rief sie sich selbst zur Räson, oder willst du am Ende noch riskieren, dass Verhoeven Verdacht schöpft? Dass er sich dein Gesicht ein wenig genauer ansieht und sich zu fragen beginnt, warum um alles in der Welt du dich auf einmal so tierisch aufbrezelst, noch dazu an einem Tag, an dem du eigentlich dienstfrei hast.

Sie drehte sich um und bemerkte, dass ihr Vorgesetzter seine Inspektion des Wasserboilers, hinter dem Sven Strohte Zuflucht vor seinem Verfolger gesucht hatte, inzwischen beendet hatte. Er richtete sich auf, und für einen kurzen Moment trafen sich ihre Blicke. Dann verschwand Verhoeven durch die Tür. Winnie Heller hörte das Geräusch seiner Ledersohlen auf den Steinfliesen im Gang und dachte an die Schritte, die Sven Strohte gehört und von denen er angenommen hatte, sie gehörten Hrubesch.

Aber ist es tatsächlich Hrubesch gewesen, den er gehört hat?, überlegte sie, während sie nach Verhoeven lauschte, der draußen auf dem Flur hin und her lief und ein paar Türen auszuprobieren schien. Oder hatte Nikolas Hrubesch den Umkleideraum, in dem er seinen flüchtigen Sündenbock vermutet hatte, nicht mehr lebend verlassen? War ein anderer dort draußen auf dem Flur gewesen? Aber wer? Ein Komplize? *Nikolas Hrubesch ist tot,* plärrte ein imaginärer Hinnrichs in ihrem Kopf. *Er ist tot, weil ihn jemand erschossen hat. Jemand, der ihm die Waffe direkt an die Schläfe gehalten hat.*

»Was ist hinter dieser Tür?«, hörte sie Verhoeven draußen auf dem Gang fragen.

»Der Werkraum der Schule.«

Winnie Heller lugte um die Ecke und sah ihren Vorgesetzten am Ende des Flurs stehen.

»Ist dieser Raum grundsätzlich abgeschlossen?«

Der Beamte namens Welling schüttelte ratlos den Kopf. »Da müsste ich nachfragen.«

»Ja, bitte«, sagte Verhoeven. »Tun Sie das.« Dann kehrte er mit nachdenklicher Miene zu seiner Kollegin zurück.

»Und?«, fragte Winnie Heller mit sorgsam gedämpfter Stimme, obwohl Welling noch immer vor dem Werkraum stand und überdies bereits ein Handy am Ohr hatte. »Was denken Sie?«

Anstelle einer Antwort nahm ihr Vorgesetzter sie beim Arm und zog sie auf den Gang hinaus. Im Vorbeigehen betätigte er den Lichtschalter neben der Tür, sodass der Raum, in dem sich Sven Strohte versteckt hatte, nun vollkommen im Dunkeln lag. »Unser Zeuge kommt von hier.« Er schob sie vor sich her, während er sprach, und Winnie Heller hatte alle Mühe, nicht laut aufzuschreien, als er dabei zufällig auch ihre abgeschürfte Schulter berührte. »Der Junge ist in Panik. Er weiß, dass er nicht viel Zeit hat, denn Hrubesch ist ihm dicht auf den Fersen. Und er hat die freie Auswahl.« Verhoevens Blicke glitten über die Türen, die rechts und links abzweigten und die bis auf wenige Ausnahmen alle geöffnet waren. »Welchen Raum würden Sie an seiner Stelle gewählt haben?«

Winnie Heller berührte wieder ihre Wange, weil sie das beklemmende Gefühl hatte, dass sich ihr Make-up allmählich in Wohlgefallen auflöste. Aber vielleicht lag das auch nur daran, dass Verhoeven ihr eben so nahe gekommen war. »Vermutlich würde ich gar nicht erst auf den Gang gelaufen sein, wo ich sozusagen ohne Deckung dastehe«, beeilte sie sich, seine Frage zu beantworten, bevor er misstrauisch wurde. »Stattdessen würde ich wahrscheinlich versucht haben, mich irgendwo in diesem zweiten Umkleideraum zu verstecken. Da, wo Hrubeschs Leiche lag.«

Ihr Vorgesetzter nickte. »Das wäre in der Tat das Naheliegendste, nicht wahr? Und ganz offenbar ist es auch das, was Hrubesch angenommen hat.«

»Aber wenn ich mich aus irgendeinem unerfindlichen Grund doch für den Flur entschieden hätte«, spann Winnie Heller den Faden weiter, weil ihr bereits dämmerte, worauf Verhoeven hinaus wollte, »wäre ich höchstwahrscheinlich nach links gelaufen und hätte mich in einem der Räume dort hinten versteckt.«

»Warum?«, fragte er mit einem Lächeln, das zufrieden wirkte.

»Weil in dieser Richtung der Ausgang ist, schätze ich«, antwortete Winnie Heller ohne Zögern. »Vermutlich würde ich angenommen haben, dass ich auf diese Weise das Treppenhaus erreichen kann, wenn ich eine günstige Gelegenheit abpasse. Aber wie Sie schon sagten, war der Junge in Panik und …« Sie ließ den Satz offen und sah ihren Vorgesetzten an.

»Na schön, Sven Strohte nimmt, wie wir wissen, die andere Richtung.« Verhoeven fasste wieder nach ihrem Arm und zog sie zurück zu dem Raum mit dem Warmwasserbereiter, zurück zum Hausmeisterzimmer, wie Winnie Heller es im Stillen getauft hatte. »Er wählt die unwahrscheinlichste aller Varianten, wendet sich nach rechts und flüchtet ausgerechnet hierher. Was sagen Sie dazu?«

»Zugegeben, es sieht auf den ersten Blick nicht gerade einladend aus«, räumte Winnie Heller mit einem leisen Lächeln ein. Und das ist noch verdammt vorsichtig formuliert, ergänzte sie in Gedanken. Die Tür vor ihnen stand zwar noch immer offen, doch vom Flur aus drang nur ein schwacher Lichtschein ins

Innere des Raumes. Die paar Quadratmeter, die man mit einiger Mühe übersehen konnte, waren staubig und leer. Selbst von den Gerätschaften, die nahe bei der Tür standen, waren allenfalls Schemen zu erkennen.

»Nichtsdestotrotz ist dieser Raum im Hinblick auf ein gutes Versteck eine ausgezeichnete Wahl«, bemerkte Verhoeven bissig, indem er nun auch das Licht wieder anmachte. »Genau genommen ist er nach allem, was ich bislang gesehen habe, sogar die beste aller sich bietenden Möglichkeiten.«

Winnie Heller biss auf ihre lädierte Unterlippe, doch zu ihrer Verwunderung blieb der Schmerz dieses Mal aus. »Glück?«

Ihr Vorgesetzter antwortete mit einer Gegenfrage: »Was glauben Sie, wie viele Schüler dieser Schule auf Anhieb sagen könnten, was sich hinter dieser Tür befindet?«

Winnie Heller sagte nichts, aber sie dachte daran, wie sie selbst schon als Grundschulkind alle möglichen Räume inspiziert, hinter Vorhänge geschaut und neue Wege abseits der bekannten Routen ausprobiert hatte. Noch heute suchten ihre Blicke automatisch nach Schildern für Notausgänge oder sonstige Fluchtwege, sobald sie ein Gebäude betrat, sie konnte sagen, wo sich der Nothammer befand, wenn sie in einem Zug saß, und wann immer sie an einer geschlossenen Tür vorbeikam, die aus irgendeinem unerfindlichen Grund ihr Interesse erregte, widerstand sie nur mit Mühe der Versuchung, sie zu öffnen.

Das Geräusch eines klingelnden Handys ließ sie erschreckt zusammenzucken, und erst mit einiger Verzögerung wurde ihr klar, dass es nicht ihr eigenes Gerät war, das sie hörte. Dass ihr Handy gar nicht klingeln *konnte,* weil es nach wie vor ausgeschaltet war. Wie lange noch?, dachte sie unbehaglich, während sie aus den Augenwinkeln registrierte, dass Verhoeven in die Tasche seiner Wildlederjacke griff. Wie lange werde ich Lübke noch ausweichen können? Und was genau soll ich sagen, wenn ich ihm begegne, irgendwann in den nächsten Stunden oder Tagen? Wie kann ich ihm klarmachen, dass er mich in Ruhe lassen soll, wenn ich andererseits mitten in der Nacht in geradezu irrwitzigem Aufzug vor seiner Laube erscheine und mit ihm sprechen will? Sie starrte auf eine gesprungene Fliese hinunter und schüttelte unwillig den Kopf. Was zur Hölle war da bloß in sie gefahren, gestern Nacht?

»Höppners Leute haben die Herkunft des Jagdgewehrs klären können«, verkündete Verhoeven, der sein Gespräch in diesem Augenblick beendet hatte. »Und jetzt raten Sie mal, wem das verdammte Ding gehört!«

Winnie Heller, der ganz und gar nicht der Sinn nach Spielchen stand, verzog das Gesicht. »Jemandem aus Hrubeschs Familie?«

Ihr Vorgesetzter verneinte. »Überlegen Sie doch mal«, flüsterte er, weil Welling, der im Gang auf und ab lief und offenbar auf einen Rückruf bezüglich des Werkraums wartete, gerade wieder einmal an ihnen vorbeikam. »Nikolas Hrubesch wollte seine Bluttat überleben. Er wollte dieses Gebäude in der Maske eines Opfers verlassen. Denken Sie ernsthaft, dass er es da riskieren würde, mit einer der Tatwaffen in Verbindung gebracht zu werden?«

»Doch nicht etwa …?«

»Oh doch, allerdings«, nickte Verhoeven. »Das Gewehr, mit dem Hrubesch geschossen hat, gehört Sven Strohtes Onkel.«

»Ach du Scheiße!«, entfuhr es Winnie Heller so laut, dass Welling sich interessiert zu ihnen umdrehte. »Und die Glock?«

»Ist zumindest nicht registriert.«

»Donnerwetter, dann war Hrubesch wirklich gründlich«, bemerkte Winnie Heller mit einer Anerkennung, die ihr selbst unpassend erschien, kaum, dass die Worte heraus waren. »Seine Sündenbock-Strategie wäre aufgegangen, wenn Sven Strohte nicht …«

»Hätte, wäre, könnte«, fiel Verhoeven ihr mit ungewohnter Ruppigkeit ins Wort. »Aber das Leben ist kein Konjunktiv, und Nikolas Hrubesch ist tot.«

Er redet schon genau wie Hinnrichs, dachte Winnie Heller, aber sie bemühte sich, ihn ihre Verärgerung nicht sehen zu lassen. Stattdessen fragte sie so ruhig und sachlich wie möglich: »Und was sagt der Onkel zu dieser ganzen Geschichte?«

»Die Kollegen haben ihn noch nicht auftreiben können«, entgegnete Verhoeven. »Wie es aussieht, ist er mit einem Bekannten irgendwo in der kanadischen Wildnis unterwegs.« Und mit einem spöttischen Lächeln setzte er hinzu: »Zum Jagen.«

»Folglich ist er mit Fug und Recht im Besitz eines Jagdgewehrs?«

Verhoeven nickte. »Alles hieb- und stichfest. Günther Döblinger verfügt nicht nur über einen Jagdschein und eine Waffenbesitzkarte, sondern ist nachweislich schon vor knapp anderthalb Wochen in Vancouver gelandet. Von dort aus wollten er und sein Kumpel angeblich den Alaska Highway rauf, Richtung Yukon. Die Suche ist bereits eingeleitet.«

»Hören Sie«, rief Welling von der Treppe, das Handy noch immer am Ohr. »Der Werkraum ist grundsätzlich abgeschlossen. Weil dort Gasflaschen, Lötkolben und andere gefährliche Dinge untergebracht sind. Brauchen Sie einen Schlüssel?«

Verhoeven schüttelte den Kopf. »Verraten Sie mir nur noch eins: Gibt es in diesem Werkraum irgendeine Art zweiten Ausgang?« Er überlegte einen Augenblick. »Oder vielleicht sogar einen Durchgang zum Nebengebäude?«

Welling gab die Frage an seinen Gesprächspartner weiter. »Nein«, verkündete er dann. »Die Untergeschosse sind nicht miteinander verbunden. Die nächste Durchgangsmöglichkeit von hier aus ist über die Turnhalle, aber die ist …«

»… infolge von Bauarbeiten derzeit gesperrt, ja, ich weiß«, rief Verhoeven entnervt. Dann sah er sich abermals um. »Also ist das hier eine waschechte Sackgasse.«

»Und wer immer Nikolas Hrubesch erschossen hat, muss von der Treppe gekommen sein«, ergänzte Winnie Heller.

»Vorausgesetzt, dass dieser Jemand nicht bereits hier unten war«, entgegnete ihr Vorgesetzter mit einem undefinierbaren Ausdruck in den blassblauen Augen. Dann drehte er sich abermals zu Welling um, der ihnen mit sorgsam gemessenen Schritten entgegenkam. »Vielen Dank, dass Sie uns alles gezeigt haben.«

Der Angesprochene sagte nichts, sondern hob nur grüßend zwei Finger an die Schläfe. Dann verschwand er in einem der Räume zur Rechten.

»Und wir«, wandte sich Verhoeven wieder an seine Kollegin, »machen uns jetzt auf den Weg in die Gerichtsmedizin.«

Sie gingen nebeneinander her, vorbei an den gähnenden Türen, hinter denen die geisterhaften Silhouetten von Kleiderhaken und Duschköpfen schwebten.

»Wann haben Sie eigentlich zuletzt was gegessen?«

Winnie Heller dachte an das widerwillige Frühstück, das sie sich gemacht hatte, an den lauwarmen Milchkaffee und das lappige Aufbackbrötchen mit Butter, und staunte, dass sie noch immer nicht hungrig war. Oder durstig. »Ich hatte ein Sandwich.«

»Wann?«, insistierte Verhoeven, indem er ihr mit routinierter Höflichkeit die Tür aufhielt.

Sie schlängelte sich an ihm vorbei und dachte, dass er sich wie eine besorgte Mutter benahm. Etwas, das sie aus tiefster Seele verabscheute. Dennoch kam ihr ausgerechnet jetzt sein Angebot von gestern Abend wieder in den Sinn. *Ich begleite Sie noch zu Ihrem Wagen.* Wenn ich angenommen hätte, pochte es hinter ihrer Stirn, die sich urplötzlich wieder fiebrig heiß anfühlte. Wenn ich nicht so gottverdammt stur gewesen wäre und ihm erlaubt hätte, mit mir zu gehen … Sie schluckte und fühlte, wie ihre Hände zu schwitzen begannen und die Luft ringsum urplötzlich dünner zu werden schien. Substanzloser. Ihre Hand tastete nach dem Ausschnitt ihres T-Shirts, und nur mit allergrößter Selbstbeherrschung konnte sie sich davon abhalten, die letzten Schritte, die sie noch vom Pausenhof und der erlösenden Abendkühle trennten, zu rennen. Dabei hätte sie nicht einmal sagen können, ob sich die Wut, die sie empfand, sich tatsächlich nur gegen ihre eigene Dummheit richtete oder doch auch gegen ihren Vorgesetzten, der sich mit ihrem »Nein« so einfach zufriedengegeben und sie mutterseelenallein in die Nacht hinaus geschickt hatte. Der wahrscheinlich sogar heilfroh gewesen war, dass sie sein Angebot abgelehnt hatte, weil er auf diese Weise schneller nach Hause zu seiner hochheiligen Familie gekommen war. In sein sauberes, adrettes Nest.

Winnie Heller stieß die Tür auf und hätte fast gestöhnt vor

Erleichterung, als sich die kühle Abendluft wie eine sanfte Umarmung um ihre Schultern legte.

Sie wissen, dass Sie ihm Unrecht tun, flüsterte ein imaginärer Dr. Zilcher in ihrem Kopf, als sie sich am Fuß der Treppe zu ihrem Vorgesetzten umdrehte. *Er konnte nicht ahnen, was geschehen würde, ebenso wenig, wie Sie es ahnen konnten …*

Leck mich, dachte Winnie Heller und stapfte über den hell erleuchteten Schulhof davon.

Doch Verhoeven ließ sich nicht abschütteln. »Wann genau haben Sie dieses Sandwich gegessen?«, wiederholte er seine Frage nach ihrer letzten Mahlzeit zum nunmehr dritten Mal, vielleicht, weil er annahm, sie habe ihm nicht zugehört. Vielleicht auch, weil er sie ärgern wollte.

»Irgendwann gegen Mittag«, erwiderte sie patzig.

»Gut«, sagte er. »Dann halten wir bei *McDonald's.*«

»Nicht für mich«, gab sie in unmissverständlich abweisendem Ton zurück. Dann stürmte sie weiter.

5 Jessica Mahler stand im Badezimmer. Draußen, auf der anderen Seite der Tür, waren die Atemzüge ihrer Mutter zu hören, die noch immer viel zu schnell gingen.

Wenigstens hat sie endlich aufgegeben, auf mich einzureden, dachte Jessica Mahler, während sie darauf wartete, dass ihre Mutter ganz verschwand, Platz machte, das Feld räumte, damit sie das Badezimmer verlassen und zu Bett gehen konnte. Etwas Normales tun. Kraft schöpfen. Weitermachen, irgendwie.

Sie fühlte, wie sich ihre nackten Füße auf den Fliesen in Eis verwandelten, und wusste, dass sie sie bald nicht einmal mehr spüren würde. Ich werde mich erkälten, dachte sie. Aber was machte das schon?! Dieser Tag hatte alles verschoben. Was gestern noch wichtig gewesen war, konnte man heute getrost als völlig gegenstandslos betrachten. Oder doch nicht? Was waren das für Zweifel, tief in ihr? Warum hatte die Erleichterung, dieses elementare Triumphgefühl, das sie beim Anblick von Lukas Wertheims Leiche empfunden hatte, nicht vorgehalten?

Was hatte sich denn geändert?

Sie überlegte fieberhaft, aber es wollte ihr einfach nicht gelingen, zusammenhängend zu denken. Vorhin hatte sie eine Viertelstunde vor dem Fernseher gesessen. Eine Sondersendung über das Massaker, dem sie so knapp entronnen war. Sie hatte auf der Couch gesessen und in vertraute Gesichter geblickt. Doktor Malbusch, der Direktor der Schule, hatte Haltung bewahrt, auch wenn seine schwarze Krawatte ein wenig schief um seinen Hals gehangen hatte. Andere hatten hemmungslos geweint.

Du solltest dir das nicht ansehen, hatte ihre Mutter gesagt. *Du brauchst Abstand.*

Abstand! Jessica Mahler schüttelte den Kopf. Als ob man einfach einen Schritt zurücktreten könnte von einem Erlebnis wie diesem! Von der bittersüßen Erkenntnis, dass das Leid unzähliger Menschen einem selbst einen Vorteil gebracht hatte, weil unter all denen, die ihr Leben verloren hatten an diesem Vormittag, zufällig der Richtige gewesen war, der eine, dem sie nur Minuten zuvor so glühend und leidenschaftlich den Tod gewünscht hatte wie nichts zuvor.

Sie machte einen Schritt auf den Spiegel zu und wunderte sich, wie gut sie aussah. Wie heil. Wie unberührt. Trotz all der Tränen vorhin im Fernsehen. Rote Augen, rote Nasen, Entsetzen im Gesicht. Nur sie selbst sah aus, als hätte sie gerade einen Erholungsurlaub hinter sich.

Warum, dachte sie, kann ich nicht sein wie alle anderen? Reagieren wie die breite Masse? Einfach losheulen? Weil ich zu genau weiß, dass ich keinen Grund zum Weinen habe? Weil ich mich im Grunde freuen muss, dass alles so gekommen ist, wie es gekommen ist? Oder was sonst? Warum bin ich kein bisschen erschüttert? Wo bleibt der Schock? Statt Tränen noch immer Gebirgsklarheit im Kopf. Erleichterung über die Rettung, die Lösung ihres Problems, den guten Ausgang. Dabei waren doch so viele gestorben, heute früh. So viele andere. Unschuldige.

Jessica Mahler berührte ihre rosigen Wangen und versuchte,

sich Frau Malgorias' Gesicht vorzustellen. Die Farbe ihrer Augen. Den Schwung ihrer Lippen. Hatten sie einander denn nicht heute Vormittag noch gegenübergestanden? Waren denn nicht erst ein paar Stunden vergangen, seit die Lehrerin direkt vor ihrer Bank stehen geblieben war?

Wenn Sie fertig sind, können wir die Folie …

Wo waren ihre Erinnerungen?

Wo blieb die Trauer?

Und warum hatte ausgerechnet sie nicht zu den Mädchen gehört, die von Lukas Wertheim, dem Göttlichen, flachgelegt wurden? Ohne Grund flachgelegt, korrigierte sie sich im Stillen. Warum musste bei ihr immer alles so gottverdammt anders sein? Immer Haken, immer Hintergedanken. Dabei hätte es ihr doch im Grunde schon gereicht, wenn sie die Farbe der Tapete im Schlafzimmer dieser blöden Jagdhütte gewusst hätte, in die Lukas für gewöhnlich mit seinen Eroberungen verschwunden war. Und das Wissen um die Farbe dieser verfickten Tapete war gleichbedeutend mit einer Eintrittskarte. Einer Eintrittskarte in die Welt der Lukas-Wertheim-Verflossenen, die Welt der Normalen, der breiten Masse. In diese Welt zu gehören war am Ende vielleicht wirklich alles, was sie je gewollt hatte.

Oder doch nicht?

Was waren ihre Motive gewesen?

Warum war sie mit ihm gegangen, an diesem unglückseligen Abend?

Wieso hatte sie zugelassen, dass er sie in diese gottverdammte Falle lockte?

Dein Problem ist mit Lukas Wertheims Tod nicht gelöst, meldete sich eine hinterhältige kleine Stimme in ihrem Kopf. *Noch nicht. Nicht, solange …*

Jessica Mahler sah wieder in den Spiegel und beobachtete mit Erstaunen, wie sich ihr Gesicht veränderte. Wie ihr Mund aufklaffte, wie er zu einem riesigen schwarzen Loch wurde, in dem sich die Zähne wie dicke weiße Maden ringelten. Sie sah, wie sich das Fleisch über den Jochbeinen hob, wie ihr Teint die Farbe wechselte, von rosig-gesund zu grau-gelb. Wie sich ihr gesamtes

Spiegelbild vor ihren Augen in eine grauenerregende Fratze verwandelte. Sie hörte ein knirschendes Geräusch und sah Scherben, die vor ihr auf den marmornen Waschtisch prasselten. Winzige Kristalle allenthalben. Glasbruch. Blut. Und ein Bild, das durch ihren Kopf zuckte wie ein Laserstrahl. Ein schwarz gekleideter Mann mit kalt glitzernden Augen hinter den Schlitzen seiner Skimaske. Und Sonnenlicht, das in ihrem Rücken durch eine Reihe von ungeputzten Fenstern fällt, bevor ihr Lachen genau wie die Welt um sie herum in Stücke bricht.

Ihre Finger tasteten nach dem Glas im Waschbecken, das im künstlichen Licht funkelte wie frisch gefallener Schnee an einem sonnigen Wintertag. Rodeln, dachte sie. Schneemann bauen. Eine Möhre für die Nase …

Das Nächste, was sie wahrnahm, war der Geruch der Kloschüssel, in die sie sich übergab.

6

»Sagen Sie«, begann Verhoeven, als sie gegen halb elf im Aufzug des gerichtsmedizinischen Instituts standen. »Was ist eigentlich mit Ihrem Gesicht passiert?«

Winnie Heller tastete nach der Schramme auf ihrer Wange. Es war eine automatische Geste, derer sie sich erst bewusst wurde, als es schon zu spät war. Trotzdem fragte sie so harmlos sie konnte: »Was meinen Sie?«

Eigenartigerweise schien die unerwartete und angesichts ihrer erhobenen Hand auch gänzlich unsinnige Rückfrage ihren Vorgesetzten zu verunsichern. Oder es dämmerte ihm, dass er zu weit gegangen war. Dass er an etwas rührte, das er besser übergangen hätte. Immerhin war es durchaus denkbar, dass sie einfach nur irgendeinen Ausschlag hatte. Eine Allergie auf eine neue Nachtcreme. Jedenfalls etwas, das ihn nichts anging.

»Ich dachte, Sie seien verletzt«, sagte er, ohne noch einmal genauer hinzusehen, aber er tippte sich wie zur Erklärung auf die Wange.

»Ach das.« Winnie Heller winkte ab. »Tja, ich sage Ihnen, legen Sie sich nie mit Katzen an, denn da ziehen Sie unter Garantie den Kürzeren.«

»Ich wusste gar nicht, dass Sie eine Katze haben«, entgegnete Verhoeven, und sie hatte eigentlich nicht das Gefühl, dass er ihr glaubte, auch wenn sie nicht hätte sagen können, woran sie das festmachte. »Ist die denn kompatibel mit Ihren Fischen?«

»Oh nein«, lachte sie und kam sich nun auch selbst entsetzlich unglaubwürdig vor. »Es war nicht *meine* Katze. Sie ... Sie gehört einer Freundin.«

Er nickte nur, und sie überlegte fieberhaft, ob sie noch mehr sagen sollte, eine halbwegs plausible Erklärung abgeben, aber es fiel ihr auf die Schnelle nicht viel Brauchbares ein. Also starrte sie auf den Boden des Lifts hinunter und zählte die Sekunden, bis der Fahrstuhl endlich stoppte.

Verhoeven machte einen Schritt rückwärts, um ihr den Vortritt zu lassen, und gemeinsam gingen sie in den Autopsiesaal hinüber, der an diesem Abend den Eindruck machte, als werde dort eine Art makabrer Tag der offenen Tür veranstaltet. Auf sämtlichen verfügbaren Tischen waren die Körper von Nikolas Hrubeschs Opfern aufgebahrt. Dazwischen hatte man Paravents aufgestellt, um den Pathologen wenigstens einen Hauch von Rückzugsmöglichkeit und überdies die nötige Ruhe zum Arbeiten zu verschaffen. Sektionsgehilfen in grünen Kitteln rannten geschäftig umher, mehrere Personen sprachen mit gedämpften Stimmen in ihre Diktiergeräte, und über allem schwebte der wenig erfreuliche Geruch von Desinfektionsmitteln und Tod.

Dr. Isabelle Gutzkow, die zuständige Gerichtsmedizinerin, war gerade im Gespräch mit einem ihrer Untergebenen, als sie Verhoeven und seine Kollegin bemerkte. Sie war eine stattliche Frau von Anfang fünfzig, deren maskulines Äußeres und alles in allem recht einschüchterndes Wesen ihr den Spitznamen »Potemkin« eingetragen hatte. *Nach dem Panzerkreuzer*, pflegten die Beamten des nordhessischen Polizeipräsidiums augenzwinkernd hinzuzufügen, wann immer sie Dr. Gutzkows Spitznamen gegenüber einem Frischling enthüllten, *nicht nach dem*

Typen, der mit Katharina rumgemacht hat. Heute allerdings sah die Gerichtsmedizinerin, die sich in ihrer raren Freizeit dem Vernehmen nach mit Gartenarbeit und Reiten fit hielt und angeblich auch zwei Schäferhunde ihr Eigen nannte, reichlich mitgenommen aus. Die klinische Helligkeit des Sektionssaales ließ ihre Züge fahl und müde aussehen, und unter ihren grauen Wissenschaftleraugen lagen tiefe Schatten.

»Nee, nee, nee«, stöhnte sie, indem sie zunächst Winnie Heller und dann Verhoeven die Hand entgegenstreckte. »So wat wie dette hab ick in dreiundzwanzig Berufsjahren noch nich erlebt. Wir mussten drei Kollegen anfordern, sonst wären wir wahrscheinlich Weihnachten noch nicht fertig.« Sie schüttelte den Kopf, und Winnie Heller, die um die Sparsamkeit ihrer emotionalen Äußerungen wusste, konnte sehen, dass die Pathologin bei aller zur Schau getragenen Burschikosität tief erschüttert war. »Ja, ja, fahren Sie ihn gleich rüber zum Röntgen«, wies sie einen Mitarbeiter an, der eine mit einem grauen Leichentuch bedeckte Stahlbahre vor sich her schob und seine Chefin fragend anblickte. Dann wandte sie sich wieder an Verhoeven und seine Kollegin. »Ihr Mann liegt gleich da drüben.« Sie deutete auf den vorletzten Autopsietisch vor der Wand. »Ich persönlich hätte es ja für angebracht gehalten, ihn warten zu lassen, bis wir mit seinen Opfern durch sind, aber Ihr Boss scheint in diesem Punkt grundlegend anderer Meinung zu sein.« Die Erinnerung an das Telefonat mit Hinnrichs entlockte ihr ein abfälliges Brummen. »Na, wie auch immer, bringen wir's hinter uns.«

Die beiden Kommissare folgten der Pathologin zu dem Autopsietisch, auf dem die Leiche jenes Jungen lag, von dem die Welt dort draußen annahm, dass er zunächst wild und planlos um sich geschossen und sich dann, im Angesicht des heranrückenden Sondereinsatzkommandos, eine Kugel in den Kopf gejagt hatte. Genau wie so viele andere Attentäter vor ihm.

»Uns interessiert in erster Linie das Projektil, das den Jungen getötet hat«, erklärte Verhoeven, und dem leisen, durchaus nachsichtigen Schmunzeln der Gerichtsmedizinerin war deutlich zu entnehmen, dass sie bereits hinreichend mit dieser Tatsache vertraut war.

»Ja doch, sicher, ist bereits alles im Labor«, nickte sie. »Die Kollegen von der Ballistik sind gerade dabei, es mit der sichergestellten Glock abzugleichen, und bei all dem Druck, den Ihr Boss in dieser Angelegenheit verbreitet, werden Sie das Ergebnis vermutlich noch heute Nacht bekommen.«

Sie watschelte um den Autopsietisch herum und entfernte das Tuch, das Nikolas Hrubeschs Körper bis dato verhüllt hatte. Der Y-Schnitt, der seine inneren Organe freigelegt hatte, war bereits wieder vernäht, und selbst die Schädeldecke, die im Zuge der Obduktion geöffnet worden war, saß inzwischen wieder dort, wo sie hingehörte.

»Also schön, Ihr Amokläufer ist einen Meter dreiundachtzig groß und knapp achtundsiebzig Kilo schwer«, resümierte Dr. Gutzkow, indem sie routiniert in einen Pappkarton mit Latexhandschuhen griff und zwei Paar herausfingerte. »Er ist nicht gerade umwerfend sportlich, aber alles in allem in einem vernünftigen Allgemeinzustand. Die körperliche Entwicklung ist altersgemäß, und auf den ersten Blick konnte ich keinerlei innere Erkrankungen feststellen. Übrigens auch nichts, das auf Drogenmissbrauch oder Ähnliches hindeuten würde. Im Gegenteil: sauberes, gesundes Gewebe allenthalben.« Sie warf Verhoeven über den Tisch hinweg einen hastigen Blick zu und ergänzte dann mit typisch wissenschaftlicher Vorsicht: »Die Blutwerte und das Ergebnis der toxikologischen Untersuchung stehen natürlich noch aus. Ebenso die Analyse des Mageninhalts, aber die ist in diesem Fall ja wahrscheinlich ohnehin zweitrangig.«

Beim Stichwort »Mageninhalt« musste Winnie Heller unwillkürlich an die Tüte denken, die Verhoeven ihr in den Arm gedrückt hatte, vorhin, bei *McDonald's*. Sie hatte sich kategorisch geweigert, ihn in das Schnellrestaurant zu begleiten, und auf seine Frage, was er ihr mitbringen solle, lediglich mit einem wenig freundlichen »Nur Kaffee« geantwortet. Nichtsdestotrotz hatte er zwei von diesen blöden Papiertüten bei sich gehabt, als er ein paar Minuten später mit eiligen Schritten über den verdreckten Parkplatz gehastet war. Er war eingestiegen und hatte ihr dann kommentarlos eine der Tüten hingehalten. Und sie hatte diese Tüte entgegengenommen, weil sie keine Lust gehabt hatte, sich ausgerechnet an einem Abend wie diesem mit ihm zu streiten. Die Tüte hatte einen lauwarmen Big Mac und eine große Portion Pommes frites enthalten, dazu Ketchup, Mayo, eine von diesen widerlich süßen Apfeltaschen und – oh Wunder! – einen Becher Kaffee. Trotzdem hatte Winnie Heller einen kurzen Moment lang mit dem Gedanken gespielt, das Fenster hinunterzukurbeln und die Tüte einfach aus dem fahrenden Wagen zu werfen, aber dann war ihr eingefallen, dass sie ihre Energiespeicher auffüllen musste. Schließlich war niemandem geholfen, wenn sie irgendwann aus lauter Sturheit zusammenklappte. Also hatte sie gegessen. Schweigend hatte sie vor sich hin gemampft, genau wie Verhoeven, der sich einhändig Pommes frites in den Mund geschoben und an jeder roten Ampel in seinen Big Mac gebissen hatte. Die Erinnerung an ihren tief über das Steuer des Wagens gebeugten, Fast Food kauenden Boss veranlasste Winnie Heller, unauffällig nach Verhoevens Hemd zu schielen, das jedoch zu ihrem Befremden nicht den winzigsten Fettfleck aufwies. Nicht einmal ein paar Ketchupspritzer …

Ärgerlich wandte sie ihren Blick wieder dem Autopsietisch zu, wo Dr. Gutzkows frisch behandschuhte Hände derweil Nikolas Hrubeschs Kopf zur Seite gedreht hatten, sodass eine verkrustete Wunde unterhalb des Haaransatzes sichtbar wurde.

»Gestorben ist der Junge durch einen Schuss in die Schläfe«, erklärte die Pathologin. »Das Projektil hat den linken Schläfenlappen und das Vorderhirn durchschlagen, wo es ziemliche Verwüstungen angerichtet hat, bevor es schließlich in der Schädeldecke stecken blieb.« Sie zeigte auf ein paar Röntgenaufnahmen des Kopfes, die an einem der zahlreichen Lichtkästen an der Wand klemmten und auf denen selbst aus der Entfernung deutlich der Schatten eines Projektils zu erkennen war. »Der Tod ist umgehend eingetreten.«

Winnie Heller trat noch einen Schritt näher an den Tisch heran und betrachtete Nikolas Hrubeschs Gesicht. Es sah in etwa so aus wie auf dem Foto, das sie in der Kommandozentrale gesehen hatten. Aber hier, im grellen Licht der Operationslampen, wirkte der Amokläufer um ein Vielfaches jünger. Er ist beinahe noch ein Kind gewesen, dachte sie verwundert. Ein Kind, das heute Morgen wie gewohnt zur Schule gegangen ist und dabei elf Menschen erschossen hat. Laut sagte sie: »Haben Sie irgendwelche Hinweise gefunden, dass der Junge sich gegen einen möglichen Angreifer zur Wehr gesetzt haben könnte?«

»Nein, keine. Übrigens auch keine sonstigen Hämatome oder Fleischwunden.« Dr. Gutzkows aufmerksamer Blick blieb an ihrer verletzten Wange hängen, doch zu Winnie Hellers Erleichterung stellte sie keine Fragen. »Alles vollkommen unauffällig.«

»Wissen wir eigentlich, ob der Junge Linkshänder war?«, fragte Verhoeven, während seine Augen noch immer auf den schwarz verfärbten Wundrändern an Nikolas Hrubeschs Schläfe ruhten.

Winnie Heller überlegte kurz. »Ich glaube nicht, dass bei der Besprechung etwas in dieser Richtung erwähnt wurde.«

»Dann sollten wir das so schnell wie möglich klären.«

Sie nickte und machte sich eine entsprechende Notiz, während Dr. Gutzkow nach der Hand des Toten griff und sie gegen das Licht hob, wo sie sie eingehend betrachtete. Durch die blütenweiße Haut schimmerte ein Geflecht dunkler Adern hindurch. »Ich will Ihren Ermittlungen auf keinen Fall vorgreifen«, sagte sie. »Aber ich an Ihrer Stelle würde durchaus davon ausgehen, dass der Junge Linkshänder gewesen ist.« Sie hob Nikolas Hrubeschs Hand noch ein Stück höher. »Sehen Sie diese Hornhaut? Hier am Nagelbett des Mittelfingers?«

Die beiden Kommissare bejahten.

»So etwas findet man häufig bei Linkshändern, deren Eltern nicht ausreichend darauf geachtet haben, dass ihre Söhne oder Töchter den Stift richtig halten«, erklärte die Pathologin. »Die Tatsache, dass die Hornhaut bei Ihrem Attentäter recht ausgeprägt ist, deutet darauf hin, dass der Junge ziemlich viel mit der Hand geschrieben hat.« Sie runzelte ungläubig die Stirn, als halte sie es schon angesichts dessen, was Nikolas Hrubesch früher an diesem Tag getan hatte, für vollkommen absurd, dass er überhaupt geschrieben hatte. Noch dazu mit der Hand.

»Und ich dachte immer, die Jugend von heute hätte eher Schwielen an den Finger*kuppen*«, bemerkte Verhoeven mit einem müden Lächeln. »Vom ständigen Simsen oder durch diese fürchterlichen Computerspiele.«

»Ick weeß, wat Se meinen«, nickte Dr. Gutzkow, deren Berliner Herkunft sich plötzlich auch wieder sprachlich bemerkbar machte. Winnie Heller hatte bislang noch nicht herausgefunden, nach welchen Kriterien sich die Gerichtsmedizinerin ihres Dialekts bediente. Ob sie ihn überhaupt bewusst einsetzte oder nur einfach hin und wieder nachlässig wurde. »Mein Neffe spielt dieset Zeug von morgens bis abends«, erklärte sie jetzt. »Und immer geht's dabei bloß um irgendwelche stumpfsinnigen Ballereien. Ist erst vierzehn, der Bengel, aber ick sage Ihnen, der hat jetzt schon beide Daumen kaputt.« Sie schüttelte missbilligend den Kopf und besah sich dann Nikolas Hrubeschs linke Hand noch einmal genauer, während Winnie Heller verblüfft zur Kenntnis nahm, dass die spröde Dr. Gutzkow tatsächlich so etwas wie eine Familie hatte. Einen Neffen. Ein Umfeld. »Na, wie dem auch sei, Ihr Amokläufer hat jedenfalls Hornhaut an der Schreibstelle. Und nur dort«, verkündete die Pathologin, indem sie Nikolas Hrubeschs Hand auf den Autopsietisch zurücklegte wie einen Geschäftsvorgang, den man getrost als abgeschlossen betrachten konnte. Dann angelte sie mit ihren Latexfingern in der Tasche ihres Kittels, wo ihr Piepser zu summen begonnen hatte. »Bitte entschuldigen Sie mich einen Augenblick«, murmelte sie, indem sie das Gerät wieder in ihre Kitteltasche zurückschob. »Da drüben auf dem Tisch steht frischer Kaffee. Grauenhaftes Zeug, aber genau die Art von Getränk, das einem in einer Nacht wie dieser die Haut retten kann, wenn Se verstehen, wat ick meine.« Sie zwinkerte den beiden Kommissaren zu, und für einen flüchtigen Moment hatten ihre Augen wieder den gewohnten, immer etwas verschmitzt wirkenden Glanz. »Sie dürfen sich gerne bedienen, wenn Se den Mumm dazu haben.«

Verhoeven blickte seine Kollegin fragend an, und Winnie Heller nickte. Also füllte er zwei Plastikbecher und suchte anschließend vergeblich nach Milch und Zucker. »Ertragen Sie ihn notfalls auch schwarz?«

Sie nickte abermals und streckte die Hand nach dem glühend heißen Becher aus, den ihr Vorgesetzter ihr hinhielt. Wenigstens behelligte er sie dieses Mal nicht mit Big Macs und Fritten! Sie kniff die Augen zusammen und nahm einen Schluck von dem Getränk, das in der Tat abscheulich schmeckte. Dann stellte sie den Becher auf dem Tisch ab und zog einen zerknitterten Zehneuroschein aus ihrer Handtasche.

»Hier«, sagte sie, indem sie ihrem Vorgesetzten die Banknote hinhielt.

»Was soll das sein?«

»Für eben.«

Er lächelte. »Das Essen geht aufs Haus.«

»Nein«, sagte sie, und ihre Stimme klang weit aufgebrachter, als ihr lieb war. »Das ... Ich zahle für mich selbst, okay?«

Er musterte sie einen Moment lang, als sei er nicht ganz sicher, ob er es riskieren könne, an seiner Einladung festzuhalten. Dann drehte er sich auf dem Absatz um und kehrte an den Autopsietisch zurück.

Die Unbestimmtheit seiner Reaktion machte Winnie Heller noch wütender. Was bildete sich dieser dämliche Snob eigentlich ein, hier den großen Kavalier raushängen zu lassen? Noch dazu auf diese widerlich halbherzige Weise! Sie sah seinen Rücken an und überlegte, was nun zu tun war. Ob sie ihn hier und jetzt zwingen sollte, das Geld zu nehmen, oder besser wartete, bis sie zurück im Präsidium waren, um ihm den Schein kommentarlos auf seinen Schreibtisch zu legen.

»Sagen Sie, glauben Sie eigentlich an die Existenz dieser ominösen Plastikfolie?«, rief Verhoeven vom Autopsietisch, indem er sich dicht über Nikolas Hrubeschs Kopf beugte.

Winnie Heller stopfte die zehn Euro in ihre Handtasche zurück und nahm ihren Kaffeebecher vom Tisch. »Warum sollte sich Sven Strohte so etwas ausdenken?«

»Tja, warum«, wiederholte Verhoeven nachdenklich. »Das ergäbe keinen Sinn, nicht wahr? Es sei denn, die Geschichte des Jungen wäre von A bis Z erlogen.«

Unwillkürlich musste Winnie Heller an seine Bemerkung denken, dass derjenige, der Nikolas Hrubesch erschossen habe, sich möglicherweise bereits im Untergeschoss des Neubaus aufgehalten haben könnte, als der junge Amokschütze nach seiner Bluttat dorthin zurückgekehrt war. »Denken Sie, dass Sven Strohte unser zweiter Mann ist?«, fragte sie geradeheraus.

Verhoeven schüttelte ratlos den Kopf. »Fragen Sie mich das noch einmal, wenn wir mit dem Jungen gesprochen haben.«

»Aber mal angenommen, er sagt die Wahrheit, und Nikolas Hrubesch hatte tatsächlich eine Plastikfolie um den Kopf, als er nach seinem Amoklauf zur Tür hereinkam«, gab Winnie Heller zu bedenken. »Dann müsste doch derjenige, der Hrubesch erschossen hat, diese Folie mitgenommen haben, oder nicht? Schließlich kann sie sich ja nicht in Luft aufgelöst haben, und die Kollegen haben das gesamte Untergeschoss gründlich abgesucht. Da war kein Plastik.«

»Stimmt«, räumte Verhoeven ein, ohne einen Blick von der Leiche zu wenden, und allmählich fand Winnie Heller, dass ihr Vorgesetzter übertrieb. Dass selbst ein Massenmörder wie Nikolas Hrubesch es verdiente, dass man irgendwann von ihm abließ. Sein nackter Körper wirkte geradezu mitleiderregend schutzlos, während die grellen Lampen ringsum unbarmherzig auch noch das winzigste Detail offenbarten. Jedes Haar, jede Pore, jede noch so winzige Ader. »Aber aus welchem Grund hätte Nikolas Hrubeschs Mörder die Folie mitnehmen sollen?«

»Um die Selbstmordtheorie nicht zu gefährden?«

Er nickte. »Ja, wahrscheinlich.«

»Die Kollegen wären mit Sicherheit stutzig geworden, wenn sie das Zeug entdeckt hätten«, führte Winnie Heller ihre These weiter aus. »Weil im Grunde schon die bloße Existenz einer solchen Folie nahelegt, dass sich Hrubesch bemüht hat, möglichst wenig Spuren zu hinterlassen. Und das wiederum würde die Kollegen unter Garantie auf den Gedanken gebracht haben, dass der Junge keineswegs vorhatte, sich nach getaner Arbeit eine Kugel in den Kopf zu jagen.«

»Selbst wenn es keinen Augenzeugen gegeben hätte«, ergänzte Verhoeven.

Sie nickte. »Selbst dann.«

»Ist schon komisch, was?«, bemerkte ihr Vorgesetzter mit einem ironischen Blick auf Nikolas Hrubeschs Leichnam. »Da plant dieser Junge ein Massaker und sucht sich einen Dummen, dem er die Sache in die Schuhe schieben will, indem er den armen Kerl erschießt und das Ganze wie einen Selbstmord aussehen lässt. Und urplötzlich kommt ein anderer daher und erschießt ihn. Und wiederum soll alles wie ein Selbstmord aussehen …«

»Zwei Täter, ein Gedanke«, murmelte Winnie Heller.

»Aber kein Konsens.«

»Und das bedeutet?«

Verhoeven zuckte die Achseln und drehte sich dann zu Dr. Gutzkow um, die in diesem Augenblick zurückkehrte.

»Die Kugel aus dem Kopf Ihres Attentäters stammt zweifelsfrei aus einer Glock«, kam sie ohne Umschweife zur Sache, wobei ihre Augen abermals flüchtig über Winnie Hellers verletzte Wange glitten. »Allerdings nicht aus der, die die Kollegen vom SEK bei der Leiche gefunden haben.«

Die beiden Kommissare starrten die Gerichtsmedizinerin verblüfft an.

»Fragen Se mich bloß nicht nach irgendwelchen Details«, wehrte die Pathologin ab, indem sie die zur Faust geballten Hände in einer unmissverständlich ablehnenden Geste in ihre nicht vorhandene Taille stemmte. »Aber nach allem, was ich mitgekriegt habe, stimmen die Riefen, die sich beim Abfeuern der Waffe außen in die Hülle des Projektils graben, nicht mit denen überein, die Ihre sichergestellte Pistole machen würde.«

»Eine zweite Glock«, sagte Verhoeven, und seine Stimme klang mit einem Mal, als habe sie einen Sprung.

»Und damit auch ein zweiter Schütze«, nickte Winnie Heller.

»Ein zweiter Schütze wohlgemerkt, der nach wie vor im Besitz seiner Waffe ist«, ergänzte Verhoeven mit sorgenvoller Miene.

Dr. Gutzkows graue Wissenschaftleraugen verengten sich. »Aber was treibt diesen zweiten Mann um? Was hat er sich von seiner Tat versprochen?«

Winnie Heller nahm einen Schluck von ihrem Kaffee, der in ihrem lädierten Magen wie Feuer brannte. »Ruhm wie in Hrubeschs Fall können wir als Motiv wohl ausschließen«, resümierte sie. »Die breite Öffentlichkeit geht davon aus, dass Hrubesch allein gehandelt hat, und dabei wird es aller Wahrscheinlichkeit nach auch bleiben. Und wenn unser zweiter Mann als großer Retter in die Geschichte eingehen wollte, als Held des Tages, der einen durchgeknallten Amokschützen außer Gefecht setzt, bevor dieser noch mehr Blut vergießen kann, dann hätte er sich wohl kaum solche Mühe gegeben, den Mord an Hrubesch wie einen Selbstmord aussehen zu lassen.«

»Bestimmt nicht«, pflichtete Dr. Gutzkow ihr bei. »Wenn wir durch die Aussage Ihres Zeugen nicht definitiv gewusst hätten, dass Hrubesch bereits vor der Tat alles für sein Davonkommen organisiert hatte, hätte niemand auch nur eine Sekunde daran gezweifelt, dass er selbst Hand an sich gelegt hat.« Das Glas ihrer Armbanduhr reflektierte das Licht, als sie die Hand an die Stirn hob. »Dann wäre derjenige, der Hrubesch erschossen hat, für alle Zeiten im Verborgenen geblieben.«

»Andererseits müssen wir wohl davon ausgehen, dass – wer immer Hrubesch ermordet hat – in dessen Pläne eingeweiht war.« Winnie Heller pustete gegen ihre Ponyfransen. »Zumindest bis zu einem gewissen Grad. Sonst hätte er wohl kaum im passenden Augenblick eine Knarre bei sich gehabt.«

»Noch dazu dasselbe Modell, wie Hrubesch es benutzt hat«, merkte Verhoeven an.

Dr. Gutzkow stieß einen anerkennenden Pfiff aus. »Sie glauben also, die beiden waren ursprünglich so etwas wie *Partners in Crime?*«

Verhoeven schüttelte den Kopf. »Ich weiß nicht, was ich glauben soll.«

»Eine wie auch immer geartete Komplizenschaft würde zumindest erklären, warum Ihr Attentäter sich nicht gewehrt hat, als der andere ihn angriff«, versuchte es Dr. Gutzkow auf die analytische Weise. »Wenn er dachte, dass er einen Freund vor sich hat …«

»Ein toller Freund«, bemerkte Verhoeven mit einem vielsagenden Seitenblick auf Nikolas Hrubeschs Kopfwunde.

»Hey«, rief Winnie Heller, als ihr etwas einfiel, das Hinnrichs gesagt hatte. »Hat Sven Strohte bei seiner Vernehmung nicht angegeben, dass er Hrubesch sprechen gehört hat?«

Verhoeven bejahte.

»Na also!« Sie warf ihrem Vorgesetzten einen triumphierenden Blick zu. »Ich meine, mit wem würde sich ein Junge, der gerade zum multiplen Mörder geworden ist, wohl in aller Seelenruhe unterhalten?«

»Mit einem Lehrer, zum Beispiel«, bemerkte Dr. Gutzkow mit einem sarkastischen Blitzen in den grauen Wissenschaftleraugen. »Denken Sie nur an Robert Steinhäuser und diesen Geschichtslehrer … Wie hieß der noch gleich?«

»Heise«, antwortete Verhoeven wie aus der Pistole geschossen.

Gütiger Gott, dachte Winnie Heller, dieser Mann hat ein Gedächtnis wie ein Elefant! Oder hatte er sich am Ende irgendwie vorbereitet? Auf die Schnelle, bevor er sie angerufen hatte? Hatte er über sein Handy im Internet recherchiert, während er bei *McDonald's* gestanden und auf seine vermaledeiten Burger und Fritten gewartet hatte?

»Genau, Heise«, brummte derweil Dr. Gutzkow, die gleichfalls beeindruckt schien. »Mit dem hat sich Steinhäuser doch damals angeblich auch unterhalten.«

»Was dem armen Mann eine ganze Menge Ärger eingebracht hat, wenn ich mich recht entsinne«, entgegnete Verhoeven lapidar.

»Wie auch immer«, beeilte sich Winnie Heller, das Gespräch wieder auf das Hier und Jetzt zu lenken. »Wenn wir jetzt einfach mal voraussetzen, dass Sven Strohte die Wahrheit sagt, dann hat Hrubesch mit dem Kerl, der ihn ein paar Sekunden später erschossen hat, geredet. Und wenn er mit ihm geredet hat …«

»… dann wusste dieser zweite Mann auch, dass Hrubesch nach

seinem Amoklauf ins Untergeschoss des Neubaus kommt«, ergänzte Dr. Gutzkow, die allmählich Gefallen an solcherlei Gedankenspielen zu finden schien.

»Da wird kein Schuh draus«, fiel Verhoeven den beiden Frauen mit entwaffnender männlicher Logik ins Wort.

Winnie Heller stutzte. »Und warum nicht?«

»Weil in diesem Fall der Komplize auch etwas von Hrubeschs Sündenbock-Plan, sprich: Sven Strohtes Anwesenheit, gewusst haben würde, oder nicht?« Er blickte zwischen Dr. Gutzkow und seiner Kollegin hin und her. »Und wenn er davon gewusst hätte, würde er wohl kaum zugelassen haben, dass Strohte davonkommt, um uns von den Schritten und dem Schuss und dem vorausgegangenen Geplänkel zu berichten. Immerhin war dieser Kerl sogar gründlich genug, um die Plastikfolie zu entfernen, damit wir an das Märchen vom Selbstmord glauben. Allerdings …« Er unterbrach sich und verzog unwillig das Gesicht. »Allerdings basieren unsere Kenntnisse sowohl von dem Geplänkel als auch von dieser verdammten Folie lediglich auf den Aussagen eines als Hasenfuß verschrienen Mitschülers, dem wundersame Kräfte zuwachsen, sobald er sich einer geladenen Waffe gegenübersieht.«

Winnie Heller starrte in ihren Kaffeebecher hinunter. »Aber Nikolas Hrubesch ist tot«, suchte sie ihr Heil in der Wiederholung einer altbekannten Tatsache. »Und inzwischen wissen wir auch mit Sicherheit, dass er sich nicht selbst erschossen hat.«

»Womit wir also wieder bei der Annahme wären, dass unser ominöser zweiter Mann Hrubeschs Plan nur in Teilen kannte«, schloss Verhoeven.

»Vielleicht war diese Sündenbock-Variante Hrubeschs ureigene Idee«, schlug Winnie Heller vor, während sie das bleiche Antlitz des toten Amokläufers ansah, als könne sie dort eine Bestätigung für ihre These finden. »Vielleicht war Sven Strohte Nikolas Hrubeschs Trumpfkarte, von der er seinem Partner wohlweislich nichts erzählt hat.«

»Somit hätten sie also beide falsch gespielt«, resümierte Dr. Gutzkow kopfschüttelnd.

»Sieht ganz danach aus«, sagte Winnie Heller, bevor sie mit Todesverachtung den Rest ihres inzwischen erkalteten Kaffees hinunterkippte und den leeren Becher auf dem Tisch mit der Thermoskanne abstellte.

Verhoeven tat es ihr gleich. »Wie schnell können Sie die Herkunft der übrigen Projektile klären?«, wandte er sich dann noch einmal an Dr. Gutzkow. »Wir müssen wissen, wer hier eigentlich wen erschossen hat, bevor wir auch nur den Hauch einer Chance haben, den Hintergründen dieser Tragödie auf die Spur zu kommen.«

»Ich flehe Sie an, geben Sie uns noch ein paar Stunden«, stöhnte die Pathologin, indem sie ihrerseits an den Tisch trat und sich einen weiteren Becher ihres scheußlichen Kaffees eingoss. Und wie an sich selbst gewandt fügte sie hinzu: »Mann, Mann, Mann, det wird 'ne verdammt lange Nacht!«

IV

Nikolas arbeitet konzentriert und zügig. Er rechnet fließend im Zahlenraum bis 20. Geübte Diktate sind fehlerfrei. Für Religion und Sachunterricht zeigt er großes Interesse. Seine Mitarbeit am Unterricht dürfte reger sein.

Beurteilung der Grundschullehrerin, Juni 1997

Die Klassenkonferenz hat am 25.02.2000 über den weiteren Schulbesuch Ihres Kindes beraten und empfiehlt für Ihr Kind den Besuch der Orientierungsstufe des Gymnasiums. Über die Möglichkeiten beim Übergang in eine schulartübergreifende Orientierungsstufe informieren wir Sie gern.

Aus der Empfehlung der Grundschule Hanns-Martin Schleyer für den weiteren Schulbesuch in der Sekundarstufe I

Betr.: Beschädigung einer Außenwand unseres Getränkemarktes/Steinstraße durch Ihren noch minderjährigen Sohn

Sehr geehrter Herr Hrubesch,
bezugnehmend auf unser Gespräch vom 16.04.2001 teile ich Ihnen mit, dass sich die Folkner-Dombusch KG nach reiflicher Überlegung dazu entschlossen hat, von einer strafrechtlichen Verfolgung des genannten Vorfalls abzusehen.

Auszug aus einem Schreiben der Folkner-Dombusch KG

Etwas Derartiges hätte ich ihm niemals zugetraut, obwohl er echt clever gewesen ist. Aber er war … Wie soll ich das ausdrücken? … Er war immer so passiv, verstehen Sie? Er besaß wenig Eigeninitiative. Ich kann natürlich nur vom Fußball sprechen. Gut möglich, dass er außerhalb des Platzes anders war.

Dietmar Ecker, Fußballtrainer

Ich habe ihn nie als gefährlich empfunden. Eher als unsicher, ich möchte fast sagen: verklemmt.

Karen Ringstorff, Deutschlehrerin

Er schien gewisse Blockaden zu haben, aber ich hatte den Eindruck, dass es ihm in seinen Bildern weitgehend gelang, diese Blockaden zu lösen. Ich habe ihn bei verschiedenen Gelegenheiten ermutigt, ein bisschen was auszuprobieren. Was dabei herauskam, war bemerkenswert. Er war definitiv begabt.

Sander Laurin, Kunstlehrer

Entsetzlich. Und – so schrecklich das jetzt klingen mag – auch irgendwie vorhersehbar.

Ludger Dammrich, Biologielehrer

Ich habe diesen Burschen noch nie ausstehen können.

Elfriede Wünsche, Nachbarin

Der Nikolas wollte immer überall dazugehören. Ein Außenseiter wurde der erst, als er mitkriegte, dass das irgendwie unmöglich ist.

Marco Götze, Fußballkamerad

Zu mir war er eigentlich immer sehr nett.

Miranda Kerr, Mitschülerin

Er war ein paarmal bei mir, das stimmt. Er fühlte sich von einer Kollegin ungerecht beurteilt, aber so etwas erlebe ich beinahe täglich, ohne dass jemand loszieht und etwas derart Ungeheuerliches anrichtet. ... Er wollte, dass ich dafür sorge, dass er in einen anderen Deutschkurs kommt, aber so einfach, wie er sich das vorgestellt hat, ist das nun mal nicht. Aber natürlich habe ich versucht, ihn zu trösten, und gesagt, dass alles irgendwann vorbeigeht.

Björn Janus, Vertrauenslehrer

Einmal wollte er mich überreden, einen Aufsatz, den er geschrieben hatte, als meinen auszugeben, weil er sehen wollte, wie Frau Ringstorff die Arbeit beurteilt, wenn sie denkt, dass sie von jemand anderem ist. Ich habe aber abgelehnt.

Nina Burck, Mitschülerin

Das musste eines Tages passieren. Mit diesem Kind war von Beginn an etwas nicht in Ordnung. Dabei haben sich die Eltern wirklich Mühe gegeben.

Hans-Dieter K., Nachbar

Der Nikolas hatte immer nur Flausen im Kopf. Zuerst wollte er Schriftsteller werden. Dann irgendwas mit Kunst oder so ... Ich glaube, er hielt sich selbst für ungeheuer kreativ, obwohl das im Grunde alles ziemlich konventionell war, was er machte. Aber das machen Sie einem solchen Jungen mal klar!

Gina Op den Kamp, Tante

Bei seiner Geburt sah er so hilflos aus. So unendlich hilflos.

Magdalena Hrubesch, geb. Preuß, Mutter

Irgendwann muss man aufhören zu denken und handeln.

Nikolas Hrubesch, Attentäter

Mittwoch, 18. September 2007

1 »Drei Ihrer elf Opfer starben zweifelsfrei durch die bislang nicht aufgefundene Glock«, verkündete Dr. Gutzkow am nächsten Morgen mit einer Frische, die nicht einmal vage erahnen ließ, dass sie die ganze Nacht durchgearbeitet hatte. »Möglicherweise auch vier.«

Verhoeven horchte auf. »Was heißt das, möglicherweise vier?«

»Das Projektil, das einen der Schüler in Raum 304 getötet hat, war leider zu stark deformiert, als dass die Kollegen es eindeutig einer der beiden Waffen zuordnen konnten«, entgegnete die Gerichtsmedizinerin. »Der Name des betreffenden Jungen ist …«, Verhoeven hörte das Rascheln von Papier, während sie suchte, »… der Name ist Lukas Wertheim. In den anderen drei Fällen war die Sache hingegen eindeutig.«

»Gut«, sagte Verhoeven und tastete mit der freien Hand nach einem Kugelschreiber, während Dr. Gutzkow am anderen Ende der Leitung noch immer mit ihren Aufzeichnungen zu kämpfen schien. Verhoeven hörte ihre unterdrückten Flüche und ein neuerliches Rascheln, während er den Tisch vor sich nach einem Notizzettel absuchte. Seine Arme fühlten sich an, als seien sie mit Blei gefüllt, und auch seine Beine waren taub vor Muskelkater. Verhoeven dachte an die Bauruine in seinem Garten und fragte sich, wann er dazu kommen würde, den Teich, auf den sich seine Tochter so sehr freute, fertigzustellen …

»Hören Sie?«

»Ja.« Er klemmte das Handy zwischen Schulter und Ohr fest und notierte die Namen, die Dr. Gutzkow ihm durchgab. »Und vielen Dank nochmals, dass Sie das alles so schnell möglich gemacht haben«, sagte er, als die Pathologin geendet hatte.

»Ach wat, keene Ursache«, berlinerte Dr. Gutzkow zurück. »Ham Se vielleicht sonst noch irgendwelche Wünsche?«

»Ja«, entgegnete Verhoeven mit einem leisen Schmunzeln. »Gehen Sie schlafen.«

»Morgen«, lachte sie und knallte den Hörer auf, bevor er noch etwas sagen konnte.

Verhoeven schob das Handy wieder an seinen Gürtel zurück und sah seine Kollegen an. Hinnrichs hatte ihnen Oskar Bredeney, einen langjährigen Weggefährten von Verhoevens verstorbenem Partner Karl Grovius, als Unterstützung zugeteilt. Dazu Stefan Werneuchen, einen auf Recherche spezialisierten Beamten. Zu fünft saßen sie nun schon seit Mitternacht im Sitzungszimmer ihrer Abteilung. Geschlafen hatte niemand. In den frühen Morgenstunden waren sie, einer nach dem anderen, nach Hause gefahren, um zu duschen und frische Kleider anzuziehen. Keiner von ihnen hatte sich mehr als eine halbe Stunde Zeit dafür genommen. Seither redeten sie. Spekulierten. Bissen sich fest.

Vor dem Fenster war die Morgendämmerung einer regentrüben Helligkeit gewichen, die in ihrer Unentschlossenheit vortrefflich zu der Stimmung passte, die seit Stunden über dem zerkratzten Konferenztisch schwebte. Irgendjemand hatte belegte Brötchen besorgt, die nahezu unangetastet zwischen den Thermoskannen in der Mitte des Tisches standen. Links und rechts davon stapelten sich Berge an Informationen, deren Wert oder Unwert zu diesem frühen Zeitpunkt niemand einzuschätzen wagte. Die Beamten aus Höppners Sondereinheit versorgten sie beinahe stündlich mit neuen Bulletins.

Die toxikologische Untersuchung hatte ergeben, dass Nikolas Hrubesch zum Zeitpunkt seiner Bluttat nicht unter dem Einfluss von Medikamenten oder Drogen gestanden hatte. Man hatte die Eltern des Attentäters an einen geheimen Ort gebracht, um sie noch einmal ausgiebig zu vernehmen, aber auch, um sie vor eventuellen Racheakten zu schützen. Und ja, Nikolas Hrubesch sei zweifelsfrei Linkshänder gewesen. Vor etwas mehr als einer halben Stunde hatte Höppner höchstpersönlich angerufen. Spezialisten des BKA hatten Hrubeschs Computerdateien und die Chipkarte seines Handys ausgewertet und auch die Internetkontakte des jungen Amokschützen überprüft. Nikolas

Hrubesch hatte seine Spuren im Web zwar geschickt verwischt, war dabei offenbar jedoch nicht allzu gründlich gewesen, was Verhoeven nicht wunderte. Schließlich hatte der junge Attentäter kaum mit einer Überprüfung rechnen müssen, wenn sein Plan aufgegangen wäre. Dann wäre er ein Schüler wie jeder andere gewesen. Einer von Hunderten, die dem Massaker entkommen waren. Ein Opfer.

Aber seine Pläne waren fehlgeschlagen, und die Computerspezialisten des BKA hatten einen Kontakt zu einer bislang noch unbekannten Person rekonstruieren können, die sich selbst »Devil« nannte. Derzeit bemühten sich die Experten fieberhaft darum, diesen bislang vielversprechendsten Hinweis auf einen möglichen Hintermann weiterzuverfolgen, während auf der anderen Seite des großen Teiches die kanadische Staatspolizei mit Hochdruck nach Sven Strohtes Onkel fahndete.

Und nun stand also auch fest, welche der elf Todesopfer des Amoklaufs von der Person erschossen worden waren, die auch Nikolas Hrubesch durch einen aufgesetzten Kopfschuss getötet hatte. Verhoeven nahm seine Notizen zur Hand. »Angela Lukosch, Karla Oppendorf und Beate Soltau, die Schulsekretärin«, gab er die Informationen, die er soeben von Dr. Gutzkow erhalten hatte, an seine Kollegen weiter, und in ihren Gesichtern konnte er lesen, dass sie genauso überrascht waren wie er selbst.

Die Fotos aller elf Todesopfer des Amoklaufs hingen an einem Pinboard an der Wand, weitere Abzüge lagen überall auf dem Tisch verstreut, und inzwischen waren ihnen die Gesichter der Toten so vertraut, als hätten sie jeden einzelnen von ihnen persönlich gekannt.

Eine Abiturientin, eine Fünfzehnjährige und eine Sekretärin, resümierte Verhoeven im Stillen. Nicht gerade die Auswahl, die sie erwartet hatten. Aber was genau hatten sie eigentlich erwartet? Er schüttelte den Kopf und streckte seine wild schmerzenden Beine unter dem Tisch aus. »Außer den drei bereits Genannten könnte theoretisch auch noch Lukas Wertheim, ein Schüler aus dem Mathematik-Grundkurs, der zum Tatzeitpunkt in Raum 304 unterrichtet wurde, unter den Opfern unseres zweiten Schützen sein«, setzte er hinzu. »Aber das ist leider nicht definitiv.«

Winnie Heller, die neben einem Plan des Clemens-Brentano-Gymnasiums an der Wand stand und die bis dato gelben Nadeln der Opfer, die ihr Vorgesetzter soeben genannt hatte, durch rote ersetzte, trat einen Schritt zurück und kniff prüfend die Augen zusammen. »Aber das ergibt irgendwie keinen Sinn, oder?«

»Merkwürdig, allerdings«, pflichtete Verhoeven ihr bei, während seine Augen der Spur aus roten Stecknadelköpfen folgten, die sich vom dritten Stock des Altbaus durch das Zwischengebäude bis ins Untergeschoss des Neubaus zog. »Denn es würde bedeuten, dass sich unser zweiter Mann auf annähernd gleiche Weise in der Schule bewegt hat wie Hrubesch selbst.«

»Zumindest wäre er – vorausgesetzt, dass die genannten Opfer tatsächlich auf sein Konto gehen – definitiv im dritten Stock des Altbaus und in der Bibliothek gewesen«, nickte Winnie Heller, indem sie unverwandt auf die rote Nadel starrte, die den Fundort von Angela Lukoschs Leiche markierte. »Dass er auch im Untergeschoss des Neubaus war, beweist Nikolas Hrubeschs Leichnam. Allerdings war unser Mann, so wie's aussieht, nicht im Erdgeschoss.«

»Scheiße noch mal, was heißt denn das?«, stöhnte Bredeney, indem er sich die Lesebrille von der Nase riss, die von einem zierlichen Silberkettchen gehalten wurde. »Dass die Täter doch zu zweit unterwegs gewesen sind?«

»Wir haben eine schiere Unzahl von Zeugen, die das Gegenteil behaupten«, fuhr Hinnrichs den altgedienten Beamten von seinem Platz am Kopfende des Tisches aus an. Seine Nerven lagen mittlerweile so blank, dass ein Funke genügte, um die aufgestauten Gefühle zur Explosion zu bringen.

Doch der erfahrene Bredeney ließ sich durch das Gepolter seines Bosses nicht aus der Ruhe bringen. »Na schön, demnach wäre also einer vorneweg und der andere hinterher«, konstatierte er.

Verhoeven schob nachdenklich die Unterlippe vor. »Scheint so.«

»Ein zweiter Täter, der sich gewissermaßen im Windschatten des ersten bewegt«, murmelte Winnie Heller vor sich hin.

Hinnrichs' stahlblaue Reptilienaugen wandten sich ihr zu. »In diesem Fall sollten wir zunächst einmal klären, wer von den beiden vorausgegangen ist, meinen Sie nicht?«

Ein Hauch von Farbe goss sich über Winnie Hellers Wangen, als sie von der Wand wegtrat und sich wieder auf ihren Platz setzte. Sie schien den kurzen Abstecher nach Hause genutzt zu haben, um sich neu zu schminken. Nein, um den Kratzer auf ihrer Wange abzudecken, korrigierte sich Verhoeven im Stillen, und er grübelte einmal mehr über die Frage nach, ob er seiner jungen Kollegin die Geschichte, die sie ihm als Erklärung für die Verletzung offeriert hatte, so ohne weiteres abkaufen sollte. Eine Katze ...

»Wir haben unzählige Beschreibungen des Amokschützen«, bemühte sich Werneuchen unterdessen, die Fakten, über die sie im Augenblick verfügten, in eine halbwegs geordnete Form zu bringen. »Und diese Beschreibungen sind – sieht man von den üblichen Abweichungen einmal ab – mehr oder weniger identisch: etwa eins achtzig groß, schlank, schwarze Hose, schwarzer Pulli, schwarze Sturmhaube.«

»Eine Beschreibung, die ganz ohne Zweifel auf Nikolas Hrubesch zutrifft«, sagte Winnie Heller, während sie sich Kaffee aus einer der Thermoskannen nachschenkte. »Ob auch noch auf jemand anderen, wird sich zeigen.«

Oskar Bredeney reckte sich quer über den Tisch und hielt ihr seine leere Tasse hin. »Dann bleiben wir der Einfachheit halber doch mal beim Outfit«, schlug er vor. »Wäre es nach Lage der Dinge nicht mehr als unwahrscheinlich, dass sich unser zweiter Mann überhaupt verkleidet hat?«

Hinnrichs starrte ihn an, als habe er den Verstand verloren. »Sie meinen, irgendwer ist in ganz normaler Straßenkleidung durch dieses Gebäude spaziert und hat drei – oder von mir aus auch vier – Menschen erschossen?«

»Warum nicht?«, gab Bredeney zurück. »Zum einen wäre es unzweifelhaft das Unauffälligste gewesen. Und zum anderen glaube ich kaum, dass diese verschreckten Kinder bei all dem Chaos, das dort auf den Gängen geherrscht hat, so genau darauf geachtet haben, *wer* da hinter ihnen her ballert.«

»Nehmen wir mal an, dass unser zweiter Mann sich tatsächlich unter die Flüchtenden gemischt hat«, führte Winnie Heller den Gedankengang des altgedienten Kollegen weiter. »Angenommen, er hätte vielleicht sogar jemanden getragen, der verletzt, oder noch besser: bewusstlos gewesen ist …«

»… dann hätte er feuern können, ohne groß aufzufallen«, schloss Bredeney, indem er die junge Kollegin mit einem väterlichen Lächeln bedachte.

Hinnrichs' Miene hingegen ließ keinerlei Zweifel daran, was er von den Gedankenspielereien seiner Beamten hielt. »Das glauben Sie doch nicht im Ernst, oder?«

»Es wäre zumindest ein erhebliches Risiko«, sagte Verhoeven. Nichtsdestotrotz hatte er das Gefühl, dass seine Kollegen richtig liegen könnten. Er blickte in seine Kaffeetasse hinunter und versuchte sich vorzustellen, wie die flüchtenden Schüler des Clemens-Brentano-Gymnasiums die Situation wahrgenommen hatten. Er wusste, dass viele der Kinder einfach losgerannt waren, zunächst auf den Flur, von dort ins Treppenhaus und dann weiter auf den Schulhof, ins Freie. Andere hatten sich in ihren Klassenzimmern verbarrikadiert oder in irgendwelchen Toiletten versteckt. Wieder andere hatten versucht, dem Massaker zu entkommen, indem sie sich auf den Boden geworfen und tot gestellt hatten. Manche von ihnen so lange, bis das SEK angerückt war. Verhoeven bewegte seinen rechten Fuß, der einzuschlafen drohte. Es fühlte sich an, als ob tausend Nadeln gleichzeitig in die Sohle gestochen würden. Zunächst wird niemand etwas wissen, dachte er. Erst die Albträume, die auf ein solches Erlebnis unweigerlich folgen, erst eine vorsichtige und behutsame Aufarbeitung des Geschehenen in den nächsten Wochen und Monaten würde vielleicht die eine oder andere Erinnerung zurückbringen. Die Frage war nur, ob sie so viel Zeit hatten.

Auf der anderen Seite des Tisches schob Stefan Werneuchen

geräuschvoll seine Tasse von sich. Er war der Einzige in der Runde, der Tee trank, und die Tasse war seit Stunden leer, weil er es einfach nicht über sich brachte, aufzustehen und heißes Wasser zu holen. »Wenn unser Mann sich tatsächlich unter die Flüchtenden gemischt hätte«, griff er die Spekulationen seiner Kollegen noch einmal auf, »müssten wir dann nicht zwangsläufig nach einem anderen Schüler suchen?«

»Nach einem anderen Schüler oder einem Lehrer«, nickte Verhoeven.

Winnie Heller blickte ihn über den Tisch hinweg an. »Theoretisch kämen auch noch Personen in Betracht, die auf irgendeine andere Weise mit dieser Schule zu tun haben«, sagte sie. »Lieferanten für den Schulkiosk, zum Beispiel. Oder Handwerker, die zum fraglichen Zeitpunkt dort zu tun hatten.«

Werneuchen zückte seinen Kugelschreiber. »Ich überprüfe das.«

»Aber wie wahrscheinlich ist es, dass ein Unbekannter inmitten dieses Chaos überhaupt aufgefallen wäre?«, brachte Bredeney mit der Sturheit einer langen und geradlinigen Beamtenkarriere einmal mehr sein Lieblingsargument auf den Tisch.

»Unterschätzen Sie nicht die Wahrnehmungsfähigkeit der Menschen«, mahnte Hinnrichs mit einem entnervten Augenrollen. »Da waren Hunderte von Personen auf den Beinen. Und irgendwer sieht immer was, auch wenn ihm die Bedeutung dessen, was er gesehen hat, vielleicht gar nicht bewusst ist.«

»Genau das könnte zu unserem Hauptproblem werden«, sagte Verhoeven, indem er sich seine Überlegungen von eben ins Gedächtnis rief. Die Zeit, die sie nicht hatten.

»Du meinst, weil uns diese ganze Flut von Aussagen und Beobachtungen schlicht und einfach überfordert?«, fragte Werneuchen.

»Das ganz sicher«, sagte Verhoeven. »Außerdem dürfte es ziemlich schwierig werden, die richtigen Fragen zu stellen, ohne eine neuerliche Panik auszulösen.«

»Und damit die gesamten Ermittlungen zu gefährden«, fauchte Hinnrichs mit einer Miene, die deutlich zum Ausdruck brachte, dass er in puncto Diskretion nicht mit sich reden ließ. Und darüber hinaus auch nicht gewillt war, sich irgendwelche moralische Vorhaltungen in Bezug auf seine Informationspolitik anzuhören.

»Trotzdem sollten wir den Kollegen, die die Befragungen durchführen, noch einmal explizit einschärfen, sich nach Fremden zu erkundigen«, beharrte Verhoeven.

Doch Hinnrichs ignorierte ihn und griff stattdessen nach einer der Thermoskannen. Das weichmacherfreie Mineralwasser hatte er bereits vor Stunden aufgegeben. In Zeiten wie diesen zählten andere Dinge. Koffein. Wachheit. Ideen. »Verraten Sie mir lieber etwas über das Motiv unseres Trittbrettfahrers«, sagte er, indem er sich die Dose mit dem Süßstoff von der Mitte des Tisches angelte. »Was, glauben Sie, wollte unser zweiter Schütze in dieser Schule erreichen?«

Verhoeven dachte an etwas, das Winnie Heller gesagt hatte, als sie gemeinsam mit Dr. Gutzkow über dieses Thema diskutiert hatten. *Ruhm wie in Hrubeschs Fall können wir als Motiv wohl ausschließen. Und wenn unser zweiter Mann als großer Retter in die Geschichte eingehen wollte, hätte er sich wohl kaum solche Mühe gegeben, den Mord an Hrubesch wie einen Selbstmord aussehen zu lassen.* Er sah zu ihr hinüber und bemerkte, dass sie sich eben anschickte, etwas zu sagen.

»Vielleicht …«

Hinnrichs' Kopf ruckte herum. »Ja?«

»Ach, ich weiß nicht«, murmelte sie, vielleicht, weil ihr ihre Idee jetzt, da sie sie formulieren sollte, irgendwie unausgegoren vorkam. »Aber mal angenommen, diesem mysteriösen Hintermann wäre es in Wirklichkeit gar nicht um die Beteiligung an einem Blutbad, sondern um ein ganz bestimmtes Opfer gegangen …«

Der Leiter des KK 11 starrte sie über seine randlose Brille hinweg an. »Sie meinen, so wie es Hrubesch offenbar vorrangig um diese Lehrerin ging?« Sein Blick suchte die Unterlagen, die vor ihm auf dem Tisch lagen. Fotos, Fakten, Namen. Seine Form von Sicherheit. »Diese Frau Ringstorff?«

»So ähnlich«, nickte Winnie Heller, sichtlich erleichtert, dass der Leiter des KK11 sie nicht sofort wieder zum Schweigen brachte. »Immerhin sind wir uns doch wohl einig, dass diese Tat von langer Hand geplant und vorbereitet wurde, nicht wahr?«

Die Kollegen gaben zustimmende Laute von sich.

»Weiter können wir festhalten, dass der Mann, den wir suchen, in die Planungen einbezogen gewesen sein muss«, fuhr Winnie Heller ermutigt fort. »Er wusste, für welchen Tag und welchen Zeitpunkt Hrubesch seinen Amoklauf geplant hat und welche Waffen er dabei benutzen würde. Ebenso, wie er wusste, dass Nikolas Hrubesch Linkshänder war. Und ...« Sie dachte einen Augenblick nach. »Ja, höchstwahrscheinlich kannte er auch die Route, auf der sich Hrubesch in der Schule bewegen wird.«

Wie von einem unsichtbaren Magneten angezogen, wanderten die Blicke der Beamten zum Plan des Clemens-Brentano-Gymnasiums hinüber, wo eine Spur aus roten Nadeln jener gelben, die Nikolas Hrubeschs Weg der Zerstörung markierte, auf unheimliche Weise zu folgen schien.

Allerdings begann die rote Spur nicht im Erdgeschoss des Altbaus wie die von Hrubesch, sondern erst in der dritten Etage, konstatierte Verhoeven, und er fragte sich, ob diesem Umstand eine tiefere Bedeutung zukommen mochte. Ob der Hintermann, den sie suchten, schon vor Nikolas Hrubesch dort oben im dritten Stock gewesen war, ob er dort gelauert hatte, um darauf zu warten, dass sein Komplize das Inferno in Gang setzte.

»Aber wieso?«, fragte Hinnrichs mitten in die Stille, die die Luft im Raum vibrieren ließ. »Warum wandelt jemand auf den Spuren eines Massenmörders und erschießt quasi im Vorbeigehen selbst ein paar Menschen, bevor er mir nichts, dir nichts wieder in der Versenkung verschwindet?«

»Na ja ...« Winnie Heller räusperte sich. »Wie ich bereits sagte, könnte es doch möglich sein, dass unser Mann eine ganz bestimmte Person töten, dabei aber verhindern wollte, dass er mit der Tat in Verbindung gebracht wird, und ...«

»Augenblick«, fiel Hinnrichs ihr nun doch ins Wort. »Wollen Sie etwa andeuten, jemand könnte einen Massenmord angezettelt oder sich doch zumindest irgendwie daran beteiligt haben, um eine ganz spezielle, am Ende vielleicht sogar persönlich motivierte Tat unter einem Berg von Leichen verschwinden zu lassen?«

Eine flammende Röte goss sich über Winnie Hellers Wangen, aber sie nickte tapfer vor sich hin. »Ja«, entgegnete sie. »Genau das wollte ich sagen.«

»Donnerlüttchen!«, rief Oskar Bredeney, der Rest seiner Worte ging im Stimmengewirr der Kollegen unter.

2

Jessica Mahler konnte beim besten Willen nicht sagen, wie sie in ihr Bett gekommen war. Irgendwann mitten in der Nacht war sie aus dem Schlaf geschreckt und hatte nach einem Moment der Orientierungslosigkeit die Türen ihres Kleiderschranks erkannt. Von irgendwo her war ein Licht auf das massive Kiefernholz gefallen, wahrscheinlich aus dem Flur vor ihrem Zimmer. Ihre Mutter musste eine Lampe brennen gelassen haben. Ganz so wie früher als Kind. Jessica Mahler nickte vor sich hin, ohne die Augen zu öffnen. Zu dieser Art von Konfrontation mit der Welt, mit dem Hier und Jetzt, war sie einfach noch nicht bereit. Dennoch spürte sie, wie allmählich etwas wie Bewusstsein in sie zurücksickerte. Wie ihre Umgebung begann, in Geräusche zu zerfallen. Empfindungen. Eindrücke. Eine ferne Autohupe. Ein leises Brummen wie von einem Flugzeug. Der Gummizug ihrer Schlafanzughose, der über ihrem Bauchnabel spannte. Kleinigkeiten, die sie trotz ihrer offenkundigen Belanglosigkeit überforderten. Zumindest kam es ihr im Augenblick noch so vor.

Um nicht weiter über das Loch nachdenken zu müssen, das die letzten Stunden in ihr Gedächtnis gerissen hatten, lenkte sie ihre Gedanken noch einmal in ihre Kinderzeit zurück. Damals hatte sie sich wie der Teufel gefürchtet, sobald es dunkel geworden war, und es hatte eine Menge Auseinandersetzungen über dieses Thema gegeben, weil ihre Mutter von jeher die Ansicht vertreten hatte, dass Dunkelheit etwas sei, an das man sich gewöhnen müsse. Früher oder später. Aber sie hatte nicht aufgegeben, bis das Licht im Flur schließlich über Nacht angeblieben war und ihre Mutter zusätzlich eine von diesen Notlampen gekauft hatte, die nur wenig Energie verbrauchten und trotzdem ein Gefühl von Schutz und Geborgenheit verströmten.

Die Erinnerung an eine Zeit, in der sich die Probleme des Lebens auf eine so einfache Art und Weise hatten lösen lassen, entlockte Jessica Mahler ein melancholisches Lächeln. Ihre Lampe hatte die Form eines Frosches gehabt, und vermutlich lag sie noch immer irgendwo in einer Schublade ihres Schreibtischs. Sie rollte sich auf die andere Seite und überlegte, ob sie danach suchen sollte.

Hinter ihren geschlossenen Lidern hing ein rötlicher Schein, was wahrscheinlich bedeutete, dass Tag war, was zu der Hupe passen würde, die sie gehört hatte. Idiotischerweise war das Erste, was sie dachte, nachdem ihr Verstand den Tag als gegeben hingenommen hatte, dass sie in die Schule musste. Und dass sie ihre Englischaufgaben nicht gemacht hatte. Dabei war Englisch sowieso schon eins von den Fächern, in denen sie eher schwach war. Im Geiste sah sie das leere Blatt vor sich, einen linierten Doppelbogen, in dessen oberste Zeile sie bereits die Aufgabe notiert hatte, die es zu erledigen galt: *Give a short characterization of Algernon!* Augenblicklich lasen sie Oscar Wilde. *The Importance of Being Ernest.* Und sie hatte kein Essay über diesen dämlichen Algernon geschrieben, weil … Ja, weil etwas dazwischengekommen war!

Etwas, das sie von allen Verpflichtungen entband.

Etwas, das ein Versäumnis relativierte, für das sie noch vorgestern eine schlechte Epochalnote kassiert hätte.

Jessica Mahler stöhnte und zwang sich, die Augen zu öffnen. Vor dem Fenster, das in den Garten hinausging, war tatsächlich Tag. Mittag sogar, wie ihr ein Blick auf die Uhr neben ihrem Bett verriet. Und das wiederum hieß, dass die Zeit der Ausflüchte unwiderruflich vorbei war. Dass es nur eine Frage von Minuten sein konnte, bis ihre Mutter auftauchte, um sie zu fragen, was denn nun eigentlich mit dem Spiegel im Badezimmer geschehen sei. Wie es ihr gehe. Was sie empfinde, wenn sie … Sie blinzelte in das kleine Stück Himmel, das sie von ihrem Bett aus sehen konnte, und versuchte, ihrem Gedächtnis vielleicht doch noch ein paar Erinnerungen zu entlocken. Wenigstens zu den letzten Stunden. Doch ihr wollte partout nichts einfallen.

Also stand sie auf und tappte auf das helle Viereck des Fensters zu, das gekippt war, ein weiteres Indiz dafür, dass ihre Mutter sie zu Bett gebracht hatte. Jessica Mahler sog die frische, erdige Regenluft ein, die durch den Spalt drang, und registrierte einen entfernten Schmerz in ihrem Körper. Und mit ein paar Sekunden Verzögerung gelang es ihr auch, diesem Schmerz einen Ort zuzuordnen. Ihre Augen wanderten hinunter zu den Innenflächen ihrer Hände, die übersät waren mit kleinen Verletzungen, Kratzern, allesamt ganz und gar oberflächlich. Lediglich am Zeigefinger der rechten Hand befand sich ein Schnitt, der ein bisschen tiefer aussah. Tief genug, um geblutet zu haben. Jessica Mahler schüttelte den Kopf, weil sie den Bildern misstraute, die ihr Gedächtnis ihr als Erklärung für diese Wunden an ihren Händen offerierte. Hatte sie tatsächlich versucht, aus zerborstenem Spiegelglas einen Schneemann zu bauen?

Sie schrie leise auf, als urplötzlich neue Bilder über sie hereinbrachen. Die Toilettenschüssel. Klopapier, mit dem sie wenig erfolgreich versucht hatte, die Spuren ihres Missgeschicks zu beseitigen. Ihre Mutter im Türrahmen, den Blick schreckensstarr auf die blutigen Glassplitter im Waschbecken gerichtet … Scheiße, dachte Jessica Mahler, ich muss sie beruhigen! Ihr erklären, dass ich nicht verrückt geworden bin. Dass ich einfach etwas Zeit brauche. Sonst holt sie am Ende noch einen Arzt oder einen Psychiater oder in ihrer Verzweiflung gar beides!

Ohne lange nachzudenken, stürzte sie aus ihrem Zimmer und stolperte die Treppe des engen Reihenhauses hinunter, das ihr Vater ihnen nach der Scheidung eher widerstrebend als bereitwillig überlassen hatte.

Bereits auf dem Absatz hörte sie die Stimme ihrer Mutter. Sie telefonierte, und aus dem, was sie sagte, schloss Jessica, dass sie mit Karen sprach. Tante Karen. Mamas beste Freundin. Sie blieb stehen und lauschte um die Ecke, wo eine abgestoßene Schiebetür ins Wohnzimmer führte.

»Ich finde, so darfst du das nicht sehen«, sagte ihre Mutter gerade. »Sonst wirst du niemals fertig mit dieser Sache, hörst du?«

Jessica Mahler zog verwundert die Augenbrauen hoch. Es kam nicht oft vor, dass ihre Mutter Tante Karen so etwas wie einen Ratschlag erteilte. Für gewöhnlich war – im Gegenteil – Karen Ringstorff diejenige, die riet. Die das Ruder in die Hand nahm. So war es schon immer gewesen, seit der Trennung ihrer Eltern, und Jessica Mahler hatte immer den Verdacht gehabt, dass ihre Mutter jemanden brauchte, der ihr sagte, was sie zu tun und zu lassen habe. Tante Karen hatte über die Farbe der neuen Küchentapete entschieden, genauso wie über den Termin für den Zoobesuch und den Ort, an dem sie einen gemeinsamen Skiurlaub verbracht hatten. Sie war konsultiert worden, als es darum gegangen war, welcher Kiefernorthopäde mit Jessicas Zahnregulierung zu betrauen sei, ebenso wie in der Frage nach der bestmöglichen Kombination von Grund- und Leistungsfächern. Und jetzt sollte Tante Karen vermutlich sagen, was Carola Mahler hinsichtlich eines mutwillig zerstörten Badezimmerspiegels unternehmen konnte ...

Jessica hielt den Atem an.

»Bitte nicht«, sagte ihre Mutter, nachdem sie ihrer besten Freundin eine Weile schweigend zugehört hatte, »ich mache mir Sorgen, wenn du so redest.«

Sorgen? Jessica Mahlers Finger glitten ziellos über den Rauputz der Wand. Hieß das etwa, dass Tante Karen ausnahmsweise mal eigene Probleme hatte?

»Aber das ist doch kompletter Blödsinn«, fiel Carola Mahler ihrer Gesprächspartnerin in diesem Moment mit ungewohnter Entschlossenheit ins Wort. »Du musst ...«

Verdammt! Jessica Mahler ließ sich auf die unterste Treppenstufe sinken und vergrub das Gesicht zwischen ihren zitternden Knien. Wo hatte sie nur ihre Gedanken? Warum verarbeitete ihr blödes Gehirn zurzeit alles so gottverdammt langsam? Natürlich hatte Tante Karen eigene Probleme! Immerhin war sie auch dort gewesen. Sie war selbst nur knapp dem Massaker entkommen, das Lukas Wertheim das Leben gekostet hatte. Sie war … Jessica Mahler stutzte, als sich unvermittelt wieder jene unangenehme Stimme zu Wort meldete, die sie schon gestern Abend gehört hatte. *Lukas' Tod hat dein Problem nicht gelöst*, höhnte sie. *Jedenfalls nicht auf Dauer. Schließlich gibt es irgendwo da draußen noch immer dieses verdammte Videoband! Es existiert, und eines Tages, wenn die Trauer abgeklungen ist, nehmen sich Lukas' Eltern die Sachen ihres Sohnes vor, und dann entdecken sie inmitten von Sportklamotten und Pokalen eine Kassette, die euch, nein, die DICH in Aktion zeigt.*

Jessica Mahler starrte ihre nackten Unterarme an, über die sich eine dicke Gänsehaut gebreitet hatte.

»Ach, ich weiß nicht recht«, sagte ihre Mutter am Telefon. »Natürlich mache ich mir so meine Gedanken, aber vielleicht ist es ja auch alles halb so schlimm. Vielleicht braucht sie einfach etwas Zeit, um mit all dem fertig zu werden …«

Zeit! Jessica Mahler hätte am liebsten laut losgelacht. Als ob es um irgendeinen pubertären Liebeskummer ginge!

Zeit wird dein Problem nicht lösen, pflichtete die Stimme in ihrem Kopf ihr bei.

Also tu gefälligst was!

Handle!

3

»Falls Frau Hellers Annahme stimmt und unser Hintermann wirklich konkrete eigene Ziele verfolgt hat, müsste er tatsächlich bereits an der Planung dieses Irrsinns beteiligt gewesen sein«, ergriff Verhoeven das Wort, nachdem sich alle wieder ein wenig beruhigt hatten. »Und zwar maßgeblich beteiligt.«

»Warum nicht?«, fragte Bredeney, indem er sein Brillenkettchen zwischen den Fingern hin und her drehte. »Man weiß doch, dass es bei vielen Amokläufen der jüngeren Vergangenheit Mitwisser gegeben hat, die bereits lange vor der eigentlichen Tat über entsprechende Pläne der späteren Amokschützen informiert waren.«

»Ja, Mitwisser!«, höhnte Hinnrichs. »Aber wenn Frau Hellers Theorie zuträfe, sprechen wir hier doch wohl eher von einem Initiator. Einem Strategen. Um erfolgreich zu sein, hätte er alles bis ins kleinste Detail planen müssen. Und selbst dann wären da Hunderte, ach was sage ich, Tausende Unwägbarkeiten gewesen. Ganz abgesehen davon, dass er sich absolut sicher sein musste, was seinen Einfluss auf Hrubesch angeht.«

Winnie Hellers Finger spielten mit dem Henkel ihrer Kaffeetasse. »Nichtsdestotrotz ist es eine Möglichkeit«, beharrte sie.

Der Leiter des KK 11 schüttelte den Kopf. »Die Chance, dass der Plan dieses Mitwissers – so es ihn denn gegeben hat – aufgeht, wäre kaum größer als eins zu …« Er stutzte und überlegte eine Weile, aber letztlich wagte er keine Prognose. »Wie auch immer«, sagte er stattdessen, »unser Mann konnte nicht damit rechnen, dass er sein Ziel, was es auch gewesen sein mag, auf diese Weise erreicht.«

»Aber dieser Kerl hat nachweislich drei, vielleicht sogar vier Menschen getötet«, widersprach Winnie Heller dem Leiter des KK 11 freundlich, aber bestimmt. »Ließe das nicht zumindest vermuten, dass er entgegen aller Wahrscheinlichkeiten am Ende doch erfolgreich war?«

Verhoeven wandte den Kopf. »Aber wer sagt uns, dass das richtige Opfer dabei ist?«, wandte er ein. »Das, auf das es unserem Mann ankam?«

Winnie Heller antwortete mit einer Gegenfrage. »Würde er denn nicht mit dem richtigen Opfer beginnen?«

»Anzunehmen«, räumte Verhoeven ein.

»Herrgott noch mal«, polterte Hinnrichs, dem die Sache allmählich zu bunt wurde. »So, wie Sie über diesen Kerl sprechen, könnte man annehmen, dass Sie schon alles über ihn wissen. Aber Sie wissen gar nichts. Für den Augenblick ist dieser Mann nichts als ein Schatten. Eine Möglichkeit von vielen.«

»Nichts anderes habe ich behauptet«, murmelte Winnie Heller mit einem Anflug von Trotz in der Stimme.

»Bitte?«, keifte Hinnrichs zurück.

Sie hob abwehrend die Hände. »Nichts.«

Verhoevens Blick hing unterdessen an einer der Porträtaufnahmen an der Wand fest. Werneuchen hatte kleine Schilder mit den Namen der Opfer geschrieben und diese unter die betreffenden Fotos geklebt. Daher wusste er, dass es Inge Naumanns Augen waren, die ihm aus der sorgfältig ausgeleuchteten Studioaufnahme entgegenblickten. Sie hatte Englisch und Deutsch unterrichtet und wäre in wenigen Tagen nach Brighton gereist, um dort eine Gruppe von Austauschschülern in Empfang zu nehmen. Wenn Nikolas Hrubesch ihr nicht eine Kugel in den Kopf geschossen hätte, setzte Verhoeven in Gedanken hinzu, und mit einem Mal fühlte er einen bohrenden Schmerz in seinem Magen. »Trotz aller Vorbehalte würde die Variante, die uns Frau Heller eben aufgezeigt hat, wahrscheinlich die bei weitem größte Chance bieten, diesen ominösen Hintermann zu kriegen«, befand er, als er spürte, dass sich etwas wie Resignation unter den Kollegen breitgemacht hatte.

Ihm gegenüber setzte Bredeney seine Kaffeetasse ab. »Weil sie voraussetzt, dass der zweite Täter ein handfestes Motiv hat?«

Verhoeven antwortete nicht. Je länger er über diese Sache nachdachte, desto mehr hatte er den Eindruck, dass sie sich verrannten. Dass sie sich auf jemanden einschossen, den es vielleicht gar nicht gab. Zumindest nicht so, wie sie ihn hier zeichneten. Er sah wieder Inge Naumanns freundliches Lächeln an und dachte, dass eine Tragödie wie diese unmöglich von etwas anderem als etwas Hochemotionalem motiviert sein konnte. Von Hass, von Enttäuschung oder blinder, grenzenloser Wut auf die Welt und all ihre Ungerechtigkeiten. Andererseits schien vieles von dem, was sich am Clemens-Brentano-Gymnasium ereignet hatte, nicht in das Bild eines gewöhnlichen Amoklaufs zu passen. Nikolas Hrubeschs Motiv war nicht Wut gewesen, zumindest nicht Wut allein. Er hatte seine wahnwitzige Tat überleben wollen, um sich an den Folgen zu weiden. Um vielleicht gar über Jahre hinweg zu verfolgen, wie die Familien seiner Opfer zerbrachen an der Last, die er ihnen auferlegt hatte. Wie auch immer geartete Allmachtsphantasien, dachte Verhoeven, das ist der eine Aspekt. Aber ein Amoklauf als Ablenkungsmanöver für einen Mord? Initialisiert von einem, der ein ganz konkretes Ziel verfolgte? Der jemanden loswerden und die Leiche in einer Reihe von mehr oder minder zufällig ums Leben gekommenen Personen verschwinden lassen wollte? In der breiten Masse, so makaber die Redewendung in diesem Zusammenhang klang?

Verhoevens Blick wanderte hinüber zu den Porträts der drei Opfer, die nachweislich dem anderen, dem zweiten Schützen zum Opfer gefallen waren. Winnie Heller hatte ihre Fotos aus der Reihe der übrigen Toten herausgenommen und nebeneinander an einer Extratafel befestigt: Angela Lukosch, Karla Oppendorf und Beate Soltau, die Schulsekretärin. Dazu ein wenig abseits Lukas Wertheim, über dem ein imaginäres Fragezeichen zu schweben schien. Verhoeven betrachtete das braun gebrannte Modelgesicht des Jungen, das ihn entfernt an Costas, seinen göttergleichen Griechenschwager, erinnerte, und überlegte, ob eines dieser vier Opfer mit Vorbedacht getötet worden war. Von jemandem, der einen triftigen Grund hatte, der betreffenden Person den Tod zu wünschen. Eine Abiturientin, eine Fünfzehnjährige und eine Sekretärin ...

»Wenn es für einen dieser Morde ein handfestes Motiv gibt, und wir finden es, dann wird es uns zwangsläufig zum Täter führen«, bemerkte Winnie Heller in diesem Augenblick folgerichtig, wobei sie mit jugendlichem Enthusiasmus ihre Informationsmappe zuklappte, als sei dieser simplen Feststellung nichts mehr hinzuzufügen.

»Ach wirklich?«, schnappte Hinnrichs. »Dann verraten Sie mir vielleicht auch, warum unser zweiter Mann *drei* Menschen erschossen hat, wenn es ihm in Wahrheit um *ein* ganz bestimmtes Opfer gegangen sein soll?«

Vier, korrigierte ihn Verhoeven im Stillen. Unser Mann hat nachweislich vier Menschen erschossen, wenn wir Hrubesch mitzählen. Laut sagte er: »Vielleicht wollte er ganz sicher gehen.«

»Sicher?« Hinnrichs' Finger klimperten mit dem Kaffeelöffel auf seiner Untertasse. »Was zum Teufel meinen Sie mit sicher?«

»Vielleicht hat er befürchtet, dass jemand auf die Idee kommt, die Projektile aus den Körpern der Opfer mit der sichergestellten Glock abzugleichen«, entgegnete Verhoeven. »Genau, wie es letztendlich auch geschehen ist.«

»Sie denken an eine Art Ablenkungsmanöver?«

Im Augenblick denke ich noch gar nichts, dachte Verhoeven bei sich. Nichtsdestotrotz nickte er. »Damit im Fall der Fälle nicht auf den ersten Blick klar wird, wer das eigentliche Ziel gewesen ist.«

Hinnrichs kniff seine ohnehin nicht gerade vollen Lippen zu einem schmalen Strich zusammen. »Folglich wären die beiden anderen Toten, die wir diesem Kerl mit Bestimmtheit zuordnen können, also gewissermaßen Kollateralschäden?«, fragte er, ohne auch nur zu ahnen, wie weit er sich mit seiner Formulierung an die Gedankengänge des toten Amokläufers angenähert hatte. »Na, das wäre ja wirklich mehr als perfide!«

»Perfide ganz sicher«, nickte Verhoeven. »Aber durchaus nicht undenkbar. Schließlich hätte unser Mann – vorausgesetzt, wir liegen richtig – auch zugelassen, dass ihm Nikolas Hrubesch auf seiner pervertierten Jagd nach Macht das Feld bereitet, indem er auf alles schießt, was Beine hat.«

»Hey, stopp, Moment mal!«, rief Winnie Heller und schlug dabei so heftig auf den Tisch, dass die Kaffeetassen der Kollegen klirrten. »Würde diese ganze Show, die unser Hintermann da abgezogen hat, um sein eigentliches Ziel zu verschleiern, nicht eigentlich bedeuten, dass sein Motiv sozusagen auf der Hand liegt?«

Hinnrichs runzelte die Stirn. »Was meinen Sie?«

»Dass wir, wenn wir das eigentliche Opfer unseres zweiten Schützen kennen würden, automatisch darauf kämen, wer es getötet hat.«

Keiner der Kollegen sagte etwas. Aber alle spürten, dass Winnie Heller auf einen wichtigen Aspekt hingewiesen hatte.

»Also tötet unser Mann das Opfer, um das es ihm eigentlich geht. Plus zwei oder drei weitere als Ablenkung«, murmelte Bredeney kopfschüttelnd.

Winnie Heller nickte sinnierend vor sich hin. »Er baut sich ein Netz unter dem Trapez, auf dem er turnt.«

»Dann ist er verdammt vorsichtig.«

»Genau das ist der Punkt, der mir Sorgen macht«, seufzte sie.

»Warum?«

»Weil wir ihn vielleicht nie finden, wenn er tatsächlich erreicht hat, was er wollte.«

Hinnrichs funkelte Verhoeven über den Tisch hinweg wütend an. »Und Sie haben noch vor ein paar Minuten behauptet, Frau Hellers Theorie böte die größtmögliche Chance, ihn zu kriegen.«

»Ich finde übrigens, dass wir nicht immer von einem zweiten *Mann* sprechen sollten«, bemerkte Winnie Heller hinter ihrer Kaffeetasse. »Nicht, solange nicht klar ist, womit wir es hier eigentlich zu tun haben.«

»Also, die Gleichberechtigung der Frau in allen Ehren ...«, setzte Bredeney an, doch Verhoeven unterbrach ihn gleich wieder:

»Wie auch immer, wir haben keine Zeit zu verlieren«, befand er und erhob sich, ohne auf Hinnrichs' diesbezügliche Erlaubnis zu warten. »Irgendwo da draußen läuft jemand herum, der nicht die leisesten Skrupel hat. Und wenn dieser Jemand erst einmal mitbekommt, dass wir von ihm wissen ...« Er ließ den Satz offen und sah Werneuchen an. »Wir brauchen schnellstmöglich nähere Informationen über die Opfer, die von unserem Trittbrettfahrer erschossen wurden. Und zwar alles, was wir kriegen können.«

Werneuchen tauschte einen Blick mit Bredeney. »Wir kümmern uns drum.«

»Gut«, sagte Verhoeven. »Dann fahren Frau Heller und ich jetzt erst mal zu Sven Strohte.« Und das wird eine Begegnung, auf die ich mich ganz besonders freue, setzte er in Gedanken hinzu.

4 *Hannah_24:* Wie geht's dir inzwischen?
Mirandolina: Mhm ja, ganz gut.
Hannah_24: Hey, wir sind Freundinnen, okay? Also lüg mich gefälligst nicht an!
Mirandolina: Mir geht's scheiße, okay?!
Hannah_24: Klar geht's dir Scheiße. Einfach jedem würd's scheiße gehen, wenn er bei so was dabei war.
Mirandolina: Bei SO WAS …
Hannah_24: Tut mir leid, wenn ich mich so blöd ausdrücke. Ich … Ach, verdammt! Ich weiß einfach nicht, was ich sagen soll.
Mirandolina: Das wäre ja mal ganz was Neues ;-)
Hannah_24: Stimmt. ☺ … Aber mal ernsthaft, ich kann's noch immer nicht fassen, dass die Malgorias tot ist. Und der Scherer … Hey, weißt du noch, wie dieser Kerl dir damals in Franz immer in den Ausschnitt geglotzt hat?
Mirandolina: Tja, ich schätze, darauf kann ich mir nicht allzu viel einbilden. Immerhin war ich damals die Einzige, bei der es überhaupt schon was zu sehen gab … Ha, ha!
Hannah_24: Hör gefälligst auf mit diesem Selbstzerfleischungsscheiß, okay? Wenigstens heute!
Mirandolina: Ich bin nur objektiv.
Hannah_24: Du bist nicht objektiv, du bist zynisch …
Mirandolina: Mal was ganz anderes: Glaubst du, dass Angel Aids gehabt haben könnte?
Hannah_24: Mensch Mira, denkst du wirklich, das hier ist der richtige Moment, um …
Mirandolina: Verdammt noch mal, du verstehst mich nicht! Ich hatte ihr verdammtes Blut an meinen Lippen, okay?
Hannah_24: Wieso hattest du Angela Lukoschs Blut an deinen Lippen?????????
Mirandolina: Weil ich sie gefunden habe. Ich hab um die Ecke geschaut und sie auf dem Flur vor dem Klo liegen sehen, und da dachte ich, ich könnte sie … Ach, vergiss es!
Hannah_24: Du hast sie gefunden?
Mirandolina: Sag ich doch.

Hannah_24: Warum hast du mir das nicht erzählt?
Mirandolina: Tu ich doch jetzt.
Hannah_24: Na toll! … Aber wieso wart ihr auf dem Flur? Ich denke, ihr hattet Unterricht …
Mirandolina: Ich bin ihr gefolgt. Ich wollte wissen, warum sie ewig aufs Klo rennt.
Hannah_24: Und? Hast du's rausgefunden?
Mirandolina: Ist das jetzt noch wichtig?
Hannah_24: Quatsch nicht! Warum?
Mirandolina: Sie kotzt. Hat gekotzt, meine ich …
Hannah_24: Bulimisch?
Mirandolina: Was weiß denn ich … Oh Scheiße, das macht mich alles voll fertig! Ich versuche andauernd, mir irgendwas vorzubeten, das mich tröstet. Du weißt schon, dass ich wenigstens nicht sehen musste, wie die Malgorias … Ach, Fuck, ich weiß nicht!
Hannah_24: Und wieso ist Angela tot, und du lebst?
Mirandolina: …
Hannah_24: Ey, sorry. Das klang jetzt echt voll scheiße, zugegeben. Aber so, wie das jetzt rüberkommt, war es ganz bestimmt nicht gemeint! Ich wollte doch nur wissen, was du angestellt hast, um … Wo ihr doch beide gerade auf der Toilette wart, als es losging, meine ich.
Mirandolina: …
Hannah_24: Hey, Mira! BITTE, sei nicht sauer, okay? Ich komme mir echt voll dämlich vor mit meinem Gelaber.
Mirandolina: Ich habe keine Ahnung, warum sie tot ist. Das Letzte, was ich von ihr gesehen habe, war, wie sie am Spiegel stand. Da hat sie sich die Hände gewaschen. Aber Moment … Augenblick! Scheiße, das können dann ja eigentlich erst die ersten Schüsse gewesen sein.
Hannah_24: Was für erste Schüsse?
Mirandolina: …
Hannah_24: Hallo? Jemand zu Hause?
Mirandolina: Tut mir leid, aber ich muss Schluss machen.
Hannah_24: Spinnst du? Jetzt?!

Mirandolina: Ich melde mich wieder.
Hannah_24: Warte!
Mirandolina: …
Hannah_24: Rede mit mir!
Mirandolina: …
Hannah_24: Mira! BITTE!
Mirandolina: …
Hannah_24: MIRANDA!!!!!!!

5

Manuela Strohte, Svens Mutter, entpuppte sich als große und zumindest für eine Frau ihres Alters entschieden zu dünne Blondine mit sorgfältig geschminktem Puppengesicht. Sie war höchstpersönlich an die Tür gekommen, um den beiden Kommissaren zu öffnen, aber Winnie Heller hegte keinerlei Zweifel daran, dass sich irgendwo in diesem Haus, das im Grunde eher eine Villa war, auch noch eine Angestellte befand, die solche Dinge üblicherweise erledigte.

Sie folgte ihrem Vorgesetzten in einen mit Granit ausgelegten Vorraum, von dem rechts und links je eine Tür abging, bevor er in einen großzügigen Flur mündete. Von irgendwo her erklang Klavierspiel. Winnie Heller, der das Stück irgendwie bekannt vorkam, stutzte und überlegte, was es war, doch sie kam zu keinem Ergebnis.

»Mein Sohn ist …« Manuela Strohte unterbrach sich und sah Verhoeven an, als sei sie unsicher, ob sie überhaupt etwas sagen dürfe, ohne zuvor gefragt worden zu sein. »Das alles ist furchtbar schwer für ihn, verstehen Sie?« Sie zögerte abermals, bevor sie hinzufügte: »Für uns.«

»Sicher«, nickte Verhoeven. »Wir können uns lebhaft vorstellen, in welchem Schockzustand Sie sich alle seit gestern befinden. Aber es lässt sich leider nicht vermeiden, dass wir Ihrem Sohn noch ein paar Fragen stellen.«

Sven Strohtes Mutter nickte, ohne sich auch nur einen Zentimeter von der Stelle zu rühren. »Es ist eine gute Schule gewesen«, erklärte sie nach einer Weile, als müsse sie sich vor den fremden Kommissaren ausdrücklich dafür rechtfertigen, ihren Jungen einer Bildungseinrichtung anvertraut zu haben, an der sich ein Drama wie das gestrige hatte ereignen können.

»So etwas kann überall passieren«, sagte Verhoeven, und Manuela Strohte schenkte ihm ein dankbares Lächeln.

»Unsere beiden anderen Söhne waren auch auf dem Clemens-Brentano-Gymnasium«, bemerkte sie kopfschüttelnd, und Winnie Heller registrierte mit Befremden den Subtext, der in ihren Worten – sei es nun bewusst oder unbewusst – mitschwang: *Unsere beiden anderen Söhne haben diese Schule ebenfalls besucht, aber mit ihnen hat es nie irgendwelche Probleme gegeben.* Als ob diese Frau ihrem Jüngsten einen Vorwurf daraus macht, in eine solche Tragödie verstrickt zu sein, dachte sie, und sie fragte sich, wie viel von dem, was sie selbst aus Manuela Strohtes scheinbar so harmlosen Worten herauslas, sich auch deren Sohn vermittelt haben mochte.

Die Hausherrin fixierte Verhoevens Augen mit beschwörender Intensität, und Winnie Heller hatte den Eindruck, dass sie sich von ihm irgendeine Form von verbaler Absolution erwartete. Eine Absolution für die Tatsache, dass eins ihrer Kinder zu einem derart falschen Zeitpunkt Schüler des Clemens-Brentano-Gymnasiums gewesen war und die rechtschaffene Familie Strohte allein durch diesen Umstand in etwas verwickelt hatte, das in keiner Weise zu ihr passte. Doch Verhoeven schwieg beharrlich, wahrscheinlich, weil er wusste, dass Manuela Strohte in puncto Familienehre noch weitaus unangenehmere Fakten ins Haus standen.

Wenn sie erfährt, dass es das Gewehr ihres eigenen Bruders gewesen ist, das Hrubesch bei seinem Amoklauf verwendet hat, fällt sie garantiert in Ohnmacht, dachte Winnie Heller. Allerdings waren sie übereingekommen, diese Information zunächst noch eine Weile für sich zu behalten.

»Tja«, sagte Manuela Strohte, die allmählich zu spüren schien, dass bei dem fremden Kommissar in puncto Verständnis nicht allzu viel zu holen war. »Dann kommen Sie am besten einfach mit.«

Sie ging voran und geleitete die beiden Kriminalbeamten in den hinteren Teil des Hauses. Im Vorbeigehen registrierte Winnie Heller eine modern anmutende Skulptur in einer Nische rechts des Ganges. Sie war überaus dezent platziert, fast versteckt. Nichtsdestotrotz hatte Winnie Heller den Eindruck, dass sie wertvoll war. Überhaupt schien Geld etwas zu sein, auf das es in diesem Haus nicht im Geringsten ankam. Sie betrachtete Manuela Strohtes Rücken, der zart, fast knochig war, und rief sich die spärlichen Informationen ins Gedächtnis, die sie vorab von Höppners Leuten bekommen hatten. Der Herr des Hauses arbeitete als Unternehmensberater und war dabei anscheinend überaus erfolgreich. Die beiden älteren Söhne waren hochbegabte Überflieger, einer von ihnen hatte mit knapp dreißig bereits eine Professur inne, der andere studierte Mathematik an der Sorbonne. Und beide haben sie die Schule abgeschlossen, ohne in ein Blutbad verwickelt gewesen zu sein, ergänzte Winnie Heller boshaft.

»Haben Sie Nikolas Hrubesch eigentlich gekannt?«, erkundigte sich derweil Verhoeven, der zu Manuela Strohte aufgeschlossen hatte.

Die Angesprochene blieb wie angewurzelt stehen. »Sie meinen …?«

»Ich meine den Attentäter, ja«, sagte Verhoeven.

»Natürlich nicht«, entgegnete Manuela Strohte, und in ihrer Stimme schwang ein Hauch von Empörung mit. »Warum um Gottes willen sollte ich ihn gekannt haben?«

»Na ja«, sagte Verhoeven, »immerhin war er doch im selben Jahrgang wie Ihr Sohn, und wie es aussieht, hat Hrubesch ja auch versucht, Sven …«

»Glauben Sie mir, wir haben nicht die geringste Ahnung, warum er ausgerechnet unseren Sohn für diesen … diesen Irrsinn ausgewählt hat«, fiel Manuela Strohte ihm sogleich aufgebracht ins Wort. »Purer Zufall wahrscheinlich, schließlich kann man ja nie sagen, was in einem so kranken Geist vorgeht.«

»War er mal hier?«

»Was?«

»Ich hätte gerne gewusst, ob Nikolas Hrubesch jemals Gast in diesem Hause gewesen ist«, wiederholte Verhoeven mit schneidender Freundlichkeit. »Nach der Schule, zum Beispiel. Oder auf einer Geburtstagsparty.«

Winnie Heller konnte nicht sagen, warum, aber sie hatte den Eindruck, dass Manuela Strohte irritiert war. Irritiert und irgendwie auch schuldbewusst. Vielleicht, weil sie sich nie zuvor für ihren Sohn und dessen Umgang interessiert hatte und nicht wusste, was sie auf Verhoevens Frage antworten sollte.

»Mein Sohn gibt keine Partys«, sagte sie nach einer Weile, und es klang, als ob sie lediglich Zeit gewinnen wollte. »Und er hat auch nicht viel Kontakt zu Gleichaltrigen. Er ... Er ist ein ganz besonderer Junge, wissen Sie? Einer, der nicht ... nun ja, dem Zeitgeist entspricht, wenn Sie so wollen.«

Ein Außenseiter, ergänzte Winnie Heller in Gedanken. Einer, mit dem die anderen nichts zu schaffen haben wollen. Genau wie ...

»Nikolas Hrubesch hatte ja anscheinend auch nicht allzu viele Freunde«, bemerkte Verhoeven im selben Moment, als habe er ihre Gedanken erraten, und Manuela Strohtes Gesichtsausdruck verriet, dass sie ihren Gast am liebsten aufgespießt hätte für seine Taktlosigkeit.

Sie senkte den Kopf und starrte eine Weile schweigend auf die Spitzen ihrer Wildlederpumps hinunter, als überlege sie, ob sie es unter den gegebenen Umständen überhaupt erlauben solle, dass ein solcher Banause von einem Polizisten mit ihrem Sohn sprach. Andererseits schien ihr auch kein Argument einzufallen, mit dem sich die ungebetenen Gäste wieder hinauskomplimentieren ließen. Also straffte sie ihre knochigen Schultern und marschierte wortlos weiter, offenbar wild entschlossen, diese leidige Angelegenheit schnellstmöglich hinter sich zu bringen.

Mit jedem Schritt, den sie taten, wurde das Klavierspiel lauter, und endlich erinnerte sich Winnie Heller nun auch daran, dass es Chopin war, was sie da hörte. Die Ballade in Fis-Dur von Frédéric Chopin. Und die Musik kam keineswegs vom Band, wie sie zunächst angenommen hatte. Sie blieb hinter ihrem Vorgesetzten stehen und lauschte fasziniert den Klängen, die aus dem Zimmer hinter der weiß lackierten Tür drangen, vor der die Hausherrin gestoppt hatte. Sven Strohte spielte gut. Ziemlich gut sogar. Das konnte sie durchaus beurteilen, immerhin hatten ihre Eltern sie jahrelang zu sämtlichen Vorspielen und Wettbewerben geschleift, an denen Elli beteiligt gewesen war. Auf diese Weise hatte Winnie Heller im Laufe der Jahre unzählige Kinder und Jugendliche Klavier spielen hören. Sie hatte gelernt, die Qualität eines Anschlags einzuschätzen und gleichzeitig auf Musikalität und Originalität zu achten. Begriffe wie »Agogik« und »Fingerpedal« waren ihr in ihrer Jugend ebenso geläufig gewesen wie die Namen und Eigenheiten berühmter Pianisten, die von ihrer Schwester wahlweise als Vorbild oder abschreckendes Beispiel zitiert worden waren.

Sven Strohtes Mutter hatte indessen den kurzen Augenblick der Stille, der auf einen verpatzten Lauf gefolgt war, genutzt und die zweiflügelige Tür aufgestoßen. Dahinter lag ein großzügig geschnittenes Wohnzimmer, vor dessen bodentiefen Fenstern eine alte Linde wuchs, die den Raum in schattige Gemütlichkeit tauchte. Der Garten, oder zumindest das, was Winnie Heller davon sehen konnte, war gepflegt, verriet jedoch gleichzeitig, dass sich jemand aus rein beruflichen Gründen darum kümmerte. Die sorgfältig gestutzten Büsche und die fächerförmig angelegten Rabatten, die die weitläufige Terrasse säumten, waren unzweifelbar das Werk eines Profis, dennoch haftete ihnen bei aller Akkuratesse auch ein Hauch von Sterilität an. Sorgsam beschnittene Gleichgültigkeit.

Winnie Heller schielte zu Manuela Strohte hinüber und dachte über die Frage nach, womit sich die Hausherrin, die – wie sie wusste – selbst keiner Arbeit nachging, wohl ihre großzügig bemessene Freizeit vertreiben mochte. Dann sah sie sich in dem Raum um, in den die Mutter ihres wichtigsten Zeugen sie geführt hatte. Auch hier herrschte – zumindest, was das Mobiliar anging – eine fast antiseptische Zweckmäßigkeit. Heller Marmor vor dem Kamin, dazu eine Sitzgruppe mit Bezügen aus weißer

Seide, ein paar klug platzierte Stiche und jede Menge Grünpflanzen in hellen Tontöpfen.

Auf einer estradenartigen Erhebung im rückwärtigen Teil des Zimmers prangte ein wuchtiger Konzertflügel, dessen Deckel ganz aufgeklappt war. Großer Gott, für so ein Ding hätte sich meine Schwester, ohne zu zögern, beide Hände abhacken lassen, dachte Winnie Heller zutiefst beeindruckt. Nein, korrigierte sie sich eilig, nicht die Hände. Die Füße!

»Sven?«

Der Junge am Flügel hob unwillig den Kopf. »Was denn?«

»Hier sind zwei Kriminalbeamte für dich.«

Sven Strohte rührte sich nicht von der Stelle, als Verhoeven und seine Kollegin näher traten. Er blickte den beiden Kommissaren nur unverwandt entgegen, und Winnie Heller überlegte, wie sie den Ausdruck der durchaus anziehenden graublauen Augen deuten sollte. Was ging vor in diesem Jungen? Stand er noch immer unter Schock? Oder war er am Ende gar verärgert darüber, gestört zu werden? Ja, dachte sie nach einem Moment des Überlegens, eigentlich sieht er eher aus, als ob er ziemlich wütend ist.

»Hendrik Verhoeven vom LKA«, sagte ihr Vorgesetzter, indem er Sven Strohte in einer aufgeräumten Geste die Hand entgegenstreckte. »Und das ist meine Kollegin, Frau Heller.«

Angesichts des offenkundigen Zögerns, mit dem der Junge auf Verhoevens ausgestreckte Hand reagiert hatte, verzichtete Winnie Heller von vornherein auf einen Händedruck und nickte Sven Strohte nur grüßend zu.

»Wir hätten da noch ein paar Fragen an Sie«, kam Verhoeven umgehend zur Sache, indem er sich vergeblich nach einer Sitzgelegenheit für sich und seine Partnerin umsah. »Ihre Rolle bei der gestrigen Tragödie betreffend.«

Winnie Heller bedachte ihren Vorgesetzten mit einem prüfenden Seitenblick und fragte sich, ob er das mit Absicht so ausdrückte: *Rolle* …

»Ja?« Die Stimme des Jungen war hell, beinahe noch kindlich.

»Vielleicht schildern Sie uns zunächst noch einmal kurz die Ereignisse, die auf Ihre Flucht aus dem Umkleideraum folgten.«

Sven Strohtes Augen suchten seine Mutter, doch die schickte sich eben an, den Raum zu verlassen, und sah sich auch nicht mehr um. Nicht einmal, als sie die Tür hinter sich zuzog. »Ich habe nicht groß nachgedacht«, begann er zögerlich, indem er den Deckel über der Tastatur seines Steinways zuklappte. Vielleicht, damit er einen Platz hatte, wo er den Ellenbogen aufstützen konnte, während er sprach. Nichtsdestotrotz hatte Winnie Heller das Gefühl, dass noch etwas anderes hinter dieser Geste steckte. Dass Sven Strohte versuchte, den Bereich, der ihm am wichtigsten war, vor seinen Besuchern und dem, was sie zu besprechen hatten, zu schützen. »Wie ich Ihren Kollegen schon sagte, bin ich einfach zur Tür raus und in den erstbesten Raum, wo ich mich hinter diesem Heizding versteckte.«

Der erstbeste Raum, echote es in Winnie Hellers Kopf. Tja, dachte sie, der beste vielleicht, aber keineswegs der erste!

Verhoeven verzog keine Miene. »Sind Sie schon vorher mal in diesem Raum gewesen?«

Die Augen des Jungen blickten verständnislos. »Was meinen Sie?«

»Woher wussten Sie von dem Hohlraum hinter dem Warmwasserboiler?«

»Ach das ...« Er zögerte erneut. »Ich ... Ich nehme an, dass ich das mal durch Zufall gesehen habe.«

»Was?«, fragte Verhoeven.

»Den Boiler.«

»Sie meinen, Sie haben irgendwann nach dem Sportunterricht in diesen Abstellraum geschaut und gedacht: Donnerwetter, was für ein tolles Versteck da hinter der Heizung. Das muss ich mir unbedingt merken für den Fall, dass mich mal ein schießwütiger Irrer verfolgt.«

Sven Strohtes Gesichtszüge verhärteten sich unter dem offenkundigen Sarkasmus, der aus Verhoevens Worten triefte, und Winnie Heller fragte sich, warum ihr ansonsten stets freundlicher und besonnener Chef es in dieser Situation so gar nicht für angebracht hielt, nett zu sein. Immerhin war dieser Junge dort ein Opfer, das mit einem zutiefst traumatisierenden Erlebnis fertig werden musste. Oder nicht?

»Nikolas war kein Irrer«, widersprach Sven Strohte ihrem Vorgesetzten unterdessen mit einem Selbstbewusstsein, das Winnie Heller durchaus bemerkenswert fand. Umso mehr, da Nikolas Hrubesch den Jungen ganz offensichtlich in die Kategorie »leicht zu kontrollieren« eingestuft hatte.

»Nein«, stimmte Verhoeven ihm zu. »Das war er wohl nicht. Aber um noch einmal auf diesen Warmwasserboiler zurückzukommen …«

»Nehmen *Sie* niemals Dinge wahr, ohne sich ihrer bewusst zu sein?«, fiel Sven Strohte ihm umgehend wieder ins Wort, während Winnie Heller noch immer über die Frage nachgrübelte, ob dieser blasse Junge dort am Flügel tatsächlich leicht zu kontrollieren war. Normalerweise. Wenn er sich nicht gerade einer geladenen Waffe gegenübersah, die ihn dazu brachte, Dinge zu tun, für die er im Alltag niemals den Mut aufbringen würde. »Haben *Sie* noch nie in Ihrem Leben etwas gesehen und anschließend sofort wieder vergessen? Etwas, das Ihnen irgendwann, wenn es die Situation erfordert, wieder einfällt?«

»Doch, ja, natürlich«, entgegnete Verhoeven ungerührt. »Allerdings bin ich mir keineswegs sicher, ob mir diese Dinge ausgerechnet in einem Moment akuter Todesangst wieder einfallen würden.«

Sven Strohte wandte den Kopf ab. Entnervt, wie es Winnie Heller scheinen wollte.

»Dann können wir also festhalten, dass Sie den bewussten Raum beziehungsweise das bewusste Versteck mit voller Absicht wählten?«, insistierte Verhoeven.

Der Junge überlegte einen Moment. »Ich weiß nicht«, sagte er, nun wieder mit beinahe kindlichem Ausdruck. »Es war mehr so eine Art Instinkt, denke ich.«

»Na schön«, gab sich Verhoeven mit nur schlecht verhohlenem Unwillen zufrieden. »Und was haben Sie getan, nachdem

Sie – bewusst oder unbewusst – das besagte Versteck aufgesucht hatten?«

»Was glauben Sie denn?« Sven Strohte hob den Blick und sah seinen Besuchern zum ersten Mal im Verlauf ihres Gespräches für längere Zeit in die Augen. »Ich habe mich ganz still verhalten und abgewartet.«

»Und was hörten Sie, während Sie warteten?«

»Schritte.«

»Was für Schritte?«

Sven Strohte schüttelte den Kopf. »Ich verstehe Ihre Frage nicht.«

»Hatten Sie den Eindruck, dass die Person, zu der diese Schritte gehörten, auf der Suche nach Ihnen war?«

»Ich nehme es an.«

Verhoeven zog die Augenbrauen hoch. »Sie nehmen es an?«

»Nik hat mich bedroht, okay?«, fauchte der Junge, und Winnie Heller registrierte verwundert, dass Sven Strohte den Attentäter, der zunächst kaltblütig hinter seinen fliehenden Mitschülern her gefeuert und anschließend auch ihn selbst beinahe getötet hatte, mit einer Art Kosenamen bedachte. *Nik hat mich bedroht.* »Er hat mich bedroht, und er wollte mich erschießen. Ist es da nicht naheliegend, dass er nach mir suchte?«

»Tja, und Sie sind nun mal ein echter Freund des Naheliegenden, was?«, stichelte Verhoeven.

Sven Strohte stöhnte und stemmte den Ellenbogen auf den Deckel seines Flügels. »Was wollen Sie eigentlich von mir?«

»Die Wahrheit.«

»Die habe ich Ihnen erzählt.«

»Wirklich?«

»Ja.« In die Stimme des Jungen stahl sich abermals ein Hauch von Gereiztheit. »Wirklich.«

»Sie haben den Kollegen erzählt, dass Sie außer den Schritten auch eine Stimme gehört haben …«

»Ja.«

»Haben Sie diese Stimme erkannt?«

Winnie Heller war sich nicht sicher, aber sie hatte den unbestimmten Eindruck, dass Sven Strohtes Pupillen weiter wurden, als er nickte.

»War es die Stimme von Nikolas Hrubesch?«

Der Junge runzelte die Stirn. »Wessen Stimme sollte es denn sonst gewesen sein?«

Doch Verhoeven hütete sich gewissenhaft, auch nur mit einer Silbe auf diese Frage einzugehen. Stattdessen sagte er: »Konnten Sie verstehen, was er sagte?«

Er!, dachte Winnie Heller. Geschickt ausgedrückt!

»Nein.«

»Und Sie hielten das, was Sie hörten, für ein Selbstgespräch Ihres Klassenkameraden?«

Der Junge hielt Verhoevens Blick eine erstaunliche Weile stand, bevor er schließlich doch noch wegsah. Zur Terrassentür, hinter der ein milder Herbstregen von den bereits hellgelb verfärbten Blättern der Linde tropfte. »Keine Ahnung«, antwortete er. »Ich glaube, ich habe gar nichts gedacht.«

»Wie war eigentlich Ihr Verhältnis zu Nikolas Hrubesch?«, fragte Verhoeven. »Vor der Bluttat, meine ich. Waren Sie befreundet?«

Sven Strohte schüttelte den Kopf. »Wir hatten ein paar Kurse zusammen, nichts weiter.« Er machte eine kurze Pause. »Wie man sich eben so kennt, wenn man jahrelang auf dieselbe Schule geht.«

Verhoeven schenkte dem Jungen ein süffisantes Lächeln. »Nichtsdestotrotz nennen Sie ihn Nik …«

Bingo, dachte Winnie Heller. Meine Rede!

»Beinahe jeder nennt ihn so«, versetzte Sven Strohte, aber er konnte nicht verhindern, dass man ihm den Ärger über seine unbedachte Formulierung ansah.

»Vielleicht bin ich altmodisch, aber für mich suggeriert eine solche Anrede immer auch eine gewisse Intimität.«

»Ihre Sache.«

»Möglich.« Verhoeven wechselte das Standbein und sah sich dann zum wiederholten Mal nach einer Sitzgelegenheit für sich und seine Kollegin um.

Keine Stühle, keinen Kaffee. Nicht einmal ein Glas Mineralwasser, resümierte Winnie Heller. Sieht fast so aus, als hätte die ach so vornehme Familie Strohte in puncto Manieren gewisse Defizite. Oder aber sie sind entschlossen, uns gar nicht erst in ihr Leben zu lassen, überlegte sie, indem sie wieder den schlaksigen Jungen ansah, der nur ein paar Schritte entfernt auf seinem Klavierhocker kauerte und trotzdem erstaunlich fern wirkte. Ja, dachte Winnie Heller, es ist, als ob dieser Raum durch eine unsichtbare Grenze in zwei Hälften geteilt wäre. Meine Seite, deine Seite. Hüben und drüben.

Neben ihr zog Verhoeven seinen Kugelschreiber aus der Tasche. »Hatte Hrubesch – oder Nik, wenn Ihnen das lieber ist – eigentlich schon seine Amokkluft an, als er Sie in diesem Putzraum zurückließ?«

»Er war dunkel gekleidet«, antwortete Sven Strohte nach kurzem Überlegen. »Auf mehr habe ich wirklich nicht geachtet.«

»Sie haben auf fast gar nichts geachtet, oder?«

»Stimmt«, versetzte der Junge trotzig.

»Und warum nicht? Weil Sie so gottverdammt viel Schiss hatten?«

»Ja, ich hatte Angst«, gab Sven Strohte zurück, und sein Gesicht war vor Wut über Verhoevens Formulierung aschfahl geworden. »Ist das vielleicht ein Verbrechen?«

Winnie Heller wollte schon einschreiten und die Gesprächsführung an sich reißen, doch ihr Vorgesetzter schien bereits selbst zu spüren, dass er einen Schritt zu weit gegangen war.

»Was haben Sie gehört, während Sie in diesem Putzraum saßen und auf Hrubeschs Rückkehr warteten?«, fragte er, nun wieder in unverbindlich freundlichem Ton.

»Jedenfalls habe ich nichts von all dem mitbekommen, was da im Nebengebäude abging«, blaffte der Junge, indem er sich mit beiden Händen durch sein dichtes blondes Haar fuhr, vielleicht, um auf diese Weise die Spannungen abzuschütteln, die noch immer durch den Raum flirrten wie verirrte Insekten. »Sonst wäre ich ja wohl kaum seelenruhig dort sitzen geblieben, oder?«

Unwillkürlich wartete Winnie Heller darauf, dass ihr Boss eine Bemerkung über die Tür machen würde, die vielleicht verschlossen gewesen war, doch sie wartete umsonst.

»Kennen Sie die Namen der Todesopfer?«, fragte Verhoeven stattdessen.

Sven Strohte zuckte die Achseln. »Kaum möglich, die nicht zu kennen, oder?«, entgegnete er lakonisch. »Schließlich stehen sie in allen Zeitungen. Mit Bildern und Namen und allem Drum und Dran.«

»Finden Sie das gut?«

»Was?«

»Dass der Opfer in dieser besonderen Weise gedacht wird.«

Der Junge stieß ein verächtliches Zischen aus. »Verhökert werden sie.«

»So sehen Sie das?«

»Ja«, entgegnete Sven Strohte. »So sehe ich das.«

»Unter den Todesopfern befinden sich auch drei Schüler aus Ihrer Jahrgangsstufe«, schaltete sich Winnie Heller nun doch in die Befragung ein, nicht zuletzt, um den zunehmend emotional aufgeladenen Schlagabtausch zwischen Ihrem Vorgesetzten und ihrem wichtigsten Zeugen zu unterbrechen. »Hatten Sie zu einem dieser drei näheren Kontakt?«

Die blaugrauen Augen wandten sich ihr zu. »Nein, eigentlich nicht.«

Mein Sohn gibt keine Partys, flüsterte eine imaginäre Manuela Strohte. *Er ist ein ganz besonderer Junge, wissen Sie? Einer, der nicht dem Zeitgeist entspricht ...*

»Und uneigentlich?«, beharrte Winnie Heller.

Sven Strohte sah nach der weiß lackierten Tür in ihrem Rücken, als überlege er ernsthaft, ob er nicht lieber gehen solle. »Es ist schwer, was über Leute zu sagen, die tot sind«, sagte er nach einer Weile.

»Weil die Opfer solcher Tragödien allzu leicht zu Heiligen werden, denen ein Ehrenplatz im Gedächtnis der Hinterbliebenen sicher ist?«

»Ja«, murrte der Junge. »So ähnlich.« Seine Finger wischten

über den Deckel, der die Tasten verbarg. »Mit Sonja habe ich mich immer ganz gut verstanden«, bemerkte er wie zu sich selbst. »Sie hatte auch Musik als Leistungskurs.«

»Sonja Perez?«, hakte Winnie Heller nach, indem sie an das Foto eines alles in allem eher unscheinbaren dunkeläugigen Mädchens dachte.

Sven Strohte nickte. »Sie war eine ganz passable Geigerin.«

Winnie Heller zog die Augenbrauen hoch. *Ganz passabel*, dachte sie. Dieser Junge ist genauso kritisch wie Elli! »Was ist mit Lukas Wertheim? Haben Sie sich auch mit dem gut verstanden?«

»Wir hatten nicht viel miteinander zu schaffen.«

»Warum nicht?«, fragte Verhoeven, der sich offenbar nicht dauerhaft mit der Rolle des Zuhörers zufriedengeben wollte.

»Lukas war ein borniertes Arschloch«, entgegnete Sven Strohte achselzuckend. »Einer, der sich selbst für den Nabel der Welt und alle anderen für hirnlose Schwachköpfe hielt.«

Die Direktheit seiner Formulierung entlockte selbst Verhoeven ein Schmunzeln. »Und Angela Lukosch?«

Dieses Mal ließ sich Sven Strohte ein wenig länger Zeit mit seiner Antwort, was Verhoeven die Gelegenheit zu einer neuerlichen Stichelei gab.

»Ich habe Fotos von ihr gesehen«, bemerkte er in beiläufigem Plauderton. »Angela Lukosch war ein entschieden attraktives junges Mädchen. Eins von der Sorte, die bestimmt gut ankommt bei den Jungs, denken Sie nicht?«

Bei den Jungs, dachte Winnie Heller. Bei den anderen, bei denen, die nicht im Abseits stehen …

Am Flügel atmete Sven Strohte tief durch. »Sie war ziemlich beliebt, ja.«

»Auch bei Ihnen?«

»Angela Lukosch wusste nicht mal, dass ich existiere, okay?«, versetzte der Junge mit einer Miene, die bei aller zur Schau getragenen Gleichgültigkeit auch einen Hauch von Schmerz verriet, und Winnie Heller überlegte, ob Sven Strohte in Angela Lukosch verliebt gewesen war. Natürlich hatte auch sie die Fotos gesehen, von denen Verhoeven gesprochen hatte. Und natürlich hatte auch sie registriert, dass Angela Lukosch ein hübsches Mädchen gewesen war. Allerdings hatte sie selbst diese Attraktivität insgeheim als eher vordergründig eingestuft. Ein billiger Abklatsch jener leeren Gesichter, die tagtäglich die Klatschspalten der *Yellow Press* füllten. Gelangweilte Girlies mit zu viel Geld auf dem Konto und einer deutlich angeknacksten seelischen Gesundheit, die hauptsächlich durch Trinkfestigkeit und den gelegentlichen Verzicht auf Unterwäsche von sich reden machten. Ihre Augen glitten über Sven Strohtes Hände, die bei aller Zartgliedrigkeit erstaunlich kräftig waren, und sie fragte sich, warum ein Junge wie er ausgerechnet an einem Mädchen wie Angela Lukosch Gefallen gefunden hatte. Und wie sehr es ihn getroffen haben musste, dass sein Interesse ganz offenbar nicht auf Gegenliebe gestoßen war.

Angela Lukosch wusste nicht mal, dass ich existiere …

Verhoevens Überlegungen schienen derweil in eine ähnliche Richtung zu gehen. »Klavierspielen ist ziemlich uncool, was?«, sagte er. »Als Hobby, meine ich.«

Winnie Heller fühlte, wie eine Welle der Empörung ihr das Blut in die Wangen trieb, auch wenn sie wusste, dass ihr Vorgesetzter ihren Zeugen im Grunde nur aus der Reserve locken wollte. Immerhin war Verhoeven im ganzen Präsidium dafür bekannt, dass er klassische Musik liebte und dass er, wann immer es seine Zeit erlaubte, in die Oper oder ins Konzert ging.

»Ich spiele nicht Klavier, um anderen zu gefallen oder nicht zu gefallen«, entgegnete Sven Strohte, der die Provokation, die in Verhoevens Bemerkung gesteckt hatte, anders als bei vorangegangenen Gelegenheiten nicht einmal bemerkt zu haben schien.

»Sondern?«

»Ich spiele, weil ich spielen muss.«

Genauso hätte Elli es auch ausgedrückt, dachte Winnie Heller, und sie ertappte sich dabei, wie sie Sven Strohte mit neuem Wohlwollen musterte. Ein Junge, der es gewiss nicht leicht hatte. Seine Familie stellte hohe Anforderungen an ihn. Noch dazu, wo die beiden älteren Brüder so überaus erfolgreich waren. Ein Mathematiker, ein Computerspezialist … Und dann ein Musiker! Ausgerechnet! Schlagworte wie »brotlose Kunst« oder »nutzlose Bohemiens« schossen ihr durch den Sinn, und auf einmal hörte sie auch wieder Manuela Strohtes verwunderte Stimme: *Unsere beiden anderen Söhne waren auch auf dem Clemens-Brentano-Gymnasium, aber mit ihnen hat es nie irgendwelche Probleme gegeben.*

»Stimmt es, dass Nikolas Hrubesch auch künstlerisch begabt gewesen ist?«, riss Verhoevens nächste Frage sie aus ihren Überlegungen.

Sven Strohte lachte laut auf. »Woher haben Sie das denn?«

»Na ja«, entgegnete Verhoeven. »Nach allem, was man so hört, soll er viel gemalt und sich darüber hinaus auch schriftstellerisch betätigt haben.«

Sven Strohte sah aus, als befürchte er, auf den Arm genommen zu werden. »Von Schriftstellerei weiß ich nichts«, sagte er. »Aber dieses Zeug, das er Kunst nannte, war nichts weiter als stumpfsinniger Müll, der zufällig den Geschmack seines Kunstlehrers traf.« Er blickte versonnen ins Leere, bevor er nach kurzem Überlegen hinzufügte: »Nicht jeder, der sich selbst für kreativ oder künstlerisch begabt hält, ist es auch.«

»Eine letzte Frage noch«, sagte Verhoeven, und Sven Strohtes Erleichterung über diese Ankündigung war mit Händen zu greifen. »Hätten Sie Nikolas eine derartige Bluttat zugetraut? Vorher, meine ich.«

»Menschen tun andauernd Dinge, die man ihnen nie zugetraut hätte, denken Sie nicht?«

»Oh ja, das tun sie allerdings«, entgegnete Verhoeven ironisch, und sein Blick verriet, dass er am liebsten noch deutlicher geworden wäre: *Dir hätte ganz sicher auch niemand zugetraut, dass du im Angesicht des Todes zum furchtlosen Helden mutierst, mein Junge.* »Tja, ich schätze, das war's dann fürs Erste«, sagte er, und Sven Strohtes Gesichtsausdruck legte nahe, dass er auch den Subtext dieses letzten Satzes sehr genau verstanden hatte. *Wir beide sind noch nicht fertig miteinander.*

Sie waren kaum aus dem Zimmer, als auch schon das Klavierspiel wieder einsetzte und Winnie Heller in ihrer ursprünglichen Annahme bestätigte, Sven Strohte habe sich durch ihren Besuch vermutlich in der Ausübung seiner Kunst gestört gefühlt.

Verhoeven, der bereits ein paar Schritte vorweg war, blieb stehen. »Unser Held spielt ziemlich gut, nicht wahr?«, bemerkte er, nachdem er eine Weile schweigend und durchaus andächtig zugehört hatte. Und mit einem leisen Kopfschütteln fügte er hinzu: »Gehört habe ich das schon. Aber ich komme im Moment nicht darauf, was es ist.«

»Chopin«, entgegnete Winnie Heller wie aus der Pistole geschossen. »Die Ballade in Fis.«

Ihr Vorgesetzter hob überrascht den Kopf. »Sie kennen es?«

Sie bemühte sich um äußerliche Arglosigkeit, auch wenn ihr durchaus bewusst war, dass sie gerade einen gravierenden Fehler begangen hatte. Eine der wenigen persönlichen Fragen, die Verhoeven ihr in dem knappen Jahr, das sie nun zusammenarbeiteten, gestellt hatte, war die Frage gewesen, ob sie klassische Musik möge. Gleich am ersten Tag war er damit über sie hereingebrochen, und auch wenn die Frage damals wahrscheinlich nichts als einen harmlosen Versuch dargestellt hatte, mit einer neuen Mitarbeiterin Konversation zu machen, war Winnie Heller doch überzeugt, dass Verhoeven sich genau an ihre Antwort erinnerte. *Nein*, hatte sie gesagt, und er hatte ihr geglaubt, bis ... Ja, bis vor ein paar Wochen, als er sie aus aktuellem Anlass noch einmal gefragt hatte, ob sie klassische Musik möge. Mozart, um genau zu sein. Auch bei dieser Gelegenheit hatte sie sich selbst verraten und unbedacht von ihren Fischen geplaudert, die Namen wie Papageno, Da Ponte und Despina trugen. *Despina und Da Ponte?*, hatte Verhoeven gefragt und sie auf eine ganz ähnliche Weise angesehen wie jetzt auch. *Das ist ja originell. Mögen Sie Mozart?* Und genau wie an ihrem ersten Tag bei der Mordkommission hatte sie geantwortet, dass sie klassische Musik hasse. Dabei hatte sie noch nicht einmal das Gefühl gehabt, zu lügen, denn ihr Verhältnis zur Musik war tatsächlich mehr als heikel, aber jetzt war es gerade diese Widersprüchlichkeit, die sie in die Bredouille brachte. Sie starrte stur geradeaus, bis ihr bewusst wurde, dass Verhoeven noch immer auf eine Antwort von ihr wartete. »Bitte?«, fragte sie, um Zeit zu gewinnen.

»Das Stück«, wiederholte ihr Vorgesetzter mit entmutigender Bereitwilligkeit. »Es hat mich überrascht, dass Sie es kennen.«

»Meine Schwester hat das auch gespielt«, entgegnete sie, weil ihr auf die Schnelle einfach keine andere Erklärung einfallen wollte. Nichts als die Wahrheit.

Verhoeven schenkte ihr ein anerkennendes Nicken. »Dann ist Ihre Schwester zweifelsohne begabt gewesen.«

Winnie Heller nickte auch, überrascht, dass seine Bemerkung sie mit einem Gefühl von Stolz überschwemmte. »Sie wollte das beruflich machen«, bekannte sie so leise, als verrate sie ihm da gerade ein Staatsgeheimnis. »Pianistin, meine ich.«

»Oh«, sagte er nur.

Und sie sagte: »Tja dann«, und machte sich auf den Weg, den langen Flur entlang, Richtung Haustür.

Verhoeven schien froh zu sein, nicht weiter über ihre Schwester reden zu müssen, und zuerst war sie wütend über diese Reaktion. Doch dann fiel ihr ein, dass er vielleicht einfach Angst hatte. Angst, etwas aufzuwühlen, das ihr wehtat. Eine alte, nur mühsam verheilte Wunde aufzureißen.

»Und?«, erkundigte sie sich eine Spur versöhnlicher. »Was halten Sie von dem Jungen?«

»Ich finde ihn, ehrlich gesagt, ziemlich abgebrüht. Und Sie?«

Sie schüttelte nachdenklich den Kopf. »Ich glaube ihm.«

Verhoeven schien ehrlich erstaunt zu sein. »Tatsächlich?«

»Ja.«

»Verraten Sie mir auch, warum?«

Winnie Heller zuckte mit den Schultern. »Er scheint mir nicht der Typ zu sein.«

»Was für ein Typ?«

»Der Typ, der eiskalt über einen Haufen von Leichen geht, um sein Ziel zu erreichen«, versetzte sie ruppig. Verhoeven wollte Klartext? Okay, prima, dann redete sie Klartext! »Dieser Junge ist doch fast noch ein Kind. Und er scheint mir sehr sensibel zu sein.«

»Wie kommen Sie darauf, dass er sensibel ist?«, fragte ihr Vorgesetzter, ohne eine Miene zu verziehen. »Weil er Klavier spielt?«

»Auch«, entgegnete sie ausweichend, weil ihr die Anfechtbarkeit ihrer Einschätzung allmählich bewusst wurde. Doch Verhoeven dachte gar nicht daran, sie so einfach aus der Sache herauszulassen.

»Folglich würden Sie jemanden, der Chopin spielt, per se für unfähig halten, einen Mord zu begehen?«, fragte er im gleichen freundlichen Tonfall wie zuvor.

»Keinen Mord«, korrigierte sie ihn. »Ein Massaker.«

Er blieb abermals stehen und sah ihr in die Augen. »Trotzdem eine gewagte These, die Sie da vertreten, finden Sie nicht?«

Sie wollte ihm nicht mit Studien kommen, und sie wollte auch nicht sagen, dass es doch wohl allgemein bekannt sei, wie stark Musik auf die Menschen, die sie hörten, einwirke. Und dass man Chopin ja wohl kaum eine aggressionsfördernde Wirkung unterstellen könne. Also sagte sie nur: »Nein, das finde ich ganz und gar nicht.«

»Aber finden Sie es denn normal, wenn ein Junge, der vor noch nicht einmal achtundvierzig Stunden nur um Haaresbreite dem Tod entronnen ist, die Ruhe hat, etwas so …« Er zögerte und suchte eine Weile nach dem passenden Wort. »… etwas so Wunderbares zustande zu bringen?«

»Oh ja«, rief Winnie Heller mit einer Leidenschaft, die sie selbst überraschte. »Das finde ich durchaus normal. Wahre Musiker sind so. Es ist ihre Art von Flucht. Ihre Art der Verarbeitung. Und ihr Begriff vom Glücklichsein.« Sie trat in den trüben Spätnachmittag hinaus, der so farblos war, dass man den Eindruck gewinnen konnte, es wolle bereits wieder zu dämmern beginnen. »Manchmal der einzige, den sie haben.«

Ihr Vorgesetzter lächelte ihr zu, und fast wollte es ihr scheinen, als ob er durch ihre flammende Verteidigungsrede ein wenig beschämt sei. »Vielleicht haben Sie recht«, sagte er, indem er seine Autoschlüssel aus der Tasche seiner Wildlederjacke zog. »Wir werden ja sehen …«

6

Jessica Mahler saß auf einer verwitterten Holzbank und starrte auf den Rhein hinaus, dessen bleigraue Farbe an diesem Nachmittag jeglicher Romantik entbehrte. Weit drüben, auf der anderen Seite des Flusses, zeichnete sich die Silhouette des Mainzer Doms vor dem fahlen Herbsthimmel ab, ein Anblick, den Jessica Mahler irgendwie tröstlich fand. Ein anderes Ufer. Ein anderes Bundesland. Das suggerierte unweigerlich eine gewisse Distanz, auch wenn all das in Wirklichkeit nur wenige Hundert Meter entfernt war.

Sie hatte mit ihrer Mutter gegessen, sie hatten ein bisschen geredet, und zu ihrer eigenen Überraschung war es ihr gelungen, eine gewisse Gefasstheit vorzutäuschen, was nicht allzu schwer gewesen war, denn ihre Mutter war ihr in jeder erdenklichen Hinsicht entgegengekommen. Sie hatte sich Mühe gegeben, ihre Tochter nicht allzu offensichtlich anzustarren, und sich darüber hinaus auch jeglichen Kommentars zu den Vorfällen des gestrigen Abends enthalten, wahrscheinlich, weil Karen Ringstorff, ihre allwissende Freundin, ihr dazu geraten hatte. Und schließlich, nach ein paar halbherzigen Worten des Widerspruchs, hatte Carola Mahler sogar erlaubt, dass ihre Tochter einen Spaziergang machte. *Ich muss einfach mal für eine Weile an die Luft*, hatte sie gesagt, und ihre Mutter hatte genickt und geflüstert: *Pass auf dich auf, okay?*

Tja, und nun saß sie also hier auf dieser Bank und überlegte fieberhaft, was sie tun konnte, um die Katastrophe abzuwenden, vor der sie sich schon so gottverdammt sicher gewähnt hatte. Wo würde ich ein Videoband verstecken, das meine Eltern auf keinen Fall zu Gesicht bekommen dürfen?, dachte sie, indem sie ihre eingeschlafenen Zehen bewegte. Ja wohl kaum zu Hause unter dem Bett, wo Mama oder die Putzfrau oder sonst jemand es jederzeit finden kann. Ein paar *Playboy*-Hefte, okay, das ging vielleicht gerade noch an für einen Jungen in Lukas Wertheims Alter. Aber ein Video, das eindeutig in die Kategorie »Softporno« fiel und den eigenen Sohn in ziemlich eindeutiger Pose mit einer Klassenkameradin zeigte? Oh nein, so was versteckte man garantiert nicht zwischen den Tennissocken im Schrank. Aber wo dann? Wo sonst, verdammt noch mal?

Jessica Mahler starrte über das graue Wasser hinweg und versuchte zu rekonstruieren, was sie von Lukas Wertheim wusste. Und das war zu ihrem Leidwesen weniger als nichts. Lukas Wertheim war groß gewesen. Er hatte umwerfend ausgesehen. Und er hatte Basketball und Tennis gespielt, beides mit recht beachtlichem Erfolg. In Mathe waren seine Leistungen dagegen nicht gerade berauschend gewesen, aber selbst die im Vergleich zu ihr selbst einigermaßen abgeklärte Frau Malgorias war Lukas Wertheims Charme erlegen und hatte seine mehr als mäßigen Arbeiten mit guten Epochalnoten entschärft. Jessica Mahler verzog die Lippen zu einem spöttischen Lächeln und beobachtete ein paar Tauben, die sich wenige Meter entfernt um ein Stück Brezel balgten. Lukas Wertheim hatte einen Führerschein besessen und zu seinem achtzehnten Geburtstag einen gebrauchten BMW bekommen, den er sich selbst ausgesucht hatte. So ein richtiger Angeberschlitten, schwarz mit blechernem Motorensound und tausend Extras, die niemand brauchte. Seine Eltern waren wohlhabend, um nicht zu sagen reich, und der Vater besaß dieses Wochenendhaus am Rande des Taunus, eine Art komfortable Jagdhütte. Jene Hütte, in die Lukas mit all seinen Eroberungen verschwunden war, freitag- oder samstagnachts, wenn es ihm in seiner Stammdisco zu langweilig wurde.

Und auch sonst hatte er sich gern dort aufgehalten. Oder?

Jessica Mahler runzelte die Stirn, als ein Erinnerungsfetzen durch ihre Gedanken zuckte. Da war irgendeine Sache gewesen, von der sie gehört hatte. Es hatte mit diesem Haus zu tun und ... Ja, genau! Paintball! Lukas und sein Kumpel Steven hatten in den Wäldern rund um die verdammte Hütte irgendwelche obskuren Spielchen veranstaltet, bei denen sie mit Farbpatronen durch die Gegend geballert und ihren Opfern seltsame Mutproben abverlangt hatten. Jessica Mahler klatschte sich triumphierend auf die Oberschenkel. Wer hatte ihr noch gleich davon erzählt? Jemand, der einmal selbst dabei gewesen war, oder nicht? Sie rieb sich die Stirn, um besser denken zu können, doch es half nicht viel. Ihr Kopf war noch immer wie leer gefegt.

Sie schloss die Augen und versuchte sich die Hütte vorzustellen, weil sie hoffte, dass ihr eine bildliche Vorstellung von den räumlichen Gegebenheiten irgendwie auf die Sprünge helfen würde. Natürlich war es dunkel gewesen, als sie mit Lukas dort gewesen war, aber im Licht seiner Scheinwerfer hatte sie eine hölzerne Veranda erkannt. Und Tannen mit hohen, silbrig schimmernden Stämmen. Angeblich war auch ein kleiner Waldsee in der Nähe, aber davon hatte sie nicht viel mitbekommen. Dafür hatte Lukas ihr erzählt, dass sein Vater nicht mehr so oft dort hinauskomme wie früher, weil er seit einiger Zeit ein Verhältnis mit einer seiner Assistentinnen habe, irgendeine extrem junge Frau, die ihn angeblich mit Haut und Haaren fraß, weshalb sie also garantiert ungestört seien …

Jessica Mahlers Finger krampften sich um das spröde Holz der Bank, als unvermittelt wieder sein schönes, dunkles Gesicht vor ihr auftauchte.

Ich schätze, wir müssen uns mal unterhalten, wir beide, hatte er gesagt, zwei oder drei Tage nach … dieser Sache in der Hütte. Und zuerst hatte sie tatsächlich geglaubt, dass der umschwärmte Lukas Wertheim vielleicht doch ernsthafter an ihr interessiert war, als sie zunächst angenommen hatte. Dass er sie mit zu sich nach Hause nahm, weil er ein Date wollte, ein zweites Date. Idiotin, die sie war! Aber diesen Zahn hatte er ihr schnell gezogen! Lukas Wertheim war noch nie einer von denen gewesen, die unnötig herumredeten. *Es geht um meine Deutschnote,* hatte er gesagt, kaum dass sie durch die Tür zu seinem Zimmer gewesen war. Und natürlich hatte sie sofort gewusst, worauf er hinauswollte, auch wenn sie damals noch keine Ahnung gehabt hatte, was für ein machtvolles Druckmittel dieser hübsche Junge mit dem unwiderstehlichen Betörerblick gegen sie in der Hand hielt.

Sie schluckte und starrte wieder zum anderen Ufer hinüber. In ein anderes Bundesland.

Aber wer konnte denn auch damit rechnen, dass einer eine Kamera mitlaufen ließ. Bei so was! *Was habe ich mit deiner Deutschnote zu schaffen?*, hatte sie gefragt und gehofft, dass er ihr ihre Arglosigkeit abnehmen würde. Und er hatte gelächelt und geantwortet, dass sie doch sicher wisse, dass ihre Patentante die unbequeme Angewohnheit habe, neben den üblichen Kursarbeiten am Ende eines jeden Monats einen von diesen Tests zu schreiben, aus deren Noten sie dann ihre sogenannten Epochalnoten zusammenbastele. Sie hatte »Nein« gesagt, und er hatte in schneidendem Ton geantwortet: »Dann weißt du es jetzt.«

Es handelt sich dabei um vollkommen öde Dinge, weißt du, Abfragen zu Lektüren und diesem ganzen anderen Scheiß, reiner Lernstoff eben, und in diesem Zusammenhang wäre es sehr hilfreich, wenn man die Fragen wüsste. Vorher, meine ich. Sie hatte etwas betont Harmloses entgegnet, so etwas wie: *Tja, mein Lieber, leider können wir alle nicht hellsehen.* Und dann hatte Lukas Wertheim plötzlich die Kassette in den Händen gehalten, eins von diesen total antiquiert anmutenden Camcorderdingern. Und das in einer Zeit, in der alle Bilder digitalisiert waren, eine Folge von Ziffern, nichts weiter …

Sei doch froh, rief sie sich selbst zur Ordnung, immerhin könnte es dir im Nachhinein den Arsch retten, dass man diese alten Teile nicht so ohne weiteres in alle Welt versenden kann. Stell dir vor, er hätte sein Handy benutzt. Stell dir vor, er hätte euer kleines Filmchen per Tastendruck an ein paar Hundert Kumpels verschicken können! Jessica Mahler spürte, wie ihr übel wurde. Nichtsdestotrotz tat sie sich schwer damit, zu akzeptieren, dass es irgendwo da draußen etwas gab, das man in der Hand halten konnte, sichtbar gewordene Schande. Und noch immer schossen ihr Tränen der Scham und der Wut in die Augen, wenn sie auch nur daran dachte, wie Lukas das Band eingelegt und ihr die Aufnahmen vorgespielt hatte! *Aber, aber,* hatte er gesagt und sie dabei ganz sacht am Arm berührt. *Wer wird denn gleich heulen? Ich meine, soooo neu ist das, was du da tust, ja nun auch wieder nicht, auch wenn es* dir *ganz offensichtlich sehr wohl neu gewesen ist. Ich meine, ich will jetzt nicht rumnörgeln oder so, aber ... Sagen wir mal so: Rein körperlich war's echt nicht der Hit, wie dir nicht entgangen sein dürfte. Aber zum Glück gibt's da noch was anderes, das du für mich tun könntest ...* Ein mehr als anzüglicher Blick aus den braunen Betöreraugen. *Und damit wären wir auch schon wieder bei diesen Tests, die uns deine Patentante andauernd schreiben lässt. Ich meine, ich bin nicht blöd oder so, aber da ist ja auch noch der Sport, und dadurch fehlt mir ganz einfach die nötige Zeit, um mich anschließend noch stundenlang hinzusetzen, bloß um mir den Namen von Effi Briests Hund oder Goethes Geburtstag oder irgendwelchen anderen Mist draufzuschaffen, verstehst du?*

»Und was erwartest du jetzt von mir?«, hatte sie gefragt. »Was soll ich tun?«

Und Lukas Wertheim hatte sich zu ihr heruntergebeugt und geflüstert: »Ich bin sicher, dass dir da irgendwas einfallen wird.«

Jessica Mahler strich sich die Haare zurück, die der auffrischende Westwind in Unordnung gebracht hatte. Der BMW oder die Hütte, resümierte sie, und wenn sie ehrlich war, tendierte sie eher zu der Hütte. Sie konnte nicht sagen, warum, höchstwahrscheinlich, weil sie gespürt hatte, dass Lukas sich dort wohl und sicher gefühlt hatte. Dass er sich wie selbstverständlich im Bett seines alten Herrn suhlte und obendrein auch noch dessen Uraltcamcorder zweckentfremdete. Aber wo genau stand dieses Scheißding von einem Wochenendhaus eigentlich? Jessica Mahler zupfte einen Splitter aus der Sitzfläche der Bank, auf der sie saß. Sie hatte eine ungefähre Vorstellung der Richtung, in die sie gefahren waren, und sie erinnerte sich auch, dass die Fahrt alles in allem nicht viel länger als eine Viertelstunde gedauert hatte. Aber leider ließ das noch immer eine Vielzahl an Möglichkeiten offen! Also, was tun? Steven Höhmann, Lukas' besten Kumpel, konnte sie nicht fragen, der wurde garantiert misstrauisch, wenn sie wissen wollte, wie sie am besten zu dieser blöden Hütte käme. Und auch die zahllosen anderen Mädels, die Lukas beglückt hatte, fielen als Informationsquelle definitiv aus. Jessica Mahler stieß einen entnervten Seufzer aus. Wenn sie sich doch nur daran erinnern könnte, wer ihr diese Sache mit den Mutproben und dem Paintball erzählt hatte! Es konnte doch eigentlich kaum mehr als ein paar Wochen her sein, dass sie davon erfahren hatte.

Sie warf den Splitter fort und starrte wieder zum anderen Ufer hinüber. Es war definitiv zu einer Zeit gewesen, in der sie noch nichts Negatives über Lukas Wertheim hatte hören wollen. Und genau das war wahrscheinlich auch der Grund, warum sie ihm nicht richtig zugehört hatte, dämlich, wie sie war! Weil sie den Eindruck gehabt hatte, dass er mit dem, was er ihr über Lukas erzählte, eine ganz bestimmte Absicht verfolgte. Dass er sie abbringen wollte von ihrer Idee, Lukas Wertheim zu erobern …

Er?

Jessica Mahler richtete sich kerzengerade auf. Ja, natürlich! Wie dumm sie doch war! Ein Gedächtnis wie ein Sieb!

Sie sprang von ihrer Bank hoch, und die Tauben, die um ihre Füße herum gepickt hatten, stoben erschreckt auseinander, als sie wie von tausend Teufeln gehetzt davonrannte.

7

»Dieser Kerl, der sich selbst Devil nennt, muss tatsächlich in irgendeiner Weise mit dem Clemens-Brentano-Gymnasium zu tun haben«, erklärte Lars Höppner, als Verhoeven und Winnie Heller nach ihrem Besuch bei Sven Strohte in der Einsatzzentrale vorbeischauten, um sich über den neuesten Stand der Ermittlungen zu informieren. »Um mit Hrubesch in Kontakt zu treten, hat er die Zugangsdaten eines anderen Schülers der Schule benutzt, der sich seit einem Suizidversuch vor rund drei Monaten in stationärer Therapie befindet. Sämtliche Mails wurden von öffentlichen Internetcafés verschickt und empfangen, mal hier in Wiesbaden, dann wieder in Mainz oder Frankfurt.«

Ein Sicherheitsfanatiker, dachte Verhoeven, ganz wie wir vermutet haben!

»Über den Inhalt der Korrespondenz können wir leider nichts sagen«, kam Höppner seiner nächsten Frage zuvor. »Wir haben nicht viel mehr als die reinen Verbindungsdaten, aus denen hervorgeht, dass Hrubesch und Devil seit rund vier Wochen miteinander korrespondiert haben und dass die erste Kontaktaufnahme von Devil ausging.«

Verhoeven tauschte einen Blick mit seiner Partnerin. Das war allerdings bezeichnend! »Was ist mit Hrubeschs Eltern?«, fragte er. »Wissen die nichts darüber?«

Höppner schüttelte resigniert den Kopf. Seine Wangen waren aschfahl, und das Weiß seiner Augen wirkte blutig vor Übermüdung. »Wir haben das Innerste nach außen gekehrt, aber wie es scheint, haben diese Leute tatsächlich keinen blassen Schimmer, was ihr Filius in seiner Freizeit getrieben hat oder mit wem er in Kontakt stand.«

Unwillkürlich musste Verhoeven an Manuela Strohte denken. An den Ausdruck von Unverständnis in ihrem Gesicht, als er sie gefragt hatte, ob Nikolas Hrubesch jemals Gast in ihrem Hause gewesen sei. Selbst wenn ihr Sohn engste freundschaftliche Kontakte mit Hrubesch gepflegt hätte, würde sie es nicht zwangsläufig wissen, dachte er bei sich.

»Wir werden jetzt erst mal den Radius erweitern«, sagte Höppner, indem er aufstand und zum Fenster hinüberschlenderte, wo unter einem der Tische ein halb leerer Kasten Mineralwasser stand. »Lehrer, Klassenkameraden und so weiter. Vielleicht weiß einer von denen, wo und mit wem sich Hrubesch herumgetrieben hat.« Das Klingeln seines Telefons veranlasste ihn, sich wieder an den Schreibtisch zu setzen. Er hörte eine ganze Weile schweigend zu und notierte sich hin und wieder etwas auf einem der Aktendeckel vor sich.

Bei dieser Gelegenheit fiel Verhoeven auf, dass Höppner Linkshänder war, und er dachte an die Hornhaut an Nikolas

Hrubeschs linker Hand. An der Schreibstelle, wie Dr. Gutzkow es genannt hatte.

»Gut, danke«, sagte Lars Höppner und legte auf. »Die kanadischen Behörden haben Sven Strohtes Onkel aufgespürt«, gab er die Neuigkeiten, die er soeben erfahren hatte, umgehend an seine Besucher weiter. »Er sitzt bereits im Flieger, eskortiert von zweien unserer Leute.«

»Hat er sich schon geäußert?«

Höppner nickte. »Von dem Amoklauf und dem ganzen Drum und Dran will er nichts wissen, aber er hat in einer ersten Vernehmung durch die Kollegen vor Ort eingeräumt, neben diversen anderen Waffen auch eine getunte Glock 17 zu besitzen. Die entsprechenden Veränderungen habe er selbst vorgenommen, angeblich, um beim Scheibenschießen bessere Ergebnisse zu erzielen.« Höppner griff nach der Wasserflasche, die er zuvor geholt hatte, und mühte sich eine Weile vergeblich mit dem Verschluss herum. »Der Beschreibung nach handelt es sich um dieselbe Waffe, die wir neben Hrubeschs Leiche sichergestellt haben«, sagte er, indem er die Flasche ungeöffnet auf seinen Schreibtisch zurückstellte. »Günther Döblinger behauptet, er habe das Ding nicht in seine Waffenbesitzkarte eintragen lassen, weil ihn die ganze Bürokratie genervt habe. Immerhin sei er rechtmäßiger Besitzer einer ganzen Reihe von Waffen, da habe er angenommen, auf eine mehr oder weniger käme es nicht an.« Höppner stieß ein heiseres Lachen aus. »Natürlich ist er sich inzwischen bewusst, dass er gehörig in der Tinte sitzt, weshalb er sich denn auch überaus kooperativ gibt. Als er nach Kanada geflogen ist, seien seine Waffen selbstverständlich ordnungsgemäß und vollzählig an ihrem Platz gewesen, was zu dem aufgebrochenen Waffenschrank passen würde, den wir in Döblingers Haus vorgefunden haben. Und nein, er kenne auch keinen Jungen namens Nikolas Hrubesch.«

Ganz im Gegensatz zu seinem Neffen, dachte Verhoeven bei sich.

Höppner blickte einige Augenblicke stumm auf seine Notizen hinunter. »Allerdings kann Günther Döblinger auf keinen

Fall aktiv an diesem Amoklauf beteiligt gewesen sein«, sagte er. »Wir haben nicht nur seine Flugdaten überprüft, sondern die Kollegen in Kanada haben auch eine ganze Reihe von Leuten aufgetan, die bezeugen können, dass Döblinger sich schon seit elf Tagen dort aufhält. Abgesehen davon besitzt Günther Döblinger einen ausgezeichneten Leumund und ist auch noch nie mit dem Gesetz in Konflikt geraten. Sogar seine Knöllchen bezahlt der Kerl anstandslos und pünktlich«, merkte Höppner mit einem gequälten Lächeln an. Dann warf er seinen Kugelschreiber auf die Aktendeckel vor sich. »Tja, so weit die Fakten, an denen es nichts zu rütteln gibt.«

»Was ist mit Döblingers Waffenschrank?«, kam Verhoeven auf etwas zurück, das ihm neu gewesen und das in der Flut an Informationen, mit denen Lars Höppner aufgewartet hatte, beinahe untergegangen war. »Könnte ein Junge wie Nikolas Hrubesch diesen Schrank aufgebrochen haben?«

»Sicher doch«, entgegnete Höppner. »Es war ein uraltes Modell und alles in allem eher eine Einladung als ein Hindernis. Aber ob sich Hrubesch tatsächlich selbst dort bedient hat oder ob ihm die Waffen von jemand anderem zugesteckt wurden, können wir nicht sagen. Seine Fingerabdrücke haben wir jedenfalls nicht gefunden.«

Verhoeven nickte und dachte wieder an Sven Strohte, jenen geisterhaften Jungen, der so gut Chopin spielte und den Nikolas Hrubesch angeblich für den Part des Sündenbocks auserkoren hatte. Aus irgendeinem unerfindlichen Grund hatte er das Gefühl, dass die beiden sich näher gekannt hatten. Dass sie etwas verbunden hatte. Irgendeine Gemeinsamkeit. Verhoeven überlegte, ob es etwas mit Kunst zu tun haben konnte, aber dann fiel ihm ein, wie abfällig sich Sven Strohte über Nikolas Hrubeschs Bilder geäußert hatte, und er verwarf den Gedanken wieder. Immerhin würde der Umstand, dass die von Hrubesch verwendeten Waffen aus Sven Strohtes direktem Umfeld stammen, ja durchaus zu dessen Sündenbock-Theorie passen, dachte Verhoeven. Aber was war mit dem Rest? Passte auch der Rest?

Er sah zu Winnie Heller hinüber, die sich interessiert über ein paar Fotos des demolierten Waffenschranks beugte. Kein Zweifel, sie mochte diesen schlaksigen Jungen, das war mehr als offensichtlich gewesen. Und das, obwohl Winnie Heller normalerweise kein Mensch war, dem man so ohne weiteres anmerkte, was er empfand. Verhoevens Augen glitten über ihre dick gepuderte Wange, und wie schon vorhin verspürte er einen gewissen Stolz, dass sie ihm etwas von sich verraten hatte. Etwas Privates. *Meine Schwester hat auch Klavier gespielt. Sie wollte das beruflich machen ...*

»Wann haben Sie vor, Sven Strohtes Familie in Bezug auf die Herkunft der Waffen einzuweihen?«, wandte sie sich in diesem Augenblick wieder an Höppner, indem sie dem Einsatzleiter die Mappe mit den Fotos von Günther Döblingers aufgebrochenem Waffenschrank zurückgab.

»Zwei meiner Leute sind unterwegs«, erklärte Höppner und schob sich ein Pfefferminz in den Mund. »Allerdings scheint der Kontakt zwischen Familie Strohte und Günther Döblinger noch nie besonders rege gewesen zu sein. Wie's aussieht, trifft man sich nur alle Jubeljahre mal, wenn Oma Geburtstag feiert oder irgendein entfernter Verwandter das Zeitliche segnet.«

»Was können Sie uns über diesen anderen Schüler sagen?«, fragte Verhoeven. »Der, dessen Zugangsdaten dieser Devil für die Kontaktaufnahme mit Hrubesch benutzt hat.«

»Oliver Borell, siebzehn Jahre«, las Höppner aus einem seiner Dossiers ab. »Er ging in die zwölfte Klasse und hatte schon seit geraumer Zeit Probleme zu Hause, die sich über den Sommer dramatisch zugespitzt haben sollen. Als dann auch noch seine Freundin Schluss machte, hat er sich die Pulsadern aufgeschnitten.«

Winnie Heller verzog das Gesicht. »Und jetzt ist er in einer Klinik?«

»Im Dr.-Walther-Heyden-Institut in Holstein«, bestätigte Höppner. »Wir haben natürlich sofort überprüft, ob er von da aus selbst ins Internet gegangen sein kann, aber abgesehen davon, dass die Patienten dort im Rahmen ihrer Therapie von allen Kontakten zur Außenwelt abgeschirmt werden, soll der Junge im Augenblick überhaupt nicht in der Lage sein, sich irgendwie mitzuteilen. Weder per E-Mail noch sonst wie.«

»Also jemand, der Oliver Borell kannte und Zugang zu seinen Daten hatte«, schloss Verhoeven.

Höppner nickte. »Die Eltern wickeln ihre gesamte Kommunikation über die Telekom ab und haben nicht einmal bemerkt, dass ihnen auch Internetverbindungen für ihren abwesenden Sohn in Rechnung gestellt wurden.«

»Dieser Devil muss in der Tat jemand sein, der über alles, was an dieser Schule abgeht, ganz genau Bescheid weiß«, murmelte Winnie Heller.

»Und sonst?«, fragte Verhoeven.

Lars Höppner rieb sich die Augen, die infolge der starken Rötung fast blind wirkten. »Im Internet prahlen ein paar Trottel mit ihrer angeblichen Beteiligung an den Geschehnissen am Clemens-Brentano-Gymnasium, und heute früh sind an zwei Schulen in Ostdeutschland Drohanrufe eingegangen.«

»Ist das nicht üblich bei Fällen wie diesem?«

»Sicher«, entgegnete Höppner achselzuckend. »Aber trotzdem kann es sich natürlich niemand leisten, diese Dinge nicht ernst zu nehmen.«

8

»Ist Sven da?«

»Sven?« Manuela Strohte sprach den Namen ihres Sohnes aus, als höre sie ihn in diesem Augenblick zum ersten Mal.

Und eigentlich war es ja auch komplett bescheuert, jemanden anzurufen, von dem man nicht einmal eine Handynummer besaß. Da musste sich die Mutter ja sonst was denken, noch dazu, wo ihr blasses Söhnchen vermutlich nicht allzu oft Anrufe von irgendwelchen Mädchen bekam …

»Hier ist Jessica, Jessica Mahler. Sven und ich haben ein paar Kurse zusammen, wissen Sie, und ich …« Gott, was für eine idiotische Idee, einfach so drauflos zuquatschen, ohne Konzept und ohne konkreten Schlachtplan! Aber schließlich hätte sie ja auch das Glück haben können, ihn gleich selbst an den Apparat zu kriegen. Und dann hätte sie …

»Augenblick bitte«, riss die Stimme seiner Mutter sie aus ihren Selbstvorwürfen. »Ich sage ihm Bescheid.«

Jessica Mahler hörte ein Knirschen, als ihre Gesprächspartnerin den Hörer neben das Telefon legte. Dann war es still.

»Ja?«

»Sven?«

»Ja.«

»Hi, hier ist Jessie.« Sie biss sich auf die Lippen. Tu gefälligst nicht so familiär! »Jessica Mahler.«

»Oh, hi.«

Freute sich dieser Kerl etwa über ihren Anruf? Das war ja echt widerlich! »Du, entschuldige, dass ich einfach so über dich herfalle, aber …«

»Das ist schon okay, ich war grad beim Essen.«

»Oh«, sagte sie. »Tut mir leid, wenn ich dich …«

»Nein, nein«, unterbrach er sie sofort wieder. »Ich wollte sagen, dass du nicht störst oder so. Bei was Wichtigem, meine ich.«

»Das ist gut«, sagte sie hastig. »Ich … Es ist auch eigentlich gar nichts Dringendes, nur …« Herrgott noch mal, was redest du denn da? Wenn es nicht dringend wäre, würdest du ihn ja wohl kaum anrufen. Noch dazu zu einem derart unpassenden Zeitpunkt. Also hör endlich auf, dich zu winden, und komm zur Sache! »Es ist nur … Es geht um Lukas.« Bildete sie sich das ein, oder hielt er tatsächlich die Luft an? Sie lauschte angestrengt, aber Sven Strohte verriet sich nicht noch einmal. »Ich … Es ist nämlich so, dass Lukas mich neulich mal mitgenommen hat, in die Hütte von seinem Vater, du weißt schon …«

»Ja«, entgegnete er, und seine Stimme klang vollkommen wertfrei. Nichtsdestotrotz hatte sie den Eindruck, dass er sich seinen Teil dachte. »Ich weiß.«

Und wenn schon! Du musst dein Ziel im Auge behalten, das, worauf es dir in Wirklichkeit ankommt! Und überhaupt, was kümmert's dich, was ein Klavier spielender Sonderling von dir denkt? »Na ja, und es ist nun so, dass ich ...« Sie spürte, wie trotz aller Entschlossenheit das alte Schamgefühl wieder über sie hereinbrach. Wie sie rot wurde. Immer wieder rot. »Ich habe dort in der Hütte etwas vergessen, verstehst du, etwas, das ich dringend wiederhaben muss. Aber ich will Lukas' Eltern nicht damit belästigen, nicht ausgerechnet jetzt, meine ich, wo sie ...«

»Ich verstehe«, sagte er.

Sie schluckte und nahm all ihren Mut zusammen. »Kannst du mir sagen, wo diese Hütte liegt? Ich meine, ich war natürlich dort, aber ich hab nicht auf den Weg geachtet, jedenfalls nicht so genau.« Ihr Kichern klang wirklich erbärmlich. »Na ja, Frauen und Orientierung ...«

Doch zu ihrer größten Erleichterung stellte Sven Strohte keine Fragen, sondern beschrieb ihr einfach den Weg. Was er sagte, klang, als ob die Hütte ziemlich leicht zu finden sei. Sogar ohne Auto.

»Der Ersatzschlüssel liegt unter dem Blumentopf mit dem Rosmarin, gleich neben dem Grillplatz«, schloss er. Eine sachliche, fast beiläufige Bemerkung. »Aber das weißt du ja wahrscheinlich.«

Oh nein, mein Lieber, dachte sie, das wusste ich bislang noch nicht! Aber herzlichen Dank für die Info! Laut sagte sie: »Ja, richtig. Stimmt. Unter dem Topf.« Dann zog sie einen energischen Strich unter die knappen Notizen, die sie sich gemacht hatte, und überlegte, wie sie dieses Gespräch möglichst zügig und unauffällig beenden konnte, bevor Sven Strohte sich einfallen ließ, doch noch irgendwelche blöden Fragen zu stellen.

»Und wie geht es dir so?« Seine Stimme hüpfte, und Jessica Mahler musste unwillkürlich an seinen Adamsapfel denken, der recht ausgeprägt war und deutlich aus seinem blassen Hals hervorstach. »Das muss ja alles ziemlich ... traumatisierend gewesen sein, da oben in 304, oder?«

Was genau meinst du?, dachte sie bitter. Dass es ziemlich traumatisierend ist, mit anzusehen, wie deiner Lehrerin das Gesicht weggeschossen wird? Oh ja, allerdings! Ihr lag bereits eine zynische Entgegnung auf der Zunge, als ihr einfiel, dass sie diejenige gewesen war, die ihn angerufen hatte. Dass sie nett sein musste. Dankbar, weil er ihr so unkompliziert geholfen hatte. Also sagte sie: »Ja, das war schon ziemlich krass. Aber so richtig checken werde ich das alles wahrscheinlich erst in ein paar Wochen. Oder noch später ...«

Er antwortete nicht, aber irgendwie hatte sie das Gefühl, dass er nickte. Verständnisvoll, ganz wie es seine Art war. Trotzdem spielte sie mit dem Gedanken, einfach aufzulegen. Schluss zu machen mit diesem Gespräch, das ihr zunehmend unangenehm, um nicht zu sagen: lästig wurde. Andererseits brachte sie es nicht übers Herz, ihn derart vor den Kopf zu stoßen, nachdem sie ihn für ihre Zwecke ausgenutzt und er ihr verraten hatte, was sie wissen wollte. Und im Grunde war er ja auch ein netter Kerl. Ein bisschen seltsam mit seiner Musik und seiner Eigenbrötlerei, okay, das schon, aber wenigstens hatte er sie noch nie dumm angemacht und ...

»Die Polizei war vorhin hier«, sagte er mitten in die Stille, die sich zwischen ihnen breitgemacht hatte.

»Echt?« Jessica Mahler war ehrlich überrascht. »Bei dir?«

»Mhm.«

»Wieso das denn?«

»Weil ich ...« Er zögerte. Aber nur ganz kurz. Dann sagte er: »Ich war in der Nähe, als Nik starb.«

Sie zog verblüfft die Augenbrauen hoch, während ihr Gedächtnis nach Informationen suchte, die zu diesem merkwürdigen Satz passten, den Sven Strohte in das gähnende Nichts, das sie trennte, geschleudert hatte. Im Fernsehen war die Rede von einem Umkleideraum gewesen, in den sich Nikolas Hrubesch vor den nahenden Polizisten geflüchtet und in dem er sich schließlich, nachdem ihm die Ausweglosigkeit seiner Situation bewusst geworden war, eine Kugel in den Kopf gejagt hatte. Und die Umkleideräume befanden sich ausnahmslos im Untergeschoss des Neubaus. Aber was in aller Welt sollte Sven dort zu schaffen gehabt haben? Immerhin war Sportunterricht wegen des Umbaus derzeit vom Stundenplan gestrichen. Und warum drückte er sich eigentlich so seltsam aus? *Ich war in der Nähe, als Nik starb.* Warum sagte er nicht: als Nikolas sich eine Kugel in den Kopf geschossen hat? Und was zum Teufel meinte er mit *in der Nähe*? Jessica Mahler schüttelte verwirrt den Kopf. »Du warst da?«

Doch anstelle einer Antwort drang nichts als tiefes, lähmendes Schweigen aus der Leitung.

»Sven?«

Keine Reaktion.

»Bist du noch dran?«

Jetzt räusperte er sich. Endlich. »Kannst du ein Geheimnis für dich behalten?«

Jessica Mahler hätte um ein Haar laut losgelacht. Hielt dieser Trottel sie für irgend so eine bescheuerte Briefkastentante, bei der man sich ausweinen konnte? Ein Geheimnis! Was um Gottes willen sollte das denn heißen? Geheimnisse waren etwas, das man mit neun oder zehn Jahren hatte. Irgendwelche komischen Plätze, an denen man mit einer Freundin ein paar Münzen oder Spielkarten vergrub und sich dabei irgendwas wünschte, das sowieso nicht in Erfüllung ging. Jessica Mahler strich sich entnervt die Haare aus der Stirn, doch nach einem Moment des Nachdenkens stellte sie verwundert fest, dass sie tatsächlich neugierig war auf das, was Sven Strohte zu sagen hatte.

Ich war in der Nähe, als Nik starb.

»Klar«, sagte sie. »Was denn für ein Geheimnis?«

»Ich glaube, Nik ist das gestern nicht allein gewesen ...«

9 Als Verhoeven die Tür seines Hauses aufschloss, empfing ihn das unverwechselbare Aroma von frisch gebackenem Kuchen. Der Duft erfüllte ihn mit einer Mischung aus Befremden und Erleichterung darüber, dass das Leben, ihr Leben, weiterging. Dass seine Frau für Normalität sorgte. Dass sie ganz offenbar versuchte, ihrer Tochter Halt zu geben und ihr die Verarbeitung dessen, was sie gesehen hatte, zu erleichtern, indem

sie ihr ein Stück Gewohnheit schenkte. Trotzdem musste er unwillkürlich auch an die Familien der Opfer denken. An ihre Trauer. An den Schock, den sie erlitten hatten. Und daran, dass sie diese trauernden Menschen belästigen mussten. Zumindest einige von ihnen. Dass es ihre Aufgabe war, im Dreck zu wühlen. Ursachen zu finden. Gründe. Und Verhoeven wusste nur zu gut, dass man auf der Suche nach Gründen unweigerlich auch an Abgründe gelangte.

Es ist schwer, was über Leute zu sagen, die tot sind, hatte Sven Strohte, der Junge, der so gut Klavier spielte, auf die Frage nach seinen toten Mitschülern geantwortet. Und Winnie Heller hatte gesagt, dass die Opfer solcher Tragödien allzu oft zu Heiligen wurden, an deren Nimbus niemand zu rühren wagte. Verhoeven blieb vor dem Garderobenspiegel stehen und rückte seine Krawatte zurecht. Trotz des kurzen intimen Moments bei Sven Strohte hatte er nach wie vor das Gefühl, dass er nicht so recht schlau wurde aus seiner Kollegin, und er dachte an ein Gespräch, das sie geführt hatten, kurz bevor sie auseinandergegangen waren.

»Ich bin leider noch nicht dazu gekommen, den Bericht zu schreiben«, hatte sie gesagt, und er hatte zuerst gar nicht gewusst, wovon sie sprach. »Auerbach«, hatte sie ihm schließlich auf die Sprünge geholfen. »Ich wollte nur sagen, dass ich noch keine Gelegenheit hatte, das Ganze abzutippen. Meine Notizen, meine ich.«

»Geht mir genauso«, hatte er geantwortet. »Aber machen Sie sich keinen Kopf wegen der Sache. Im Augenblick haben wir wirklich andere Sorgen.«

»Ich erledige das gleich heute Abend«, hatte sie gesagt.

Und er hatte entgegnet: »Das müssen Sie nicht. Ich spreche mit Heinz und erkläre ihm unsere Rolle bei dieser ganzen Angelegenheit, falls er nicht ohnehin schon Bescheid weiß.«

Winnie Heller hatte ihm einen von ihren misstrauischen Seitenblicken zugeworfen, und er hatte gewusst, dass sie ihm nicht über den Weg traute.

Diese Frau denkt allen Ernstes, dass ich sie reinreiten will, dachte Verhoeven fassungslos. Für was für eine Art Mensch hält sie mich? Was sieht sie, wenn wir einander gegenüberstehen? Er warf seinem Spiegelbild einen abschätzigen Blick zu und dachte daran, dass Grovius immer behauptet hatte, vernünftige zwischenmenschliche Beziehungen gründeten nur zu etwa zehn Prozent auf Sympathie, der Rest sei eine Mischung aus Nachsicht, Aufmerksamkeit und einer Menge harter Arbeit …

»Hendrik?«

Verhoeven stutzte und drehte sich dann zu seiner Frau um, die in der Tür zur Küche stand und ihn mit sorgenvoller Miene musterte.

»Hast du ein bisschen Zeit, oder musst du gleich wieder los?«

Er schüttelte den Kopf. »Heute nicht mehr. Wir müssen jetzt erst mal ein paar Ergebnisse abwarten, bevor wir weitermachen können.«

Silvie nickte und tastete nach dem Knoten, der die bemehlte Halbschürze hinter ihrem Rücken zusammenhielt. »Hast du Hunger?«

Verhoeven überlegte einen Augenblick, dann sagte er Ja. Das Leben, unser Leben, geht weiter, dachte er. Alles andere wäre pure Heuchelei!

Mit einem Gefühl der Erleichterung folgte er seiner Frau in die Küche, deren Fenster von der Hitze des Backofens beschlugen. Dahinter klebte nachtschwarze Düsternis.

»Wie geht es unserer Kleinen?«

»Sie hat eine Menge Fragen gestellt, und ich habe mich nach Kräften bemüht, wahrheitsgemäß zu antworten, ohne ihr allzu viel Angst zu machen.« Silvie trat an den Kühlschrank und nahm eine Schüssel mit Nudelsalat heraus. »Es wird bestimmt nicht leicht in den nächsten Wochen. Aber ich denke, sie wird damit fertig werden. Irgendwie.« Sie drehte sich zu ihm um. »Ist Nudelsalat okay für dich, oder möchtest du lieber was Warmes?«

»Nudelsalat ist perfekt«, entgegnete Verhoeven und nahm sich eine Gabel aus der Schublade des Küchenschranks. »Und vielleicht bekomme ich ja anschließend auch noch ein Stück von diesem …« Er zeigte auf die Tür zum Backofen.

»… Buchweizenkuchen«, ergänzte Silvie bereitwillig. »Liebend gern. Er müsste jeden Moment fertig sein.«

Verhoeven zog argwöhnisch die Augenbrauen zusammen. »Buchweizenkuchen?«

»Sei so gut und warte mit deiner Ablehnung, bis du ihn probiert hast, okay?«

»Und das Rezept für diese ökologisch korrekte Köstlichkeit hast du nicht zufällig von …«

»Rieß-Sempers?«, fiel Silvie ihm ins Wort, indem sie die frisch gespülte Rührschüssel wieder im Schrank unter der Spüle verstaute. »Nein, stell dir vor, das habe ich ganz allein gefunden. Und zwar in diesem klugen Kochbuch hier.« Sie hielt ihm ein schmales Heftchen mit einem hübsch gestalteten Schutzumschlag unter die Nase.

»Oh, mein Gott«, rief Verhoeven in grenzenlos übertriebener Verzückung, »sollte dieser Abstecher in die erhabenen Sphären gesunder Ernährung tatsächlich bedeuten, dass unser süßer kleiner Dominik schon wieder zum Kaffee kommt?« Er unterbrach sich und schlug sich dann in ebenfalls grenzenlos übertriebenem Entsetzen eine Hand vor den Mund. »Oh nein, natürlich nicht zum *Kaffee*, denn *Kaffee* würde den Blutdruck eines adipösen Fünfjährigen wahrscheinlich in rekordverdächtige Höhen treiben und womöglich dazu führen, dass unser kleiner dicker Engel einfach explodiert. Und das wäre doch jammerschade, nicht wahr?« Er duckte sich, um dem Topflappen auszuweichen, den seine Frau nach ihm warf. »Also keinen Kaffee«, resümierte er. »Aber, hey, wie wär's mit Kakao? Vorausgesetzt, die liebe Putte bekommt von Kakaopulver keinen Ausschlag und stirbt«, fügte er in Anspielung auf Dominik Rieß-Sempers viel beschworene Glutamat-Allergie hinzu.

»Weißt du, dass du einfach widerlich bist?«, kicherte Silvie, indem sie die Backofentür öffnete und einen erstaunlich wohlriechenden Napfkuchen herauszog. »Ich verstehe wirklich nicht, was du gegen das arme Kind hast.«

»Das arme Kind ist ein überaus raffinierter Casanova im Engelskostüm«, entgegnete Verhoeven. »Und wenn deine weiblichen Gene dich nicht zu einem vollkommen unverständlichen Entzücken über jede Form von billigem Kindchenschema verdammen würden, könntest du nicht umhin, mir zuzustimmen.«

»Aber deine Tochter liebt diesen Jungen«, bemühte seine Frau, sehr zu seinem Leidwesen, wieder einmal ein altbekanntes Argument. »Und ich glaube kaum, dass dabei ein wie auch immer geartetes Kindchenschema eine Rolle spielt.«

»Sondern?«, hakte Verhoeven nach, weil ihn die Antwort auf diese Frage von jeher brennend interessierte.

»Zunächst einmal ist Dominik ein wirklich lieber Kerl.« Silvie Verhoeven ignorierte das skeptische Gesicht ihres Mannes und fuhr stattdessen ungerührt mit ihrer Aufzählung von Dominik Putten-Sempers Vorzügen fort: »Er ist klug …«

»Ich bitte dich!«

»… und er ist hilfsbereit.«

»Oh ja, na klar, ich weiß, wie hilfsbereit er ist«, versetzte Verhoeven grimmig. »Wenn er keine neue Hose angehabt hätte, würde er meinen Teich – und ich betone: *meinen* Teich – ganz und gar allein gebaut haben!«

»Das ist nicht nett, Hendrik«, lachte seine Frau, indem sie ihren Kuchen aus der Form löste und zum Auskühlen auf den Küchenschrank stellte.

»Aber es ist die Wahrheit«, beharrte Verhoeven. »Dieser Junge ist ein lupenreiner Opportunist, der ungeniert seinen pausbäckigen Möchtegerncharme spielen lässt, um selbst noch die gestandensten Frauen in hingerissene Muttertiere zu verwandeln.« Er bedachte seine Frau mit einem Blick, der keinen Zweifel daran ließ, dass auch sie zu den Opfern von Dominik Rieß-Sempers ungenierten Charmeoffensiven gehörte. »Und *das* ist widerlich, um es mit deinen eigenen Worten auszudrücken.«

»Nur kein Neid«, rief Silvie, ohne auch nur den geringsten Versuch zu unternehmen, ihrem Mann hinsichtlich der Unwiderstehlichkeit von Dominik Babyface-Sempers kindlicher Anmut zu widersprechen. »Aber spricht es denn nicht sehr für unsere Tochter, dass sie sich bei der Auswahl ihrer Freunde nicht ausschließlich von so fragwürdigen Werten wie Sportlichkeit, Heldenmut und Draufgängertum leiten lässt?«

Verhoeven, der als Junge selbst nicht gerade über die genannten Vorzüge verfügt hatte, gab einen unbestimmten Laut von sich.

»Na, siehst du«, frohlockte seine Frau, indem sie Nudelsalat und kalte Frikadellen auf einen Teller häufte. »Also finde dich endlich mit Ninas Wahl ab und versuch, ein halbwegs vernünftiges Verhältnis zu Dominik aufzubauen, ja?« Sie stellte den übervollen Teller vor ihren Mann auf den Tisch und bedachte ihn mit einem eindringlichen Blick aus ihren tiefdunkelblauen Augen. »Aus irgendeinem unerfindlichen Grund bewundert dich dieser arme Junge nämlich, falls du das noch nicht bemerkt haben solltest.«

Verhoeven verdrehte die Augen.

»Ich mein's ernst, Hendrik«, entgegnete Silvie. »Der arme kleine Schatz hält dich für einen total coolen Typen, von wegen Polizei und all das. Und ich bin durchaus der Meinung, dass ihr bei Gelegenheit mal was zusammen unternehmen solltet, um euch besser kennenzulernen. Du weißt schon, irgend so ein typisches Männerding ... Angeln oder Zelten oder Schlachten oder so was in der Richtung.« Sie kicherte. »Nur du und Dominik.«

»Gott bewahre!«, rief Verhoeven, indem er sich mit großem Appetit über sein Abendessen hermachte. »Verrate mir lieber, warum wir Buchweizenkuchen essen müssen, obwohl uns ein Kaffeebesuch von Herrn Engel erspart bleibt.«

»Weil Pascal kein Weißmehl essen darf.«

»Wer ist Pascal?«

Jetzt war es an seiner Frau, die Augen zu verdrehen. »Pascal ist dein Schwippneffe.«

»Mein was?«

»Der Sohn meiner Schwester.« Silvie stöhnte und stibitzte sich eine halbe Frikadelle von seinem Teller. »Madeleines Ältester.«

Verhoeven sah seine Frau mit einer Mischung aus Schicksalsergebenheit und nackter Verzweiflung an. »Wann?«, fragte er.

»Wann was?«

»Wann bricht dieses Verhängnis über uns herein?«

»Morgen früh um sieben.«

»Oh nein!«

»Ich fürchte doch«, entgegnete Silvie mit einem entschuldigenden Achselzucken. »Madeleines Flieger geht um neun. Und wenn du dann noch die Zeit hinzurechnest, die für die Fahrt zum Flughafen und fürs Einchecken draufgeht, kannst du nicht umhin, sieben Uhr als freundliches Zugeständnis an uns als Gastfamilie zu werten.«

»Dass ich diese vierköpfige Ansammlung von Hochbegabung eine ganze Woche unter meinem Dach dulde, ist ein freundliches Zugeständnis«, versetzte Verhoeven.

»Nein«, entgegnete seine Frau mit der ihr eigenen Unerbittlichkeit. »Das ist deine Pflicht als Onkel.«

»Schwipponkel«, korrigierte er.

»So etwas gibt es gar nicht«, protestierte sie lachend.

V

Er war ein wunderbarer Vater und ein wunderbarer Ehemann. Ich habe nicht die leiseste Ahnung, wie wir weitermachen sollen ohne ihn.

Katja Scherer, geb. Döll, Ehefrau von Heribert Scherer († 48)

Wir hätten ihn doch auf die Pestalozzischule in Idstein schicken sollen, ganz so, wie wir es ursprünglich geplant hatten.

Oskar Krautkrämer, Vater von Bernd Krautkrämer († 11)

Wie viele Schüler waren das dort draußen auf dem Flur? Ich meine, wie groß war die Chance, dass es ausgerechnet mein kleines Mädchen trifft?

Petra Juhl, Mutter von Lisa Juhl († 16)

Es ist entsetzlich, vor allem, wenn man bedenkt, dass sie einfach nur zur falschen Zeit am falschen Ort gewesen ist …

Nicole Herrgen, Freundin von Beate Soltau († 44)

Sie hat ihren Beruf immer sehr ernst genommen und sich jede Menge Gedanken gemacht. Warum dieser oder jener Schüler dieses oder jenes nicht versteht und so was alles. Wenn wir telefoniert haben, habe ich immer mit ihr geschimpft und gesagt, dass sie auch mal abschalten muss. Aber davon wollte sie nie etwas wissen.

**Rachel Weiz, Schwester von
Helen Malgorias († 36)**

Er war der beste Freund, den man sich vorstellen kann, und er fehlt mir schon jetzt ganz wahnsinnig.

**Steven Höhmann, Freund von
Lukas Wertheim († 18)**

Nach dem Abitur wollte sie ins Ausland gehen. Australien oder Neuseeland, für ein Jahr, vielleicht auch länger. Davon sprach sie die ganze Zeit … Nun werden meine Frau und ich wohl alleine hinfliegen und ihre Asche über dem Great Barrier Reef ausstreuen. Das hätte ihr ganz sicher gefallen.

Louis Perez, Vater von Sonja Perez († 18)

Sie war ein bisschen wie Paris Hilton. Irgendwie total bescheuert, aber andererseits auch total angesagt. Allerdings konnte sie ziemlich ätzend sein, wenn sie dich auf dem Kieker hatte. Wenn sie einen nicht mochte, hatte man nichts zu lachen.

**Marina Neiser, ehemalige Klassenkameradin
von Angela Lukosch († 18)**

Es ist schlicht und ergreifend eine Katastrophe, dass er tot ist.

**Peter-Jan Schmidtke, Sohn von
Erwin Schmidtke (†64)**

Sie hat bestimmt große Angst gehabt. Das ist es, was mir am meisten zu schaffen macht.

Tillmann Oppendorf, Vater von Karla Oppendorf († 15)

Das ist Wahnsinn, so was. Wenn so ein gewaltbereiter Jugendlicher plötzlich ausrastet ... Da stecken Sie nicht drin. Aber hinterher heißt es immer, irgendjemand hätte das kommen sehen müssen. Einen Scheißdreck hätte man!

Norbert Gückel, Lebensgefährte von Inge Naumann († 52)

Wir können nur beten, dass der Herrgott ihm vergibt.

Karel Hrubesch, Onkel von Nikolas Hrubesch († 18)

Donnerstag, 20. September 2007

1 Winnie Heller schüttelte ihr Kopfkissen auf und zog sorgfältig das Laken glatt, weil sie es hasste, nach Hause zu kommen und ein ungemachtes Bett vorzufinden. Es war sieben Uhr in der Frühe, und sie verspürte eine große Ungeduld, die vor allem daher rührte, dass sie warten musste. Darauf, dass Bredeney und Werneuchen sie mit näheren Informationen über die Opfer ihres zweiten Schützen versorgten. Darauf, dass Höppners Leute mehr über Nikolas Hrubeschs Gewohnheiten und Kontakte herausfanden, irgendetwas, aus dem sich vielleicht schließen ließ, wer die Person war, die sich selbst »Devil« nannte. Darauf, dass Verhoeven anrief und ihr mitteilte, wann und wo sie weitermachen würden.

Sie sah zur Tür ihres Freisitzes hinüber, die schon wieder mit feinen Regentropfen gesprenkelt war, und überlegte, welche Art von Jacke sie zu ihren Jeans und dem dunkelblauen V-Pulli, den sie von all ihren Oberteilen am liebsten mochte, anziehen sollte. Es schien recht windig zu sein, aber da die Temperaturen noch immer eher lau waren, würde sie in ihrem Parka vermutlich vor Hitze umkommen. Andererseits war ihr noch allzu gut in Erinnerung, wie sehr sie bei ihrer Tatortbegehung gefroren hatte, und eine Erkältung war wirklich das Letzte, was sie sich im Augenblick leisten konnte. Sie seufzte und schob sich ein letztes Stück Tiefkühlpizza in den Mund. Zugegeben, Pizza Funghi Cipolla war nicht gerade das, was man sich gemeinhin unter einem idealen Frühstück vorstellte, aber die Aufbackbrötchen waren alle, und sie hatte gestern Abend einfach nicht mehr die Energie aufgebracht, zu einem von diesen Rund-um-die-Uhr-Supermärkten zu fahren, um einzukaufen. Und immerhin waren einige der auf der Packung verzeichneten Pizzakomponenten ja durchaus frühstückskonform. Käse zum Beispiel. Oder Weizenmehl. Winnie Heller kippte den letzten Schluck Kaffee hinunter und schenkte sich umgehend frischen nach. Dabei fiel ihr Blick auf das Telefon, das die ganze Nacht über ruhig geblieben war.

»Na, was meint ihr, Jungs?«, fragte sie, indem sie aufstand und ein paar Fingerspitzen voll Trockenfutter in ihr Aquarium rieseln ließ. »Hat der sture Madenzüchter endlich aufgegeben? Ja? Aber das wäre vermutlich zu schön, um wahr zu sein, und ... Bitte? Was meinst du, mein Dicker? ... Nein, da hast du natürlich völlig recht, ähnlich sähe ihm das ganz und gar nicht. Aber schließlich befinden wir uns derzeit alle in einer Art Ausnahmezustand, versteht ihr? Und man kommt überhaupt nicht nach, wenn's darum geht, all diese Informationen zu verarbeiten, die praktisch rund um die Uhr auf einen niederprasseln.« Sie zog sich einen Hocker heran und beobachtete ihre Hausgenossen beim Frühstück. Dabei entdeckte sie auf der Ablage neben dem Bassin das Töpfchen mit Spezialfutter, das sie für ihren ersten – und gänzlich ungeplanten – Zwergfadenfisch-Nachwuchs im vergangenen Herbst angeschafft hatte. Winnie Heller überprüfte das Haltbarkeitsdatum, das zwar eine Karenz von sechs Monaten aufwies, aber da die Packung bereits angebrochen war, entschied sie, die Reste wegzuwerfen. Immerhin waren Werther, Wieland, Wolfgang, Wuschel, Winona und Irmgard inzwischen aus dem Gröbsten raus, und wenn John Sinclair und Waltraud einmal wieder über Nachwuchs nachdenken sollten, konnte sie immer noch in die Zoohandlung fahren und neue Babynahrung kaufen. »Da haben wir euch ja schon ganz hübsch groß gekriegt, was Leute?«, sagte sie, indem sie die Finger gegen das kühle Glas legte. »Tja, John, deine Jungs sind dir gehörig über den Kopf gewachsen, und wenn du nicht aufpasst und dir ein bisschen mehr Mühe gibst, ist deine Autorität bald ganz im Eimer.«

Sie lachte und setzte Fischfutter und Vitaminpillen auf ihre Einkaufsliste. Dann kehrte sie an den Tisch zurück, wo die Mappe mit den Berichten lag, die sie sich mit nach Hause genommen hatte. Ein erstes psychologisches Profil des Amokschützen, basierend auf dem Material, das Höppners Leute unterdessen zusammengetragen hatten. Aussagen der Familie. Protokolle von Befragungen. Dossiers.

Winnie Heller überflog die ersten Seiten, die sie inzwischen beinahe auswendig kannte, und dachte, dass sich das Bild, das sie sich in den letzten Tagen von Nikolas Hrubesch gemacht hatten, allmählich verfestigte. In den ersten zwölf Jahren seines Lebens war der junge Attentäter definitiv das gewesen, was man einen ganz normalen Jungen nannte. Unauffällig. Begabt in der Schule. Ministrant, Mitglied im Fußballverein. Im Alter von dreizehn war er zum ersten Mal unangenehm aufgefallen, als er einem Jungen aus seiner Mannschaft die Nase blutig geschlagen hatte, nachdem dieser ihn einen »schwulen Pisser« genannt hatte. Mit vierzehn hatte er sich in ein zwei Jahre älteres Mädchen verliebt, das ihn abblitzen ließ, und in der Folgezeit hatte er einige Kurzzeitlieben gehabt. Alles vollkommen normal und altersgemäß. Die üblichen pubertären Fummeleien, wie einer der Zeugen es formuliert hatte.

Winnie Heller rieb sich die Augenwinkel, als wie aus dem Nichts das Bild eines pickligen Knaben vor ihrem inneren Auge auftauchte. Timo Wendel, der Junge, an den sie nach bestandenem Abitur ihre Unschuld verlieren wollte und der neben ihr auf der Bettkante gesessen hatte, als ein Polizeipsychologe ihr eröffnet hatte, dass ihre Eltern und Elli auf dem Nachhauseweg von ihrer Abiturfeier mit dem Wagen verunglückt seien und dass ihre kleine Schwester mit schwersten Kopfverletzungen auf der Intensivstation läge …

Sie strich sich mit ein paar groben Bewegungen die störrischen Ponyfransen aus der Stirn und beeilte sich, ihre Aufmerksamkeit wieder auf den Fall zu lenken, bevor weitere unbequeme Erinnerungen über sie hereinbrechen konnten. Kurz nach seinem fünfzehnten Geburtstag hatte Nikolas Hrubesch ohne erkennbaren Grund begonnen, sich mehr und mehr von der Welt zurückzuziehen. Er hatte mit dem Sport aufgehört und seine Freunde nicht mehr getroffen. Stattdessen hatte er sich eingeredet, Schriftsteller werden zu müssen, und er hatte einen Haufen düsterster Science-Fiction-Storys verfasst, von denen er einige sogar an einen Verlag geschickt hatte. Doch der Erfolg war ausgeblieben, ein Umstand, den Hrubesch – zumindest laut Aussage seiner Mutter – der »Ungerechtigkeit dieses gesamten bekackten Systems« und nicht etwa der mangelnden literarischen Qualität seiner Ergüsse zugeschrieben hatte. Ansonsten war er offenbar beständig auf der Suche gewesen. Mal hatte er sich mit ostasiatischer Weisheitslehre und der Philosophie der Shaolin-Klöster befasst, dann wieder mit »irgendwelchen kruden Verschwörungstheorien über Rosenkreuzer und geheime Logen«, die angeblich einen dritten Weltkrieg anzetteln wollten, um die Herrschaft über eine willenlos gewordene Gesellschaft an sich zu reißen. Nikolas Hrubesch schien sich stundenlang in einschlägigen Chatrooms herumgetrieben und mit Gleichgesinnten darüber philosophiert zu haben, was man tun müsse, um die rechte Ordnung wiederherzustellen. Darüber hinaus hatten Höppners Leute auch ein paar Counterstrike-Spiele der übelsten Sorte auf seinem Rechner gefunden, aber nach allem, was Winnie Heller inzwischen über den jungen Attentäter erfahren hatte, konnte sie sich nur schwer vorstellen, dass derart sinnlose virtuelle Ballereien einen intelligenten Jungen wie Nikolas Hrubesch tatsächlich auf Dauer beschäftigt haben konnten. In der Schule war er indessen immer weiter abgerutscht, angeblich, weil ihm alles, was dort gelehrt wurde, »krank und spießig« vorgekommen sei. Und in seinem einstigen Glanzfach, Deutsch, hatte er sich wiederholt mit seiner Lehrerin angelegt, ohne sich jedoch auch nur ein einziges Mal gegen sie durchsetzen zu können.

Karen Ringstorff, dachte Winnie Heller, die Frau, die nicht dort gewesen ist, wo Hrubesch sie vermutet hat …

Sie kramte einen Ausdruck von Hrubeschs Porträtfoto hervor und betrachtete nachdenklich die tiefen Schatten, die unter den wachen, dunklen Augen lagen. Natürlich kannte sie die Faktoren, die zu einer Bluttat wie der am Clemens-Brentano-Gymnasium führen konnten, und wiederholte Kränkungen standen definitiv ganz oben auf der Liste der möglichen Auslöser. Aber konnte man in Nikolas Hrubeschs Fall tatsächlich von einer psychosozialen Entwurzelung sprechen? Von einem gravierenden Verlust gesellschaftlicher Integration? Wohl kaum, dachte Winnie Heller, indem sie einen ungelenken Fisch auf das leere Blatt kritzelte, das sie sich für etwaige Notizen zurechtgelegt hatte. Mag sein, dass der Wunsch nach Rache bei Hrubeschs Plänen eine gewisse Rolle gespielt hatte, aber nach allem, was sie bislang wussten, durfte dieser Aspekt auf keinen Fall allzu offen zutage treten. Schließlich war es doch wohl eher um eine Art blutrünstiges Spiel gegangen. Ein Spiel wohlgemerkt, ergänzte Winnie Heller, bei dem Nikolas Hrubesch mit dem Leben davonkommen wollte. Sie stutzte, als ihre Augen an einem Satz hängen blieben, den sie sich handschriftlich auf eins von Höppners Informationsblättern notiert hatte: *Soll in der Zeit vor seinem Amoklauf von Schülern seines Jahrgangs gemobbt worden sein.*

Wann hatte sie das geschrieben? Während der ersten Besprechung in der Einsatzzentrale? Winnie Heller nickte leise vor sich hin, als ihr einfiel, dass Höppner bei dieser Gelegenheit tatsächlich etwas Derartiges erwähnt hatte.

Von Mitschülern gemobbt ...

Von Schülern seines Jahrgangs ...

Sie suchte die Liste der Todesopfer aus der Akte und überflog zum x-ten Mal die Namen. Vier Lehrer, sechs Schüler und die Schulsekretärin. Aber nur drei der Getöteten waren in Hrubeschs Jahrgang gewesen. Und unter diesen dreien befand sich lediglich ein einziger Junge. Lukas Wertheim, dachte Winnie Heller, unser Wackelkandidat!

Lukas Wertheim war in Raum 304 gestorben, jenem Klassenzimmer, das Nikolas Hrubesch aufgesucht hatte, gleich nachdem er sich im Lehrerzimmer nach seiner Intimfeindin Karen Ringstorff erkundigt hatte. Warum hat er das eigentlich getan?, überlegte Winnie Heller weiter, ohne sich bewusst zu sein, dass sich ihre Gedanken bereits wieder dem nächsten Problem zugewandt hatten. Der nächsten offenen Frage. Warum hatte Nikolas Hrubesch riskiert, explizit nach einer ganz bestimmten Person zu fragen? Gut, er hatte Inge Naumann, die Frau, der er die bewusste Frage gestellt hatte, hinterher erschossen. Aber sie waren gehört worden. Jemand hatte mitbekommen, was in diesem Lehrerzimmer vor sich gegangen war. Jemand, der in der Nähe gewesen war. In irgendeinem der anderen Räume. Was, wenn Hrubesch überlebt hätte, dachte Winnie Heller, wenn sein Plan tatsächlich aufgegangen wäre? Wäre es da nicht mehr als dumm gewesen, wenn sich jemand an seine Worte erinnert hätte? Wenn jemand der Polizei verraten konnte, dass der Attentäter hinter einer ganz bestimmten Person her gewesen war? Oder hatte dieser Junge sich ganz einfach fortreißen lassen? War das Gefühl von Macht, von Allmacht, so groß gewesen, dass er sein Handeln nur noch bis zu einem gewissen Grad unter Kontrolle gehabt hatte? Und war es am Ende vielleicht gerade dieser Umstand gewesen, der den zweiten Schützen, den sie suchten und der vielleicht einmal Nikolas Hrubeschs Partner gewesen war, dazu veranlasst hatte, ihn zu töten?

Winnie Heller seufzte und vergrub das Gesicht in den Händen. Eines immerhin stand fest: In diesen Tagen gab es entschieden mehr Fragen als Antworten!

Schicksalsergeben nahm sie sich noch einen Kaffee und fing von vorne an. Las Berichte. Betrachtete Fotos von Zeichnungen, die Nikolas Hrubesch gemacht hatte. Von grellbunten Temperabildern, die Höppners Leute im Zimmer des jungen Attentäters sichergestellt hatten. *Dieses Zeug, das er Kunst nannte, war nichts weiter als stumpfsinniger Müll, der zufällig den Geschmack seines Kunstlehrers traf,* hörte sie Sven Strohtes Stimme flüstern, und bei der Betrachtung von Nikolas Hrubeschs sogenannten Kunstwerken konnte sie nicht umhin, dem jungen Pianisten zuzustimmen. Trotzdem hatte Hrubesch durchweg gute Noten im Fach Bildende Kunst eingeheimst, mit denen er seine stetig schwächer werdenden Leistungen in Deutsch ausgeglichen hatte. Zumindest bislang. *Es besteht kein Zweifel daran, dass der Junge sich gehörig auf den Hosenboden hätte setzen müssen, um sein Abitur zu schaffen,* stimmte ein imaginärer Höppner ihr zu, *andererseits kann man in Hrubeschs Fall kaum von einer total verpfuschten Schullaufbahn sprechen.*

»Oh nein«, murmelte Winnie Heller. »Das kann man nicht.

Aber was an diesem Amoklauf ist schon so, wie man es erwarten würde?«

Gegen Viertel vor zehn klingelte ihr Handy. Verhoeven, wie sie der Ziffernfolge auf dem Display entnahm.

»Sind Sie zu Hause?«

Was für eine ausgemacht blöde Frage!, dachte Winnie Heller. »Ja.«

»Gut, dann hole ich Sie ab.«

»Okay. Wann?«

»Passt es Ihnen in einer Viertelstunde?«

»Sicher.« Sie sah auf die Uhr. »Ich stehe dann unten vor dem Haus.«

»Wunderbar.« Er zögerte. »Würde es ... Macht es Ihnen etwas aus, wenn wir noch kurz beim Kindergarten vorbeifahren würden? Ich wollte Nina eigentlich auf der Hinfahrt dort abliefern, aber sie hat mitbekommen, dass ich anschließend zu Ihnen wollte, und besteht nachdrücklich darauf, Sie zu sehen.«

Winnie Heller schmunzelte. Sie mochte dieses Kind, auch wenn ihr das im Grunde ganz und gar nicht in den Kram passte. Sie war, im Gegenteil, vom ersten Tag ihrer Zusammenarbeit an entschlossen gewesen, Verhoevens Familie so abscheulich wie möglich zu finden, schon allein deshalb, weil er ein solches Wesen darum veranstaltete. Aber diese aufgeweckte Kleine mit den wachen braunen Augen und dem Kopf voller unbändiger Löckchen hatte sie sozusagen im Sturm erobert, als sie einander zum ersten und bislang einzigen Mal begegnet waren. Und seither wurde sie dieses Gefühl von Sympathie einfach nicht mehr los.

»Von der Strecke her käme es ungefähr aufs selbe raus«, erklärte Verhoeven unterdessen mehr als umständlich, als ob er sich explizit dafür entschuldigen müsse, dass er ihr mit seiner Tochter kam. »Und ich glaube auch nicht, dass es uns mehr als ein paar Minuten ...«

»Kein Problem«, entgegnete Winnie Heller hastig. »Sagen Sie Nina, ich freue mich auch, sie zu sehen.«

Sie hängte ein und suchte in ihrem Vorratschrank nach etwas, das sie der Kleinen mitnehmen konnte. Einen Schokoriegel vielleicht. Oder eine Tüte Gummibärchen, die sie herumreichen konnte, um das Eis zu brechen, so sich in den vergangenen Monaten welches gebildet haben sollte. Doch alles, was sie fand, war eine Tafel Vollmilchschokolade. Und die war bereits so lange angebrochen, dass sie – wie Winnie Heller angeekelt feststellte – nach einer wenig erfreulichen Mischung aus Haferflocken und Badreiniger schmeckte. Sie warf die Tafel in den Mülleimer unter ihrer Arbeitstheke und dachte an das Bild, das Nina Verhoeven im vergangenen Herbst für sie gemalt hatte und das sie – damals noch mit kupferrot gefärbten Haaren – neben einem ziemlich imposanten Auto zeigte. Oh Mann, dachte sie, indem sie sich eine Strähne ihres Haares vornahm, dessen Spitzen noch immer einen leichten Orangestich aufwiesen. Diese elende Kupfertönung! Aber sie hatte nun mal besonders toll aussehen wollen an ihrem ersten Tag bei der Mordkommission und am Abend vorher ein bisschen herumexperimentiert. Na ja, und weil sie damals ihren Farbtyp noch nicht gekannt hatte, war die Sache komplett in die Hose gegangen. Vermutlich ist Nina Verhoeven der einzige Mensch auf diesem Planeten, dem die Farbe gefallen hat, dachte Winnie Heller mit einem leisen Lächeln, als ihr einfiel, dass auch Lübke ihr damals ein Kompliment über ihre Haare gemacht hatte. Aber da hatte er sie vermutlich nur auf den Arm genommen.

Sie holte ein Gummi aus dem Bad und nestelte die derzeit etwas mehr als schulterlange Pracht zu einem unmotivierten Pferdeschwanz zusammen, während sie einmal mehr über die Frage nachgrübelte, wer die Frau gewesen sein mochte, die sie mitten in der Nacht in Lübkes Laube getroffen hatte. Das alte Flittchen, wie sie die Unbekannte im Stillen nannte. Aber konnte es tatsächlich möglich sein, dass Lübke die Dienste einer Prostituierten in Anspruch nahm?

»Wenn ja, ist diese Tante unter Garantie spottbillig«, murmelte Winnie Heller boshaft, »immerhin ist bei ihr der Lack – so sie je welchen hatte – seit ungefähr einem halben Jahrhundert ab!«

Doch eigenartigerweise ging ihr die Sache trotzdem nicht aus dem Sinn.

»Na, was meint ihr, Jungs«, rief sie, an ihre Fische gewandt. »Hat unser alter Madenzüchter tatsächlich so was wie eine Liebschaft mit dieser Tante? ... Bitte? ... Doch, natürlich habe ich euch von ihr erzählt. Ihr wisst schon, die alte Fregatte mit den platinblonden Haaren und den Boxershorts, die wie eine Krawatte aussahen und ... Was? ... Tja, was sind Krawatten ...« Winnie Heller biss sich auf die Lippen und warf einen flüchtigen Blick auf ihre Armbanduhr. »Tja, ich schätze, das muss ich euch ein andermal erklären, sonst muss ich meinen Boss warten lassen, und das wird er bestimmt alles andere als spaßig finden ... Wie bitte? Was meinst du? ... Oh ja, danke, ich euch auch. Und bis später!«

Sie klopfte zum Abschied ein paarmal gegen das Glas, hinter dem Papageno, ihr blauer Antennenharnischwels, den Grund des Beckens nach Nahrungsresten absuchte. Dann nahm sie ihren Parka vom Haken und verließ die Wohnung.

2

»Wie geht es Jessica?«

Carola Mahler leckte ein wenig Milchschaum von ihrem Löffel und legte diesen anschließend auf ihrer Untertasse ab. »Ach, ich weiß nicht«, antwortete sie. »Sie benimmt sich so komisch, seit das passiert ist.«

Das, dachte Karen Ringstorff bei sich. Wie unzureichend Worte doch sind! Ein nackter bestimmter Artikel, drei harmlose Buchstaben für etwas, das derart komplex ist.

»Ich komme im Augenblick einfach nicht an sie ran, verstehst du?«, beklagte sich derweil ihre Freundin. »Dabei dachte ich immer, dass sie mir vertraut.«

»Lass ihr Zeit.«

»Das versuche ich ja.« Carola Mahler machte ein unglückliches Gesicht. »Aber heute Morgen zum Beispiel, da steht sie nach dem Frühstück auf und sagt, dass sie mal kurz weg muss. Einfach so.« Ihre Finger spielten gedankenverloren mit den beiden Ringen, die sie am Ringfinger der rechten Hand trug. Erbstücke ihrer verstorbenen Großmutter. »Ich habe sie natürlich gefragt, wohin sie will, aber sie hat nur herumgedruckst und etwas von frischer Luft und Spazierengehen gemurmelt.«

Karen Ringstorff nickte. Oh ja, dieses Gefühl kannte sie nur zu gut. In den letzten achtundvierzig Stunden hatte sie quasi ständig das Empfinden, nicht genügend Luft zu bekommen. Raus zu müssen. Irgendwohin, wo sie wieder ruhig sein konnte. Wenn mir doch nur ein Ort einfallen würde, an den ich gehen könnte, dachte sie. Irgendein Platz, den ich bislang nie nötig hatte. Ein Hort.

»Du siehst schlecht aus.«

Die sachliche Feststellung ihrer Freundin riss sie abrupt in die Gegenwart zurück. »Vielen Dank, sehr charmant«, entgegnete sie ironisch.

»Du weißt, wie ich das meine.« Carola Mahler schenkte ihrer Freundin ein Lächeln, bevor sie angesichts der drohenden Rührseligkeit eilig das Thema wechselte. »Weißt du eigentlich schon, wie lange die Schule noch geschlossen bleiben wird?«

Karen Ringstorff schüttelte den Kopf. »Die Direktion ist sich noch nicht sicher, wie sie mit diesem Ausmaß an Angst und Trauer umgehen soll«, sagte sie. »Aber nach allem, was ich so höre, herrscht im Moment die Meinung vor, dass es am besten sei, so schnell wie möglich zur Tagesordnung überzugehen. Allerdings wird es wahrscheinlich ohnehin noch eine ganze Weile dauern, bis die Polizei alle Spuren gesichert hat. Und bis dahin werden sie sich schon auf eine Strategie geeinigt haben. Aber ich …«

»Ja?«

»Weißt du, ich bin mir nicht sicher, ob ich noch einmal zurückgehe.«

»Was?« Carola Mahler starrte ihre Freundin an, fassungslos über die weitreichende Eröffnung, die diese ihr da quasi in einem Nebensatz gemacht hatte. »Du meinst, du weißt nicht, ob du weiter unterrichten willst?«

Karen Ringstorff blickte an ihr vorbei aus dem Fenster. »Im Grunde wollte ich ja schon immer mal für ein Weilchen ins Ausland. Und der akademische Austauschdienst sucht hin und wieder Leute.« Sie kniff die Augen zusammen. »Ich könnte vielleicht als Lektorin arbeiten.«

»Aber du kannst doch nicht wegen eines einzigen Schülers ...« Carola Mahler unterbrach sich, als sie merkte, was sie da gerade sagen wollte. »Mensch, Karen, dieser Job ist dein Leben«, versuchte sie es anders. »Unterrichten ist alles, was du je wolltest. Zumindest hast du das immer behauptet.«

»Das dachte ich ja auch.«

»Und jetzt denkst du anders?«

»Hast du eigentlich eine Vorstellung davon, wie sich das anfühlt, derart gehasst zu werden?« Karen Ringstorff lachte laut und bitter. »Und das Schlimmste ist, dass ich keine Ahnung hatte. Nicht den geringsten Schimmer. Kein Gefühl, keinen Instinkt, der mir gesagt hat, was Sache ist.« Sie hielt inne und schüttelte langsam den Kopf. »Ich meine, natürlich spürst du, wenn dich der eine oder andere Schüler nicht leiden kann. Man merkt, wo man auf Ablehnung stößt. Auf Unverständnis. Und von mir aus auch auf Aggressionen. Aber ein solches Ausmaß an Hass, das ist ...« Sie unterbrach sich erneut, bevor sie in gänzlich anderem Tonfall hinzufügte: »Weißt du, dass ich noch immer einen Aufsatz von ihm zu Hause auf meinem Schreibtisch liegen habe?«

»Von Hrubesch?«

Karen Ringstorff nickte eine Weile stumm vor sich hin. »Er ist schon benotet, eine Vier minus, und glaub mir, damit wäre dieser Bursche noch verdammt gut bedient gewesen. Aber kannst du dir vorstellen, wie oft ich diesen blöden Aufsatz gelesen habe seit Dienstag? Ich habe jedes verdammte Wort gelesen, das diesem Jungen zu Goethes Lilli-Lyrik in den Sinn gekommen ist, wieder und wieder, Satz für Satz. Und ich finde einfach nichts, das verrät, wie krank der Geist gewesen ist, der hinter diesen Zeilen steckt. Wie hasserfüllt und krank.« Sie zuckte resigniert mit den Achseln. »Alles, was ich sehe, sind ein Haufen inhaltsarmer Sätze und ein paar Dutzend Kommafehler.«

Gegen ihren Willen musste Carola Mahler schmunzeln. »Aber wenn du zulässt, dass Nikolas Hrubesch dir jetzt auch noch das Unterrichten wegnimmt«, sagte sie, nun wieder vollkommen ernst, »dann räumst du ihm einen Sieg ein, der ihm nicht zusteht.«

»So siehst du das?« Karen Ringstorff war ehrlich überrascht.

»Ja«, nickte Carola Mahler. »So sehe ich das.«

»Wenn ich nur endlich aufhören könnte, über bestimmte Dinge nachzudenken.«

»Über was für Dinge?«

»Warum Beate Soltau nicht in ihrem Büro war …«

»Herrgott noch mal, Karen, das hatten wir doch alles schon.« Carola Mahler tastete über den Tisch hinweg nach der Hand ihrer Freundin, die eiskalt war. Dabei hatte Karen immer warme Hände gehabt. Seit sie einander kannten. »Es gibt solche Zufälle«, sagte sie. »Von mir aus kannst du es auch Schicksal nennen. Oder Vorsehung. Oder was auch immer.« Sie wartete auf eine Reaktion ihrer Freundin, doch Karen Ringstorff schwieg. »Ich meine, warum sitzt jemand in einem Flugzeug, das abstürzt, und ein anderer gerät auf dem Weg zum Flughafen in einen Stau und verpasst den Unglücksjet?«, fuhr Carola Mahler fort, weil sie das Gefühl hatte, das es auf keinen Fall still bleiben durfte zwischen ihnen. »Warum kriecht einer fast unversehrt aus einem komplett demolierten Wagen, während seine drei Freunde, die neben ihm saßen, auf der Stelle tot sind?« Sie ließ die Hand ihrer Freundin los, als eine Kellnerin an ihren Tisch trat und fragend auf ihre leere Tasse zeigte. Carola Mahler nickte und wartete, bis die Bedienung wieder verschwunden war. »Weißt du«, sagte sie dann, »ich habe mal einen Artikel über eine junge Frau gelesen, die auf dem Rückflug von einer Urlaubsreise in die Karibik mit dem Flugzeug abstürzte und starb. Die Eltern waren außer sich vor Trauer und konnten nicht aufhören, sich das Hirn zu zermartern, warum ihre Tochter ausgerechnet den Unglücksjet genommen hatte, denn eigentlich sollte sie schon eine Woche früher zurückkommen. Aber dann haben diese Leute einen Brief bekommen, von einem Ehepaar, das in derselben Ferienanlage Urlaub gemacht hatte wie ihre Tochter. Und dieses Ehepaar erzählte den Eltern, dass die junge Frau bereits in der ersten Woche ihres Urlaubs beinahe ertrunken wäre. Jemand hat sie damals noch im letzten Moment aus dem Wasser ziehen können. Aber dann bekam sie eine Erkältung oder die Grippe und konnte nicht zum geplanten Termin nach Hause fliegen. Also buchte sie ihren Flug um, doch als sie eine Woche später zum Flughafen kam, war die Maschine, für die sie reserviert hatte, überbucht, und sie musste auf den nächsten Flug warten. Und das war die Unglücksmaschine.« Carola Mahler warf ihrer Freundin, die noch immer vollkommen regungslos aus dem Fenster starrte, einen eindringlichen Blick zu. »Ich glaube fest daran, dass in dieser Welt nichts ohne Plan geschieht. Und bei dir war es einfach noch nicht so weit, okay?«

»Ich weiß nicht.«

»Was? Ob es so was wie Schicksal gibt?«

»Nein.« Karen Ringstorff runzelte nachdenklich die Stirn. »Ich meine diese Sache von vorgestern. Irgendetwas daran stimmt irgendwie nicht. Da ist etwas, das ich gesehen oder gehört habe ... Etwas, das nicht ins Bild passt, verstehst du? Aber ich kann mich beim besten Willen nicht erinnern, was es ist.« Ihre Finger zupften ärgerlich an der leeren Folie, in die der obligatorische Zimtkeks, den es zum Cappuccino gab, eingepackt gewesen war. »Ich habe das Gefühl, dass es ganz dicht an der Oberfläche ist, aber immer, wenn ich danach greifen will, zieht es sich wieder in die Tiefen meines Unterbewusstseins zurück.«

»Hat es vielleicht was mit Beate Soltau zu tun?«, fragte Carola Mahler.

Karen Ringstorff starrte ihre Freundin entgeistert an. »Wie kommst du denn auf die Idee?«

»Keine Ahnung«, entgegnete Carola Mahler. »Es war einfach ein spontaner Einfall von mir. Vermutlich, weil dich diese Schuldgefühle plagen und ...«

Karen Ringstorff wedelte abwehrend mit der Hand durch die Luft. »Warte, warte, warte ... Es ...« Sie griff zerstreut nach der Speisekarte und dachte einen Moment lang angestrengt nach, dann schüttelte sie resigniert den Kopf. »Nein, ich glaube, es war etwas anderes ... Irgendwas, das sie gesagt hat.«

»Das *wer* gesagt hat?«, insistierte ihre Freundin.

»Dieses Mädchen. Mareike Gruner.«

»Wer ist Mareike Gruner?«

Karen Ringstorff lächelte bitter. »Die Kleine, die mein Leben gerettet hat.«

»Oh, na sicher, tut mir leid.« Carola Mahler hob entschuldigend die Hände. »Aber du weißt ja, dass ich mir einfach keine Namen merken kann.«

»Jaja, schon gut.« Karen Ringstorff schloss entnervt die Augen. *Ich sollte mich bei Frau Soltau melden.* Im Geiste sah sie das dauerversehrte Mädchen, das sich ungeschickt ein zerknülltes Papiertaschentuch auf seine blutende Fleischwunde presste. *Aber die war nicht da, und da dachte ich* ... Karen Ringstorff stutzte. Da war die Tür des Lehrerzimmers. Im Nacken Heribert Scherer, dem bereits das Kinnwasser läuft bei der bloßen Aussicht, dieses hilflose junge Ding zum Erste-Hilfe-Kasten am Ende des Flurs zu begleiten. *Kann man vielleicht helfen*? Darauf ein »Nein«, zweistimmig, entschlossen, unisono. Und dann der Flur, lang, grau, übersichtlich. Schutzloses, nacktes Terrain. Mareike Gruner, die wortlos neben ihr her trottet. Auf der gegenüberliegenden Seite das Büro des Direktors. Das Sekretariat. Beide Türen geschlossen. Und ... Ja, genau! Das war es! Karen Ringstorff riss die Augen auf. »Das Schild«, stieß sie hervor.

Carola Mahler runzelte verständnislos die Stirn. »Was für ein Schild?«

»Beate Soltaus Schild«, entgegnete Karen Ringstorff aufgeregt. »Sie hatte so ein selbst gemachtes Schild, verstehst du? Ich sehe es noch vor mir: *Bin gleich zurück,* stand da drauf, oder zumindest etwas in dieser Richtung. Und daneben war ein lachendes Gesicht, du weißt schon, eine von diesen fertigen Grafiken, die man sich in seine Dokumente kopieren kann. Sie war in diesen Dingen ja immer so wahnsinnig gewissenhaft und ...«

»Hey, Augenblick. Ich verstehe kein Wort«, fiel Carola Mahler ihrer Freundin ins Wort. »Wovon zur Hölle redest du?«

»Von dem Schild, das Beate Soltau außen an ihre Tür gehängt hat, wenn sie während der Bürozeiten irgendwohin musste«, entgegnete Karen Ringstorff. »Damit etwaige Besucher wissen, dass sie sich einen Moment gedulden müssen.«

»Okay«, sagte Carola Mahler. »Das habe ich inzwischen kapiert. Aber was war denn mit diesem Schild?«

Karen Ringstorff starrte gedankenverloren vor sich hin. »Ich weiß nicht, warum«, sagte sie schließlich. »Aber ich bin mir sicher, dass das besagte Schild am Dienstag nicht an der Tür zum Sekretariat hing ...«

3 Verhoeven hielt an einer roten Ampel und dachte an die beiden ungenutzten Zimmer unter dem Dach seines Hauses, in denen sich nun Madeleine Leonidis' vortreffliche Kinder tummelten. Pierre, Pascal, Phillip und Paola, die allesamt nach ihrem adonishaften Vater kamen und wie das Personal eines Werbespots für griechische Lebensart wirkten. Besuchen Sie die Akropolis, bevor sie endgültig in sich zusammenfällt!, dachte Verhoeven sarkastisch, während er inständig hoffte, dass Madeleines hochbegabte Sprösslinge von seinem Haus mehr als einen Haufen Ruinen übrig lassen würden.

Neben ihm verrenkte sich Winnie Heller beinahe den Hals bei dem Versuch, sich mit seiner Tochter zu unterhalten, etwas, das zu Verhoevens Erstaunen beiden Beteiligten Spaß zu machen schien. Natürlich wusste er, dass Nina einen ausgesprochenen Narren an seiner Kollegin gefressen hatte, obwohl die beiden einander bislang nur ein einziges Mal begegnet waren. Aber was Winnie Heller anging, war er sich nicht so sicher gewesen. Auf der Herfahrt hatte er seine Tochter beschworen, seine Partnerin nicht auf ihre Haarfarbe anzusprechen, auf das Rot, das ihr so gut gefallen hatte und das nun beinahe verschwunden war. Und bislang hatte Nina sich auch tatsächlich an seine Bitte gehalten. Stattdessen hatte sie von ihren Cousins und ihrer Cousine erzählt, die seit heute bei ihr wohnten, und Winnie Heller hatte ihn mit einem amüsierten Lächeln bedacht und gesagt: »Das wird bestimmt lustig.«

»Kommst du uns auch bald mal besuchen, Winnie?«, fragte Nina in diesem Augenblick.

»Sicher doch«, entgegnete Verhoeven, als er spürte, dass seine Kollegin nicht wusste, wie sie auf dieses unerwartete Ansinnen reagieren sollte.

»Das sagst du *immer*«, beschwerte sich seine Tochter. »Aber sie kommt nie.«

»Rede nicht über Frau Heller, als ob sie gar nicht da wäre«, sagte Verhoeven, um Zeit zu gewinnen. Er erinnerte sich gut daran, dass er seiner Tochter bereits im vergangenen Herbst versprochen hatte, seine Kollegin gelegentlich einmal zu sich nach Hause einzuladen, aber wann immer Nina auf dieses Versprechen zurückgekommen war, war er ausgewichen. *Ich weiß nicht, ob sie Zeit hat,* war seine Standardantwort gewesen, aber wenn er ehrlich war, musste er zugeben, dass ihm die Idee, Winnie Heller zu sich nach Hause einzuladen, nicht besonders geheuer war. Nach Grovius' Tod hatte er sich felsenfest vorgenommen, das zu trennen. Berufliches und Privates. Warum, wusste er selbst nicht genau. Vielleicht, weil er der Überzeugung war, dass es die Arbeit, die sie tun mussten, erleichterte, wenn man sich einen Ort erhielt, an den einem das Schlimme, das dieser Job mit sich brachte, nicht folgen konnte. Der tabu war für alles, was krank und gestört war. Aber so leicht, wie er gehofft hatte, ließ sich die Trennung nicht vollziehen.

»Warum sagst du immer Frau Heller zu ihr?«, wollte unterdessen seine Tochter wissen. »Sie heißt doch Winnie.«

Fang du nicht auch noch an!, dachte Verhoeven entnervt. Laut sagte er: »Sie müssen tatsächlich mal zum Kaffee kommen. Meine Frau würde sich freuen … Auch freuen«, ergänzte er hastig.

Winnie Heller nickte und blickte dann taktvoll aus dem Seitenfenster.

»Wenn du uns besuchst, kannst du auch gleich unseren neuen

Teich ansehen«, plapperte Nina auf dem Rücksitz fröhlich weiter. »Oder, Papa? Er ist doch bald fertig?«

»Ja, sicher«, entgegnete Verhoeven knapp, während er inständig hoffte, dass seine Kollegin sich nicht …

»Ach?«, sagte Winnie Heller interessiert.

… an diesem leidigen Thema festbeißen würde.

»Sie bauen einen Teich?«

»Jaaaa-haaaa«, krähte Nina hinter ihnen.

Verhoeven fühlte, wie sich ein Anflug von Röte über sein Gesicht goss, obwohl er normalerweise ganz und gar nicht zum Rotwerden neigte.

»Dann waren diese Goldfische neulich also gar nicht für einen Freund von Ihnen?«, legte Winnie Heller ihren Finger unterdessen mit heuchlerisch-teilnahmsloser Miene mitten in die offene Wunde.

»Na ja, es … Es sollte ursprünglich eine Art Überraschung werden«, stotterte Verhoeven. »Aber so etwas lässt sich ja ohnehin nicht lange verheimlichen, nicht wahr?«

Seine Kollegin nickte voll geheuchelten Verständnisses.

»Und in den Teich kommen dann ganz viele Libellen und Frösche und Fische rein«, berichtete Nina mit ungebrochenem Enthusiasmus. »Und Kaulquappen, aber das werden am Ende auch bloß wieder Frösche, stimmt's, Papa?«

»So ist es.«

»Also ein richtiger Biotop, ja?« Winnie Heller schnalzte anerkennend mit der Zunge. »Ist ja der Wahnsinn.«

»Bloß Tretboot fahren dürfen wir leider nicht«, erklärte Nina im selben Augenblick zu Verhoevens Entsetzen. Blieb nur zu hoffen, dass sie sich mit der entsprechenden Begründung zurückhielt!

»Nicht?« Winnie Heller schien irritiert zu sein, wahrscheinlich, weil sie mit dem Begriff *Gartenteich* genau die Art von Lache verband, die er anzulegen im Begriff war. »Das ist aber schade.«

Bitte, bitte, lass diesen Kelch an mir vorübergehen, flehte Verhoeven im Stillen, doch seine Tochter holte bereits Luft und …

»Es ist nämlich verboten, nicht wahr, Papa?«

… das Verhängnis war nicht mehr aufzuhalten.

Verhoeven gab einen unbestimmten Laut von sich, der ebenso gut Ablehnung wie Zustimmung hätte ausdrücken können, doch seine findige junge Kollegin hatte bereits Blut geleckt.

»Was ist verboten?«, fragte sie mit verständnislos gerunzelter Stirn.

»Im Garten Tretboot fahren«, erklärte Nina, bevor ihr die Bedeutung von Winnie Hellers Rückfrage allmählich aufging. »Aber wieso weißt du das denn nicht?«

Winnie Heller zuckte vorsichtig die Achseln.

»Du bist doch ein Bulle.«

»Ich … Was hat denn das damit zu …« Winnie Heller schien immer verwirrter, während Nina auf dem Rücksitz bereitwillig zur nächsten Erklärung ansetzte:

»Und als Bulle musst du doch …«

»Es heißt Polizist«, unterbrach Verhoeven sie energisch, auch wenn er seine Tochter zu genau kannte, um sich hinsichtlich ihrer Beharrlichkeit auch nur die geringsten Illusionen machen zu können.

»Von mir aus«, stöhnte Nina. »Aber als Po-li-zi-hist muss Winnie doch wissen, dass es verboten ist, im Garten Tretboot zu fahren, wegen …« Sie kräuselte ihr entzückendes kleines Stupsnäschen, während sie nachdachte. »Wie heißt das noch mal, Papa?«

Verhoeven biss sich auf die Lippen und warf seiner Kollegin einen beschwörenden Seitenblick zu.

»Papa!«

»Mhm.« Fünfjähriger Forschergeist. Zur Hölle damit!

»Wie heißt das, von dem du mir erzählt hast?«

Verhoeven verzog schmerzvoll das Gesicht. »Anti-Tretboot-Verordnung«, antwortete er so leise und undeutlich wie möglich.

»Genau, Anti-Tretboot-Verordnung«, krähte sein aufgewecktes Mädchen in sonorem, lupenreinem Hochdeutsch und so laut, dass man es wahrscheinlich noch auf der anderen Rheinseite hören konnte, während neben Verhoeven Winnie Hellers Augenbrauen in die Höhe schossen.

Dann, nach einem Moment ungläubigen Staunens, glättete sich ihre Stirn. »Ach so, na klar, die Anti-Tretboot-Verordnung!«, rief sie, indem sie sich in gespieltem Erkennen die Hand vors Gesicht schlug. »Sicher doch, die gibt es.«

»E-hecht?«, hakte Nina im selben Moment nach, in dem sie vor dem Kindergarten hielten, und Verhoeven registrierte mit einer leisen Verärgerung, dass seine Tochter bereits nach knapp zwei Stunden in Paola Leonidis' Gesellschaft den gestelzten Tonfall ihrer Cousine für sich entdeckt hatte.

»Na klar gibt es die Anti-Tretboot-Verordnung«, nickte Winnie Heller. »Ich hatte sie nur vergessen, weißt du, weil ich es grundsätzlich nicht so hab, mit den Vorschriften.« Sie seufzte tief und ließ ihre Blicke mit genüsslicher Penetranz auf Verhoevens Gesicht ruhen. »Aber dein Vater hat natürlich ganz recht gehabt: Das Tretbootfahren in reinen Wohnsiedlungen ist tatsächlich absolut verboten. Ganz besonders unter Lärchen.«

»Waru-hum?«, wollte Nina wissen, während Verhoeven sie hastig aus dem Kindersitz befreite.

»Na ja, weil Lärchen die einzigen Nadelbäume sind, die jeden Herbst ihre Nadeln abwerfen«, erklärte Winnie Heller mit verschmitzter Miene. »Und wenn diese Nadeln ins Wasser fallen, weißt du, könnten sie sich dort sammeln und ein gefährliches Hindernis darstellen, an dem der Kiel deines Bootes hängen bleiben könnte. Und dann würde das Boot vielleicht leckschlagen und sinken.«

Gütiger Gott, dachte Verhoeven mit einer Mischung aus Neid und Bewunderung, diese Frau lügt ja wie gedruckt!

»Aber das wäre doch gar nicht schlimm«, startete Ninas investigativ veranlagter Verstand einen neuen Versuch, dem Wesen jener mysteriösen Anti-Tretboot-Verordnung auf den Grund zu gehen. »Man kann doch in dem Teich überall stehen.«

Na, jetzt bin ich aber gespannt!, dachte Verhoeven und ließ sich bewusst Zeit damit, den Reißverschluss an Ninas Jacke zu schließen.

»Das mag schon stimmen«, entgegnete Winnie Heller, ohne eine Miene zu verziehen. »Aber darauf kommt es nicht an, weißt du? Es ist nun einmal Vorschrift, dass jedes Gewässer, das zum Bootfahren oder Schwimmen genutzt wird, bestimmte Voraussetzungen erfüllen muss. Das kann zum Beispiel ein Bademeister sein, der zu bestimmten Zeiten vor Ort Wache halten muss, oder auch die Auflage, geeignete Rettungswege für einen Krankenwagen frei zu halten. Oder für die Feuerwehr, falls mal aus Versehen ein Eichhörnchen, das von auswärts ist und nicht schwimmen kann, in euren Teich fällt und gerettet werden muss.« Sie drehte sich um und schenkte der Tochter ihres Vorgesetzten ein entwaffnendes Lächeln. »Und außerdem gilt auch für Privatgewässer das deutsche Reinheitsgebot.«

»Ach so«, sagte Nina, offenkundig zutiefst beeindruckt. »Na dann ...« Sie stieg aus dem Wagen und nahm widerwillig die Tasche, die ihr Vater ihr entgegenstreckte.

»Ich wünsche dir einen schönen Tag«, rief Winnie Heller gut gelaunt, indem sie das Seitenfenster herunterließ, um der Tochter ihres Vorgesetzten noch einmal zuwinken zu können.

»Ich dir auch«, rief Nina zurück. Dann sprang sie die drei Stufen zum Eingang des Kindergartens hinunter.

4

Jessica Mahler schob den Schlüssel ins Schloss und hätte vor Freude beinahe losgeheult, als sie feststellte, dass er tatsächlich passte. Wie sorglos die Leute doch waren!

Sie hatte extra im Internet recherchiert, wie Rosmarin aussah, um vor Ort nicht erst lange suchen zu müssen, aber diese Mühe hätte sie sich wirklich sparen können. Es gab nur einen einzigen Blumentopf auf dem niedrigen Mäuerchen, das den Grillplatz von drei Seiten einschloss. Nur diesen abgestoßenen Tontopf mit dem immergrünen Lippenblüter, der angeblich Dämonen abwehrende Kräfte besaß und sich auch für diverse Liebeszauber eignete. Liebeszauber! Jessica Mahler schüttelte den Kopf. Wenn das nicht eine tolle Ironie war!

Aber was soll's, dachte sie. Hauptsache, ich habe den verdammten Schlüssel! Ganz abgesehen davon, dass ich auf diese Weise quasi im Vorbeigehen auch noch meine Botanikkenntnisse erweitert habe und wahrscheinlich für den Rest meines Lebens wissen werde, wie Rosmarin aussieht und dass der Name so viel wie »Tau des Meeres« bedeutet.

Sie blickte noch einmal kurz über ihre Schulter zurück, dorthin, wo der Wald begann. Der würzige Duft feuchter Erde hüllte sie ein wie eine samtene Stola, und sie genoss das Gefühl. Eigentlich hatte sie erwartet, dass die Hütte in ihr etwas wie Übelkeit oder doch zumindest ein erhebliches Unbehagen auslösen würde, aber alles, was sie empfand, war Ruhe und Erleichterung darüber, dass sie so problemlos hergefunden hatte. Gut, es war eine ziemliche Parforce-Tour, wenn man anstelle eines PS-starken BMW nichts als ein schnödes Fahrrad zur Verfügung hatte, mit dem man sich zunächst durch die halbe Stadt, dann in eine übervolle S-Bahn und anschließend auch noch kilometerweit durch die Pampa kämpfen musste. Aber von der reinen Orientierung her war es ein Kinderspiel gewesen, die Hütte von Lukas Wertheims Vater zu finden.

Wie ruhig es hier ist, staunte sie, indem sie ihre Augen über das dichte Unterholz schweifen ließ, das unmittelbar hinter dem Grillplatz begann. Wie friedlich! Das Einzige, was sie hörte, war ein Specht, der in einem der nahen Bäume geräuschvoll nach Nahrung suchte. Sein hohles Klopfen hallte zwischen den hohen Stämmen wider, und Jessica Mahler dachte, dass es schön sein müsste, in dieser Hütte zu übernachten. Aufzuwachen und schon mit dem ersten Atemzug am weit geöffneten Fenster dieses herrliche Waldaroma in sich aufsaugen zu können, um anschließend mit jemandem, dem man vertrauen konnte, auf der moosigen Veranda zu frühstücken.

Aber Lukas und sie hatten nicht gefrühstückt.

Genau genommen hatten sie nicht einmal übernachtet.

Sie hatten getan, was sie sich zu tun vorgenommen hatten, und waren anschließend sofort wieder aufgebrochen. Lukas hatte sie vor ihrem Gartentor abgesetzt und war losgefahren, bevor sie die Haustür erreicht hatte. Und spätestens da war ihr bewusst geworden, dass er sich nichts aus ihr machte. Dass er sie benutzt hatte wie ein Stück Fleisch, um sie anschließend im wahrsten Sinne des Wortes auf die Straße zu setzen.

Jetzt jammer hier nicht lange rum, sondern mach endlich, dass du weiterkommst, mahnte ihr Verstand, und Jessica Mahler wandte sich schicksalsergeben wieder der Tür zu.

Ihr Herz schlug vor Aufregung bis zum Hals, als sie den Schlüssel im Schloss herumdrehte und dann langsam, Zentimeter für Zentimeter, die Tür aufschob. Es war eine überaus solide Tür, im Grunde viel zu solide für ein Wochenendhaus, das außer ein paar Möbeln und einem alten Fernseher nicht viel Wertvolles enthielt. Aber die Wertheims waren nun einmal entschlossen, ihr Eigentum zu schützen. Vor allem Erich Wertheim, Lukas' Vater, schien ein echter Sicherheitsfanatiker zu sein! Jessica Mahlers Blick glitt über die beiden stabilen Riegel an der Innenseite der Tür. Sie war dem erfolgreichen Unternehmer nie persönlich begegnet, aber hin und wieder entdeckte sie sein Foto in der Zeitung, wenn Erich Wertheims Firma eine größere Summe für irgendeinen lobenswerten Zweck gespendet oder der Unternehmer wieder einmal irgendwo im Dienste der Wohltätigkeit Tennis oder Golf gespielt hatte.

Mach jetzt!

Schon gut, schon gut, dachte sie, ich bin ja schon dabei!

Sie ließ den Schlüssel außen im Schloss stecken und machte ein paar zögerliche Schritte in den Raum hinein. Die Fenster der Hütte waren klein und obendrein durch kräftige Holzläden verschlossen, sodass sie ein schummriges Halbdunkel umfing. Natürlich gab es Strom, das Haus verfügte sogar über einen eigenen Generator, aber Jessica Mahler konnte sich einfach nicht dazu durchringen, das Licht einzuschalten. Schlimm genug, dass sie hier so etwas wie einen Hausfriedensbruch beging, da musste sie nicht auch noch extra auf sich aufmerksam machen, auch wenn sie sich beim besten Willen nicht vorstellen konnte, dass irgendjemand um diese Uhrzeit hier vorbeikam.

Trotzdem wartete sie geduldig, bis sich ihre Augen an die neuen Lichtverhältnisse gewöhnt hatten und ihre Umgebung an

Konturen gewann. Das gemauerte Erdgeschoss bestand im Wesentlichen aus einem Wohnzimmer mit offenem Kamin, vor dem eine rustikale Sitzgruppe aus Ledersofa, Couchtisch und zwei Sesseln zum Plaudern und Kartenspielen einlud. Links führte eine Tür in das klaustrophobisch enge Schlafzimmer, dessen Tapete unter den Mädchen ihres Jahrgangs eine so zweifelhafte Berühmtheit erlangt hatte, und dahinter lag, wie Jessica Mahler wusste, die Küche. Rechter Hand hingegen führte eine breite Holztreppe ins Obergeschoss hinauf. Doch so weit war sie bei ihrem ersten und einzigen Besuch in diesem Haus erst gar nicht vorgedrungen. Lukas und sie waren, im Gegenteil, zur Sache gekommen, kaum dass die Tür hinter ihnen ins Schloss gefallen war, und inzwischen hatte Jessica Mahler mehr und mehr das Gefühl, dass sie die ganze Angelegenheit schon damals so schnell wie möglich hatte hinter sich bringen wollen. Aber vielleicht redete sie sich das alles ja auch nur schön. Vielleicht war sie ja tatsächlich verliebt gewesen. Verliebt und dumm. Und willig. Gut möglich, dass sie sich einfach nur nicht mehr daran erinnern konnte.

Sie schluckte und beschloss, mit dem Schlafzimmer zu beginnen, bevor sie endgültig der Mut verließ. Der Raum roch schal und ungelüftet und wurde von einem riesigen Doppelbett im Landhausstil dominiert, über das eine wollene Tagesdecke gebreitet war. Die Tapete war hellblau, wie sie hinlänglich wusste, hellblau mit feinen cremefarbenen Streifen, und an der Wand, die dem einzigen Fenster gegenüberlag, stand ein wuchtiger Kleiderschrank. Jessica Mahler sah sich um und überlegte, wo Lukas Wertheim den Camcorder versteckt haben mochte und warum sie nichts davon bemerkt hatte, in einem Raum, der derart spärlich möbliert war. Machte einen die Liebe, oder zumindest das, was man dafür hielt, denn tatsächlich so blind?

Hastig schob sie den Gedanken beiseite und riss die Schranktüren auf. Zwei zusätzliche Decken, ein Stapel Handtücher und ein paar Klamotten. Ein Tweedjackett mit braunen Lederflicken auf den Ellbogen. Ein paar Pullover, die vermutlich ebenfalls Erich Wertheim gehörten. Dazu eine alte, geschlechtslose Jeans und drei oder vier Flanellhemden. Zwei Paar Gummistiefel. Mottenkugeln ... Aber leider, leider, leider keine Videokassette!

Sie verließ das Schlafzimmer und betrachtete die eindrucksvolle Galerie von Tierschädeln, die über dem Kamin hing, weißes Bein mit leeren Augenhöhlen und kleinen Geweihansätzen, ebenso nutz- wie geschmacklos. Bei ihrem ersten Besuch in der Hütte hatte sie nicht weiter darüber nachgedacht, aber jetzt, mit dem nötigen Abstand, kam es ihr vor, als handele es sich eher um Requisiten als um Trophäen im eigentlichen Sinne. Vermutlich das, was irgendeinem weltfernen Nobeldesigner zu einer Vorgabe wie »Jagdhütte« eingefallen war. Wahrscheinlich hat Erich Wertheim noch nie im Leben ein Gewehr in der Hand gehalten, dachte Jessica Mahler verächtlich, als unvermittelt wieder das Bild des schwarz gekleideten Vermummten durch ihre Gedanken zuckte. Und für einen flüchtigen Augenblick hatte sie sogar das Gefühl, das Geräusch der Schüsse zu hören, die durch die Schwüle des Klassenraums peitschten. Das Prasseln des berstenden Fensterglases. Die verzweifelten Schreie ihrer Mitschüler.

Sie dachte an das Gewehr, das sie gesehen hatte, irgendwo hinter der Schulter des schwarz vermummten Schützen. Und an Helen Malgorias, der bei seinem Anblick buchstäblich der Mund offen stehen geblieben war. Er hatte seltsame Augen gehabt, auch das fiel ihr plötzlich wieder ein, fremde Augen hinter den schwarzen Schlitzen. Dabei hätte ich ihn eigentlich erkennen müssen, dachte sie. Schließlich waren es doch angeblich gerade die Augen, die das Wesen eines Menschen ausmachten. Braune Betörerblicke. Himmelblaue Unschuld ...

Aber diese kalt funkelnden Dinger hinter den Maskenschlitzen waren ihr kein bisschen bekannt vorgekommen. War das nicht eigentlich merkwürdig?

Sie starrte einen der hohläugigen Rehschädel an, ohne ihn bewusst wahrzunehmen.

Wenn sie ehrlich war, hatte sie nie viel über Nikolas Hrubesch nachgedacht, und sie hatte auch nie bewusst auf seine Augen geachtet, aber hätte sie sie nicht trotzdem irgendwie erkennen müssen? Hätte sie nicht sehen müssen, wem sie da vorgestern früh gegenübergestanden hatte?

Kannst du ein Geheimnis für dich behalten?, flüsterte Sven Strohtes Stimme in ihrem Kopf. *Ich glaube, Nik ist das gestern nicht allein gewesen ...*

Was für eine unheimliche Aussage, dachte Jessica Mahler, aber sie nahm sich nicht die Zeit, den Gedanken zu Ende zu denken. Schließlich hatte sie hier so etwas wie eine Mission zu erledigen!

Als Nächstes nahm sie sich die Küche vor, vielleicht, weil sie wusste, dass ihre Mutter früher immer Geld und wichtige Dokumente zwischen den Töpfen versteckt hatte, wenn sie in Urlaub gefahren waren. Doch die Wertheim'sche Landhausküche gab in dieser Beziehung nicht allzu viel her. Der einzige Schrank enthielt nichts als Konserven, ordentliche Reihen, sortiert nach Kategorien wie »Gemüse«, »Fleisch« und »Obst«, und auch der Herd machte ganz und gar nicht den Eindruck, als sei er in den letzten Jahren mehr als ein Dutzend Mal benutzt worden. Dafür entdeckte sie ein paar leere Pizzakartons im Kohlenkasten neben der Backofentür, die wahrscheinlich von Lukas und seinen Kumpels stammten. Es gab kein fließendes Wasser im Haus, aber unweit des Grillplatzes war eine Pumpe. Ein blank polierter Messingeimer stand griffbereit neben der Tür, die Vorstellung reicher Leute von ländlicher Reduktion.

Jessica Mahler kehrte ins Wohnzimmer zurück und tastete die Ritzen der Couch, sämtliche Hohlräume und anschließend auch noch die Innenwände des Kamins ab, aber außer jeder Menge Ruß und einem benutzten Papiertaschentuch wurde sie nicht fündig. In ihrer Verzweiflung nahm sie sogar die Geweihe von den Wänden, aber auch auf deren Rückseiten fand sich nichts als Staub. Es gab weder Videorekorder noch DVD-Player, und der einzige Fernseher war ein uraltes, sperriges Modell, das vortrefflich zu der deutschtümelnden Gemütlichkeit der restlichen Hütte passte.

Fehlanzeige!, dachte Jessica Mahler frustriert. Und was jetzt?

Das Obergeschoss! Das ist der einzige Ort, der jetzt noch in Frage kommt!

Sie blickte zur Treppe hinüber und verspürte einen Anflug von Angst, ohne sagen zu können, wovor sie sich fürchtete. Wahrscheinlich war es einfach das Gefühl, nicht sagen zu können, was sie dort oben erwartete, und …

Hey! Worauf wartest du denn? Denk an die Kassette und daran, welche Gefahr von dem verdammten Ding ausgeht. Und dann bring es, verdammt noch mal, endlich hinter dich, damit du wieder verschwinden kannst!

Jessica Mahler holte tief Luft und nahm die Schultern zurück, um sich für die letzte Etappe ihres Hüttenabenteuers zu wappnen.

Dann ging sie langsam und zögerlich auf die Treppe zu.

5 »Knapp verpasst ist auch daneben«, rief Oskar Bredeney, als Verhoeven und Winnie Heller um kurz vor elf ins Büro kamen.

»Was meinst du?«, fragte Verhoeven.

»Lübke«, entgegnete Bredeney lakonisch. »Er wollte euch wegen irgendwas sprechen, aber dann konnte er leider nicht mehr länger warten.« Er sah auf die Uhr. »Ist vor fünf Minuten gegangen.«

Gott sei Dank, dachte Winnie Heller. Das war allerdings mehr als knapp!

»Übrigens hat er ausdrücklich nach Ihnen gefragt.«

»Nach mir?«, fragte Verhoeven zerstreut, obwohl ihn Oskar Bredeney schon seit mehr als zwölf Jahren duzte. Seit er unter Anleitung von Bredeneys altem Weggefährten Karl Grovius seinen Dienst im KK 11 des nordhessischen Polizeipräsidiums angetreten hatte.

»Nicht doch.« Bredeney verdrehte die Augen. Dann ließ er seinen dürren Zeigefinger vorschnellen, als wolle er Winnie Heller aufspießen, die sich vor lauter Erleichterung in die Ecke mit den Postkörben geflüchtet hatte. »Er hat nach Winnie gefragt.«

Rede nicht über Frau Heller, als ob sie gar nicht da wäre, schallte Verhoevens Stimme in Winnie Hellers Ohr, während sie fieberhaft überlegte, was für eine Erklärung sie ihren Kollegen für Lübkes Interesse servieren sollte. Doch wie so oft, wenn es drauf ankam, fiel ihr nichts Originelles ein. Genau genommen fiel ihr nicht einmal etwas Plausibles ein. Dabei hatte sie doch gerade eben in Verhoevens Auto noch so virtuos und mühelos vor sich hin gelogen!

»Nach mir?«, erkundigte sie sich mit betont verständnisloser Miene. »Warum denn das?«

»Keine Ahnung«, musste Bredeney zugeben, doch sein Gesichtsausdruck ließ keinen Zweifel daran, dass er entschlossen war, die Antwort auf diese Frage herauszufinden. Koste es, was es wolle. »Er dachte wohl, dass Sie Urlaub hätten. Und ... Ja, er wirkte ein wenig besorgt, wenn ich das mal so ausdrücken darf. Auch wenn er natürlich versucht hat, das hinter seiner üblichen Polterei zu verstecken.«

Besorgt!, dachte Winnie Heller. So ein Idiot! Sich von einem findigen alten Kollegen wie Bredeney derart in die Karten gucken zu lassen, war eines gewieften Pokerspielers wie Lübke wahrhaftig nicht würdig! Apropos ... »Was ist denn heute für ein Wochentag?«, fragte sie mit unschuldigem Blick.

»Donnerstag«, entgegnete Bredeney, der sie noch immer ungeniert musterte.

»Richtig, Donnerstag, na klar!« Winnie Heller schlug sich in einer bühnenreifen Geste des Erkennens die Hand vor die Stirn, bis ihr einfiel, dass sie erst vor einer knappen halben Stunde in exakt derselben Weise auf eine gänzlich erfundene Anti-Tretboot-Verordnung reagiert hatte und dass Verhoeven womöglich misstrauisch wurde, wenn sie es derart übertrieb. Also ließ sie die Hand schnell wieder neben ihrem Körper herunterfallen und versuchte es stattdessen mit einem unverbindlichen Lächeln. »Tja, dann wird's wohl um unseren Pokerabend morgen gegangen sein. Schätze, der ist angesichts dieser Amoksache abgesagt.«

»Wahrscheinlich.« Es war Oskar Bredeney anzusehen, dass

ihn diese Erklärung nicht im Mindesten zufriedenstellte. »Aber warum dachte Lübke, dass Sie Urlaub hätten?«

»Na, vermutlich wegen Auerbach«, gab Winnie Heller zurück. »Diese verdeckte Ermittlung sollte uns ja eigentlich einen freien Tag bescheren und ... Ach ja, übrigens!« Sie langte in ihre Handtasche und zog einen sorgfältig beschrifteten Aktendeckel heraus, bevor sie sich wieder an Verhoeven wandte. »Hier ist auch noch mein Bericht. Soll ich ihn auf Ihren Schreibtisch legen?«

Ihr Vorgesetzter schüttelte den Kopf. »Ich muss sowieso kurz an meinen Postkorb«, sagte er und streckte die Hand aus.

Widerwillig reichte Winnie Heller ihm die zusammengehefteten Seiten, an deren erstem Blatt sie mittels einer Büroklammer einen Zehneuroschein befestigt hatte. Ihren Anteil an dem unfreiwilligen Fast-Food-Mahl von vorgestern Abend.

Verhoeven sah das Geld – so wie sie es platziert hatte, *musste* er es sehen –, aber entgegen ihrer Erwartung protestierte er nicht, sondern trug den Aktendeckel kommentarlos zu seinem Schreibtisch hinüber, während sie Oskar Bredeney in den Konferenzraum auf der anderen Seite des Flurs begleitete, um sich von Stefan Werneuchen mit Hintergrundinformationen zu jenen Opfern versorgen zu lassen, die von ihrem mysteriösen Trittbrettfahrer getötet worden waren.

6

Die Stufen der Treppe knarrten unter ihrem Gewicht, und Jessica Mahler biss sich nervös auf die Unterlippe. Sie wollte so leise wie möglich sein, aber dieses ganze verdammte Haus schien zu leben! Überall knackte und arbeitete das Holz.

Unwillkürlich musste sie an Käfer denken, die sich systematisch durch die dicken Wände fraßen, und auf einmal schien es ihr doch keine so verlockende Idee mehr zu sein, hier zu übernachten. Zugleich schoss ihr der Begriff »dekadent« durch den Sinn, und genau das waren diese Leute auch! Sie glaubten, dass ihr Geld ihnen das Recht gab, andere zu schikanieren und zu benutzen, ganz wie es ihnen gerade einfiel.

Jessica Mahler dachte an Sven Strohte und stellte sich vor, wie Lukas und sein Spezi Steven diesen bleichen Geist von einem Jungen vor sich her getrieben hatten. Wie sie ihn mit Farbpatronen beschossen und vor Lachen gebrüllt hatten, wenn er hingefallen war. Und auf einmal wurde ihr klar, dass sie etwas gemeinsam hatten, Sven Strohte und sie. Sie waren beide in diese Hütte gekommen, weil sie dazugehören wollten. Zumindest irgendwie ein bisschen. Und beide hatten sie einen verdammt hohen Preis für diesen kindischen Wunsch bezahlt!

Sie nahm die letzte Treppenstufe in Angriff und sah sich um. Wo mag Lukas seine Waffen versteckt haben?, überlegte sie. All die komischen Farbbeutel und diese Dinger, mit denen man sie abschießt. Schließlich konnte er die nicht einfach mit sich herumtragen. Sie hatte im Internet gelesen, dass für Paintball-Markierer ähnlich strenge Auflagen galten wie für normale Schusswaffen und dass man sie in verschlossenen Behältnissen und getrennt von der dazugehörigen Munition transportieren musste. Und da er die Dinger ohnehin nur hier draußen benutzen konnte, schlussfolgerte Jessica Mahler, hat er sie wahrscheinlich gleich von vornherein hier gelassen! Und wenn sie die Markierer fand …

Sie öffnete eine der beiden Türen, die vom oberen Treppenabsatz abgingen, und registrierte flüchtig ein weiteres Doppelbett unter einer Schräge mit Dachfenster, während ihre Gedanken zu Sven Strohte zurückkehrten, der genau wie sie in diese Hütte gekommen war, um dazuzugehören. Etwas, das sie wunderte, denn eigentlich hatte sie immer angenommen, dass Sven sich einen feuchten Kehricht darum scherte, was seine Umgebung über ihn dachte. Dass er stark war, auf seine ganz eigene Art und Weise. Insgeheim hatte sie sogar vermutet, dass er alle anderen irgendwie verachtete, dass er die Schwächen seiner Mitschüler erkannte und sich im Stillen über sie lustig machte, und je länger sie über die ganze Sache nachdachte, desto unwahrscheinlicher kam es ihr vor, dass er mit Lukas Wertheim und Steven Höhmann gegangen sein sollte, um vielleicht eines fernen Tages zu deren illustrem Freundeskreis zu gehören. Diese Art von Ehrgeiz schien Sven Strohte nicht zu besitzen. Oder doch?

Aber würde er sich in diesem Fall nicht mehr Mühe geben, dem Zeitgeist zu entsprechen?, überlegte sie. Würde er nicht versuchen, anders zu sein? Normaler?

Nichtsdestotrotz hat er dir erzählt, dass er hier gewesen ist, dachte sie. Und auch, dass Lukas und Steven ihn mit Farbpatronen beschossen haben.

Sie fuhr erschreckt zusammen, als ein Stockwerk unter ihr die Tür der Hütte ins Schloss krachte. Sie hatte sie ganz bewusst nur angelehnt, weil sie es nicht ertragen hätte, sich in diesen Räumen aufzuhalten und gleichzeitig zu wissen, dass die Tür, die sie von der erlösenden Waldluft trennte, geschlossen war. Und nun war diese Tür … Was denn eigentlich? Zugefallen?

Zugemacht worden?

Vermutlich der Wind, versuchte sie sich selbst zu beruhigen. Aber war es denn überhaupt noch windig? Sie blieb stehen und überlegte, wie es gewesen war, draußen. Auf dem Weg hierher. Im Wald. Die Fensterläden zumindest klapperten nicht, aber vielleicht waren sie ja auch nur zu schwer, um irgendein Geräusch zu machen. Zu solide. Und vielleicht stand hier oben ja doch auch irgendwo ein Fenster offen.

Jessica Mahler hielt den Atem an und lauschte in die knisternde Stille ringsum, aber sie konnte beim besten Willen nichts Verdächtiges ausmachen. Das Knacken von Holz, gut und schön. Aber in diesem Haus knackte es andauernd. Immer und überall. Schließlich mussten sich die verdammten Käfer ja so schnell wie möglich durch die dekadenten Wände fressen und …

Nein, da war doch noch etwas anderes!

Ein Geräusch, das vorher nicht da gewesen war!

Sie starrte zur Treppe hinüber. Es war unter ihr, dieses Geräusch, so viel stand fest. Aber wo genau? Im Wohnzimmer? Und was zum Henker war es? Ein Tier? Irgendein Dachs oder Fuchs oder was auch immer, der sich verirrt hatte oder an die

Vorräte wollte? Immerhin stand diese blöde Hütte ja mitten im Wald, wie romantisch! Und …

Nein, verdammt, das waren definitiv Schritte!

Jessica Mahler glitt in den Raum, den sie gerade hatte durchsuchen wollen, und zog so leise sie konnte die Tür hinter sich zu. War da wirklich und wahrhaftig jemand im Haus? Auf der Treppe? Oder war es nur ihre Phantasie, die ihr einen Streich spielte? Ihr schlechtes Gewissen, weil sie widerrechtlich hier eingedrungen war …

Sie presste das Ohr gegen das Holz der Tür, während ihre Zähne vor Angst wie wild gegeneinanderschlugen.

Der Schlüssel, dachte sie. Schließ dich ein!

Blind tastete sie sich von der Klinke abwärts, doch ihre zitternden Finger fanden nur ein leeres Schloss vor. Offenbar war Privatsphäre im Gegensatz zu gesellschaftlichem Renommee etwas, auf das es der Familie Wertheim nicht besonders ankam. Jessica Mahler ging in die Knie und spähte durch das leere Schlüsselloch, doch sie konnte nicht viel erkennen. Nichts als ein Stück des schummrigen Treppenabsatzes und die gegenüberliegende Wand. Allerdings fiel ihr bei dieser Gelegenheit siedend heiß ein anderer Schlüssel ein, jener Schlüssel, der noch immer unten im Schloss der Tür steckte und verriet, dass sie da war. Oder nicht? Schließlich könnte ja auch jemand, der zuvor in der Hütte gewesen war, vergessen haben, den Schlüssel unter den Rosmarintopf zurückzulegen. Ein ziemlich blödes Versäumnis, zugegeben, aber auch nicht gänzlich ausgeschlossen.

Und wenn sie sich ganz still verhielt …

Sie ließ vom Schlüsselloch ab und wich langsam von der Tür zurück, während ihr Verstand sich verzweifelt um eine halbwegs sachliche Analyse der Situation bemühte. Die Wertheims hatten gerade ihren einzigen Sohn verloren, und selbst vor diesem schmerzlichen Verlust waren sie nur höchst selten hier heraus in ihre Hütte gekommen. Sie hatte kein Auto gehört. Auch kein Motorrad. Und trotzdem fühlte sie etwas in ihrer Nähe, eine … Ja, eine Art von Präsenz. Da war jemand!

Jemand außer ihr.

Jemand, der versuchte, leise zu sein. Ganz wie sie selbst.

Jemand, der kein Licht machte. Ganz wie sie selbst.

Allerdings suche *ich* ein kompromittierendes Videoband, dachte sie. Aber was zum Teufel sucht diese andere Person?

Dich!, wartete ihr Verstand mit einer überaus unbehaglichen Antwort auf. *Wer immer da gerade die Treppe hinaufkommt, ist auf der Suche nach dir!*

Das ist doch Schwachsinn, widersprach Jessica Mahler sich selbst. Niemand kann wissen, dass ich hier bin. Mein Fahrrad steht so weit entfernt, dass es genauso gut einem Pilzsammler gehören könnte. Oder einem Spaziergänger. Und außer Lukas weiß keine Menschenseele, dass ich je hier gewesen bin.

Und Lukas ist tot.

Sven weiß es.

Unsinn! Ich darf mich nur nicht selbst verraten!

Als sie ein Knarren auf der Treppe hörte, zögerte Jessica Mahler keine Sekunde länger. Sie warf sich, wo sie gerade stand, zu Boden und kroch unter das staubige Doppelbett.

7 »Okay«, sagte Werneuchen, nachdem auch Verhoeven zu ihnen gestoßen war. »Beginnen wir der Einfachheit halber mit Karla Oppendorf. Das ist das fünfzehnjährige Mädchen, das zusammen mit Beate Soltau, der Sekretärin, in der Bibliothek gefunden wurde.« Er zog ein eng beschriebenes Blatt Papier aus der Akte, die neben seiner Teetasse lag. »Nach allem, was wir wissen, hatte Karla Oppendorf zum Zeitpunkt des Amoklaufs Geschichtsunterricht, und zwar hier, im zweiten Stock des Altbaus.« Er stand auf und bezeichnete den entsprechenden Raum auf dem Plan an der Wand. »Dort ist Nikolas Hrubesch auf seinem Weg ins Zwischengebäude durchgekommen, und dort haben wir auch eine ganze Menge Einschüsse und Verletzte. Viele Kinder aus der zweiten Etage haben ihre Klassenzimmer

verlassen, als sie die Schüsse im Stockwerk über sich hörten, und eine ganze Reihe davon sind Hrubesch sozusagen direkt vor die Flinte gelaufen, als er ihnen vom dritten Stock über das westliche Treppenhaus entgegenkam.« Er kehrte an den Tisch zurück, verzichtete jedoch darauf, sich hinzusetzen. »Karla Oppendorf könnte unter den besagten Schülern gewesen sein. In diesem Fall wäre sie von Hrubesch sozusagen vor sich her, den Flur hinunter getrieben worden. Und rein theoretisch könnte sie dabei, anstatt im angrenzenden östlichen Treppenhaus die Treppe nach unten zu nehmen, in die Bibliothek geflüchtet sein. Allerdings bin ich bei der Durchsicht der Befragungsprotokolle auf ein paar äußerst aufschlussreiche Aussagen gestoßen.«

Die Kollegen blickten ihn mit gespanntem Interesse an.

»Ich will es kurz machen«, sagte Werneuchen. »Nach Angaben mehrerer Zeugen hat Karla Oppendorf Hrubeschs Schüsse überlebt, weil sie eben *nicht* auf den Flur rannte, sondern sich zusammen mit ein paar anderen Kindern in einem der Klassenzimmer versteckt hat. Allerdings soll sie es – im Gegensatz zu ihren Mitschülern – nicht gewagt haben, das Gebäude zu verlassen, nachdem es draußen auf dem Gang eine Weile ruhig geblieben war.« Er zog seinen Stuhl vor und nahm nun doch wieder Platz. »Zwei Zeugen haben unabhängig voneinander ausgesagt, das Mädchen gegen 12 Uhr 30 noch gesehen zu haben. Und zwar lebend. Zu diesem Zeitpunkt sei Karla mehr oder weniger orientierungslos auf den Gängen herumgeirrt und trotz entsprechender Aufforderungen nicht dazu zu bewegen gewesen, mit hinaus ins Freie zu kommen.«

»Und um 12 Uhr 30 war Nikolas Hrubesch bereits tot«, bemerkte Verhoeven grimmig.

Werneuchen nickte. »Neben dem Projektil ein weiterer Beweis, dass Karla Oppendorf unserem zweiten Mann zum Opfer fiel.«

»Und zugleich ein Indiz dafür, dass das Mädchen nicht das eigentliche Opfer dieses Mannes gewesen sein kann«, ergänzte Verhoeven. »Zumindest, wenn wir Frau Hellers These zugrunde legen, dass unser Trittbrettfahrer ein Sicherheitsfanatiker ist und folglich mit dem Opfer beginnen würde, um das es ihm in Wahrheit ging.«

»Ist ja logisch«, sagte Bredeney. »Ansonsten würde er riskieren, dass der betreffenden Person im allgemeinen Chaos die Flucht gelingt oder dass sie sich irgendwo versteckt, wo er sie niemals findet.«

»Nach allem, was wir inzwischen wissen, denke ich auch, dass Karla Oppendorf von all unseren Optionen diejenige ist, die am ehesten in die Kategorie Kollateralschaden fällt«, stimmte Werneuchen ihm zu. »In ihrer Orientierungslosigkeit war sie eine denkbar leichte Beute für unseren zweiten Schützen, dem es vermutlich einzig und allein darum ging, die Liste der Todesopfer noch ein wenig zu verlängern.«

»Damit die Sache noch unübersichtlicher wird«, nickte Winnie Heller. »Hinzu kommt, dass er zu diesem späten Zeitpunkt kaum noch mit unbequemen Zeugen für den Mord an Karla Oppendorf rechnen musste, weil die übrigen Schüler das Gebäude längst verlassen hatten.«

»Eine sichere Sache«, nickte Werneuchen.

»Aber garantiert nicht die, um die es unserem Mann ursprünglich ging«, pflichtete Verhoeven ihm bei.

»Bestimmt nicht.«

»Somit wäre es vermutlich auch zweitrangig, dass Karla Oppendorfs Leiche in der Bibliothek gefunden wurde, oder?«, fragte Bredeney, doch er erhielt keine Antwort.

Allerdings nahm Stefan Werneuchen das Stichwort »Bibliothek« zum Anlass, um zum nächsten Opfer auf seiner Liste überzuleiten. »Kommen wir zu Beate Soltau, der Sekretärin«, sagte er, indem er eine neue Seite mit Informationen aufschlug. »Vierundvierzig Jahre alt. Geschieden. Keine Kinder, keine Geschwister. Und auch ihre Eltern sind bereits vor Jahren gestorben.« Er blätterte beiläufig durch die nächsten Seiten. »Frau Soltau galt allenthalben als freundlich, hilfsbereit und zuverlässig. In ihrer Freizeit absolvierte sie mit schöner Regelmäßigkeit Volkshochschulkurse in Italienisch und Aquarellmalerei. Außerdem stöberte sie gern auf Flohmärkten herum und besaß ein Abo für die Oper.«

Eine Dame mit Kunstsinn, resümierte Winnie Heller, indem sie kurz zu Verhoeven hinübersah. Und auch ihr Vorgesetzter hob beim Stichwort »Oper« den Kopf wie ein konditionierter Hund und lächelte ihr zu. Triumphierend, wie ihr scheinen wollte, vermutlich, weil sie hatte zugeben müssen, dass sie klassische Musik mochte oder doch zumindest ein bisschen was davon verstand. Sie wollte gerade ärgerlich werden, als ihr die Anti-Tretboot-Verordnung wieder einfiel, die Verhoeven ganz offenbar erfunden hatte, um ... Ja, warum eigentlich? Ihr Vorgesetzter war definitiv der letzte Mensch auf der Welt, dem sie zugetraut hätte, dass er sein Kind anschwindelte. Zumindest würde er es nicht ohne guten Grund tun, dachte sie, und hier kam sie zweifellos an den interessanten Punkt bei dieser ganzen Angelegenheit! Sie kniff prüfend die Augen zusammen. Schickte sich Verhoeven etwa an, beim Teichbau zu versagen? Okay, er war nicht gerade überwältigend sportlich, aber so einen kleinen Gartenteich anzulegen konnte doch eigentlich nicht so furchtbar schwer sein, oder? Und warum hatte er sich überhaupt darauf eingelassen, wenn ihm die Sache so schnell über den Kopf zu wachsen drohte? Winnie Heller griff nach ihrer Kaffeetasse und beschloss, dass es sich definitiv lohnte, diese Sache weiterzuverfolgen. Und genau das würde sie auch tun!

»Der Exmann von Beate Soltau ist übrigens auch am Clemens-Brentano-Gymnasium beschäftigt«, erklärte Werneuchen unterdessen mit bedeutungsvoller Miene. »Werner Kröll, neununddreißig Jahre jung und von Haus aus Akademiker. Allerdings musste er aufgrund von psychischen Problemen seinen gut bezahlten Job in der Werbung aufgeben. Während eines mehrjährigen Aufenthaltes in einer psychiatrischen Klinik hat er dann eine Ausbildung zum Schreiner absolviert und anschließend eine Weile in einer großen Tischlerei in Frankfurt gearbeitet, bis das Clemens-Brentano-Gymnasium vor etwas mehr als einem Jahr einen neuen Hausmeister suchte.«

Winnie Heller hob interessiert den Kopf. »Hat seine Exfrau ihm zu dieser Stelle verholfen?«

Werneuchen verneinte. »Beate Soltau soll, im Gegenteil, ganz und gar nicht erfreut gewesen sein, ihren Verflossenen wieder so dicht vor der Nase zu haben.«

»Und warum?«

»So weit sind wir leider noch nicht«, winkte der Kollege ab. »Bislang wissen wir nur, dass Frau Soltau sich damals scheiden ließ, weil ihr Mann sie betrogen hatte. Etwas, das sie nach Aussagen ihrer Bekannten sehr schwer genommen hat.« Er zuckte die Achseln. »Da liegt es ja eigentlich nahe, dass sie keine Lust hatte, diesem Kerl wieder jeden Tag über den Weg zu laufen.«

Stimmt, dachte Winnie Heller, wobei sie einen energischen Kringel um das Wort »Hausmeister« zog, das sie sich notiert hatte.

»Wie bereits erwähnt, hatte Frau Soltau keine direkten Verwandten mehr«, fuhr ihr Kollege derweil fort. »Nicht einmal die obligatorischen Cousins und Cousinen. Es gibt zwei mehr oder minder enge Freundinnen, zu denen sie regelmäßig Kontakt hatte. Eine davon, eine Frau Herrgen, lebt hier in der Stadt, die andere in Dänemark. Sie hatte auch keine sogenannten Herrenbekanntschaften, zumindest ist mir bislang nichts dergleichen untergekommen. Vor ein paar Jahren soll sie um ein Haar auf einen Heiratsschwindler reingefallen sein, und somit ist ihre Zurückhaltung in Bezug auf das andere Geschlecht wohl mit reinen Vernunftgründen zu erklären. Oder wie meine Mutter es ausdrücken würde: Gebranntes Kind scheut das Feuer. Ansonsten hat die arme Seele mit Begeisterung in Bilder und andere Kunstgegenstände investiert und ab und zu im Casino gespielt.« Er schob seine Aufzeichnungen von sich. »Gesetzt hat sie allerdings immer nur kleine Beträge, die sie vorher genau festgelegt hat. Wenn das Geld alle war, hat sie aufgehört. Und das scheint auch schon das einzige Laster zu sein, das Beate Soltau hatte. Zumindest haben die Kollegen in der Kürze der Zeit nichts anderes finden können«, setzte er einschränkend hinzu.

Eine vorsichtige Frau, notierte Winnie Heller in Gedanken. Vernünftig, schöngeistig und diszipliniert.

Verhoevens Blick klebte derweil wie so oft an den Porträtfotos der Opfer, deren für die Ewigkeit auf Zelluloid gebannte Gesichter über ihnen schwebten wie eine sichtbar gewordene Verpflichtung. »Was ist mit Angela Lukosch?«, fragte er.

»Oh ja, die scheint schon deutlich mehr herzugeben«, entgegnete Werneuchen mit einem zufriedenen Nicken. »Soll alles in allem ein ziemliches Früchtchen gewesen sein. Affären mit Schulkameraden, Discobekanntschaften und mindestens einem Nachbarn. Außerdem hat sie sich auch schon ein- oder zweimal mit einer akuten Alkoholvergiftung in der Klinik wiedergefunden, nachdem sie es am Abend zuvor mit dem Feiern übertrieben hatte.«

Winnie Heller lächelte. Ganz wie sie vermutet hatte!

»Zu ihrem sechzehnten Geburtstag hat sich Angel, wie sie sich von ihren Freunden nennen ließ, übrigens ein paar hübsche Brustimplantate gewünscht und selbige auch bekommen«, ergänzte Werneuchen in bemüht neutralem Tonfall, während Winnie Heller Verhoevens Miene entnahm, was er dachte: Was sind das nur für Väter, die so etwas zulassen? »Daddy ist stinkreich, irgendein ziemlich hohes Tier an der Frankfurter Börse«, fuhr Werneuchen in diesem Augenblick folgerichtig fort. »Die Mutter starb, als Angela acht war. Seither hat der Vater schnell wechselnde Freundinnen, die zumeist nicht viel älter als seine Tochter sind. Die fehlende Zeit und Liebe versuchte er mit Geschenken auszugleichen.«

Geschenke ist gut!, dachte Winnie Heller spöttisch, indem sie sich Angela Lukoschs mehr als unecht wirkende Oberweite auf einem der Tatortfotos in ihrer Akte besah.

Verhoevens Augen hingen dagegen noch immer an ihrem Porträt fest, das ein viel zu stark geschminktes, aber nichtsdestotrotz erstaunlich hübsches Mädchen zeigte. »War sie eigentlich beliebt unter ihren Mitschülern?«

»Gute Frage«, sagte Werneuchen. »Wie es aussieht, gab es eine ganze Reihe von Mädels, die mit Angela Lukosch befreundet sein wollten. Ob du das jetzt auf Angels Charme oder den beheizbaren Pool in der Villa ihres Vaters beziehst, bleibt dir überlassen. Aber nach allem, was man so hört, scheint das Mädchen auch eine ziemlich dunkle Seite gehabt zu haben. Viele unserer

Zeugen haben ausgesagt, dass sie sich einen regelrechten Spaß daraus gemacht hat, auf Schwächeren rumzuhacken.«

Während Sven Strohte einer von denen gewesen ist, auf denen herumgehackt wurde, ergänzte Winnie Heller in Gedanken, ohne die geringste Ahnung zu haben, ob ihnen diese Erkenntnis irgendwie weiterhalf. »Haben wir irgendwas Konkretes in dieser Richtung?«

Werneuchen nickte. »Und sogar einen richtigen Knaller, wenn du mich fragst.« Er machte eine seiner wohlbedachten Pausen. »Das Mädchen, das angeblich versucht hat, Angela Lukosch wiederzubeleben, soll eins ihrer bevorzugten Opfer gewesen sein.«

Seine Formulierung ließ Verhoeven aufhorchen. »Was meinst du mit angeblich? Gibt es denn irgendwelche berechtigten Zweifel an der Version, die diese …?«

»Miranda Kerr.«

»… die diese Miranda Kerr erzählt?«

»Ach, eigentlich wohl nicht«, entgegnete Werneuchen ungewohnt vage, indem er, wie um sich abzusichern, eine Kopie des vorläufigen Obduktionsberichts zur Hand nahm. »Angela Lukosch wurde zweifelsfrei durch zwei Schüsse aus der Glock unseres Hintermannes getötet. Der erste ging in den Oberbauch, der zweite direkt in den Kopf.«

»Klingt, als wollte unser Mann auf Nummer sicher gehen«, brummte Winnie Heller und goss sich Kaffee nach. Dann kramte sie ihre eigenen Kopien der Obduktionsberichte aus der Akte und verglich die Befunde. Karla Oppendorf war durch zwei Bauchschüsse getötet worden. Beate Soltau hingegen durch einen einzigen Schuss in den Kopf. Ebenso wie Lukas Wertheim.

»Miranda Kerr sprach übrigens ausdrücklich von zwei Salven, die sie gehört hat«, ergänzte Stefan Werneuchen mitten in die nachdenkliche Stille hinein, die sich unter seinen Kollegen ausgebreitet hatte. »Unmittelbar vor Beginn der ersten Salve habe Angela Lukosch am Waschbecken gestanden. Selbiges befindet sich im Vorraum der Toilette. Die Tür zum Flur stand offen. Ob Angela jedoch bereits von den ersten Schüssen oder erst später getroffen wurde, konnte Miranda Kerr nicht sagen, weil sie sich zum fraglichen Zeitpunkt im rückwärtigen Teil der Toilette befand, dort, wo die Kabinen sind.«

»Wieso gehen zwei Mädchen, die sich ums Verrecken nicht ausstehen können, zusammen aufs Klo?«, fragte Winnie Heller mit einem neuerlichen Blick auf Angela Lukoschs blutbefleckte Leiche. »Denn eigentlich hatten sie doch wohl Unterricht, als das Chaos losbrach, oder?«

Werneuchen nickte. »Beide waren im Mathe-Grundkurs von Helen Malgorias. Ihr wisst schon, der berühmte Raum 304. Warum sie allerdings zusammen auf die Toilette sind, geht aus der Aussage, die die Kollegen aufgenommen haben, leider nicht hervor.«

Winnie Heller schob die Unterlippe vor. »Interessant.«

Ihr Vorgesetzter langte über den Tisch und angelte sich das Protokoll von Miranda Kerrs Vernehmung von Stefan Werneuchens Aktenberg. »Du hast von zwei Salven gesprochen, die das Mädchen gehört haben will«, sagte er, während seine Augen suchend über die Seiten glitten.

»Ja, zwei Salven.«

»Hat Miranda Kerr auch gesagt, wie viel Zeit zwischen diesen beiden Schussfolgen vergangen ist?«

Werneuchen schüttelte den Kopf.

»Aber vor dem Hintergrund der Erkenntnis, dass Angela Lukosch nachweislich von unserem Hintermann getötet wurde, müssen wir wohl davon ausgehen, dass sie erst durch die zweite Salve gestorben ist, also erst, nachdem Hrubesch bereits an ihr vorbeigelaufen war«, schloss Verhoeven, indem er Werneuchen das Protokoll zurückgab. »Und das wiederum passt zu dem Umstand, dass Angela Lukoschs Leiche auf dem Flur gelegen hat. Denn wenn sie bereits durch die ersten Schüsse gestorben wäre, hätte die Leiche im Vorraum der Toilette liegen müssen.«

»Warum wagt sich jemand auf den Flur hinaus, wenn dort erst kurz zuvor geschossen wurde?«, fragte Winnie Heller in die Runde.

»Warum bleibt jemand an einem Waschbecken stehen, nachdem draußen gerade der Tod vorbeimarschiert ist?«, zog Bredeney sie auf, doch Winnie Heller begriff die Bemerkung des Kollegen auch als das, was sie war: der Hinweis auf eine weitere Ungereimtheit.

»Was hat diese Miranda Kerr eigentlich genau getan, als die Schießerei losging?«, fragte sie, an Werneuchen gewandt.

»Sie hat sich zu Boden geworfen.«

»Eine überaus naheliegende Reaktion«, bemerkte Verhoeven trocken, und Winnie Heller konnte sehen, dass er dabei einmal mehr an Sven Strohte dachte. An das Versteck, das der blonde Junge, dessen Talent so wenig zeitgemäß wie massentauglich war, auf der Flucht vor seinem Verfolger gewählt hatte. *Was glauben Sie, wie viele Schüler dieser Schule auf Anhieb sagen könnten, was sich hinter dieser Tür befindet?*, hörte sie die Stimme ihres Vorgesetzten fragen, während der Raum, den sie das »Hausmeisterzimmer« getauft hatte, vor ihrem inneren Auge heraufdämmerte. *Ich weiß nicht, ob ich dieses Versteck mit voller Absicht gewählt habe*, verteidigte sich ein imaginärer Sven Strohte. *Es war mehr so eine Art Instinkt.*

Winnie Heller legte die Hände um ihre Kaffeetasse. Was weiß dieser Junge?, überlegte sie. Weiß er am Ende vielleicht doch mehr, als er zugibt? Und wenn ja, warum sagt er nicht, was er weiß? Und warum hat Nikolas Hrubesch ausgerechnet ihn zu seinem Sündenbock erkoren?

»Soll ich mir die kleine Kerr noch mal vornehmen?«, wollte Stefan Werneuchen unterdessen von Verhoeven wissen.

»Nein«, entschied dieser nach einem Moment des Nachdenkens. »Das übernehmen Frau Heller und ich.«

»Gut«, sagte Werneuchen, indem er sich einen neuen Stapel von Blättern vornahm. »Dann komme ich jetzt als letzter verbliebener Möglichkeit zu Lukas Wertheim.«

»Sollen wir den wirklich ernsthaft in Erwägung ziehen?«, fragte Winnie Heller mit einem zweifelnden Kopfschütteln. »Ich meine, wir haben ein ganzes Klassenzimmer voller Schüler, die behaupten, dass ein schwarz gekleideter Kerl in der Tür erschienen sei und ohne lange zu fackeln das Feuer eröffnet habe, wobei diese Frau Malgorias getroffen wurde. Und anschließend auch Lukas Wertheim.«

»Das ist schon richtig«, stimmte Werneuchen ihr zu. »Allerdings ist das Projektil, das den Jungen tötete, nicht eindeutig Hrubeschs Glock zuzuordnen.« Er machte eine kurze Pause, bevor er hinzufügte: »Außerdem gibt es ein paar bemerkenswerte Parallelen zwischen Lukas Wertheim und Angela Lukosch.«

Verhoeven riss den Blick von seinen Notizen los. »Tatsächlich?«, fragte er. »Welche denn?«

Werneuchen nahm in aller Eile einen Schluck von seinem Tee. »Abgesehen von der Tatsache, dass die Väter der beiden einen Haufen Kohle besitzen, war auch Lukas Wertheim an der ganzen Schule dafür bekannt, dass er Schwächere schikanierte.«

Bingo!, dachte Winnie Heller, indem sie sich abermals den Satz ins Gedächtnis rief, den sie sich während der ersten Besprechung bei Höppner notiert hatte. *Soll in der Zeit vor seinem Amoklauf von Schülern seines Jahrgangs gemobbt worden sein.* Und was auf Nikolas Hrubesch zutraf, könnte genauso gut auch auf seinen mutmaßlichen Komplizen zutreffen, dachte sie. Hrubeschs Mitwisser. Den Hintermann. Devil. Wen auch immer. Vielleicht war auch Devil jemandes Opfer gewesen. Vielleicht hatte auch Devil aus Rache gehandelt. Vielleicht …

»Haben wir zu den besagten Schikanen schon genauere Informationen?«, riss Verhoevens nächste Frage sie aus ihren Überlegungen.

Werneuchen verneinte. »Bislang wissen wir lediglich, dass Lukas Wertheim und sein bester Kumpel, ein Junge namens Steven Höhmann, eine Art Eliteclub unterhielten und in diesem Zusammenhang irgendwelche schwachsinnigen Mutproben veranstalteten, die irgendwo an der Grenze zwischen einfach nur eklig und schlechterdings illegal gelegen haben sollen. Überdies scheint dieser Wertheim auch ein ziemlich übler Playboy gewesen zu sein, was mich bei *dem* Aussehen allerdings nicht sonderlich überrascht.« Er warf Lukas Wertheims Porträt einen verhalten neidischen Blick zu. »Und wenn dieser Junge einfach so ermordet worden wäre, auf normalem Wege, meine ich, würde ich auf eine enttäuschte Exfreundin tippen. Oder auf einen gehörnten Mitschüler, der nicht darüber hinwegkommt, dass er seine Freundin an Mister Wunderbar verloren hat.«

Sehr zu ihrem Leidwesen musste Winnie Heller bei diesen letzten Worten schon wieder an Sven Strohte denken. Wie hatte der junge Pianist doch gleich über Lukas Wertheim geurteilt? *Ein borniertes Arschloch, das sich selbst für den Nabel der Welt und alle anderen für hirnlose Schwachköpfe hielt.* Und weiter: *Angela Lukosch wusste nicht mal, dass ich existiere.*

»Es gibt da übrigens noch eine interessante Information am Rande.« Stefan Werneuchen legte die Hände im Nacken zusammen und sah Verhoeven an.

»Ja?«

»Lukas Wertheim und Angela Lukosch sollen vor gar nicht allzu langer Zeit eine Kurzzeitbeziehung miteinander gehabt haben.«

Zwei Kinder reicher Väter, die zu viele Affären hatten und auf ihren Mitschülern herumgehackt haben, resümierte Winnie Heller. Und nun sind beide tot …

8 Die Schritte stoppten vor der Tür des Schlafzimmers, in das sie sich geflüchtet hatte, und beinahe wollte es Jessica Mahler scheinen, als lauschten sie nach ihr.

Er lauert.

Er verhält sich ganz still und wartet darauf, dass du dich verrätst, wer immer er ist.

Aber ich denke gar nicht daran, mich zu verraten, dachte sie, wobei sie eigenartigerweise schon wieder das Gefühl hatte, lachen zu müssen. Ganz so wie beim Anblick des schwer bewaffneten Maskierten, der um exakt 11 Uhr 59 in ihren Klassenraum eingedrungen war und alles kurz und klein geschossen hatte.

Sie hätte lachen mögen über die Staubflocken, die vor ihrem

Gesicht herumwirbelten, sobald sie es wagte, auszuatmen. Sie hätte lachen mögen über die ausgetretenen Hausschuhe, die neben ihr auf dem Fußboden standen und die ihr erst aufgefallen waren, als sie schon längst unter dem Bett gelegen hatte. Über die groteske Komik dieser ganzen Situation. Da war sie vor zwei Tagen um Haaresbreite einem Blutbad entronnen, sie hatte die Begegnung mit einem Wahnsinnigen überlebt und beim Anblick von Lukas Wertheims Leiche das Gefühl gehabt, dass ihr nie wieder irgendetwas gefährlich werden könnte, mehr noch, dass das Überstehen einer solchen Situation sie für den Rest ihres Lebens von allen Ängsten befreien würde. Und nun lag sie in der Waldhütte von Lukas' Vater unter einem Bett und versuchte, sich vor jemandem zu verstecken, von dem sie nicht die leiseste Vorstellung hatte.

Sie wusste nicht, ob es ein Mann war oder vielleicht doch eine Frau. Sie hatte keine Ahnung, was die betreffende Person hier wollte. Ob sie tatsächlich etwas suchte oder ob sie einfach nur mal die Treppe rauf- und anschließend vielleicht auch wieder runterging. Ob sie ...

Das Geräusch einer leise knirschenden Türangel riss ihre Gedankenspiele in Fetzen, und unwillkürlich presste Jessica Mahler sich noch fester auf den Boden. Klein werden. Unauffällig sein. Sich tot stellen.

Ihr Blick klammerte sich an die Holzdielen. Staubflocken dieses Mal, kein Glasschnee.

Aus den Augenwinkeln sah sie Schuhe. Turnschuhe, um genau zu sein, an denen ein paar feuchte Tannennadeln klebten. Zu groß, um einer Frau zu gehören.

Also ein Mann!

Sie fühlte, wie eine jähe Panik in ihr hochkochte. Wie der Lattenrost über ihr mit einem Mal näher zu kommen schien. Auf sie herunterdrückte. Sie einengte und ihr die Luft abschnitt.

Beruhige dich und hör, verdammt noch mal, endlich auf zu japsen! Oder willst du, dass er dich hört? Dass er aufmerksam wird auf dich? Dass er dich findet?

Jessica Mahler presste die Lippen aufeinander, bis sie wehtaten. Wo war ihre Coolness? Die überwältigende Gebirgsklarheit in ihrem Kopf, auf die sie so stolz gewesen war? Oder hatte sie all ihren Mut aufgebraucht, vorgestern früh? Hatte dieses Erlebnis, das ihre Mutter »einschneidend« und die Medien »infernal« nannten, ihre Akkus geleert, die Selbstschutzmechanismen ihres Körpers ausgeschaltet und sie hilflos zurückgelassen in dieser seltsam irrealen Situation, die sie nicht einschätzen konnte?

Keine Gebirgsklarheit mehr.

Kein Adrenalincocktail, der sie hellwach machte und gleichzeitig alles ausblendete, was beim Denken störte.

Nur noch Angst.

Der feine Staub kitzelte in ihrer Nase, und Tränen der Anstrengung liefen über ihre Wangen, als sie den unaufhaltsam stärker werdenden Niesreiz mit aller Gewalt niederrang. Doch irgendwie gelang es ihr tatsächlich, kein Geräusch zu machen. Nur atmen, atmen musste sie irgendwie. Daran führte leider kein Weg vorbei.

Sie schielte wieder nach den Schuhen, die unterdessen um das Bett herum gekommen waren.

Du musst leiser sein! Du musst daran denken, dass er dich nicht hören darf! Er weiß nicht, dass du hier bist. Wenn er es wüsste, hätte er längst gehandelt.

Aber worauf wartete dieser Kerl eigentlich? Seine Schuhe jedenfalls verharrten regungslos auf dem cremefarbenen Bettvorleger, als hätten sie vor, dort Wurzeln zu schlagen. Jessica Mahler versuchte, sich ganz auf ihren Atem zu konzentrieren und dabei den Schmerz zu ignorieren, der von ihrem Nackenwirbel ausging, weil sie den Kopf jetzt schon viel zu lange viel zu krampfhaft vom Boden weg hielt. Über dem Staub, der gefährlich war. Der sie ihre Tarnung kosten konnte.

Aber es war schon seltsam, was man alles hörte, wenn man versuchte, ganz still zu sein! Den Motor eines Sportflugzeugs. Den eigenen Herzschlag, laut und dröhnend wie ein Pressluft-hammer. Dazu Vogelgezwitscher. Bizarr, dachte Jessica Mahler, während ihr auf einmal der Schweiß aus allen Poren quoll, Angst und Anstrengung, als ob jemand ein unsichtbares Ventil geöffnet hätte. Wo waren diese Vögel gewesen, bis eben? Warum täuschte ihr dieses verdammte Haus jetzt wieder so etwas wie ländliche Idylle vor? Und wie lange wollte dieser verdammte Kerl noch da stehen, bevor er sich endlich wieder davonmachte?

Aber Moment!

Jetzt bewegte er sich plötzlich wieder!

Sie sah nach links und bemerkte, dass die Spitzen seiner Schuhe auf das Bett gerichtet waren. Direkt auf sie, auf ihr Herz.

Er sieht dich nicht, hämmerte es hinter ihrer Stirn. Er kann dich nicht sehen. Schuhe haben keine Augen.

Sie hörte ein Knacken in seinen Gelenken, als er in die Knie ging.

Dann zog seine Hand sie unter dem Bett hervor.

9 »Also schön«, fasste Verhoeven nach einer kurzen Essenspause noch einmal die Ergebnisse ihrer Diskussion zusammen. »Wir haben – wenn wir Hrubesch selbst einmal ausnehmen – drei, eventuell auch vier Opfer, die von unserem zweiten Schützen getötet wurden. Und wir nehmen an, dass es diesem unserem Hintermann um eine ganz bestimmte Person gegangen ist. Weiter nehmen wir an, dass sich die Person, um die es ihm ging, unter den genannten vier Opfern befindet, wobei wir Karla Oppendorf ausschließen können, weil unser Mann sein Hauptziel aller Wahrscheinlichkeit nach als Erstes ausschalten würde.«

»Das Wichtigste zuerst«, nickte Bredeney mit einem sarkastischen Lächeln auf den dünnen Lippen.

»Folglich bleiben Angela Lukosch, Beate Soltau und eventuell auch Lukas Wertheim übrig«, schloss Verhoeven. »Aber was ist mit dem Motiv?«

»Wir wissen, dass Angela Lukosch Affären hatte«, sagte Werneuchen. »Der Täter könnte ein Liebhaber sein, dem sie den

Laufpass gegeben hat. Oder auch jemand, der erst gar nicht bei ihr landen konnte.«

Ja, ja, dachte Winnie Heller, als sie bemerkte, dass Verhoeven zu ihr herübersah, ich habe sehr wohl mitbekommen, dass du dabei an Sven Strohte denkst.

»Abgesehen von ihrem Hang zu schnell wechselnden Liebesbeziehungen hat sich Angela Lukosch einen Spaß daraus gemacht, Schwächere zu schikanieren«, ergänzte Verhoeven, indem er wieder wegsah, »was einmal mehr Rache als mögliches Tatmotiv ins Spiel bringt. Andererseits dürfte es sich bei Angelas Opfern vermutlich hauptsächlich um Mädchen gehandelt haben …«

Er blickte in Werneuchens Richtung, der die unausgesprochene Frage mit einem vorsichtigen Nicken beantwortete.

»Aber natürlich könnte unser Hintermann rein theoretisch auch eine Frau sein.« Verhoeven schenkte Winnie Heller ein vielsagendes Lächeln. »Oder vielmehr ein Mädchen, das von Angelas Schikanen die Nase voll hatte und auf diese Weise Rache nehmen wollte für das, was ihm angetan wurde. Allerdings muss ich zugeben, dass ich diese Möglichkeit für nicht besonders wahrscheinlich halte.« Er drehte sich um, als die Tür in seinem Rücken aufging und Hinnrichs den Kopf ins Zimmer streckte. Aber der Leiter des KK11 bedeutete ihm mit einer knappen Geste, dass er sich nicht stören lassen solle. Also machte er weiter: »Angela Lukosch starb auf dem Korridor im dritten Stock des Altbaus«, sagte er, »höchstwahrscheinlich, nachdem Hrubesch bereits an ihr vorbeigelaufen und über das westliche Treppenhaus in den darunter liegenden zweiten Stock unterwegs war.«

»Die zeitliche Abfolge ist der Schlüssel«, bemerkte Winnie Heller mit einem nachdenklichen Blick auf den Plan an der Wand. »Bislang sind wir immer automatisch davon ausgegangen, dass die Reihenfolge der Toten dem Weg des Amokschützen entsprach. Aber seit dieser Sache mit Karla Oppendorf können wir uns in diesem Punkt ja eigentlich nicht mehr so sicher sein, oder?«

»Stimmt«, pflichtete Werneuchen ihr bei.

Und auch Verhoeven nickte. »Fest steht, dass unser Mann mit großer Wahrscheinlichkeit unter den Personen zu suchen ist, die das Gebäude relativ spät verlassen haben oder sich noch immer im Haus befanden, als die Kollegen vom SEK sich zum Stürmen entschlossen.«

»Wie in aller Welt sollen wir uns da einen Überblick verschaffen?«, stöhnte Werneuchen. »Bei den vielen Zeugen, die wir haben, dürfte es Wochen, wenn nicht gar Monate dauern, sämtliche Aussagen abzugleichen, um irgendwann zu einem halbwegs stimmigen Gesamteindruck zu kommen.«

»Was ist mit Bildmaterial?«, fragte Verhoeven, indem er sich die Aufnahmen von flüchtenden Schülern ins Gedächtnis rief, die bereits unmittelbar nach dem Massaker durch alle Fernsehsender gegeistert waren. »Bänder von irgendwelchen Überwachungskameras, zum Beispiel. Oder Fotohandys und was diese Kids heutzutage sonst noch alles mit in die Schule nehmen mögen.«

»Soweit ich weiß, haben Höppners Leute das Zeug unmittelbar nach dem Amoklauf konfisziert, bevor die Betreffenden es meistbietend an irgendeinen Fernsehsender verscherbeln konnten«, erklärte Hinnrichs, der inzwischen auf seinem üblichen Platz am Kopfende des Tisches Platz genommen hatte. »Aber ich werde mich noch einmal mit den Kollegen, die das Material auswerten, in Verbindung setzen und sie auf die für uns interessanten Aspekte hinweisen.«

»Und dieser Supermarkt, hier auf der anderen Straßenseite?«, fragte Winnie Heller, die sich bereits eifrig über einen Stadtplan beugte. »Vielleicht haben die irgendeine Form von Videoüberwachung. Auf dem Parkplatz oder so. Selbst wenn die Schule von etwaigen Kameras nicht erfasst wird, könnte trotzdem etwas mit aufs Bild gekommen sein, das für uns aufschlussreich ist. Durch Zufall, meine ich.«

»Gute Idee«, lobte Hinnrichs, und Winnie Heller merkte, dass sie schon wieder rot wurde. Hastig griff sie nach ihrer Tasse, aber sie musste feststellen, dass sie leer war.

Auf der anderen Seite des Tisches hatte unterdessen das Handy ihres Vorgesetzten zu summen begonnen. Verhoeven stand auf und entfernte sich ein paar Schritte, um die Unterhaltung der Kollegen nicht zu stören, doch diese entnahmen seiner Miene, dass es um etwas Wichtiges ging, und verharrten in gespanntem Schweigen, bis er geendet hatte.

»Das war die Gerichtsmedizin«, erklärte Verhoeven, indem er an den Tisch zurückkam. »Und wie es aussieht, hat sich unser Angebot an möglichen Motiven gerade um ein interessantes neues erweitert.«

»Nämlich?«, drängte Winnie Heller.

Verhoeven schob das Handy in die Halterung an seinem Gürtel zurück und setzte sich wieder auf seinen Stuhl. »Angela Lukosch war schwanger.«

10

»Na, da sieh doch mal einer an!« Steven Höhmann bedachte Jessica Mahlers staubbedecktes T-Shirt mit einem geradezu widerlich herablassenden Lächeln. »Wenn das nicht unsere süße, kleine Jessie ist.«

»Hi, Steven«, sagte sie, weil ihr in dieser noch immer bizarr irreal anmutenden Situation einfach nichts Besseres einfallen wollte. »Was machst du denn hier?«

»Dasselbe möchte ich dich fragen«, konterte er, und sie fühlte, wie ihr das Blut aus dem Kopf in die Füße sackte. »Ich kann mich nämlich nicht erinnern, dass du besonders viel Kontakt zu Lukas gehabt hättest, als er noch gelebt hat.«

Nicht besonders viel Kontakt, war der einzige Teil seiner Entgegnung, der bis in ihr Bewusstsein vordrang. Zumindest fürs erste. *Nicht besonders viel Kontakt* … Das bedeutet ja wohl, dass dieser verdammte Idiot keine Ahnung von der Existenz der Kassette hat, frohlockte etwas in ihr. Ganz so, wie Lukas es versprochen hat! Ihr Herz schlug vor lauter Erleichterung Purzelbäume, aber sie bemühte sich nach Kräften, sich nichts davon anmerken zu lassen. »Das stimmt schon«, stotterte sie. »Aber …« Verdammt! Jetzt, nachdem sich die erste Erleichterung gelegt hatte, dämmerten neue unbequeme Fragen in ihr herauf. Was in aller Welt wollte Steven Höhmann eigentlich hier draußen, noch dazu ausgerechnet jetzt? Wollte er allein sein? Um seinen besten Freund trauern? Oder hatte er am Ende doch einen konkreten Grund, hier zu sein? Jessica Mahler blickte in sein hübsches, aber alles in allem eher unauffälliges Gesicht, während ihr mit jeder Sekunde klarer wurde, dass sie in der Klemme steckte. Wo sollte sie bloß auf die Schnelle eine halbwegs plausible Erklärung für ihre Anwesenheit hernehmen? »Ich …« Sie starrte in Steven Höhmanns Augen, die blaugrün waren, und fragte sich, was er wohl am ehesten nachvollziehen könnte. Etwas, das sie schlecht aussehen ließ, so viel stand fest. Und seinen Lieblingskumpel dafür umso besser. Also eine Art Teilbekenntnis! »Ich war … Weißt du, ich bin ziemlich verknallt gewesen in Lukas.«

Klar, schienen seine Augen zu sagen. *Wer nicht?*

»Und ich … Na ja, es macht mich voll fertig, dass er tot ist, und …« Sie hielt inne und versuchte, ein paar Tränen zustande zu bringen, die ihre Worte unterstrichen, aber es wollte ihr partout nicht gelingen. Ihre Augen waren trockener als die Sahara. »Ich dachte, dass ich hier … Also … Ich wollte etwas von ihm haben, verstehst du? Etwas, das ich behalten kann. Ein … Eine Art Andenken.« Ihr Kichern klang wirklich mehr als albern, aber scheiß drauf! Hauptsache, er kaufte ihr diese jämmerliche Geschichte irgendwie ab! »Ich meine, ich habe so viel über diese Hütte gehört und …«

»Und woher wusstest du, wo der Schlüssel liegt?«, fiel Steven Höhmann ihr ins Wort.

»Ach, das …« Stimmt, du Arsch, das hatte ich nicht bedacht! »Das habe ich wohl mal jemanden sagen hören.«

Seine Brauen zogen sich zu einer dichten, durchgehenden Linie zusammen, die Misstrauen verriet. »Jemanden?«

»Keine Ahnung, wer das gewesen ist. Ich glaube … Ja, ich glaube, es war Angela.« Denn die war definitiv zu tot, als dass sie ihm hätte verraten können, dass diese fadenscheinige kleine Geschichte nicht der Wahrheit entsprach. *Geschickter Schach-*

zug, lobte ihr Verstand, und auch Steven Höhmann schien ihr die Story allmählich abzukaufen.

»Verstehe«, sagte er. »Und wieso suchst du dein Andenken ausgerechnet unter dem Bett?«

»Ich habe dich kommen hören, und da hab ich Schiss gekriegt«, versuchte sie es zur Abwechslung mal mit der Wahrheit. »Es ist ziemlich gruselig, so allein hier draußen, noch dazu ... Na ja, wo ich ja eigentlich nicht die geringste Berechtigung habe, hier zu sein.«

»Und?« Steven Höhmann musterte sie von oben herab. »Bist du fündig geworden?«

Eine harmlose kleine Frage, aber etwas an der Art, wie er das sagte, ließ ihr das Blut in den Adern gefrieren. »Fündig?«, stammelte sie.

»Wegen deines Andenkens.«

»Ich ... Nein ... Zumindest nicht so richtig.« *Jetzt reiß dich schon endlich zusammen!* »Ich meine, unten im Schrank sind ein paar Kleidungsstücke, aber die sehen eigentlich nicht so aus, als ob sie Lukas gehört hätten. Eher seinem Vater. Aber ich schätze, das Ganze war sowieso eine total bescheuerte Idee von mir.« Sie blickte ihn an, während sie zu allen höheren Mächten betete, dass es ihr gelingen möge, ein Mal, nur ein einziges Mal in ihrem Leben einen von diesen Augenaufschlägen zustande zu bringen, die selbst noch den ekligsten Macho dazu brachten, die letzten verschütteten Reste seiner Ritterlichkeit zusammenzuklauben und selbige, ohne zu zögern, in ihre Dienste zu stellen.

Doch wie es aussah, funktionierte dergleichen nur im Fernsehen, denn Steven Höhmann bedachte sie mit einem Blick, der alles andere als ritterlich war. Im Gegenteil. Jessica Mahler sah in seine Augen und fand, dass sie etwas Grausames hatten. Etwas Unerbittliches. Und auf einmal fühlte sie wieder die kalte Hand der Angst in ihrem Genick.

»Tja«, sagte sie hastig. »Ich schätze, du willst lieber allein sein.« Er stand so, dass sein Körper die Tür versperrte, aber das war wahrscheinlich purer Zufall. »Und ich muss jetzt auch wirklich los, sonst dreht meine Mutter noch völlig durch. Sie ist ohnehin ziemlich fertig wegen dieser ganzen Sache an der Schule und …«

»Das ist doch normal«, nickte er, und sie freute sich, dass er auf das Thema ansprang.

»Was ist mit deinen Eltern?«, bemühte sie sich, die Gunst des Augenblicks zu nutzen. Ein bisschen harmlose Konversation, um diese mehr als verfängliche Situation zu entschärfen, und dann nichts wie raus hier! »Kommen sie klar mit dem, was passiert ist?«

»Ich wüsste nicht, was dich meine Eltern angehen.«

Da war er wieder, dieser gnadenlose Zug, der ihr schon eben aufgefallen war und den sie nie zuvor an Steven Höhmann bemerkt hatte. In der Schule wirkte er immer so … so harmlos! Geradezu nichtig. Aber das lag wahrscheinlich daran, dass er neben dem charismatischen Lukas Wertheim immer irgendwie untergegangen war. Ein Anhängsel, der Typ, der immer einen halben Schritt hinter dem bestaussehenden Jungen der Schule her tappte, ein Schatten, gesichtslos und ohne eigenes Profil. Ja, dachte Jessica Mahler schaudernd, und jetzt, wo Lukas tot ist, blüht er auf.

»Vergiss es«, stieß sie hastig hervor, während sie überlegte, ob er sie aufhalten würde, wenn sie sich einfach an ihm vorbeidrängte. Wie groß war dieser Kerl eigentlich? Eins achtzig? Oder noch größer? Auf jeden Fall ein ganzes Stück größer als sie. Ihre Augen glitten an seinem Oberkörper hinunter, und zum ersten Mal fiel ihr auf, wie viel Mühe sich Steven Höhmann gab, seinen toten Freund zu kopieren. Das gleiche weiße T-Shirt unter der Lederjacke. Die gleiche wohldosierte Menge Gel in den hellbraunen Haaren. Die gleiche ebenmäßige Solariumbräune. »Also dann«, sagte sie und machte einen Schritt vorwärts.

»Warte mal.« Er stemmte seinen muskulösen Arm in den Türrahmen, sodass sie unweigerlich stehen bleiben musste.

Sie warf ihm einen flehenden Blick zu. »Hey, ich hab's eilig, okay?«

»Das kann ich mir schon vorstellen«, entgegnete er mit einem herablassenden Lächeln. »Aber ich glaube, ich habe da etwas, das du dir ansehen solltest.«

Nein! Nicht das! Lukas hat doch gesagt …

»Das glaube ich kaum«, sagte sie, indem sie seinen Arm beiseiteschob und dann mit entschlossenen Schritten auf den Treppenabsatz zuging. Sie musste so schnell wie möglich weg von hier. Raus aus diesem schrecklichen Haus. Fort von den erniedrigenden Erinnerungen, die es barg. Und von der Gefahr, die noch immer von ihm ausging. Von dem Haus und von …

»Du wolltest doch so unbedingt ein Andenken, oder nicht?«

Seine Stimme schnitt durch das schummrige Halbdunkel und hätte sie beinahe ins Straucheln gebracht. *Die Treppe! Nur noch ein paar lächerliche Stufen!*

»Jessie!«

Kein Zweifel, das war keine Bitte. Es war ein Befehl. Seine Schritte dicht hinter ihr. Seine Hand auf ihrem Arm. Und warum zur Hölle hatte sie auf einmal so eine Scheißangst vor einem Kerl, der nichts weiter als Lukas Wertheims gesichtsloses Anhängsel war? Jessica Mahler blieb auf der untersten Stufe stehen und drehte sich zu ihm um. »Ich habe dir doch schon gesagt, dass das mit dem Andenken eine blöde Idee gewesen ist«, sagte sie. »Also können wir die Sache bitte einfach vergessen?!«

Sein Lächeln war ohne Inhalt, als er lässig in die Tasche seiner Jacke griff. »Oh nein«, sagte er. »Ich fürchte, das können wir nicht.«

Sie starrte die Kassette an und hatte das Gefühl, den Verstand zu verlieren. Das konnte, das durfte einfach nicht wahr sein!

»Tja, ich schätze, es war das hier, was du gesucht hast, nicht wahr?«

Dieser elende Mistkerl versuchte doch tatsächlich, wie Lukas zu klingen, dabei war er nichts als ein billiger Abklatsch! Ein Imitator ohne eigene Persönlichkeit. Jessica Mahler spielte mit dem Gedanken, ihm ihre Empfindungen mitten in sein nichtssagendes Gesicht zu schreien, aber irgendetwas hielt sie davon ab. Sie dachte an den Ausdruck in seinen Augen, jene unerwartete Grausamkeit, die urplötzlich in seinem Blick gelegen hatte und kam zu dem Schluss, dass es nicht besonders klug wäre, ihn zu provozieren. »Ich habe keine Ahnung, wovon du …«

»Muss ich dir das Ding vielleicht erst vorspielen?«, unterbrach er sie, und die schneidende Schärfe seines Tons ließ sie erzittern.

Sie schloss die Augen, während der Boden unter ihren Füßen wegzusacken drohte. Als ob sie mitten in einer Grube mit Treibsand stünde. »Nicht nötig«, flüsterte sie, und ihre Stimme wollte ihr kaum gehorchen. »Wie viel?«

»Was?«

»Wie viel willst du für dieses Band haben, du dreckiger Wichser?« Sie konnte nicht anders. Sie musste ihn so nennen. Vor Angst. Vor Wut. Vor Ausweglosigkeit.

Er nahm es mit Humor und lächelte ihr mitten ins Gesicht. »Nun, ich schätze, der Preis ist noch derselbe wie vorher.«

Irgendwelche blöden Fragen für irgendwelche blöden Deutschtests?! Jessica Mahler schüttelte ungläubig den Kopf. Konnte es wirklich und wahrhaftig möglich sein, dass sich gleich zwei von diesen Kerlen in die Niederungen von Bedrohung und Erpressung begaben, nur um sich nicht die Mühe machen zu müssen, Goethes Geburtstag auswendig zu lernen?

»Und wenn ich mich weigere?« Die Frage war rein rhetorisch, aber sie wollte trotzdem sehen, wie er darauf reagierte.

»Und wenn du dich weigerst …«, ahmte er ziemlich geschickt ihren Tonfall nach, während seine langen, kräftigen Finger mit der Kassette spielten. »Oh nein, meine Süße, ich glaube, auf diese Idee würdest du gar nicht erst kommen.«

Gut. Okay. Geh darauf ein. Zumindest vorläufig. Damit du hier rauskommst. Und Zeit gewinnst. Zeit zum Nachdenken. Irgendwo ist immer ein Ausweg. Das hast du ja bei Lukas gesehen! Jessica Mahler stutzte, als ihr klar wurde, was sie da gerade dachte. Baute sie wirklich darauf, dass ein zweites Mal ein Irrer daherkam und ihr Problem löste, indem er Steven Höhmann eine Kugel in den Kopf schoss? War es allen Ernstes das, worauf sie hoffte? »Also schön«, sagte sie, als ihr einfiel, dass Lukas Wertheims Spezi nach wie vor auf eine Antwort von ihr wartete. »Ich versuch's, okay?«

»Es zu versuchen wird leider nicht ausreichen«, bemerkte er sachlich. Dann beugte er sich ganz dicht an ihr Ohr und flüsterte: »Aber du machst das schon. Immerhin bist du doch Tante Karens kleiner Liebling, nicht wahr? Aber vielleicht hast du ja auch Glück, und dein Part erübrigt sich durch diese Amoksache von selbst.«

Sie zuckte unwillkürlich zusammen. »Was meinst du?«

»Na ja«, gab er zurück. »Damals in Erfurt haben sie ihr Abi doch angeblich auch ganz ohne Prüfung gekriegt.«

Sie wollte schon einwenden, dass Robert Steinhäuser ihres Wissens nach mitten in die schriftlichen Abiturarbeiten geplatzt war, doch dann entdeckte sie, dass er ohnehin nur scherzte.

»Tja«, nickte er, »fast ein ganzes Schuljahr erlassen zu bekommen wäre vermutlich wirklich ein bisschen zu viel verlangt, auch wenn es definitiv ein ziemlicher Schreck gewesen ist, nicht wahr? Aber dank dir wird es ja zumindest in Deutsch bald ein paar sehr nützliche Hilfestellungen geben.« Sein Blick glitt anzüglich über ihr Gesicht, und Jessica Mahler hätte ihm am liebsten mitten in seine selbstzufriedene Fresse gespuckt. »Hast du übrigens schon das mit dem Lehrerzimmer gehört?«

»Was meinst du?«

»Dass Nik explizit nach deiner Tante gefragt haben soll, bevor er zu euch in den dritten Stock raufgekommen ist.«

»Sie ist nicht meine Tante.«

»Okay, dann eben nach der Freundin von deiner Mum, wenn dir das lieber ist.« Er machte einen Schritt rückwärts und ließ sich auf die lederne Couch fallen. Jetzt, da er sein Ziel erreicht hatte, stand ihm der Sinn ganz offenbar nach ein wenig unverfänglicher Konversation. »Hast du irgendeine Ahnung, warum sie nicht da war?«

»Wo?«

»Im Lehrerzimmer.« Er verdrehte die Augen. »Wo sie immer war.«

Jessica Mahler stöhnte. Sie hatte keine Lust, sich mit diesem Idioten zu unterhalten. Sie wollte nur weg hier. Nach Hause. An einen Ort, an dem sie in Ruhe nachdenken konnte. Pläne schmieden. Einen Ausweg aus diesem Dilemma finden. »Woher willst du wissen, dass sie immer im Lehrerzimmer gewesen ist?«

»Wo sollte sie denn sonst sein, in ihrer Freistunde?« Steven Höhmann grinste. »Ich meine, diese Lehrer sind doch alle komplett phantasielos, oder? Und dienstags hat sie doch auch anschließend noch die Theater-AG.«

Himmel, dieser Kerl wusste verdammt gut Bescheid! Weit besser als sie selbst.

»Also noch mal: Wieso war Tante Karen nicht im Lehrerzimmer, als Nikolas dort aufgekreuzt ist, um seine Rache zu vollziehen?« Er sah sie an, und bei aller Beiläufigkeit, mit der er vor sich hin plauderte, hatte Jessica Mahler auf einmal das Gefühl, dass er auch ein konkretes Ziel verfolgte. Dass er sie nicht ohne Grund aushorchte. Dass er etwas wissen wollte, etwas, das ihn ganz offenbar brennend interessierte. Aber warum? Warum, verdammt? »Komm schon, du musst doch irgendwas wissen«, drängte er. »Die Ringstorff hat doch bestimmt schon mit deiner Mutter über diese ganze Sache gesprochen und …«

Sie runzelte die Stirn. »Soweit ich weiß, gab's irgendeinen Notfall, wegen dem sie wegmusste.«

»Ein Notfall?«

»Jemand hatte sich geschnitten oder so. Und die Wunde musste verbunden werden.«

Ein Hauch von Skepsis lag auf seinem Gesicht, als er fragte: »Und wieso ist derjenige ausgerechnet zur Ringstorff damit?«

»Ist er nicht«, entgegnete Jessica Mahler mechanisch. »Oder vielmehr *sie*. Ich glaube, es war ein Mädchen.«

»Scheiß drauf!«, tat er ihren Einwand mit einer knappen Geste ab. »Aber mal ehrlich, die Ringstorff ist doch jetzt echt die Letzte, an die man sich wegen so was wenden würde, oder?«

»Vielleicht war grad' kein anderer greifbar.«

»Und was ist mit dem Scherer?«, gab er zurück. »Oder mit der Naumann? Die hatten auch eine Freistunde und haben sie nicht überlebt, wie du weißt.«

»Herrgott noch mal, ich habe keine Ahnung, okay?«, rief sie

entnervt. Und überhaupt, was interessierte ihn dieser ganze Mist eigentlich so sehr? Warum kümmerte er sich darum, wer wo gewesen oder eben *nicht* gewesen war? Nach wem Nikolas Hrubesch gefragt hatte und … Hey, Augenblick mal! Jessica Mahler spürte, wie das, was langsam in ihren Gedanken Gestalt annahm, ihr buchstäblich den Atem raubte. Nikolas Hrubesch hatte seine Deutschlehrerin erschießen wollen, weil sie ihn angeblich so oft ungerecht benotet hatte, aber sie war nicht dort gewesen, wo er sie erwartet hatte. Und anschließend war Nikolas Hrubesch geradewegs in den dritten Stock spaziert und hatte Lukas Wertheim erschossen. Jessica Mahler begann leise zu zittern, als ihre verloren geglaubten Erinnerungen Stück für Stück zurückkehrten. Raum 304. Die flackernde Neonröhre über ihrem Kopf. Die u-förmig angeordneten Tische. Der Maskenmann in der Tür. Frau Malgorias' Schrei, der ihn für den Bruchteil eines Augenblicks von etwas anderem abzulenken scheint. Von etwas Wichtigerem. Von der Sache, wegen der er gekommen ist. Der Schuss, die Schrecksekunde, das Blut der Lehrerin, das gegen die Wand spritzt, und dann … Das kalte Glitzern seiner Augen, als er die Waffe direkt auf Lukas Wertheims Kopf richtet. Er hat es mit Absicht getan! Die Erkenntnis traf sie mit voller Wucht. Das, was mit Lukas passiert ist, war kein Zufall! Es war eine Hinrichtung! Nikolas wollte Lukas töten.

Aber warum?

Ihr Blick glitt über die Holzdielen, während die Gedanken in ihrem Kopf wild durcheinanderpurzelten. Bilder blitzten vor ihr auf. Satzfetzen. Als ob einer irgendwo in ihrem Kopf einen Riegel gelöst hätte. *Lukas und Steven haben mich quer durch den Wald gehetzt wie ein Wild. Mich und auch noch andere.* Andere!, wiederholte etwas in ihr. *Oft genug fungieren wiederholte Kränkungen als Auslöser für solche Bluttaten.* Wer hatte das noch gleich gesagt? Irgendein Experte im Fernsehen? *Mehr als sechzig Prozent aller Amokläufe sind durch Rache motiviert.* Durch Rache … Das Wort stand in flammenden, blutroten Lettern vor ihrem inneren Auge. RACHE! *Wieso war Tante Karen nicht im Lehrerzimmer, als Nikolas dort aufgekreuzt ist, um seine Rache zu vollziehen?*

Nikolas Hrubesch hatte sich rächen wollen!

An Tante Karen für die schlechten Deutschnoten.

An Lukas Wertheim für wochen- und monatelange Schikanen.

Und …

Jessica Mahler hob den Kopf und sah Steven Höhmann direkt in die Augen. »Sag mal, habt ihr Nik eigentlich jemals mit hier raus genommen, Lukas und du?«

Es war zu dunkel, als dass sie es mit Sicherheit sagen konnte, aber sie hätte wetten mögen, dass er unter seiner Sonnenbankbräune eine Spur blasser geworden war. »Was meinst du?«, fuhr er sie an. »Warum sollten wir ihn mit hierhergenommen haben?«

»Vielleicht, weil ihr auf ihn schießen wolltet.«

Er sprang auf und stemmte die Hände in die Hüften. »Hast du einen Knall? Wovon zum Teufel sprichst du eigentlich?«

»Von euren Paintball-Spielchen. Und von den Hetzjagden, die ihr hier veranstaltet habt. Hetzjagden, für die ihr einen Dummen als Opfer brauchtet. Oder sollte ich besser sagen: als Ziel?«

Er antwortete nicht, aber sie konnte sehen, dass er hin und her überlegte, woher sie das wissen konnte. Und sie sah auch, dass sie mit ihrer Annahme in Bezug auf Nikolas Hrubesch höchstwahrscheinlich richtig lag.

»Hast du das schon der Polizei erzählt?«, fragte sie, als unvermittelt wieder jenes überragende Triumphgefühl in ihr aufstieg, das sie beim Anblick von Lukas Wertheims Leiche empfunden hatte. Das Gefühl, einen bedeutenden Sieg errungen zu haben. »Ich meine, die werden sich doch bestimmt dafür interessieren, dass ihr Nikolas quer durch den Wald gehetzt und mit Farbpatronen beschossen habt, oder?«

Steven Höhmanns Miene erstarrte unter ihren Augen. »Wir haben nichts dergleichen getan«, sagte er, doch seine Stimme klirrte, als habe er eine Scherbe tief in seiner Kehle sitzen.

»Nicht?«, entgegnete sie leichthin, während sie überlegte, ob sie ihm drohen oder vielleicht doch lieber zuerst noch einmal mit Sven Strohte sprechen sollte. Aber dann fiel ihr etwas ein, das sie übersehen hatte. Etwas, das ... Zur Hölle, ja! Etwas, das ein gänzlich neues Licht auf die Sache warf und das die Kräfteverhältnisse endgültig zu ihren Gunsten verschob. *Halt bloß die Klappe,* mahnte ihr Verstand, *sag nichts, bevor du nicht alles gründlich durchdacht hast!* Doch sie konnte einfach nicht widerstehen. Das Gefühl von Überlegenheit war zu stark. Sie wollte Steven Höhmann demütigen. Sie hatte ihn mit dem Rücken zur Wand, und jetzt wollte sie ihm ihre Trumpfkarte mitten in seine selbstgefällige Fresse schleudern! »Tja, ich schätze, das ist eine echte Erleichterung für dich. Ich meine, zu wissen, dass ihr Nikolas nicht gequält habt und dass er Lukas nur durch Zufall erschossen hat.« Sie schenkte Steven Höhmann ein kokettes Lächeln. »Besonders vor dem Hintergrund dieser Gerüchte ...«

Er schien nicht zu wissen, was er mit ihrer Reaktion anfangen sollte. »Wovon zum Teufel quatschst du da?«

»Wenn es tatsächlich stimmt, was man so hört, hatte Nikolas einen Helfer. Jemanden, der möglicherweise dieselben Motive hatte wie er selbst. Und ich ...« Sie genoss jedes ihrer Worte in vollen Zügen. »Na ja, weißt du, ich hatte mich schon gefragt, ob du noch ruhig schlafen kannst ...«

11

Winnie Heller platzierte ihr Diktiergerät in der Mitte des Tisches und schaltete es ein, ohne zu fragen, ob Mirja Libolski mit einer Aufzeichnung ihres Gesprächs einverstanden war.

Verhoeven und sie hatten beschlossen, sich zu trennen, um Zeit zu sparen, und dieses grell geschminkte Girlie dort auf der anderen Seite des zerkratzten Esstisches war Winnie Hellers Anteil bei der ganzen Sache. Dabei hätte sie tausendmal lieber mit Miranda Kerr gesprochen, jenem Mädchen, das von Angela Lukosch schikaniert und schließlich Ohrenzeugin ihres Todes geworden war. Aber wie immer, wenn es drauf ankam, hatte sich Verhoeven auf seine Rolle als Alphatier des Rudels besonnen und diesen vielversprechenden Klumpen Fleisch für sich selbst reklamiert. Winnie Heller schüttelte ärgerlich den Kopf. Und für sie war ein Häuflein Knochen in Form dieses katzenäugigen Möchtegernmodels übrig geblieben, das sich selbst als »Angels beste Freundin« bezeichnete und permanent an seinen viel zu langen Fingernägeln herumknibbelte.

Mirja Libolski war, wie Winnie Heller wusste, achtzehn Jahre jung, wirkte aber ein gehöriges Stück älter, was vornehmlich an den erstaunlich üppigen Rundungen lag, die sich unter dem hautengen Minirock abzeichneten und die wahrscheinlich auf die frühzeitige und regelmäßige Einnahme der Pille zurückzuführen waren.

Apropos, dachte Winnie Heller und beugte sich vor. »Haben Sie gewusst, dass Ihre Freundin schwanger war?«

Mirja Libolski zögerte einen Augenblick, bevor sie nickte. Ein überaus verhaltenes Nicken, das Winnie Heller zunächst annehmen ließ, ihr Gegenüber beschwindele sie. Dass Mirja Libolski nur nicht zugeben wollte, etwas so Wichtiges über ihre Freundin nicht gewusst zu haben. Doch dann bemerkte sie das ängstliche Flackern im Blick des Mädchens und kam zu dem Schluss, dass ihre Zeugin einfach unsicher war.

»Hatte Angela einen festen Freund?«

Mirja Libolski schüttelte so entrüstet den Kopf, als habe Winnie Heller ihr gerade ein mordsmäßig unanständiges Angebot unterbreitet.

»Haben Sie einen?«

»Ich?«

»Ja, Sie.«

»Nein.« Kurzes Schweigen. »Nicht im Augenblick.«

Schönen Gruß an Lübke, dachte Winnie Heller grimmig. Von wegen Konversation machen, Vertrauen aufbauen, smalltalken … »Aber Ihre Freundin wusste schon, wer der Vater des Babys war, das sie erwartete?«

Wieder Nicken. Entschieden dieses Mal. So entschieden, dass Winnie Heller beschloss, den Hinweis auf Angela Lukoschs Promiskuität, der ihr bereits auf der Zunge gelegen hatte, unausgesprochen zu lassen.

»Und?«, fragte sie stattdessen in lockerem Plauderton. »Wer war es?«

»Keine Ahnung.«

Gütiger Gott, war das mühsam! »Angela wusste also, von wem sie schwanger war, aber sie sagte es Ihnen nicht?«, unternahm Winnie Heller einen weiteren Versuch, mit ihrem wortkargen Gegenüber irgendwie auf einen gemeinsamen Nenner zu kommen. Allerdings beschlich sie dabei zugleich das Gefühl, dem Mädchen etwas in den Mund zu legen. Eine Befürchtung, die auch durch Mirja Libolskis neuerliches Nicken nicht restlos zerstreut wurde. »Und warum verschwieg sie Ihnen den Namen des Vaters? Ich meine, wo Sie doch beste Freundinnen waren?«

»Ich …« Mirja Libolski klappte den Saum ihres T-Shirts um und betrachtete die Naht so eingehend, als habe sie vor, eine Doktorarbeit über Garnverarbeitungstechniken in der modernen Textilindustrie zu schreiben. »Ich schätze, sie hat einfach versucht, nicht so viel darüber zu reden, weil sie's nicht behalten wollte.«

Natürlich nicht, dachte Winnie Heller. Ein knappes Dreivierteljahr vor dem Abi war nicht unbedingt die Zeit, die man für die Geburt seines ersten Kindes ins Auge fassen würde. Laut sagte sie: »Angela plante also einen Abbruch?«

Das Mädchen auf der anderen Seite des Tisches bejahte. »Sie hatte auch schon alles mit ihrem Gynäkologen besprochen. Ihr Termin wäre nächste Woche gewesen.«

»Wusste der Vater, dass Angela schwanger war?«

»Angels Vater?«, fragte Mirja Libolski entsetzt, und Winnie Heller konnte sich nur mit äußerster Mühe zurückhalten, einen beißenden Kommentar zur Konzentrationsfähigkeit der heutigen Jugend abzugeben.

»Nein«, sagte sie. »Ich meine den Vater des Babys.« Kam ihr das nur so vor, oder wurde die Kleine plötzlich unruhig? Sie kniff prüfend die Augen zusammen. »Mirja, bitte. Sie müssen mir sagen, was Sie wissen.«

»Mhm.«

»Wusste der Vater des Babys, dass Angela von ihm schwanger war?«

»Sie hat mir gesagt, dass sie es ihm erzählt hätte«, entgegnete das Mädchen mit spürbarem Widerwillen.

»Erzählt, dass sie schwanger ist von ihm?«

»Ja, aber ...« Mirja Libolski stutzte. »Na ja, soweit ich weiß, hat sie ihm gegenüber behauptet, dass sie das Kind behalten will.«

Winnie Heller schüttelte ungläubig den Kopf. »Verstehe ich das richtig? Ihre Freundin hatte bereits einen Termin für eine Abtreibung, und trotzdem hat sie dem Vater des Kindes gegenüber behauptet, dass sie das Baby behalten will?«

»Genau.«

»Warum? Weil sie Angst hatte, dass er sie umstimmen könnte?«

Mirja Libolski schüttelte ihre blonde Mähne, die leicht gelbstichig wirkte und den Schluss zuließ, dass ihre Trägerin in Wahrheit dunkelhaarig war. Ziemlich dunkelhaarig sogar. »Nee«, sagte sie. »Das ganz bestimmt nicht.«

»Sondern?«

»Ich glaube, sie wollte ihm Angst einjagen.«

»Weil sie wusste, dass es dem Betreffenden auf keinen Fall recht wäre, wenn sie das Kind behält?«

»Ja, so ähnlich.«

»Was für eine tolle Strategie«, entfuhr es Winnie Heller, und in Gedanken notierte sie: *Angela Lukosch hat den Mann, von dem sie schwanger war, provoziert.* Aber zu was?

»Ich habe ihr ja auch davon abgeraten«, bekannte Mirja Libolski kleinlaut. »Sie ... Immerhin hatte sie auch so schon genug Stress.«

»Stress?« Winnie Heller horchte auf. »Was für Stress?«

»Ach ...« Mirja Libolski sah aus, als fürchte sie, mit den spärlichen Kommentaren, zu denen sie sich bislang hatte hinreißen lassen, schon zu viel über sich und ihre verstorbene Freundin verraten zu haben. »Das hatte wahrscheinlich gar nichts zu bedeuten, aber in der letzten Zeit hat Angel solche Briefe gekriegt.

Sie wissen schon, irgendwelche Beschimpfungen von wegen Schlampe und so was alles. Und dann hat jemand die Reifen von ihrem Motorroller zerstochen.«

»Klingt ein bisschen nach Racheakt, oder?«, fragte Winnie Heller, der die Bemerkung des Mädchens durchaus gelegen kam, um elegant zu einem anderen Punkt überleiten zu können, der ihr am Herzen lag.

»Mhm«, machte Mirja Libolski. »Möglich.«

»Gab es denn jemanden, der einen Grund gehabt hätte, sich an Ihrer Freundin rächen zu wollen?«, fragte Winnie Heller, und um erst gar keine Zweifel an ihrem Informationsstand aufkommen zu lassen, fügte sie hinzu: »Ich meine, nach allem, was man so hört, soll Angela ja selbst auch ganz gut ausgeteilt haben.« Sie fixierte die Augen ihres Gegenübers. »Genau wie Sie ...«

»Spaß«, winkte das Mädchen ab. »So was ist doch normal, oder?«

»Sie meinen so was wie das mit Miranda Kerr?«

»Aber das waren doch bloß irgendwelche blöden Zeichnungen«, verteidigte sich Mirja Libolski mit einer Heftigkeit, die zumindest einen Ansatz von schlechtem Gewissen verriet.

Winnie Heller fuhr sich entnervt durch die Haare. »Ist Ihnen eigentlich klar, dass es gerade solche dummen Nichtigkeiten sind, die Menschen dazu bringen, auszurasten und alles über den Haufen zu schießen?«

Mirja Libolski riss ihre Katzenaugen auf. »Sie meinen ...?«

»Ich meine, dass man bei allem, was man tut, auch daran denken sollte, welche Folgen eine Sache haben kann, wenn man damit an den Falschen gerät«, entgegnete Winnie Heller lapidar. Sie kannte diese Sorte Mädchen zur Genüge. Die Mirja Libolskis dieser Welt bildeten sich ein, den Erfolg gepachtet zu haben, weil es ihnen aus irgendeinem unerfindlichen Grund, der wenig bis nichts mit ihrer Persönlichkeit zu tun hatte, gelungen war, ein paar Leuten in ihrem Umfeld weiszumachen, dass sie das Maß aller Dinge seien. Dieser Irrglaube, gepaart mit ein paar gründlich missverstandenen Erfolgen beim anderen Geschlecht, machte sie überheblich und grausam. Und leider waren sie schlichtweg zu dumm, um zu sehen, dass sie spätestens am Tag nach ihrer Abiturfeier wieder zu dem werden würden, was sie in Wirklichkeit waren: unbedeutende kleine Flittchen.

Winnie Heller schenkte dem Mädchen auf der anderen Seite des Tischs ein spöttisches Lächeln, doch zu ihrer Überraschung fing Mirja Libolski urplötzlich an zu weinen. Die runden Schultern unter dem engen T-Shirt zuckten, während ganze Sturzbäche von Tränen über Mirja Libolskis hohe Wangenknochen liefen und Schritt für Schritt das aufwendig aufgetragene Make-up ruinierten, bis nur noch ein hilfloses, schluchzendes Kind übrig blieb. Ein Kind, das Winnie Heller gegen ihren Willen rührte. Aber nicht nur das. Zu ihrer eigenen Überraschung empfand sie auch Wut. Genauso muss ich ausgesehen haben, als ich wie ein zerlumpter Clown vor Lübkes Laube aufgelaufen bin, dachte sie. Genauso dämlich. Und genauso schutzlos. Dabei bin ich das, was man gemeinhin eine gestandene Frau nennt, oder etwa nicht?

Sie seufzte und reichte Mirja Libolski, die noch immer hemmungslos vor sich hin schniefte, ein Taschentuch über den Tisch. »Na? Geht's wieder?«

»Mhm.«

»Gut«, nickte Winnie Heller, »dann kommen wir noch mal auf Angelas Baby zurück. Was *glauben* Sie, wer der Vater gewesen sein könnte?«

Mirja Libolski kaute hingebungsvoll auf ihrer Unterlippe. Sie schien irgendwie lockerer geworden zu sein. Unbefangener. Als ob mit der Schminke auch die Distanz zerschmolzen wäre. »Angel war eine Zeit lang mit Lukas zusammen«, sagte sie. »Lukas Wertheim.«

Winnie Heller betrachtete die dunklen Ringe zerlaufener Wimperntusche unter den Augen des Mädchens und fragte sich, was »eine Zeit lang« bedeuten mochte, in Zeiten wie diesen. »Wie lange genau?«, fragte sie vorsichtshalber.

»Zwei oder drei Wochen vielleicht.«

Liebe Güte! Dabei war ihr eigenes Abitur doch noch nicht einmal zehn Jahre her! »Und sonst?«

Mirja Libolski zögerte. Vielleicht kämpfte sie mit sich, ob sie ihre verstorbene Freundin als das Flittchen darstellen sollte, das sie zweifellos gewesen war. Oder aber ihr fiel tatsächlich niemand anders ein.

»Hatte Ihre Freundin auch mal was mit Sven Strohte?«, versuchte Winnie Heller, ihrer Zeugin mit einer Möglichkeit, die sie selbst nur allzu gerne ausschließen wollte, auf die Sprünge zu helfen.

Einen Moment lang sah Mirja Libolski aus, als habe sie nicht den leisesten Schimmer, von wem die Rede war. Dann lachte sie laut auf. »Der Klavierspieler? Oh Mann, wer hat das denn behauptet?«

Winnie Heller machte eine vage Handbewegung, die jedwede Deutung zuließ und die Mirja Libolski offenbar tatsächlich dazu veranlasste, ein wenig genauer über diese Möglichkeit nachzudenken.

»Nee«, sagte sie nach einer Weile mit einem entschiedenen Ausdruck in den schräg stehenden Augen. »Mit dem Sven hatte sie unter Garantie nichts.«

»Sind Sie sicher?«, konnte sich Winnie Heller einen kleinen Seitenhieb nicht verkneifen. »Immerhin wissen Sie ja auch nicht, wer der Vater des Babys war, das Ihre Freundin nächste Woche abtreiben wollte.«

»Ich hab Ihnen doch schon gesagt, warum sie *darüber* nicht sprechen wollte«, versetzte Mirja Libolski mit beleidigter Miene. »Aber sonst hat sie mir echt alles erzählt. Und was den Sven angeht …« Sie senkte den Blick und zupfte wieder an einem ihrer Fingernägel herum. »Der hat ihr bloß mal was über Lukas erzählt, glaube ich. So als ob er sie warnen wollte oder so.«

»Wissen Sie, worum es dabei ging?«

Die Katzenaugen wanderten Richtung Decke, während Mirja Libolski überlegte. »Ach, so 'n Gelaber von wegen, der wäre es nicht wert und dass er seine Freundinnen doch sowieso wie den letzten Dreck behandeln würde und so was alles.«

»Stimmte das?«

»Was?«

»Dass Lukas Wertheim seine Freundinnen wie Dreck behandelt hat.«

»Kommt drauf an, was man erwartet«, antwortete Mirja Libolski, und ein neuer Ton in ihrer Stimme ließ Winnie Heller aufblicken. Auf einmal klingt sie total abgebrüht, dachte sie. Ein Mädchen ohne jede Illusion.

»Sprechen Sie da aus Erfahrung?«

Mirja Libolskis Antwort bestand aus einem vielsagenden Lächeln.

Mirja L. hat auch mit Lukas W. geschlafen, notierte Winnie Heller in ihren Notizblock. Dann sah sie wieder ihre Zeugin an. »Wieso ist Angela eigentlich überhaupt schwanger geworden?«, fragte sie, wobei sie sich mit Mühe den Zusatz *Bei all der Routine, die sie in diesen Dingen zweifellos gehabt hat* verkniff. Zugleich musste sie an ihre eigenen umständlichen Vorbereitungen auf ihren ersten Sex denken. An die Pille, mit deren Einnahme sie mehr als rechtzeitig begonnen hatte. Und an die Kondome, die Timo Wendel zusätzlich besorgt hatte. Sie hatten auf dem Nachttisch gelegen, als der bärtige Polizeipsychologe ihr von dem Unfall ihrer Schwester erzählt hatte, drei an der Zahl … »Hat sie denn nicht aufgepasst?«

»Doch, sicher«, entgegnete Mirja Libolski würdevoll. »Normalerweise schon.«

»Und warum nicht in diesem Fall?«

»Sie …« Das Mädchen blickte wieder auf den Saum seines T-Shirts hinunter. »Sie war wohl ein bisschen betrunken.«

Alles klar, dachte Winnie Heller sarkastisch, Angela Lukosch war ein bisschen betrunken, und anschließend war sie bedauerlicherweise ein bisschen schwanger. Sie stutzte, als ihr etwas einfiel, das Werneuchen gesagt hatte. *Sie soll ein ziemliches Früchtchen gewesen sein. Affären mit Schulkameraden, Discobekanntschaften und mindestens einem Nachbarn. Außerdem hat sie sich auch schon ein- oder zweimal mit einer Alkoholvergiftung in der Klinik wiedergefunden, nachdem sie es am Abend zuvor mit dem Feiern übertrieben hatte.*

Winnie Heller hob den Kopf, als ihr auffiel, dass Mirja Libolski sie ansah. Aus irgendeinem Grund schien dieses Mädchen dort auf der anderen Seite des Tisches nach etwas wie Verständnis für den Fauxpas ihrer Freundin zu suchen, und Winnie Heller dachte daran, dass Verhoeven sie ganz bestimmt nicht hergeschickt hatte, damit sie sich wie eine gestrenge Mutter benahm. »Tja«, seufzte sie mit einem Lächeln, von dem sie inständig hoffte, dass es ein Mindestmaß an Mitgefühl ausdrückte, »dumme Sache, was?«

Mirja Libolski nickte. »Mhm.«

Winnie Heller nickte auch. »Und wer außer Lukas Wertheim käme Ihrer Meinung nach noch als Vater des Babys in Frage?«, kam sie anschließend noch einmal auf ihre Ausgangsfrage zurück.

Doch ihre Gesprächspartnerin schüttelte nur ratlos ihre blondierte Mähne. »Ehrlich, ich weiß es nicht.«

»Aber Ihre Freundin hatte schon eine ganze Menge Sex, oder?«

»Na ja«, entgegnete Mirja Libolski. »Soooo viel nun auch wieder nicht …«

»Stimmt es, dass Angela auch mal was mit einem Mann aus ihrer Nachbarschaft hatte?«, fragte Winnie Heller, indem sie sich abermals an Werneuchens Worte erinnerte.

»Ja, schon«, nickte das Mädchen. »Aber das war bloß ein einziges Mal.«

Ein einziges Mal kann durchaus einmal zu viel sein, mein Herz, dachte Winnie Heller. Laut sagte sie: »Kennen Sie zufällig auch den Namen dieses Mannes?«

»Sahler, glaub ich.«

Sie machte sich eine entsprechende Notiz. »Und was ist mit Leuten von Ihrer Schule?«

»Nur Lukas und Steven.«

»Steven?«

»Steven Höhmann«, antwortete Mirja Libolski achselzuckend. »Lukas' Freund.«

Die Paintball-Gang, dachte Winnie Heller, sieh mal einer an!

»Ach so, und …«

»Ja?«, sagte Winnie Heller, indem sie sich alle Mühe gab, so aufmunternd wie möglich zu gucken.

»Ich weiß nicht, ob das … Es ist wahrscheinlich voll unwichtig, aber Angel hatte auch mal was mit einem Lehrer.«

Winnie Heller richtete sich auf. »Mit welchem?«

»Na ja …« Mirja Libolski wand sich auf ihrem Stuhl wie eine verschämte Dreijährige. »Er ist sowieso tot, also kann ich es wahrscheinlich sagen, ohne … Na ja …« Sie holte tief Luft. »Es war Herr Scherer.«

Na klar, Heribert Scherer, fuhr es Winnie Heller durch den Sinn. Der Lehrer, der zusammen mit einer weiteren Kollegin im Lehrerzimmer gestorben ist, obwohl Nikolas Hrubesch dort eigentlich nach jemand ganz anderem gesucht hat. Nach Karen Ringstorff, um genau zu sein. »Und wie kam es zu dieser … Nennen wir es mal: Konstellation?«, fragte sie, indem sie sich das Foto des ermordeten Lehrers in Erinnerung rief, das einen nicht gerade umwerfenden Mann mit schütterem Blondhaar und Oberlippenbart zeigte. *Heribert Scherer, achtundvierzig Jahre alt, verheiratet, zwei Töchter.* Alles in allem bestimmt kein Typ, auf den junge Mädchen wie Angela Lukosch abfuhren, und deshalb konnte es eigentlich nur um …

»Angel war ziemlich schlecht in Geschichte, wissen Sie?«, antwortete Mirja Libolski in diesem Augenblick und lieferte damit genau die Erklärung, auf die Winnie Heller gerade selbst verfallen war. »Und Herr Scherer … Na ja, Herr Scherer stand echt total auf sie.«

»Aha«, nickte Winnie Heller, indem sie sich wenig erfolgreich um eine halbwegs wertfreie Miene zu dieser Posse bemühte. »Hat es sich denn wenigstens ausgezahlt?«

»Natürlich«, entgegnete Mirja Libolski, jetzt wieder mit diesem mehr als abgebrühten Lächeln auf den Lippen. »Angels letzte Geschi-Arbeit war zwölf Punkte.«

»Und wann genau hatte Ihre Freundin diese … Affäre mit Herrn Scherer?«

»Och«, machte Mirja Libolski. »Das ist schon ’ne ganze Weile her.«

»Wie lange?«, beharrte Winnie Heller.

»So drei bis vier Monate, schätze ich.«

»Also käme theoretisch auch Herr Scherer als Vater von Angelas Baby in Frage«, schloss Winnie Heller sachlich.

Mirja Libolski starrte sie an, als habe sie ihr gerade das Foto einer besonders übel zugerichteten Wasserleiche unter die Nase gehalten. »Boahh, nee, Scheiße«, fuhr es aus ihr heraus. »Da hätte sie doch aber aufgepasst!«

Tja, mein Herz, dachte Winnie Heller, was das angeht, wäre ich mir an deiner Stelle nicht so sicher!

12

Hannah_24: Ich habe mir Sorgen gemacht.

Mirandolina: Sorry. Aber ich musste erst mal in Ruhe nachdenken.

Hannah_24: Willst du darüber reden?

Mirandolina: Noch nicht.

Hannah_24: Hat es wenigstens was gebracht?

Mirandolina Weiß ich noch nicht so genau. Ich bin noch nicht fertig mit Nachdenken.

Hannah_24: Du erzählst echt ziemlichen Müll in letzter Zeit.

Mirandolina: Tut mir leid!!! Aber es passt irgendwie nichts zusammen, verstehst du? Bloß, dass ich keine Ahnung habe, ob das an mir liegt oder an … was anderem.

Hannah_24: Was meinst du?

Mirandolina: Ich werde einfach nicht schlau aus den Informationen, die hier überall herumgeistern, und ich habe das bescheuerte Gefühl, dass die uns was verheimlichen.

Hannah_24: Wen genau meinst du mit *die*?

Mirandolina: Keine Ahnung, die Medien, die Polizei, die Schulleitung. Such dir was aus!

Hannah_24: Kein Grund, wieder sauer zu werden, okay?

Mirandolina: TUT MIR LEID!

Hannah_24: Also schön, und was genau sollten DIE euch verheimlichen?

Mirandolina: Dass Nikolas so was wie einen Helfer hatte?

Hannah_24: WAAAAS??????????

Mirandolina: FAKT 1: Ich habe zwei Salven von Schüssen gehört. FAKT 2: Niks Persönlichkeit passt irgendwie nicht zu dieser ganzen Sache. Ich meine, du weißt doch selbst noch, wie der getickt hat mit seiner Kunst und seinem Größenwahn und so. Und wenn einer wie der vorhat, Amok zu laufen, dann nur, um irgendwie berühmt zu werden, oder? Aber wenn er berühmt werden wollte, dann müsste er doch auch irgendwas Spektakuläres hinterlassen haben! Du weißt schon, irgendeine Videobotschaft von wegen, wie total scheiße er die ganze Menschheit findet und wie sehr seine Opfer den Tod verdient hätten und so.

Hannah_24: Hey, Vorsicht! In der Persönlichkeit von jemandem kann man sich tierisch täuschen.

Mirandolina: Schon, aber ... Ach, verdammt. Genau das meine ich eben damit, dass ich noch nachdenken muss. Im Augenblick läuft bei mir echt alles durcheinander.

Hannah_24: Das ist doch total normal in so einer Situation.

Mirandolina: Trotzdem ... Irgendwann müsste dieser verdammte Schock doch mal nachlassen!

Hannah_24: Hast du gesehen, dass irgendwelche Perversen den Nik im Internet schon total zum Märtyrer hochstilisieren? Von wegen unverstandener Künstler und was für ein Riesentalent er gewesen wäre und so was alles. Angeblich wird sogar schon eine Zeichnung von ihm bei eBay angeboten. Keine Ahnung, wo derjenige die herhat, aber ich wette, dafür bezahlt irgend so ein Idiot eine Riesensumme!

Mirandolina: Ich habe mich ja immer gefragt, warum der Laurin dem Nik so gute Noten gibt, aber inzwischen glaube ich fast, das war so was wie Mitleid. Oder eine Art Instinkt ...

Hannah_24: Was meinst du mit Instinkt?

Mirandolina: Na ja, vielleicht hat der Laurin gemerkt, dass Nik aus dem Ruder zu laufen drohte, weil er sich immer so total ungerecht benotet gefühlt hat und all das. Und vielleicht wollte er da irgendwie gegensteuern. Damit sich das Ganze nicht auswächst, meine ich.

Hannah_24: Hat ja supertoll funktioniert!

Mirandolina: Na ja, ein Fach allein konnte die Sache wahrscheinlich wirklich nicht rausreißen. Obwohl der Nik an und für sich schon ziemlich clever gewesen ist.

Hannah_24: Na, ich weiß ja nicht! Wenn ich da an das ganze Geschwafel denke, das er früher in Reli abgelassen hat ;-)

Mirandolina: Ich rede von Potenzial. Wenn du es eigentlich draufhast und sich das nie in deinen Noten niederschlägt … Das MUSS ihn tierisch genervt haben!

Hannah_24: Aber du kannst doch einen Menschen, egal wie begabt, nicht andauernd nur mit Samthandschuhen anfassen, bloß damit der nicht eines Tages losrennt und Amok läuft.

Mirandolina: Da ist was dran!

Hannah_24: Ich hatte das jetzt nicht auf dich bezogen. EHRLICH!

Mirandolina: Hatte ich auch gar nicht angenommen ;-)

Hannah_24: Puuuuuuhhh … Da bin ich aber froh!

Mirandolina: Warte mal, es läutet an der Tür.

Hannah_24: Erwartest du Besuch?

Mirandolina: Machst du Witze?! … Aber ernsthaft, ich muss erst mal nachsehen. Ich melde mich dann später noch mal, okay?

Hannah_24: Alles klar, bis dann.

13

Winnie Heller fand den Zehneuroschein, den sie an ihren Bericht über die Auerbach-Ermittlung geheftet hatte, neben ihrem Telefon, als sie nach dem Gespräch mit Mirja Libolski kurz ins Büro zurückkehrte, um ein paar Dokumente abzuholen. Verhoeven hatte die Banknote mit einem

Locher beschwert, und obwohl Winnie Heller sich wie ein kindisches Schulmädchen vorkam, trug sie den Geldschein samt dem Locher wieder zu seinem Schreibtisch hinüber und platzierte beides mitten auf Verhoevens Schreibunterlage. Dazu schrieb sie einen Zettel mit den patzigen Worten: *Ich zahle mein Essen selbst!*, den sie allerdings nach kurzem Überlegen wieder zerriss und in den Papierkorb neben der Tür warf. Dann fuhr sie zum Haus von Sven Strohte, wo sie sich per Handy mit Verhoeven verabredet hatte.

»Diese Miranda Kerr ist wirklich ein bemerkenswertes Mädchen«, berichtete er, als sie nebeneinander die Auffahrt hinaufschlenderten. »Sehr klar und sachlich.«

»Und konnte sie Ihnen auch irgendwas Neues verraten?«, erkundigte sich Winnie Heller ein wenig zu schnippisch.

»Leider nicht allzu viel«, entgegnete er. »Allerdings hat sie wohl schon selbst gründlich über alles nachgedacht, und sie meint, dass zwischen den ersten, also Hrubeschs, Schüssen und der zweiten Salve höchstens zwei bis drei Minuten vergangen sein können. Möglicherweise sogar noch weniger.«

»Das würde bedeuten, dass unser Hintermann Hrubesch ziemlich dicht auf den Fersen war«, schlussfolgerte Winnie Heller. »Zumindest da oben im dritten Stock.«

Ihr Vorgesetzter nickte nachdenklich vor sich hin.

»Aber mal angenommen, Angela Lukosch war tatsächlich die Person, die unser zweiter Schütze im Visier hatte«, überlegte sie weiter. »Woher wusste er eigentlich, dass sie zur fraglichen Zeit auf der Toilette sein würde und nicht in ihrem Klassenraum?«

»Vielleicht waren sie dort verabredet«, schlug Verhoeven vor.

»Sie meinen, der Killer hat sein Opfer schon vor der Tat an einen ganz bestimmten Ort bestellt, um es dort ungestört abknallen zu können?«

»Warum nicht?«, entgegnete Verhoeven, indem er mit dem Kinn auf die imposante Fassade von Sven Strohtes Zuhause deutete. »Schließlich wäre er mit dieser Strategie nicht der Erste gewesen.«

Winnie Heller zuckte, als das Handy in ihrer Handtasche zu klingeln begann. Sie zog es heraus und drückte ohne Zögern auf die Taste *Anruf abweisen*.

»Sie können ruhig drangehen«, sagte Verhoeven, doch sie schüttelte eilig den Kopf.

Wenn dieser Kerl nur nicht so verflucht verständnisvoll täte! »Ist nichts Wichtiges.«

Er warf ihr einen prüfenden Blick zu und nickte.

»Aber falls Sie recht haben und Angela Lukosch tatsächlich mit unserem zweiten Schützen verabredet war«, griff sie die vorausgegangene Diskussion wieder auf, »dann kann es ihr doch ganz bestimmt nicht in den Kram gepasst haben, dass Miranda Kerr auch in dieser Toilette auftauchte, oder?«

»Miranda behauptet, sie sei Angela ohne deren Wissen gefolgt«, antwortete Verhoeven achselzuckend. »Als sie in der Toilette ankam, habe sich Angela gerade übergeben. Und da hat sie sich kurzerhand versteckt.«

»Versteckt?«

»Sie ist in eine der Kabinen und hat erst mal abgewartet.«

Winnie Heller zog die Augenbrauen hoch. »Somit wusste also weder Angela Lukosch noch ihr Mörder, dass sie überhaupt da war?« Sie schüttelte den Kopf. »Das wäre allerdings tatsächlich ein tolles Zusammentreffen, wenn's stimmt, dass Angela und der Killer für den betreffenden Zeitpunkt eine Verabredung hatten.«

»Gegen eine solche Absprache spricht, dass Angela sich offenbar wirklich übergeben musste«, befand Verhoeven sachlich.

»Na ja«, versetzte Winnie Heller. »Immerhin war sie schwanger.«

»Stimmt.«

»Und ganz abgesehen davon: Wer sagt uns, dass Miranda Kerrs Geschichte überhaupt wahr ist? Vielleicht hat Angela gar nicht gekotzt. Vielleicht war Miranda selbst diejenige, die sie in diese Toilette bestellt hat.«

»Angela verließ den Raum nachweislich *vor* Miranda Kerr«, widersprach ihr Verhoeven.

»Das beweist im Grunde gar nichts«, konterte Winnie Heller. Und nach kurzem Nachdenken fügte sie hinzu: »Hat sich diese Miranda eigentlich dazu geäußert, warum sie ihrer Todfeindin ausgerechnet an dem fraglichen Morgen aufs Klo gefolgt ist?«

Verhoeven hielt sich schützend eine Hand über die Augen, als unvermittelt die Sonne durch die Wolken brach. »Sie sagt, sie hätte einem spontanen Impuls nachgegeben. Aus irgendeinem Grund, den sie nicht näher definieren konnte, habe sie auf einmal das Gefühl gehabt, dass sie etwas Nützliches herausfinden würde, wenn sie Angela nachgeht. Etwas, mit dem sie Angela unter Druck setzen und sich so deren Gehässigkeiten vom Hals schaffen könnte. Allerdings tippte sie wohl eher auf Bulimie.«

»Haben Sie ihr das mit Angela Lukoschs Schwangerschaft erzählt?«

Verhoeven verneinte. Dann drückte er auf die Klingel der Stohte'schen Villa, und dieses Mal öffnete ihnen tatsächlich eine Angestellte, eine rundliche Frau mittleren Alters, die eine beige Strickjacke über ihrem schwarzen Etuikleid trug.

»Kriminalpolizei«, sagte Verhoeven, indem er ihr kurz seinen Ausweis unter die Nase hielt. »Wir möchten zu Sven.«

Die Frau nickte und führte die beiden Kommissare in dasselbe Wohnzimmer, in dem sie bereits bei ihrem ersten Besuch gewesen waren.

»Tja, so schnell sieht man sich wieder, was?«, rief Verhoeven, als er gemeinsam mit seiner Kollegin durch die zweiflügelige Tür trat. Doch heute saß der jüngste Sohn des Hauses nicht am Klavier, sondern in einem der Sessel vor dem Kamin. Er hatte eine Schüssel mit Trockenobst neben sich und einen Laptop auf den Knien.

Winnie Heller versuchte, einen Blick auf den Bildschirm zu erhaschen, aber alles, was sie sah, war ein Desktopbild von Microsoft. Sie kannte es, weil sie es selbst auf ihrem Rechner benutzte. Es hieß *Grüne Idylle*.

»Schon wieder neue Fragen?«, sagte der junge Pianist, und für einen flüchtigen Augenblick hatte Winnie Heller den Eindruck, als läge ein Hauch von Spott in seinem Blick. Spott oder Überheblichkeit.

»Tja, das liegt in der Natur der Sache, wissen Sie?«, entgegnete Verhoeven, indem er ungefragt auf dem ausladenden Sofa Platz nahm. Offenbar war er wild entschlossen, Sven Strohte nicht noch einmal im Stehen zu befragen. »Je weiter man vordringt, desto mehr Fragen tun sich auf.«

Der Junge nickte nur.

»Stimmt es, dass Lukas Wertheim und sein Freund Steven Höhmann im Wochenendhaus von Lukas' Vater Treibjagden auf Mitschüler veranstaltet haben?«, kam Verhoeven ohne Umschweife zur Sache.

»Gehört hab ich das mal«, antwortete Sven Strohte ausweichend.

»Nur gehört?«

»Was meinen Sie?«

»Waren Sie jemals dort?«

»Ja.« Es klang ein wenig zögerlich, wie er das sagte. Wie ein Zugeständnis, das er eigentlich gar nicht machen wollte.

»In der Funktion eines Opfers?«

»Nein.«

»Dann vielleicht in der Rolle des Jägers?«

Er lachte. »Ganz bestimmt nicht.«

»Sondern?«

»Wissen Sie was?« Sven Strohte beugte sich vor und stellte den Laptop auf dem Tisch ab, wobei er gleich vorn auf der Sesselkante sitzen blieb. Wie auf dem Sprung. »Glauben Sie doch einfach, was Sie wollen.«

»Ich will aber nichts glauben, sondern die Wahrheit wissen«, sagte Verhoeven. »Haben Sie Angela Lukosch jemals vor Lukas Wertheim gewarnt?«

Für den Bruchteil einer Sekunde verdunkelte ein Schatten das Gesicht des Jungen. Dann nickte er.

»Warum?«, fragte Winnie Heller.

»Warum nicht?«, gab Sven Strohte barsch zurück.

»Waren Sie verliebt in Angela?«

»Nein.« Aus irgendeinem Grund hatte er mit dieser Frage gerechnet, daran bestand kein Zweifel. Und er hatte genug Überlegungen auf die Sache verwendet, um seine Antwort gänzlich ungerührt vorbringen zu können. »Ich fand es nur angebracht, ihr die Augen zu öffnen. Darüber, mit wem sie da was anfängt.«

»Soso, ein Samariter«, nickte Verhoeven. »Aber wissen Sie, was mich wundert?« Er wartete nicht auf Sven Strohtes Reaktion, sondern sprach einfach weiter: »Mich wundert, dass Sie ausgerechnet um Angela Lukoschs Wohl derart besorgt gewesen sind. Immerhin stand sie Lukas Wertheim in puncto Mobbing nach allem, was wir so hören, in nichts nach. Und das dürfte Ihnen kaum entgangen sein.«

»Sie meinte es nicht so«, entgegnete der Junge trotzig, und Winnie Heller dachte an Stephen Hawking, den brillanten Astrophysiker, der angeblich total auf Marilyn Monroe stand. Auch so etwas, das sie nie würde nachvollziehen können.

Verhoevens Handy begann zu summen, doch nach einem kurzen Blick auf das Display entschied er, die Sache der Mailbox zu überlassen.

Sie können ruhig drangehen, ahmte Winnie Heller ihren Vorgesetzten in Gedanken nach. *Tun Sie sich bloß keinen Zwang an!*

Doch er hatte das Handy bereits wieder weggesteckt. »Ist Ihnen bekannt, dass Angela Lukosch schwanger war?«, wandte er sich wieder an Sven Strohte.

Offenbar nicht, dachte Winnie Heller, oder dieser Junge ist der beste Schauspieler, den ich je gesehen habe. Doch zu ihrem größten Bedauern kam sie nicht dazu, Sven Strohtes Antwort auf die Frage ihres Vorgesetzten zu hören, denn im selben Augenblick stürmte ein kleiner, untersetzter Mann ins Zimmer und erfüllte augenblicklich den gesamten Raum mit seiner Präsenz.

»Was geht hier vor?«, fragte er, kaum dass er durch die Tür war.

»Hendrik Verhoeven vom LKA«, sagte Verhoeven, indem er aufstand und dem Mann die Hand entgegenstreckte.

»Mein Sohn wird keine weiteren Fragen mehr beantworten, zumindest nicht ohne unseren Anwalt«, verkündete der Mann, indem er Verhoevens Geste kurzerhand überging, und Winnie Heller suchte in seinem Gesicht vergeblich nach etwas, das man als Familienähnlichkeit deuten konnte. Im Gegensatz zu Sven Strohtes asketischer Zartheit waren die Züge seines Vaters weich und formlos. Die teigig wirkenden Wangen hingen schlaff herunter, ebenso wie das Kinn, ein äußeres Erscheinungsbild, das in krassem Gegensatz zu der tatfreudigen Entschlusskraft stand, über die der erfolgreiche Unternehmensberater ganz offenbar verfügte. »Und selbst dann werden Sie sich wohl oder übel noch ein Weilchen gedulden müssen«, setzte er hinzu. »Denn nach allem, was Sie und Ihre Kollegen unserer Familie in den letzten Tagen angetan haben, braucht Sven jetzt erst mal Ruhe.« Oswald Strohte warf seinem Sprössling, der bleich und in sich zurückgezogen in seinem Sessel kauerte, einen bemerkenswert gleichgültigen Blick zu und fingerte dann einen gelben Zettel aus der Brusttasche seines Jacketts. »Hier ist ein entsprechendes Attest unseres Hausarztes«, erklärte er, indem er Verhoeven das Schriftstück über den Couchtisch reichte. »Und jetzt verlassen Sie bitte mein Haus.«

Verhoeven tauschte einen Blick mit seiner Kollegin, aber ihnen beiden war klar, dass sie hier nicht viel weiterkommen würden. Zumindest nicht im Augenblick. Und vermutlich auch nicht ohne offizielle Vorladung. »Ach ja, eine Sache noch«, wandte er sich trotzdem noch einmal zu Sven Strohte um, als sie bereits an der Tür waren. »Würden Sie uns freundlicherweise eine Speichelprobe für einen DNA-Abgleich geben?«

Der Junge starrte ihn an. »Wozu das denn?«

»Um auszuschließen, dass Sie der Vater von Angela Lukoschs Baby sind«, entgegnete Verhoeven, während der Hausherr neben ihm hörbar nach Luft schnappte.

»Sind Sie jetzt total durchgeknallt, oder was?«, fuhr Sven

Strohte auf, doch sein alter Herr brachte ihn mit einer herrischen Geste zum Schweigen.

»Mein Sohn wird gar nichts tun«, sagte er mit versteinerter Miene. »Es sei denn, Sie kommen uns mit einer richterlichen Verfügung. Und bis dahin haben Sie hier nichts mehr verloren, verstanden?«

14

Hannah_24: Na, wieder da?

Mirandolina: Offensichtlich.

Hannah_24: Und?

Mirandolina: Das war die Kripo da eben an der Tür.

Hannah_24: Im Ernst?

Mirandolina: Nein, ich mache einen blöden Witz.

Hannah_24: Die waren bei dir? Wieso das denn?

Mirandolina: Keine Ahnung. Aber dieser Typ hat 'ne ganze Menge äußerst merkwürdiger Fragen gestellt. Und ich glaube ... Oh Mann, ja, ich habe fast das Gefühl, die denken, dass Angels Tod geplant war!

Hannah_24: Hä?! Wie soll DAS denn bitte gehen bei einem Amoklauf?

Mirandolina: Vielleicht war's ja gar keiner ...

Hannah_24: Was meinst du damit, es war kein Amoklauf? Was denn sonst?

Mirandolina: Ich weiß nicht, aber irgendwas an dieser ganzen Geschichte stinkt zum Himmel!!!

Hannah_24: Jetzt mach mal halblang! Wir haben alle die Bilder gesehen. Und es gibt tausend Zeugen. Und nicht zu vergessen: Sie haben Nik gefunden – in schwarzer Kluft und mit einer Kugel im Kopf.

Mirandolina: Ja, schon.

Hannah_24: Wonach, um alles in der Welt, sieht das für dich aus?!

Mirandolina: Ich weiß, dass es von außen betrachtet wie ein ganz normaler Amoklauf aussieht. Aber da muss trotzdem noch was anderes dahinterstecken. Der Typ von der Polizei ist unheimlich auf dem Abstand rumgeritten. Du weißt schon, wie viel Zeit zwischen den Schüssen gelegen hätte und so. Und er wollte auch wissen, ob ich sonst noch was mitbekommen hätte, während ich mich versteckt habe. Wow, ich glaube, das ist eine total heiße Sache!

Hannah_24: Und was hast du jetzt vor?

Mirandolina: Ich werde mich erst mal ein bisschen umhören. Vielleicht finde ich ja was raus.

Hannah_24: Mira?

Mirandolina: Ja?

Hannah_24: Pass auf dich auf, okay?

Mirandolina: Klar. Bis dann!

15

Sie trafen Werner Kröll, den Exmann ihrer toten Schulsekretärin, in einem kleinen Café in der Nähe der Schule. Nachdem Verhoeven sein Diktiergerät in der Mitte des Tisches platziert hatte, bestellten sie Kaffee und Mineralwasser und warteten, bis sich die korpulente Kellnerin wieder Richtung Tresen davonschleppte.

»Wo waren Sie, als der Amoklauf begann?«, fragte Verhoeven, als sie außer Hörweite war.

»Im Neubau«, antwortete Kröll ohne Zögern. Er war ein erstaunlich gut aussehender und für einen Hausmeister bemerkenswert zierlich gebauter Mann Ende dreißig mit wachen braunen Augen und dichtem Blondhaar. Zur grauen Anzughose trug er ein schlichtes schwarzes Hemd, das seinem Träger einen Hauch weltläufiger Eleganz verlieh. »In der Mädchentoilette im dritten Stock war ein Abfluss verstopft.«

»Und wo wären Sie gewesen, wenn dieser Abfluss nicht verstopft gewesen wäre?«

»Keine Ahnung. Im Büro wahrscheinlich.«

»Wo ist das?«

»Im Erdgeschoss des Altbaus.«

»Auf demselben Flur wie das Sekretariat und das Lehrerzimmer?«, hakte Winnie Heller nach.

Kröll nickte. »Das Hausmeisterbüro liegt ganz am Ende des Ganges. Der Eingang hinter der Treppe.«

Verhoeven lehnte sich zurück, weil die Kellnerin in diesem Augenblick ihre Bestellung servierte. »Und wer hat Sie wann über diesen verstopften Abfluss informiert?«, fragte er, als sie abermals gegangen war.

Kröll überlegte einen Augenblick. »Der stellvertretende Direktor«, sagte er dann. »Jemand hatte die Sache gemeldet, und Herr Gercke kam während der großen Pause zu mir und bat mich, mir das mal anzusehen, sobald ich Zeit habe.«

»Und?«, fragte Verhoeven. »Hatten Sie Zeit?«

»Nicht sofort. Ich hatte noch zu tun.«

»Was?«

Der Hausmeister schenkte ihm ein süffisantes Lächeln. »In der großen Pause stehe ich im Kiosk und verkaufe Milch und Müsliriegel an die wenigen Unverzagten, die sich von unseren neuen Richtlinien zu gesunder Ernährung nicht abschrecken lassen. Die anderen bringen sich ihr Zeug von zu Hause mit oder verschwinden kurz um die Ecke zu *McDonald's.*«

Beim Stichwort »*McDonald's*« suchte Verhoeven unwillkürlich Winnie Hellers Blick, doch sie reagierte nicht, sondern starrte nur mit unbewegter Miene aus dem Fenster. »Und nach der großen Pause?«, wandte er sich wieder an Beate Soltaus geschiedenen Mann.

»Habe ich noch eine Lieferung ausgepackt und ein bisschen aufgeräumt. Und anschließend habe ich dann meinen Werkzeugkoffer aus dem Büro geholt und bin in den dritten rauf, um zu sehen, was Sache ist.«

Winnie Heller riss den Blick vom Fenster los. »Steht Ihr Werkzeug immer im Büro?«, erkundigte sie sich interessiert.

»Klar«, entgegnete Kröll. »Wieso?«

Verhoeven, der erkannte, worauf seine Kollegin hinauswollte, antwortete mit einer Gegenfrage: »Und was ist mit dem Abstellraum im Untergeschoss des Neubaus?« Sven Strohtes geschickt gewähltem Versteck, ergänzte er in Gedanken.

»Da bewahren wir die Sachen auf, die wir nicht jeden Tag brauchen.«

»Wir?«

»Mein Kollege, Herr Breitbach, und ich.«

»Und wo war Ihr Kollege am Tag des Amoklaufs?«

»Auf Mallorca, nehme ich an«, versetzte Kröll. »Ist das von Bedeutung?«

Doch Verhoeven überging die Frage ohne jeden Kommentar. »Was war eigentlich mit dem besagten Abfluss los?«, erkundigte er sich stattdessen. »Ist der tatsächlich verstopft gewesen?«

Kröll runzelte die Stirn. Offenbar war ihm nicht ganz klar, worauf Verhoeven mit seiner Frage abzielte. »Sicher«, antwortete er ein wenig zögerlicher als zuvor. »Deshalb hat man mich ja gerufen.«

»Und konnten Sie den Schaden beheben?«

»Ich war gerade dabei, als ich die Schüsse hörte.«

Folglich müsste sich eigentlich noch klären lassen, ob du die Wahrheit sagst, schloss Verhoeven. Immerhin war das Schulgelände nach wie vor abgesperrt, und an den Sicherheitskräften kam definitiv niemand so ohne weiteres vorbei, was bedeutete, dass der Status quo vom Zeitpunkt der Tragödie noch immer Bestand hatte.

Er stand auf und nahm Winnie Heller beiseite. »Rufen Sie Lübke an und sagen Sie ihm, dass er sich diesen Abfluss vornehmen soll«, wies er sie an. »Vor allem will ich wissen, ob der besagte Schaden – so es ihn tatsächlich gibt – absichtlich herbeigeführt worden sein kann. Wenn unser Mann tatsächlich ein solcher Sicherheitsfanatiker ist, wie wir annehmen, wäre es gut möglich, dass er Kröll aus dem Weg haben wollte, damit er nicht zur falschen Zeit im Untergeschoss auftaucht und … Hey, alles klar?« Winnie Hellers Körper schien unter seinem Blick erstarrt zu sein, und er fand, dass sie irgendwie unglücklich aussah, ohne dass er hätte sagen können, woran er diesen Eindruck festmachte. »Ist Ihnen nicht gut?«

»Doch, doch, ich ...« Sie blickte zu Boden. »Es ist nur ... Das ... Könnten Sie vielleicht ausnahmsweise selbst ...«

»Was meinen Sie?«, fragte Verhoeven mit einem verwirrten Kopfschütteln.

»Ach was, vergessen Sie's«, fauchte sie ihn an und riss ihr Handy aus der Handtasche.

Doch Verhoeven hielt sie kurzerhand am Arm fest. »Haben Sie irgendein Problem mit Lüb...«

»Nein«, gab sie zurück, wobei sie für einen Moment sogar vergaß, leise zu sprechen. »Ich habe kein Problem. Alles bestens.«

Etwas, das Verhoeven ihr nicht im Mindesten abkaufte, aber er ließ sie in Ruhe und kehrte zu Kröll an den Tisch zurück. Dort drehte er sich noch einmal kurz nach ihr um, aber sie wandte ihm den Rücken zu und telefonierte. »Sagen Sie«, wandte er sich seufzend wieder an Beate Soltaus Exmann. »Wie war eigentlich Ihr Verhältnis zu Ihrer geschiedenen Frau?«

Die braunen Augen verengten sich. »Ich bin sicher, dass Sie das bereits wissen.«

»Ich hätte es gern von Ihnen gehört.«

»Beate und ich gingen uns mehr oder weniger konsequent aus dem Weg.«

»Wessen Idee war das?«

»Beates«, stöhnte Kröll entnervt. »Ehrlich, ich habe keinen Schimmer, warum Sie sich für diesen ganzen Privatkrempel interessieren. Aber wenn es unbedingt sein muss, noch einmal fürs Protokoll«, er beugte sich provozierend dicht über das Diktiergerät, das zwischen ihnen auf dem Tisch stand. »Beate war diejenige, die kein Interesse an einem wie auch immer gearteten Kontakt hatte, und sie war es auch, die damals die Scheidung wollte.«

»Weil Sie Ihre Finger nicht bei sich behalten konnten«, versetzte Verhoeven lapidar.

»Ein Mal«, widersprach ihm der Hausmeister dezidiert. »Ich habe meine Exfrau nur ein einziges Mal betrogen.«

»Ach ja?«

Kröll überging die Rückfrage mit einem spöttischen Lächeln. Nichtsdestotrotz hatte Verhoeven den Eindruck, dass er vor Wut kochte. »Jeder macht mal einen Fehler, oder etwa nicht? Immerhin sind wir Menschen und als solche weiß Gott nicht unfehlbar. Nur die heilige Beate konnte das natürlich nicht verstehen.« Er starrte in sein Wasserglas hinunter. »Glauben Sie mir, diese Frau war der nachtragendste Mensch auf dem ganzen Planeten. Und wenn einer bei ihr – verzeihen Sie den Ausdruck – verschissen hatte, dann hatte er verschissen bis in die Steinzeit. Und das ...«, er beugte sich wieder über das Mikrophon des Diktiergeräts, »... ist auch schon alles, was Sie über unsere Ehe zu wissen brauchen.«

Abwarten, dachte Verhoeven. »Haben Sie die Hausmeisterstelle am Clemens-Brentano-Gymnasium angenommen, weil Sie hofften, Ihrer Exfrau auf diese Weise wieder näherzukommen?«

Kröll lachte laut auf. »Nein.«

»Bestimmt nicht?«

»Ich habe Ihnen doch gerade erzählt, wie Beate gewesen ist«, versetzte Kröll. »Eine zweite Chance bei ihr zu kriegen war ungefähr so wahrscheinlich wie ein Sechser im Lotto.«

»Und aus welchem Grund haben Sie sich dann ausgerechnet auf die genannte Stelle beworben?«

»Weil sie gut bezahlt ist.«

Verhoeven sah kurz zu Winnie Heller hinüber, die ihr Telefonat beendet hatte und sich soeben mit finsterer Miene wieder auf ihrem Fensterplatz niederließ. »Haben Sie Ihre Exfrau am Tag des Amoklaufs gesehen?«, wechselte er dann noch einmal das Thema.

Kröll nickte flüchtig. »Wir sind uns auf dem Gang begegnet, als sie in die Bibliothek rauf ist.«

»Wann war das genau?«

»Kurz vor Beginn der großen Pause. Da war ich auf dem Weg in meinen Kiosk und sie im Begriff, ihre Schatzkammer für die profane Masse zu öffnen.«

»War die Bibliothek eigentlich täglich zugänglich?«, hakte

Winnie Heller nach, indem sie einen zerknabberten Einwegkugelschreiber aus der Tasche ihres Parkas nestelte.

»Immer in der großen Pause«, antwortete Kröll. »Dienstags und donnerstags auch noch zusätzlich in der vierten Stunde. Für Lehrer stand sie darüber hinaus bei Bedarf zur Verfügung. In solchen Fällen konnten sie sich den Schlüssel bei Beate im Büro abholen.« Auf dem Gesicht des Hausmeisters erschien wieder jenes spöttische Lächeln, das Verhoeven bereits zuvor aufgefallen war. Das Fassadenlächeln, hinter dem sich etwas grundlegend anderes verbarg. »Allerdings war Beate furchtbar heikel mit ihren Beständen und ging meistens mit hinauf, wenn jemand etwas wollte.«

Der Mann weiß verdammt gut Bescheid, dachte Verhoeven.

Ihm gegenüber starrte Winnie Heller stirnrunzelnd auf ihre Notizen hinunter. »Sie sagten doch gerade, dass die Bibliothek nur in der großen Pause und in der anschließenden vierten Stunde geöffnet war«, bemerkte sie, an Kröll gewandt.

»Und das auch nur dienstags und donnerstags«, bestätigte dieser mit einem knappen Nicken.

»Und in der übrigen Zeit war der Raum grundsätzlich abgeschlossen?«

»Ja, immer.«

Winnie Heller nickte. »Der Amoklauf begann, wie wir wissen, ziemlich genau um 11 Uhr 55«, fuhr sie dann wie zu sich selbst fort. »Das müsste ...« Sie schloss kurz die Augen, während sie rechnete. »Das dürfte ungefähr in der Mitte der fünften Stunde gewesen sein, oder?«

Kröll bejahte abermals, und der Ausdruck seiner Augen verriet, dass er sehr genau verstand, worauf seine Gesprächspartnerin hinauswollte.

»Folglich müsste irgendwer Ihre Exfrau gebeten haben, die Bibliothek nach Ende der offiziellen Öffnungszeit noch einmal außer der Reihe aufzuschließen«, schlussfolgerte Winnie Heller, indem sie einen gedankenverlorenen Kringel um die Öffnungszeiten zog, die sie sich notiert hatte. »Oder blieb Frau Soltau auch schon mal länger dort?«

Kröll schüttelte den Kopf. »Nein, eigentlich nicht«, sagte er. »Die Bibliothek war zwar ihr Steckenpferd, aber sie musste natürlich auch ihre Bürozeiten einhalten.«

»Gerade eben haben Sie uns aber noch erklärt, dass Ihre Exfrau das Büro sehr wohl auch schon mal außer der Reihe verlassen habe«, widersprach Verhoeven. »Wenn einer der Lehrer ein Buch benötigte, zum Beispiel.«

»Ja sicher«, entgegnete Kröll. »Aber das war dann üblicherweise eine Sache von vier oder fünf Minuten.« Sein Blick glitt über die Tischplatte, und er schien mit einem Mal sehr nachdenklich zu sein. »Für solche Fälle hatte Beate übrigens ein Schild, das sie außen an die Tür zum Sekretariat hängte. Sie wissen schon, so ein Pappding, wo *Bin gleich zurück* draufsteht.«

Verhoeven trank seinen Kaffee aus und griff nach dem Diktiergerät, das noch immer jedes ihrer Worte aufzeichnete. »Sie wissen nicht zufällig, ob dieses Schild auch am Tag des Amoklaufs an der Tür zum Sekretariat hing?«, erkundigte er sich beiläufig, indem er die Aufnahme beendete und das Gerät wieder einsteckte.

»Nein«, sagte Kröll, und sein Ton klang vielleicht eine Spur zu bedauernd. »Ich habe nicht die geringste Ahnung.«

»Dann danke ich Ihnen, dass Sie uns Ihre Zeit geopfert haben«, sagte Verhoeven und stand auf. Winnie Heller tat es ihm gleich.

»Keine Ursache«, entgegnete Kröll, aber er blieb sitzen.

Verhoeven beglich die Rechnung vorn am Tresen, dann folgte er seiner Kollegin zu ihrem Dienstwagen, der nur ein paar Schritte entfernt stand.

»Sagen Sie«, fragte er, als sie im Auto saßen. »Ist Jana Weinand eigentlich schon aus dem Koma erwacht?«

Winnie Heller blickte überrascht auf. »Die Lernsoftware-Vertreterin, die Hrubesch auf dem Gang vor dem Lehrerzimmer erwischt hat?«

Verhoeven hasste es, wenn sie so redete. *Erwischt hat …* Aber ihm war auch klar, dass diese Form von rüder Ausdrucksweise ihre ureigenste Art war, mit allem fertig zu werden. Eine Distanz zu schaffen zwischen sich und dem Fall. Also nickte er nur.

»Keine Ahnung.«

»Dann finden Sie's raus. Immerhin hatte sie am Tag des Amoklaufs einen Termin mit dem Direktor. Und zwar um Punkt zwölf, wenn ich mich richtig erinnere.«

»Sie denken, Jana Weinand könnte gesehen haben, ob dieses Bin-gleich-wieder-da-Schild an der Tür zum Sekretariat hing?«

»Warum nicht? Sie war zu früh dran, wie wir wissen. Und da sie sich in dieser Schule nicht auskannte, wird sie sich doch unter Garantie erst mal kundig gemacht haben, wo sie hinmuss.«

Verhoeven kaute gedankenverloren auf seiner Unterlippe, während seine Kollegin in der Einsatzzentrale anrief und sich mit einem von Höppners Leuten verbinden ließ. Dieser konnte ihr, was Jana Weinands aktuellen Gesundheitszustand anging, zunächst nicht viel weiterhelfen, versprach aber, sich kundig zu machen. Und tatsächlich dauerte es keine fünf Minuten, bis er zurückrief.

»Jana Weinand ist wach und ansprechbar«, verkündete Winnie Heller, nachdem sie das Telefonat beendet hatte.

»Phantastisch«, rief Verhoeven. »Dann nichts wie hin.«

16

»Nein, tut mir leid«, sagte Manuela Strohte mit entmutigender Bestimmtheit. »Mein Sohn ist im Augenblick nicht zu sprechen. Er fühlt sich nicht wohl.«

Verdammt! Jessica Mahlers Finger schlossen sich fester um den Hörer. Warum hatte sie ihn gestern nicht einfach nach seiner Handynummer gefragt?! Dabei hing so viel davon ab, dass sie mehr über diesen angeblichen Komplizen herausfand. So ein Videoband, wie es Steven Höhmann in Händen hielt, hatte nun einmal seinen Preis. Und Tante Karen zu hintergehen wäre ein sehr viel höherer Preis gewesen als das, was Steven Höhmann jetzt verlangte. Oh ja, dachte Jessica Mahler, zum Glück können Preise sich ändern!

Schon in der Hütte hatte Steven sie bedrängt, ihm mehr zu erzählen. *Was soll das heißen, dass Nik einen Helfer hatte? Von was für Gerüchten sprichst du?* Er hatte sich gut im Griff gehabt, aber sie hatte seine Angst gerochen. Und sie hatte es genossen, ihn leiden zu sehen. Sehr genossen. *Soweit ich weiß, sind es mehr als Gerüchte,* hatte sie gesagt und hinzugefügt: *Es gibt einen Zeugen.* Er hatte gelacht, ein plumper Versuch, sie auf die Probe zu stellen. *Ein Zeuge? Du bist ja nicht ganz dicht!* Doch sie hatte ihn nur angesehen und gelächelt, genau wie jetzt auch. *Du denkst, dass ich bluffe? Nun gut. Deine Sache.* Dann hatte sie sich auf dem Absatz umgedreht und war zur Tür hinausspaziert, aber natürlich war sie nicht weit gekommen. *Sag mir, was du weißt!* Er hatte sie am Arm gepackt, ziemlich grob sogar, aber das war ihr egal gewesen. Sie hatte viel zu genau gewusst, dass sie ihn in der Hand hatte, wenn sie es nur ein bisschen geschickt anstellte. *Oh,* hatte sie geantwortet, *im Augenblick weiß ich noch gar nichts. Aber ich könnte vielleicht was herausfinden...*

Und da stand sie nun also und versuchte ihr Glück. Und wenn es ihr tatsächlich gelang, etwas in Erfahrung zu bringen, das Steven Höhmann weiterhalf, würde er ihr im Gegenzug für diese Information die Kassette aushändigen. Vorausgesetzt, sie bekam diesen musikalischen Trottel von einem Zeugen überhaupt an den Apparat! »Tut mir leid, dass es Sven nicht gut geht, aber ich müsste ihn trotzdem kurz sprechen«, startete sie einen neuen Überzeugungsversuch, als sie unvermittelt seine Stimme hörte.

»Ist das für mich?«

Den Wortwechsel, der auf seine Frage folgte, bekam sie nicht mit, weil Manuela Strohte die Hand über den Hörer hielt. Doch nach ein paar Augenblicken raschelte es in der Leitung, und Jessica Mahler hörte ein reichlich pikiertes »Also schön, wie du meinst ...«

Dann war Sven selbst am Apparat. »Jessica?«

»Ja.« Sie lachte. »Ich schon wieder.«

»Tut mir echt leid«, sagte er, »aber meine Mutter macht sich ziemliche Sorgen.«

»Ist doch klar«, versicherte sie hastig. »Es ist nur ... Es lässt mich nicht los, was du mir da gestern erzählt hast, und ich ...«

»Ich kann im Augenblick nicht besonders gut reden«, unterbrach er sie gleich wieder, und sie überlegte, ob seine Mutter wohl noch immer irgendwo in der Nähe war.

»Ich könnte dich ja auch später noch mal auf dem Handy anrufen«, schlug sie vor. »Wenn du mir nur schnell deine Nummer ...«

»Das ist schlecht«, entgegnete er. »Aber vielleicht können wir uns morgen irgendwo treffen ...«

Treffen? Jessica Mahler zögerte. Hatte dieser blasse Loser etwa vor, die Situation zu seinen Gunsten auszunutzen?

Du kannst nicht jedes Mal darauf bauen, dass ein anderer deine Probleme löst, mahnte ihre innere Stimme. Also unternimm gefälligst selbst was! Du hast Stevens Zusage, was das Band betrifft, und den Rest wirst du schon hinbekommen! Wie sagt man doch so schön: Das Glück ist mit den Mutigen!

Jessica Mahler atmete tief durch.

»Einverstanden«, sagte sie. »Wann und wo?«

17

»Nee, wat für 'ne ausjemacht scheußliche Kombination!«, rief Dr. Gutzkow entsetzt, als Verhoeven sie am Abend von zu Hause aus anrief und um einen DNA-Abgleich zur Klärung der Vaterschaft von Angela Lukoschs ungeborenem Baby bat. »Det mit dem hübschen Dunkelhaarigen kann ick ja eben noch nachvollziehen, aber sind Se wirklich sicher, dass die Kleene ooch wat mit diesem Scherer hatte?«

»Ihre Freundin sagt ja.«

Die Pathologin antwortete mit einem ungläubigen Schnauben. »Versteh einer diese jungen Dinger!«

»Soweit ich weiß, ging es dabei um eine Geschichtsnote«,

sagte Verhoeven nach einem kurzen Blick auf das Protokoll der Befragung von Mirja Libolski, das Winnie Heller ihm kurz vor ihrem Aufbruch überreicht hatte.

Dr. Gutzkow lachte laut und herzlich. »Somit wäre Angela Lukosch also nicht nur hübsch, sondern auch pragmatisch gewesen, ja?«

»Scheint so.«

»Trotzdem«, entgegnete die Pathologin trocken, »da hätte ick an ihrer Stelle mich lieber auf meine vier Buchstaben gesetzt und gepaukt.«

Verhoeven versuchte, sich die spröde Gerichtsmedizinerin als Schulmädchen vorzustellen, aber es wollte ihm beim besten Willen nicht gelingen. Stattdessen kam ihm etwas in den Sinn, das Winnie Heller gesagt hatte und das seither in seinem Kopf herumgeisterte wie ein Irrlicht, das er einfach nicht zu fassen bekam.

Die zeitliche Abfolge ist der Schlüssel …

Unser Mann würde mit seinem eigentlichen Opfer beginnen. Sonst würde er riskieren, dass ihm die betreffende Person im allgemeinen Chaos durch die Lappen geht.

Verhoeven fuhr sich mit der freien Hand durch die Haare, die noch feucht waren vom Duschen. Das Wichtigste zuerst, auf diese einfache Formel hatte der erfahrene Bredeney Winnie Hellers These gebracht. Aber was war das Wichtigste? Um welches der drei verbliebenen Opfer ging es? Um Angela Lukosch, die Abiturientin? Um Beate Soltau, die Sekretärin? Oder doch um den umschwärmten Lukas Wertheim? Wenn sich unser Hintermann tatsächlich von Beginn an in Hrubeschs Windschatten bewegt hat, überlegte Verhoeven, wäre Lukas Wertheim der Erste gewesen. *Sollen wir den wirklich ernsthaft in Erwägung ziehen?*, maulte Winnie Heller in seinem Kopf. *Ich meine, wir haben ein ganzes Klassenzimmer voller Schüler, die behaupten, dass ein schwarz gekleideter Kerl in der Tür erschienen sei und ohne lange zu fackeln das Feuer eröffnet habe.* Also doch Angela Lukosch, dachte Verhoeven. Eine hübsche junge Schülerin, die den Vater ihres ungeborenen Kindes mit einer Lüge provoziert hatte und der laut Aussage ihrer besten Freundin in der Zeit vor ihrem gewaltsamen Tod ziemlich übel mitgespielt worden war. Er dachte an die zerstochenen Reifen und die anonymen Beschimpfungen, die Angela Lukosch angeblich erhalten hatte. Und daran, dass Miranda Kerr ihrer Todfeindin ausgerechnet am Tag des Massakers auf die Toilette gefolgt war. *Die zeitliche Abfolge,* hämmerte es hinter seiner Stirn. *Das ist der alles entscheidende Punkt ...*

»Sind Se noch dran?«, wollte unterdessen Dr. Gutzkow wissen.

»Ja, entschuldigen Sie«, sagte Verhoeven. »Ich habe nur gerade überlegt, in welcher Reihenfolge unsere Opfer gestorben sein könnten.«

»Ich fürchte, vom gerichtsmedizinischen Standpunkt kann ich Ihnen dazu nicht viel Erhellendes an die Hand geben«, entgegnete Dr. Gutzkow in bedauerndem Hochdeutsch. »So eng, wie der zeitliche Rahmen in diesem Fall gesteckt ist ...«

»Natürlich«, sagte Verhoeven.

»Wer starb wann?«, wiederholte Dr. Gutzkow sinnend. »Det klingt beinahe wie so 'n makabret Quiz, wat?«

»Oh ja«, seufzte Verhoeven. »Allerdings.«

Er bedankte sich und wünschte eine gute Nacht. Dann nahm er sich die Akten vor, die er sich aus dem Büro mitgebracht hatte. Er war sich durchaus bewusst, dass er gegen einen seiner wichtigsten Grundsätze verstieß, wenn er es zuließ, dass die Arbeit ihn bis in seine eigenen vier Wände verfolgte, aber in diesem speziellen Fall ging es nicht anders. Sie mussten dieser Sache irgendwie Herr werden, bevor der Kerl, hinter dem sie her waren, endgültig wieder in der Versenkung verschwand.

Schon jetzt war er nichts als ein Schatten.

Einer, der im wahrsten Sinne des Wortes aus der Deckung feuerte.

Kein Schild an der Tür zum Sekretariat, resümierte Verhoeven, indem er sich das kurze Gespräch mit Jana Weinand in Erinnerung rief, das Winnie Heller und er auf der Intensivstation der Mainzer Universitätsklinik geführt hatten. Was das betraf, war sich die Softwarevertreterin ganz sicher gewesen. Neben der Tür des Direktors, ja, da sei so ein Hinweis gewesen. *S. Malbusch. Direktor. Anmeldung gegenüber.* Oder so ähnlich. Aber an Beate Soltaus Tür? Nein, da nicht …

»Kein Schild«, murmelte Verhoeven vor sich hin, indem er die verschwommene Kopie von Beate Soltaus Porträtfoto zur Hand nahm, die bei seinen Akten lag. Keine Entschuldigung dafür, dass die zuverlässige Schulsekretärin noch einmal in die Bibliothek hinaufgegangen war, als sie eigentlich schon längst wieder in ihrem Büro hätte sitzen sollen.

Aber wie war das zu erklären? Ein Notfall? Ein Versehen? Eine zufällige Nachlässigkeit?

Verhoeven legte das Foto beiseite und schlenderte langsam zum Fenster hinüber. An diesem unseligen Dienstagvormittag sind erstaunlich viele Dinge nicht so gewesen, wie sie hätten sein sollen, dachte er. Ein Schild, das nicht an einer Tür gehangen hatte. Eine Lehrerin, die nicht dort gewesen war, wo der Junge, der entschlossen war, sie zu töten, sie vermutet hatte. Dazu ein Chopin spielender Hasenfuß, der sich im Angesicht einer Waffe zu einer gänzlich unerwarteten Heldentat hinreißen ließ. Und ein hochintelligentes junges Mädchen, das ausgerechnet am Tag der tödlichen Schüsse zum ersten Mal auf den Gedanken kommt, dass die Leitwölfin seiner beschränkten kleinen Welt ein schmutziges Geheimnis haben könnte.

Was war das? Zufall? Schicksal? Die viel beschworene Chaostheorie? Alles, was irgendwie schiefgehen kann, geht auch schief? Oder steckte hinter einem dieser scheinbaren Zufälle am Ende doch mehr? Ein Plan? Eine Strategie? Ein Hinweis auf den Mann, der sich unbemerkt in Nikolas Hrubeschs Schatten bewegt hatte und den sie ans Licht zerren mussten, koste es, was es wolle?

Verhoeven starrte aus dem Fenster in die anbrechende Nacht hinaus und dachte wieder an Beate Soltaus Türschild. Entweder war die Sekretärin von jemandem gebeten worden, ihn nach Schließung der Bibliothek noch einmal dorthin zu begleiten, und hatte in der Eile des Aufbruchs schlicht und einfach vergessen, das Schild an die Tür zu hängen. Oder aber sie war nach Ende der offiziellen Öffnungszeit noch gar nicht wieder in ihrem Büro gewesen. Aber warum?, überlegte Verhoeven, dem keine dieser beiden Möglichkeiten sonderlich plausibel vorkam. Was konnte Beate Soltau veranlasst haben, mehr als eine halbe Stunde länger als üblich in der Bibliothek zu bleiben? Noch dazu, wo ihr wahrscheinlich bewusst gewesen war, dass ihr Chef um Punkt zwölf einen Termin hatte und dass Jana Weinand zwangsläufig bei ihr klopfen würde …

Aber halt! Stopp! Moment!

Verhoeven richtete sich kerzengerade auf. Da war noch etwas, das sie bislang übersehen hatten! Streng genommen hätte die Bibliothek verschlossen sein müssen, als Nikolas Hrubesch auf seinem Weg in den Neubau dort vorbeigekommen ist, dachte er, und er fühlte, wie die Aufregung über diese Entdeckung sich wie eine kalte Hand um seinen Magen legte. Die Türen der Bibliothek hätten verschlossen sein müssen, und trotzdem haben wir zwei Tote in diesem Raum: Karla Oppendorf und Beate Soltau.

Verhoeven kehrte an seinen Schreibtisch zurück und wählte Lübkes Dienstnummer. »Habt ihr Fotos gemacht, auf denen die Türen zur Schulbibliothek zu sehen sind?«, fragte er, als der Leiter des Kriminallabors sich nach kurzem Klingeln meldete.

Lübke, der bekannt dafür war, seine Tatorte mit akribischer Akkuratesse zu dokumentieren und sich selbst noch Jahre nach Abschluss eines Falls an die abseitigsten Details zu erinnern, brummte etwas, das wohl Zustimmung ausdrücken sollte. Verhoeven hörte seine angestrengten Atemzüge und ein Piepsen, das wie das Signal eines Computerprogramms klang. Dann meldete sich der oberste Spurensicherer zurück. »Okay«, sagte er. »Was willst du wissen?«

»Waren die Türen zur Bibliothek offen, als das SEK stürmte?«

»Ja.«

»Irgendein Hinweis auf ein gewaltsames Eindringen?«

»Nein«, entgegnete Lübke. »Keiner.«

Verdammt, dachte Verhoeven, was bedeutet das? Dass Beate Soltau tatsächlich immer noch oder schon wieder in der Bibliothek gewesen ist, als Hrubesch dort vorbeikam? *Sie war furcht-*

bar heikel mit ihren Beständen, flüsterte Werner Krölls Stimme in seinem Kopf. *Und in der übrigen Zeit war der Raum grundsätzlich abgeschlossen …* Mag sein, dachte Verhoeven, aber nicht an diesem denkwürdigen Morgen.

»Und was war mit diesem Abfluss in der Mädchentoilette?«, fragte er, als er Lübkes aufmerksames Schweigen registrierte.

»War tatsächlich verstopft.«

»Vorsätzlich?«

»Wir haben eine ganze Menge Papier gefunden«, sagte Lübke. »Aber ob man das jetzt als Vorsatz oder dummen Streich interpretieren soll … Wer will das so genau sagen bei einer Schultoilette?«

Stimmt, dachte Verhoeven resigniert. Und schon wieder eine Spur, die irgendwie ins Leere lief.

Am anderen Ende der Leitung ließ Hermann-Joseph Lübke ein Räuspern hören, das ungewohnt nervös wirkte. »Sag mal«, setzte er umständlich an. »Was macht eigentlich deine Kleine? Ist da alles okay?«

»Mit Nina?«, fragte Verhoeven, verwundert, dass der raue Lübke ausgerechnet in einer so angespannten Situation derart privat wurde. »Na ja, weißt du, sie hält uns ziemlich auf Trab mit all ihren Fragen und Entdeckungen. Und im Moment sind auch noch die Kinder meiner Schwägerin bei uns zu Gast.« Er stieß einen tiefen Seufzer aus. »Vier an der Zahl und allesamt hochbegabt.«

»Verstehe«, knurrte Lübke, und Verhoeven hatte das unbestimmte Gefühl, dass der oberste Spurensicherer von seiner Antwort enttäuscht war. »Na dann …«

»Gute Nacht«, sagte Verhoeven und legte kopfschüttelnd auf.

18 *Denken Sie noch einmal gründlich über alles nach,* hatte der Kriminalkommissar zu ihr gesagt. *Und wenn Ihnen noch irgendwas einfällt …*

Miranda Kerr saß auf der Couch im Wohnzimmer und genoss die Dunkelheit, die sie umfing. Ihre Mutter hatte ihr angeboten, zu Hause zu bleiben. Etwas, das sie seit Jahren nicht getan hatte. Aber sie hatte abgelehnt. Inzwischen war sie das Alleinsein gewohnt, mehr noch, seit Dienstag hatte sie sogar das Gefühl, überhaupt nur richtig denken zu können, wenn niemand da war, der sie störte. Wenn sie Ruhe hatte.

Da ist etwas, das mir einfallen müsste, dachte sie, indem sie zum wiederholten Mal in die Chipstüte griff, die neben ihr auf dem Sofa lag. Irgendetwas, das ich übersehe. Etwas, das mir entfallen ist, obwohl ich es eigentlich wissen müsste. Etwas Wichtiges.

Sie schloss die Augen und lauschte ihrem eigenen Kauen, ein Geräusch, das sie irgendwie beruhigend fand. Also einmal mehr alles auf Anfang, dachte sie. Da war Angelas Kotzen. Die Klospülung. Schmierereien an den Wänden. Das Fenster abgedichtet. Gesprungenes Glas. Sie nickte. Dann Fehlzündungen und frenchmanikürte Fingernägel unter einem laufenden Wasserhahn. Und Schüsse. Schreie, aber nicht Angels. Die steht, im Gegenteil, am Waschbecken, unbeweglich wie eine Salzsäule. Dann ein kurzes Aufatmen. Ein Augenblick der Stille. Und danach neue Schritte und …

Miranda Kerr runzelte die Stirn.

Neue Schritte und …

Schritte …

Ihr Herz schlug schneller. Was stimmte nicht mit diesen zweiten Schritten? Was daran passte nicht ins Bild?

Wenn da tatsächlich noch jemand anders gewesen wäre, dachte sie. Jemand, der ebenfalls geschossen hat. Ein Komplize oder Helfer …

Sie stand auf. Gedanken wie die, die ihr augenblicklich durch den Kopf gingen, ließen einfach nicht zu, dass man sitzen blieb. Neben ihr raschelte Plastik zu Boden. Chips, die auf den fleckigen Teppich rieselten. Doch das nahm sie nur am Rande wahr. Sie stolperte auf das nachtschwarze Fenster zu. Hinter der Scheibe pfiff ein frischer Westwind, Herbst im Anzug. Westen, dachte Miranda Kerr. Wer immer Angel erschossen hat, kam aus Westen …

Der Gedanke wuchs sich aus. Wurde größer und bedrohlicher. Nikolas Hrubesch war nach seinen Schüssen in Raum 304 den Flur entlanggestürmt, er war an ihrer Toilettentür vorbeigelaufen und anschließend über das westliche Treppenhaus in den zweiten Stock hinuntergerannt. So hatte es der Kriminalbeamte dargestellt, und so stand es auch in allen Zeitungen. Eins dieser Blätter hatte sogar einen Plan des Schulgebäudes veröffentlicht, in dem der Weg, den der Amokschütze genommen hatte, präzise eingezeichnet gewesen war. Miranda Kerr presste ihre schweißnasse Stirn gegen die Scheibe, weil sie hoffte, dass die Kühle ihr helfen würde, ihre Gedanken zu ordnen. Nikolas war an Angela und ihr vorbeigelaufen, hatte das westliche Treppenhaus eine Etage unter ihnen wieder verlassen und war dann wild um sich schießend durch den Flur im zweiten Stock gestürmt, geradewegs auf den Durchgang zum Neubau zu. Aber diese Schritte, die sie gehört hatte, die zweiten, jene, die Angela das Leben gekostet hatten … Die waren eindeutig aus Westen gekommen, aus derselben Richtung, in die Nikolas Hrubesch kurz zuvor verschwunden war!

Das westliche Treppenhaus …

Folglich müsste Nik nach den Schüssen in 304 und seinem Abgang über das westliche Treppenhaus noch einmal zurückgekommen sein, schlussfolgerte Miranda Kerr mit wachsender Nervosität. Oder aber … Sie leckte sich über die trockenen Lippen, und fast war ihr, als schmecke sie wieder Angela Lukoschs Blut auf der zarten Haut. Oder aber ein anderer war kurz nach Niks Verschwinden aus dem westlichen Treppenhaus gekommen und hatte Angel erschossen.

Das ist die einzige Möglichkeit, die Sinn macht, dachte sie. Nikolas kann nicht zurückgekommen sein. Weshalb hätte er das tun sollen? Er ist doch auch sonst so zielgerichtet vorgegangen.

Also ein anderer!

Ein zweiter Schütze.

Jemand außer Nik …

Miranda Kerr strich sich über den Magen, der ihr plötzlich höllisch wehtat, und nur mit äußerster Mühe widerstand sie dem Bedürfnis, zum Couchtisch zurückzukehren und die Chips aufzuklauben, die dort verstreut lagen. Sich vollzustopfen. Die Lücke in sich zu füllen, direkt vom Teppich in den Mund.

Aber wenn die Schritte, die ich gehört habe, tatsächlich vom westlichen Treppenhaus kamen, überlegte sie, um sich von dem brennenden Bedürfnis nach Essen abzulenken, hätte dann, wer immer da gekommen ist, Nikolas nicht eigentlich begegnen müssen?

VI

Schwanger? … Angel? … Ach, du Scheiße!

Susanne S., Freundin

Drohbriefe sagen Sie … Nein, nicht, dass ich wüsste. Aber Sie dürfen sich natürlich gerne umsehen, wenn Sie glauben, dass Ihnen das weiterhilft.

Walter Lukosch, Vater

So was hebt man doch nicht auf! Ich meine, da lacht man drüber oder ärgert sich vielleicht auch, und dann schmeißt man das Zeug in den Müll. Oder man hält sein Feuerzeug dran …

Mirja Libolski, Freundin

Ja, hier ist es: Zerstochener Vorder- und Hinterreifen. Ärgerliche Sache. Aber so was kommt natürlich alle naslang vor.

Adnan G., Mechaniker

Angela Lukosch? Ja, ich glaube, mit der hatte Lukas mal irgendeine kurze Sache laufen. Aber soweit ich weiß, ist das schon eine ganze Weile vorbei.

Steven Höhmann, Freund von Lukas Wertheim († 18)

Tut mir leid, ich kenne kein Mädchen namens Angela Lukosch.

Katja Scherer, geb. Döll, Ehefrau von Heribert Scherer

Eine Speichelprobe? … Na schön, meinetwegen. Auch wenn ich beim besten Willen nicht begreife, was das jetzt noch für eine Rolle spielen sollte.

Markus Sahler, Nachbar

Mit Beate Soltau verliere ich nicht nur eine überaus kompetente, allzeit hilfsbereite und stets freundliche Sekretärin, sondern darüber hinaus auch einen Menschen, den ich in den langen Jahren unserer Zusammenarbeit als vertrauenswürdige und warmherzige Frau kennen und schätzen gelernt habe. Ihr Tod wird eine schmerzliche Lücke in unseren Herzen hinterlassen.

Siegfried Malbusch, Direktor

Das letzte Mal habe ich sie vor vier oder fünf Wochen gesehen. Damals hatte sie ziemliches Pech, und ich weiß noch, dass sie scherzte, wenn sich das Blatt nicht bald wenden würde, müsse sie wohl oder übel ein paar von ihren Kunstschätzen verhökern.

Marc L., Croupier

Beate Soltau war immer und überall die Zuverlässigkeit in Person.

Gitta K., Kollegin

Manche mögen ihren Geschmack vielleicht kitschig genannt haben, aber ich fand ihr Stilgefühl einfach nur wundervoll.

I. Wetzel, Nachbarin

Freitag, 20. September 2007

1

»Winnie!«

Verdammt, verdammt, verdammt! Winnie Heller spielte mit dem Gedanken, einfach davonzulaufen. Wegzurennen. In irgendein Büro zu stürmen und irgendeinem verdutzten Kollegen gegenüber zu behaupten, sie suche eine Akte oder ihren Kaffeebecher oder was auch immer. Stattdessen blieb sie mitten im Gang stehen und drehte sich zu Hermann-Joseph Lübke um, der ihr schnaufend und fluchend entgegenkam. Er hatte einen seiner Mitarbeiter im Schlepptau, der jedoch angesichts des unerwarteten harschen Tonfalls seines Bosses vorsichtshalber ein paar Meter zurückblieb.

»Warum zum Teufel weichst du mir aus?«, polterte Lübke los, kaum dass er sie erreicht hatte, und Winnie Heller dachte, dass er an diesem Morgen mehr denn je wie ein in die Jahre gekommener Catcher wirkte, mit seinen schrankbreiten Schultern und dem schütteren rotblonden Haar.

Ihr Blick blieb Hilfe suchend an Lübkes Mitarbeiter hängen, der ein gutes Stück hinter seinem Chef stehen geblieben war.

Lübke bemerkte es und drehte sich zu dem Mann um. »Haben Sie nichts zu tun?«, fuhr er ihn an. »Das ist privat hier, klar?«

Der Mann hob entschuldigend die Hände und verzog sich, während Winnie Heller sich mit einem raschen Seitenblick vergewisserte, dass außer ihm niemand Lübkes Worte mitbekommen hatte. Privat! Dieser Kerl hatte sie ja wohl nicht mehr alle beisammen!

»Herrgott noch mal, Mädchen«, keuchte er, als sein Untergebener um die Ecke verschwunden war. »Hast du auch nur die leiseste Vorstellung davon, was für Sorgen ich deinetwegen ausgestanden habe?«

»Sorgen?« Sie lachte. Zumindest versuchte sie etwas, von dem sie annahm, dass es wie ein Lachen aussah. »Ach, Unsinn. Ich hatte einfach viel zu tun und …«

»Scheiße, wir haben alle viel zu tun«, fegte er ihre Ausrede mit einer abfälligen Handbewegung vom Tisch. »Also quatsch hier nicht rum und erklär mir gefälligst endlich, was mit dir los ist.«

Sie wollte gerade »Nichts« sagen, als sie den Ausdruck in seinen Augen bemerkte, die von genau dem gleichen Blau waren wie die von Hans Albers, dessen Filme ihre Oma früher immer so gern gesehen hatte. Was war das, was sie da sah? Sorge? Nur Sorge? Auf jeden Fall etwas, das ihre Lüge im Keim erstickte. Das sie das harmlose kleine Wort, das ihr auf den Lippen lag, nicht aussprechen und stattdessen schamhaft den Blick senken ließ.

»Hör zu«, begann sie, wobei sie inständig hoffte, dass er sie unterbrechen würde. Dass er weiterschimpfte. Oder ihr sonst wie zu Hilfe kam. Doch Lübke tat nichts dergleichen. Er stand einfach da und wartete auf eine Erklärung von ihr. »Es stimmt schon, ich hatte ein Problem, neulich Nacht. Aber es … Es hat sich inzwischen erledigt, okay? Ich … Es war eine blöde Idee, dich damit zu behelligen.«

»Nein«, sagte er, »war es nicht.«

»Wie auch immer, es ist vorbei.«

Sie konnte ihm ansehen, dass er darauf brannte, mehr zu erfahren, aber er war zu anständig, um irgendwelche Fragen zu stellen. Eine Zurückhaltung, die sie irgendwie rührend fand. Sie dachte an den Morgen, an dem er vor ihrer verschlossenen Wohnungstür gesessen hatte, und fragte sich, wie lange er geblieben wäre, wenn Nikolas Hrubesch nicht ausgerechnet an diesem Tag Amok gelaufen wäre.

»Können wir reden?«, fragte er.

»Worüber?«

»Über die Schrammen in deinem Gesicht.«

Sie schrak zusammen und hob instinktiv wieder die Hand an ihre Wange. »Ich …«, stammelte sie, »… ich hatte keine Ahnung, dass man es sieht.«

»Tut man nicht«, entgegnete Lübke mit einem Lächeln, das

wohl beruhigend sein sollte, aber nichtsdestotrotz auch eine große Sorge verriet. »Marie hat mir erzählt, dass du verletzt gewesen bist.«

Marie? Winnie Heller schüttelte verständnislos den Kopf, bis ihr einfiel, dass er sein altes Flittchen meinte. Die Frau in den Paisleyshorts, die ihr die Tür geöffnet hatte. Sie fühlte, wie sie wütend wurde, ohne sagen zu können, was der Grund war. Der Verrat, den Marie Wer-auch-immer an ihr begangen hatte, oder doch der Umstand, dass Lübke nicht allein gewesen war, als sie ihn gebraucht hatte …

»Wie ich schon sagte«, wiederholte sie, eine Spur kühler als zuvor. »Die Sache, wegen der ich dich sprechen wollte, ist vorbei und erledigt. Und das Letzte, was ich jetzt brauchen kann, ist ein alternder John-Wayne-Verschnitt, der herumschmollt, weil ich ihm nicht erlaube, als rächender Geist durch die Lande zu reiten, verstanden?«

»Nein«, sagte er endgültig.

Gott, dieser Mann war ja sooooo stur!

»Lübke«, stöhnte sie, »sei so gut und lass mich einfach in Frieden, ja?« Er wollte etwas einwenden, doch sie unterbrach ihn gleich wieder: »Ja, okay, zugegeben, als ich neulich Nacht bei dir geklingelt habe, steckte ich in Schwierigkeiten – offenbar etwas, wozu ich einen ausgeprägten Hang habe.« Sie lächelte bitter. »Aber ich kann nur wiederholen, dass diese Schwierigkeiten inzwischen der Vergangenheit angehören. Und jetzt möchte ich ganz einfach in die Zukunft schauen, ja?«

Er betrachtete sie mit gerunzelter Stirn, und sie konnte sehen, wie er mit sich kämpfte. »So einfach geht das nicht«, befand er nach einer Weile, und sie hätte am liebsten zu heulen begonnen, weil er sie einfach nicht ausließ. »Verdrängte Schwierigkeiten haben die Angewohnheit, auf uns zurückzufallen, und unglückseligerweise tun sie das immer genau dann, wenn es uns am wenigsten in den Kram passt.«

Herrgott noch mal, Lübke, dachte Winnie Heller, während für einen kurzen Augenblick Dr. Zilchers Gesicht vor ihrem inneren Auge aufblitzte, du redest genau wie mein Therapeut!

»Also wann würde es dir passen?«

»Was?«

»Reden«, antwortete Lübke.

»Ich …« Sie sah wieder in seine hansalbersblauen Augen und dachte, dass es ohnehin keinen Sinn haben würde, sich zu verweigern.

»Wann?«, drängte Lübke.

»Wie wär's mit April 2017?«, antwortete sie mit einem spöttischen Lächeln.

»Wie wär's mit heute Abend?«, konterte er. »Ich habe zwar augenblicklich fast rund um die Uhr im Labor zu tun, aber zwischen sechs und neun fahre ich in der Regel nach Hause, um mich 'n bisschen frisch zu machen. Wenn du also vorbeikommen willst …« Er ließ den Satz offen und blickte sie fragend an.

»Also schön, in Gottes Namen«, stöhnte sie, froh, dass er nicht vorgeschlagen hatte, zu ihr zu kommen. Ihn bei sich zu Hause zu haben, in diesem winzigen Raum, in dem man sich im wahrsten Sinne des Wortes zu nahe treten musste – das hätte sie niemals ertragen.

»Dann bis heut' Abend«, sagte Lübke, als ihnen vom Aufzug aus eine Gruppe von Kollegen entgegenlärmte.

Sie nickte. »Bis dann.«

2

Vor Beate Soltaus Wohnungstür lag ein kleines Gebinde aus weißen Rosen und Freesien, das irgendein Nachbar als Zeichen seiner Trauer dort abgelegt hatte. Nicole Herrgen verspürte einen schmerzhaften Stich in der Magengegend, als sie sich danach bückte und anschließend den Schlüssel zur Wohnung ihrer langjährigen Freundin ins Schloss schob.

Die Tür war nur zugezogen, und Nicole Herrgen ertappte sich dabei, wie sie ihrer verstorbenen Freundin in Gedanken erbitterte Vorwürfe machte, selbst noch am Tag ihres Todes derart leichtsinnig gewesen zu sein. *Du verlierst deinen Versicherungsschutz, wenn du nicht ordnungsgemäß abschließt,* hatte sie ihr wieder und wieder vorgebetet und dann mit einem verständnislosen Kopfschütteln hinzugefügt: *Dabei bist du mit deinem Büro in der Schule doch auch immer so gewissenhaft.* Aber Beate Soltau hatte nur entschuldigend mit den Achseln gezuckt und geseufzt: *Ich versuche wirklich, immer daran zu denken, aber wenn ich morgens in Eile bin … Und schließlich ist es doch auch ein grundsolides Haus!*

Nicole Herrgen stieß die Tür auf und merkte, wie die vertraute Umgebung sie augenblicklich zu Tränen rührte, obwohl sie in den vergangenen Tagen nicht viel mehr getan hatte, als sich für eben diesen Moment zu wappnen. Den Augenblick, in dem ihr zwangsläufig bewusst werden würde, dass Beate nie mehr zurückkam.

Stell dir einfach vor, sie sei nur im Urlaub und du sollst ihre Blumen gießen, versuchte sie sich selbst auszutricksen, doch es half nicht viel. Die Wohnung, in der sie in den vergangenen Jahren so oft zu Gast gewesen war, wirkte derart fremd, so kalt und leblos, dass sie zu frieren begann, kaum dass sie die Türschwelle überschritten hatte.

Es war eine typische Altbauwohnung, ein wenig zu groß und ein wenig zu teuer für eine alleinstehende Schulsekretärin, aber mit ihren hohen Fenstern und dem freundlichen Ausblick in einen sorgfältig begrünten Hinterhof war sie genau das Richtige für eine romantische Seele wie ihre Freundin gewesen. Ganz zu schweigen davon, dass die üppig verzierten Stuckdecken vortrefflich zu den zahllosen Gemälden und Skulpturen und anderen Altertümchen passten, die Beate im Laufe der Jahre zusammengetragen hatte und die – wie Nicole Herrgen fand – eine Art museale Gemütlichkeit verströmten. Ja, dachte sie, indem sie ihr Spiegelbild in dem großen, barock anmutenden Standspiegel betrachtete, der in der Nische gegenüber der Eingangstür prangte, es ist tatsächlich ein bisschen wie im Museum hier!

Sie drehte sich nach der Tür um, aber aus irgendeinem unerfindlichen Grund brachte sie es nicht über sich, sie zuzuziehen.

Wohnungen, dachte sie, leben allein durch die Menschen, die in ihnen heimisch sind. Und wenn diese Menschen nicht mehr da sind, bleibt nichts zurück als ein paar nackte, seelenlose Zimmer.

Nach kurzem Zögern entschied sie sich dafür, die Tür angelehnt zu lassen. Immerhin war das hier ein grundsolides Haus, und sie wollte, nein, sie *musste* das Gefühl haben, dass sie jederzeit flüchten konnte. Fort aus diesen verwaisten Räumen und fort von all den schönen und plötzlich so schmerzvoll gewordenen Erinnerungen, die sie bargen.

Sie legte das Blumengebinde und den kleinen Stapel Briefe, den sie dem Briefkasten ihrer verstorbenen Freundin entnommen hatte, auf den Schuhschrank neben der Garderobe und fragte sich, wann sie den Mut aufbringen würde, die Wohnung aufzulösen.

Gestern hatte Beates Anwalt – derselbe, der ihre Freundin vor Jahren bei deren Scheidung vertreten hatte – sie angerufen und in sein Büro im Kurviertel bestellt. Dort hatte er ihr in knappen, schnörkellosen Worten sein Beileid zum tragischen Tod seiner Mandantin ausgesprochen und ihr anschließend eröffnet, dass Beate Soltau in ihrem Testament verfügt habe, dass sie, Nicole Herrgen, sich um die Auflösung ihres Nachlasses kümmern solle. *Es tut mir aufrichtig leid, Dich mit diesen Dingen belästigen zu müssen,* hatte er aus dem ganz und gar handschriftlich verfassten Schriftstück vorgelesen, *aber wie Du weißt, habe ich keine Verwandten mehr, und ich will nicht, dass alles, was mir zu Lebzeiten wichtig war, einfach auf dem Müll landet. Ich bin mir durchaus bewusst, dass ziemlich viel Kitsch dabei ist, und ich erwarte keineswegs von Dir, dass Du all meine Schätze aufbewahrst, aber vielleicht ist ja doch das eine oder andere Stück darunter, an dem Du hängst und das Du gerne zur Erinnerung behalten möchtest.* Dr. Wolters hatte beinahe entschuldigend mit den Achseln gezuckt und ihr versichert, dass selbstverständlich keinerlei Verpflichtung bestehe … Und Nicole Herrgen hatte genickt und gesagt, sie werde sich alles in Ruhe ansehen und anschließend ganz sicher die richtigen Entscheidungen treffen. Daraufhin hatte der Anwalt ebenfalls genickt und gesagt, es komme leider immer wieder vor, dass ein Erblasser subjektive Prioritäten mit allgemeingültigen Werten verwechsele, da dürfe sie, was das Wegwerfen betreffe, gar keine Scheu haben, sonst könne ein solcher Auftrag sehr leicht auch zu einer echten Belastung werden.

Unschlüssig schlenderte Nicole Herrgen die lange Diele entlang und warf einen kurzen Blick in die Küche und anschließend auch in das Badezimmer am Ende des Flurs. Dann öffnete sie die Tür zum Wohnzimmer. Die hohen Wände waren über und über mit Bildern behängt. Große, kleine, solche in wertvoll anmutenden Goldrahmen und andere in schlichtem Holz. Eine Stehlampe im Tiffany-Stil, ein Spiegel mit einer tanzenden Frühlingsgöttin (oder Elfe?) auf dem üppig verzierten Rahmen, dazu mitten im Raum eine angestoßene Nachbildung von Rodins »Kuss« und jede Menge Kleinkram.

Nicole Herrgen atmete tief durch und dachte an Hilmar Quenstedt, den Frankfurter Galeristen, der ihrer Freundin hin und wieder ein paar von ihren sogenannten Schätzen abgekauft hatte. Doch leider wusste sie nur allzu genau, dass Quenstedt dies mehr aus alter Freundschaft denn aus geschäftlichen Erwägungen heraus getan hatte, weshalb sie sich auch keine großen Hoffnungen machte, dass er ihr behilflich sein würde, dieses Chaos an Bildern und Skulpturen Herr zu werden. Nichtsdestotrotz hatte sie bereits auf der Herfahrt beschlossen, ihr Glück zu versuchen. Wenn Quenstedt sich herabließ, das eine oder andere Stück aus Beates Sammlung zu übernehmen, war es wenigstens in guten Händen, und immerhin hatte Beate ihr erst neulich noch freudestrahlend erzählt, dass es höchste Zeit sei, »wieder einmal meinen lieben Quenstedt« anzurufen. An einem Freitagnachmittag war das gewesen, da war Beate beim Auftragen des Kaffeegeschirrs über die Mappe mit wasserfleckigen Stichen romantischer Rheinansichten gestolpert, die an der Staffelei neben dem Esstisch lehnte. *Oje, oje,* hatte sie ohne jegliches Schuldbewusstsein gerufen, *angesichts des fehlenden Platzes müsste ich mich wirklich mehr zusammenreißen, aber du kennst mich, wenn ich erst mal unterwegs bin …*

Nicole Herrgen schenkte dem monströsen Kruzifix, das in der Ecke über dem Esstisch hing und das sie immer ganz besonders scheußlich gefunden hatte, ein nachsichtiges Lächeln. *Wie kann man bloß mit Genuss essen, wenn man ihn da so elend hängen sieht, noch dazu ganz ohne Füße und Haupthaar?*, hatte sie oft gefragt, und Beate Soltau hatte dann immer gelacht und gesagt, dieses Empfinden gründe sich einzig und allein auf die Tatsache, dass Nicole Protestantin und als solche in Bezug auf die Leiden des Herrn zweifellos ein bisschen zu zimperlich sei. *Oh nein*, hatte Nicole Herrgen in solchen Fällen protestiert, *es liegt daran, dass der arme Kerl mit diesen Kriegsverletzungen noch viel elender aussieht, als er es ohnehin schon tut, Protestantismus hin oder her.* Und meistens hatte Beate ihr dann Wein oder Kaffee oder Tee nachgeschenkt und gekichert: *Mag schon sein, aber dafür ist er billig zu haben gewesen!*

Nicole Herrgen ließ von der Betrachtung des Gekreuzigten ab und zog stattdessen den Collegeblock aus der Tasche, den sie mitgebracht hatte, um eine erste grobe Liste des Inventars zu erstellen. Der Gedanke, dass sie vermutlich tatsächlich nicht umhinkommen würde, einen Großteil dieser liebevoll gehüteten Dinge auf den Müll zu werfen, widerstrebte ihr zutiefst, aber andererseits konnte sie sich lebhaft vorstellen, wie ihre Kinder reagierten, wenn sie die Wände ihres Hauses mit Beates Stilleben oder ein paar von diesen überdimensionalen Frauenakten schmückte. *Voll ätzend*, hatte ihre Tochter über Beate Soltaus Wohnung geurteilt, als sie ihre Mutter einmal dort abgeholt hatte, und Nicole Herrgens Mann pflegte zu sagen: *Jeder Mensch hat seinen Tick, gut und schön, aber ich muss schon gestehen, dass ich heilfroh bin, dass meine Frau nur Schuhe sammelt und nicht diesen fürchterlichen Flohmarktkrempel, der nach Dreck und Schimmel stinkt und zu nichts anderem taugt, als den Staub anzuziehen und das Auge des Betrachters zu beleidigen.*

Nicole Herrgen legte ihren Block vor sich auf den Esstisch und notierte: *Drei Stillleben in auffälligen Goldrahmen. Drei Landschaftsbilder, Motive unbekannt. Ein Frauenakt, liegend. Fünf Farblithographien, ebenfalls gerahmt. Künstlerstaffelei. Sti-*

che von Rheinansichten. Altes Nähkästchen (Kirschbaum?). Kruzifix, beschädigt.

Am besten, ich bitte diesen Quenstedt, dass er herkommt und sich aussucht, was er haben will, dachte sie, während sie auf eine andere Seite ihres Blocks Stichpunkte wie: *Telekom abmelden, Fernsehzeitung kündigen* und *Kabelfernsehen???* schrieb. Und vielleicht konnte sie selbst ja doch auch ein oder zwei von den Bildern behalten. Ihre Augen glitten suchend über die Wände. Diese Frauen dort hinten vielleicht, auch wenn die vielleicht doch einen Tick zu farbenfroh waren. Oder die Seerosen in Öl, die entfernt an Monet erinnerten. Nicole Herrgens Blick fiel auf die Tür zum Schlafzimmer, das als einziger der Räume nicht von der Diele, sondern nur vom Wohnraum aus zu begehen war und das über einen heimeligen kleinen Balkon verfügte. Auf jeden Fall würde sie sich ein paar von Beates Kleidern aussuchen! Ihre Freundin hatte eine überaus edle Wildlederjacke besessen, cognacfarben und handschuhweich. Dazu vielleicht die hübschen Jadeohrringe, die sie immer so sehr an Beate bewundert hatte. Und …

Nicole Herrgen hielt erschreckt inne.

Was war das für ein Geräusch?

Kam das aus der Diele?

Oder doch eher von nebenan?

Sie schüttelte den Kopf. Sie kannte Altbauwohnungen wie die ihrer Freundin aus eigener Erfahrung und wusste, dass die Wände in Häusern wie diesem derart solide waren, dass man getrost Partys veranstalten oder seine Kinder Klavier oder Geige lernen lassen konnte, ohne Gefahr zu laufen, die Nachbarn zu behelligen. Und wenn man in einem Haus wie diesem ein Geräusch hörte, dann konnte es eigentlich nur aus der eigenen Wohnung kommen!

Nicole Herrgen erhob sich von ihrem Stuhl und starrte die Wohnzimmertür an, die bis auf einen schmalen Spalt geschlossen war. Dahinter gähnte die Diele, fensterlos und finster.

»Hallo?«, rief sie mit zittriger Stimme. »Ist da jemand?«

Keine Antwort.

»Hallo?«

Nichts.

Nicole Herrgen riss ihre Tasche an sich und kramte im vordersten der beiden Fächer nach ihrem Handy, das ausgeschaltet war wie meistens, wenn sie nicht gerade einen wichtigen Anruf erwartete. *Geh an, geh an, geh an, verdammt!* Ihre urplötzlich eiskalten Finger rutschten über die Tasten, und endlich flammte auch das Display auf. Kurzwahl 11, die Dienstnummer ihres Mannes. *Nimm ab, bitte, bitte, nimm …*

»Herrgen.«

»Dieter?«

»Nicole?«, fragte er verwundert. »Ist was passiert?«

»Du, ich bin hier gerade in Beates Wohnung«, flüsterte Nicole Herrgen mit vor Aufregung belegter Stimme. »Und da … Ich glaube, da ist irgendwas.«

»Was um alles in der Welt sollte denn da sein?«, gab Dieter Herrgen mit typisch männlichem Desinteresse zurück. »Und was ist überhaupt los mit dir? Wieso klingst du so komisch?«

»Hast du nicht gehört, was ich gesagt habe?«, fauchte sie ihn an. »Ich habe das Gefühl, dass jemand hier in der Wohnung ist.«

»Du meinst, jemand außer dir?«

»Jaaaa«, flüsterte sie mit beschwörender Intensität. »Ich habe die Tür offen gelassen, als ich herkam, weil … Ach, vergiss es. Jedenfalls hatte ich eben auf einmal den Eindruck, dass da jemand im Flur ist, und …« Sie hielt abermals inne und lauschte wieder in die finstere Diele hinaus. Aber allmählich beruhigten sich ihre Nerven, und sie kam sich nun fast selbst ein wenig albern vor. Noch dazu vor dem Hintergrund, dass es jetzt wieder vollkommen still war. Trotzdem, dachte sie, ich habe etwas gehört, eben. Daran besteht überhaupt kein Zweifel!

»Nicole?«

»Ja doch, ich bin da«, flüsterte sie, indem sie das Handy auf die linke Seite nahm und nach der Blumenvase griff, die auf einem zierlichen Beistelltischchen unter dem Kruzifix stand. »Sag mal, könntest du kurz dranbleiben, während ich nachsehe?«

Die Antwort ihres Mannes auf dieses Ansinnen bestand aus

einer männlich-überheblichen Gegenfrage: »Warum musstest du auch die verdammte Tür offen lassen?«

»Mir war …« Nicole Herrgen biss sich auf die Zunge, während sie sich im Stillen für ihre eigene Dummheit verfluchte. »Es ist einfach ein verdammt blödes Gefühl, hier zu sein und zu wissen, dass Beate nicht mehr zurückkommen wird, und da war mir eben wohler, wenn die Tür auf ist, okay?«

Glücklicherweise schien die Nachdrücklichkeit ihres Tonfalls jedweden bissigen Kommentar ihres Mannes im Keim zu ersticken. Stattdessen sagte er nur: »Gut, ich bleib dran. Aber rede mit mir, hörst du? Rede laut vor dich hin, damit derjenige, den du gehört hast, auch ja mitkriegt, dass du telefonierst.«

»Ja, danke«, entgegnete Nicole Herrgen so laut, wie sie konnte, ohne zu schreien. »Das ist wirklich sehr freundlich von Ihnen …« Dann ging sie – das Handy in der einen und die Vase in der anderen Hand – um den Tisch herum und auf die Tür zu. »Wir müssen natürlich auch noch überlegen, was wir mit den restlichen Kleidern machen«, sagte sie in derselben Lautstärke wie zuvor, während sie langsam die Tür zur Diele aufschob. »Am besten, wir benachrichtigen die Caritas oder das Rote Kreuz.«

»Und?«, fragte ihr Mann gespannt. »Kannst du schon was sehen?«

»Oh, nein, nein«, antwortete Nicole Herrgen in aufgekratztem Ton. »Tut mir wirklich leid, aber das ist leider nicht der Fall und …«

»Was zur Hölle redest du da für einen Blödsinn zusammen?«, beschwerte sich Dieter Herrgen, dessen Geduld allmählich an ihre Grenzen stieß.

Und sie antwortete: »Nein, nein, das … Da bin ich ganz Ihrer Meinung.« Dann spähte sie um die Ecke in die Diele hinaus, die jedoch genauso düster und verlassen wirkte wie vorhin. »Dieter?«

»Ja?«

»Ich glaube, hier ist doch nichts.«

»Wo bist du gerade?«

»Im Flur.«

»Hast du im Bad nachgesehen?«

»Wieso im …«, setzte Nicole Herrgen an, doch im selben Augenblick fiel ihr auf, dass die Tür zur Küche offen stand. Dabei wusste sie genau, dass sie die Tür geschlossen hatte, vorhin. Sie fasste ihre Vase noch ein bisschen fester und machte ein paar zögerliche Schritte auf die Wohnungstür zu. Fliehen oder nachsehen?

Sicherheit oder Risiko?

Ein neuerliches Geräusch nahm ihr die unbequeme Entscheidung ab. Doch dieses Mal war das Geräusch hinter ihr. In ihrem Rücken …

Vor lauter Schreck ließ Nicole Herrgen das Handy fallen. Es krachte auf den gut gepflegten Parkettboden hinunter und schlitterte dort noch rund einen halben Meter weit, bevor es gegen die Wandleiste stieß und liegen blieb. Sie hörte die Stimme ihres Mannes, verzerrt und unendlich fern, doch ihr blieb keine Gelegenheit, sich nach dem rettenden Gerät zu bücken.

Als sie den Kopf hob, blickte sie geradewegs in die Mündung einer Pistole.

3

»Winnie!«

Herrgott noch mal, war denn an diesem vermaledeiten Morgen die ganze Welt hinter ihr her?!

»Hey, Winnie!«

»Was ist?«

»Gut, dass Sie da sind«, rief Oskar Bredeney, indem er sich an ihr vorbeidrängte und ihr einen Stapel Akten auf den Schreibtisch knallte. »Verhoeven hat eben angerufen. Er sagt, er könnte Sie leider nicht erreichen.«

Winnie Heller schenkte dem altgedienten Kollegen ein schuldbewusstes Lächeln und schaltete eilig ihr Handy wieder ein. Und warum auch nicht? Jetzt, da das Verhängnis in Gestalt von Hermann-Joseph Lübke über sie hereingebrochen war, stand ihrer Erreichbarkeit ohnehin nichts mehr im Weg.

»Ja, ja«, seufzte Bredeney, indem er sie mit diesem verständnisvoll-väterlichen Blick bedachte, von dem sie ihn trotz wiederholter Beschwerden einfach nicht hatte abbringen können und den sie ihm inzwischen nicht zuletzt im Hinblick auf sein Alter auch zugestand. »Ich vergesse auch immer, das blöde Ding wieder einzuschalten.«

Sie nickte nur. »Hat Verhoeven gesagt, was er wollte?«

Bredeney bejahte. »Er ist anscheinend ein bisschen spät dran und fragt, ob es Ihnen etwas ausmachen würde, ihn bei Lukas Wertheims Freund zu treffen.«

»Geht klar«, sagte sie.

»Ach ja«, sagte Bredeney, »und das hier sollte ich Ihnen auch noch von ihm geben.« Er trat an den Schreibtisch und hielt ihr einen Zehneuroschein unter die Nase. *Den* Zehneuroschein, aller Wahrscheinlichkeit nach.

»Was soll das sein?«, fragte sie so unbeteiligt, wie es ihre Wut über diesen geschickten Schachzug ihres Vorgesetzten erlaubte.

»Keine Ahnung«, antwortete Bredeney. »Verhoeven hat ihn mir gestern Abend überreicht und gemeint, den hätten Sie ausgelegt. Sie wüssten dann schon ...«

Oh ja, dachte Winnie Heller, ich weiß schon! Das war es ja wohl, was man passiv-aggressives Verhalten nannte. Zermürbungstaktik. Sabotage durch Unterlassung. Dominanz durch Ignoranz ...

»Ist was?«, wollte Bredeney auf der anderen Seite des Schreibtischs wissen, indem er sie über seine halben Brillengläser hinweg aufmerksam musterte.

»Durchaus nicht«, gab sie zurück. Ein wenig zu schnippisch vielleicht. Aber wer wollte ihr das in dieser Situation verdenken? »Was sollte denn sein?«

»Sie sehen aus, als hätten Sie sich über irgendwas geärgert.«

»Konzentration«, entgegnete sie hastig. »Wie weit ist eigentlich die Ballistik inzwischen?«

»Was interessiert euch denn?«

»Die Projektile aus Raum 304. Wir müssen Lukas Wertheim als Opfer unseres zweiten Schützen ausschließen.«

»Moment«, sagte Bredeney und verschwand nach nebenan. »Die Kollegen haben inzwischen etwa fünfundachtzig Prozent der in Raum 304 sichergestellten Projektile ausgewertet«, berichtete er, als er kurz darauf zurückkehrte. »Was davon noch eindeutig zuzuordnen war, stammte samt und sonders aus Hrubeschs getunter Glock.«

»Also können wir nach Karla Oppendorf wohl auch Lukas Wertheim von unserer Liste möglicher Zielpersonen streichen«, befand Winnie Heller und klatschte zufrieden in die Hände. »Das ist doch immerhin schon mal was.«

»Und von der Liste der potenziellen Väter für Angela Lukoschs Baby könnt ihr Mr. Wunderbar auch gleich nehmen«, rief Stefan Werneuchen, der in diesem Augenblick durch die Tür trat und Winnie Hellers letzte Bemerkung aufgeschnappt hatte. »Dr. Gutzkow hat mir die Ergebnisse des DNA-Abgleichs gerade durchgefaxt.«

»Was ist mit Heribert Scherer?«

»Ist ebenfalls aus dem Schneider.« Werneuchen warf einen Blick auf das Fax, das er in der Hand hielt. »Keine Übereinstimmung.«

»Dann bleiben also Steven Höhmann oder der Nachbar oder …«, Winnie Heller stieß einen leisen Seufzer aus, »… oder Sven Strohte oder der große Unbekannte.«

Soooo viel Sex hatte Angel nun auch wieder nicht, protestierte eine imaginäre Mirja Libolski in ihrem Kopf.

»Übernehmt ihr das?«, wandte sie sich wieder an Bredeney.

Oskar Bredeney nickte. »Mit Vergnügen.«

»Gut«, sagte Winnie Heller. »Dann kümmern Verhoeven und ich uns einstweilen um die beiden verbliebenen Kandidatinnen für die Rolle von Devils Zielobjekt.« Sie schlüpfte in ihren Parka und tastete in den Taschen nach ihren Autoschlüsseln. »Beate Soltau oder Angela Lukosch«, murmelte sie. »Die Kunstliebhaberin oder das Flittchen.«

Oskar Bredeney verzog seine dünnen Lippen zu einem ausladenden Grinsen. »Viel Spaß beim Wühlen«, wünschte er fröhlich.

»Danke«, lachte Winnie Heller und nahm ihre Handtasche vom Stuhl.

»Hey, Winnie«, rief Bredeney ihr nach.

Sie blieb stehen. »Was denn noch?«

»Ihr Geld!«

»In Gottes Namen«, stöhnte Winnie Heller zum nunmehr zweiten Mal an diesem Morgen, indem sie ihm den Schein aus der Hand riss und ihn hastig in die Tasche ihres Parkas schob.

Dann rannte sie den Gang hinunter, um den Aufzug zu erwischen, den ein freundlicher Kollege für sie blockierte.

4

»Wer sind Sie? Was tun Sie hier?«

»Bitte!«, kreischte Nicole Herrgen, während aus dem Handy zu ihren Füßen die besorgten Rufe ihres Mannes drangen. »Nehmen Sie die Waffe weg!«

»Zuerst will ich wissen, wer Sie sind.« Sein Gesicht war voller Falten, und er war alles in allem kaum größer als eins siebzig. Trotzdem strahlte er eine zwingende Autorität aus.

»Ich ... Ich bin eine Freundin von Beate ... Frau Soltau, meine ich«, stotterte Nicole Herrgen. »Sie hat mich beauftragt ...«

»Wie ist Ihr Name?«, herrschte der Alte sie an.

»Nicole Herrgen«, antwortete sie, folgsam wie ein Schulmädchen. Dann bückte sie sich nach ihrem Handy, was der Alte zu ihrer Überraschung kommentarlos geschehen ließ. »Dieter?«, rief sie, kaum dass sie das Telefon am Ohr hatte. »Ruf die Polizei an, ich werde bedroht!«

Der Mann mit der Pistole ließ ein heiseres Kichern hören. »Is' Auslegungssache, wer hier wen bedroht«, lachte er mit Blick auf die Vase, die Nicole Herrgen noch immer in der anderen Hand hielt.

»*Sie* haben eine Pistole«, gab sie zurück.

»Ist bloß 'ne Attrappe«, erwiderte er achselzuckend. »Aber sie sieht verdammt echt aus, nicht wahr?«

»Oh ja, allerdings.« Nicole Herrgen versuchte ein Lächeln, auch wenn allmählich etwas wie Wut in ihr aufstieg. Wut über den Schrecken, den er ihr eingejagt hatte.

»Ich hab die Tür aufstehen sehen und dachte, ich guck besser mal rein«, brummte der Alte versöhnlich. »Wär ja möglich gewesen, dass irgend so 'n perverser Trophäenjäger hier eingedrungen ist, um sich ein Andenken zu sichern. Oder Schlimmeres ...« Er machte eine bedeutungsvolle Pause, doch Nicole Herrgen blickte ihn nur verständnislos an.

»Die *Nach*namen der Opfer sind in den Zeitungen zwar nicht erwähnt, aber es wäre natürlich 'n Klacks, sie rauszufinden, wenn man was im Schilde führt.« Der Alte kniff seine klugen grauen Augen zu zwei geringschätzigen Schlitzen zusammen. »Wahrscheinlich kursiert das alles sowieso schon längst im Internet, zusammen mit jeder Menge anderer Informationen über diese armen Menschen. Ob sie verheiratet gewesen sind, zum Beispiel. Oder ob sie Kinder hatten.«

Nicole Herrgen nickte. Dieser merkwürdige Alte hatte recht! So ein Amoklauf machte Schlagzeilen. Sie selbst war schon mehrfach von Reportern angerufen und um eine Stellungnahme gebeten worden, ohne dass sie auch nur die geringste Ahnung hatte, wie diese Leute auf sie und ihre Freundschaft zu Beate verfallen waren. Darüber hinaus hatten viele Zeitungen bereits am Tag nach der Tragödie Fotos der Todesopfer veröffentlicht, unter denen Kommentare wie *Schulsekretärin Beate S., † 44* oder *Bibliotheksopfer Beate S.* prangten. Und Beates Adresse stand im Telefonbuch! Ein potenzieller Einbrecher könnte sich hier relativ sicher fühlen, dachte Nicole Herrgen unbehaglich. Er müsste nur wissen oder beobachtet haben, dass niemand sonst in dieser Wohnung lebt, und ...

»Die ahnen ja gar nicht, was sie da anrichten, diese verdammten Pressegeier«, knurrte der Alte im selben Augenblick, als habe er ihre Gedanken gelesen. »Ich sage Ihnen, irgendwann fallen hier ganze Scharen von Leichenfledderern ein und lungern herum und fotografieren alles.« Er verzog sein faltiges Gesicht zu einer angewiderten Grimasse. »Ist alles nur eine Frage der Zeit.«

»Man sollte wirklich diskreter mit diesen Dingen umgehen«, seufzte Nicole Herrgen. »Ich mag mir gar nicht vorstellen, was auf der offiziellen Trauerfeier los sein wird.«

»Da bleiben Sie besser von vornherein weg«, pflichtete der Alte ihr bei, indem er die Pistolenattrappe in der Tasche seines Jacketts verschwinden ließ und ihr eine knorrige Hand entgegenstreckte. »Oswald Kuhlmann aus dem vierten Stock.«

»Herrgen«, wiederholte Nicole Herrgen, und mit Blick auf das Blumengebinde auf dem Schuhschrank fügte sie hinzu: »Sind die von Ihnen?«

»Bewahre«, kicherte Kuhlmann. »Konnte mich noch nie für so was erwärmen. Zumindest nicht, wenn ich nicht auch schon zu Lebzeiten mal ...« Er unterbrach sich, wohl, weil er feststellte, dass er im Begriff war, sich in die Bredouille zu reden. »Werden wahrscheinlich von der Wetzel aus der Mansarde sein«, sagte er hastig. »Die ist so 'ne Hochemotionale.«

Nicole Herrgen schmunzelte.

»Und machen Sie sich keine Sorgen wegen dieser Freaks«, setzte Kuhlmann hinzu, indem er langsam durch die Diele davonhumpelte. »Ich hab ein Auge auf die Wohnung, da können Sie sich drauf verlassen.«

»Danke«, rief Nicole Herrgen, als ihr unvermittelt wieder das Handy einfiel, das sie noch immer in der Hand hielt. Sie hob grüßend die Hand, als Kuhlmann sich an der Tür noch einmal zu ihr umdrehte, und machte sich dann eilig daran, ihren Mann zu beruhigen.

5 »Stimmt es, dass Sie – genau wie Ihr verstorbener Freund – auf Hetzjagden in freier Wildbahn abfahren?«

Steven Höhmanns Augen verengten sich, fast so, als blicke er direkt in die pralle Sonne. »Ich habe keine Ahnung, wovon Sie reden.«

Verhoeven schob sein Diktiergerät ein Stück näher an ihn heran. »Vielleicht bezeichnen Sie es lieber als Paintball.«

»Das ist ein ganz regulärer Sport«, entgegnete Lukas Wertheims bester Freund betont gelassen. »Übrigens sogar ein Teamsport. Es gibt mehrere Regional- und sogar eine erste und zweite Bundesliga. Ganz wie beim Fußball.«

»Bloß, dass Fußballer in der Regel keine Exekutionen simulieren.«

»Exekutionen?«

»Wie würden Sie das nennen, wenn Sie im Schlamm knien und ein anderer Ihnen eine Waffe an den Kopf hält?«

»Woher haben Sie das denn?«

»Unwichtig«, wehrte Verhoeven ab. »Sagen Sie mir lieber, ob es der Wahrheit entspricht.«

»Natürlich nicht.« Steven Höhmanns Züge waren eben, aber irgendwie uncharakteristisch.

Ein typisches Agentengesicht, dachte Winnie Heller. Eine Brille, andere Zähne oder auch nur eine andere Haarfarbe, und schon würde dieser Junge völlig anders aussehen …

»Sie haben niemals einem anderen eine Waffe an den Kopf gehalten, um ihn dazu zu bringen, seine eigene Kotze zu fressen?«, fragte Verhoeven, indem er sich über den Tisch lehnte.

Steven Höhmann lachte. »Sind Sie verrückt?«

»Ihr Freund auch nicht?«

»Das glaube ich kaum.«

»Sie glauben?«

»Ich habe nicht alle Spiele mitgemacht.« Er lehnte sich zurück und verschränkte die Arme vor der Brust. »Aber ich kann Ihnen versichern, dass bei den Partien, bei denen ich dabei war, alles nach den gängigen Regeln ablief.«

Dieser Mistkerl versucht, die Verantwortung auf seinen toten

Kumpel abzuwälzen, dachte Winnie Heller mit einem Anflug von Ekel.

»Sie wissen aber schon, dass Sie gegen das Gesetz verstoßen, wenn Sie Ihren Sport«, Verhoeven betonte das Wort bewusst abfällig, »in frei zugänglichem Gelände ausüben?«

»Und jetzt?«, konterte Steven Höhmann selbstbewusst. »Verhaften Sie mich?«

Verhoeven schenkte ihm ein mehr als sparsames Lächeln. »Für diese Sache sind andere Kollegen zuständig, aber Sie können sich darauf verlassen, dass es eine Untersuchung geben wird.«

Winnie Heller beobachtete Stehen Höhmanns Reaktion genau, allerdings war sie sich nicht sicher, wie sie deuten sollte, was sie sah. Lukas Wertheims bester Freund wirkte nicht im Geringsten eingeschüchtert. Trotzdem hatte sie das Gefühl, dass er beunruhigt war. Irgendwo hinter der Maske der Coolness verbarg sich noch etwas anderes ... Hinter der Maske, wiederholte eine Stimme in ihrem Kopf. Dieser Steven Höhmann ist ein Getarnter. Einer, der im Hintergrund agiert und anderen die Schuld für seine Taten in die Schuhe schiebt. Genau wie der, den wir suchen. Ihre Augen tasteten abermals über das Gesicht ihres Gegenübers. Oh ja, dachte sie, dieser Kerl, der sich Devil nennt, ist ein Parasit. Einer, der gern Huckepack fährt. Zuerst hat er sich der Internetdaten eines psychisch Kranken bedient, um mit Hrubesch in Kontakt zu treten. Und anschließend hat er den Leichenberg, den Hrubesch so bereitwillig aufgetürmt hat, benutzt, um sein eigenes Opfer darunter verschwinden zu lassen. Oder seine Opfer ...

»Was war eigentlich mit Nikolas Hrubesch?«, lenkte die sonore Stimme ihres Vorgesetzten ihre Gedanken unvermittelt wieder auf das Hier und Jetzt. »Haben Sie den gelegentlich an Ihren Spielchen beteiligt?«

Steven Höhmann trug eine betont gelangweilte Miene zur Schau. »Kann durchaus sein, dass er mal dabei gewesen ist.«

»Kann sein?«

»Keine Ahnung. Ich habe, wie gesagt, nicht alle Spiele mitgemacht.«

»Und bei den Partien, bei denen Sie mitgemacht haben, war Nikolas Hrubesch demnach nicht dabei?«

»Nein.«

Natürlich nicht, dachte Winnie Heller. Woher auch?

»Und welche Variante des Spiels bevorzugen Sie persönlich?«, fragte Verhoeven.

»*Last man standing*«, entgegnete Steven Höhmann ohne Zögern.

»Ist das nicht das, wo jeder gegen jeden spielt, bis der Sieger als Einziger übrig bleibt?«

»Ja, genau.« Der Ausdruck in seinen Augen sprach Bände. *Oho, der Herr Kommissar hat sich schlau gemacht!*

»Und dabei wollten Sie mir gerade eben noch weismachen, Paintball sei ein Teamsport, genau wie Fußball«, konterte Verhoeven, indem er die Augen des Jungen fixierte, die blau zu sein schienen. Aber da Steven Höhmann im Gegenlicht saß, konnte Winnie Heller die Farbe nicht genau erkennen. »Oder sind Sie am Ende vielleicht doch einer, der alles selbst in der Hand haben will? Einer, der sich im Ernstfall nicht gern auf andere verlässt?«

»Ich bin einer, der nicht gern verliert«, antwortete Steven Höhmann mit einem überheblichen Lächeln. Dann erhob er sich von seinem Stuhl und blickte auf die beiden Kommissare herunter. »Und wissen Sie was? Ich denke, ich sollte jetzt meine Eltern anrufen, damit sie mir einen Anwalt besorgen.«

6

In Beate Soltaus Wohnung sah es aus wie in einem anderen Jahrhundert. Während ihr Vorgesetzter Nicole Herrgen, die beste Freundin der verstorbenen Schulsekretärin, befragte, ließ Winnie Heller ihre Blicke angewidert über die mit üppigen Troddeln verzierten Brokatstores gleiten, die links und rechts der beiden hohen Fenster herunterhingen. Die These, dass man von der Einrichtung einer Wohnung auf die Eigenarten ihrer

Bewohner schließen konnte, schien auf Beate Soltaus Domizil in besonderem Maße zuzutreffen, wobei Winnie Heller ihr ursprüngliches Urteil »Dame mit Kunstsinn« angesichts der zahllosen gerahmten Scheußlichkeiten an den Wänden eiligst in »Banausin mit Ambitionen« revidierte.

Dann kehrten ihre Augen zu Beate Soltaus Freundin, einer schlanken Endvierzigerin mit hennarot gefärbten Locken, zurück. Nicole Herrgen wirkte alles in allem recht unkonzentriert, aber vielleicht stand sie auch einfach noch unter Schock. Als Winnie Heller sie vor rund einer Stunde angerufen und um ein Treffen gebeten hatte, hatte sie ziemlich konfus reagiert und nach längerem Hin und Her bekannt, dass sie derzeit in der Wohnung ihrer verstorbenen Freundin nach dem Rechten sehe. Dazu sei sie befugt, hatte sie extra betont, immerhin habe Beate Soltau sie ausdrücklich mit der Regelung ihres Nachlasses betraut, und wenn Winnie Heller irgendwelche Zweifel hege, möge sie doch bitte einen Rechtsanwalt namens Wolters anrufen. Der habe Beate Soltau bei deren Scheidung vertreten und wisse auch hinsichtlich der letztwilligen Verfügungen der Verstorbenen bestens Bescheid.

»Was können Sie uns über Frau Soltaus geschiedenen Mann erzählen?«, fragte Verhoeven gerade folgerichtig, und Nicole Herrgens Antwort bestand aus einem überforderten Kopfschütteln.

»Ach … Also, ich fürchte, nicht allzu viel«, entgegnete sie unglücklich, wobei sie sich im Gegensatz zu Werner Kröll nicht weiter zu wundern schien, dass sich die Kriminalpolizei derart ausführlich für das Privatleben ihrer verstorbenen Freundin interessierte. »Er war ein ziemlicher Zyniker, wissen Sie, immer total verletzend und von oben herab. Und er bildete sich eine Menge auf seinen sogenannten Intellekt ein, aber …« Nicole Herrgen verzog höhnisch den Mund. »Ich meine, wenn man bedenkt, wo dieser Kerl letztendlich gelandet ist, kann man das ja eigentlich nur lächerlich finden, nicht wahr?«

Vielleicht, dachte Winnie Heller. Aber genau hier könnte auch ein Motiv liegen. Ein verkanntes Genie, dem es Spaß macht, andere zu manipulieren. Das würde durchaus zu Devils Persönlichkeit passen.

»Sie haben den Kollegen erzählt, dass Ihre Freundin nicht gerade erfreut gewesen ist, als Kröll die Stelle am Clemens-Brentano-Gymnasium annahm«, bemerkte Verhoeven, indem er Nicole Herrgen fragend anblickte.

»Beate war ein unglaublich treuer und liebevoller Mensch«, antwortete diese, und ein schmerzvolles Lächeln ließ ihre Züge für einen flüchtigen Augenblick weich werden. »Aber sie war auch sehr konsequent. Wenn eine Sache erst einmal vorbei war, dann war es für Beate unwiderruflich aus.«

Genau dasselbe hat Kröll auch gesagt, dachte Winnie Heller, die die Abschrift der Gesprächsaufzeichnung genau studiert hatte. *Diese Frau war der nachtragendste Mansch auf dem ganzen Planeten*, hatte der Hausmeister gesagt. *Eine zweite Chance bei ihr zu kriegen war ungefähr so wahrscheinlich wie ein Sechser im Lotto …* »Wissen Sie zufällig, ob sich Ihre Freundin durch ihren Exmann irgendwann einmal bedroht gefühlt hat?«, wandte sie sich an Nicole Herrgen.

»Nein«, entgegnete diese mit Bestimmtheit. »Das ganz sicher nicht.«

»Aber er hatte doch früher mit psychischen Problemen zu kämpfen, nicht wahr?«

»Mag schon sein«, räumte Nicole Herrgen ein. »Allerdings gingen die, soweit ich weiß, eher in Richtung Depressionen. Also, er war nicht aggressiv oder so. Jedenfalls nicht körperlich. Und außerdem würde Beate es mir erzählt haben, wenn er ihr jemals zu nahe getreten wäre.«

»Hatte Frau Soltau in der letzten Zeit vielleicht sonst irgendwelchen Ärger?«

»Sie meinen, in der Schule?«

»In der Schule oder anderswo«, entgegnete Winnie Heller unverbindlich.

»Ach, Ärger würde ich das eigentlich nicht nennen«, antwortete Beate Soltaus beste Freundin vage. »Eher …« Sie rieb sich unruhig die großzügig beringten Hände, während ihr Blick durch den Raum irrte. »Es war wahrscheinlich einfach eine unangenehme Situation für sie, auch wenn sie nie darüber gesprochen hat.«

Wovon zur Hölle redet diese Frau?, dachte Winnie Heller entnervt, doch ihr Vorgesetzter hatte bereits sein verständnisvollstes Lächeln aus der Schublade geholt und blickte Nicole Herrgen mit ermutigender Freundlichkeit an.

»Könnten Sie uns eventuell ein bisschen mehr darüber verraten?«, fragte er, und Nicole Herrgen, die bis dato ganz und gar unschlüssig gewirkt hatte, nickte.

»Beate hat sich eine Zeit lang sehr gut mit einem der Lehrer verstanden«, sagte sie. »Und sie sind auch ein paarmal zusammen weggegangen, zum Essen oder auf eine Vernissage oder so. Nur ... Also, in der letzten Zeit hatte sich die Beziehung ziemlich abgekühlt, und ich hatte den Eindruck, dass es Beate plötzlich unangenehm war, sich überhaupt darauf eingelassen zu haben.«

»Worauf?«

»Oh nein, nicht was Sie denken«, wehrte Nicole Herrgen umgehend ab. »Sander und sie waren einfach gute Freunde.«

»Sander?«

»Sander Laurin.«

Sander Laurin, überlegte Winnie Heller. In welchem Zusammenhang habe ich diesen Namen schon einmal gehört?

»Ich weiß auch nicht genau, wie sich das damals ergeben hat«, fuhr Nicole Herrgen, die das Interesse der beiden Kriminalbeamten zu spüren schien, bereitwillig fort. »Denn eigentlich war Beate ja immer der Meinung, dass man Berufliches und Privates am besten getrennt hält, weil sonst nichts als Ärger dabei herumkommt. Aber mit Sanders Vorgängerin ist sie eben auch schon befreundet gewesen. Und sie war nun mal ...« Ihre Augen wanderten einmal mehr hinauf zu dem wuchtigen Kruzifix, das in der Ecke über dem Tisch hing, und in ihrer Stimme lag ein Ausdruck von liebevoller Nachsichtigkeit, als sie weitersprach: »Beate war immer so fasziniert von Menschen, die kreativ arbeiten, wissen Sie? Und mit Luana – das ist die Lehrerin, die Sander während ihres Erziehungsurlaubs vertritt – war sie, wie gesagt, früher auch ständig unterwegs.«

Natürlich, dachte Winnie Heller. Sander Laurin, Nikolas Hrubeschs Kunstlehrer! Sie schielte zu Verhoeven hinüber, der den Namen im Gegensatz zu ihr offenbar noch nicht einordnen konnte, ein Umstand, der sie mit einem gewissen Stolz erfüllte, auch wenn ihr durchaus bewusst war, dass es bei der Flut an Informationen, die seit Dienstag auf sie einstürmten, im Grunde purer Zufall war, was hängen blieb und was nicht. »Herr Laurin ist einer der beiden Kunstlehrer, die am Clemens-Brentano-Gymnasium unterrichten, nicht wahr?«, beeilte sie sich, ihren Trumpf auszuspielen, solange der Ball noch heiß war, und an der Reaktion ihres Vorgesetzten konnte sie ablesen, dass nun auch bei ihm der Groschen fiel.

»Ja, genau«, nickte Nicole Herrgen. »Das heißt, eigentlich ist Sander wohl gar kein Lehrer, jedenfalls kein richtiger.« Sie zuckte beinahe entschuldigend mit den Schultern. »Beate hat mir mal erzählt, dass er von Haus aus Kunsthistoriker ist. Oder Restaurator oder so was in der Richtung. Angeblich hat er an der Düsseldorfer Akademie studiert, was anscheinend unheimlich was wert ist, und er hat – glaube ich – sogar einen Doktortitel.«

Automatisch suchten Winnie Hellers Augen wieder die Bilder, mit denen Beate Soltau ihr Domizil so überreichlich ausgestattet hatte. Diese Frau scheint ja echt einen totalen Spleen gehabt zu haben, was Kunst angeht, dachte sie, und sie fragte sich, wie jemand, der wirklich und wahrhaftig etwas von Gemälden verstand, die grauenerregende Ansammlung von Kitsch und Krempel in Beate Soltaus Wohnung empfunden haben mochte. Laut sagte sie: »Und Sie sind sich absolut sicher, dass die Beziehung zwischen diesem Herrn Laurin und Ihrer Freundin nicht vielleicht doch mehr als eine bloße Freundschaft war?«

Nicole Herrgen wich ihrem Blick aus und starrte stattdessen auf die Tischplatte hinunter. »Ich weiß nicht, ob es Beate recht gewesen wäre, wenn ich Ihnen das erzähle«, murmelte sie leise vor sich hin, »und es scheint mir auch ganz und gar unwichtig zu sein …«

Winnie Heller wusste genau, wann es sich lohnte, Fragen zu stellen, um einem Zeugen auf die Sprünge zu helfen, und wann man besser schwieg. Und das hier war definitiv ein Moment, in dem man seinen Mund zu halten hatte.

Verhoeven schien die Sachlage ähnlich einzuschätzen, und sie verständigten sich mit einer kurzen Geste darauf, zu warten.

Nicole Herrgen bemerkte die erwartungsvolle Stille und hob den Kopf. »Na ja, also, Beate hat mir vor einiger Zeit erzählt, dass sie sich in Sander verliebt hatte«, schickte sie sich schließlich eher widerstrebend als bereitwillig in das Unvermeidliche. »Aber sie war sich nicht sicher, ob das auf Gegenseitigkeit beruhte. Immerhin …« Sie stutzte erneut, bevor sie mit gesenkter Stimme bekannte: »Immerhin war Sander ja auch ein paar Jahre jünger als sie.«

»Was nicht zwangsläufig ein Hinderungsgrund sein müsste«, bemerkte Verhoeven, der zu spüren schien, dass ihre Zeugin nach dieser von ihr selbst offenbar als überaus indiskret empfundenen Offenbarung ein wenig Zuspruch brauchte.

Und Nicole Herrgen fing den Ball, den er ihr zugespielt hatte, dankbar auf. »Wissen Sie, ich hab ja schon länger vermutet, dass die Sache von Beates Seite aus tiefer ging«, sagte sie. »Da … Na ja, da war dieses Leuchten in ihren Augen, jedes Mal, wenn sie über Sander sprach, Sie wissen schon. Und wie sie sich immer darüber aufgeregt hat, dass einer wie er gezwungen ist, pubertierende Teenager zu unterrichten, anstatt mindestens eine Professur zu haben oder ein Museum zu leiten oder irgendwas in dieser Art.« Sie hob die Hände, als wolle sie sich auf diese Weise ein Stück weit von den Gedankengängen ihrer verstorbenen Freundin distanzieren. »Aber bei der Vergabe solcher Posten steckt ja immer auch irgendwelches politisches Kalkül dahinter, meinte Beate, und wenn man da keinen Zugang zu den richtigen Kreisen hat, muss man eben notgedrungen ein wenig länger auf seinen wohlverdienten Lohn warten.« Nicole Herrgen senkte abermals den Blick und drehte gedankenverloren an ihren Ringen. »Nichtsdestotrotz hatte Beate fürchterliche Angst, dass Sander als Lehrer versauern könnte …«

»Und wodurch hat sich diese ...«, Verhoeven streute ganz bewusst ein Zögern ein, »... Beziehung zwischen Ihrer Freundin und Herrn Laurin letztendlich abgekühlt?«

Nicole Herrgen schüttelte langsam und nachdenklich den Kopf. »Wie schon gesagt, hat Beate nicht viel über Dinge gesprochen, mit denen sie für sich selbst durch war. Und ich wollte sie natürlich auch nicht fragen. Ich meine, immerhin wollte ich nicht irgendwelche Wunden aufreißen oder so was.« Sie nahm sich ein paar Sekunden Zeit, bevor sie hinzufügte: »Alles, was ich Ihnen über die Sache sagen kann, ist, dass der Bruch sehr plötzlich kam und dass Beate überaus unglücklich darüber war, weil sie ...« Sie kicherte ein wenig verlegen. »Na ja, insgeheim hatte sie schon Pläne gemacht, mit Sander in die Toskana zu reisen, um dort einen Aquarellkurs zu machen. Sie hatte sogar schon die Prospekte. Und nebenbei wollte sie sich unter Sanders sachkundiger Führung Florenz ansehen.«

Klingt ja echt schwer verliebt, dachte Winnie Heller mit einem Anflug von Rührung. »Können Sie vielleicht ungefähr sagen, wie lange dieser Bruch, von dem Sie sprachen, zurückliegt?«

»Ich weiß nicht genau. Ein paar Wochen, denke ich.« Nicole Herrgen hielt inne und strich sich eine verirrte Haarsträhne aus dem Gesicht. »Ich glaube, es war ...«

»Ja?«, nickte Winnie Heller mit bemüht teilnahmsvoller Miene, wobei sie sich wie eine schlechte Kopie ihres Vorgesetzten vorkam.

»Wir haben Sander mal in Begleitung einer ... na ja, einer anderen Frau getroffen«, seufzte Nicole Herrgen. »Beate rief mich an dem bewussten Abend an und fragte, ob ich nicht Lust hätte, ins Kino zu gehen. Es war ein ganz und gar spontaner Entschluss, im Grunde nichts als ein unglückliches Zusammentreffen.«

Oh ja, das ist es meistens, dachte Winnie Heller sarkastisch.

»Na, wie auch immer«, fuhr Nicole Herrgen fort, »wir sahen die beiden also dort sitzen, nur ein paar Reihen vor uns. Und es ...« Ihre Wangen füllten sich mit Blut. »Ja, es war ziemlich eindeutig, dass sie mehr als nur flüchtige Bekannte waren.«

»Und wissen Sie zufällig auch, wer diese andere Frau gewesen ist?«, fragte Winnie Heller hoffnungsfroh.

»Nein, keine Ahnung«, entgegnete Beate Soltaus Freundin mit einem bedauernden Achselzucken. »Ich habe sie nie vorher gesehen.«

»Und Frau Soltau?«, insistierte Verhoeven. »Hatten Sie das Gefühl, dass Ihre Freundin die Begleitung von Herrn Laurin kannte? Oder dass die beiden einander vielleicht zuvor schon einmal begegnet sind?«

»Gesagt hat sie nichts, aber ... Nein, ich glaube eigentlich nicht, dass Beate sie gekannt hat«, entgegnete Nicole Herrgen. »Ist das denn irgendwie wichtig?«

Wenn wir wüssten, was wichtig und was unwichtig ist, dachte Winnie Heller, wären wir schon ein ganzes Stück weiter!

7

Sander Laurin war ein entschieden attraktiver Mann, und Winnie Heller ertappte sich bei der Überlegung, wann und wo sie ihm schon einmal begegnet sein konnte. Zuerst vermutete sie, in Beate Soltaus Wohnung vielleicht ein entsprechendes Foto gesehen zu haben, aber dann erinnerte sie sich daran, wie nachtragend die ermordete Schulsekretärin angeblich gewesen war, und sie verwarf diese Möglichkeit als denkbar unwahrscheinlich. Doch als sie ihre Blicke abermals über Sander Laurins Gesicht gleiten ließ, fiel ihr plötzlich auf, dass er eine nicht zu übersehende Ähnlichkeit mit Werner Kröll hatte, und sie dachte, dass manche Frauen in puncto Beuteschema ähnlich festgelegt zu sein schienen wie die meisten Männer. Etwas, das ihr selbst gänzlich fremd war. Die wenigen Jungen, für die sie in ihrer Schulzeit geschwärmt hatte, waren einander so unähnlich gewesen, wie man sich nur sein konnte, eine Tatsache, die Winnie Heller sich selbst je nach Stimmung als »lobenswerte Flexibilität« oder auch »jämmerliche Unentschlossenheit« auslegte. Beate Soltau hingegen schien definitiv auf einen ganz bestimmten Typ Mann gestanden zu haben: schlank, blond und dabei von einer angenehm dezenten Weltläufigkeit.

Winnie Heller nickte vor sich hin, während sie ihrem heimlichen Urteil über die ermordete Schulsekretärin – »ambitionierte Banausin, hilfsbereit, vorsichtig und nachtragend« – ein doppelt unterstrichenes »phantasielos« hinzufügte. »Sagen Sie, haben Sie eigentlich keine Angst, als Lehrer zu versauern?«, fragte sie in Anlehnung an eine Formulierung, die Nicole Herrgen gewählt hatte.

Sander Laurin stutzte kurz. Dann lachte er. Die feinen Linien, die dabei um seine Augen entstanden, gaben ihm etwas überaus Anziehendes, und Winnie Heller dachte, dass er vermutlich einer jener Männer war, die umso besser aussahen, je älter sie wurden. Sie betrachtete seinen locker zurückgeworfenen Kopf und fand, dass es Beate Soltau wahrhaftig nicht zu verübeln war, sich in Sander Laurin verliebt zu haben.

»Versauern? Nein, im Gegenteil«, beantwortete dieser ihre Frage zu seinen beruflichen Perspektiven mit einer Mischung aus Charme und leiser Selbstironie. Seine Stimme war tief und männlich, ein schöner, sonorer Bassbariton. »Durchaus möglich, dass Sie das jetzt für eine Phrase halten, aber ich genieße den Umgang mit jungen Leuten und unterrichte gern.«

»Aber ein Mann, der wie Sie an der Düsseldorfer Akademie studiert hat …«

»… sollte Ihrer Meinung nach mindestens ein eigenes Atelier besitzen?« Sander Laurin lächelte noch immer. »Nun ja, vielleicht haben Sie recht. Aber ich bin auch Pragmatiker und weiß ein regelmäßiges Einkommen durchaus zu schätzen. Ganz abgesehen davon, dass ich schon während meines Studiums nicht umhinkonnte, den kreativen Teil meiner Begabung in realistischen Zusammenhängen zu sehen.«

Das ist ein gutes Stichwort, dachte Winnie Heller. »Und wie stand es mit Nikolas Hrubeschs Talent?«, fragte sie geradeheraus. »Wir haben diesbezüglich schon so viele widersprüchliche Aussagen gehört, dass mich die Meinung eines Fachmannes brennend interessieren würde.«

Sander Laurin antwortete nicht sofort, sondern ließ seine Blicke zunächst eine Weile ziellos durch den Raum schweifen. »Nikolas war durchaus nicht unbegabt«, sagte er nach einer langen Pause, »aber natürlich war er auch kein Künstler. Malen und Zeichnen bedeuteten für ihn eher eine Möglichkeit, etwas an die Oberfläche zu lassen, das er auf andere Art und Weise nicht ausdrücken konnte.«

Verhoeven ließ interessiert seinen Kugelschreiber sinken. »Sah er selbst das genauso?«

»Ich weiß nicht«, entgegnete Sander Laurin, und seine Miene drückte unübersehbare Zweifel aus. »Wir haben nie explizit darüber gesprochen.«

»Aber es war Ihnen schon bewusst, dass Nikolas von dieser ... Form des Ausdrucks recht ausgiebig Gebrauch machte, oder?«, fragte Verhoeven. »Ich meine, dass er viel zeichnete und malte.«

Laurin nickte. »Ja, natürlich. Ein paar seiner Arbeiten waren übrigens auch im Rahmen einer Schulausstellung im letzten Frühjahr zu sehen.«

»Weil sie besonders gut waren?«, beharrte Winnie Heller, die das unangenehme Gefühl nicht loswurde, dass Nikolas Hrubeschs Kunstlehrer ihr eine Antwort auf die Frage nach dessen Talent bislang schuldig geblieben war.

»Nein«, sagte Sander Laurin, indem er ihr Gesicht mit seinen wachen grünen Augen abtastete, als suche er dort nach etwas, das sich künstlerisch weiterverarbeiten ließ. »Nicht unbedingt besonders gut, aber durchaus interessant.«

»Interessant in welcher Beziehung?«

»In der Art und Weise, in der sie sich künstlerisch ausdrücken, offenbaren die Menschen ihr eigentliches Potenzial«, entgegnete Sander Laurin achselzuckend. »Das hat nichts mit Qualität zu tun. Oder mit Talent ...«

Sven Strohte würde das unter Garantie anders sehen, dachte Winnie Heller bei sich. Und Elli auch!

»Aber heißt es denn nicht, dass Kunst von Können kommt?«, fragte Verhoeven, dessen Gedanken zu ihrer Überraschung in eine ganz ähnliche Richtung zu gehen schienen wie die ihren.

Sander Laurin zog amüsiert die Augenbrauen hoch. »Möglich, dass das früher einmal so gewesen ist«, räumte er ein. »Aber meiner persönlichen Erfahrung nach wird der Marktwert eines Kunstwerks durch gänzlich andere Faktoren bestimmt als durch seine …, ich nenne es mal vorsichtig: handwerkliche Güte. Und genau das macht es so schwierig zu beurteilen, ob es sich lohnt oder nicht lohnt, eine Sache weiterzuverfolgen.« Er sah Winnie Heller direkt in die Augen. »Nichts anderes hätte ich Nikolas gesagt, wenn er mich je nach seinen Chancen als Künstler gefragt hätte, was er – wie schon gesagt – nicht getan hat. Das wollten Sie doch wissen, oder nicht?«

Allmählich verstehe ich, warum dieser Kerl unterrichtet, anstatt ein Atelier zu haben, dachte Winnie Heller bissig. Laut sagte sie: »Und konnten Sie aus Nikolas' künstlerischen Arbeiten auch herauslesen, dass er das Potenzial zum Massenmörder hat?«

Ihre Frage war rein rhetorisch gewesen, doch Sander Laurin schien sie durchaus ernst zu nehmen. »Glauben Sie mir«, sagte er, »seit letzten Dienstag kann ich nicht aufhören, mich genau das zu fragen.«

»Kann ich daraus schließen, dass Sie Nikolas so gut benotet haben, weil Sie Angst hatten, dass er Ihnen eines Tages eine Kugel in den Kopf jagt?« Winnie Heller spürte, wie sich Verhoeven angesichts ihrer gewagten Formulierung verspannte, aber sie konnte nicht anders. Sie musste Sander Laurin provozieren.

»Das ganz bestimmt nicht«, entgegnete dieser, ohne ihr freilich die Freude zu machen, auch nur im Mindesten provoziert zu wirken.

»Sondern?«

»Was meinen Sie?«

Winnie Heller lehnte sich zurück. »Warum gaben Sie einem Jungen, den Sie für ziemlich unbegabt hielten, derart gute Noten?«

»Wie ich Ihnen bereits gesagt habe, hielt ich Nikolas durchaus nicht für unbegabt«, korrigierte Laurin sie sanft, aber bestimmt. »Und was die Zensuren angeht … Tja, da könnte ich natürlich argumentieren, dass Noten in einem Fach wie dem meinen ohnehin reine Geschmackssache sind. Aber wenn Sie partout die Wahrheit hören wollen …« Er ließ den Satz offen und sah sie fragend an.

»Unbedingt«, nickte Winnie Heller.

»Ich habe Nikolas gut benotet, weil ich ihn motivieren wollte.« Sander Laurin seufzte. »Und ob Sie's glauben oder nicht, ich weiß aus eigener Erfahrung, wie es ist, wenn man sich ungerecht behandelt fühlt.«

»Sie meinen, so wie Hrubesch sich von Karen Ringstorff verkannt fühlte?«

»Ich habe bewusst ganz allgemein gesprochen«, entgegnete Laurin mit spürbarer Vorsicht, doch insgeheim war Winnie Heller sicher, dass seine Bemerkung sehr wohl auf Nikolas Hrubeschs Verhältnis zu seiner Kollegin abgezielt hatte. Und einmal mehr fragte sie sich, ob es wichtig war, dass Karen Ringstorff ausgerechnet an diesem unglückseligen Dienstagvormittag nicht an dem Ort gewesen war, an dem sie hätte sein sollen. Wir müssten mehr Zeit haben, dachte sie. Zeit, den richtigen Leuten die richtigen Fragen zu stellen.

»Noch eine andere Sache«, wandte sich ihr Vorgesetzter indessen noch einmal an Nikolas Hrubeschs Kunstlehrer. »Wie gut kannten Sie Beate Soltau?«

Laurin schien überrascht zu sein. »Beate? Na ja, eigentlich ganz gut.«

»Hatten Sie eine Affäre mit ihr?«

Winnie Heller wartete darauf, dass der Lehrer in ungläubiges Gelächter ausbrechen würde, doch Laurin tat nichts dergleichen.

»Nein«, sagte er, und es klang fast, als spräche er zu sich selbst. »Das nicht. Wir … Es klingt jetzt vielleicht abgedroschen, aber wir waren einfach gute Freunde.«

»Sie sind nicht verliebt gewesen in Frau Soltau?«, fragte Winnie Heller, auch wenn sie sich dergleichen jetzt, nachdem sie Laurin persönlich kannte, beim besten Willen nicht mehr vorstellen konnte.

»Nein«, antwortete Nikolas Hrubeschs Kunstlehrer, abermals ohne jeden Anflug von Unglauben oder gar Spott. Er wirkte, im Gegenteil, fast ein wenig traurig. »Ich war nicht verliebt in Beate.«

»Aber Frau Soltau war verliebt in Sie?«

Er zögerte. »Das glaube ich nicht«, sagte er dann. »Wir hatten ein paar gemeinsame Interessen und schätzten einander als Gesprächspartner. Nichts weiter ...«

Chapeau, dachte Winnie Heller, wenn er schon kein Künstler ist, so ist er doch wenigstens ein Kavalier!

»Aber diese Ihre Freundschaft zu Frau Soltau hatte sich in der letzten Zeit erheblich abgekühlt, nicht wahr?«

»Stimmt«, gab Laurin unumwunden zu.

»Können Sie uns etwas über die Gründe für diese Entwicklung sagen?«

»Ich nehme an, dass Beate irgendwie ...«, er zögerte, aber nur kurz, »... enttäuscht von mir gewesen ist.«

»Enttäuscht? Weswegen?«

»Vielleicht, weil ich ihr nicht mehr Zeit gewidmet habe«, entgegnete Laurin diplomatisch, doch Verhoeven ließ ihm die mehr als offenkundige Ausrede nicht durchgehen.

»Uns hat man erzählt, dass Frau Soltau Sie einmal in Begleitung einer anderen Frau erwischt hat ...«

Sander Laurin schien ernsthaft überlegen zu müssen, und seine Züge verdunkelten sich, während er nachdachte. Dann endlich breitete sich ein Schimmer des Erinnerns über sein Gesicht. »Ach das«, sagte er, nun wieder mit diesem überaus charmanten Lächeln, das eine romantische Seele wie Beate Soltau unwiderstehlich gefunden haben musste. »Ja, diese Sache mag natürlich auch eine Rolle gespielt haben.«

»Eine Rolle dafür, dass Beate Soltau von heute auf morgen nichts mehr von Ihnen wissen wollte?«

»Ja, so ähnlich«, entgegnete Sander Laurin ausweichend. »Aber sagen Sie, fänden Sie es sehr unverschämt von mir, wenn ich wissen wollte, warum Sie mir all diese Fragen stellen?«

»Weil Beate Soltau tot ist«, sagte Verhoeven.

»Und ich ihren Mörder unterrichtet habe?« Nun brach Nikolas Hrubeschs Kunstlehrer doch noch in schallendes Gelächter aus. »Das ist doch wohl nicht Ihr Ernst, oder?«

»Oh doch«, entgegnete Verhoeven. »Das ist mein voller Ernst.«

»Wann haben Sie Frau Soltau eigentlich zum letzten Mal gesehen?«, beeilte sich Winnie Heller, die nächste Frage zu stellen, als sie sah, dass Sander Laurin sich mit Verhoevens Antwort nicht so ohne weiteres zufriedengeben wollte. Und sie hatte Glück: Der Lehrer ließ sich tatsächlich von einer neuerlichen Rückfrage ablenken und zog stattdessen nachdenklich die Stirn in Falten.

»Am Montag«, sagte er schließlich. »Da sind wir uns gegen Mittag auf dem Hof begegnet und haben uns einen schönen Feierabend gewünscht, falls die näheren Umstände dieser Begegnung irgendwie von Interesse für Sie sein sollten ...«

»Alles ist von Interesse«, entgegnete Verhoeven knapp.

»Aha«, nickte Sander Laurin, und um seinen Mund lag ein spöttischer Ausdruck, als er hinzufügte: »Dann hoffe ich sehr, dass ich Ihnen behilflich sein konnte.«

8

»Im Fall von Angela Lukosch haben wir mindestens drei potenzielle Verdächtige mit drei sehr unterschiedlichen Motiven«, sagte Verhoeven, als sie ein paar Stunden später zu einem neuerlichen Gedankenaustausch in Hinnrichs' Büro zusammensaßen. »Da wäre zum ersten Sven Strohte ...«

Na, das war ja wohl klar, dachte Winnie Heller. Mit wem sollte er sonst anfangen?!

Verhoeven bemerkte ihren Blick, und sie fürchtete schon, dass er ihn zum Anlass nehmen würde, eine Bemerkung über Chopin zu machen. Oder über die Wechselwirkung zwischen klassischer Musik und Gewalttaten. Sie zweifelte keine Sekunde daran, dass er sich inzwischen kundig gemacht hatte, was das anging. Doch Verhoeven tat nichts dergleichen. »Sven Strohte könnte von Angelas Schwangerschaft gewusst haben«, setzte er stattdessen seine Ausführungen fort. »Er könnte auch einfach nur eifersüchtig gewesen sein, wütend darüber, dass das heißeste Mädchen der Schule nichts von ihm wissen wollte. Zum Zeitpunkt der Bluttat befand er sich, wie wir hinlänglich wissen, im Untergeschoss des Neubaus. Und zwar allein. Und damit kommen wir auch schon an den entscheidenden Punkt: Sven Strohtes sogenanntes Alibi beruht – ebenso wie die gesamte Sündenbock-Theorie – einzig und allein auf seiner Aussage, Hrubesch habe ihn am Tag vor dem Amoklauf in den besagten Putzraum bestellt.«

»Regulär hätte er zum Zeitpunkt des Amoklaufs übrigens eine Freistunde gehabt«, ergänzte Werneuchen. »Genau wie Hrubesch selbst.«

»Na, wenn das nicht verdächtig ist«, bemerkte Winnie Heller sarkastisch.

Doch ihr Vorgesetzter überging auch ihren Einwurf ohne sichtbare Reaktion. »Halten wir also fest«, sagte er, »dass Sven Strohte sowohl ein Motiv als auch die Gelegenheit hatte, Angela Lukosch zu töten. Und genau das trifft auch auf unseren Kandidaten Nummer zwei zu, Steven Höhmann.« Er machte eine kurze Pause und nahm eins der Protokolle zur Hand.

Winnie Heller fiel auf, dass er das Blatt ein Stück von sich weg hielt, und sie überlegte, ob ihm bewusst war, dass er über kurz oder lang eine Brille brauchen würde. Sie versuchte sich vorzustellen, wie er aussehen würde, wenn es so weit war, doch es wollte ihr nicht gelingen. Etwas an seinem Äußeren ließ sich nur schwer fassen, und wenn sie nicht gewusst hätte, dass Verhoeven sechsunddreißig war, würde sie sich schwergetan haben, auch nur sein Alter zu schätzen. Seine klaren Züge wirkten jung, fast knabenhaft, aber andererseits gab es bestimmte Linien, die auf Reife hindeuteten. Auf etwas, das er erlitten hatte und das sehr schmerzhaft gewesen sein musste, auch wenn sie sich beim besten Willen nicht vorstellen konnte, was das gewesen sein sollte. Soviel sie wusste, war Verhoevens bisheriges Leben ganz und gar glatt verlaufen. Abitur. Polizeischule. Heirat. Bis zu seiner Verbeamtung hatte er auf den Tag genau zwei Jahre gebraucht, die absolute Untergrenze der üblichen Zeit. Sie selbst hingegen war nun schon fast ein Jahr überfällig, und inzwischen war sie nicht einmal mehr sicher, ob es ihr überhaupt jemals gelingen würde, in den illustren Kreis der »Lebenslänglichen« aufzusteigen. Die Annahme, dass sich alles Weitere sozusagen von selbst ergeben würde, wenn man erst einmal dabei war, hatte sie jedenfalls schon vor mindestens einem halben Jahr aufgegeben. Aber sie wagte es auch nicht, ihren Vorgesetzten zu fragen, wie ihre Aktien standen.

Verhoeven schien unterdessen gefunden zu haben, worauf er aus gewesen war, denn er legte das Protokoll zur Seite. »Mirja Libolski hat Frau Heller gegenüber angegeben, dass Angela Lukosch entschlossen war, ihr Baby abzutreiben. Zugleich hat sie ausgesagt, dass Angela dem Vater des Kindes gegenüber das Gegenteil behauptet habe, um diesem – ich zitiere – Angst einzujagen.«

»Zumindest der erste Teil von Mirja Libolskis Aussage entspricht definitiv der Wahrheit«, meldete sich Oskar Bredeney zu Wort, der seit Tagen denselben dunkelblauen Pullover trug, jeweils mit wechselnden Hemden darunter. »Angela Lukosch hat nachweislich bereits in der vergangenen Woche einen Termin für einen Schwangerschaftsabbruch gemacht. Und zwar für den …« Er schielte nach seinen Notizen. »Für den 27. September, also für nächsten Donnerstag.«

»Wie weit sind Sie in der Vaterschaftsfrage?«, wandte sich Hinnrichs an Verhoeven.

»Heribert Scherer und Lukas Wertheim konnte das Labor definitiv ausschließen«, antwortete dieser. »Genauso wie Markus Sahler, den Nachbarn. Die Anwälte der Familien Strohte und Höhmann hingegen verweigern uns eine freiwillige Speichelprobe ihrer Mandanten.«

»Dann zwingen Sie sie.« Hinnrichs wühlte in seinen Akten. »Nehmen Sie sich die Freundin von der kleinen Lukosch noch mal vor und leiern Sie dem Mädchen einen hieb- und stichfesten Beweis dafür aus der Tasche, dass da tatsächlich was gelaufen ist mit diesem Steven Höhmann. Und was Ihren speziellen Freund Sven Strohte angeht … Denken Sie sich was aus, klar?«

»Nehmen wir mal an, Steven Höhmann wäre tatsächlich der Vater von Angela Lukoschs Baby gewesen«, sagte Bredeney, vielleicht, weil er Verhoeven eine Reaktion auf die rhetorische Frage ihres gemeinsamen Vorgesetzten ersparen wollte. Als alter Weggefährte von Verhoevens Mentor empfand er eine Art persönliche Verantwortung für »den Kleinen«, wie Grovius seinen Schützling immer genannt hatte, die sich in Form von vielen prüfenden Blicken und einer Packung Schnapspralinen jedes Jahr zu Weihnachten manifestierte. »In diesem Fall könnte er kalte Füße bekommen haben, als Angela ihm erklärte, dass sie sein Kind behalten will. Vielleicht hat er versucht, sie umzustimmen, aber wenn sie sich tatsächlich einen Jux mit ihm machen wollte, wäre sie auf derartige Überredungsversuche aller Wahrscheinlichkeit nach nicht angesprungen. Das wiederum hätte den Druck auf Steven Höhmann weiter erhöht, und er könnte beschlossen haben, sie zu töten ...«

»Wo war dieser Bursche zum Zeitpunkt der Tat?«, fragte Hinnrichs, nachdem er eine Weile hektisch in seinen Unterlagen geblättert hatte, aber anscheinend nicht fündig geworden war.

»Tjaaaa«, sagte Werneuchen, »eigentlich hätte Steven Höhmann in einem Klassenzimmer im zweiten Stock des Neubaus sitzen und Physikunterricht haben sollen. Aber weil in dem besagten Raum der Overheadprojektor kaputt war, befand sich unser Paintball-Held praktischerweise gerade auf dem Weg in die dritte Etage, um Ersatz zu beschaffen, als die ersten Schüsse fielen.«

»Rein theoretisch hätte er es natürlich ganz bewusst so einrichten können, dass der Projektor in Raum 223 nicht funktioniert«, sagte Verhoeven. »Damit er mit der Beschaffung eines Ersatzgeräts beauftragt wird und einen Grund hat, seinen Unterricht zu verlassen.«

»Die Frage ist, ob Steven Höhmann von seiner Persönlichkeit her der Lenker ist, den wir suchen«, wandte Werneuchen ein. »Nach allem, was man so hört, hat er sich ja wohl meistens darauf beschränkt, Lukas Wertheim hinterherzudackeln.«

»Das könnte natürlich auch ein geschickter Schachzug von ihm gewesen sein«, sagte Winnie Heller. »Dieser Devil – wer immer er ist – muss jemand sein, der es versteht, die Gedanken und Handlungen eines anderen zu steuern, ohne dass die betreffende Person sich seiner Einflussnahme überhaupt bewusst wird. Und genau diese Eigenschaften könnte Steven Höhmann in seiner Zeit als …«, sie suchte eine Weile nach dem passenden Wort, »… als Schatten des charismatischen Lukas Wertheim perfektioniert haben. Er könnte jemand sein, der seine wahren Stärken zu verbergen versteht.«

Burkhard Hinnrichs warf ihr einen flüchtigen Blick zu, sagte jedoch nichts.

»Eine dritte und zugegebenermaßen äußerst unwahrscheinliche Option für den Mord an Angela Lukosch ist Miranda Kerr«, sagte Verhoeven. »Sie macht zwar ganz und gar nicht den Eindruck einer kaltblütigen Mörderin und scheint von ihrer ganzen Anlage her das klassische Opfer zu sein, aber im Prinzip gilt für sie dasselbe wie für Steven Höhmann: Sie könnte ihren wahren Charakter hinter einer völlig gegensätzlichen Fassade verbergen. Und von ihren intellektuellen Fähigkeiten her ist sie die mit Abstand Cleverste der bislang Genannten, eine Hochbegabte, der alles nur so zufliegt und die mit Sicherheit Karriere machen wird, wenn sie es nur irgendwie schafft, die Schikanen ihrer Schulzeit zu überstehen.« Er öffnete den obersten Knopf seines Hemdes. »Im Übrigen hatte ich den Eindruck, dass sie auch eine ausgezeichnete Menschenkennerin ist, sodass es ihr vermutlich leicht gefallen wäre, Hrubeschs Potenzial zu erkennen und für ihre Zwecke auszunutzen.«

Winnie Heller runzelte die Stirn. Irgendetwas an dem, was Verhoeven gesagt hatte, gab ihr zu denken. Doch sie konnte rückblickend nicht mehr nachvollziehen, was es war. Ärgerlich vertiefte sie sich wieder in die Rechercheprotokolle, die Werneuchen vor Beginn ihrer Zusammenkunft verteilt hatte.

»Und wie steht es mit Miranda Kerrs Alibi?«, fragte Hinnrichs.

»Angeblich war sie während des gesamten Amoklaufs in der Mädchentoilette im dritten Stock«, antwortete Verhoeven.

»Irgendwelche Zeugen?«

»Nur die Sanitäter, die sie neben Angelas Leiche fanden.«

»Das beweist gar nichts«, entgegnete Hinnrichs.

»Kann ja sein, dass ich mich wiederhole«, sagte Bredeney, »aber ich finde die Aussage dieses Mädchens durchaus glaubhaft. Sich auf den Boden zu werfen und zu verstecken, wenn man Schüsse hört, klingt in meinen Ohren nicht verdächtig, sondern einfach nur verdammt vernünftig.«

»Das stimmt schon«, gab Verhoeven ihm recht. »Aber wenn Miranda Kerr Devil ist, wäre sie ganz sicher auch klug genug, ihre Geschichte nicht zu übertreiben und entsprechend glaubhaft rüberzubringen.«

»Sie halten sehr viel von der Kleinen«, stellte Hinnrichs sachlich fest.

»Ja«, sagte Verhoeven. »Es gibt wenig, das ich Miranda Kerr nicht zutrauen würde, aber ich bin mir nicht sicher, ob das in diesem Fall ein Kompliment ist.«

»Von ihrer Lebenssituation her wäre sie jedenfalls durchaus eine Kandidatin zum Amoklaufen«, schaltete sich Winnie Heller wieder in die Diskussion ein, nachdem sie noch einmal Werneuchens Rechercheprotokolle durchgegangen war. »Genau genommen gibt es sogar erstaunlich viele Parallelen zwischen ihr und Nikolas Hrubesch.« Sie hob die Finger der linken Hand, während sie aufzählte: »Beide sind hochbegabt. Beide wurden über einen längeren Zeitraum hinweg von Klassenkameraden schikaniert, die ihnen intellektuell nicht im Mindesten das Wasser reichen können. Und beide haben in der Zeit vor der Bluttat mehr oder weniger isoliert gelebt. Hrubesch konzentrierte sich auf seine sogenannte Malerei und die Chats mit Gleichgesinnten, während Miranda Kerrs einziger Sozialkontakt eine Freundin ist, die ein paar Tausend Kilometer weit weg wohnt.« Sie nickte sinnend vor sich hin. »Oh ja, sie sind sich erschreckend ähnlich, diese beiden ...«

Über seinen Papieren kniff Hinnrichs angestrengt die Augen zusammen. »Von mir aus«, sagte er. »Konzentrieren wir uns im Fall von Angela Lukosch zunächst auf die genannten drei. Auch wenn zumindest für die Rolle des Kindsvaters natürlich auch noch andere Personen in Betracht kommen.«

»Das vielleicht«, wagte Winnie Heller einen vorsichtigen Einwand. »Aber dieser Devil muss zwingend jemand sein, der einen Bezug zum Clemens-Brentano-Gymnasium hat. Und Mirja Libolski schwört Stein und Bein, dass sie es wissen würde, wenn Angela auch noch mit einem der anderen Jungen aus ihrer Schule Sex gehabt hätte.«

Hinnrichs stieß ein verächtliches Zischen aus.

»Und wer hat der kleinen Lukosch in der Zeit vor dem Massaker diese Streiche gespielt?«, fragte Oskar Bredeney.

Verhoeven blickte auf. »Du meinst die zerstochenen Reifen und die anonymen Briefe?«

Bredeney nickte. »Unter den gegebenen Umständen können wir so was ja wohl kaum unter den Tisch fallen lassen.«

»Nein«, sagte Verhoeven. »Das wohl nicht.«

»Wenn du willst, kümmere ich mich um die Sache«, erbot sich Werneuchen.

»Danke dir«, sagte Verhoeven.

Burkhard Hinnrichs sah hoch. »Weshalb, um alles in der Welt, reiten Sie eigentlich so auf diesem verdammten Türschild herum?«, echauffierte er sich, indem er mit der flachen Hand auf einen der Berichte einhieb.

»Weil es nicht da war«, entgegnete Verhoeven lapidar.

»Die Soltau könnte auch einfach vergessen haben, das Schild an die Tür zu hängen, als sie plötzlich wegmusste«, bemühte der Leiter des KK 11 ein Argument, das Verhoeven nur allzu vertraut war. »So etwas passiert im Eifer des Gefechts.«

Was für eine überaus taktvolle Wortwahl im Zusammenhang mit einem Amoklauf, dachte Winnie Heller bissig. *Im Eifer des Gefechts …*

»Und warum hat sich niemand gemeldet, der zusammen mit Frau Soltau in der Bibliothek war?«, fragte Verhoeven.

»Weil die Kollegen den Betreffenden nicht danach gefragt haben?«, gab Hinnrichs patzig zurück. »Weil es an diesem Morgen Wichtigeres gegeben hat als die Frage, ob ein dämliches Pappschild an einer Tür gehangen hat oder nicht?«

Obwohl Oskar Bredeney ihm dieses Mal nicht zu Hilfe

kam, dachte Verhoeven nicht im Traum daran, die rhetorischen Fragen seines Vorgesetzten zu beantworten, auch wenn Hinnrichs ihn quer über den Tisch hinweg herausfordernd anblitzte.

»Wie Sie meinen«, blaffte der Leiter des KK 11, als ihm klar wurde, dass er auf diese Weise nicht weiterkam. »Was haben wir sonst über die Soltau?«

»Zumindest im Hinblick auf ein mögliches Motiv tappen wir bei ihr leider noch völlig im Dunkeln«, musste Winnie Heller eingestehen. »Wir haben zwei Verdächtige, den Exmann und einen Kunstlehrer, in den Frau Soltau laut Aussage ihrer besten Freundin verliebt war – übrigens derselbe, der auch Hrubesch unterrichtet hat.«

Hinnrichs verzog keine Miene.

»Aber wie gesagt haben wir in beiden Fällen noch nichts gefunden, das sich auch nur entfernt als Motiv auslegen ließe«, fuhr Winnie Heller tapfer fort, obwohl sie Hinnrichs' Sezierblick auf ihrem Gesicht fühlte. »Von Werner Kröll wissen wir, dass er die Trennung von seiner Ex nie so ganz verwunden hat. Seit er an dieser Schule als Hausmeister tätig ist, also wieder in Kontakt zu Beate Soltau stand, gab es nur einen einzigen Mann, für den sie sich ernsthaft interessiert hatte. Und das ist der besagte Lehrer, Sander Laurin.«

»Angeblich lief nichts zwischen den beiden«, ergänzte Verhoeven, »aber Kröll könnte natürlich trotzdem eifersüchtig gewesen sein. Wir wissen, dass er in der Vergangenheit gravierende psychische Probleme hatte. Und in der Zeit, in der er mit Beate Soltau verheiratet war, ging es ihm nachweislich am besten.« Er zuckte mit den Schultern. »Vielleicht wollte er diese Zeit wiederaufleben lassen. Vielleicht war er besessen von der Idee, seine Exfrau zurückzugewinnen.«

»Hätte er da nicht eher diesen Laurin erschießen müssen?«, konterte Bredeney mit dem ihm eigenen Pragmatismus.

Verhoeven lächelte matt. »Vom Standpunkt der Effektivität aus ganz sicher.«

»Aber als Hrubesch Amok lief, hatten sich Beate Soltau und

Sander Laurin doch schon längst wieder zerstritten«, wandte Winnie Heller ein.

»Das mag sein«, entgegnete Verhoeven. »Die Frage ist nur: Wusste Kröll das?«

»Die Gelegenheit, seine Ex zu töten, hätte er jedenfalls gehabt«, konstatierte Werneuchen. »Den verstopften Abfluss hätte er manipulieren können, und er hätte es ganz sicher auch verstanden, die Sache zu vertuschen.«

»Das mit der Manipulation können Sie nicht beweisen«, sagte Hinnrichs. »Es könnte sich auch um einen harmlosen Schülerstreich handeln und …«

»Ich habe mich da mal ein bisschen kundig gemacht«, unterbrach Bredeney den Leiter des KK 11 mit der Chuzpe von achtunddreißig Dienstjahren. »Verstopfte Abflüsse kommen an einer Schule wie dem Clemens-Brentano-Gymnasium zwar in der Tat recht oft vor, sind aber auch nicht gerade an der Tagesordnung. Und die Wahrscheinlichkeit, dass einer der Abflüsse ausgerechnet zum betreffenden Zeitpunkt …«

»Ach was, hören Sie mir auf mit Wahrscheinlichkeiten«, fiel Hinnrichs seinem dienstältesten Beamten nun seinerseits ins Wort. »Wir brauchen endlich ein paar Fakten.«

»Fakt ist, dass ein Hausmeister zu den Leuten gehört, die sich am freiesten und gleichzeitig am unauffälligsten in einem Schulgebäude bewegen können«, erwiderte Bredeney würdevoll. »In diesem Job hat man keine festen Sprechzeiten oder Termine, die man einhalten muss, und man kann sich sein Pensum weitgehend so einteilen, wie es einem am besten in den Kram passt.«

»Aber ist dieser Kröll überhaupt raffiniert genug, um Devil zu sein?«, fragte Hinnrichs.

»Das ganz sicher«, nickte Werneuchen. »Ein Intelligenztest, den Kröll in seinen Studienjahren absolviert hat, hat einen IQ von stattlichen 134 ergeben. Und außerdem hat er genug Therapien gemacht, um zu durchschauen, wie die Sache mit dem Lenken und Beeinflussen funktioniert. Wer sich jahrelang durch die verschiedensten Therapiegruppen ackert, wird wahrscheinlich zwangsläufig zu einem exzellenten Menschenkenner.«

»Könnten wir uns nicht irgendwie Einsicht in seine Krankenakte verschaffen?«, schlug Winnie Heller hoffnungsvoll vor. »Mit Sicherheit gibt es dort ein psychologisches Profil, das uns vielleicht weiterhilft.«

»Schwierig bis unmöglich«, winkte Hinnrichs ab. »Sie wissen doch, wie sensibel heutzutage mit solchen Daten umgegangen wird. Da müssen Sie mir schon mehr als ein paar fragwürdige Indizien auf den Tisch legen. Etwas, das Kröll erheblich belastet.«

Winnie Heller tauschte einen Blick mit ihrem Vorgesetzten. »Bislang haben wir leider …«

»… gar nichts, das sehe ich«, blaffte Hinnrichs, indem er die Mappe mit den Vernehmungsprotokollen quer über den Tisch schleuderte. »Und was ist mit diesem Kunstheini? Diesem …« Er runzelte die Stirn, weil ihm – was selten vorkam – der Name entfallen war.

»Laurin«, half Bredeney ihm auf die Sprünge. »Sander Laurin.«

»Ist das eine Art Pseudonym?«

Verhoeven verneinte. »Das Problem bleibt die Frage nach dem Motiv«, sagte er dann. »Wie Frau Heller bereits sagte, war Beate Soltau diejenige, die mehr als nur Freundschaft von Sander Laurin wollte. Und als sie mitbekam, dass Laurin da nicht mitzog, hat sie sich von ihm distanziert. Und das ist, nach allem, was wir bislang wissen, auch schon die ganze Geschichte.« Er überlegte einen Moment, bevor er hinzusetzte: »Außerdem ist Laurin von all unseren Verdächtigen der Einzige, der ein halbwegs vernünftiges Alibi hat. Zum Tatzeitpunkt unterrichtete er eine zehnte Klasse.«

»Wo?«, fragte Werneuchen, der dabei war, sämtliche im Verlauf der Besprechung gemachten Ortsangaben in eine groß dimensionierte Kopie des Raumplans zu übertragen.

Verhoeven bemühte seine Notizen, bevor er antwortete: »Im Zeichensaal im vierten Stock.«

»Altbau oder Neubau?«, wollte Werneuchen wissen.

»Altbau.«

»Also ist er aus dem Schneider«, konstatierte Hinnrichs.

»Ja«, entgegnete Verhoeven, dem vorschnelle Schlüsse grundsätzlich zuwider waren, zögerlich. »Sieht ganz so aus …«

9 Das Innere von Lübkes Haus war eine echte Überraschung. Es gab eine geräumige, funktionale Küche, Flachbildfernseher und jede Menge Hightech im Wohnbereich. Dazu freundliche Farben sowie eine Vase mit Astern und ein paar letzten Rosen auf dem rustikalen Esstisch, der – zumindest insofern schienen die Gerüchte zu stimmen – durchaus selbst gebaut aussah.

»Wo sind die Maden?«, erkundigte sich Winnie Heller mit einem müden Lächeln.

Lübke lachte laut und heiser. »Ich habe ein paar Hasen hinten im Garten. Wohlgenährte, stramme Karnickel, um genau zu sein. Und von Zeit zu Zeit besucht mich eine Katze aus der Nachbarschaft auf einen Fisch.«

»Keine Käfer?«, fragte sie mit gespielter Enttäuschung, wobei sie innerlich heilfroh war, dass sie so unverfänglich plauderten.

»Nicht hier im Haus«, sagte Lübke.

Sie lächelte und trat an ein monströses Bücherregal, dessen Inhalt durch Glastüren vor dem Verstauben geschützt wurde. Jede Menge Naturwissenschaftliches. Fachbücher. Lexika. Aber auch Philosophie. Kant. Hegel. Sogar Nietzsche. Das Gesamtwerk. Dieser Mann steckte wirklich voller Überraschungen!

»Kaffee?«, fragte er unter dem Türrahmen zur Küche.

Winnie Heller nickte.

»Milch?«

»Ja.«

»Zucker auch?«

Sie schüttelte den Kopf und fürchtete sich schon jetzt vor dem Augenblick, in dem die Belanglosigkeiten enden würden. In dem sie einander gegenübersaßen und das Schweigen zwischen ihnen raumgreifend wurde. Vielleicht ist es doch keine so gute Idee gewesen, dass ich mich auf sein Gesprächsangebot eingelassen habe, dachte sie unbehaglich. Andererseits war ihr bewusst, dass Lübke sie niemals in Ruhe gelassen hätte. Und auch, dass er nicht aufhören würde, Fragen zu stellen. Sie musste ihn beruhigen. Ihm etwas erzählen, mit dem er sich zufriedengeben konnte. Sonst hatte sie ihn und diese leidige Sache für den Rest ihrer Tage am Hals. Lübke war wie ein Bluthund, der von einer einmal aufgenommenen Spur erst wieder abließ, wenn er sie bis zu ihrem Ursprung zurückverfolgt hatte. Oder wenn man ihn mit Gewalt von ihr fortzerrte …

Sie hörte ihn in der Küche rumoren.

Durch die geöffnete Tür konnte sie seinen Schatten sehen. Ein großer, massiver Schatten, der sie an die Silhouette von Gerd Fröbe erinnerte, wie er als unheimlicher, schwarz gewandeter Kindermörder mit einer Kasperlepuppe durch den Wald tappte.

»Musst du nachher noch zurück ins Präsidium?«

Was zur Hölle sollte die Frage? Winnie Heller schluckte. Hatte er denn nicht behauptet, dass er nur zum Duschen nach Hause fuhr?

»Wieso?«, rief sie zurück, um Zeit zum Nachdenken zu gewinnen.

»Ach du Scheiße«, stöhnte er, bevor er abermals in sein heiseres Lachen ausbrach. »So weit habe ich gar nicht gedacht, aber keine Sorge, ich habe durchaus keine unlauteren Pläne mit dir. Zumindest nicht heute Abend«, fügte er nach einer kurzen Pause hinzu, und Winnie Heller konnte sich lebhaft vorstellen, wie seine Hans-Albers-Augen vor Vergnügen blitzten.

Sie biss sich auf die Lippen und hätte sich für die unausgesprochene Unterstellung, die in ihrer Frage gelegen hatte, am liebsten in der Luft zerrissen. Warum hatte sie auf einmal solche Mühe, vernünftig mit Lübke umzugehen? Wo waren die lockeren Sprüche, mit denen sie üblicherweise auf ihn reagierte?

Während sie wartete, dass er zurückkehrte, sah sie sich nach Fotos um, nach irgendeinem Hinweis auf die Unbekannte, die neulich Nacht bei ihm gewesen war, aber sie konnte nichts entdecken. Keinen Parfumflakon, keinen vergessenen Seidenschal. Nicht einmal eine Herrenunterhose mit Paisley-Muster. Und auch sonst nichts, das auf die temporäre Anwesenheit einer Frau in diesem Haushalt hindeutete. Ob die Unbekannte also am Ende doch eine von den Professionellen gewesen war? Winnie Heller dachte an den seltsamen Aufzug der Fremden und an ihr Haar, das ein bisschen zu blond und ein bisschen zu unordentlich ausgesehen hatte, und sie überlegte, woran sie sich eher gewöhnen könnte. An den Gedanken, dass Lübke eine feste Freundin hatte, oder an die Vorstellung, dass er hin und wieder eine Prostituierte mit in sein komisches, krummes Haus brachte. Eine Hure …

Als sie seine Schritte hinter sich hörte, drehte sie sich um.

Er hatte ein altmodisches Holztablett mit einem geflochtenen Rand auf dem Couchtisch abgeladen. Zwei Becher mit Kaffee. Eine Flasche Whisky. Dazu zwei ziemlich große Gläser.

Winnie Heller setzte sich in einen der Sessel, damit er ihr nicht zu nahe kommen konnte, und griff, ohne zu fragen, nach dem linken Kaffeebecher, der offenkundig eine ziemlich beträchtliche Menge Milch enthielt. Und Lübke trank seinen Kaffee ja grundsätzlich schwarz. Schwarz mit drei Stückchen Zucker darin, etwas, das sie vermutlich bis ans Ende aller Tage wissen würde. Sie blickte in die hellbraune Flüssigkeit in ihrem Becher hinunter und dachte, dass sie es irgendwie beruhigend fand, dass Lübke bei aller Normalität, die in seinem Haus herrschte, nicht auch noch Milchkännchen und Zuckerdose angeschleppt hatte. So viel unerwartete Bürgerlichkeit hätte sie dann doch – und wahrscheinlich auch endgültig – in die Flucht geschlagen.

»Was ist?«, fragte sie, als ihr bewusst wurde, dass er sie ansah.

Er zuckte seine massigen Schultern. »Sag du's mir.«

Winnie Heller seufzte und beschloss, das Unvermeidliche nicht länger aufzuschieben. »Da war dieser Kerl, weißt du, neulich Nacht …«

Lübke sagte nichts. Zu ihrer Erleichterung saß er einfach da und ließ sie reden.

Und das tat sie. Redete. Stockend zuerst. Unzusammenhängend und wirr. Danach immer klarer, sachlicher. Sie lauschte ihrer eigenen Stimme und wunderte sich, dass sie Worte fand, die zusammenpassten, die wirklich und wahrhaftig einen Sinn ergaben. Worte für das Unerklärliche, das ihr passiert war. Das Unsagbare …

Er hörte alles an, ohne sie auch nur ein einziges Mal zu unterbrechen. Als sie geendet hatte, als ihr nichts mehr einfiel, das es noch zu besprechen gab, goss er ungefähr einen halben Liter Whisky in eines der Gläser und schob es ihr wortlos über den Tisch. Aber sie konnte sehen, dass seine Fingerspitzen zitterten, und verwundert stellte Winnie Heller fest, dass der Grund dafür ganz offenkundig eine elementare Wut war. Lübke war wirklich und wahrhaftig wütend über das, was mit ihr geschehen war!

Sie fühlte, wie die Erkenntnis sich in ihr festsetzte, wie sie eine Spur hinterließ, von der sie nicht sicher war, ob sie nicht alles noch viel komplizierter machen würde, als es ohnehin schon war.

Lübke hatte sich unterdessen auch einen Whisky genommen, und sie hatte das dringende Gefühl, dass er seine Emotionen nur mit Mühe im Zaum hielt.

»Ich habe versagt«, bekannte sie so leise, dass sie sich selbst kaum verstand.

Er sah sie an. »So siehst du das also …«

»Wie sollte ich es denn sonst sehen?«, entgegnete sie laut und forsch, weil sie es urplötzlich nicht mehr ertrug, wenn es still war.

»Objektiv.«

»Ich bin objektiv.«

»Bist du nicht.« Lübke schüttelte den Kopf. »Wenn du nämlich objektiv wärst, würdest du nicht so unerbittlich mit dir ins Gericht gehen.«

»Aber ich bin Polizistin, Herrgott noch mal«, fuhr es aus ihr heraus. »Ich habe gelernt, mich zu verteidigen. Meine Ausbilder sind nicht müde geworden, mir zu erzählen, dass ich immer auf alle Eventualitäten vorbereitet sein muss. Dass mich nichts und niemand überraschen darf. Und ich verbringe jedes Jahr Stunden um Stunden auf diesem bescheuerten Schießplatz und ballere auf diese blöden Scheiben, nur um im Ernstfall ...«

»Neulich Nacht warst du unbewaffnet«, fiel Lübke ihr mit einer für seine Verhältnisse bemerkenswerten Behutsamkeit ins Wort.

»Unbewaffnet vielleicht«, versetzte sie trotzig. »Aber ich hätte trotzdem nicht so entsetzlich wehrlos sein dürfen. Das macht mich ...«

»Du bist ein Mensch und keine gottverdammte Maschine«, unterbrach er sie erneut. »Und Menschen machen nun einmal Fehler ... Auf alle Eventualitäten vorbereitet! Was für ein ausgemachter Blödsinn!« Er stieß ein verächtliches Schnauben aus. »Glaub mir, Mädchen, kein Mensch ist jemals auf alle Eventualitäten vorbereitet.«

Sie erwiderte nichts, sondern senkte einfach den Blick.

»Winnie?«

»Was denn?«

»Ich möchte nicht, dass du daran zerbrichst.«

»Ich werde nicht daran zerbrechen«, versetzte sie hitzig. Und in Gedanken fügte sie hinzu: Immerhin bin ich auch an dem anderen nicht zerbrochen, an dem Unfall meiner Schwester und den sieben Jahren Hölle, die ihm gefolgt sind. Wahrscheinlich kann ich das gar nicht, zerbrechen.

Sie stellte ihr Whiskyglas zur Seite und verspürte mit einem Mal wieder die alte Angst, zu viel über sich verraten zu haben. Jemandem, den sie kaum kannte, etwas in die Hand gegeben zu haben, das sich gegen sie verwenden ließ. Das sie auslieferte. Winnie Heller fühlte, wie Panik in ihr aufstieg. Der Moment der Schwäche war vorüber. Jetzt griffen die erprobten Abwehrmechanismen, und sie wollte nur noch weg, ihren eigenen Geständnissen entfliehen.

Sie hob den Kopf. »Lübke?«

»Was?«

»Du musst mir versprechen, dass diese Sache unter uns bleibt.«

»Herrgott noch mal, Mädchen«, fuhr er auf, »du weißt genau, dass ich …«

»Versprich es mir einfach, okay?«

Er sah sie an, und in den vertrauten, immer ein wenig aufgeschwemmten Zügen lag etwas, das sie zutiefst beruhigte.

»Bitte«, beharrte sie, als er keine Anstalten machte, auf ihre Bedenken einzugehen. »Versprich mir, dass du mit niemandem darüber redest. Nicht einmal, um mich zu beschützen. Oder um mich zu rächen«, fügte sie mit einem prüfenden Blick in seine hansalbersblauen Augen hinzu, in denen noch immer eine unterdrückte Wut glomm. »Das ist etwas, mit dem ich fertig werden muss, irgendwie. Und zwar allein. Okay?«

Er schien nachzudenken.

»Lübke?«

»Von mir aus«, brummte er mit einem Widerwillen, den Winnie Heller fast körperlich spüren konnte.

»Von dir aus was?«

»Hm, ja, ich verspreche es.«

Sie nickte. »Danke.«

10

Nicole Herrgen lehnte sich Halt suchend gegen den Türrahmen, während sie ihre Handtasche nach dem Schlüssel zu Beate Soltaus Wohnung absuchte.

»Wird das denn heute noch?«, fragte Dieter Herrgen ungeduldig, als über ihren Köpfen die Treppenhausbeleuchtung zum zweiten Mal erlosch.

»Mach Licht«, bat sie. »Sonst …«

»Herrgott noch eins«, stöhnte ihr Mann, als sie sich trotz der abermals aufflammenden Flurbeleuchtung schwertat, den Schlüssel ins Schloss zu bugsieren. Aber nach den Erfahrungen von heute früh war sie dennoch heilfroh, dass er sich ohne größere Umstände bereit erklärt hatte, sie zu begleiten. »Wenn du so weitermachst, werden wir hier noch …«

»Dieter«, unterbrach sie ihn entsetzt.

»Was denn?«

»Ich bin ganz sicher, dass ich die Tür abgeschlossen habe, als ich vorhin gegangen bin.«

»Ja und?«

»Und jetzt ist sie nur zugezogen.«

Dieter Herrgen verzog das Gesicht. »Bestimmt hast du dir bloß *eingebildet*, dass du abgeschlossen hast.«

»Oh nein«, protestierte sie. »Ich bin mir vollkommen sicher. Ich weiß sogar noch, dass ich beim Abschließen an Beate dachte und daran, wie nachlässig sie diese Dinge immer gehandhabt hat.«

»Was ist mit diesem komischen Kauz, der dich bedroht hat?«, versuchte Dieter Herrgen, dem Problem mit Logik beizukommen. »Vielleicht hat der doch einen Schlüssel. Oder der Hauswirt war hier, um nach dem Rechten zu sehen.«

»Das glaube ich kaum«, entgegnete Nicole Herrgen. »Beate hasste das Gefühl, dass jemand während ihrer Abwesenheit hereinkommen und in ihren Sachen stöbern könnte.«

Dieter Herrgen seufzte und schob seine Frau beiseite, um das Schloss zu begutachten, das jedoch völlig intakt zu sein schien. »Du musst dich täuschen«, befand er nach gründlicher Prüfung des Sachverhalts. »Entweder in Bezug auf den Schlüssel oder darin, dass du abgeschlossen hast.«

»Na ja, vielleicht war ich wirklich ein bisschen durcheinander«, räumte Nicole Herrgen ein. »Diese Polizisten und die ganzen Fragen und all das …«

Na also, sagte der Blick ihres Mannes. *Ganz wie ich gedacht habe!*

»Und jetzt?«, fragte sie, als sie in der Diele standen.

»Machen wir als Erstes die Aufnahmen«, sagte er, indem er die mitgebrachte Digitalkamera schwenkte.

Sie waren übereingekommen, sämtliche Bilder und Skulpturen zu fotografieren und die Aufnahmen anschließend an Hilmar Quenstedt zu schicken, jenen Frankfurter Galeristen, der Beate Soltau hin und wieder ein paar ihrer Flohmarktschnäppchen abgekauft hatte. Vielleicht lässt er sich ja doch herab, das eine oder andere Bild zu übernehmen, wenn er sich nicht die Mühe zu machen braucht, persönlich vorbeizuschauen, dachte Nicole Herrgen hoffnungsvoll. *Und was er nicht haben will, können wir mit denselben Fotos in einer von diesen kostenlosen Zeitungen inserieren, in denen die Leute ihre alten Brautkleider und Kinderwagen und sonstigen Trödel zum Kauf anbieten*, hatte ihr Mann unsentimental angemerkt. *Oder aber wir stellen den ganzen Krempel ins Internet.*

Krempel, dachte Nicole Herrgen mit einem Anflug von schlechtem Gewissen. Wie gut, dass Beate ihn nicht mehr hören kann!

Sie trat ins Wohnzimmer, das jetzt still und dunkel dalag, und tastete an der Wand neben der Tür nach dem Lichtschalter, als sie eine Bewegung wahrzunehmen glaubte. Es war nicht viel mehr als ein unbestimmter Eindruck, dem Nicole Herrgen nicht einmal eine genaue Richtung zuordnen konnte, aber irgendetwas an dieser Wahrnehmung ließ ihre Alarmglocken schrillen.

Sie zögerte einen kurzen Moment, dann schaltete sie das Licht ein. Der imposante Lüster über dem Esstisch flammte auf, und Nicole Herrgens Blick fiel auf die Verbindungstür zum angrenzenden Schlafzimmer, die geschlossen war, genau wie vorhin. Die Tür hatte einen Glaseinsatz, der etwa auf Schulterhöhe begann und hinter dem eine indifferente Düsternis schwebte, und doch hatte Nicole Herrgen einen kurzen Moment lang den Eindruck, dass diese blinde Scheibe sie anstarre. Und dass es die Klinke gewesen war, die sich bei ihrem Eintreten bewegt hatte.

So ein Blödsinn, dachte sie, doch das dumpfe Gefühl von Bedrohung, das sie empfand, wollte sich einfach nicht legen. Also bedeutete sie ihrem Mann, der eben zu einer ungeduldigen Bemerkung ansetzen wollte, still zu sein, und schlich dann so leise sie irgend konnte auf die geschlossene Tür zu.

Ein Schritt. Zwei. Drei. Und …

Der Ton, der die angespannte Stille zerriss, war so laut, dass

Nicole Herrgen entsetzt aufschrie, und sie brauchte einige Sekunden, um zu begreifen, dass er zu einem Telefon gehörte. Zu Beates Telefon in der Diele.

Sie drehte sich zu ihrem Mann um, der ein paar Meter hinter ihr stehen geblieben war und ratlos mit den Schultern zuckte. Gemeinsam lauschten sie dem Klingelton, der einfach nicht enden wollte, und Nicole Herrgen dachte, dass es beinahe unmöglich war, dass jemand, der Beate gekannt hatte, nicht auch von ihrem Tod erfahren hatte. *Ich sage Ihnen, irgendwann fallen hier ganze Scharen von Leichenfledderern ein und lungern herum und fotografieren alles,* hörte sie den alten Herrn Kuhlmann aus dem vierten Stock flüstern. Und auf einmal fühlte sie eine elementare Wut in sich aufsteigen. Was bildeten sich diese verdammten Freaks eigentlich ein? Was bezweckten sie mit solcherlei Aktionen? Wollten sie hören, ob sich vielleicht irgendwann ein Anrufbeantworter einschaltete? Ein Band, auf dem die Stimme einer Toten aufgezeichnet war?

Nicole Herrgen stürmte in die Diele hinüber, wo das Telefon noch immer vor sich hin klingelte, ein scheppernder, blecherner Ton wie aus einem alten Hollywood-Film. Das Telefon selbst war ein antiquiertes Gerät, klobig und schwarz mit einer schwergängigen Wählscheibe anstelle eines Ziffernblocks und einem kühn geschwungenen Hörer, der für sich genommen schon mindestens ein Pfund wog. Beate Soltau hatte den Apparat – genau wie so viele andere Dinge in dieser Wohnung – auf dem Flohmarkt erstanden und von einem Fachmann für teures Geld an die technischen Erfordernisse der modernen Zeit anpassen lassen.

»Was ist?«, flüsterte Dieter Herrgen, als er sah, dass seine Frau noch immer zögerte. »Jetzt nimm schon endlich ab!«

Nicole Herrgen hielt den Atem an und beobachtete ihre eigene Hand, die nach dem Hörer griff wie Grace Kelly in *Bei Anruf Mord* … »Ja?«

Doch der Anrufer antwortete nicht. Allerdings legte er auch nicht auf, denn anstelle eines erlösenden Freizeichens drang nichts als brüllendes Schweigen aus dem Hörer, der sich in

Nicole Herrgens zitternden Fingern in pures Blei verwandelt zu haben schien. Automatisch suchten ihre Augen nach einem Display, wie sie es von ihrem eigenen Telefon gewöhnt war, irgendeine hilfsbereite Anzeige, auf der sich mit etwas Glück vielleicht die Rufnummer des Gesprächspartners ablesen ließ, aber natürlich verfügte dieses Fossil von einem Fernsprecher nicht über solcherlei technischen Schnickschnack. Es war einfach nur klobig und alt und schwieg vor sich hin.

Nicole Herrgen überlegte, was sie nun tun sollte. Einfach auflegen?

Aber da war nach wie vor eine Verbindung!

Irgendjemand, der ihr zuhörte.

»Hallo«, rief sie, und seltsamerweise hatte sie das Gefühl, dass ihre eigene Stimme ihr aus dem Hörer entgegenschallte. Fast wie ein Echo.

Im nächsten Augenblick dröhnte ein verzerrtes Freizeichen aus dem Apparat.

Nicole Herrgen blickte sich nach ihrem Mann um. In seinen Augen lag eine unausgesprochene Frage, doch sie schüttelte energisch den Kopf und wies mit dem Kinn Richtung Schlafzimmertür. *Wir müssen zuerst nachsehen,* flehte ihr Blick. *Das hier darf uns nicht von dieser anderen Sache ablenken, verstehst du? Wir müssen sicherstellen, dass ich mich getäuscht habe. Dass niemand außer uns in dieser Wohnung ist. Einverstanden?*

Ihr Mann runzelte die Stirn, und sie konnte sehen, dass er nicht wusste, ob er ein Machtwort sprechen oder sich anstecken lassen sollte von dem, was sie fühlte.

Komm schon. Immerhin sind wir zu zweit.

Dieter Herrgen nickte ein paarmal stumm vor sich hin und schien sich jetzt auch endlich auf seine Beschützerrolle zu besinnen. Er nahm die Schultern zurück und stürmte mit beherzten Schritten quer durch Beate Soltaus verkitschtes Wohnzimmer, wo er unter den Augen des kriegsversehrten Gekreuzigten die Tür zum Schlafzimmer aufriss.

Der Raum dahinter lag erwartungsgemäß im Dunkeln, doch von der gegenüberliegenden Wand leuchteten Dieter Herrgen die blumigen Tüllgardinen entgegen, die Beate Soltau so sehr geliebt hatte und die sich nun im Wind bauschten, der durch die sperrangelweit geöffnete Balkontür hereinwehte …

VII

PAINTBALL, MOBBING,
HETZJAGDEN IM WALD
Die bizarren Rituale an der Todesschule
»Ich musste vor ihnen knien und meine eigene Kotze fressen«, so beschreibt Manuel Z. (18) die Schikanen einer Gruppe von Mitschülern.

AMOKLAUF IN WIESBADEN
Gab es doch einen Hintermann?
Die grausige Bluttat am Clemens-Brentano-Gymnasium wird immer mysteriöser ... Nach Informationen aus gut informierten Kreisen stammen die Waffen, die Nikolas H. bei seinem Amoklauf verwendet hat, aus dem familiären Umfeld eines anderen Schülers der Schule. Um wen es sich dabei handelt und ob der betreffende Jugendliche direkt oder indirekt an der beispiellosen Bluttat beteiligt gewesen ist, wollte ein Sprecher der ermittelnden Sonderkommission am Abend nicht kommentieren.

CHAT MIT DEM MÖRDER
Welche Rolle spielt der kranke Elftklässler?

UND TOT BIST DU
Die makabren Killerspiele unserer Kinder
Erneut Verbot gewaltverherrlichender PC-Spiele durch die Bundesprüfstelle gefordert

WELTVERSCHWÖRUNG UND ALIENS
Die kranke Phantasie des Amokschützen

WIE ICH DEM KILLER ENTKAM
Ein Schüler des Clemens-Brentano-Gymnasiums berichtet

Da malte er noch Landschaften … Attentäter Nikolas H., hier bei der Eröffnung einer Schulausstellung seiner Bilder

DIE OHNMACHT IN ALLMACHT VERWANDELN
Was jugendliche Amokläufer umtreibt

Samstag, 22. September 2007

1 Winnie Heller erwachte gegen vier Uhr in der Frühe mit dem unbequemen Gefühl, etwas Wichtiges übersehen zu haben. Da war irgendetwas, das sich in ihrem Unterbewusstsein festgesetzt hatte, ohne dass sie es fassen oder auch nur näher eingrenzen konnte. Etwas, das sie gehört oder gesehen und nicht wichtig genug genommen hatte. Falsch eingeordnet, dachte sie, ohne zu wissen, was sie mit dieser Assoziation anfangen sollte. Du hast die Zuordnung vermasselt!

Schlaftrunken richtete sie sich im Bett auf und blickte aus dem Fenster in den pechschwarzen Himmel über der Stadt. Gott, wie sie solche kryptischen Botschaften aus den Tiefen ihrer Seele hasste!

Dieses Gefühl von Unruhe, wie ein blinkendes rotes Licht auf einem Schaltpult, das man einfach nicht ignorieren konnte. Winnie Heller zerrte an ihren Haaren, als könne sie ihrer Erinnerung auf diese Weise auf die Sprünge helfen, aber alles, was ihr einfallen wollte, war die Frau, die am vergangenen Dienstag die Tür zu Lübkes Laube geöffnet hatte und die seither durch ihre Gedanken stolperte wie eine korpulente Traumgestalt. Marie …

Marie hat mir erzählt, dass du verletzt gewesen bist.

»Wenn diese fette, alte Kuh doch bloß ihre verdammte Klappe gehalten hätte«, fluchte Winnie Heller vor sich hin. »Wenn sie einfach gesagt hätte, es habe sich jemand in der Tür geirrt. Dann hätte Lübke mich in Ruhe gelassen, und ich wäre niemals in Versuchung geraten, derart viel von mir preiszugeben!«

Sie dürfen Augenblicke der Schwäche nicht als Niederlagen begreifen, erklärte ein imaginärer Dr. Zilcher. *Sie können uns, im Gegenteil, auch …*

»Und du hältst auch die Klappe!«, fauchte Winnie Heller und schwang die Beine aus dem Bett. Sie kannte sich gut genug, um zu wissen, dass sie ohnehin nicht wieder einschlafen würde, da konnte sie genauso gut aufstehen.

Sie schleppte sich zu ihrer Arbeitstheke hinüber und schaltete die Kaffeemaschine ein. Doch das ungute Gefühl in Bezug auf ihr Gespräch mit Lübke ließ nicht nach. Genau wie bei den Sitzungen ihrer Therapiegruppe hatte sie die unbequeme Empfindung, etwas von sich preisgegeben zu haben, das sie lieber für sich behalten hätte. Winnie Heller verzog abfällig das Gesicht, als ihr etwas einfiel, das Werneuchen gesagt hatte. *Wer sich jahrelang durch die verschiedensten Therapiegruppen ackert, wird wahrscheinlich zwangsläufig zu einem exzellenten Menschenkenner.* Tja, dachte sie, wenn das zutrifft, müsste ich diesen Devil eigentlich an seiner Nasenspitze erkennen, sobald ich ihm begegne.

Aber leider, leider, leider lagen die Dinge nicht ganz so einfach!

Winnie Heller öffnete die Tür zu ihrem Freisitz, und sofort flutete ein Schwall kühler Regenluft herein. Es wird tatsächlich schon wieder Herbst, dachte sie. Bald jährt es sich zum ersten Mal, dass ich bei der Mordkommission bin. Meine Versetzung und Ellis Tod, etwas, das für mich bis in alle Ewigkeit verknüpft bleiben wird. Ein Sinnbild für die nahe Verwandtschaft zwischen Erfolg und Verlust.

Seltsamerweise hatte sie noch immer nicht das Gefühl, dass seither etwas Neues begonnen hatte. Sie schob es auf ihre Verbeamtung, oder vielmehr auf ihre Nichtverbeamtung, aber vielleicht lag es auch daran, dass sie im Grunde einfach weitergemacht hatte. Statt in ein Krankenzimmer ging sie jetzt auf den Friedhof. Statt an einem verdreckten kleinen Schreibtisch im Drogendezernat saß sie nun in ihrem Büro im KK 11, das entschieden komfortabler war, wie sie unumwunden zugeben musste. Nichtsdestotrotz wollte sich das Gefühl des Neubeginns irgendwie nicht einstellen. Und insgeheim wartete sie bis heute darauf, dass jemand sagte: *Willkommen, Winnie Heller, in Ihrem neuen Leben. Treten Sie ein und fühlen Sie sich wie zu Hause!*

Sie seufzte und schloss gegen den erbitterten Widerstand

eines auch heute wieder unangenehm böigen Westwinds die Balkontür. Dann nahm sie den letzten sauberen Kaffeebecher aus dem Schrank und dachte wieder an die Person, hinter der sie her waren. An Devil. Waren sie ihm vielleicht wirklich schon begegnet? Hatten sie ihm – oder ihr – am Ende sogar schon gegenübergesessen? Devil ist ein Insider, resümierte Winnie Heller, während sie sehnsüchtig darauf wartete, dass der Kaffee endlich durchlief. Einer, der sich in dieser Schule auskennt. Der gewusst hat, dass Hrubesch Linkshänder war. Der Oliver Borells Zugangsdaten kannte und wusste, dass der Junge sich seit einiger Zeit in der Psychiatrie befand. Und Hrubeschs Plan ... Bis auf ein nicht ganz unwichtiges Detail, korrigierte sich Winnie Heller. Bis auf den Umstand, dass Hrubesch überleben wollte. Dass er einen anderen dazu auserkoren hatte, die Schuld für seine Bluttat auf sich zu nehmen. Aber welchen Zweck hatte diese Person, die sich Devil nannte, verfolgt? War sie getrieben von Emotionen wie Rache, Eifersucht, Hass? Oder gar von Allmachtsphantasien?

»Wohl kaum«, widersprach Winnie Heller sich selbst. »Nein, die Sache mit dem Größenwahn ist Hrubeschs Part gewesen.«

Hrubeschs Ziel war es, seine eigene Ohnmacht in Allmacht zu verwandeln, wie einer der zahllosen TV-Psychologen es so trefflich formuliert hatte. Ohnmachtsgefühle gegenüber einer Lehrerin. Gegenüber einer Clique, zu der er keinen Zugang gefunden hatte. Gegenüber einer Welt, die sich nicht im Geringsten für ihn zu interessieren schien. Für das, was er zu sagen gehabt hatte. Absagen von Verlagen. Rüffel von Lehrern. Mäßige bis schlechte Noten trotz allen Talents ...

Winnie Heller goss einen Schwall Milch, die extrahaltbare, in ihren Kaffee und setzte sich an ihren Tisch. So wie sie die Sache sah, hatte Nikolas Hrubesch sich von einer Kombination aus Rachegelüsten und Geltungssucht treiben lassen. Einer ziemlich seltsamen Art von Geltungssucht, zugegeben, denn laut Plan hätte ja Sven Strohte den zweifelhaften Ruhm eingeheimst, elf Menschen in den Tod gerissen und Dutzende andere verletzt zu haben. Aber vielleicht hatte es Hrubesch genügt, zu *wissen*, dass er derjenige welcher gewesen war. Das Monster. Der Amokschütze von Wiesbaden. Zumindest vorläufig.

Winnie Heller nippte an ihrem Kaffee, der wunderbar heiß und stark war und ihre Lebensgeister weckte. Devil hingegen agiert grundlegend anders, dachte sie. Er handelt planmäßig. Kaltblütig. Strategisch, wenn man so wollte.

Ein Strategiespiel, hämmerte es hinter ihrer Stirn. *Last man standing.*

Und doch haben wir bei keinem einzigen unserer Verdächtigen ein Motiv, das nicht mit Emotionen zu tun hätte, dachte sie. Alles, was wir haben, ist ein unübersichtlicher Haufen starker Gefühle …

2 »Wa-hann?«, wollte Paola Leonidis wissen, als sie um Punkt sieben in die Küche stürmte, dicht gefolgt von Nina und einem ihrer Brüder, den Verhoeven nach einem kurzen Moment der Ratlosigkeit als Pierre, den jüngsten Sohn seiner Schwägerin, identifizierte.

»Wann was?«, fragte seine Frau vom Herd.

»Wann wird der See fertig sein, den Onkel Hendrik baut?«

»Morgen«, erklärte Nina mit blindem fünfjährigem Vertrauen in die handwerklichen Fähigkeiten ihres Vaters.

»E-hecht?«, hakte Paola in ihrer typischen gestelzten Ausdrucksweise nach, die sie ganz eindeutig von ihrer Mutter, der vortrefflichen Madeleine Leonidis, übernommen hatte. »So sieht er aber gar nicht aus.«

»Wo-hohl«, versetzte Nina, den Tonfall ihrer Cousine geschickt parodierend. »Nicht wahr, Papa?«

»Morgen noch nicht«, entgegnete Verhoeven mit tiefem Bedauern darüber, dass er nicht umhinkonnte, seiner Prinzessin zu widersprechen.

»Dein Onkel hat zurzeit Wichtigeres zu tun, als einen Teich zu bauen, Paola«, kam ihm in diesem Augenblick völlig unerwartet seine Frau zu Hilfe, die von der anmaßenden Art ihrer Nichte mittlerweile ebenso entnervt schien wie er selbst.

»Was denn?«, wollte Fräulein Hochnäsig wissen.

»Er ist Polizist, wie du weißt«, antwortete Silvie so selbstverständlich, als sei die Frage ihrer Nichte mit dieser simplen Feststellung bereits mehr als hinreichend beantwortet. Und sie hatte Glück: Paola Leonidis schien bei aller Hochbegabung, die ihre Mutter für sie in Anspruch nahm, nicht über einen ähnlich investigativ veranlagten Verstand zu verfügen, wie ihn die Verhoevens von ihrer eigenen Tochter kannten, und verzichtete auf Rückfragen. Stattdessen vollführte sie ein paar reichlich eckige Pirouetten, die kurz vor dem Kühlschrank in einer hohlkreuzigen Schlusspose gipfelten.

Nina, die die Turneinlage ihrer Cousine mit abfällig gekräuseltem Stupsnäschen verfolgt hatte, sah ihre Mutter an. »Muss ich so was auch machen, wenn ich älter bin?«, erkundigte sie sich voller Besorgnis.

»Nein«, versicherte Silvie ihrem Sonnenschein mit einem unterdrückten Lachen. »Nicht, wenn du nicht willst.«

»Turnen ist blöd«, befand ihre Tochter und angelte sich ein Brötchen aus dem Drahtkorb in der Mitte des Tisches.

»Ist es gar nicht«, protestierte Paola mit beleidigter Miene. »Papa sagt, es ist gut für den Rücken und ...«

»Mein Papa hat eine Pistole«, unterbrach Nina ihre Cousine mit unüberhörbarem Stolz in der samtweichen Stimme. »Und jedes Mal, wenn jemand was Böses tut, sperrt er ihn ein, damit er nie wieder jemandem was tun kann.«

Wenn es doch nur so einfach wäre, dachte Verhoeven mit einem Anflug von Melancholie, wobei er automatisch nach seinem Gürtel tastete. Dorthin, wo sein Handy jederzeit mit neuen schlechten Nachrichten aufwarten konnte. In den letzten Tagen verspürte er ein schlechtes Gewissen, sobald er auch nur daran dachte, für ein paar Stunden nach Hause zu fahren. Aber er hatte auch festgestellt, dass diese Phasen etwas in ihm lösten. Wenn ich das nicht hätte, dachte er, diese Augenblicke der Normalität, diese Stunden, in denen die Welt mit all ihren ungelösten Fragen auf ein Kinderlachen zusammenschmilzt, was bliebe dann? Wie lange würde ich durchhalten?

»*Mein* Vater ist Arzt«, bemerkte seine Schwippnichte unterdessen, indem sie ihre Cousine aus ihren kohlschwarzen Augen anfunkelte. »Und er kann sogar Leute wieder gesund machen, die schon fast tot sind.«

»Das mag schon sein«, entgegnete Verhoeven, wobei er voller Wohlwollen registrierte, dass auch seine Tochter bereits zu einer flammenden Protestrede ansetzte. »Aber soll ich dir mal was verraten? Ich habe eine Kollegin, die ist Gerichtsmedizinerin, und die kann machen, dass die Toten …«

»Hendrik!«, mahnte Silvie, indem sie bedeutsam auf Pierre wies, der sich neben dem Herd niedergelassen hatte und sein Spielzeugauto mit konzentrierter Entschlossenheit über die blank geputzten Kacheln rattern ließ. »Denkst du nicht, dass Dr. Gutzkows Berufsbild für die Ohren eines Zweijährigen ein bisschen zu martialisch klingen könnte? Ich meine, vielleicht sollten wir vorsichtshalber warten, bis er zweieinhalb ist.«

Verhoeven grinste. »Na gut, aber es wird ein toller Teich.«

»Wenn du das sagst«, entgegnete seine Frau mit einem diplomatischen Lächeln.

3

»Ich fürchte, die Zeit des Aus-dem-Hintergrund-Ermittelns ist ein für alle Mal vorbei«, stöhnte Burkhard Hinnrichs, der am Fenster seines Büros stand und in den strömenden Regen hinausblickte. Seit einer Stunde schon goss es wie aus Kübeln, und an den hohen Scheiben liefen ganze Sturzbäche von Regenwasser hinunter. »Es geistern bereits jede Menge Gerüchte durchs Web, von den Schlagzeilen der Boulevardblätter ganz zu schweigen. Dass es einen Hintermann gegeben habe. Dass Hrubesch nicht der Typ gewesen sei. Sogar, dass die Tatwaffen in einem familiären Bezug zu einem anderen Schüler der Schule stehen, haben diese Pressefritzen schon raus.«

»Dann wird uns dieser Strohte-Anwalt vermutlich die Hölle heiß machen«, murmelte Verhoeven.

»Das hat er bereits«, entgegnete Hinnrichs mit jenem Gesichtsausdruck, den er immer aufsetzte, wenn er sich über etwas ärgerte und gleichzeitig keine Möglichkeit sah, der Sache aktiv zu begegnen. »Und er hat sich mit seiner Beschwerde gleich nach ganz oben gewandt. Die Polizei veranstalte eine regelrechte Hexenjagd auf seinen Mandanten, anstatt diesen als das Opfer zu behandeln, das er ganz ohne Frage sei, und so weiter und so fort ...« Er machte eine wegwerfende Geste, aber Verhoeven sah deutlich, dass der Leiter des KK 11 zutiefst besorgt war. Es hing verdammt viel an diesem Fall. Auch für Hinnrichs ganz persönlich. Nichtsdestotrotz widerstand er bislang der Versuchung, den Druck allzu ungefiltert an seine Beamten weiterzugeben. Etwas, das Verhoeven seinem Boss vor diesem Fall nicht so ohne weiteres zugetraut hätte.

Das Leder von Hinnrichs' Chefsessel knarzte, als er sich wieder an seinen Schreibtisch setzte. »Wie macht sich die Heller?«

»Gut.«

»Keine Vorbehalte mehr?«

Verhoeven schüttelte in ehrlicher Überzeugung den Kopf. Genau genommen hatte er niemals Vorbehalte gegen Winnie Heller gehabt. Er hatte sich nur einfach nicht vorstellen können, mit jemand anderem als mit Karl Grovius zusammenzuarbeiten.

»Und wie steht es inzwischen mit ihrem Sozialverhalten?«

Verhoeven wusste, dass Winnie Heller seit ihrer Ausbildung in dem Ruf stand, nicht besonders verträglich zu sein. Sie hatte Schwierigkeiten mit ihrem letzten Vorgesetzten gehabt, aber das wollte nicht allzu viel besagen. Paul Cartier galt im ganzen Präsidium als Angeber und notorischer Frauenheld, und wenn Verhoeven ehrlich war, stellte er es sich schon allein aus letzterem Grund ausgesprochen unangenehm vor, als Frau mit ihm zusammenarbeiten zu müssen. »Es gibt keinerlei Probleme«, sagte er. »Weder mit mir noch mit den anderen Kollegen.«

»Und diese Sache mit ihrer Schwester?« Hinnrichs ließ nicht

locker. Vielleicht, weil es ihm guttat, sich wieder einmal für ein paar Minuten mit etwas Alltäglichem zu beschäftigen. »Wie verkraftet sie die?«

Genau wie bereits vor ein paar Tagen, als seine Frau ihm annähernd dieselbe Frage gestellt hatte, empfand Verhoeven mit einem Mal eine tiefe Ratlosigkeit. Natürlich hatte er die scharfen Linien registriert, die sich seit November in das eigentlich noch recht kindliche Gesicht seiner Kollegin gegraben hatten, und er sah auch die Ringe unter ihren Augen, die darauf hindeuteten, dass Winnie Heller zumindest phasenweise zu viel grübelte und zu wenig schlief. Andererseits fand er, dass er nicht das Recht habe, sich in die Privatangelegenheiten seiner Mitarbeiter einzumischen. Nicht, solange diese ihren Job gewissenhaft erledigten.

»Ich verstehe«, sagte Hinnrichs, obwohl Verhoeven seine Frage noch gar nicht beantwortet hatte. »Also steht ihrer Verbeamtung auf Lebenszeit nichts mehr im Weg?«

»Nicht, wie ich die Sache sehe«, entgegnete Verhoeven.

»Gut, gut«, nickte sein Vorgesetzter. »Dann schreiben Sie das so rein.«

Verhoeven hob irritiert den Kopf. »Wo rein?«

»In Ihre schriftliche Beurteilung.« Hinnrichs leerte seine Kaffeetasse in einem einzigen Zug und schenkte sich umgehend wieder nach. »Immerhin sind Sie Frau Hellers direkter Vorgesetzter und somit bis auf weiteres für den bewertenden Teil ihrer Personalakte zuständig.« Er lehnte sich in seinem Sessel zurück und griff wieder nach dem Ordner, in dem er bei Verhoevens Eintreten geblättert hatte. Die Botschaft, die hinter dieser Geste steckte, war unmissverständlich: Verhoeven war entlassen.

Er schaute kurz bei Bredeney vorbei, der am Computer saß und leise vor sich hin murmelte. »Und?«, fragte er.

»Ich träume von meiner Pensionierung.«

»Tust du nicht«, versetzte Verhoeven. »Du würdest rein gar nichts mit dir anzufangen wissen.«

»Ich wollte schon immer Französisch lernen«, sagte Bredeney, der gern ins Kino ging und alte französische Filme liebte.

»Das kannst du auch nach Dienstschluss«, sagte Verhoeven. »Gibt's was Neues?«

»Machst du Witze?«

»So schlimm?«

»Schlimm ist, dass man das Wichtige nicht vom Unwichtigen unterscheiden kann«, seufzte Bredeney.

Verhoeven nickte ihm zu und ging in sein eigenes Büro hinüber.

Dort hatte Winnie Heller gerade ein Telefonat beendet. »Unsere Verdächtigen waren allesamt noch im Schulhaus, als das SEK stürmte«, berichtete sie, indem sie hastig ein paar Brötchenkrümel vom Pulli klopfte. »Die Auswertung des Bildmaterials und der Einsatzprotokolle hat ergeben, dass keine der für uns interessanten Personen die Schule während des Amoklaufs verlassen hat.«

Verhoeven nahm sich einen Kaffee aus der Maschine neben dem Waschbecken, während seine Kollegin an den omnipräsenten Gebäudeplan an der Wand trat.

»Sven Strohte befand sich, wie wir hinlänglich wissen, hinter dem Warmwasserboiler im Hausmeisterzimmer. Miranda Kerr kniete bei Angela Lukoschs Leiche, als die Sanitäter eintrafen.« Winnie Heller rammte bunte Pins an die entsprechenden Stellen, während sie sprach. »Sander Laurin war hier oben im Zeichensaal, wo sich seine Klasse auf sein Geheiß hin eingeschlossen und die Türen mit Stühlen und Tischen verbarrikadiert hatte. Werner Kröll befand sich hier, im Erdgeschoss des Altbaus, wo er sich – wie die Kollegen vom SEK lobend erwähnten – um ein paar verletzte Schüler gekümmert hat, und Steven Höhmann hat sich – genau wie Miranda Kerr – allein in einer Toilette versteckt.«

Verhoeven nippte an seinem Kaffee. »Wo?«

»Im Neubau.« Winnie Heller trat einen Schritt zurück und platzierte dann mit einer entschlossenen Bewegung den letzten Pin auf dem Raumplan. »Dritter Stock.«

»Also dort, wo er einen funktionierenden Overheadprojektor besorgen sollte«, resümierte Verhoeven.

Winnie Heller bejahte.

»Was ist mit der Waffe?«, fragte Verhoeven.

Sie blickte ihn verständnislos an.

»Unser Mann kann schlecht mit einer halb automatischen Glock im Hosenbund dort herumgelaufen sein, oder?«

»Verdammt«, sagte Winnie Heller. »Sie haben recht. Denken Sie, er könnte es gewagt haben, das Ding irgendwie rauszuschmuggeln?«

»Muss er wohl«, entgegnete Verhoeven ohne rechte Überzeugung. »Die Kollegen haben das gesamte Gebäude auf den Kopf gestellt. Da war keine Waffe.«

»Ziemlich dreist für einen, der ansonsten so auf Sicherheit setzt.«

»Unbedingt.«

»Tja, dann fordere ich wohl am besten mal die Protokolle an«, sagte Winnie Heller mit einem unterdrückten Gähnen. »Vielleicht geben sie Aufschluss auf Taschen oder andere Behältnisse im Umfeld unserer Verdächtigen.«

»Tun Sie das.« Verhoeven rieb sich die trockenen Augenwinkel, als das Telefon auf seinem Schreibtisch zu klingeln begann. Er nahm ab und meldete sich.

»Es gibt Neuigkeiten zu Angela Lukoschs zerstochenen Reifen«, meldete Werneuchen, der seit den frühen Morgenstunden unterwegs war. »Die ganze Sache sah mir verdammt nach Racheakt aus, also habe ich mir Angelas Liebhaber und deren familiäres Umfeld noch mal vorgeknöpft.« Er musste einen Augenblick warten, weil der Empfang gestört war. Offenbar telefonierte er vom Auto aus. »Kurz und gut: Nachdem ich ein bisschen eindringlicher geworden bin, hat Katja Scherer, die Witwe von Heribert Scherer, zugegeben, die Reifen zerstochen und auch die anonymen Briefe geschrieben zu haben.«

»Ich denke, sie will nichts von der Affäre ihres Mannes mit Angela gewusst haben«, sagte Verhoeven.

»Ehefrauen wissen immer mehr, als man ihnen zutraut«, sagte Werneuchen.

»Wahrscheinlich«, entgegnete Verhoeven mit einem leisen Lächeln. »Dann können wir die Sache also abhaken.«

»Ja«, knarrte Werneuchens Stimme aus der Leitung. »Diese Katja Scherer ist während unseres Gesprächs vollkommen zusammengebrochen. Sie habe so etwas noch nie getan. In all den Jahren, in denen ihr Mann auch nicht gerade ... Na, du weißt schon. Nicht gerade schön und auch nicht unbedingt hilfreich für uns, aber immerhin können wir damit wieder einen ...« Ein Funkloch raubte einen Teil seines Satzes. »... als erledigt betrachten.«

»So was nennt man wohl die Politik der kleinen Schritte«, sagte Verhoeven.

»Hauptsache, wir kommen weiter«, stimmte Werneuchen ihm zu.

»Kommen wir denn weiter?«, fragte Verhoeven.

Aus dem Hörer erklang ein tiefer Seufzer. »Wenigstens wissen wir jetzt, dass diese Geschichte keinen Bezug zu unserem Hintermann hat.«

»Ja«, sagte Verhoeven. »Wenigstens das.«

4 Jessica Mahler starrte auf den Absender der E-Mail in ihrem Postfach, bis die Buchstaben unter ihrem Blick zu flackern begannen und sich in einen schwarz-weißen Einheitsbrei verwandelten und schließlich auflösten.

s.strohte@pianoforte.t-online.de

Die Betreffzeile der Mail lautete: WICHTIG, und hätte für sich genommen eigentlich schon ausgereicht, um ihre Neugier zu wecken. Nichtsdestotrotz spielte Jessica Mahler einen kurzen Moment lang mit dem Gedanken, die Mail noch auf dem Server zu löschen.

Was konnte Sven Strohte jetzt noch von ihr wollen?

Sie hatten sich getroffen, sie hatte ihn gefragt, er hatte geantwortet, und alles in allem war nicht allzu viel Brauchbares dabei herausgekommen. Zumindest nichts, das ihr im Augenblick weiterhalf. Und doch ... Der Zeigefinger ihrer rechten Hand verharrte regungslos über der linken Maustaste, während sich in ihrem Kopf ein alter Verdacht manifestierte. Wahrscheinlich glaubt dieser Blödmann, ich wolle was von ihm, bloß weil ich mich ein paarmal bei ihm gemeldet habe, dachte sie, indem sie misstrauisch die Augen zusammenkniff. Soweit sie wusste, hatte Sven Strohte noch nie eine Freundin gehabt, zumindest hatte sie nie etwas in dieser Richtung mitbekommen, und vielleicht sagte er sich, dass eine Chance wie diese wahrscheinlich nicht so schnell wiederkehren würde.

Andererseits hat er auch nicht den Eindruck gemacht, als ob er es soooo nötig hätte, überlegte Jessica Mahler weiter, indem sie ihre Erinnerungen an das gestrige Treffen nach einem Hinweis auf eine verfängliche Bemerkung oder doch wenigstens einen zweideutigen Blick absuchte. Aber sosehr sie auch nachdachte, ihr fiel nichts ein, das darauf hingedeutet hätte, dass Sven Strohte hinter ihr her war. Und wenn er nicht hinter ihr her war … Sie klickte kurz entschlossen auf den Button *E-Mail abholen*. Wenn Sven Strohte nicht hinter ihr her war, hatte er ihr ja möglicherweise doch noch etwas zu sagen!

WICHTIG …

Vielleicht ist ihm noch irgendwas eingefallen!, spekulierte sie hoffnungsfroh. Etwas, das er einfach vergessen hatte. Immerhin war er ziemlich konfus gewesen, gestern. Zerstreut und … Ja, dachte sie, irgendwie desorientiert. Im schlimmsten Fall wollte er sich einfach ein bisschen ausheulen, und wenn das zutraf, konnte sie seine Mail ja auch immer noch unter den Tisch fallen lassen!

Mit einem beherzten Mausklick öffnete Jessica Mahler die ominöse WICHTIG-Mail, doch zumindest was das Ausheulen anbelangte, lag sie offenkundig daneben. Sven Strohtes Mitteilung war nur wenige Zeilen lang:

Heute Abend, 21 Uhr 30 in der Hütte von Lukas' Eltern.

Jessica Mahler schob sich eine verirrte Haarsträhne hinter das Ohr.

Komm unbedingt, es geht um alles!

Alles? Was hieß das? Was zur Hölle konnte so wichtig sein,

dass er sie zu einer solchen Unzeit an einen derart abgelegenen Ort bestellte?

Sie scrollte die Mail ab, auf der Suche nach etwas, das die Sachlage näher erklärte, aber alles, was sie fand, war eine knappe, abschließende Grußformel.

Bis dann, Sven

Mit einer Mischung aus Empörung und Verwunderung ließ Jessica Mahler die Maus los und lehnte sich zurück.

Komm unbedingt …

Den Teufel werde ich tun!, dachte sie. Was bildete sich dieser Klavier spielende Trottel eigentlich ein, dass er glaubte, ihr gegenüber einen Befehlston wie beim Militär anschlagen zu können?!

Andererseits …

Jessica Mahler bekaute nachdenklich ihre Unterlippe.

Es geht um alles!

Was, wenn er tatsächlich mit neuen Informationen aufwarten konnte?

Sie starrte auf den Bildschirm und fühlte, wie ihre Neugier allmählich die Oberhand gewann. Etwas war dran an dieser ganzen Sache, von der er ihr da gestern erzählt hatte, und aus irgendeinem unerfindlichen Grund schien er sie zu seiner Vertrauten auserkoren zu haben – eine Rolle, die ihr alles in allem zwar nicht sonderlich behagte, aber die Aussicht, etwas in Erfahrung zu bringen, was außer ihr noch kein anderer wusste, war nichtsdestotrotz mehr als verlockend!

Sie überlegte, ob sie ihm antworten sollte, aber nachdem sie die Mail noch einmal durchgelesen hatte, beschloss sie, dass ein Ton, wie er ihn ihr gegenüber anschlug, wahrhaftig keine besonderen Anstrengungen in Sachen Höflichkeit verdiente. Also verschob sie die Mail in ihr Archiv kurioser Nachrichten und überlegte, mit welcher Ausrede sie ihrem Cousin ausgerechnet an einem Samstagabend seine innig geliebte Vespa abschwatzen konnte, um sich eine Parforce-Tour wie vor zwei Tagen zu ersparen.

5 Es war eine knappe halbe Stunde vor Ladenschluss, und Winnie Heller stand vor einem Regal voller Fischfutter. Gütiger Himmel, dachte sie, diese Hersteller denken sich aber auch wirklich alle paar Wochen etwas Neues aus! Und der Umstand, dass die Mitarbeiter der Zoohandlung ihren Laden alle zwei Tage von Grund auf umzuräumen schienen, machte das Einkaufen auch nicht gerade leichter. Winnie Heller schüttelte ärgerlich den Kopf. Wo war denn bloß dieses verdammte Algenzeug hingekommen, auf das Papageno so stand? Immerhin war er ihr Ältester und hatte schon allein aus diesem Grund ein gewisses Anrecht auf gelegentliche Extrawürste. Darüber hinaus war er für einen Wels wirklich bemerkenswert wählerisch, und wenn sie da mit dem falschen Futter nach Hause kam … Oh nein, dachte sie, indem sie die hübsch gestaltete Packung mit Trockenfutter, die sie in der Hand gehalten hatte, um die Zusammensetzung zu studieren, wieder in die Lücke im Regal zurückschob. Ein schief hängender Haussegen ist wirklich das Letzte, was ich jetzt gebrauchen kann!

Sie wollte gerade nach einer Dose mit Kraftfutter greifen, als sie hinter sich eine Stimme hörte.

»Das ist aber nett, dass wir uns so bald einmal wiedersehen …«

Winnie Heller drehte sich um und blickte in ein Gesicht, das ihr bekannt vorkam, ohne dass sie es auf Anhieb einordnen konnte. Doch dann fiel es ihr auf einmal wie Schuppen von den Augen: Vor ihr stand Lübkes angestaubtes Flittchen!

Bei Licht betrachtet, wirkte die Frau noch ein gutes Stück älter, als Winnie Heller sie in Erinnerung hatte. Gut, ihre Wangen waren noch genauso rosig wie neulich Nacht, aber die Haut an Kinn und Hals zeigte trotz großzügiger Unterfütterung durch diverse subkutane Fettdepots eine Reihe von wenig erbaulichen Knitterfältchen, auch wenn sich Marie Wer-auch-immer redlich bemühte, das Schlachtfeld unter einem üppigen schwarzen Federschal verschwinden zu lassen, der einer Stummfilmdiva aus Ufa-Zeiten zur Ehre gereicht hätte. Zu ihren Federn trug sie ausnahmsweise keine Paisley-Shorts, sondern einen riesigen schwarzen Glattledermantel und darunter ein tomatenrotes Jerseykleid, dessen schmiegsame Dehnbarkeit die mehr als üppigen Rundungen seiner Trägerin in geradezu verschwenderischer Fülle zur Geltung brachte. Die platinblonden Haare waren wie schon neulich Nacht hochgesteckt und wirkten im flimmernden Licht der Neonröhren wie grünstichiges Stroh. Dafür war allerdings die Farbe ihrer Augen ein echter Knaller: veilchenblau wie die von Elizabeth Taylor! Winnie Heller ertappte sich bei einem Anflug von Neid und der Überlegung, ob ihr Gegenüber wohl farbige Kontaktlinsen trug, aber wenn sie ehrlich war, konnte sie nicht umhin, zuzugeben, dass die Dinger verdammt echt aussahen. Welchem Farbtyp diese Tante wohl angehören mochte? Spätherbst, dachte Winnie Heller boshaft. Ganz eindeutig!

Laut sagte sie: »'tschuldigung, kennen wir uns?«

Doch Frau Flittchen überging ihre Frage mit einem nachsichtigen Lächeln. »Winnie, nicht wahr?«

Na schön, von mir aus ... »Und Sie sind ...?«

»Marie.«

Winnie Heller nickte und dachte, dass sie eigentlich Gloria heißen müsse. Oder Chantal. Jedenfalls nicht Marie. »Freut mich.«

»Wie geht es Ihnen inzwischen?«

»Phantastisch, danke.« Winnie Heller blickte Richtung Ausgang und überlegte fieberhaft, mit welcher Begründung sie sich am elegantesten verdrücken konnte. Die Keine-Zeit-Nummer erübrigte sich vermutlich schon allein durch die Tatsache, dass sie hier seit geschlagenen fünf Minuten vor dem Regal mit dem Fischfutter stand, und darüber hinaus fiel ihr leider nicht viel Brauchbares ein.

Frau Flittchen musterte sie derweil aus blitzgescheiten veilchenblauen Augen. »Sie sind auch Polizistin, ja?«

Winnie Heller bejahte. »Und Sie? Ich meine ...«, stammelte sie, als ihr einfiel, dass die andere möglicherweise einen Beruf hatte, den man nicht so ohne weiteres in die Welt hinausposaunte. »Wo... woher kennen Sie Lübke?«

»Jupp und ich sind alte Freunde«, entgegnete Marie Wer-auch-immer sichtlich amüsiert, und Winnie Heller dachte, dass das alles ein verdammt guter Witz war. Marie und Jupp – fast wie ein kölsches Krippenspiel. Und erst der Ausdruck »alte Freunde«!

»Haben Sie auch Fische?«, fragte sie, weil sich die Frage angesichts des Ambiente irgendwie aufdrängte, auch wenn sie sich beim besten Willen nicht vorstellen konnte, dass diese pensionierte Bordsteinschwalbe ein Aquarium in ihrem vermutlich ganz und gar rotplüschigen Boudoir stehen hatte. Nicht einmal ein Goldfischglas und …

»Fische? Oh nein«, lachte ihre Gesprächspartnerin. »Eher das Gegenteil, schätze ich.«

Was zur Hölle war das Gegenteil von Fischen?! Winnie Hellers Augen glitten an dem Mantel ihres Gegenübers abwärts zu einem jener grünen Einkaufskörbe, die am Eingang der Zoohandlung für die Kunden bereitstanden. Im Korb stapelten sich kleine Aluschälchen mit Katzenfutter. Das extrateure, wie Winnie Heller staunend feststellte. Offenbar hatte die Dame in ihrer aktiven Zeit den einen oder anderen Schein beiseitegelegt! Neben dem Luxusfutter lag ein Spielzeug. Irgendwas mit weißem Fell.

»Meine Loulou hat morgen Geburtstag«, erklärte Marie Werauch-immer, die Winnie Hellers Blick gefolgt war.

»Aha.« Loulou, alles klar. Vermutlich eine Perserkatzendame. Das passte!

»Sie wird drei.«

»Ach, wirklich?« War das viel? Winnie Heller kniff die Brauen zusammen. Wie alt wurden solche Viecher denn üblicherweise?

»Na, wie auch immer«, sagte Lübkes Freundin und griff nach dem Korb mit ihren Einkäufen, »jedenfalls hat der Jupp mir immer geholfen, ganz egal, in was für Schwierigkeiten ich steckte, und das waren im Laufe meines Lebens eine ganze Reihe, wie Sie sich vielleicht vorstellen können.« Dann wurde ihre Miene urplötzlich todernst. »Glauben Sie mir, Schätzchen, Männer von dieser Sorte findet man nicht wie Sand am Meer. Schon gar nicht solche, die als Dank für ihre Mühen niemals irgendeine Gegenleistung von dir erwarten.«

Während Marie Wer-auch-immer nach dieser tiefschürfenden Eröffnung zunächst einmal in sinnendes Schweigen verfiel, überlegte Winnie Heller, ob sie das mit den Gegenleistungen mit Absicht gesagt hatte. Ob etwas wie eine Botschaft in diesem banalen Satz steckte. Eine Botschaft an sie ganz persönlich.

»So einen wie Lübke finden Sie nur einmal unter Tausenden«, wiederholte Marie Altes-Flittchen, indem sie sich ihren Federschal noch ein wenig enger um ihren faltigen Hals zog. »Wenn überhaupt. Also seien Sie so gut und tun Sie dem armen Kerl nicht allzu weh, ja?«

Winnie Hellers Überraschung über diese unerwartete Bitte war so groß, dass sie einen Moment brauchte, um ihre Gedanken zu ordnen. »Wie um alles in der Welt sollte ich Lübke denn wehtun?«

Der Blick der anderen drückte deutlich aus, dass sich eine Antwort auf diese Frage ja wohl erübrige.

Na toll!, dachte Winnie Heller ärgerlich. Erst schleuderst du solche merkwürdigen Thesen in den Raum, und dann verfällst du in verstocktes Schweigen! »Ich fürchte, ich verstehe nicht, was Sie meinen«, entgegnete sie würdevoll, als ihre Gesprächspartnerin keinerlei Anstalten zu einer Erklärung erkennen ließ. »Lübke und ich sind einfach nur Kollegen, falls Sie das nicht wissen sollten. Wir sehen uns gelegentlich auf der Arbeit und spielen alle paar Wochen zusammen Poker. Aber seien Sie ganz unbesorgt, ich werde darauf achten, dass er hin und wieder auch mal gewinnt, okay?«

Marie Wer-auch-immer schien nachzudenken. »Er ist wirklich ein wunderbarer Mensch, der Jupp«, sagte sie nach einer Weile, und etwas an ihrem Tonfall war anders als zuvor. Da war ein Hauch von Strenge in ihren Worten, als sie weitersprach. Strenge und auch eine Warnung. »Und so viel verletzlicher, als er aussieht.«

»Ich weiß«, hörte Winnie Heller sich sagen, bevor sie etwas dagegen unternehmen konnte, und zum ersten Mal im Verlauf dieser Unterhaltung huschte ein Lächeln der Sympathie über das Gesicht der anderen.

»Gut«, sagte sie. Dann drehte sie sich auf dem Absatz um und ging davon.

6

Als Jessica Mahler den Motor ausschaltete und die Scheinwerfer erloschen, umfing sie beängstigende Dunkelheit. Wie verrückt muss man sein, dachte sie, um diese Uhrzeit hier herauszukommen? Noch dazu, wo sie sich an diesem Ort schon einmal so sehr gefürchtet hatte, dass ihr beinahe das Herz stehen geblieben wäre …

Sie bockte die Vespa auf und stolperte über den aufgeweichten Waldboden auf den Grillplatz zu, wobei sie einen Blick auf das erleuchtete Display ihrer Armbanduhr warf. Kaum mehr als fünf Minuten zu früh, wie sie feststellte. Trotzdem gab hier nichts einen Hinweis auf die Anwesenheit einer zweiten Person. Kein Auto, kein Mofa oder Fahrrad, kein Lichtschein, der aus den Ritzen zwischen den hölzernen Fensterläden sickerte.

Nur tiefes, beängstigendes Waldesdunkel.

Der Rosmarin stand an seinem angestammten Platz, und auch der Schlüssel zur Hütte lag genau dort, wo sie ihn schon einmal vorgefunden hatte, was wohl bedeutete, dass Sven tatsächlich noch nicht da war. Sie blieb unschlüssig stehen und blickte sich um, ohne allzu viel erkennen zu können. Von den Bäumen ringsum nahm sie nur vage Umrisse wahr. Hohe, dunkle Schatten, die sie wie eine Gruppe überdimensionaler Wächter umstanden und aus erhabenen Sphären auf sie herabzublicken schienen. Jessica Mahler zog fröstelnd die Schultern hoch. Der Wind, der die heftigen Schauer der vergangenen Stunden begleitet hatte, war inzwischen wieder abgeflaut, aber nichtsdestotrotz war da ein leises Rauschen, hoch oben in den Baumkronen. Eine sanfte, gleichmäßige Bewegung der Zweige.

Es könnte schön sein hier draußen, dachte sie wie schon vor zwei Tagen. Wenn man nicht allein wäre.

Wenn man jemanden hätte, in dessen Gegenwart man sich sicher fühlen könnte.

Beschützt.

Sie fuhr herum, als sie im Unterholz, ganz in ihrer Nähe, ein Knacken hörte. Wie von einem trockenen Ast, der unter einem Gewicht zerbrach. Ein Wildschwein vielleicht, dachte sie, oder schlafen die um diese Uhrzeit?

Wohl kaum, widersprach ihr Verstand, *sonst würden Jäger ja nicht nachts auf die Pirsch gehen, oder?*

Also ein Wildschwein! Jessica Mahler nickte tapfer vor sich hin, während die klammen Finger des Waldes von allen Seiten nach ihrem Körper zu greifen schienen. Obwohl der Reißverschluss ihrer Windjacke bis zum Kinn hochgezogen war, fühlte sie sich wie in einem Kühlhaus. Eingeschlossen, tiefgefrostet, auf Eis gelegt mit einem Haufen toter Tiere.

Ihre Augen wandten sich wieder dem nahen Waldrand zu, den Schemen der Bäume, und fast war ihr, als beobachte sie jemand. Aber das war ganz sicher Einbildung. Überreizte Nerven, was ja beileibe kein Wunder war nach den Belastungen der letzten Tage!

Sie drehte den Schlüssel zu Erich Wertheims Jagdhütte zwischen ihren Fingern hin und her, während sie überlegte, wie sie nun weitermachen sollte. Wo sollte sie warten? Hier draußen, wo sie zwar frei war, aber wo der Wald bedrohlich nah an sie heranreichte und sie mit seinen Geräuschen und Unwägbarkeiten bedrohte? Oder doch lieber in der Hütte mit all ihren unseligen Erinnerungen und den hohläugigen Rehschädeln an den Wänden?

Wenn er doch nur endlich auftauchen würde!, fluchte sie im Stillen und sah wieder auf die Uhr. Schon drei Minuten über Soll, aber der feine Herr Klavierspieler dachte überhaupt nicht daran, zu erscheinen! Ob er sich am Ende einfach einen dummen Scherz mit ihr erlaubt hatte? Ob er zu Hause saß, jetzt, in diesem Augenblick, und sich halb tot lachte bei der Vorstellung, dass sie hier draußen im Wald stand wie bestellt und nicht abgeholt?

Jessica Mahler biss ärgerlich die Zähne zusammen und entschied, dass es aller Bedenken zum Trotz angenehmer wäre, in der Hütte zu warten. Wenigstens noch zehn Minuten. Wenn Sven Strohte dann immer noch nicht aufgetaucht war, konnte sie getrost wieder abziehen, ohne dass sie sich hinterher vorwerfen musste, eine wichtige Chance vertan zu haben. Und überhaupt, warum sollte er nicht kommen? Er machte ganz und gar nicht den Eindruck, als ob er besonders viel Humor hätte, und bis jetzt war er ja auch immer freundlich und kooperativ gewesen. Bestimmt ist er einfach aufgehalten worden, dachte sie, und ganz sicher gibt es auch einen triftigen Grund, warum er mich ausgerechnet an diesen gottverlassenen Ort bestellt hat. Und dieser Grund hatte aller Voraussicht nach herzlich wenig mit der schönen Aussicht in den Wald zu tun, sondern vielmehr mit der Hütte selbst.

Mit der Hütte …

Der Hütte …

Jessica Mahlers Hand krampfte sich um den Schlüssel, als sie, vorsichtig einen Fuß vor den anderen setzend, der moosigen Veranda entgegenging. Die Taschenlampe, die sie sich eingesteckt hatte, wagte sie nicht zu benutzen. Warum, wusste sie selbst nicht genau. Wahrscheinlich aus demselben Grund, aus dem sie es neulich, bei der Durchsuchung der Hütte, vermieden hatte, das Licht einzuschalten. Bloß keine Aufmerksamkeit erregen. Unauffällig bleiben. Sich tot stellen. Ein Prinzip, das sich in den letzten Tagen durchaus bewährt hatte.

Sie kniff die Augen zusammen und suchte das finstere Einheitsdunkel zu ihren Füßen nach Unebenheiten ab, die ihr gefährlich werden konnten. Von Zeit zu Zeit fiel etwas Licht vom Himmel, immer dann, wenn die Wolkenfetzen wieder einmal für einen kurzen Augenblick die Sicht auf den Mond freigaben, aber meistens sah sie kaum, wo sie hintrat. Um sich selbst ein Gefühl von Sicherheit zu vermitteln, tastete sie nach ihrem Handy, das griffbereit in der Tasche ihrer Windjacke steckte, und nur mit äußerster Mühe widerstand sie der Versuchung, es herauszuziehen, ihre Mutter anzurufen und sie zu bitten, sich in ihren alten Audi zu setzen und so schnell wie möglich herzukommen, um sie mit nach Hause zu nehmen, wo es warm war. Warm und sicher.

Spinnst du?!

Sie würde dich für verrückt halten! Für komplett durchgeknallt!

Und genau das bist du auch!

Jessica Mahler tastete sich weiter. Im Gehen verspürte sie wiederholt den Impuls, sich umzudrehen. Aber sie wollte diesem Impuls auf keinen Fall nachgeben. Da war nichts. Niemand, der sie anstarrte. Nur Wald. Bäume. Von ihr aus auch ein Wildschwein. Oder zwei oder drei, haha. Wie hieß denn das bei Wildschweinen? Herde? Rotte? Na, wie auch immer, jedenfalls kein Mensch. Niemand außer ihr war so blöd, in tiefster Dunkelheit hier herauszukommen.

So ähnlich hast du vorgestern auch argumentiert, mahnte ihr Verstand. *Und erinnere dich, wie gut deine Rechnung aufgegangen ist!*

Okay, gut, Sven würde kommen. Aber der zählte irgendwie nicht.

Warum eigentlich nicht?

Ihr rechter Fuß tappte geradewegs in eine Wasserlache, und schmatzend gab der durchweichte Boden unter ihr nach. Jessica Mahler hielt erschreckt den Atem an, als sie auf dem glitschigen Schlamm wegrutschte, und erst im buchstäblich letzten Moment gelang es ihr, das verlorene Gleichgewicht zurückzugewinnen. Mit einem leisen Fluch auf den Lippen kämpfte sie sich weiter, wobei sie dazu überging, die Füße dicht über den Boden gleiten zu lassen, bevor sie das Gewicht auf das entsprechende Bein verlagerte. Sie durfte auf keinen Fall riskieren, sich hier draußen zu verletzen. Sie musste mobil bleiben. Fluchtbereit.

Die Stufen zur Veranda waren regennass und glatt wie Seife, und Jessica Mahler musste die nächste Wolkenlücke abwarten, um gefahrlos bis zur Tür gelangen zu können. Dort wollte sie eben den Schlüssel ins Schloss schieben, als die Tür nachgab und sich wie von Geisterhand ins Innere der Hütte öffnete.

Jessica Mahler erstarrte.

Was bedeutete das? Dass sie sich getäuscht hatte? Dass Sven doch schon hier war? Dass er dort drinnen im Dunkeln saß und auf sie wartete, vielleicht gar mit einem Nachtsichtgerät vor Augen? Die bloße Vorstellung ließ ihr das Blut in den Adern gefrieren. Du musst ja wirklich verrückt sein, schimpfte sie im Stillen, komplett verrückt, dich mit einem Kerl zu verabreden, der behauptet, Zeuge von Nikolas Hrubeschs Selbstmord gewesen zu sein. Oder gar von seiner Ermordung. Ein Kerl, der dir etwas von einem angeblichen Komplizen weismachen will, wo er in Wahrheit vielleicht selbst derjenige gewesen ist, der Nik erschossen hat.

Ich war in der Nähe, als Nik starb, pochte Sven Strohtes Stimme hinter ihrer Stirn. *Ich war dort …*

Ihr Atem raste, während sie sich verzweifelt darum bemühte, ihre flatternden Nerven im Zaum zu halten. Schließlich sollte sie doch allmählich so etwas wie Routine haben, was Extremsituationen anging. Musste es da denn nicht irgendwie möglich sein, die richtigen Entscheidungen zu treffen?

Fliehen oder nachsehen …

Warten oder abhauen …

Jessica Mahler schluckte und starrte in das Dunkel hinter dem Türrahmen, als von dort ein vertrauter Geruch an ihre Nase drang. Etwas, das ihr erschreckend bekannt vorkam, auch wenn sie es nicht sofort zuordnen konnte.

Mach schon, verschwinde von hier! Scheiß auf Steven und das verdammte Band und bring dich in Sicherheit!

Nein, dachte Jessica Mahler trotzig, indem sie sich bemühte, ihre Aufmerksamkeit wieder auf den Geruch zu konzentrieren, den sie wahrgenommen hatte und der sich nun verflüchtigt zu haben schien. Irgendetwas an diesem Geruch war wichtig, das spürte sie.

Irgendetwas …

Der Fluchtreflex in ihr war noch immer überwältigend, aber sie merkte, wie das Adrenalin allmählich die Oberhand gewann und ihren Atem beruhigte. Sieh nach, dachte sie. Geh hinein und überzeug dich, dass dir von dort keine Gefahr droht. Was ist denn schon ein finsteres Zimmer gegen den Kugelhagel vom vergangenen Dienstag?!

Sie machte ein paar vorsichtige Schritte in das Dunkel hinein und zuckte erschreckt zurück, als ihr tastender Fuß unvermittelt gegen einen Widerstand stieß. Es schien etwas Weiches zu sein. Weich und ziemlich schwer. Aber zumindest bewegte es sich nicht, Gott sei Dank!

Jessica Mahler ging in die Knie und streckte die Hände aus wie eine Blinde. Ihre Finger streiften etwas, das sich wie Stoff anfühlte. Eine Decke vielleicht oder irgendein Kleidungsstück, das jemand zum Trocknen dort abgelegt oder verloren hatte.

Sie runzelte die Stirn. Zum Trocknen?

Nasse Wolle …

Der Geruch von Metall, süß …

Voller Entsetzen riss sie die Hände zurück und zerrte dann mit hektischen Bewegungen die Taschenlampe aus ihrer Windjacke. Doch ihre Finger waren mit einem Mal so feucht und klebrig, dass sie sich zuerst eine Weile vergeblich mit dem Schalter abmühte.

Dann endlich flammte der erlösende Lichtstrahl auf.

Doch die Erleichterung über das abrupte Ende der Finsternis währte nicht lange. Als der Strahl ihrer Taschenlampe ein Paar tote Augen streifte, die ihr unbewegt und silbrig glänzend aus der Dunkelheit entgegenstarrten, kehrte das Grauen zurück, und nur Sekundenbruchteile später ließ Jessica Mahlers gellender Schreckensschrei die Vögel aus den umliegenden Bäumen verängstigt in den schwarzen Nachthimmel flattern.

7 Winnie Heller stand am Geländer ihres Freisitzes und sog genüsslich die rauchige Herbstluft in ihre Lungen. In ihrem Rücken lief Chopin, die Ballade in Fis, die sie sich auf dem Nachhauseweg besorgt hatte, und genau wie bei ihrer ersten Begegnung mit Nikolas Hrubeschs angeblichem Sündenbock dachte sie, dass es verdammt schweres Zeug war, das der jüngste Spross der Familie Strohte da spielte. Ob er am Flügel saß, jetzt, in diesem Augenblick? Sie hatte in Erfahrung gebracht, dass er in der übernächsten Woche an einem Wettbewerb teilnehmen wollte. Daher die Verärgerung, als sie ihn beim Üben gestört hatten. *Aber finden Sie es denn normal, wenn ein Junge, der vor noch nicht einmal achtundvierzig Stunden nur um Haaresbreite dem Tod entronnen ist, die Ruhe hat, etwas so Wunderbares zustande zu bringen?*, hörte sie Verhoeven fragen. *Würden Sie jemanden, der Chopin spielt, per se für unfähig halten, einen Mord zu begehen?*

Winnie Heller rieb sich ein paar Reste von Frittierfett von den Fingern, die noch von ihrem Abendessen herrührten. Ein halbes Hähnchen mit Pommes und Mayo, vielleicht nicht gerade gesund, aber – zumindest in Kombination mit einer ordentlichen Portion Koffein – überaus konzentrationsfördernd, wie sie fand. Hinter ihr sprang der Chopin ein weiteres Mal auf Anfang. Wie eins von diesen Gebeten, die immer wieder von vorn beginnen. Ob ihr die Musik irgendwie weiterhalf, konnte sie nicht sagen. *Wie kommen Sie darauf, dass Sven Strohte sensibel ist?*, murrte Verhoeven in ihrem Kopf. *Weil er Klavier spielt?* Winnie Heller verzog das Gesicht und dachte an die harschen Urteile, die der junge Pianist über seine Mitschüler gefällt hatte. *Sonja Perez war eine ganz passable Geigerin. Lukas Wertheim war ein borniertes Arschloch. Dieses Zeug, das Nik Kunst nannte, war nichts weiter als stumpfsinniger Müll.* Dieser Junge ist verdammt überheblich, hatte Verhoeven in einer ihrer Diskussionen gesagt. Aber stimmte das? Waren solche schonungslosen Einschätzungen nicht typisch für einen, der seit seiner frühesten Kindheit jede Woche Stunde um Stunde am Klavier saß? Musiklehrer waren nicht zimperlich, wenn es um Kritik ging. Auch und gerade dann nicht, wenn jemand Talent hatte. Und egal, wie groß die Begabung auch war, Dinge, die man ungern tat, gab es immer. Läufe, die einfach nicht in die Finger wollten. Tonfolgen, die man immer wieder verpatzte, obwohl man sie wieder und wieder geübt hatte. Dagegen half nur eiserne Disziplin. Und disziplinierte Menschen waren immer auch streng, wie Winnie Heller hinlänglich von ihrer Schwester wusste. Streng gegen sich selbst, aber auch gegen andere.

Chopin hin oder her, dachte sie, dieser Junge weiß mehr, als er zugibt. Aber aus irgendeinem unerfindlichen Grund sagt er nicht, was er weiß. Mit einem Anflug von Unbehagen rief sie sich den Pressespiegel ins Gedächtnis, der jeden Morgen unter den Beamten der Soko verteilt wurde. Eine große Boulevardzeitung hatte berichtet, dass die Tatwaffen einen »familiären Bezug« zu einem anderen Schüler der Schule hätten. Andere spekulierten bereits munter über die Existenz eines Mitwissers. Wenn ich Devil wäre, dachte Winnie Heller, würde ich allmählich anfangen, mir Sorgen zu machen. Und wenn sich dann auch noch herumspricht, dass wir den Hinterbliebenen bestimmter Opfer eine ganze Reihe von Fragen stellen …

Sie bewegte ihre Zehen, die trotz zwei Paar übereinandergezogener Kuschelsocken allmählich kalt wurden, doch sie brachte es auch noch nicht über sich, die Tür zu schließen. Nach Tagen wie denen, die sie hinter sich hatten, war ein bisschen frische Luft genau das Richtige, um wieder zu Kräften zu kommen.

Während sie dastand und den Klavierklängen in ihrem Rücken lauschte, schlich sich plötzlich wieder jener seltsame Satz in ihre Gedanken, der sie bereits kurz nach dem Aufwachen heimgesucht hatte. *Du hast die Zuordnung vermasselt. Irgendetwas, das du gesehen oder gehört hast, ist falsch eingeordnet worden.*

Falsch eingeordnet …

Winnie Heller schloss die Augen und dachte an die Menschen, denen sie in den vergangenen Tagen begegnet waren. An die Gespräche, die sie geführt hatten. Satzfetzen trieben hinter ihrer Stirn vorbei wie Treibholz auf einem reißenden Fluss. Informationsbruchstücke. Bilder. Wind. Windschatten. Eine Maske. Ein bekanntes Gesicht. Emotionen. Ein Strategiespiel.

Eine plötzliche Windböe brandete gegen das Geländer ihres Freisitzes, und Winnie Heller riss die Augen auf.

»Scheiße noch mal«, rief sie inbrünstig. »Das ist es! Oh Mann, was bin ich doch für eine dämliche Kuh!«

Sie schleuderte ihre Kuschelsocken in die Ecke und schlüpfte in ihre Schuhe. Dann schaltete sie die Musik aus, knallte die Tür ihres Freisitzes zu und griff nach den Autoschlüsseln, die an einem Haken neben der Tür hingen.

»Tut mir leid, Jungs«, rief sie ihren Fischen zu. »Aber ich fürchte, ich muss noch mal ins Präsidium.«

8

Komm, komm, komm …
BITTE!
Komm jemand und erlöse mich. Komm jemand und erlöse mich. Komm jemand und …

Jessica Mahler kauerte in einem Gebüsch nahe der Hütte, die Arme fest um ihre angezogenen Knie geschlungen, und wartete darauf, dass die Polizei endlich eintraf. Sie hatte den Notruf gewählt, zum Glück war ihr trotz aller Panik die Nummer eingefallen, und der Frau am anderen Ende der Leitung erklärt, wer sie war und wo sie sich befand.

Dann war sie losgerannt.

Wer bei drei nicht auf den Bäumen ist …

Beim Rennen hatte sie ihr Handy fallen lassen, es war ihr einfach aus den blutigen Fingern gerutscht, plopp, patsch, hinunter in den zähen Waldschlamm, aber sie hatte nicht gewagt, umzukehren, sondern war weitergestürzt, mitten hinein in das dichte Unterholz, das seitlich der Hütte wucherte. Dornenranken hatten nach ihren Füßen geschnappt wie Fangarme. Sie hatten sich in ihre Jeans gekrallt, sie war gestolpert, gerutscht und geschlittert, um schließlich hier unter diesem … Sie blickte angestrengt nach oben ... Unter diesem Hasel(?)strauch zu landen, den Hintern im Schlick, verschmiert und hilflos. Die Feuchtigkeit des Waldes drang durch den Stoff ihrer Jeans, sickerte in die Nähte ihrer Schuhe, verwandelte ihre Beine in gefühllose, klamme Stümpfe, und doch konnte sie nicht anders, als hier auf dem kalten Boden sitzen zu bleiben und zu warten, dass endlich die Sirenen ertönten. Dass sie kamen, um sie zu retten. Ein weiteres Mal zu retten.

Die Waldluft um sie herum wog Zentner. Eisig kalt auf einmal, mit so viel Feuchtigkeit darin, dass sie kaum atmen konnte. Dazu hörte sie Geräusche, aber die schienen von innen zu kommen. Nicht von außen. War das ihr Herz? Ihr Blut, das sie hörte? Etwas knirschte. Zähne vielleicht. Vielleicht auch Wald. Tote Äste. Wildschweine. Was auch immer ...

Wann hört das auf?, dachte sie zitternd vor Angst und Kälte. Wie lange kann man so leben, in diesem irrwitzigen Tempo? Wie viele Katastrophen erträgt ein Mensch? Und wie hoch ist wohl die Wahrscheinlichkeit, dass es dich eines Tages doch erwischt? Sie schloss die Augen, als aus der Dunkelheit um sie herum kleine rote Lostrommelkugeln auf sie zuschossen, und versuchte, sich eine Welt vorzustellen, in der alle tot waren. Alle außer ihr selbst. Seltsamerweise bedrängte sie der Gedanke nicht. Zumindest nicht im Augenblick. Wenn alle tot sind, dachte sie, gibt es auch keine Feinde. Niemanden, der einem nach dem Leben trachtet.

Sie machte die Augen wieder auf und stellte überrascht fest, dass sie sehen konnte. Richtig sehen, ohne Lostrommelkugelhagel.

Du solltest von hier verschwinden, pochte es hinter ihrer Stirn. Verlass diesen Ort. Wer weiß, ob sie je kommen. Vielleicht hast du dir das alles nur eingebildet. Das Blut. Und den Notruf. Und die Stimme der fremden Frau in deinem Ohr. Nimm dein Schicksal endlich in die eigenen Hände und mach, dass du wegkommst von hier!

Aber dazu müsste ich aufstehen, überlegte sie. Meine Deckung verlassen. Sichtbar werden. Ein Ziel ...

NEIN!

Auf keinen Fall! Bleib sitzen! Sei still!

Du wirst dir die Nieren verkühlen, dachte sie, du wirst dir einen Schaden fürs Leben holen, und mit ein paar Sekunden Verzögerung fiel ihr auf, dass es die Worte ihrer Mutter waren, die da durch ihre Gedanken zuckten. Sätze, wie sie sie wohl tausendmal gehört hatte. Immer dann, wenn es um hüfttiefe Jeans und knappe Oberteile und Partys im Freien gegangen war. *Du wirst dir einen Schaden fürs Leben holen,* wiederholte etwas in ihr, *aber das macht nichts. Alles ist besser als sterben. Abgeknallt werden. Von diesem irren Schlächter, der …*

Ein entferntes Geräusch veranlasste sie, den Blick zu heben, und für einen flüchtigen Augenblick war ihr, als nehme sie ein Licht wahr. Das Zucken von Scheinwerfern zwischen den hohen Stämmen.

Kamen diese Scheinwerfer etwa auf sie zu? Näherte sich da jemand? Die Polizei?

Komm schon. Komm endlich, bittebittebitte …

Aber die Polizei kam doch nicht mit einem einzelnen Auto, noch dazu mit einem dunklen! Grün-silbern, seit neuestem auch blau-silbern, EU-Richtlinie, hatte sie vor kurzem irgendwo gelesen. Jessica Mahler nickte stumm vor sich hin, um sich Mut zu machen. Ihren eigenen Empfindungen trauen. Ihren Erinnerungen an die Normalität, der letzten Barrikade gegen den nahenden Wahnsinn. Die Polizei war blau-silbern, aber das Ding, das da durch die Dunkelheit auf sie zu holperte, war dunkel, ganz und gar dunkel hinter den milchigen Scheinwerfern, die unstet über die zahllosen Schlaglöcher hüpften. Und ein Martinshorn hörte sie auch nicht. Nicht einmal so was wie Blaulicht begleitete dieses Ding hinter den Scheinwerfern. Dabei konnte man so was doch auch problemlos auf die zivilen Fahrzeuge setzen, oder nicht? Oder funktionierte dergleichen nur im Film? Fenster runter, Licht aufs Dach, Fenster zu.

Verkühlte Nieren …

Lenk nicht ab!

Hüfttiefe Jeans, nass, kalt …

Jessica Mahlers Augen glitten an der Vorderseite ihrer Windjacke abwärts. Keine Verletzungen, dachte sie. Nicht einmal ein Kratzer. Trotzdem blutbefleckt. Wieder blutbefleckt. Immer wieder. War das nicht beinahe zum Lachen?

Sie hob den Kopf.

Das Fahrzeug hatte etwa fünfzig Meter von der Hütte entfernt gestoppt, und von diesem Augenblick an wusste Jessica Mahler Bescheid. Sie wusste, dass es auf keinen Fall die Polizei war, die da kam …

9

»Miranda?«

»Ja?«

»Hier ist Hendrik Verhoeven vom LKA.«

»Oh, klar. Hallo.«

»Entschuldigen Sie bitte die späte Störung, aber ich habe Ihre Mail gerade erst gelesen und …«

»Ich weiß wirklich nicht, ob es überhaupt wichtig ist«, unterbrach sie ihn sofort wieder, und ihre Stimme verriet ein schlechtes Gewissen. »Es ist mir nur aufgefallen, und ich fand es irgendwie … merkwürdig.«

»Das ist es auch.«

Sie schien erleichtert zu sein. »Wie ich Ihnen schon in meiner Mail geschrieben habe, bin ich inzwischen ganz sicher, dass ich mich nicht irre«, sagte sie fest. »Allerdings weiß ich nicht, was es bedeutet.«

»Das weiß ich auch noch nicht«, gab Verhoeven zu. »Aber es könnte tatsächlich wichtig sein.«

Sie zögerte. »Sie … Sie glauben doch an einen zweiten Täter, oder?«

Verhoeven atmete tief durch. Miranda Kerr war eine Zeugin. Sie kannten einander kaum. Und es ging definitiv um eine Sache, die äußerste Diskretion erforderte. Und doch … Irgendetwas an diesem Mädchen hatte ihn zutiefst beeindruckt. So tief, dass er wider besseres Wissen alle Vorsicht über Bord warf. »Ja«, sagte er, »wir gehen davon aus, dass es da noch jemand anderen gegeben hat.«

»Sie meinen einen … Komplizen?« Die Art, wie sie fragte, legte nahe, dass sie bereits selbst ausgiebig über die ganze Sache nachgedacht und die richtigen Schlüsse gezogen hatte.

»So ähnlich.«

»Hat Nik sich selbst erschossen?«

»Darüber kann ich Ihnen …«

»Schon gut«, entgegnete sie hastig. »Ich verstehe. Aber soll ich Ihnen was sagen? Nik war kein Typ, der sich umbringt. Er war … Er hatte nicht …« Sie schien zu überlegen, wie sie ausdrücken konnte, was sie empfand. »Nikolas war einfach nicht der Typ«, wiederholte sie, als sie nicht weiterkam. Und nach einer kurzen Pause fügte sie hinzu: »Ich glaube, ich kann das beurteilen.«

Verhoeven war sich nicht sicher, ob sie allein von ihrer Menschenkenntnis sprach, und der Gedanke ließ ihn frösteln. »Sie werden jetzt Ruhe haben«, hörte er sich sagen, ohne zu wissen, ob er damit nicht alles noch viel schlimmer machte. »Wenn in einer der nächsten Wochen die Schule wieder losgeht, wird nichts mehr so sein, wie es vorher war.«

Miranda Kerr lachte bitter. »Ich wollte nie, dass … Nicht so, verstehen Sie?«

»Ja«, sagte Verhoeven. »Aber Sie dürfen jetzt nicht anfangen, sich Vorwürfe zu machen. Dafür, dass Sie überlebt haben. Sie müssen ganz einfach froh sein. Und durchhalten. Irgendwie.«

»Aber manchmal denke ich, es wäre …«, setzte sie an.

»Nein«, entgegnete er. »Wäre es nicht. Glauben Sie mir.«

Sie sagte nichts.

»Eines Tages wird sich Ihnen das, was Sie in diesen Tagen und auch in der Zeit davor erlebt haben, anders darstellen, als es jetzt aussieht.« Verhoeven seufzte. »Vielleicht klinge ich uralt, wenn ich sage, dass die Zeit vieles verändert. Und einiges durchaus zum Positiven. Aber Ihr Leben fängt gerade erst an. Sie werden erfahren, wie es ist, auf eigenen Füßen zu stehen.« Er lauschte nach einer Reaktion von ihr, aber sie hörte einfach nur zu. »Ich will nicht behaupten, dass alles besser wird, wenn man erst mal aus der Schule raus ist, und natürlich wird es immer Leute geben, die Ihnen sagen, was Sie zu tun und wie Sie zu sein haben. Aber die Bereiche, in denen Sie für sich selbst entscheiden können, werden wachsen, und in gewisser Weise wird das Leben tatsächlich leichter, wenn man älter wird. Das heißt, wenn Sie akzeptieren können, dass Sie Steuern zahlen müssen und graue Haare kriegen und so was alles.«

Jetzt lachte sie plötzlich. »Grau soll ja angeblich genauso schlank machen wie Schwarz …«

Verhoeven lachte auch und fand, dass sie wirklich ein bemerkenswertes Mädchen war. »Geben Sie acht auf sich«, sagte er. »Und nochmals vielen Dank.«

»Ich hoffe, Sie kriegen ihn.«

»Ja«, sagte er, »das hoffe ich auch.«

Er hatte gerade aufgelegt, als sein Handy klingelte. Seit Dienstag wagte er nicht, es abzulegen, und wenn er es nicht gerade am Gürtel trug, lag es griffbereit auf dem Nachtschrank oder auf dem Couchtisch oder sonst wo in seiner Nähe. Ein Blick auf das Display verriet ihm, dass es Hinnrichs höchstpersönlich war, der anrief.

»Ja?«

»Eben ist ein Notruf von einer gewissen Jessica Mahler eingegangen«, meldete der Leiter des KK 11, und seine Anspannung war mit Händen zu greifen. »Das Mädchen war in Hrubeschs Jahrgang und behauptet, in der Waldhütte von Lukas Wertheims Vater über eine Leiche gestolpert zu sein. Holen Sie die Heller ab und fahren Sie sofort da raus.«

»Bin schon unterwegs«, rief Verhoeven und sprang auf.

10

Als sie die Autotür zuschlagen hörte, rutschte Jessica Mahler noch tiefer unter die Zweige, die sie schützen sollten und die mit einem Mal geradezu erbärmlich löchrig wirkten. Sie fühlte einen Widerstand in ihrem Rücken und Nässe, die ihr von irgendwo her in den Nacken schwappte. Ende. Aus. Sackgasse. Ihre Augen suchten die Stelle, wo die Scheinwerfer des ankommenden Wagens verloschen waren, doch die Düsternis des Waldes verschluckte alles. Erst als sich wenig später der Mond wieder einmal für einen kurzen Moment durch die Wolken kämpfte, sah sie eine Silhouette. Einen Schatten.

Ein Mann, ganz eindeutig.

Einer, der im Gegensatz zu ihr wagte, seine Taschenlampe zu benutzen.

Der dünne Lichtstrahl flimmerte über die Pfützen, direkt auf die Hütte zu.

»Jessica?«

Jessica Mahler hielt die Luft an und beobachtete den Schatten hinter dem Lichtstrahl, der einen Augenblick vor den Stufen der Veranda verharrte.

»Jessiiiiiie?«

Wessen Stimme war das? Sollte sie diese Stimme nicht kennen? Jessica Mahler schluckte. Mirja, dachte sie. Mirja Libolski hat mich auch so gerufen, letzten Dienstag erst, kurz nachdem die Schüsse verklungen waren. Ganz genau so. Wie hatte sie reagiert, letzten Dienstag? Hatte sie überhaupt reagiert? Sie überlegte fieberhaft, aber sie wusste es nicht. Allmählich wusste sie gar nichts mehr. Aber sie hatte definitiv etwas getan, das richtig gewesen war. Immerhin lebte sie noch und …

»Jessie?«

Und noch mal. Und immer wieder. Déjà vu …

Jessica Mahler sah hinauf in die dürren Haselzweige über ihrem Kopf. Sollte sie vielleicht doch antworten? Sich zu erkennen geben? Hoffen, dass es ein weiteres Mal gut ausging für sie?

Nein, auf keinen Fall, sei still!

Nicht antworten. Nicht schlucken. Nicht einmal denken. Du

bist gar nicht hier. Du bist ganz woanders. Und die Vespa da drüben beim Grillplatz ist auch nicht deine. Sie gehört deinem Cousin. Gunnar, neunzehn, Lehrling. Er wird dir die Hölle heiß machen wegen dem Matsch an den Rädern. Aber das macht nichts. Alles ist besser, als abgeknallt werden. Oder Tante Karen zu hintergehen. Oder Mama zu enttäuschen. Tote Rehe machen keine Geräusche. Und Rosmarin bedeutet so viel wie »Tau des Meeres«. Nichtsdestotrotz müsste es schön sein, hier zu frühstücken. Hier, wo man schon beim Aufwachen den Wald riechen kann. Auf der Veranda …

Die Veranda …

Veran…

Sie riskierte einen Blick und stutzte, als sie die hölzernen Dielen leer fand. Hatte er denn nicht vor wenigen Sekunden noch dort gestanden? Jessica Mahler runzelte die Stirn, während ihr Gesichtsfeld langsam auf den winzigen Ausschnitt der Veranda zusammenschrumpfte. Tunnelblick, auch erprobt. Da war die Brüstung, rustikal, moosig. Die Tür weit geöffnet. Scharf stellen. Und …

Ja, da war er!

Gerade in diesem Moment trat er über die Schwelle, nein, er trat nicht, er stürzte, rannte, stolperte, das bleiche Gesicht leuchtete ihr im Mondlicht entgegen, hell wie die Sonne, und endlich wusste sie nun auch, wen sie vor sich hatte. Doch da war er bereits wieder unter den Bäumen verschwunden.

11

»Da vorn muss es sein«, murmelte Winnie Heller und lenkte ihren Polo in einen schlaglöchrigen Waldweg, der direkt vor einem repräsentativen Wochenendhaus endete.

Aus der Finsternis über ihr rieselte Laub herab, und die Wischerblätter quietschten mit enervierender Gleichmäßigkeit über die Windschutzscheibe. Winnie Heller drehte die Heizung herunter und war froh, dass sie in der Hektik des Aufbruchs an ihren Schal gedacht hatte. Sie war gerade auf den Parkplatz des Präsidiums eingebogen, als der Anruf gekommen war. Also hatte sie kehrtgemacht und war Verhoevens Wegbeschreibung zu Erich Wertheims Jagdhütte gefolgt, aber obwohl sie noch keine Gelegenheit gehabt hatte, ihre These zu überprüfen, war sie doch sicher, dass sie richtig lag.

Ein Stück vor sich entdeckte sie Verhoeven, der ebenfalls gerade erst gekommen war. Er beugte sich in seinen Wagen und nahm etwas aus dem Handschuhfach. Dann sah sie, wie er die Tür zuschlug und auf einen Streifenbeamten zuging, der sie bereits zu erwarten schien.

Sie brachte den Polo hinter einer Reihe von Einsatzfahrzeugen zum Stehen und stieg aus. »Wo ist das Mädchen?«, rief sie, und Verhoeven deutete auf die geöffnete Hecktür eines Krankenwagens, wo Winnie Heller inmitten des flackernden Blaulichts eine blasse Gestalt ausmachte, die sich Schutz suchend in eine graue Rettungsdecke kuschelte.

»Jessica Mahler?«

Die Angesprochene hob den Kopf und nickte matt vor sich hin. Vermutlich hatte der Notarzt ihr ein Beruhigungsmittel verabreicht.

Winnie Hellers Blick fiel auf die Hände des Mädchens, die wie abgestorben in ihrem Schoß lagen. Unter den kurz geschnittenen Nägeln waren deutlich dunkle Ränder geronnenen Blutes zu erkennen. Der Rest erglänzte im Licht der hastig aufgestellten Scheinwerfer in bizarrem Orange, fast so, als habe ein übereifriger Sanitäter Jessica Mahlers Hände mit einer gehörigen Portion Jod eingesprüht.

»Ich habe gedacht, da ... liegt ein Kleidungsstück«, stammelte das Mädchen, das Winnie Hellers Blick gefolgt war. »Aber es war ... Es ...« Sie unterbrach sich und wandte erschöpft den Kopf ab.

»Und was haben Sie hier draußen gemacht?«, fragte Winnie Heller, nachdem Verhoeven ihr mit einer kurzen Geste bedeutet hatte, dass sie fortfahren solle. »Warum sind Sie hier?«

»Ich ...« Jessica Mahler biss sich auf die Lippen und begann zu zittern. Ihr zierlicher Körper schlotterte unter der Decke wie Espenlaub, und Winnie Heller dachte, dass sie vermutlich nicht viel weiter kommen würden. Nicht in den nächsten Stunden.

Sie tauschte einen Blick mit Verhoeven.

Wir haben keinen Spielraum, um ihr die Zeit zu lassen, die sie jetzt nötig hätte, mahnten seine Augen. *Also bitte, machen Sie weiter. Versuchen Sie Ihr Glück!*

Winnie Heller nickte und ließ sich neben Jessica Mahler in der Hecktür nieder, während ihr Vorgesetzter Richtung Hütte verschwand. Ihre Augen streiften die Beine des Mädchens, die so schlaff und nutzlos herunterhingen, als gehörten sie einer Marionette, und erst jetzt fiel ihr auf, dass Jessica Mahler auch schmutzig war. Nicht nur blutverschmiert.

Sie winkte einen der Streifenbeamten zu sich heran und bat ihn, irgendwo Kaffee oder ein anderes heißes Getränk aufzutreiben. Dann überlegte sie, ob irgendjemand das Mädchen, das neben ihr saß, durch den Wald gehetzt haben konnte. Sie hatte die Protokolle gelesen. Die Aussagen der Opfer von Lukas Wertheim und seiner Gang. Winnie Heller betrachtete Jessica Mahlers Schuhe, an denen dicke Krusten schwarzen Waldbodens klebten. Wo hört der Spaß auf?, dachte sie. Wie lange kann man es mit gutem Gewissen ein Spiel nennen, einen Spaß, ein pubertäres Kräftemessen? Und wann beginnt es, etwas anderes zu werden? Gefährlich. Zerstörerisch. Wo war die Grenze? Und wer von denen, die zu spielen glaubten, konnte sich sicher sein, dass diese Grenze nicht längst überschritten war?

»Hier ist Ihr Kaffee.«

Winnie Heller blickte hoch.

»Einer der Kollegen von der Nachtschicht hatte eine Thermoskanne«, erklärte der Streifenbeamte, den sie geschickt hatte, während er ihr mit unbewegter Miene einen silbernen Schraubbecher unter die Nase hielt.

»Danke.«

»Keine Ursache.«

Winnie Heller nahm den Becher. Dann legte sie Jessica Mahler sanft den Arm um die Schultern. »Hier, trinken Sie das.«

Jessica Mahler starrte entsetzt auf ihre blutigen Hände hinunter, und Winnie Heller verstand, dass sie es schlicht und einfach nicht wagte, nach dem Becher zu greifen. Oder nach irgendetwas sonst.

»Ich helfe Ihnen«, sagte sie eilig und legte dem Mädchen eine Hand in den Nacken. Mit der anderen flößte sie ihrer Zeugin vorsichtig ein paar Schlucke Kaffee ein. »Na, geht's wieder?«

Jessica Mahler nickte. Unter ihrem Auge zuckte ein Muskel. Es sah aus, als sei ein Insekt unter der dünnen Haut gefangen.

»Der Ermordete war in Ihrer Jahrgangsstufe, oder?«

Abermals Nicken. Stumpf und müde.

»Sind Sie mit ihm zusammen hergekommen?«

»Nein.«

»Dann waren Sie hier verabredet?«

»Ja, aber …« Jessica Mahler schluckte so krampfhaft, dass Winnie Heller schon fürchtete, sie müsse sich übergeben. Doch nach einem Moment des Durchatmens und einem weiteren Schluck aus dem Kaffeebecher fing sie sich wieder. »Nicht mit ihm.«

»Sie hatten eine Verabredung in dieser Hütte, aber nicht mit dem Opfer?«, beeilte sich Winnie Heller, den Sachverhalt noch einmal klarzustellen, bevor die Nachwirkungen des Schocks aufs Neue aufflackerten, und Jessica Mahler bejahte. »Sondern?«

»Sven«, stieß das Mädchen hervor. »Ich war … Ich wollte mich mit Sven treffen.«

Winnie Heller riss ungläubig die Augen auf. »Mit Sven Strohte?«

»Ja. Er hat mir eine E-Mail geschrieben, dass ich …« Ein neuerliches Zittern schnitt Jessica Mahler die Luft ab. »Er wollte mir was erzählen«, stotterte sie »Etwas über …« Sie sah auf ihre Hände hinunter und begann dann laut und hemmungslos zu schluchzen.

»Bitte«, flehte Winnie Heller, »sagen Sie mir alles, was Sie wissen. Und fangen Sie ganz von vorne an.«

12 »Tja, nun sind sie also beide tot«, befand Dr. Gutzkow, die im grellen Licht der Scheinwerfer einen erstaunlich lebendigen Eindruck machte.

»Wer?«, fragte Verhoeven verwirrt.

Die Pathologin sah ihn an. »Na, die Eltern von dem ungeborenen Kind.«

»Wollen Sie damit sagen, dass Steven Höhmann der Vater von Angela Lukoschs Baby war?«

»Wussten Sie das noch nicht?«

»Nein«, stöhnte Verhoeven entnervt.

»Aber der Kollege meinte doch, er hätte Ihnen eine SMS geschickt.«

Er warf einen resignierten Blick auf sein Handy. »Dann habe ich die wohl einfach noch nicht gelesen.«

»Na ja, is ja ooch viel Stress, wa?«, brummte Dr. Gutzkow mit einem Unterton, der wohl tröstlich sein sollte. Dann legte sie die Hände auf ihre kräftigen Schenkel und stemmte ihre Massen in die Höhe. »Jedenfalls ist dieser Junge erst heute Nachmittag in Begleitung seines Anwalts ins Labor geschneit, um seine richterlich erzwungene Speichelprobe abzugeben. Und nun ist er tot.« Sie warf einen letzten Blick auf die Plane, die Steven Höhmanns Leiche bedeckte. »Seit etwa einer Stunde, um genau zu sein, höchstens anderthalb.«

»Wieder eine Glock?«, fragte Verhoeven.

»Nein«, entgegnete Dr. Gutzkow. »Er wurde erstochen. Ein Stich in den Oberbauch, einer in den Hals. Letzterer hat die Carotisarterie getroffen.« Sie zuckte mit den Achseln. »Sollte relativ schnell gegangen sein, möchte ich meinen.«

»Abwehrverletzungen?«

Die Pathologin verneinte.

Genau wie bei Hrubesch, dachte Verhoeven, indem er sich Steven Höhmanns muskulösen Körper in Erinnerung rief. Sie sind beide über eins achtzig groß, aber sie lassen sich einfach abschlachten. Er schüttelte ungläubig den Kopf. Aber von wem? Von jemandem, dem sie vertrauten? Oder doch eher von einem, den sie unterschätzt hatten? Ja, dachte Verhoeven, das wäre auch eine Möglichkeit. Wenn diese Jungs ihren Angreifer für harmlos gehalten hätten …

»Könnte es theoretisch auch ein Mädchen getan haben?«, fragte er, eigentlich nur der Form halber.

»Unwahrscheinlich«, winkte Dr. Gutzkow ab. »Allerdings war nicht allzu viel Kraftaufwand nötig, wenn die Waffe scharf genug gewesen ist. Und davon würde ich an Ihrer Stelle ausgehen.« Ihr Blick wanderte von der Bahre mit Steven Höhmanns Leichnam zur gegenüberliegenden Wand, dorthin, wo die toten Rehe hingen. »Ein Jagdmesser vielleicht?«

Verhoeven nickte. »Haben die Kollegen von der Streife sich hier schon umgeschaut?«

»Nein«, entgegnete eine Stimme hinter ihm. »Zumindest nicht nach einer Waffe.« Der Mann trug eine Uniform, und Verhoeven glaubte, ihn vom Sehen zu kennen, ohne sich an seinen Namen zu erinnern. »Natürlich haben wir nachgesehen, ob noch jemand anders im Haus ist. Aber als das klar war …« Er unterbrach sich und sah Verhoeven an. »Die Order lautete, die Sache so klein wie möglich zu halten.«

»Wenn das überhaupt machbar ist«, entgegnete Verhoeven.

»Tja«, sagte der Beamte. Und nach einer kurzen Pause fügte er hinzu: »Sie wollte übrigens unbedingt telefonieren, aber wir haben ihr gesagt, dass sie warten muss.«

»Das Mädchen?«

Der Streifenkollege nickte. »Sie hatte sich in einem Gebüsch versteckt. Hat sich erst zu erkennen gegeben, als wir wieder aus der Hütte raus sind.«

»Hat sie sich Ihnen gegenüber zur Sache geäußert?«, fragte Verhoeven und fand, dass er wie aus dem Lehrbuch klang.

»Nur dass sie nichts getan und nichts Böses gewollt hätte«, antwortete der Polizist. »Sie schien ziemlich verwirrt zu sein.«

»Kein Wunder«, sagte Verhoeven mit einem letzten Blick auf die Bahre mit Steven Höhmanns Leiche, die Dr. Gutzkows Leute unterdessen für den Transport in die Gerichtsmedizin fertiggemacht hatten.

»Sollen wir vielleicht jetzt nach der Waffe suchen?«, wollte der Streifenpolizist wissen.

»Ja«, sagte Verhoeven. »Und fangen Sie hier im Haus an. Die Spurensicherung muss jeden Augenblick eintreffen. Dann können Sie sich abstimmen.«

»Alles klar.« Der Beamte verschwand durch die noch immer sperrangelweit geöffnete Tür und kehrte kurz darauf in Begleitung zweier Kollegen zurück. Während sie zu dritt im Türrahmen standen, um die Aufgaben zu verteilen, zwängte sich Winnie Heller mit ein paar gemurmelten Entschuldigungen an der Gruppe vorbei. Aus ihrem Pferdeschwanz hatten sich ein paar Haarsträhnen gelöst, die ihr – gepaart mit den neuen Ponyfransen – einen beinahe verwegenen Look verliehen, wie Verhoeven fand.

»Darf ich mal?« Sie schob einen der Polizisten, einen Hünen von beinahe eins neunzig, zur Seite und stürmte auf ihren Vorgesetzten zu, wobei sie Dr. Gutzkow mit einem flüchtigen Nicken begrüßte. »Wir haben ein Problem«, verkündete sie, und Verhoeven dachte, dass das Wort »Problem« den Sachverhalt nur äußerst unzureichend umschrieb.

»Warum?«, gab er zurück. »Weil einer unserer Hauptverdächtigen sich von selbst erledigt hat?«

Sein offenkundiger Sarkasmus schien seine Kollegin zu irritieren, denn sie stutzte. Dann sagte sie: »Sven Strohte war auch hier. Jessica Mahler hat ihn gesehen.«

Verhoeven starrte sie an. »Dann schicken Sie sofort ein Team hin und lassen Sie den Jungen festnehmen.«

»Er kam aber erst *nach* Jessica hier an«, erwiderte Winnie Heller dezidiert. »Die beiden waren hier verabredet, und Jessica war die Erste. Sie stolperte über die Leiche, versteckte sich, und wenig später sah sie Sven ankommen.«

»Und dann?«

»Ist er in die Hütte und gleich darauf wieder weg.«

»Sonst nichts?«

»Nein, sonst nichts.«

»Er könnte vorher schon mal da gewesen sein«, sagte Verhoeven. »Er könnte Steven Höhmann erstochen haben, und etwas später ist er dann vielleicht zurückgekommen, um auch Jessica zu töten.«

Winnie Heller schüttelte den Kopf. »Das glaube ich nicht.«

»Warum nicht? Weil Sven Strohte Chopin spielt?«

»Nein«, versetzte sie mit entnervter Miene. »Weil er sich gestern schon einmal mit Jessica getroffen hat. Und bei dieser Gelegenheit hat er ihr etwas erzählt, das wichtig sein könnte.« Sie seufzte. »Und das er uns leider Gottes verschwiegen hat.«

Dieser Junge spielt vielleicht ein Spiel mit uns, dachte Verhoeven. Wenn er der ist, den wir suchen, ist er ziemlich gut darin, andere genau das glauben zu machen, was er will. »Er ist Jessica Mahler nicht begegnet?«

»Sie sagt nein«, entgegnete Winnie Heller. »Als er ankam, hatte sie bereits den Notruf gewählt und sich irgendwo da hinten im Unterholz versteckt.«

»Und was ist das, was er ihr gestern erzählt hat?«

»Dass er kurz nach dem Schuss, der Hrubesch tötete, eine Tür gehört hat.«

»Was für eine Tür?«, fragte Verhoeven. »Die Tür zum Treppenhaus?«

»Nein«, entgegnete Winnie Heller mit bedeutungsvoller Miene. »Sven Strohte sprach ausdrücklich von einem Schloss. Also einer Tür, die zuerst aufgeschlossen werden musste.«

»Aber da unten ist doch nichts«, sagte Verhoeven. »Nur Duschen und Umkleiden und …« Er unterbrach sich und starrte seine Kollegin an, die bereits freudig nickte.

»Der Werkraum«, sagte sie. »Erinnern Sie sich? Er ist grundsätzlich abgeschlossen, weil dort Gasflaschen, Lötkolben und andere gefährliche Dinge untergebracht sind.«

Verhoeven runzelte die Stirn. »Also müsste, wer immer Hrubesch erschossen hat, einen Schlüssel gehabt haben.«

»Und nicht nur das«, fuhr Winnie Heller aufgeregt fort. »Mir ist vorhin eingefallen, dass ich …«

Das Klingeln von Verhoevens Handy schnitt ihr das Wort ab. Verhoeven klappte es auf und meldete sich.

»Ich habe hier eine Meldung, die euch interessieren könnte«, verkündete Oskar Bredeney am anderen Ende der Leitung, und Verhoeven wunderte sich, dass der Kollege anscheinend noch immer im Büro war. »Sie betrifft einen versuchten Einbruch in der Wohnung von Beate Soltau.«

»Ein Einbruch?«, fragte Verhoeven. »Wann?«

»Gestern Abend«, antwortete Bredeney. »Die Freundin von der Soltau, du weißt schon, diese Frau Herrgen, wollte mit ihrem Mann ein paar Sachen holen und fand die Tür unverschlossen. Außerdem habe die Balkontür offen gestanden.« Er räusperte sich kurz und trocken. »Leider ist die Sache zuerst bei den Kollegen vom Einbruchsdezernat gelandet.«

»Wurde irgendwas gestohlen?«

»Die Herrgen ist sich nicht sicher.«

Das wundert mich nicht, dachte Verhoeven, indem er sich das Sammelsurium an Bildern und Kunstgegenständen ins Gedächtnis rief, mit dem Beate Soltau ihr Zuhause ausgestattet hatte. Er hielt das Handy ein Stück von sich weg, damit Winnie Heller, die sich neugierig zu ihm beugte, mithören konnte.

»Aber sie meint nein«, schepperte Bredeneys Stimme aus dem Gerät. »Und ich schätze, dass wir ihr das getrost abnehmen können. Immerhin war diese Frau Herrgen am selben Vormittag schon einmal für längere Zeit in der Wohnung ihrer Freundin, um sich alles anzusehen. Bei dieser Gelegenheit hat sie sich auch Notizen gemacht, und sie glaubt, dass sie sich erinnern würde, wenn etwas fehlte.«

»Gut«, sagte Verhoeven und sah auf die Uhr. »Dann gib Lübke Bescheid. Wir treffen uns in der Wohnung von der Soltau. Oder … nein, warte.« Er sah Winnie Heller an, die wild mit den Armen fuchtelte. »Was denn?«

»Warum bricht jemand in eine Wohnung ein?«, fragte sie atemlos.

»Um etwas zu stehlen.«

Sie nickte und zog vielsagend die Augenbrauen hoch.

»Sie meinen …?«

»Das alles passt verdammt gut zu dieser anderen Sache, die mir eingefallen ist«, erklärte sie, ohne auf seine Frage einzugehen. »Sie wissen schon, diese Sache, von der ich eben sprach.« Winnie Heller schluckte. »Als wir gestern bei Sander Laurin gewesen sind, war mein erster Gedanke, dass er mir irgendwie bekannt vorkommt. Es war so ein Gefühl … Als ob ich ihm schon mal begegnet wäre. Aber ich dämliche Kuh habe das auf die Ähnlichkeit geschoben, verstehen Sie?«

»Kein Wort«, seufzte Verhoeven.

»Beate Soltaus Beuteschema«, entgegnete Winnie Heller mit einem Lächeln. »Die Tatsache, dass Sander Laurin im Prinzip derselbe Typ Mann ist wie Kröll.«

Verhoeven kniff die Augen zusammen und versuchte sich die Gesichter der beiden Männer vorzustellen. »Sie haben recht«, sagte er. Und nach einer kurzen Pause fügte er hinzu: »Wäre mir gar nicht aufgefallen.«

»Und das war es ja auch gar nicht«, sprudelte seine Kollegin weiter. »Die Ähnlichkeit, meine ich. Es war diese Auerbach-Sache. Die war mir völlig aus dem Gedächtnis, nach allem, was wir in den letzten Tagen durchgemacht haben, wissen Sie … Aber dann fiel mir plötzlich ein, dass ich in der Akte, die Auerbachs Leute mir zur Vorbereitung auf den Einsatz im *Rhythm's Cube* überlassen hatten, ein Foto gesehen habe. Merkwürdig«, murmelte sie, »aber auf einmal sehe ich es direkt vor mir.« Sie unterbrach sich und starrte sinnend auf die ausgetretenen Holzdielen hinunter. »Die Aufnahme zeigt Milan Baranovic beim Verlassen einer Galerie oder Kunsthandlung. Er hat ein weißes Hemd an und ist in Begleitung von zwei Männern. Und … Ja, ich bin ganz sicher, dass einer dieser Männer Sander Laurin ist.« Winnie Heller sah hoch. »Ich war gerade auf dem Weg ins Büro, um die Sache zu checken, als der Anruf kam.«

Verhoeven fuhr sich mit beiden Händen durch die waldfeuchten Haare. »Verflucht noch mal«, stieß er hervor. »Wie passt denn das zusammen?«

»Das Motiv«, sagte seine Kollegin. »Wir dachten immer, es müsse mit Emotionen zu tun haben. Mit Hass oder Eifersucht oder etwas in dieser Richtung. Aber was, wenn es in Wirklichkeit doch um etwas ganz anderes gegangen ist? Wenn dieser Devil tatsächlich so kaltblütig ist, wie wir glauben?« Sie blickte ihn an. »Warum bricht einer in eine Wohnung ein?«, wiederholte sie.

»Sie glauben, etwas von dem, was Beate Soltau besitzt, könnte wertvoll sein?«

Winnie Heller nickte. »Das ist die einzige Erklärung.«

»Oskar?«, wandte sich Verhoeven wieder an Bredeney, der geduldig am Apparat geblieben war. »Vergiss die Sache mit der Spurensicherung fürs Erste und sieh zu, dass du stattdessen einen Kunstsachverständigen auftreibst. Je kompetenter, desto besser. Er soll uns in der Wohnung von der Soltau treffen und deren Inventar begutachten. Und überprüf Sander Laurin. Irgendwas kann da nicht stimmen mit seinem sogenannten Alibi.« Er schloss die Augen, als ihm unvermittelt wieder der Raumplan einfiel, in den Werneuchen bei ihrer gestrigen Besprechung die Aufenthaltsorte aller potenziellen Verdächtigen eingetragen hatte. Zum Zeitpunkt der Bluttat hatte Sander Laurin eine zehnte Klasse unterrichtet. Und zwar im vierten Stock des Altbaus. Der vierte Stock ... Verhoeven stutzte. *Die Schritte, die ich gehört habe, kamen aus dem westlichen Treppenhaus,* flüsterte Miranda Kerr in seinem Kopf. *Ich bin mir ganz sicher, dass der zweite Schütze aus der gleichen Richtung kam, in die Nikolas verschwunden ist. Aber dann hätten sie einander doch eigentlich begegnen müssen, oder?* Nicht, wenn Laurin von oben kam, dachte Verhoeven. Wenn er auf halber Treppe zum vierten Stock gelauert hätte, gewartet, bis Hrubesch sein zerstörerisches Werk in der dritten Etage beendet hatte, und über das Treppenhaus nach unten verschwunden war. Aber warum?, widersprach er sich selbst. Was sollte Laurin im dritten Stock gewollt haben, wenn es ihm nicht um Angela Lukosch, sondern um Beate Soltau ging? *In diesem Zwischengebäude gibt es verschiedene Durchgangsmöglichkeiten, um den Schülern ein schnelleres Erreichen von Kursräumen im jeweils anderen Teil der Schule zu ermöglichen,* hörte er Lars Höppners Stimme sagen, *und zwar im Erdgeschoss sowie im zweiten und im dritten Stock...* Laurin hat Hrubesch überholt, fuhr es Verhoeven durch den Sinn. Er ist ein Stockwerk über dem jungen Amokschützen ins Nebengebäude, und dann hat er

Hrubesch erschossen. »Oskar?«, wandte er sich wieder an Bredeney. »Nimm dir die Aussagen von Laurins Klasse noch mal vor und sieh zu, ob du da irgendwas findest, das uns weiterhilft. Und kümmer dich auch um eine mögliche Verbindung zu Milan Baranovic.«

»Geht klar.«

»Vielleicht steht Laurin in Baranovics Diensten«, setzte Verhoeven hinzu, als ihm etwas in den Sinn kam, dass Nicole Herrgen gesagt hatte. *Eigentlich ist Sander wohl gar kein Lehrer, jedenfalls kein richtiger. Beate hat mir mal erzählt, dass er von Haus aus Kunsthistoriker ist. Oder Restaurator. Angeblich hat er an der Düsseldorfer Akademie studiert, und er hat sogar einen Doktortitel.* Laut sagte er: »Ein Mann wie Baranovic mag sich zwar auf alle möglichen krummen Geschäfte verstehen, aber er hat ganz sicher nicht genug Ahnung von Kunst, um selbst entscheiden zu können, ob ein Geschäft profitabel ist oder nicht. Da braucht er jemanden, der ihm sagt, ob das, was ihm angeboten wird, auch seinen Preis wert ist.«

»Unter diesen Umständen sollten wir vielleicht auch Auerbach mit ins Boot holen«, schlug Bredeney vor. »Immerhin verfolgt er diese Sache mit dem Kunstzeugs schon seit längerem, und vielleicht weiß er etwas, das uns weiterbringt.«

»Gute Idee«, sagte Verhoeven. »Lass ihn anpiepsen, wenn er nicht ohnehin Dienst hat. Frau Heller kommt ins Präsidium und wird ihn dort treffen. Ach ja, und schick ein Team zu Laurins Haus. Sie sollen den Kerl nicht aus den Augen lassen, bis wir klar sehen.«

»Da wäre ich jetzt nicht drauf gekommen«, murrte Bredeney.

»Nichts für ungut«, sagte Verhoeven und unterbrach die Verbindung. Dann wandte er sich wieder an seine Kollegin, die vor lauter Ungeduld nervös wirkte wie ein Rennpferd vor dem Start. »Holen Sie das Foto aus der Akte und reden Sie mit Auerbach. Und dann kommen Sie auf direktem Weg in die Wohnung von Beate Soltau, okay?«

»Okay«, rief sie, schon auf halbem Weg zu ihrem Wagen. »Bis dann.«

13 »Sven Strohte ist noch immer nicht aufgetaucht«, meldete Bredeney über Funk, als Winnie Heller gerade wieder in ihren Polo gestiegen war. Sie hatte das Foto geholt und mit Auerbach gesprochen. Lars Höppners Leute hatten unterdessen in der Villa der Familie Strohte Position bezogen, doch der junge Pianist war bislang nicht nach Hause gekommen. Er hatte sich kurz nach seiner Führerscheinprüfung einen alten Ford zugelegt, den er – darauf legte sein vitaler Selfmade-Vater ausdrücklich Wert – mit Klavier- und Nachhilfestunden finanziert hatte. Mit diesem Wagen war er jetzt unterwegs. Wohin, konnte niemand sagen.

Ich an seiner Stelle würde mich auch hüten, nach Hause zu fahren, dachte Winnie Heller, indem sie den Schlüssel ins Zündschloss schob. Schließlich ist er nicht dumm. Er hat die Leiche gesehen und kapiert, dass er ein zweites Mal als Sündenbock herhalten soll. Und wahrscheinlich denkt er, dass wir ihm das Gerede von seiner Unschuld nicht noch einmal abnehmen werden. Der arme Kerl hat ja keine Ahnung, dass wir es längst besser wissen!

Sie hatte während der gesamten Rückfahrt von der Waldhütte über die Frage nachgegrübelt, warum Sander Laurin ausgerechnet Steven Höhmann getötet haben mochte. Aber dann war ihr eingefallen, dass es wahrscheinlich um Paintball ging, jenes angebliche Strategiespiel, das Lukas Wertheim und sein bester Freund in so menschenverachtender Weise zweckentfremdet hatten. Immerhin spekulierte mittlerweile schon die halbe Nation über die Schikanen, denen Nikolas Hrubesch in der Zeit vor seinem Amoklauf ausgesetzt gewesen war. Und wenn er tatsächlich einen Komplizen gehabt haben sollte, was lag da näher, als dass beide aus ähnlichen Motiven gehandelt hatten? Dass auch der zweite Schütze auf Rache aus gewesen war? Ja, überlegte Winnie Heller, so muss Laurin gedacht haben. Und unter diesem Aspekt macht es durchaus Sinn, einen weiteren Schuldigen zu eliminieren, einen, der Hrubesch und seinem Partner bei ihrem Amoklauf durch die Lappen gegangen ist. Sie griff hinter sich nach dem Gurt und schnallte sich an. Wahrscheinlich hatte Laurin bereits kurz nach der Bluttat geahnt, wen Nikolas Hrubesch für den Part seines Sündenbocks ausgesucht hatte. Und als dann die Sache mit den Waffen durchgesickert war, dürfte es für ihn ein Leichtes gewesen sein, herauszufinden, dass er richtig lag. Winnie Heller schüttelte den Kopf. Was muss das am Dienstag für ein Schock für Laurin gewesen sein!, dachte sie. Zu erkennen, dass Hrubesch falsch spielte. Dass der Junge, den er so sicher zu kontrollieren glaubte, einen eigenen Plan verfolgt hatte. Schon die Folie um Hrubeschs Kopf wird ihm verraten haben, was Sache ist, spann sie den Faden weiter. Und vermutlich hat er von diesem Augenblick an nichts anderes getan, als sich das Hirn zu zermartern, was das alles zu bedeuten haben könnte. Wen Hrubesch sonst noch eingeweiht hatte. Und wer außer ihnen beiden dort unten im Souterrain der Schule gewesen war …

»Die Fahndung nach dem Ford läuft«, riss Oskar Bredeneys Stimme sie aus ihren Spekulationen. »Außerdem klappern die Kollegen sämtliche Personen ab, zu denen Sven Strohte vielleicht Kontakt aufnehmen könnte.«

»Gut.« Winnie Heller tastete nach dem Zündschlüssel. »Was ist mit Laurin?«

»In der Wohnung brennt Licht, aber die Kollegen warten ab.« Bredeney unterbrach sich und wechselte ein paar Worte mit jemandem, dessen Identität sich Winnie Heller nicht erschloss. Sie hörte, wie er »Ja, danke« sagte, dann war Oskar Bredeney wieder ganz bei ihr: »Die E-Mail, mit der er Jessica Mahler in den Wald bestellt hat, wurde von einem öffentlichen Internetcafé verschickt, genau wie alle anderen Nachrichten von Devil«, erklärte er. »Bloß dass Laurin dieses Mal eben Sven Strohtes Daten verwendet hat.«

Winnie Heller nickte. Das ewig gleiche Muster, dachte sie. Und warum auch nicht? Warum sollte Laurin von einer Methode abweichen, die sich bewährt hat? Er hat ja keine Ahnung, dass wir ihn durchschaut haben. Er denkt, es wird wieder funktionieren. »Und Sven selbst?«, fragte sie. »Hat der auch eine E-Mail bekommen?«

Bredeney lachte. »Nein, aber seine Mutter hat ausgesagt, dass ihr Sohn vielleicht einen Anruf erhalten habe.«

»Vielleicht?«

»Sie war sich nicht sicher.«

»Woher auch.«

»Ach ja«, sagte Bredeney. »Noch was …«

Gütiger Himmel, dachte Winnie Heller, dieser Fall hat ein Tempo, das einem glatt die Schuhe auszieht! Und dabei bin ich noch keine zehn Minuten aus dem Büro!

»Werneuchen hat diesen Anruf überprüft, den die Herrgen in der Wohnung von der Soltau erhalten hat«, knarrte die Stimme des erfahrenen Kollegen aus dem Lautsprecher. »Sie wissen schon, der, der sie davon abgehalten hat, das Schlafzimmer zu betreten.«

»Ja, richtig«, sagte Winnie Heller, die kurz vor ihrem Aufbruch zu Beate Soltaus Wohnung noch schnell das Protokoll aus dem Einbruchsdezernat überflogen hatte. »Was ist damit?«

»Der betreffende Anrufer hat von einem gestohlenen Handy aus angerufen.«

»Gestohlen?«

Bredeney bejahte. »Anscheinend handelt es sich bei dem Teil um eins von diesen Prepaid-Dingern ohne Vertragsbindung. Und weil da ohnehin nicht viel zu holen ist, hatte der Besitzer die Sache wohl einfach abgeschrieben. Er habe sowieso nur noch fünfzehn oder zwanzig Euro Guthaben gehabt und so weiter und so fort.« Bredeney gab ein missbilligendes Brummen von sich, und Winnie Heller stellte sich vor, wie der altgediente Kollege mit seiner knochigen Hand durch die Luft fuchtelte, als wolle er einen Schwarm Mücken vertreiben. »Na, wie auch immer«, fuhr er fort, »auf Werneuchens Nachfrage hat der besagte Eigentümer jedenfalls angegeben, dass ihm sein Handy schon vor ein paar Wochen abhandengekommen ist.«

»Denken Sie, Laurin hat es?«

»Anzunehmen«, brummte Bredeney. »Und wahrscheinlich war er gerade in der Wohnung von der Soltau, als die Herrgens dort aufgetaucht sind. Denken Sie an Nicole Herrgens Aussage, die Türklinke vom Schlafzimmer habe sich bewegt, als sie gerade

Licht machen wollte. Und sie meinte auch, ihre eigene Stimme zu hören, nachdem sie sich gemeldet hatte. Wie eine Art Echo.«

»Weil Laurin nebenan war?«

»Sieht so aus.«

»Das bedeutet, dass sie ihn beinahe gehabt hätte«, befand Winnie Heller grimmig. Und in Gedanken setzte sie hinzu: Es war ein Befreiungsschlag in letzter Sekunde. Kühn, aber effektiv. Laurin musste die Herrgens ablenken, zumindest so lange, bis er über den Balkon verschwunden war. Und der Sogwirkung eines klingelnden Telefons konnten sich die wenigsten Leute entziehen. Dadurch hat Laurin wertvolle Zeit gewonnen, dachte Winnie Heller. Aber er hat auch etwas von sich preisgegeben. Und wenn es nur die Nummer eines gestohlenen Handys ist … »Und sonst?«, fragte sie, indem sie nun auch endlich den Wagen anließ.

»Du liebe Zeit«, stöhnte Bredeney. »Reicht denn das immer noch nicht?«

»War 'n Witz«, lachte Winnie Heller und unterbrach die Verbindung. Dann rammte sie das Handy in die Halterung der Freisprecheinrichtung und drückte auf die Kurzwahltaste, unter der Verhoevens Nummer gespeichert war. »Wie weit sind Sie?«, fragte sie, als ihr Vorgesetzter sich meldete. »Schon irgendein Hinweis, dass wir richtig liegen?«

»Das kann man wohl sagen.« Er klang zufrieden. »Ob Sie's glauben oder nicht: Beate Soltau war im Besitz eines echten Kirchners.«

Kirchner …, dachte Winnie Heller. War das nicht einer von diesen Brücke-Künstlern? Ein Expressionist oder Kubist oder so was in der Richtung? »Ich bin, ehrlich gesagt, keine so große Kunstexpertin und …«

»Geht mir genauso«, räumte Verhoeven ein, aber sie war sich nicht sicher, ob die Behauptung tatsächlich der Wahrheit entsprach oder ob er einfach nur nett sein wollte.

Wenn es um Thraker und antiken Goldschmuck ginge, wäre ich fitter, dachte sie. Aber so war das nun mal im Leben, man kannte sich grundsätzlich mit den falschen Dingen aus!

»Ich will nicht ins Detail gehen«, erklärte unterdessen ihr Vorgesetzter, »aber wenn ich den Professor hier richtig verstanden habe, wurden weit über sechshundert Bilder von Ernst Ludwig Kirchner von den Nazis beschlagnahmt. Sie wissen schon, entartete Kunst und so weiter. Na, wie auch immer, es ist anzunehmen, dass das betreffende Gemälde aus diesen Beständen stammt. Damals ist vieles ins Ausland gegangen, aber vielleicht wurde Beate Soltaus Bild von irgendwem beiseitegeschafft. Vielleicht hat es all diese Jahrzehnte in irgendeinem Keller oder auf irgendjemandes Dachboden gestanden, bis es schließlich auf einem Flohmarkt landete.«

»Und die Soltau hatte keinen Schimmer, was sie da erwirbt«, stöhnte Winnie Heller, während sie in Gedanken hinzufügte: eine ambitionierte Banausin, ganz wie ich dachte!

»Kaum zu glauben, was?«, sagte Verhoeven. »Aber ein Mann wie Laurin hat natürlich sofort gewusst, was Sache ist.«

»Was ist so ein Bild wert?«, fragte Winnie Heller mit echtem Interesse.

»Tja, in diesem Punkt ist unser Experte erwartungsgemäß noch ein bisschen zurückhaltend«, antwortete ihr Vorgesetzter, »aber er hat uns erzählt, dass ein Münchner Auktionshaus Mitte der neunziger Jahre ein ganz ähnliches Ölbild von Kirchner für mehr als vierhundertfünfzigtausend Euro verkauft hat.«

»Vierhundertfünfzigtausend sind definitiv ein Motiv«, befand Winnie Heller trocken. »Und unter der Hand mag ja auch durchaus noch ein bisschen mehr für so ein Ding drin sein, wenn man weiß, wem man es anbieten kann.«

»Und das weiß Laurin unter Garantie«, pflichtete Verhoeven ihr bei. »Immerhin scheint er seit Jahren beste Kontakte zur entsprechenden Szene zu pflegen.«

»Das ist ein gutes Stichwort«, sagte Winnie Heller. »Bredeney hat Laurins Konten überprüft. Und dabei ist er auf ein paar ziemlich interessante Einzahlungen gestoßen.« Sie sah kurz in den Rückspiegel und wechselte die Spur. »Offenbar steht Laurin tatsächlich auf Baranovics Lohnliste. Und er lässt sich seine Expertisen mehr als üppig bezahlen.«

»Das glaube ich unbesehen«, lachte Verhoeven.

»Augenblick«, sagte Winnie Heller, als ein Stück rechts von ihr ein grünes Lämpchen aufleuchtete, »hier kommt gerade was über Funk rein.«

»Winnie?« Das war Bredeney. Schon wieder …

»Ja?«

»Sie wollten doch so unbedingt noch ein paar Neuigkeiten«, scherzte er.

»Schießen Sie los.«

»Ich hab hier was zu Laurins Alibi. Soll ich's vorlesen?«

»Sicher doch.« Winnie Heller drehte den Ton lauter, damit Verhoeven mithören konnte.

»Unser Lehrer rief von nebenan, dass wir die Tür verbarrikadieren sollen«, las Bredeney von irgendwo ab. *»Und auch die Verbindungstür. Falls er durch die Räume geht und nach uns sucht. Da hatten die meisten von uns noch nicht kapiert, was Sache ist. Aber wir haben trotzdem abgeschlossen, und das hat uns vielleicht das Leben gerettet …«* Oskar Bredeney räusperte sich. »Aussage Nummer 187, Michelle Stötzel, Zeichensaal.«

»Das heißt, dass Laurin zum Zeitpunkt des Amoklaufs gar nicht bei seiner Klasse gewesen ist«, rief Winnie Heller triumphierend. »Er war nebenan!«

Bredeney gab ein zustimmendes Brummen von sich. »Ich habe mir den Plan angesehen«, erklärte er. »In dem betreffenden Zeichensaal gibt es einen Nebenraum, der zum Anmischen von Farbe und darüber hinaus auch als eine Art Fundus für frühere Arbeiten genutzt wird. Und dieser Nebenraum verfügt neben der besagten Verbindungstür in den Zeichensaal auch über einen Zugang zum Flur.«

»Damit ist Laurins Alibi ja wohl am Arsch«, frohlockte Winnie Heller wenig damenhaft, bevor sie die Verbindung zu Bredeney unterbrach und sich wieder ihrem Vorgesetzten zuwandte. »Haben Sie das mitbekommen?«

»Laut und deutlich«, antwortete Verhoeven.

»Dann könnten wir doch eigentlich schon mal den Haftbefehl beantragen, oder?«

»Ich weiß nicht, ob das Sinn macht«, sagte er. »Da sind noch so viele Unwägbarkeiten, die wir zuerst klären sollten.«

Unwägbarkeiten? Dieser Mann war einfach zu zögerlich! »Welche denn?«, fragte sie ungeduldig.

»Wann er die Soltau erschossen hat, zum Beispiel«, entgegnete Verhoeven. »Außerdem dürfte es ziemlich schwierig werden, zu beweisen, dass Laurin *nicht* die ganze Zeit über in diesem Nebenraum war. Geschlossene Türen hin oder her.«

»Dann müssen wir ihm eine Falle stellen«, schlug Winnie Heller mit ungebrochenem Enthusiasmus vor. »Vielleicht können wir Laurin irgendwie dazu bringen, dass er doch noch einen Versuch unternimmt, an sein Bild zu kommen.« Sie überlegte einen Moment. »Und warum auch nicht? Immerhin kann er nicht wissen, dass wir sein Motiv erkannt haben. Und wenn er denkt, dass wir Sven Strohte für schuldig halten, ganz wie er es geplant hat, könnte er sich ja eigentlich ganz sicher fühlen, oder?«

»Tja, das Bild«, murmelte Verhoeven weitaus weniger begeistert, als sie gehofft hatte. »Das wäre natürlich durchaus eine Möglichkeit ... Aber sie setzt voraus, dass wir Sven Strohte finden.«

»Ja«, seufzte sie. »Ich weiß.«

»Jetzt kommen Sie erst mal her«, sagte Verhoeven. »Und dann besprechen wir alles.«

Winnie Heller nickte schicksalsergeben und beendete das Gespräch. »Jetzt kommen Sie erst mal her«, ahmte sie ihren Vorgesetzten nach, indem sie beherzt aufs Gas trat. »Ja, ja! Und während du dich besprichst und besprichst, um auch ja deine Aussichten auf eine zukünftige Abteilungsleitung nicht zu gefährden, riecht unser Möchtegernmaler Lunte und inszeniert seinen Abgang. Und wenn wir Pech haben, finden wir ihn nie wieder.« Sie runzelte die Stirn, als ihr plötzlich einfiel, was Bredeney über das gestohlene Handy gesagt hatte. Jenes Handy, das Sander Laurin erst vor rund vierundzwanzig Stunden die Haut gerettet hatte. Sie griff abermals nach dem Funkgerät und ließ sich von der Zentrale mit dem KK 11 verbinden.

»Winnie Heller noch mal«, sagte sie, als die Verbindung zu

Bredeney stand. »Sie haben doch gesagt, dass der Apparat von der Soltau über ein gestohlenes Prepaid-Handy angerufen wurde.«

»Ja, genau.«

»Haben diese Dinger GPS, oder gibt es irgendeine andere Möglichkeit, sie zu orten?«

»Da müsste ich mich kundig machen«, entgegnete Bredeney mit der gewohnten Ruhe.

»Ja bitte«, sagte Winnie Heller. »Tun Sie das. Auch wenn Laurin wahrscheinlich klug genug war, das Ding wegzuschmeißen.«

Sie unterbrach die Verbindung und dachte an die Unwägbarkeiten, von denen Verhoeven gesprochen hatte. Die offenen Fragen, die sie noch zu klären hatten, bevor sie handeln konnten. »Dabei ist doch alles sonnenklar«, murmelte sie. Dieser Fall, der zunächst so unfassbar komplex und verwirrend gewesen war, zerfiel doch quasi vor ihren Augen in eine Kette logischer Entwicklungen.

Ich habe Nikolas gut benotet, weil ich ihn motivieren wollte, hörte sie die angenehm männliche Stimme Sander Laurins flüstern, als sie sich eben anschickte, einen rostigen Motorroller zu überholen, der ungeniert zwei Drittel des Fahrstreifens für sich einnahm. *In der Art und Weise, in der sie sich künstlerisch ausdrücken, offenbaren die Menschen ihr eigentliches Potenzial.*

Oh ja, dachte Winnie Heller, in seiner Überheblichkeit hat er uns ganz klar gesagt, was Sache ist! Ein verkanntes Genie. Jemand mit einem enormen Talent, zweifelsohne. Aber es war ein Talent, das nicht das Geringste mit Kunst zu tun hatte, obwohl Sander Laurin sich genau das vermutlich immer gewünscht hatte. *Ich weiß aus eigener Erfahrung, wie es ist, wenn man sich ungerecht behandelt fühlt,* hörte Winnie Heller ihn wie zur Bestätigung ihrer These sagen. *Ganz abgesehen davon, dass ich schon während meines Studiums nicht umhinkonnte, den kreativen Teil meiner Begabung in realistischen Zusammenhängen zu sehen.* Er hatte ohne Bitterkeit gesprochen, aber natürlich war ein Mann seines Alters erfahren genug, um seine Emotionen im Griff zu haben. Winnie Heller stellte sich sein charismatisches Lächeln vor und auch die Wirkung, die ein Mann wie er auf die romantische Beate Soltau gehabt haben musste. *Beate war immer so fasziniert von Menschen, die kreativ arbeiten, wissen Sie?*, seufzte eine imaginäre Nicole Herrgen. *Sie hatte solche Angst, dass Sander als Lehrer versauert.*

Bestimmt ist Laurin genervt gewesen, als die Soltau ihn zum ersten Mal angesprochen und zu sich nach Hause eingeladen hatte, dachte Winnie Heller, als sie an der nächsten roten Ampel halten musste. Vielleicht hat er auch nur zugesagt, weil ihm auf die Schnelle keine plausible Ausrede eingefallen ist. Und dann kommt er in ihre Wohnung und sieht einen Kirchner, einen echten Kirchner! Was mochte das für ein Gefühl gewesen sein, einer solchen Banausin von einer Frau schöne Augen machen zu müssen, um ihr vielleicht eines Tages das begehrte Bild abschwatzen zu können? Aber er musste unbedingt ihr Vertrauen gewinnen, überlegte Winnie Heller weiter. Er musste unauffällig agieren, damit sie keinen Verdacht schöpft. Und auf gar keinen Fall durfte er sein Interesse an ihrem Kleinod allzu offen zeigen.

Und dann?

Tja, dann war – wie so oft im Leben – der Zufall ins Spiel gekommen …

Winnie Heller wischte sich flüchtig über die Stirn, als unvermittelt wieder die Bilder des Überfalls in ihr aufstiegen. Die lackierten Blätter. Blusenknöpfe, die über den brüchigen Asphalt hüpften, drei an der Zahl. Die Scheinwerfer jener Unbekannten, die ihr das Leben gerettet hatten. *Bleib bei der Sache!*, mahnte ihre innere Stimme. Es geht hier um einen gottverdammten Massenmord, also konzentrier dich gefälligst auf das Hier und Jetzt, damit du deinen Boss mit einer gründlich durchdachten Herleitung beeindrucken kannst, um vielleicht doch eines Tages verbeamtet zu werden …

Also, die Beziehung zwischen Laurin und Beate Soltau dümpelt so dahin, setzte sie ihre Gedankenspiele fort, und vielleicht ist er tatsächlich schon kurz davor gewesen, ihr den Kirchner abzuschwatzen. Aber dann hat sie die Schnapsidee, ihre Freundin spontan ins Kino einzuladen. Und das auch noch ausgerechnet in den Film, in dem Laurin mit seiner Geliebten sitzt. Und da Beate Soltau eine überaus konsequente Frau gewesen ist, schloss Winnie Heller, war's das dann auch von ihrer Seite. *Diese Frau war der nachtragendste Mensch auf dem ganzen Planeten,* stöhnte ein imaginärer Kröll. *Wenn eine Sache erst einmal vorbei war, dann war es für Beate unwiderruflich aus,* stimmte Nicole Herrgen ihm zu. Schluss, vorbei, Ofen aus, resümierte Winnie Heller. Und Sander Laurin hatte keine Möglichkeit mehr, sein Vorkriegsschätzchen aus Beate Soltaus Wohnung zu bekommen. Wie wütend muss ihn das gemacht haben! Vielleicht hat er versucht, die Sache wieder hinzubiegen. Und dann hört er, dass die Soltau diesen Galeristen kennt. Einen Mann, der im Gegensatz zu ihr über genügend Kunstverstand verfügt, um einen Kirchner zu erkennen, wenn er ihm direkt vor der Nase hängt. Und Laurin entschließt sich, zu handeln … Wahrscheinlich hat er schon seit langem gewohnheitsmäßig andere Leute beobachtet, spekulierte Winnie Heller. Er beobachtet sie und lotet ihr Potenzial aus. Und in Hrubeschs Fall erkennt er etwas, das sich schüren lässt. Einen Hass. Das zerstörerische Gefühl permanenter Unterschätzung. Winnie Heller nickte leise vor sich hin. Nikolas Hrubesch hatte sich verkannt und gedemütigt gefühlt. Zugleich hatte er nach Macht gegiert. Nach der Gewalt über Leben und Tod. Sie war sich trotz der vielen Informationen, die sie inzwischen über Hrubesch hatten, nicht sicher, wie viel von all dem offen zu erkennen gewesen war, aber zumindest musste es sich Laurin mit der Zeit erschlossen haben, nachdem er sich erst einmal auf das Abenteuer eingelassen hatte, ein Massaker zu planen.

Ich wollte Nikolas motivieren …

»Und das ist dir gelungen«, murmelte Winnie Heller. »Nikolas wurde dein Werkzeug. Aber du hast dich verschätzt. Du hast nicht bedacht, dass dieser Junge sich nicht umsonst verkannt fühlte, sondern wirklich clever war. So clever, dass er seine eigenen Pläne und Ziele verfolgt hat.« Sie sah sich um und wechselte abermals die Spur. »Du hast nicht bedacht, dass er leben wollte, um etwas von seinem Ruhm zu haben. Und an dieser Stelle hast du deinen ersten Fehler begangen.«

Den alles entscheidenden Fehler, setzte sie in Gedanken hinzu. Und der nächste Fehler, den du begangen hast, war Karla Oppendorf. Du konntest der Versuchung nicht widerstehen, das Netz unter deinem Hochseil noch ein wenig dichter zu knüpfen. Ein junges Mädchen, das zutiefst geschockt durch die Flure irrt – was für eine leichte Beute! Vielleicht hast du deine Autorität als Lehrer genutzt und sie überredet, mit dir zu gehen. Und dann hast du sie in die Bibliothek geführt, wo du lange vorher Beate Soltau erschossen hattest, dein eigentliches Ziel. Das Opfer, mit dem du begonnen hast, ganz wie wir vermutet haben. Hast du sie schon in der kleinen Pause zwischen der vierten und fünften Stunde erschossen, eine halbe Stunde vor dem eigentlichen Amoklauf? Winnie Heller schob nachdenklich die Unterlippe vor. Wer würde sich um einen Knall gekümmert haben, in diesem Durchgangsgebäude, wenn ringsum der Schülerlärm tobt?, dachte sie. Wenn alles durcheinanderrennt, um den nächsten Klassenraum zu erreichen oder hastig eine Zigarette zu rauchen und nebenbei ein paar Neuigkeiten auszutauschen? Oder aber Laurin hat das Klingelzeichen abgewartet, das die Pause beendet, überlegte sie weiter. Vielleicht hat er mitten in das schrille Plärren der Schulklingel geschossen … Ja, dachte sie, so könnte es durchaus gewesen sein. Beate Soltau ist eben im Begriff, in ihr Büro zurückzukehren, als ihr ehemaliger Schwarm in der Tür steht. Vielleicht ist sie verwundert, weil sie sich nicht erklären kann, was Laurin von ihr will, denn immerhin ist es kurz nach Ablauf der offiziellen Öffnungszeit. Aber er lächelt sein charmantes Lächeln, und als es läutet, knallt er sie ab. Und dann nimmt er den Schlüssel und schließt die Leiche ein, damit auch ja keiner durch Zufall auf die Tote stößt, bevor er in aller Seelenruhe zu seiner nächsten Unterrichtsstunde geht und darauf wartet, dass Hrubesch sein Massaker in Gang setzt. Allerdings hat er ein Problem, denn er muss davon ausgehen, dass Hrubesch die Bibliothek buchstäblich links liegen lässt. Schließlich kann er nicht damit rechnen, dass sich überhaupt jemand dort aufhält. Und das bedeutet … Winnie Heller leckte sich über die Lippen, die vor lauter Aufregung trocken geworden waren. Das bedeutet, dass Laurin dafür sorgen musste, dass die Türen zur Bibliothek offen sind, wenn die Polizei eintrifft, schloss sie. Damit nicht auffällt, dass Hrubesch niemals dort war. Also kehrt er in den zweiten Stock zurück, nachdem er Hrubesch erschossen hat. Dort läuft ihm Karla Oppendorf über den Weg, und vielleicht hält er es für eine Fügung, dass sich ihm auf diese Weise die Gelegenheit bietet, das tote Mädchen ganz gezielt in dem Raum zu platzieren, in dem sein eigentliches Opfer liegt. Zwei Leichen in der Bibliothek, und es wird sich bestimmt keiner mehr fragen, warum die Türen offen gewesen sind, zu einem Zeitpunkt, an dem sie eigentlich verschlossen sein sollten …

Aber Karla Oppendorf ist gesehen worden, dachte Winnie Heller, und die vermeintliche leichte Beute wurde zu einem ernst zu nehmenden Widerspruch!

»Die Sache ist doch sonnenklar«, wiederholte sie und bedauerte fast, dass Verhoeven sie nicht hören konnte. »Die Fehler verselbstständigen sich, Laurin kriegt kalte Füße und ersticht Steven Höhmann, um Sven Strohte zum zweiten Mal als Schuldigen dastehen zu lassen. Und dann bestellt er … Aber Moment! Augenblick!«, unterbrach sie sich selbst. »Warum hat Laurin Steven Höhmann eigentlich *erstochen*? Warum hat er nicht die Glock benutzt, um den Kontext zu untermauern?«

Ihr Herz schlug schneller, als ihr klar wurde, dass sie etwas Entscheidendes übersehen hatte. Was würde ich tun, wenn ich jemandem die Schuld für einen Mord in die Schuhe schieben wollte?, fuhr ihr durch den Sinn. Ich würde dafür sorgen, dass mein Sündenbock ein Motiv hat, gab sie sich selbst zur Antwort. Dann würde ich ihn an den Tatort bestellen und darauf hoffen, dass ihn dort jemand zu Gesicht bekommt. Und damit die Sache wasserdicht wird, würde ich meinem Sündenbock etwas unterschieben, das ihn so eindeutig belastet, dass er sich nicht mehr herausreden kann …

»Und was ist das?«, rief sie, indem sie mit der rechten Hand energisch auf das Lenkrad einhieb. »Die Mordwaffe!«

Unser Mann konnte schlecht mit einer halb automatischen Glock im Hosenbund in dieser Schule herumlaufen, oder?, widersprach ihr ein imaginärer Verhoeven. *Aber die Kollegen haben alles durchsucht. Da war keine Waffe.*

»Nichtsdestotrotz muss sie dort sein«, murmelte Winnie Heller, während die Aufregung über diese Entdeckung ihr fast den Atem nahm. »Es gibt keine andere Erklärung, die Sinn macht. Denn wenn Laurin die Glock zur Verfügung gehabt hätte, würde er sie auch benutzt haben, um Steven Höhmann zu erschießen und ... Ach, verflucht!«, unterbrach sie sich erneut. »Da ist noch etwas, das ich nicht bedacht habe! Laurin ist ein gottverdammter Sicherheitsfanatiker. Da wird er doch wohl kaum riskieren, dass Sven Strohte uns seine Version der Geschichte erzählt, oder? Was, wenn wir ihm Glauben schenken?« Ihre Finger trommelten nervös auf das Lenkrad ein. »Aber was kann er tun, um das zu verhindern? Was, verdammt noch mal, sind die Optionen?«

Laurin ist einer, der gern Huckepack fährt, schoss es ihr durch den Kopf. Und er hat auch durchschaut, was Hrubesch vorhatte. Und Hrubeschs Plan ...

Hrubeschs Plan endete mit Sven Strohtes angeblichem Selbstmord!

Sie fuhr rechts ran und ließ sich abermals mit Bredeney verbinden.

»Das kann man ja allmählich wirklich nur noch als Sehnsucht auslegen, dass Sie immer wieder anrufen«, spöttelte der altgediente Kollege, doch Winnie Heller unterbrach ihn gleich wieder.

»Können Sie rauskriegen, ob die Spurensicherung die Schule schon wieder freigegeben hat?«

»Wieso?«

»Weil ich glaube, dass die Glock, die Laurin benutzt hat, noch immer dort ist. Und weil er sie holen wird, um Sven Strohte zu töten, falls er ihn vor uns findet«, antwortete Winnie Heller mit nur mühsam im Zaum gehaltener Ungeduld. »Schließlich wird er uns kaum weismachen wollen, dass der Junge Selbstmord begeht, indem er sich ein Jagdmesser in die Halsarterie rammt.«

»Augenblick«, sagte Bredeney, dessen sprichwörtliche Ruhe einer fast körperlich spürbaren Anspannung gewichen war. Winnie Heller hörte ein unterdrücktes Murmeln, dann meldete er sich wieder zurück. »Winnie? … Die Gebäude sind wieder freigegeben. Und zwar seit heute Abend, acht Uhr. Es gibt eine Streife, die das Grundstück im Auge behält, um Schaulustige zu vertreiben, aber ansonsten ist da niemand mehr.«

»Verflucht noch mal«, rief Winnie Heller. »Dann dürfen wir keine Zeit verlieren! Geben Sie Verhoeven Bescheid. Ich treffe ihn in der Schule.«

»Sie können doch nicht …«, setzte Bredeney an, aber die Verbindung zu seiner jungen Kollegin war bereits unterbrochen.

14

Winnie Heller stellte ihren Polo auf dem Parkplatz hinter der Schule ab. Sie wählte eine Stelle im Schatten einer Hauswand, damit der Wagen nicht so leicht gesehen wurde. Dann stieg sie aus, nahm die kleine Taschenlampe aus dem Kofferraum, die ursprünglich zum Begrüßungs-Notfall-Set ihrer Autoversicherung gehört hatte, und schob sie zusammen mit ihrer Dienstwaffe in den Bund ihrer Jeans. Den Parka ließ sie im Wagen, weil sie fürchtete, dass er sie nur unnötig behindern würde. Sie trug ein dunkles Sweatshirt, und die Herbstkühle machte ihr im Angesicht eines stetig steigenden Adrenalinpegels ohnehin nicht viel aus.

Vor dem Haupteingang der Schule, der verschlossen, aber, soweit sie sehen konnte, unbewacht war, lagen Blumen über Blumen. Einzelne Rosen, kleine Gebinde, Plastiknelken. Auf dem Bordstein klebten wächserne Reste der zahllosen Kerzen, die Angehörige und Anwohner in den vergangenen Tagen als Zeichen ihrer Trauer dort aufgestellt hatten. Nur ganz vereinzelt flackerte noch ein einsames Licht im abflauenden Westwind, dazwischen lagen ausgebrannte Aluschälchen von Teelichtern und längst erloschene Grablichter. Rotes Plastik mit goldenen

Deckeln. Unmittelbar neben dem Eingang hingen mit Klebestreifen befestigte Briefe an der Hauswand. Letzte Grüße, Worte der Anteilnahme und des Schmerzes, einige durch Klarsichthüllen geschützt, andere bereits unleserlich verwaschen von den Schauern der letzten Tage.

Winnie Heller umrundete den Altbau, weil sie wusste, dass es seitlich davon, an der Grenze zum Nachbargrundstück, eine Mauer gab, die sich relativ problemlos überwinden ließ. Dort angekommen, suchte sie eine Weile nach einer geeigneten Stelle, bevor sie mit einem beherzten Sprung auf dem weitläufigen Schulhof landete. Anders als noch vor vier Tagen lagen die Gebäude fast völlig im Dunkeln, und vor Winnie Heller erhob sich, drohend wie ein düsteres Bergmassiv, die Rückfront des Clemens-Brentano-Gymnasiums. Sie beschloss, sich an die Kastanien zu halten, deren nach wie vor dichtes Laub nicht allzu viel Mondlicht durchließ. Während sie über den staubigen Asphalt huschte, ließ sie ihre Blicke unablässig über die hohen Fensterfronten gleiten. Die blinden Scheiben schienen ein Eigenleben zu führen, und von Zeit zu Zeit hatte Winnie Heller fast den Eindruck, als blinzelten sie. Aber das lag am Mond, der immer wieder unvermittelt durch die Wolken brach und den Schatten der umstehenden Bäume gestochen scharfe Konturen verlieh.

Sie war gerade auf Höhe des Zwischengebäudes, als sie den Vibrationsalarm ihres Handys an ihrem Körper spürte.

»Ja, Heller.«

»Gott sei Dank.« Das war Verhoeven. »Wo sind Sie?«

»Auf dem Schulhof. Hat Bredeney Ihnen …«

»Ja«, fiel er ihr sofort wieder ins Wort. »Aber es gibt ein Problem.«

Winnie Heller merkte, wie ihr kalt wurde. »Was denn?«

»Laurin ist nicht in seiner Wohnung.«

Das wundert mich nicht, dachte sie. Immerhin hat er noch etwas zu erledigen!

»Hören Sie, bleiben Sie, wo Sie sind, okay?«, riss die Stimme ihres Vorgesetzten sie ins Hier und Jetzt zurück. »Wir sind in spätestens zehn Minuten bei Ihnen. Und bis dahin …« Verhoeven unterbrach sich. »Wo sind die Kollegen, die das Gebäude überwachen sollen?«, hörte Winnie Heller ihn fragen.

Die Antwort der Zentrale war nichts als eine rauschende Lautsuppe. Dennoch gelang es ihr, ein paar Worte aufzuschnappen. »... Team auf der anderen Seite ... Da scheinen ein paar Chaoten ... und ein Fenster eingeschlagen.«

»Ziehen Sie sie von da ab«, sagte Verhoeven. »Meine Partnerin braucht ...«

»Nein, auf keinen Fall«, protestierte Winnie Heller flüsternd, wobei sie inständig hoffte, dass ihr Vorgesetzter das Handy noch am Ohr hatte. »Keine Streife! Laurin ist vorsichtig. Wenn er tatsächlich herkommt und irgendwelche Uniformen zu Gesicht kriegt, taucht er unter, und die Sache ist ein für alle Mal gegessen.«

Verhoeven zögerte. »Zentrale?«, hörte sie ihn gleich darauf wieder in sein Funkgerät sprechen. »Die Kollegen sollen sich unauffällig vor dem Gebäude postieren und die Ausgänge im Auge behalten. Und geben Sie Lars Höppner Bescheid. Er soll ein paar von seinen Leuten zur Clemens-Brentano schicken. Alles Weitere erfährt er von mir.«

Winnie Heller hörte ein diffuses Knirschen, als die Kollegin in der Zentrale Verhoevens Order weitergab. Dann wandte sich ihr Vorgesetzter wieder direkt an sie.

»Die Kollegen sind angefordert.«

»Alles klar.«

»Und Winnie ...«

Winnie?! Sie runzelte die Stirn. So hatte er sie ja noch nie genannt ... »Ja?«

»Bleiben Sie weg da, verstanden? Ganz egal, was passiert.«

»Ich bin doch nicht ...«, setzte sie an, doch im selben Moment registrierten ihre Augen etwas, das sie stutzig machte. Es war am Eingang zum Neubautreppenhaus, das eben in ihr Blickfeld gekommen war. Ein Blitzen, wie eine kurze Reflexion von Licht auf einer Glastür. »Warten Sie! ... Ich glaube, ich sehe da was«, flüsterte sie in ihr Handy, indem sie ihre Schritte beschleunigte. »Da ... Ja, verflucht, da ist jemand!«

»Wo sind Sie gerade?«

Dieser Kerl fragte immer dasselbe, dachte Winnie Heller. Laut sagte sie: »Immer noch unter den Kastanien. Aber ich glaube, da ist gerade jemand durch die Tür zum Neubautreppenhaus.«

»Sie gehen auf keinen Fall allein da rein, haben Sie verstanden?«

»Aber …«

»Denken Sie nicht mal dran«, fiel Verhoeven ihr ins Wort, und seine Stimme war von schneidender Eindringlichkeit. »Warten Sie, bis Sie Verstärkung haben.«

»Das dauert zu lange.«

»Nicht zu ändern«, entgegnete Verhoeven mit brüchiger Selbstbeherrschung. »Sie bleiben, wo Sie sind, haben Sie mich verstanden? Das ist ein Befehl.«

Doch Winnie Heller dachte überhaupt nicht daran, der Order ihres Vorgesetzten Folge zu leisten. Während sie in gebückter Haltung zur Glastür des Neubautreppenhauses spurtete, schlugen ihre Gedanken Purzelbäume. Ihre Verbeamtung. Offene Gehorsamsverweigerung. Der Überfall. Die bleierne Hilflosigkeit, die sie erst vor ein paar Tagen empfunden hatte. Blusenknöpfe, die irgendwo auf einem düsteren Parkplatz vor sich hin verrotteten und vermutlich bis in alle Ewigkeit vor sich hin verrotten würden. Ein Sündenbock. Eine untergeschobene Waffe. Und ein Mann, den sie vielleicht niemals erwischen würden, wenn er erst einmal mitgekriegt hatte, dass sie ihm auf den Fersen waren …

»Winnie!«, plärrte Verhoevens Stimme aus dem Handy. »Bestätigen Sie!«

Winnie Heller atmete tief durch. Dann drückte sie auf die Taste mit dem roten Hörer und huschte die fünfstufige Treppe zur Turnhalle hinauf. Hinter der Glastür schwebte ein intensiver Geruch nach Farbe und Mörtel. Nichtsdestotrotz hatte sie das Gefühl, auch noch etwas anderes wahrzunehmen. Eine zurückhängende Wärme. Die Duftmarke eines Menschen, der kurz vor ihr diesen Weg gegangen war. Sie zog sich wie eine unsichtbare Spur von der Tür zur Treppe und von dort weiter, ins Dunkel des Souterrains.

Ins Dunkel?

Winnie Heller stutzte. War da nicht ein Licht, das von dort zu ihr heraufdämmerte? Ein ferner Widerschein wie von einer Lampe? Sie hielt den Atem an, doch der vage Eindruck hatte sich bereits wieder verflüchtigt. Zurück blieb die Finsternis des Treppenschachts. Rutschfeste Steinstufen, die irgendwo im Nichts endeten.

Sie gehen auf keinen Fall allein da rein, hämmerte Verhoevens Stimme hinter ihrer Stirn. *Haben Sie verstanden? Das ist ein Befehl!*

Winnie Heller zog ihre Dienstwaffe aus dem Bund ihrer Jeans und lauschte in die Tiefe, während ihr Fuß die erste Stufe in Angriff nahm. Und noch eine. Und noch eine. Warum hat er nicht wenigstens die verdammte Notbeleuchtung eingeschaltet?, dachte sie. Wie konnte er sich orientieren in solcher Finsternis? Oder hatte er doch eine Lampe? Was war mit dem Widerschein, den sie gesehen hatte?

Aber wenn er eine Lampe hatte …

Sie biss sich von innen auf die Wange.

Warum benutzte er sie nicht?

In ihrem Kopf herrschte noch immer Chaos. Gedanken und Eindrücke stolperten wild durcheinander. Stimmen überlappten sich, Erinnerungen, Bilder. *Das hier ist eine waschechte Sackgasse. Und wer immer Nikolas Hrubesch erschossen hat, muss von der Treppe gekommen sein.* Von der Treppe … Winnie Hellers Finger schlossen sich fester um den Griff ihrer Waffe. *Man kann nicht immer alles sofort haben,* hörte sie Heinz Auerbach flüstern, als sie die letzte Stufe erreichte. *Manche Dinge brauchen einfach Zeit.* Zeit, die wir nicht haben. Vor ihr lag der Flur, blanke, ebene Steinfliesen. Türen. Das Summen eines fernen Generators. *Verdammt noch mal, Heller,* blaffte ein imaginärer Hinnrichs, *eine Beamtin der Mordkommission hat immer erreichbar zu sein, haben Sie verstanden? Ich verlange von meinen Leuten grundsätzlich den maximalen Einsatz.* Winnie Heller nahm die Waffe vor den Körper. *Ist Ihnen übel?* Sie fühlte ihren eigenen Herzschlag. *Warum kommen Sie nicht erst mal rein, Kind-*

chen? Fühlte ihn im Hals, in der Schläfe, sogar im Magen. Ein schweres, dumpfes Pochen. *Und Sie sind sicher, dass Sie es ohne Hilfe bis nach Hause schaffen?*

Das Klicken, als sie ihre Waffe entsicherte, schien wie durch ein unsichtbares Mikrophon verstärkt. Das hat er gehört!, fuhr es ihr durch den Sinn. Wenn er hier ist, muss er es gehört haben!

Doch falls er da war, rührte er sich nicht.

Wo ist er hin, verflucht?, dachte Winnie Heller. Wo zur Hölle kann dieser Scheißkerl so schnell hin sein?

Sie blickte sich um und bemerkte, dass ihre Umgebung allmählich an Konturen gewann. Dass es ihren Augen gelang, selbst dieser undurchdringlichen Souterrain-Finsternis noch so etwas wie Bilder abzuringen. Mehr noch: Die Reduktion aller Reize schien sämtliche Sinne zu schärfen, und Winnie Heller registrierte auf einmal ein halbes Dutzend Details gleichzeitig. Türklinken, Trennwände, Duschköpfe. Winzige Erhebungen auf den Steinfliesen im Gang, Kaugummireste vielleicht. Oder Risse. Dazu Gerüche, so intensiv wie verschieden. Schweiß. Rost. Exkremente. Dazu etwas, das sie für Schimmel hielt, und Ton ...

Ton?

Winnie Heller verlangsamte ihren Schritt, als neue Bilder in ihr heraufdämmerten. Ein Werkraum. Fleckige Holztische. Sägespäne. Mit feuchten Tüchern verhängte Gebilde. Plastiken. Spachtel. Und ... ein Tonfass! *Die Kollegen haben die ganze Schule auf den Kopf gestellt. Da war keine Waffe.* Wo würde ich eine Glock verstecken, die sozusagen noch heiß ist?, dachte sie. Noch dazu, wenn ich damit rechnen muss, dass die Polizei gründlich ist? Ich würde das verdammte Ding in eine Tüte wickeln und in einen Bottich mit Ton werfen, gab sie sich selbst zur Antwort. Und Nikolas Hrubeschs verfängliche Plastikfolie gleich mit!

Ihre Augen tasteten sich durch das Dunkel des Flurs bis zur Tür am Ende des Ganges, die genau wie am Dienstag geschlossen zu sein schien. Wenn Laurin da rein ist, müsste ich den

Schlüssel gehört haben, dachte sie. Kein Mensch kann eine Tür aufsperren, ohne ein Geräusch zu machen. Nicht in dieser Grabesruhe hier unten …

Ein unerwartetes Geräusch rechts von ihr ließ sie herumfahren. Sie fühlte, wie ihre Muskeln sich verhärteten. Wie ihr gesamter Körper sich unter der Anspannung verkrampfte.

Da war er!

Er musste es sein!

Er hatte sie gehört, und jetzt lauerte er auf sie, genau, wie er am Dienstag auf Hrubesch gelauert hatte.

Mit wild klopfendem Herzen schob sie den Kopf um die Ecke des Umkleideraums, in dem das SEK auf die Leiche des jungen Amokschützen gestoßen war. In der diffusen Düsternis unter den schießschartenähnlichen Fenstern erkannte sie vage die langen Spindreihen. Dazwischen Holzbänke, gefährliche Stolpersteine.

Wo war der Lichtschalter?

Sie zog sich wieder auf den Gang zurück und versuchte, sich die räumlichen Gegebenheiten ins Gedächtnis zu rufen. Es gab nur zwei Türen. Die, vor der sie stand, und den Zugang zum Duschraum. Zugleich brannte sich eine Frage in ihrem Kopf fest, die plötzlich von entscheidender Wichtigkeit war. War die Tür zum Werkraum noch immer verschlossen? Hatte ihr Erscheinen Laurin abgelenkt, und versteckte er sich jetzt vor ihr, um sie zu überrumpeln? Oder war es ihm irgendwie gelungen, an die Waffe zu kommen? War dieser verdammte Scheißkerl bewaffnet oder nicht?

Winnie Heller presste die Lippen aufeinander, bis die alten, fast verheilten Wunden zu pochen begannen. Der Lichtschalter war links neben der Tür; was das betraf, war sie sich plötzlich sicher. Aber sollte sie es tatsächlich riskieren?

Ein lautes Poltern aus dem Dunkel vor sich nahm ihr die unbequeme Entscheidung ab. Sie griff um die Ecke, und gleich darauf flammte kaltes, hektisches Neonlicht von der Decke. Die plötzliche Helligkeit trieb ihr Tränen der Anstrengung in die Augen, und abermals fühlte sie sich an ihr Erlebnis vom vergangenen Montag erinnert. An die Scheinwerfer, die ihren Angreifer vertrieben und ihr das Leben gerettet hatten …

»Sander Laurin«, schrie sie, indem sie einen entschlossenen Schritt in den Raum hinein machte. »Polizei!«

Sie sah einen Schatten zwischen den Spinden. Dann eine Stimme.

»Nicht schießen.«

Verdammt, das war nicht …

»Bitte!«

»Sven?«, rief Winnie Heller verwundert. »Sven Strohte?«

»Ja.«

»Wo sind Sie?«, fragte sie, doch im selben Moment trat er auch schon hinter den Spinden hervor, die Hand schützend über die Augen gelegt. »Was machen Sie hier unten?«

Er antwortete nicht.

»Sind Sie wegen des Werkraums hier?«

Der junge Pianist hob den Kopf. Sein Gesicht war totenbleich und von einem feinen Schweißfilm überzogen. »Sie wissen davon?«

Winnie Heller nickte. »Jessica hat uns alles erzählt. Und wir wissen auch, dass Sie Steven Höhmann nicht ermordet haben.«

Er kniff die Augen zusammen, und sie konnte sehen, wie er überlegte. Ob sie die Wahrheit sagte. Ob er ihr trauen konnte. Wie die Alternativen aussahen. »Aber wer …?«

»Laurin«, antwortete Winnie Heller, als ihr plötzlich klar wurde, dass sie im hellsten Licht standen. Dass man sie hören konnte. Dass sie ein prachtvolles Ziel abgaben. Und den Erfolg der gesamten Aktion leichtfertig aufs Spiel setzten. »Aber das erkläre ich Ihnen später«, setzte sie in gedämpftem Ton hinzu, während sie blind nach dem Lichtschalter in ihrem Rücken tastete. »Jetzt müssen wir uns absolut ruhig verhalten, okay? Sonst … Hey, was ist?«

Der Ausdruck in seinem Gesicht hatte sich verändert, und er schien mit einem Mal an ihr vorbeizublicken. Sie wollte schon fragen, was er habe, aber dann spürte sie es selbst: Sie waren nicht länger allein.

Wo waren ihre Instinkte? Warum, verdammt noch mal, war sie nicht vorbereitet, schon wieder nicht?

Herrgott noch mal, Mädchen, polterte Lübke in ihrem Kopf, *kein Mensch ist jemals auf alle Eventualitäten vorbereitet!*

»Guten Abend.«

Winnie Heller erstarrte, als sie etwas Metallisches an ihrem Hinterkopf fühlte.

Wer immer Nikolas Hrubesch erschossen hat, muss von der Treppe gekommen sein. Vorausgesetzt, dieser Jemand war nicht bereits seit geraumer Zeit hier unten.

Seit geraumer Zeit, echote etwas in ihr. Laurin ist längst hier gewesen. Lange vor uns …

»Ich bedaure zutiefst, dass wir uns unter so unglücklichen Umständen wiedersehen.«

Ja, dachte sie, du mich auch!

»Aber wenn Sie jetzt vielleicht die Güte hätten, Ihre Waffe fallen zu lassen?«

Winnie Heller sah das Entsetzen in Sven Strohtes Gesicht und wusste, dass es tatsächlich die Glock war, die sie in ihrem Nacken fühlte. Enttarnt, dachte sie. Eingerissen. Abgeblättert. »Warum sollte ich?«, fragte sie mit einem spöttischen Lachen.

Sander Laurin lachte auch. Dasselbe warme Lachen, das Beate Soltau verzaubert hatte. »Weil es sonst nicht plausibel ist, fürchte ich.«

»Was sollte denn plausibel sein?«, gab sie zurück, und ihr Ton war so barsch, dass sie sich vor sich selbst erschreckte.

Doch Laurin schien gänzlich unbeeindruckt. »Der letzte Akt in dieser Posse«, antwortete er ruhig. »Svennie-Boy will seine Waffe holen, weil er befürchtet, dass sie sonst früher oder später gefunden wird und Sie wieder anfangen, Fragen zu stellen. Sie folgen ihm, aber leider, leider, leider ist Svennie schneller und legt Sie um, bevor ihm die Ausweglosigkeit seiner Situation bewusst wird und er die Konsequenzen zieht.«

»Sie reden genau, wie Hrubesch gedacht hat«, bemerkte Winnie Heller sarkastisch.

»Tja«, entgegnete Laurin. »Menschenkenntnis ist wahrscheinlich auch eine Form von Kunst.«

»Wenn man sonst nichts reißen kann«, entgegnete sie.

Er lachte wieder, aber es klang nicht mehr ganz so echt wie zuvor, und Winnie Heller wünschte sich mit einem Mal brennend, dass sie sein Gesicht sehen könnte. Stattdessen blickte sie geradeaus, zu Sven Strohte, der schreckensstarr zwischen den Spinden stand. Da war irgendetwas, das ihr zu denken gab. Eine neuerliche Veränderung, die sie zunächst nicht näher einordnen konnte, doch dann erkannte sie, dass es Sven Strohtes Augen waren. Das glänzende Schwarz der Pupillen schien sich unter ihrem Blick auszudehnen, es quoll ihr förmlich entgegen, und dann, plötzlich, glomm auch etwas wie Farbe darin auf. Ein kühles, überaus intensives Grün.

Er hat etwas vor!, schoss es ihr durch den Sinn, während sie beiläufig registrierte, dass auch Laurin in ihrem Rücken irritiert schien.

»Du gehst da rüber«, peitschte seine Stimme an ihr vorbei. Ein scharfer, warmer Luftzug, der ihre Wange streifte und die alten Verletzungen schmerzen ließ. »Mach schon, dort drüben, an die Wand.«

Sven Strohte reagierte nicht.

»Sofort!«

Winnie Heller merkte, wie das Metall aus ihrem Nacken verschwand, als Laurin die Waffe gegen den jungen Pianisten richtete, um seiner Forderung Nachdruck zu verleihen. Zugleich versuchte sie, seinen Körper hinter sich zu erspüren. Die Stelle, an der sie aufhörte und er anfing. Das ist meine letzte Chance, dachte sie. Wenn er Sven erst einmal dort hat, wo er ihn hinhaben will, ist alles aus!

Nur ein Versuch.

Nur diese eine Chance …

Zu ihrer eigenen Überraschung verspürte sie keine Angst. Nicht einmal Aufregung. Im Gegenteil, sie hatte das Gefühl, ganz frei zu sein. Frei und stark. Sie holte tief Luft und rammte Sander Laurin mit voller Wucht den Ellenbogen in den Körper.

Sie spürte Knochen und wusste, dass sie seinen Magen verfehlt hatte. Trotzdem trug ihr die Aktion ein paar wertvolle Sekunden ein. Indem sie ihre Dienstwaffe, die er vergessen zu haben schien, noch ein wenig fester packte, wirbelte sie herum und warf sich gegen die Wand, genau an der Stelle, wo der Lichtschalter sein musste.

Sie nahm ein Blitzen wahr, als Laurin seine Glock herumriss. Neonlicht auf Metall.

Dann war es von einer Sekunde auf die andere wieder stockfinster.

Winnie Heller machte kehrt und hechtete auf die Spinde zu. Auf die einzige Deckung, die ihr zur Verfügung stand, wobei sie inständig hoffte, dass Sven Strohte klug genug gewesen war, ebenfalls Schutz zu suchen vor dem, was nun folgen würde. Sie hörte Laurin, der sich hinter ihr bewegte, und warf sich instinktiv zu Boden. Der Schuss hallte in ihrem Ohr wider, als sie direkt auf ihre verletzte Schulter krachte, und für einen flüchtigen Augenblick hatte sie das Gefühl, etwas zerplatze. Dann feuerte sie, ohne lange nachzudenken, in die Dunkelheit, aus der sie gekommen war. Dreimal. Viermal. Die Schüsse schienen kein Geräusch zu haben, und Winnie Heller hob erschreckt die Hand an den Kopf. Ich bin taub, dachte sie. Ich werde nie wieder hören können. Sie tastete nach Blut, das aus ihrer Ohrmuschel rann, aber sie konnte nichts Feuchtes entdecken. Nur diese seltsam wattige Stille, die ihren Schüssen gefolgt war.

Wo ist er?, dachte sie. Wo ist dieser verdammte Scheißkerl hin?

Sie zuckte erschreckt zurück, als ihr Knie gegen einen Widerstand stieß, aber es war nur eine Holzbank. Die linke von zweien, die vor den Spinden standen. Sie robbte daran vorbei, bis ihre Finger rostiges Metall zu fassen bekamen. Keine dauerhafte Lösung, aber immerhin ein Anfang! Sie zog sich um die Ecke und presste den Rücken gegen den Schrank, dann hob sie die Waffe vor sich, um sofort reagieren zu können.

In ihrem Ohr war ein Ton, den sie merkwürdig fand, ein leises, helles Summen, das wie ein hauchzarter Vorhang zwischen ihr und den Geräuschen ihrer Umgebung schwebte. Aber dieser Vorhang schien allmählich löchrig zu werden, und die Stille ringsum gewann wieder vorsichtige Konturen. Da war ein Stöhnen, das sie nicht einordnen konnte. Und auch etwas, das wie eine Sirene klang.

Sie kommen!, fuhr es ihr durch den Sinn. Deine Kollegen sind schon unterwegs. Wenn du nur noch ein paar Minuten durchhältst, sind sie da!

Aber wo war Laurin? Hatte sie ihn vielleicht doch erwischt? Lag er irgendwo dort drüben, im Dunkeln, außer Gefecht gesetzt, schachmatt, am Ende gar tot? Oder plante er schon wieder die nächste Falle, den nächsten Hinterhalt?

Sie kniff die Augen zusammen und konzentrierte sich auf das ferne Mondlicht, das durch die Schießscharten unter der Decke hereinsickerte. Wenn er noch hier wäre, hätte er längst geschossen, dachte sie. Wenn er noch hier wäre … Sie fuhr zusammen, als vom Gang urplötzlich Licht hereinfiel. Mehr Licht. Künstliches Licht. Dann Stimmen. Mehrere. Männlich.

»Winnie?«

Verhoeven!

»Winnie! Wo sind Sie?«

Ich kann ihn hören!, dachte sie, indem sie wieder nach ihrem Ohr fasste. Es ist noch heil, funktionstüchtig! »Ich bin hier.«

Sie sah seinen Schatten im hell erleuchteten Viereck der Tür. Dann kniete er bereits neben ihr.

»Sind Sie verletzt?«

»Ich … Ich glaube nicht.«

Der Strahl seiner Taschenlampe glitt über ihr Gesicht, aber er schien nichts zu finden, das versorgt werden müsste. Etwas, das sie freute.

»Was ist mit Laurin?«, fragte sie, und ihre Stimme klang, als gehöre sie nicht zu ihr.

»Ist uns direkt in die Arme gelaufen«, antwortete er mit einem leisen Lächeln. »Sie haben ihn an der Schulter erwischt.«

Sie nickte, als ihr Sven Strohte einfiel. Doch als sie hochsah, bemerkte sie, dass Verhoeven ihn bereits entdeckt hatte. Er stand ganz hinten, hinter dem letzten Spind, und lächelte ihr zu.

»So wie's aussieht, können Sie doch noch an Ihrem Wettbewerb teilnehmen«, scherzte sie.

»Wenn ich mich jetzt richtig reinhänge«, entgegnete er ernsthaft.

Winnie Heller sah wieder ihren Vorgesetzten an und wartete darauf, dass er sie rügen würde. Dass er ihr etwas über Befehlsverweigerung und Gehorsam erzählte. Dass er sie anbrüllte und sagte, jetzt könne sie ihre Verbeamtung getrost und ein für alle Mal vergessen. Doch Verhoeven tat nichts dergleichen. Er streckte ihr einfach die Hand entgegen und half ihr auf die Füße.

Dann verließen sie Seite an Seite den Raum, in dem Nikolas Hrubesch gestorben war.

Epilog

Verhoeven schlüpfte in seine ältesten Jeans und dachte an Dominik Rieß-Semper.

»Ich hab eine neue Hose an, und die darf ich leider nicht dreckich machen«, ahmte er das glockenhelle Knabenstimmchen seines fünfjährigen Rivalen nach, während er sich missmutig im Spiegel betrachtete. »Aber in meinem niedlichen kleinen Matrosenpullöverchen sehe ich aus wie von Hummel.«

Bitte, Hendrik, flehte eine imaginäre Silvie, *finde dich endlich mit Ninas Wahl ab und versuch, ein halbwegs vernünftiges Verhältnis zu Dominik aufzubauen, ja? Aus irgendeinem unerfindlichen Grund bewundert dich dieser arme Junge nämlich, falls du das noch nicht bemerkt haben solltest.*

Verhoeven schenkte seinem Spiegelbild ein sarkastisches Lächeln.

Ich mein's ernst, Hendrik, erklärte derweil seine Frau. *Und ich bin durchaus der Meinung, dass ihr bei Gelegenheit mal was zusammen unternehmen solltet, um euch besser kennenzulernen. Du weißt schon, so ein typisches Männerding. Angeln oder Zelten oder Schlachten.*

»Aber zuerst«, murmelte Verhoeven vor sich hin, während er aus dem untersten Schrankfach ein löchriges schwarzes Hemd hervorkramte, das er eigentlich schon vor Jahren abgeschrieben hatte, »zuerst baue ich diesen gottverdammten Teich. Und bei dem Tempo, das ich vorlege, wird Dominik Fett-Semper ein feister Teenager sein, bis das Mistding fertig ist.« Er ließ sich auf der Bettkante nieder und tastete nach seinen Schuhen. »Und falls Mr. Pickel-Semper es dann immer noch wagen sollte, mein kleines Mädchen zu belästigen oder meine Frau mit seinem Möchtegerncharme um den Finger zu wickeln, ertränke ich ihn eigenhändig in der Flachwasserzone, bevor ich ihn zum Schlachten mitnehme.«

Er klatschte vergnügt in die Hände und wollte gerade die Ärmel seines Hemdes hochkrempeln, als eine Etage unter ihm die Türglocke läutete.

Madeleine!, war das Erste, was er dachte. Sie bringt uns die Kinder zurück, weil sie erkannt hat, dass es sich mit Adonis allein ein ganzes Stück bequemer lebt als mit vier gestelzten Rangen, die Tennis spielen und zu Turnturnieren gefahren werden wollen oder mit ihren Spielzeugautos sämtliche Teppiche der Umgebung ruinieren.

»Hendrik«, rief seine Frau im selben Augenblick von unten. »Besuch für dich!«

Das klingt zumindest nicht nach Madeleine, dachte Verhoeven und stieg schicksalsergeben die Treppe hinunter.

»Deine Kollegen«, verkündete seine Frau, indem sie einen Schritt beiseitetrat und in einer weitläufigen Geste die Arme ausbreitete.

»Morgen«, bellte Hermann-Joseph Lübke, der zu Verhoevens Überraschung einen altmodischen Klappspaten in den Händen hielt und ein kariertes Holzfällerhemd zu seinen Jeans trug.

Neben ihm hob Dr. Gutzkow grüßend die Hand. Die Pathologin hatte ihre imposante Statur in einen robusten Overall, eine Art Blaumann, gehüllt und strahlte mit jeder Faser ihres Körpers tatkräftige Entschlossenheit aus. »Ick habe jehört, det Se 'n Teich bauen und vielleicht 'n bisschen Hilfe jebrauchen könnten«, erklärte sie, indem sie Winnie Heller verschwörerisch zuzwinkerte.

»Und das ist, glauben Sie mir, noch verdammt vorsichtig formuliert«, nickte Silvie Verhoeven, bevor irgendein obskurer männlicher Stolz ihren Gatten dazu treiben konnte, das rettende Angebot seiner Kollegen abzulehnen. Dann streckte sie der Pathologin die Hand entgegen. »Schön, Sie endlich kennenzulernen.«

»Janz meinerseits«, erwiderte Dr. Gutzkow, noch immer grinsend.

»Freut mich«, brummte Lübke, indem auch er Silvies fragile Hand schüttelte. Dann hob er seinen Klappspaten in die Höhe. »Na denne«, sagte er, Dr. Gutzkows Berliner Tonfall geschickt imitierend. »Wo jeht's lang?«

Verhoeven zeigte auf die Tür zum Wohnzimmer, während seine Frau mit den Worten »Tja, dann werd' ich wohl am besten mal die Kaffeemaschine anwerfen und ein paar Schnittchen machen« in der Küche verschwand.

»Ich nehme ordentlich Zucker in meinen Kaffee«, rief Lübke ihr nach, bevor er seine ausladenden Schritte durch die geöffnete Terrassentür zielstrebig Richtung Teichbaustelle lenkte.

»Danke«, sagte Verhoeven zu Winnie Heller, als sie wenig später quer über den Rasen auf den Schuppen zugingen, um ein paar Gerätschaften zu holen.

»Ach was«, murmelte Winnie Heller, indem sie sich zu Lübke umdrehte, der bereits mitten in der Flachwasserzone stand und unter dem gestrengen Blick von Dr. Gutzkow eifrig grub. »Wofür denn?«

»Dafür, dass Sie Ihren freien Tag opfern, um meiner Tochter zu einem Teich zu verhelfen, bevor sie das Rentenalter erreicht«, antwortete Verhoeven.

»Na ja, ich dachte, nach der vielen Arbeit könnte ein bisschen körperliche Aktivität nicht schaden«, entgegnete Winnie Heller. »Und Kinder in Ninas Alter sind ja auch immer so ungeduldig, wenn's um aufregende neue Erfahrungen geht.«

»Oh ja, allerdings.« Verhoeven zog die Schuppentür auf und trat einen Schritt zur Seite, um seiner Kollegin den Vortritt zu lassen. »Seit neuestem will sie auch noch Klavier spielen lernen, aber bitte ganz und gar ohne üben.« Er biss sich schamhaft auf die Lippen, als ihm einfiel, was Winnie Heller ihm über ihre Schwester erzählt hatte. *Sie wollte das beruflich machen. Pianistin, meine ich.* Doch zu seiner Überraschung lächelte sie.

»Na ja«, sagte sie, »besser als Geige, nicht wahr?«

Oder Turnen, setzte Verhoeven in Gedanken hinzu. »Apropos Klavier«, sagte er dann, »Sie hatten von Anfang an recht, was Sven Strohte betrifft. Ich habe diesen Jungen komplett unterschätzt.«

»Na ja«, entgegnete sie großzügig, »da waren Sie ja nicht der Einzige. Und manche Menschen laufen eben tatsächlich erst unter Druck zur Hochform auf.«

Verhoeven lächelte. »Ich glaube, am meisten hadert Laurin mit der Tatsache, dass er derart danebengelegen hat.«

»Dabei ist er ein echter Experte, was das Beurteilen von Potenzialen angeht.«

»Wie viel leichter hätte er an diesen Kirchner kommen können«, stöhnte Verhoeven, indem er Spaten und andere nützliche Dinge aus dem Geräteschrank nahm und an seine Kollegin weiterreichte. »Aber dann wäre ihm natürlich das Vergnügen entgangen, auszuloten, wie weit er einen anderen treiben kann.«

»Die Kunst der Manipulation«, nickte Winnie Heller sinnend. »Laurins Ersatz für echte Kreativität.«

»Wahrscheinlich werden wir im Laufe des Prozesses noch die eine oder andere Kostprobe dieses fragwürdigen Talents aufgetischt bekommen«, seufzte Verhoeven und griff sich rasch noch ein paar Eimer aus der Ecke hinter den Gartenmöbeln. »Aber das soll uns nicht mehr kümmern.« Er sah sie an. »Hat Hinnrichs sich schon bei Ihnen gemeldet?«

Winnie Heller schüttelte überrascht den Kopf. »Nein, wieso?«

»Wegen Ihrer Verbeamtung«, entgegnete er so beiläufig wie möglich. »Aber die war ja sowieso schon überfällig, was?«

Sie gingen im Schatten der Bäume, aber er hätte schwören können, dass sie rot geworden war.

»Fische sind übrigens echt interessante Mitbewohner«, bemerkte sie, als sie ein paar Schritte später wieder in die Sonne traten. »Da wird Nina bestimmt 'ne ganze Menge Spaß haben. Und wenn mal was ist, wüsste ich auch einen guten Tierarzt ...«

»Das ist toll«, erwiderte Verhoeven und kam sich reichlich hölzern dabei vor.

»Ach ja«, sagte Winnie Heller. »Und danke übrigens noch für den Burger und die Fritten, Sie wissen schon.«

Verhoeven warf ihr einen raschen Seitenblick zu. »Keine Ursache.«

»Na dann«, sagte Winnie Heller.

»Na dann«, sagte Verhoeven und rammte seinen Spaten kraftvoll in die steinige Erde.